本书属于国家社科基金重大项目
——梵文研究及人才队伍建设

# 梵语诗学论著汇编

（增订本）

上

黄宝生 编译

中国社会科学出版社

**图书在版编目（CIP）数据**

梵语诗学论著汇编：全二卷／黄宝生编译．—增订本．—北京：中国社会科学出版社，2019.7

ISBN 978－7－5203－4493－7

Ⅰ.①梵…　Ⅱ.①黄…　Ⅲ.①古典诗歌—文学理论—印度
Ⅳ.①I351.072

中国版本图书馆 CIP 数据核字(2019)第 103744 号

出 版 人　赵剑英
责任编辑　史慕鸿
责任校对　杨　林
责任印制　戴　宽

出　　版　中国社会科学出版社
社　　址　北京鼓楼西大街甲 158 号
邮　　编　100720
网　　址　http://www.csspw.cn
发 行 部　010－84083685
门 市 部　010－84029450
经　　销　新华书店及其他书店

印刷装订　北京君升印刷有限公司
版　　次　2019 年 7 月第 1 版
印　　次　2019 年 7 月第 1 次印刷

开　　本　710×1000　1/16
印　　张　103
字　　数　1291 千字
定　　价　588.00 元(全二卷)

# 总目录

## 上卷

导言……（1）
舞论……婆罗多（1）
诗庄严论……婆摩诃（283）
诗镜……檀 丁（329）
韵光……欢 增（427）
诗探……王 顶（553）
十色……胜 财（727）

## 下卷

舞论注……新 护（759）
曲语生命论……恭多迦（787）
诗光……曼摩吒（1039）
文镜……毗首那特（1263）
增订本后记……（1610）

# 上卷目录

导言…………………………………………………………………（1）
舞论 ……………………………………………………… 婆罗多（1）
诗庄严论 ……………………………………………… 婆摩诃（283）
诗镜 …………………………………………………… 檀　丁（329）
韵光 …………………………………………………… 欢　增（427）
诗探 …………………………………………………… 王　顶（553）
十色 …………………………………………………… 胜　财（727）

# 导　言

## 一　梵语诗学的起源

印度古代梵语文学历史悠久，大致分为三个时期：吠陀时期（公元前十五世纪至公元前四世纪）、史诗时期（公元前四世纪至四世纪）和古典梵语文学时期（一世纪至十二世纪）。在这漫长的两千多年中，产生了印欧语系最古老的诗歌总集《梨俱吠陀》，宏伟的两大史诗《摩诃婆罗多》和《罗摩衍那》，丰富的神话传说和寓言故事，精美的抒情诗、叙事诗、戏剧和小说。在这广袤肥沃的文学土壤上，又产生了独树一帜的梵语文学理论体系。

文学理论体系的产生有一个从不自觉到自觉，从萌芽到成熟的过程。这需要联系文学的发展历史来考察。

吠陀有四部本集：《梨俱吠陀》、《娑摩吠陀》、《夜柔吠陀》和《阿达婆吠陀》。它们是婆罗门祭司为了适应祭祀仪式的需要而加以编订的。在一些重大的祭祀仪式中，劝请者祭司念诵《梨俱吠陀》中的颂诗，赞美诸神，邀请诸神出席祭祀仪式；咏歌者祭司高唱《娑摩吠陀》中的颂诗，向诸神供奉祭品；行祭者祭司低诵《夜柔吠陀》中的祷词和祭祀规则，执行祭祀仪式。《阿达婆吠陀》则为祭司提供咒语。

吠陀诗人通常被称作“仙人”（ṛṣi，即“先知”）。在这些仙人创作的颂诗中，时常表露他们具有超凡的视觉，与神相通，受神启示。因此，在吠陀文献中，常常把仙人创作颂诗说成是“看见”颂诗，同时把吠陀颂诗称作“耳闻”或“天启”（śruti或śruta）。

吠陀诗人崇拜语言，将语言尊为女神。《梨俱吠陀》中有一首颂诗借语言女神之口，赞美她是神中的王后，神力遍及天国和大地：

确实，我亲口说出的言辞，
天神和凡人都会表示欢迎；
我使我钟爱的人强大有力，
成为婆罗门、仙人或圣人。（10.125.5）

在吠陀颂诗中可以发现，有些诗人创作颂诗不仅适应巫术和祭祀的实用需要，也兼顾诗歌的艺术性。他们认为“智者精心使用语言，犹如用簸箕筛选谷子”，“好运就会依附语言”，语言女神会向他“呈现自己的形体，犹如一位衣着漂亮的妇女出现在丈夫面前”。（10.71.2、4）有的诗人已经将诗歌视作一门技艺，说道：“我们巧妙地制作新诗，犹如缝制精美的衣裳，犹如制造车辆。”（5.29.15）

但是，印度古人并不将吠陀视为诗，而视为婆罗门教的至高经典，即“天启经”。用作吠陀颂诗的专用名称是“曼多罗”（mantra，赞颂、祷词或经咒），有时也称作“阐陀”（chandas，意为韵律或韵文）。后来在梵语中指称诗的kāvya一词，在吠陀诗集中并非指称诗，而是指称智慧或灵感。吠陀诗集中的文学功能依附宗教功能。在整个吠陀时期，文学尚未成为一种独立的意识表现形态。因此，文学理论思辨也就不可能提到日程上来。辅助吠陀的六门传统学科（“吠陀支”）是语音学、礼仪学、语法学、词源学、诗律学和天文学。后来，学科范围扩大，如《歌者奥义书》

(7.1.2) 中提到十四门学科：语法学、祭祖学、数学、征兆学、年代学、辩论学、政治学、神学、梵学、魔学、军事学、天文学、蛇学和艺术学。其中仍然没有文学理论。

此后，在史诗时期产生了两大史诗《摩诃婆罗多》和《罗摩衍那》。两大史诗和吠陀文学的重要区别在于后者主要产生于婆罗门祭司阶层，而前者主要产生于与刹帝利王族关系密切的"苏多"（sūta）阶层。"苏多"是刹帝利男子和婆罗门女子结婚所生的儿子。他们在王室中享有中等地位，往往担任帝王的御者和歌手。他们经常编制英雄颂歌赞扬古今帝王的业绩，形成一种有别于婆罗门以祭祀为中心的宗教文学的世俗文学传统。《摩诃婆罗多》约有十万颂，《罗摩衍那》约有两万四千颂。它们在古代印度以口头吟诵的方式创作和传播，经由历代宫廷歌手和民间吟游诗人不断加工和扩充，才形成目前的规模和形式。

而这两部史诗本身在内容和形式上也有所不同。《摩诃婆罗多》以婆罗多族大战为故事主线，插入了大量的神话、传说、寓言故事以及宗教、哲学、政治、律法和伦理等成分，成了一部"百科全书式"的作品。由于它特别注重历史传说和宗教，而自称为"第五吠陀"。与《摩诃婆罗多》相比，《罗摩衍那》的故事情节比较集中紧凑，虽然也插入不少神话传说，但不像《摩诃婆罗多》那样枝蔓庞杂。诗律也同样主要采用通俗简易的"输洛迦体"（śloka），但语言在总体上要比《摩诃婆罗多》精致一些，开始出现讲究藻饰的倾向。正因为如此，印度古人将《摩诃婆罗多》称作"历史传说"（itihāsa），而将《罗摩衍那》称作"最初的诗"（ādikāvya）。

这里的诗（kāvya）是文学意义上的诗。这种文学的自觉出现在史诗时期的中期，公元前后一世纪之间。此时，梵语文学从史诗时期步入古典梵语文学时期。梵语文学已经不必完全依附宗教，梵语文学家开始以个人的名义独立创作。古典梵语文学家多数出身婆罗门，因而在宗教思想和神话观念方面受到婆罗门教的深刻影响。但除了往世书神话传说和其他一些颂神作品外，从总体上说，古典梵语文学已经与宗教文献相分离，成为一种独立发展的意识表现形态。

古典梵语文学的早期作品留存不多，主要有佛教诗人马鸣（一、二世纪）的叙事诗《佛所行赞》和《美难陀传》以及三部戏剧残卷，还有跋娑（二、三世纪）的《惊梦记》等十三部戏剧。同时，在石刻铭文中，也有古典梵语的散文文体。摩诃刹特罗波·楼陀罗达孟（二世纪）的吉尔那岩石铭文充满冗长的复合词，极少使用动词，并注重谐音。其中也提到诗分成散文体（gadya）和诗体（padya）。三摩答剌笈多（四世纪）的阿拉哈巴德石柱铭文开头有八首诗，结尾有一首诗，中间是散文。而这整篇散文只是一个长句子，里面包含许多冗长的复合词。其中有个复合词长达一百二十多个音节。句中大量使用谐音、比喻、双关、夸张和神话典故等修辞手法。这份铭文的作者是三摩答剌笈多的宫廷诗人诃利犀那。这些都体现古典梵语文学的重要特征，即追求语言文字表达的艺术性。

梵语文学成了一种独立的意识表现形态之后，必然引起梵语学者对它的性质和特征进行思考和总结，也就产生了梵语文学理论。现存最早的梵语文学理论著作是公元前后婆罗多的《舞论》。这是一部戏剧学著作，对早期梵语戏剧艺术实践做了全面的理论总结，其中也包括戏剧语言艺术。《舞论》第十五章和第十六章论述了梵语的语音、词态和诗律，第十七章论述了诗相、庄严（即修辞）、诗病和诗德。这是梵语诗学的雏形。后来的梵语诗学普遍采用庄严、诗病和诗德这三个文学批评概念。

现存最早的梵语诗学著作是七世纪婆摩诃的《诗庄严论》和檀丁的《诗镜》。这两部著作涉及的主要诗学概念是庄严、诗病、诗德和风格。这两部诗学著作中都引述了前人的诗学观点。这说明梵语诗学著作的实际存在可能早于七世纪。但是，根据现有的文献资料判断，在公元最初的几个世纪内，梵语诗学主要是依附梵语戏剧学和语法学产生和发展。

梵语语法学早在吠陀时期就已出现。而在梵语语法研究中，必定会逐渐涉及修辞方式。公元前六世纪耶斯迦的吠陀词语注疏著作《尼录多》中已涉及比喻修辞问题。公元前四世纪波你尼著有《八章书》（或称《波你尼经》），构建了相当完备的梵语语法体系，其中约有五十条经文涉及比喻修辞问题。六、七世纪跋底著有《跋底的诗》。这是一部以叙事诗形式介绍梵语语法的著作，其中也介绍了三十八种修辞方式。因此，最早脱离戏剧学和语法学而独立出现的梵语诗学著作估计也不会早于五、六世纪。

婆摩诃的《诗庄严论》（Kāvyālaṅkāra）这个书名代表了早期梵语诗学的通用名称。而在梵语诗学的形成过程中，有可能也采用过创作学（kriyākalpa）和诗相（kāvyalakṣaṇa）这两个名称。约四、五世纪筏蹉衍那的《欲经》（Kāmasūtra）中提到六十四种技艺，其中有一种是创作学。[1] 十三世纪的《欲经》注者耶索达罗将此词注为“诗创作学”（kāvyakriyākalpa）。约一、二世纪的梵语佛经《神通游戏》（Lalitavistara）提到释迦牟尼掌握的各种技艺中，也包括有创作学。[2] 而在檀丁的《诗镜》中也有类似的提法：“为了教导人们，智者们制定了各种语言风格的创作规则（kriyāvidhi）。”（1.9）

关于“诗相”，檀丁在《诗镜》的开头有这样的说法：“综合前人论著，考察实际应用，我们尽自己的能力，写作这部论述诗相的著作。”（1.2）婆摩诃在《诗庄严论》结尾也将自己的著作归结

① 《欲经》1.3.16。

② 《神通游戏》，S. 莱夫曼校刊本，第156页。

为阐明“诗相”（kāvyalakṣma，6.64）。九世纪欢增的《韵光》中也提到“诗相作者”（kāvyalakṣmavidhāyin，1.1注疏）。“诗相”的概念最早出现在《舞论》中。从《舞论》列举的三十六种“诗相”判断，主要是指诗的各种特殊表达方式，也就是诗的特征。但它们又有别于“庄严”。《舞论》中提到的“庄严”只有四种：明喻、隐喻、明灯和叠声。这说明在当时，作为诗学概念，“诗相”似乎比“庄严”更重要。然而，《舞论》中对这些“诗相”的分类显得有些杂乱，界定也比较模糊，甚至连《舞论》两种主要传本本身对三十六种“诗相”的确定和描述也存在很大差异。因此，在梵语诗学发展过程中，这些“诗相”概念逐渐被淘汰，或者经过改造，纳入了“庄严”之中。《舞论》中只列举四种庄严，而在婆摩诃的《诗庄严论》中列举了三十九种庄严。这表明后来的梵语诗学家用庄严取代了诗相。或者说，他们认为庄严就是诗相，即诗的特征。这样，庄严论（alaṅkārásāstra）也就成了梵语诗学的通称。

梵语诗学起源的情况大体如此。现在，我们可以看看印度古人怎样讲述梵语诗学的起源。王顶（九、十世纪）在《诗探》第一章中说道：大神梵天向“从自己的意念中诞生的学生们”传授诗学。“在这些学生中，娑罗私婆蒂（语言女神）之子诗原人最受器重。”于是，“为了生活在地、空和天三界众生的利益”，梵天委托诗原人传播诗学（kāvyavidyā）。诗原人向十八位学生讲授了十八门诗学知识。其中“娑诃斯罗刹吟诵诗人的奥秘，乌格底迦尔跋吟诵语言论，苏婆尔纳那跋吟诵风格论，波罗积多吟诵谐音论，阎摩吟诵叠声论，吉多朗迦德吟诵画诗论，谢舍吟诵音双关论，补罗斯底耶吟诵本事论，奥波迦衍那吟诵比喻论，波罗舍罗吟诵夸张论，乌多提耶吟诵义双关论，俱比罗吟诵音庄严论和义庄严论，迦摩提婆吟诵娱乐论，婆罗多吟诵戏剧论，南迪盖希婆罗吟诵味论，提舍纳吟诵诗病论，乌波曼瑜吟诵诗德论，古朱摩罗吟诵奥义论”。然后，由他们分别编著各自的专论。

这里显然是将梵语诗学的起源神话化，正如《舞论》将戏剧的起源神话化。[①] 这里提到的人名，除了吟诵戏剧论（即《舞论》）的婆罗多之外，其他都无案可查。而所谓的十八门诗学知识则是成型后的梵语诗学的一些基本诗学概念和批评原则。

王顶不仅将诗学起源神话化，也将诗的起源神话化。《诗探》第三章讲述"诗原人的诞生"：娑罗私婆蒂（语言女神）渴望儿子，在雪山修炼苦行。大神梵天心中感到满意，对她说道："我为你创造儿子。"这样，娑罗私婆蒂生下儿子诗原人。诗原人起身向母亲行触足礼，出口成诗：

> 世界一切由语言构成，展现事物形象，
> 我是诗原人，妈妈啊！向你行触足礼。

娑罗私婆蒂满怀喜悦，将他抱在膝上，说道："孩子啊！虽然我是语言之母，你的诗体语言胜过我这位母亲。音和义是你的身体，梵语是你的嘴，俗语是你的双臂，阿波布朗舍语是你的双股，毕舍遮语是你的双脚，混合语是你的胸脯。你有同一、清晰、甜蜜、崇高和壮丽的品质（'诗德'）。你的语言富有表现力，以味为灵魂，以韵律为汗毛，以问答、隐语等等为游戏，以谐音、比喻等等为装饰（'庄严'）。"后来，高利女神（大神湿婆的妻子）创造出"文论新娘"（sāhityavidyāvadhū），将她许配给"诗原人"。娑罗私婆蒂和高利女神祝愿"他俩永远以这种充满威力的形体居住在诗人们的心中"。

在王顶的时代，诗学早已在梵语学术领域中牢牢地确立了自己

① 《舞论》第一章讲述大神梵天创造戏剧后，委托婆罗多牟尼付诸实践。

的地位。因此，王顶在《诗探》第二章中论述“经论类别”时，明确将“语言作品分成经论和诗两类”。他认为，如果说“语音学、礼仪学、语法学、词源学、诗律学和天文学是六吠陀支”，那么，“庄严论是第七吠陀支”。如果说“哲学、三吠陀、生计和刑杖政事论是四种知识”，那么，“文学知识（sāhityavidyā）是第五种知识”。他甚至推崇说文学知识是“这四种知识的精华”，是“知识中的知识”。

王顶在《诗探》第一章中用作诗学的一词是 kāvyavidyā（即诗的知识或诗论），在第二章和第三章中又采用 sāhityavidyā（即文学知识或文论）一词。sāhitya（文学）一词源自梵语诗学最初对诗的定义：“诗（kāvya）是音和义的结合（sahita）。”在梵语诗学中，kāvya 一词既指广义的文学，也指狭义的诗。而 sāhitya 一词更趋向于指广义的文学。因此，在王顶之后，有的梵语诗学著作的书名开始采用 sāhitya 一词，如十二世纪鲁耶迦的《文探》（Sāhityamīmaṁsā）和十四世纪毗首那特的《文镜》（Sāhityadarpaṇa）。

## 二　梵语诗学的发展历程

印度古代文学理论包含梵语戏剧学和梵语诗学两个分支。梵语戏剧学全面探讨戏剧表演艺术，其中也包括语言表演艺术，因此也含有诗学。而在梵语诗学中，诗的概念通常指广义的诗，即纯文学或美文学，有别于宗教经典、历史和论著。诗分成韵文体（叙事诗和各种短诗）、散文体（传说和小说）和韵散混合体（戏剧和占布）。这是梵语诗学家的共识。尽管如此，梵语诗学研究的主要对象是诗歌（包括戏剧中的诗歌）。有的梵语诗学家，如伐摩那在《诗庄严经》中论及诗的分类时，认为“在一切作品中，十色（即十种戏剧类型）最优美”。但他在《诗庄严经》中并不论述戏剧学。只有少数梵语诗学著作，如毗首那特的《文镜》辟有专章论述戏剧学。因此，梵语戏剧学和梵语诗学是印度古代文学理论在发展过程中自然形成的学术分工。前者产生在先，以戏剧艺术为主要研究对象，后者产生在后，以戏剧之外的文学艺术，尤其是诗歌艺术为主要研究对象，各有侧重，相辅相成。

**梵语戏剧学**

婆罗多（Bharata）的《舞论》（Nāṭyáśāstra，也可译作《戏剧论》）是现存最早的梵语戏剧学著作。它有两种传本，南传本三十六章，北传本三十七章。这两种传本的内容基本一致，只是在某些章节的编排和内容的细节上有些差异。《舞论》的现存形式含有三种文体：输洛迦诗体、阿利耶诗体和散文体。文体的混杂说明《舞论》有个成书过程。一般认为，《舞论》的原始形式产生于公元前后不久，而现存形式大约定型于四、五世纪。

《舞论》是早期梵语戏剧实践的理论总结，全书约有五千五百节诗和部分散文。在公元前后不久就已产生这样规模的戏剧学著作，在世界戏剧史上是绝无仅有的。它全面论述了戏剧的起源、性质、功能、表演和观赏，既涉及戏剧原理和剧作法，也涉及舞台艺术。而全书尤其重视戏剧表演艺术。它把戏剧表演分为形体、语言、妆饰和真情表演四大类，详细规定各种表演程式。因此，《舞论》既是一部梵语戏剧理论著作，也是一部梵语戏剧艺术百科。

《舞论》对于梵语戏剧起源的解释笼罩在神话的迷雾中。但它明确指出戏剧是不同于四部吠陀经典的第五吠陀，“一种既能看又能听的娱乐”（1.11）。对戏剧的性质和功能也有深刻的理解：戏剧“具有各种感情，以各种境遇为核心”，“模仿世界的活动”，“再现三界的一切情况”。“从味、情和一切行为中，这种戏剧将产生一切教训。”它“有助于正法、荣誉、寿命和利益，增长智慧”。

“吠陀经典和历史传说中的故事，圣典、法论、善行和其他事义，这种戏剧都会及时编排，激动人心。”（1.104—118）

在梵语文学理论发展史上，《舞论》的最大贡献是提出了味论。后来的梵语文学批评家将味论运用于一切文学形式。婆罗多在《舞论》中给“味”下的定义是：“味产生于情由、情态和不定情的结合。”他解释说：“正如思想正常的人们享用配有各种调料的食物，品尝到味，感到高兴满意，同样，思想正常的观众看到具有语言、形体和真情的各种情的表演，品尝到常情，感到高兴满意。”（6.31以下）

按照《舞论》的规定，味有八种：艳情味、滑稽味、悲悯味、暴戾味、英勇味、恐怖味、厌恶味和奇异味。与这八种味相对应的是八种常情：爱、笑、悲、怒、勇、惧、厌和惊。常情也就是人的基本感情，犹如中国古人所说的“喜怒哀惧爱恶欲”（《礼记·礼运》）或“好恶喜怒哀乐”（《左传·昭公二十五年》）。婆罗多在味的定义中没有提及常情。但结合他的解释，意思还是清楚的：戏剧通过语言、形体、妆饰和真情的展示情由、情态和不定情，激起常情，观众由此品尝到味。其中，情由是指感情产生的原因，如剧中人物和有关场景；情态是指感情的外在表现，如剧中人物的语言和形体表演；不定情是指辅助常情的三十三种变化不定的感情，如忧郁、疑虑、妒忌、羞愧和傲慢等等，它们也有各自的情由和情态。在戏剧表演中，正是通过这些情由、情态和不定情的结合，产生感染观众的味，也就是说，在观众的心中激起某种伴随有审美快乐的感情。

感情是一切艺术不可或缺的要素。艺术的创作和欣赏都离不开感情因素。《舞论》实质上认为感情是戏剧的灵魂，因为按照《舞论》的说法：“离开了味，任何意义都不起作用。”（6.31以下）基于这种看法，《舞论》对戏剧艺术的感情要素不厌其详地作了细致入微的分析。因此，当代著名美学家苏珊·朗格在《情感和形式》一书中称赞说印度批评家“对戏剧感情的各方面的理解”，“远远超过其西方的同行”。

在《舞论》之后，胜财（Dhanañjaya，十世纪）的《十色》（Daśarūpaka）是另一部重要的梵语戏剧学著作。“十色”指的是十种梵语戏剧类型。这部著作是根据《舞论》编写的，可以说是《舞论》的简写本。全书分为四章。第一章论述情节，第二章论述角色和语言，第三章论述序幕和戏剧类型，第四章论述情味。从内容上看，《十色》侧重于剧作法，删除了《舞论》中有关音乐、舞蹈和表演程式的大量论述。尽管《十色》有关剧作法的大部分论述在观点上与《舞论》一致，但与《舞论》相比，这部著作不仅简明扼要，而且条理清晰。因此，在十世纪后，作为梵语戏剧学手册，《十色》的通行程度远远超过《舞论》。现代学者在十九世纪中叶着手研究梵语戏剧时，以为《舞论》已经失传，当时整理出版的第一部梵语戏剧著作就是《十色》。

与《十色》同时或稍后的梵语戏剧学著作是沙揭罗南丁（Sāgaranandin）的《剧相宝库》（Nāṭakalakṣaṇaratnakośa）。这部著作也侧重于剧作法，但涉及的论题要比《十色》广泛。全书共分十八章，论述主要依据《舞论》，但也引证了不少其他梵语戏剧学家的论点。其他梵语戏剧学著作有十二世纪罗摩月和德月合著的《舞镜》、十二世纪或十三世纪沙罗达多那耶的《情光》、十四世纪辛格普波罗的《味海月》和十五、十六世纪鲁波·高斯瓦明的《剧月》等。

### 梵语诗学

梵语诗学作为有别于梵语戏剧学的独立学科的成立，自然要以梵语诗学的出现为标志。印度现存最早的两部独立的诗学著作是七世纪婆摩诃的《诗庄严论》和檀丁的《诗镜》。而这两部著作中都引用了前人的诗学观点，说明梵语诗学著作的实际存在要早于七世纪。

婆摩诃（Bhamaha）的《诗庄严论》（Kāvyālaṅkāra），共分六章。第一章论述诗的功能、性质和类别。第二章和第三章论述各种庄严（即修辞方式）。第四章和第五章论述各种诗病。第六章论述词的选择。

婆摩诃认为“优秀的文学作品使人精通正法、利益、爱欲、解脱和技艺，也使人获得快乐和名声”（1.2）。婆摩诃提出这些文学功能，旨在说明从其他经论中能获得的一切，从文学作品中也能获得。进而，他强调文学比经论还要高出一筹。他说：“智力迟钝的人也能在老师指导下学习经论，而诗人只能产生于天资聪明的人。”（1.5）他还说：“如果掺入甜蜜的诗味，经论也便于使用，正如人们先舔舔蜜汁，然后喝下苦涩的药汤。”（5.3）此后的梵语诗学家一般都认可婆摩诃提出的这些文学功能。

早期梵语诗学的理论出发点是梵语语言学。梵语语言学认为语言是“音和义的结合”。婆摩诃在《诗庄严论》中依据这个语言学命题，提出“诗是音和义的结合”。而诗的音和义与一般语言的音和义的区别在于诗的音和义是经过修饰的音和义。由此，他论述了谐音和叠声两种音庄严，隐喻、明喻、夸张、奇想和双关等三十七种义庄严。音庄严是指产生悦耳动听的声音效果的修辞手法，义庄严是指产生曲折动人的意义效果的修辞手法。婆摩诃认为庄严“是词义和词音的曲折表达”（1.36）。“诗人应该努力通过这种、那种乃至一切曲语显示意义；没有曲语，哪有庄严？”（2.85）这说明他认为曲折的语言表达是文学语言和一般语言的区别所在。因此，他强调一切文学作品“都希望具有曲折的表达方式”（1.30）。

婆摩诃在《诗庄严论》中还指出诗的逻辑不同于一般逻辑。他说："诗中的正理（逻辑）特征有所不同。"（5. 30）因为"诗涉及世界，经典涉及真谛。"（5. 33）也就是说，诗处理的是具体现象，而经论处理的是抽象真理。同时，诗采用曲折的表达方式，而经论采用逻辑的推理论式。在诗中，一些结论"即使没有说出，也能从意义中得知"（5. 45）。显然，婆摩诃对文学语言与一般语言或文学作品与经论作品的区别作了认真思索，并确认"庄严"（即曲折的表达方式）是诗的本质特征。

婆摩诃在《诗庄严论》中也以相当的篇幅论述"诗病"问题，先后论述两组各十种诗病，还论述了七种喻病。他要求诗人在诗中"甚至不要用错一个词，因为劣诗犹如坏儿子，败坏父亲名誉"（1. 11）。

婆摩诃的《诗庄严论》与八世纪优婆吒（Udbhaṭa）的《摄庄严论》（Kāvyālaṅkārasaṅgraha）和九世纪楼陀罗吒（Rudraṭa）的《诗庄严论》（Kāvyālaṅkāra）共同形成早期梵语诗学的"庄严论"派。优婆吒的《摄庄严论》专论庄严，共分六章，介绍了四十一种庄严，其中对不少庄严的界定和分析比婆摩诃更严密和细致。楼陀罗吒的《诗庄严论》与婆摩诃的著作同名，共分十六章，论述了诗的目的、诗人的条件、诗的风格、音庄严、义庄严、诗病、诗味和体裁等。但全书论述的重点仍是庄严。他提出的庄严比婆摩诃和优婆吒多二十几种，而且对庄严的分类也更为系统。他将音庄严分成五类：曲语、双关、图案、谐音和叠声，将义庄严分成四类：本事（二十三种）、比喻（二十一种）、夸张（十二种）和双关（十二种）。他也像婆摩诃一样重视"诗病"问题，论述了各种诗病和喻病。他将诗病分为音病和义病，又将音病分为词病和句病。

庄严论作为早期梵语诗学，在自觉地探索文学的特性和语言艺术的奥秘方面起了先驱作用。庄严论将有庄严和无诗病视为诗美的基本因素，对庄严和诗病作了深入细致的分析。而"有庄严"相对

“无诗病”来说，是更积极的诗美因素。因此，在梵语诗学以后的发展中，有些梵语诗学家继续对庄严进行深入的探讨，庄严的数目由婆摩诃的三十九种、优婆吒的四十一种、楼陀罗吒的六十八种增至鲁耶迦（《庄严论精华》，十二世纪）的八十一种、胜天（《月光》，十三、十四世纪）的一百零八种和阿伯耶·底克希多（《莲喜》，十六世纪）的一百十五种。

与婆摩诃同时代的檀丁（Daṇḍin）在庄严论的基础上，提出了风格论。他的《诗镜》（Kāvyādarśa）共分三章。第一章论述诗的分类、风格和诗德。第二章论述义庄严。第三章论述音庄严和诗病。檀丁将风格分为两种：维达巴风格和高德风格。风格由诗德构成。檀丁论述了十种诗德：紧密、清晰、同一、甜蜜、柔和、易解、高尚、壮丽、美好和三昧。

从檀丁的具体论述看，紧密、同一和柔和属于词音范畴，甜蜜兼有词音和词义，其他各种则属于词义范畴。由此可见，檀丁所谓的风格是诗的语言风格，由音和义两方面的特征构成。檀丁认为这十种诗德是维达巴风格的特征。而高德风格中的诗德则与这十种诗德有同有异。大体上可以说，维达巴风格是一种清晰、柔和、优美的语言风格，而高德风格是一种繁缛、热烈、富丽的语言风格。檀丁在《诗镜》中，有时也称维达巴风格为南方派，称高德风格为东方派。语言艺术的地方特色，前人也已经注意到，如七世纪上半叶的波那在《戒日王传》的序诗中说道：“北方充满双关，西方注意意义，南方喜爱奇想，高德（即东方）辞藻华丽。”而檀丁首先提出“风格”的概念，对这种文学现象进行了理论总结。

如果说檀丁是风格论的开创者，那么，八世纪下半叶的伐摩那（Vāmana）就是风格论体系的完成者。他的《诗庄严经》（Kāvyālaṅkārasūtra）以风格论为核心，提出了一套完整的诗学理论。这部著作采用经疏体，共分五章，分别论述诗的身体、诗病、诗德、庄严和运用。伐摩那认为“诗可以通过庄严把握。庄严是美，来自无诗病、有诗德和有庄严”（1.1.1—3）。这里，前两个“庄严”是指广义的庄严即艺术美，后一个“庄严”是指狭义的庄严即修辞方式。他给诗下的定义是：“诗是经过诗德和庄严修饰的音和义。”（1.1.1 注疏）但这只是诗的身体。因此，他进一步指出：“风格是诗的灵魂。”（1.2.6）他给风格下的定义是：“风格是词的特殊组合。这种特征性是诗德的灵魂。”（1.2.7、8）他也像檀丁一样提出十种诗德。但他将每种诗德分成音德和义德。这样，实际上有二十种诗德。他将风格分为三种：维达巴、高德和般遮罗，认为“维达巴风格具有所有诗德，高德风格具有壮丽和美好两种诗德，般遮罗风格具有甜蜜和柔和两种诗德”（1.2.11—13）。他指出：“诗立足于这三种风格，正如画立足于线条。”（1.2.13 注疏）

无论是庄严论，还是风格论，主要是探讨文学语言的形式美。檀丁和伐摩那所谓的“风格”也主要是语言风格。伐摩那将语言风格视为诗的灵魂，显然难以成立。但他提出的“诗的灵魂”这一概念，能启发后人探索诗歌艺术中更深层次的审美因素。九世纪和十世纪是梵语诗学发展的鼎盛期，产生了两位杰出的梵语诗学家欢增和新护。他俩的诗学以韵论和味论为核心。

欢增（Ānandavardhana，九世纪）的《韵光》（Dhvanyāloka）采用经疏体，共分四章。第一章提出韵论，批驳各种反对韵论的观点，第二章和第三章正面阐述韵论，第四章论述韵论的运用。欢增在《韵光》中给“韵”下的定义是：“若诗中的词义或词音将自己的意义作为附属而暗示那种暗含义，智者称这一类诗为韵。”（1.13）“韵”（dhvani）这个词是借用梵语语法术语。诚如欢增本人所说：“在学问家中，语法家是先驱，因为语法是一切学问的根基。他们把韵用在听到的音素上。其他学者在阐明诗的本质时，遵

循他们的思想，依据共同的暗示性，把表示义和表示者混合的词的灵魂，即通常所谓的诗，也称作韵。”（1.13 注疏）

欢增在这里所说的意思是，按照梵语语法理论，一个词由几个音组成，其中个别的音不能传达任何意义，只有这几个音连接在一起发出才能传达某种意义。这种能传达某个原本存在的词义的声音就叫韵。梵语诗学中的韵论正是受此启发，对词的功能作了认真探讨，从而将诗中暗示的因素或暗含的内容称作韵，将具有暗示的因素或暗含的内容的诗称作韵诗。

具体地说，传统的梵语语法学家和哲学家确认词有两种基本功能——表示和转示，由此产生两种词义——表示义和转示义。表示义是指词的本义或字面义。转示义是指词的转义或引申义。而韵论发现词还有第三种功能——暗示，由此产生第三种词义——暗示义或暗含义。由此，韵论认为诗的灵魂，或者说诗的最大魅力就在于这种不同于表示性和转示性的暗示性。

在韵论关于词的功能的论述中，最常用的例子是“恒河上的茅屋”这个短语。在这个短语中，“恒河”一词按照本义不适用，因为茅屋不可能坐落在恒河上。因此，“恒河”一词必须依据词的转示功能引申理解为“恒河岸”。然而，这个短语的意思并不仅止于此。说话者的意图是用这个短语暗示这座茅屋濒临恒河，因而凉爽、圣洁。

发现词的暗示功能和诗的暗示义，是韵论对梵语诗学的创造性贡献。正如欢增所说：“韵的特征是一切优秀诗人的奥秘，可爱至极。而它未被过去的、哪怕是思维最精密的诗学家发现。”过去的诗学家只注重分析词的表面义，“而在大诗人语言中，确实存在另一种东西，即领会义。它显然不同于已知的肢体，正如女人的美”（1.4）。也就是说，过去庄严论派主要着眼于字面义的曲折表达，而在优秀的诗篇中，存在一种不同于字面义的领会义（即暗示义）。

而这种领会义的魅力高于字面义的美，正如女人的魅力高于肢体的美。

欢增在《韵光》中，从暗示的内容和暗示的因素两个角度对韵作了广泛的探讨和细致的分类。其中主要的三类韵是本事韵、庄严韵和味韵。它们分别暗示诗中的内容、修辞和味。而欢增更重视的是味韵。他提出的味有九种，比《舞论》提出的八种味多一种平静味。他认为味通常是被暗示的。直接表示味和情的词，如艳情、滑稽、悲悯、暴戾、英勇、恐怖、厌恶、奇异和平静，或者，爱、笑、悲、怒、勇、惧、厌、惊和静，既不能刻画味，也不能激发味。诗人必须刻画味所由产生的景况及其表现，即有关的情由、情态和不定情，借以暗示味。这样，味就能作为一种被暗示的意义传达给读者，激起读者内心潜伏的感情，从而真正品尝到味。欢增对味韵的这种阐释，完全可以借用中国诗学的一句名言："不着一字，尽得风流。"（《诗品·含蓄》）

就味韵而言，它本身可以分成许多类，而且各类味韵的情由、情态和不定情也多种多样，这就决定了诗歌内容变化的无限性。欢增指出："即使是诗中的内容古已有之，只要把握住味，就能焕然一新，犹如春季的树木。"（4.4）因此，他强调诗人只要专心于味，在暗示义（即味和情）和暗示者（即音素、词、句和篇）上下功夫，他的作品就会展示新意。他还指出九种味中，有些味是互相冲突的，有些味是互相不冲突的。在同一个人身上，除非有一定的时间间隔，应该避免互相冲突的味。同时，在含有多种味的作品中，应该有一个主味贯穿其中，其他的味附属和加强主味，以保持味的统一。

欢增还在《韵光》中，以韵为准则，将诗分成三类：韵诗、以韵为辅的诗和画诗。韵诗是指诗中的暗示义占主要地位。以韵为辅的诗是指诗中的表示义占主要地位，而暗示义占附属地位，或者表示义和暗示义占同等地位。画诗是指诗中缺乏暗示义。此后，韵论派通常将这三类诗分别称作上品诗、中品诗和下品诗。

总之，欢增创立的韵论认为韵是诗的灵魂，味是韵的精髓。庄严属于诗的外在美，而韵和味属于诗的内在美。也就是说，韵论以韵和味为内核，以庄严、诗德和风格为辅助，构成了一个较为完善的梵语诗学体系。

新护（Abhinavagupta，十、十一世纪）著有《韵光注》（Kāvyālokalocana）和《舞论注》（Abhinavabhāratī）。《韵光注》是对欢增的《韵光》的注疏。欢增将韵视为诗的灵魂，并将韵分成本事韵、庄严韵和味韵。而新护唯独将味视为诗的灵魂，并将本事韵和庄严韵也最终归结为味韵。他认为诗中的本事韵和庄严韵总是或多或少与味相结合，全然无味的诗不成其为诗。同时，新护认为灵魂是相对身体而言，因此，味韵与优美的音和义不可分离。也就是说，诗是味韵（灵魂）与装饰有诗德和庄严的音和义（身体）的结合。新护还认为吠陀的教诲犹如主人，历史传说的教诲犹如朋友，唯独诗的教诲犹如爱人，因此，“欢喜”（ānanda，即审美快乐）是诗的主要特征，也是诗的最重要的功能。

《舞论注》是对婆罗多的《舞论》的注疏。其中最重要部分是对《舞论》中味的定义——“味产生于情由、情态和不定情的结合”所作的长篇注疏。新护将味的这个定义称作“味经”，因此，他的这部分注疏通常也被称作“味经注”。新护在“味经注”中对婆罗多的味论作了创造性的阐释。他首先对洛罗吒（九世纪）、商古迦（九世纪）和那耶迦（十世纪）等人的味论观点作了评述。这些作者的论著现已失传，依靠新护的评述，才保存了他们的理论观点。从新护的评述可以看出，自婆罗多在《舞论》中提出味论以来，梵语诗学家对味的理论思辨在九、十世纪达到了空前未有的高度。而新护深知理论发展中继承和创造的关系，在“味经注”中指出："先哲前贤铺设的知识阶梯相互连接，智慧不断地向上攀登，寻求事物真谛。"由此，他一方面强调说："重复前人揭示的真理，会有什么新意？缺乏见解和价值怎会获得世人好评？"另一方面也强调说："继承前人思想遗产，可以获得丰硕成果，因此，我们不否定，而是改善先哲的学说。"

正是这样，新护在"味经注"中批判地吸收前人探讨和思考中的合理成分，对味的本质作了创造性阐发。新护认为味是普遍化的知觉（或感情），诗人描写的是特殊的人物和故事，但传达的是普遍化的知觉。这里关键是诗歌或戏剧中的特殊的人物和故事经过了普遍化的处理。具体地说，当观众观赏戏剧时，演员的妆饰掩盖了演员本人的身份，观众直接将演员视为剧中人物。演员失去此时此地作为演员的时空特殊性。演员运用形体和语言表演剧中的情由、情态和不定情。这种特殊的情由、情态和不定情寓有普遍性，它们在观众的接受中得到普遍化。剧中人物失去彼时彼地的时空特殊性。这样，情由、情态和不定情呈示和暗示的常情，引起观众普遍的心理感应。因为每个观众都具有心理潜印象，这是日常生活经验的心理沉淀。在日常生活中，人们在一定的情境下，会激发某种常情；也能依据一定的情境，判断他人心中的常情。观众在观赏戏剧时，剧中普遍化的情由、情态和不定情，唤醒了观众心中的常情潜印象。观众自我知觉到这种潜印象，也就是品尝到了味。这种味虽由常情转化而成，但又不同于常情。常情有快乐，也有痛苦，而味永远是快乐的，因为它是一种超越世俗束缚的审美体验。新护的味论揭示了艺术创作中特殊和普遍的辩证关系，也揭示了艺术欣赏的心理根源。

可以说，欢增和新护的韵论和味论代表了梵语诗学取得的最高理论成就。在欢增和新护之后，梵语诗学家们的理论探索仍在进行。虽然他们的理论建树都已比不上欢增和新护，但也提供了一些具有独到见解的诗学著作，其中值得一提的是恭多迦的《曲语生命论》、摩希摩跋吒的《韵辨》和安主的《合适论》。

恭多迦（Kuntaka，十、十一世纪）的《曲语生命论》（Vakroktijīvata）采用经疏体，共分四章。第一章是总论，提出曲语的基本原理，后三章具体阐述六类曲语。恭多迦给诗下的定义是："诗是在词句组合中安排音和义的结合，体现诗人的曲折表达能力，令知音喜悦。"（1.7）他对"曲折"一词的解释是："与经论等等作品通常使用的音和义不同。"（1.7 注疏）也就是说，诗是经过装饰的音和义，而这种装饰就是曲语。他将曲语视为诗的生命，并将曲语分为六类：音素、词干、词缀、句子、章节和整篇作品。他对于修辞的概念和分类作了深入细致的辨析。他认为诗包含自性、味和修辞。其中，事物自性和味是所描写对象即修饰对象，而修辞是修饰者即修饰所描写对象者，并据此提出自己的修辞分类法。他对章节和作品曲折性的分析也在梵语诗学中别具一格。

从恭多迦对曲语的分类和具体阐述看，正如韵论以韵和味统摄一切文学因素，他试图用曲语统摄一切文学因素。他不仅将庄严论中的音庄严和义庄严纳入曲语范畴，也将韵和味纳入曲语范畴。曲语本是庄严论提出的概念。恭多迦的曲语论显然是在庄严论基础上的创造性发展。尽管恭多迦是一位有气魄的梵语诗学家，创立的曲语论也自成体系，但在后期梵语诗学中，占主流地位的始终是韵论和味论。

恭多迦试图用一个旧概念来解释和囊括一切新观念，自有他的保守之处。但是，在曲语论中，恭多迦强调诗人作为创作主体的重要性，这一观点值得重视。恭多迦认为文学的魅力在于曲语，而曲语的根源在于诗人的创作想象活动。诗人的创造性体现在一切曲语之中。恭多迦明确指出"诗人的技能是一切味、自性和庄严的生命"（3.4 注疏）。他在论述风格时，也紧密联系诗人自身的文化素质特点。在梵语诗学史上，庄严论和风格论重视文学的修辞和风格，味论和韵论重视文学的感情和读者的接受，而恭多迦注意到了诗人创作主体的重要性。

摩希摩跋吒（Mahimabhaṭṭa，十一世纪）的《韵辨》（Vyaktiviveka）采用经疏体，共分三章。这是一部试图以推理论取代韵论的诗学著作。在第一章开头，摩希摩跋吒就明确表示他写这部著作是“为了说明一切韵都包含在推理之中”。他引用了《韵光》中关于韵的定义，从论点和语法上指出这个定义有十条错误。他批驳韵论，否认词有暗示功能。他认为词只有一种表示功能，所谓的转示义或暗示义是由表示义通过推理表达的。因此，按照他的观点，词只有表示义和推理义两种意义，转示义和暗示义都包含在推理中。他认为表示义和暗示义的关系相当于逻辑推理中的“相”（中项）和“有相”（大项）的关系。暗示义不是通过表示义暗示的，而是通过推理展示的。他也否定恭多迦的曲语论，认为如果曲折表达方式传达的意义不同于通常的意义，那么这种曲语也像韵一样包含在推理中。摩希摩跋吒还在第三章中，以《韵光》中引用的四十首诗为例，说明欢增所谓的韵实际上是推理。

《韵辨》显示出摩希摩跋吒具有广博的学识和非凡的论辩能力。但在梵语诗学理论上并无实质性的重大建树。因为他的推理论的核心是以推理取代暗示，除此之外，他与韵论派并无重大理论分歧。他自己就在《韵辨》中说：“就味等等是诗的灵魂而言，并不存在分歧。分歧是在名称上。如果不将味称作韵，分歧也就消除。”（1.26）又说“我们只是不同意说暗示是韵的生命，而其他问题略去不谈，因为基本上没有分歧”（3.33）。在后期梵语诗学家中，摩希摩跋吒的推理论没有获得支持者，现存唯一的一部《韵辨注》（十二世纪）也是对推理论持批评态度的。其实，摩希摩跋吒也不是推理论的首倡者。欢增在《韵光》第三章中就已对推理论作过评述，明确指出："在诗的领域，逻辑中的真理和谬误对于暗示义的认知不适用。"（3.33 注疏）尽管如此，摩希摩跋吒仍向韵论提出理论挑战，说明这个问题还需要诗学家们进行认真的辨析，作出有说服力的回答。无论如何，这涉及诗学中的一个重要理论问题，即形象思维和逻辑思维的关系。

安主（Kṣemendra，十一世纪）的《合适论》（Aucityavicāracarcā）采用经疏体，不分章。安主在这部著作中企图建立一种以"合适"为"诗的生命"的批评原则。他认为诗歌中的各种因素只有与背景适合，又互相适合，才能发挥它们的功用，达到诗人的目的。他在《合适论》中，罗列了二十七种诗的构成因素，诸如词、句、文义、诗德、庄严、味、动词、词格、词性、词数、前缀、不变词和时态等，从正反两方面举例说明何谓合适，何谓不合适。其实，合适这一批评原则在欢增的《韵光》中已经形成，但只是作为诗歌魅力的辅助因素。而安主把合适看作高于一切的生命，加以详细阐发。从理论总体上，应该说欢增的观点更合理。但和谐和分寸感毕竟也是艺术创作的重要问题，安主细致入微的论述自有一定的理论意义和实用价值。

在梵语诗学中，还有一类称作"诗人学"的著作，如王顶（九、十世纪）的《诗探》、安主（十一世纪）的《诗人的颈饰》、阿利辛赫和阿摩罗旃陀罗（十三世纪）的《诗如意藤》、代吠希婆罗（十三、十四世纪）的《诗人如意藤》等。这类著作的侧重点不是探讨诗歌创作理论，而是介绍诗人应该具备的各种修养和写作知识，类似"诗人指南"或"诗法教程"。

王顶（Rājásekhara）的《诗探》（Kāvymīmāṁsā）是这方面的代表作。全书共分十八章，讲述了诗学起源的神话传说、语言作品的分类、"诗原人"诞生的神话传说、诗人的才能、诗人的分类和诗艺成熟的特征、词句及其功能、语言风格、诗的主题来源、诗的描写对象、诗人的行为规范、诗歌创作中的借鉴和诗的各种习惯描写用语等等。总之，论题相当广泛，提供了许多不见于其他著作的梵语诗学资料。

从十一世纪开始，梵语诗学进入对前人成果加以综合和阐释的时期。这类综合性和阐释性的梵语诗学著作很多，其中最著名的是曼摩吒（Mammaṭa，十一世纪）的《诗光》、毗首那特（Viśvanātha，十四世纪）的《文镜》和世主（Jagannātha，十七世纪）的《味海》。《诗光》（Kāvyaprakāśa）共分十章，分别论述诗的目的和特点、音和义、暗示、以韵为主的诗、以韵为辅的诗、无韵的诗、诗病、诗德、音庄严和义庄严。《诗光》以韵论为基础，将梵语诗学的所有概念和理论交织成一个有机整体。因而，这部著作十分流行，注本也最多。《文镜》（Sāhityadarpaṇa）也分十章，分别论述诗的特点、词句、味和情、韵、暗示、戏剧、诗病、诗德、风格和庄严。《文镜》的格局与《诗光》相似，但兼论戏剧。同时，在诗的本质问题上,《诗光》侧重韵，而《文镜》侧重味。《味海》（Rasagaṅgādhara）仅存第一章和第二章的部分。第一章论述诗的特点、诗的分类、情、味和诗德，第二章论述韵的分类和庄严。《味海》表明世主透彻了解梵语诗学遗产，准确把握各家观点的歧异，并能提出自己的一些独到见解。他是梵语诗学史上最后一位重要的理论家。他的《味海》标志梵语诗学的终结。

印度现代学者古布斯瓦米·夏斯特里（S. Kuppuswami Sastri）曾以图表方式展示梵语诗学的总体面貌①：

按照他的解释，味、韵和推理代表诗的内容。韵论和推理论都确认味，而前者强调暗示，后者强调推理。庄严、诗德和风格代表诗的形式。这三者都属于曲语，即曲折的表达方式，构成小圆圈。

① 参阅拉克凡和纳根德罗合编《印度诗学引论》第25页，孟买，1970年。

而无论内容或形式，都需要合适，构成大圆圈。同时，内容比形式重要，内容组成大三角，形式组成小三角。

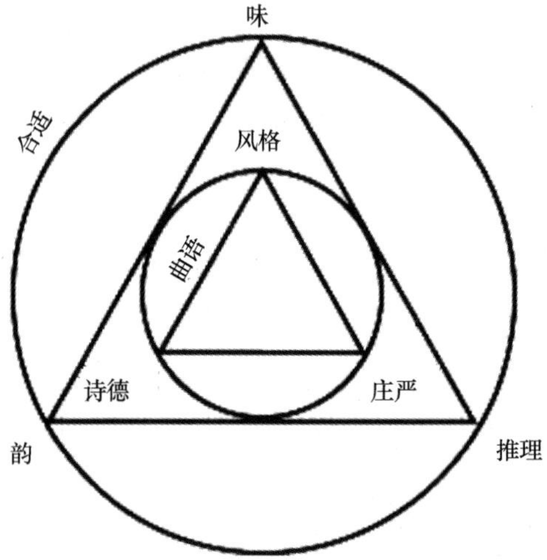


我们也可以将这个图表加以改造，对最终形成的梵语诗学体系作出另一种表述：

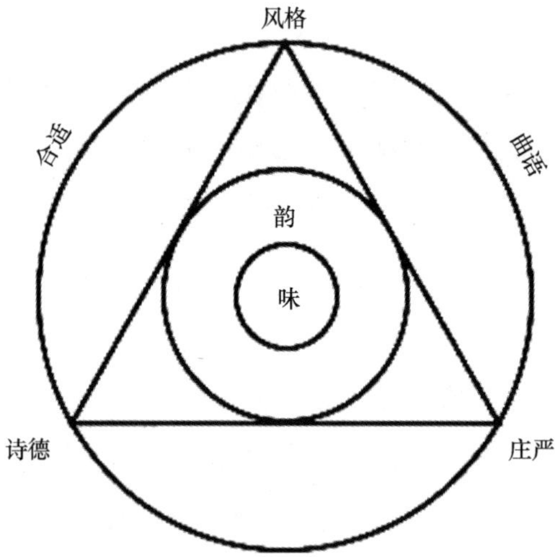


韵是诗的灵魂，味是韵的精髓，构成诗的内在美。庄严、诗德和风格构成诗的外在美。而合适和曲语适用于内在美和外在美，是

所有诗美因素的共同特征。

综上所述，梵语诗学经过漫长的历史发展，形成了世界上独树一帜的文学理论体系。它有自己的一套批评概念或术语，如味、情、庄严、诗德、诗病、风格、韵、曲语和合适等。它对文学自身的特殊规律作了比较全面和细致的探讨。就梵语诗学的最终成就而言，可以说，庄严论和风格论探讨了文学的语言美，味论探讨了文学的感情美，韵论探讨了文学的意蕴美。这是文艺学的三个基本问题。因此，梵语诗学这宗丰富的遗产值得我们重视。如果我们将它放在世界文学理论的范围内进行比较研究，就更能发现和利用它的价值。

# 舞　论

# 简　介

婆罗多（Bharata）的《舞论》（Nāṭyaśāstra，或译《戏剧论》）是印度最早的戏剧学著作。现存抄本分南北两种传本，南传本三十六章，北传本三十七章。这两种传本的内容基本一致，只是在某些章节的编排和某些内容的细节上有差异。

《舞论》的现存形式含有三种文体：输洛迦诗体、阿利耶诗体和散文体。其中，输洛迦诗体是主要的；部分输洛迦诗和阿利耶诗标明为“传统的”，意思是“古人云”；散文体采用经疏格式。文体的混杂说明《舞论》有个成书过程。一般认为《舞论》的原始形式产生于公元前后不久，而现存形式大约定型于四、五世纪。

《舞论》是早期梵语戏剧实践经验的理论总结。它自觉地把戏剧作为一门综合艺术对待，以戏剧表演为中心，涉及与此有关的所有论题。第一章讲述戏剧起源的神话传说。第二章讲述剧场的建造、形状和结构。第三章讲述剧场建成后，要举行祭祀仪式，祭拜各方天神。第四章论述戏剧表演中的舞蹈。第五章论述戏剧演出前的准备工作和序幕。第六章和第七章论述“味”。所谓“味”，指的是戏剧艺术的感情效应，也就是观众在观剧时体验到的审美快感。婆罗多给味下的著名定义是：“味产生于情由、情态和不定情的结合。”按照婆罗多的规定，味有八种：艳情味、滑稽味、悲悯味、暴戾味、英勇味、恐怖味、厌恶味和奇异味。与这八种味相对应，有八种“常情”（即基本感情）：爱、笑、悲、怒、勇、惧、厌和惊。“情由”是指感情产生的原因，如剧中人物和有关场景。“情态”是指感情的外在表现，如剧中人物的语言和形体表现。“不定情”是指辅助常情的三十三种变化不定的感情，如忧郁、疑虑、妒忌、羞愧和傲慢等。这些情由、情态和不定情运用得当，达到和谐完美的结合，便能激起常情，观众由此品尝到味。《舞论》的戏剧表演理论是建立在味论基础上的。婆罗多认为戏剧表演应该有助于味的产生。他把戏剧表演分为四大类：形体、语言、妆饰和真情。第八章至第十三章论述各种形体表演，如手、胸、胁、腹、腰、大腿、小腿、脚、头、眼、眉、鼻、颊、唇、颏和颈的动作，还有各种站姿、步姿、坐姿和睡姿。第十四章论述戏剧表演中以行走的方法暗示地域、场景和距离，并提出戏剧表演中的“世间法”和“戏剧法”。世间法是模仿自然形态的表演，戏剧法是艺术化的表演。第十五章至第十九章论述语言表演，如词音、词态、诗律、诗相、庄严、诗病、诗德、剧中人物使用梵语和各种俗语的规则以及称呼方式。第二十章论述戏剧类型。婆罗多将梵语戏剧分为十类（“十色”）：传说剧、创造剧、神魔剧、掠女剧、争斗剧、纷争剧、感伤剧、笑剧、独白剧和街道剧。第二十一章论述戏剧情节，包括情节发展的五个阶段——开始、努力、希望、肯定和成功，情节的五种元素——种子、油滴、插话、小插话和结局，情节的五个关节——开头、展现、胎藏、停顿和结束。第二十二章论述戏剧风格。婆罗多将梵语戏剧风格分为四类：雄辩、崇高、艳美和刚烈。第二十三章论述妆饰和道具，包括服饰、油彩、模型和活物。第二十四章论述语言、形体和真情表演。第二十五章论述男女爱情活动的表现形态。第二十六章论述各种景物和情态的特殊表演方法。第二十七章论述戏剧演出成功的标准，包括观众的反应和评判演技的方法。第二十八章至第三十三章论述戏剧表演中的音乐，如弦乐、管乐、鼓乐和歌曲。第三十四章论述角色，包括男女主角的分类和各种配角。第三十五章论述剧团和角色的分配。第三十六章讲述戏剧从天国下凡人间的神话传说。

《舞论》全书约有五千五百节诗和部分散文。在公元前后不久就已产生这样规模的戏剧学著作，在世界戏剧史上是绝无仅有的。它全面论述了戏剧的起源、性质、功能、表演和观赏。但全书的重点是舞台表演艺术，详细规定各种表演程式。从现代的批评眼光看，或许会觉得它对戏剧艺术的理论总结带有比较浓厚的经验主义色彩，热衷于形式主义的繁琐分析和归类。然而，这正是印度古代戏剧学的特色，注重戏剧艺术的具体经验和演出工作的实用需要。因此，《舞论》也可以说是一部印度古代的戏剧工作者实用手册。

《舞论》的英译本现有三种。第一种是高斯（M. Ghosh）的译本（加尔各答，第一卷，1950；第二卷，1964）。第二种译本（德里，未标明出版年代），是由一批学者（A Board Of Scholars）集体翻译的。第三种是兰伽恰利耶（A. Rangacharya，新德里，2007）的译本。这个译本是简缩本，即对《舞论》文本中一些繁琐的论述和意义难解的部分作了压缩或删削处理。《舞论》英译本的迟迟问世本身说明这部著作的翻译难度。因为《舞论》的抄本文字多有舛错讹误，翻译首先要以精细的校勘为前提。其次，《舞论》中有不少词汇和术语由于年代久远，原义或者已经失传，或者难以把握。

原先我选译了《舞论》中的十一章，内容主要属于梵语戏剧原理和剧作法。这次我又补译了十九章，内容主要属于戏剧表演。留下第二十八章至第三十三章未译。这六章主要讲述戏剧中的音乐，如管乐、弦乐、鼓乐、铙钹、歌曲和节拍。其中音乐术语繁多，同时，文本中的文字错乱情况也较多，更重要的原因是我不懂印度音乐乐理，故而，只能放弃，留下遗憾。原先翻译的十一章，依据的梵语原本是夏尔玛（B. N. Sharma）和乌帕底亚耶（B. Upadhyaya）编订本（《迦尸梵文丛书》，1980）。这次补译的十九章，依据的梵语原本是古马尔（P. Kumar）的编订本（德里，2006）。这应该是最新的编订本。然而，《舞论》文本中的诸多文字错乱问题，依然未能获得完全解决。我在翻译中也参考上述三种英译本，尤其是在遇到文本中一些文字疑难之处的时候。虽然这三种英译本在这些地方的译文也会出现歧异，但仍有参考价值。

# 第一章

## 舞论起源

向祖宗（梵天）和大自在天（湿婆）两位大神鞠躬致敬[①]，我现在开始讲述梵天阐明的舞论。(1)

从前，有一次，在学习间歇的时间，恪守誓愿、精通戏剧的婆罗多完成祈祷，他的儿子们围在身边。(2) 以阿底梨耶为首的牟尼[②]灵魂高尚，已经调伏感官和智慧。他们走近婆罗多，问道：(3)"您已经编撰了与吠陀[③]相称的戏剧吠陀，婆罗门啊！它是怎样产生的？它是为谁编撰的？(4) 它有多少部分？规模多大？怎样使用？请您如实讲述这一切。"(5)

### 讲述戏剧吠陀的产生

婆罗多牟尼听了众牟尼的话，开始讲述戏剧吠陀：(6)"你们身心纯洁，凝思静虑，请听梵天怎样创造戏剧吠陀！(7) 诸位婆罗门啊！第一摩奴时期早已过去，第七摩奴时期的圆满时代也已经过

---

① 印度古代著作开头一般都向大神表示致敬。梵天、湿婆和毗湿奴是印度古代三位大神。

② "牟尼"是对婆罗门仙人、圣人或苦行者的称呼。

③ 吠陀是印度最古老的经典，共有四部：《梨俱吠陀》、《娑摩吠陀》、《夜柔吠陀》和《阿达婆吠陀》。

去，然后，到达三分时代。[①]（8）人世受爱欲和贪欲控制，按照粗俗的法则行事，因妒忌和愤怒而愚昧，既有快乐，也有痛苦。（9）瞻部洲[②]由护世天王[③]们维系，天神、檀那婆、健达缚、药叉、罗刹和大蛇出没其中[④]。（10）以伟大的因陀罗为首的众天神对梵天说道：‘我们希望有一种既能看又能听的娱乐。（11）首陀罗种姓不能听取吠陀经典[⑤]，因此请创造另一种适合所有种姓的第五吠陀。’（12）他对众天神说道：‘好吧！’打发走天王（因陀罗）。他洞悉真谛，开始运用瑜伽[⑥]，回忆四吠陀。（13）‘导向正法、利益和名誉，包含教训，展现将来人世的一切事务，（14）具有一切经典的精义，展示一切技艺，包含历史传说，我创造这种名为戏剧的吠陀。’（15）尊神（梵天）回忆所有的吠陀，作出这样的构想，创造以四吠陀和吠陀支[⑦]为来源的戏剧吠陀。（16）他从《梨俱吠陀》中撷取吟诵，从《娑摩吠陀》中撷取歌唱，从《夜柔吠陀》中撷取表演，从《阿达婆吠陀》中撷取情味。（17）就这样，灵魂高尚的梵天创造了与吠陀和副吠陀[⑧]密切相关的、具有娱乐性质的戏剧吠陀。（18）梵天创造了戏剧吠陀后，对天王（因陀罗）说道：‘把我见到的历史传说展示给众天神吧！（19）请你把这叫做

---

① 按照印度古代神话，世界由创造到毁灭，经历四个时代：圆满时代、三分时代、二分时代和迦利时代。四个时代的社会正义依次递减。

② 按照印度古代神话，世界由七洲组成，印度位于瞻部洲。

③ 护世天王通常指因陀罗、火神、阎摩和伐楼那四位大神。

④ 檀那婆和罗刹是恶魔，健达缚和药叉是小神。

⑤ 印度古代社会实行种姓制，主要有四种种姓：婆罗门、刹帝利、吠舍和首陀罗。首陀罗属于低级种姓，按照婆罗门教律法，不准听取四部吠陀。

⑥ 瑜伽是印度古代修炼身心的方法。

⑦ 吠陀支是研究吠陀的学问，有六支：礼仪学、语音学、语法学、词源学、诗律学和天文学。

⑧ 副吠陀指《寿命吠陀》（医学）、《弓箭吠陀》（军事）、《健达缚吠陀》（音乐）和《建筑吠陀》。

戏剧的吠陀传给那些聪明、灵巧、果敢和勤奋的人吧！’（20）尊神帝释天（因陀罗）听了梵天的话，双手合十行礼，向祖宗（梵天）说道：（21）‘尊神啊！众天神不善于掌握、记住、理解和运用戏剧，不适宜从事戏剧工作。（22）那些洞悉吠陀奥秘、恪守誓愿的牟尼善于掌握、运用和记住戏剧。’（23）莲花生（梵天）听了帝释天（因陀罗）的话，对我说道：‘纯洁的人啊！你和一百个儿子成为戏剧家吧！’（24）我遵命向祖宗（梵天）学习戏剧吠陀，并如实教会儿子们正确运用。”（25）

一百个儿子的名字

（26—39，罗列一百个儿子的名字，从略）按照梵天的旨意，为了人世的利益，我让一百个儿子分别承担工作。（40）

戏剧实践最初运用三种风格

谁适合什么工作就承担什么工作。雄辩、崇高和刚烈，（41）我在戏剧表演中运用这三种风格，诸位婆罗门啊！我掌握之后，向梵天俯首致敬，报告我的工作。（42）然后，神中导师（梵天）对我说道：“你也要运用艳美风格，婆罗门俊杰啊！你说说适合这种风格的材料。”（43）闻听此言，我回答神主（梵天）说：“请你赐给我适合艳美风格的材料！（44）我曾见过青项（湿婆）大神跳舞的艳美风格，有温柔的肢体动作，以味、情和动作为核心；（45）有美丽的服饰，以艳情味为源泉。除非女性，男性不能胜任这种风格。”（46）于是，大光辉的神主（梵天）用思想创造出精通戏剧妆饰的众天女，交给我使用。（47）

天女的名字

（48—50，罗列众天女的名字，从略）自在天（梵天）安排斯伐迪和徒弟们使用乐器，也安排那罗陀等仙人和健达缚们从事戏剧。（51）

按照梵天吩咐，进行首次戏剧演出

完全理解了这种依据吠陀和吠陀支表达感情的戏剧，我和斯伐迪、那罗陀以及所有的儿子，（52）为了演出，走到世界之主（梵天）那里，双手合十，说道："我已掌握戏剧，吩咐我做什么吧！"（53）听了这话，祖宗（梵天）回答说："演出的伟大时刻已经来到。（54）伟大的因陀罗的吉祥旗帜节正在进行，让名为戏剧的吠陀现在就在这里演出吧！"（55）在这个阿修罗和檀那婆①失败、因陀罗胜利的旗帜节，到处是兴高采烈的天神。（56）我先念诵献辞。这献辞含有祝福的话语，含有词的八支②，绚丽多彩，博得众天神赞赏。（57）献辞完毕，开始演出，模仿天神打败提迭③，包含有争论、挑战、砍杀和逃跑。（58）于是，以梵天为首的众天神对演出表示满意。（59）

以梵天为首的众天神满意，提供捐助

他们满怀喜悦，向我们捐助各种物品。（60）首先，帝释天（因陀罗）高兴地赠送自己的光辉旗帜。梵天赠送水瓶，伐楼那赠送金罐。（61）太阳神赠送华盖，湿婆赠送成功，风神赠送扇子，毗湿奴赠送狮子座，俱比罗（财神）赠送头冠。（62）娑罗私婆蒂

① 阿修罗和檀那婆都是恶魔。

② 词的八支指名词、动词、不变词、介词、复合词、后缀、连声和词尾。

③ 提迭是恶魔。

赠送可看者的可听性。① 其余的天神、健达缚、药叉、罗刹和蛇，（63）在这集会上，赠送依据各自的出身和品德点点滴滴形成的、可爱的情、味、形体、力量和动作。（64）众天神高兴地向我的儿子们捐助。就这样，戏剧开始表演提迭和檀那婆的失败。（65）

### 以毗卢波刹为首的众提迭不满，扰乱戏剧演出

聚集在这里的所有提迭情绪激动。他们煽动以毗卢波刹为首的捣乱者，说道：（66）“我们不喜欢这种戏剧，来吧！”于是，他们和阿修罗们一起，依靠那些捣乱者的幻力，（67）定住演员们的语言、动作和记忆。天王（因陀罗）看到演员们陷入困境，（68）说道：“谁在破坏演出？”他进入禅定，看到四周已被捣乱者包围。（69）

### “粉碎”的产生

舞台监督和其他人都已失去知觉，肢体僵硬。帝释天（因陀罗）顿时站起身来，怒不可遏，握住旗帜。（70）天王（因陀罗）瞪着眼睛，用珠宝闪烁的旗帜打击围住舞台的捣乱者和阿修罗。（71）他用这面名为“粉碎”的旗帜粉碎他们的身体。所有的捣乱者和檀那婆遭到打击。（72）众天神欢欣鼓舞，说道：“啊，你有这件神奇的武器。（73）它能粉碎所有的戏剧捣乱者，因此，以后就称它为‘粉碎’。（74）其他的捣乱者前来捣乱，遇见这‘粉碎’，也会遭到同样下场。”（75）于是，帝释天（因陀罗）对众天神说道：“就这样吧！这‘粉碎’将保护你们所有人。”（76）

---

① 娑罗私婆蒂是语言女神，也称辩才女神。这句话的意思是她赠送戏剧语言。

工巧天[1]建造剧场

演出照常进行，因陀罗节再度热闹。而捣乱者企图杀害我，进行威胁。（77）看到他们一心加害于我，所有的儿子跟随我到梵天那里，说道：（78）“尊神啊！捣乱者一心要毁灭戏剧，神主啊！请指示保护戏剧的方法。”（79）于是，梵天对工巧天说道：“你努力建造一座具有特色的剧场。”工巧天遵命照办。（80）按照莲花生（梵天）的旨意，造好剧场，工巧天前往梵天的大厅，双手合十说道：（81）“大神啊！剧场已经造好，你可以去看看。”

安排众天神保护剧场

于是，与伟大的因陀罗和所有高贵的天神，（82）梵天立即前来观看剧场。梵天观看后，对众天神说道：（83）“这座剧场应该由你们分工保护。月神保护剧场建筑。（84）护世天王们保护四方，风神们保护四角，密多罗神保护后台，伐楼那神保护空间。（85）火神保护祭坛，天神们保护乐器，四种姓保护柱子。（86）阿提迭们和楼陀罗们保护柱间空当，精灵们保护座位，天女们保护大厅。（87）药叉女们保护所有房间，海神保护地面，毁灭一切的时神保护门厅。（88）大力蛇王保护门边，阎摩的刑杖保护门槛，三叉戟[2]保护上空。（89）命运神和死神担任门卫，伟大的因陀罗亲自守护在舞台边。（90）毁灭提迭的闪电保护侧房。强壮的精灵、药叉、毕舍遮和密迹天，（91）保护侧房的柱子。毁灭提迭的金刚杵[3]保护名为‘粉碎’的旗帜。”（92）威力无限的诸神保护它的各部分：梵天保

① 工巧天是工匠神。

② 三叉戟是湿婆大神使用的武器。

③ 金刚杵是因陀罗使用的武器。

护顶部，商羯罗（湿婆）保护第二部分，（93）毗湿奴保护第三部分，室建陀保护第四部分，大蛇湿舍、婆苏吉和多刹迦保护第五部分。（94）为了消灭捣乱者，诸神这样保护名为“粉碎”的旗帜。梵天亲自守护舞台中央。（95）因此，鲜花撒在舞台中央。居住在地下的药叉、密迹天和蛇，（96）保护舞台底部。因陀罗保护男主角，娑罗私婆蒂保护女主角，（97）“唵”音[1]保护丑角，湿婆保护其他角色。梵天说道：“在这里负责保护的诸神，（98）都将成为保护神。”

## 梵天安抚众提迭

然后，众天神对梵天说道：（99）“你应该用言语安抚这些捣乱者。首先进行安抚，然后馈赠礼物。（100）如果这两者失效，那就采取惩罚手段。”听了众天神的话，梵天说道：（101）[2]“提迭们啊！别愤怒，莫悲伤！我创造的戏剧吠陀按照实际情况，（102）构想你们和大神们的幸运和不幸。这里，不单单是你们和天神的情况。”（103）

## 讲述戏剧的特征

戏剧再现三界的一切情况。有时是正法，有时是游戏，有时是利益，有时是辛劳，（104）有时是欢笑，有时是战斗，有时是爱

① 在婆罗门教中，“唵”（Om）被视为具有神秘力量的发音，在念诵吠陀时，开头和结束都要念诵“唵”。

② 在有些抄本中，在第101颂和第102颂之间有这四颂——“你们为何要破坏戏剧吠陀？”听了梵天的话，毗卢波刹与提迭们和捣乱者们一起恳求道：“你依照众天神的心愿创造这种戏剧吠陀，贬低我们，偏袒众天神。世界祖宗啊！众天神和众提迭都从你这里产生，你不应该做这种事。”听了毗卢波刹的话，梵天说道：

欲，有时是杀戮。对于遵行正法者有正法，对于渴求爱欲者有爱欲，（105）对于桀骜不驯者有惩戒，对于品行端正者有克制，对于怯懦者有胆量，对于勇敢者有勇气，（106）对于愚者有智慧，对于智者有学问，对于权贵者有娱乐，对于受苦者有坚韧，（107）对于求财者有财富，对于烦恼者有抉择。具有各种感情，以各种境遇为核心，（108）我创造的这种戏剧模仿世界的活动。依据上、中、下三种人的行为，（109）这种戏剧将产生有益的教训。从味、情和一切行为中，（110）这种戏剧将产生一切教训。对于世上痛苦、劳累、忧伤和不幸的人们，（111）这种戏剧将产生安宁。有助于正法、荣誉、寿命和利益，增长智慧，（112）这种戏剧将提供人世教训。知识、技术、学问和技艺，（113）方法和行为，无不见于这种戏剧中。一切经论、技艺和各种行为都囊括在这种戏剧中，（114）因此，我才创造它。你们不应该对众天神发怒。（115）因为在这种戏剧中，规定模仿七大洲。吠陀经典和历史传说中的故事，（116）圣典、法论、善行和其他事义，这种戏剧都会及时编排，激动人心。（117）模仿世界上天神、仙人、帝王和家主们的行为，这便叫做戏剧。（118）

### 应该祭供舞台神

然后，祖宗（梵天）又对众天神说道："在剧场里，必须按照戏剧规则进行祭供。（119）必须伴随咒语、药草和祷告，祭供酥油和各种软硬食物。（120）这种戏剧吠陀将在人世受到光荣的崇拜。不祭供舞台，就不举行演出。（121）如果谁不祭供舞台就举行演出，那么，他的智力失效，会再生为牲畜。（122）这种对舞台神的祭供与祭祀相同，所以应当竭尽全力祭供舞台。（123）演员或财主不祭供或不让人祭供，那么，他就会蒙受损失。（124）如果按照规定，遵循经典，进行祭供，他就会获得光辉的财富，升入天国。”（125）最后，梵天说道：“就这样吧！”他和众天神一起吩咐我说：“你要祭供舞台！”（126）

以上是婆罗多《舞论》中名为《舞论起源》的第一章。

# 第 二 章

## 剧场特征

听了婆罗多的话，众牟尼说道："尊者啊，我们想要听取关于舞台的祭祀。（1）那些仪式，祭祀的特征，将来人们在剧场中应该怎样做？（2）在开头部分，已经谈及戏剧演出的剧场。因此，请你说说剧场的特征。"（3）听了这些牟尼的话，婆罗多说道：（4a）

请听剧场和祭祀的特征。（4b）天神随其心意创造房屋和花园，而凡人必须按照规则做事。（5）请听应该怎样建造剧场，怎样在建造地点努力祭供天神？（6）

聪明的工巧天按照规则设计了三种类型的剧场。（7）矩形、方形和三角形，又分别具有大型、中型和小型。（8）它们的量度依据腕尺和杖①，确定一百零八、六十四和三十二。（9）这样，大型剧场一百零八，中型剧场六十四，小型剧场三十二。（10）大型剧场属于天神，中型剧场属于国王，小型剧场属于其他民众。②（11）

你们要知道所有这些剧场，工巧天确定的计量规则。（12）极

---

① 腕尺（hasta）相当于中指顶端至肘的长度。杖（daṇḍa）相当于四腕尺。这里实际是指腕尺和杖两种计量单位，因此，提及的具体数字既可指腕尺，也可指杖，也就是大型、中型和小型，还可以按照计量单位分成两类。

② 据新护注，中型剧场适合演出国王的传说剧（nāṭaka）等，小型剧场适合演出独白剧（bāṇa）和笑剧（prahasana）等。

微、微尘、毫毛、虱卵、虱子、麦粒、手指、腕和杖。(13)八极微等于一微尘，八微尘等于一毫毛，八毫毛等于一虱子卵，八虱卵等于一虱子，(14)八虱子等于一麦粒，八麦粒等于一手指，二十四手指等于一腕尺，(15)四腕尺等于一杖。我将按照这种计量，讲述这些剧场。(16)

为凡人建造的剧场应该长六十四（腕尺），宽三十二（腕尺）。(17)因此，建造者不应该建造比这更大的剧场，那样不适合戏剧表演。(18)在过大的剧场中，远处听不到，需要高声吟诵，便失去声音的和谐。(19)剧场过大，也会完全看不清楚传达情和味的面部表情。(20)因此，理想的剧场是中型的，这样能愉快地聆听吟诵和歌唱。(21)

天神随其心意创造房屋和花园，而凡人必须努力完成一切事情。(22)因此，凡人不应该与天神创造的事物竞争。我将讲述适合凡人的剧场特征。(23)聪明的建造者应该首先考察地点，然后依照美好的心愿开始测量地面。(24)

建造者应该在平坦、结实、坚硬、黑而不白的地面上建造剧场。(25)首先清理地面。用犁垦地，清除骨头、木橛、骷髅、野草和灌木。(26)清理完毕后，丈量地面。但应该在鬼宿吉日使用白线丈量。(27)智者应该使用棉线、跋尔婆草、树皮或蒙珠草搓成的线，不能出现断裂。(28)如果这根线断成两截，恩主肯定会死去。如果断成三截，王国会出现骚乱。(29)如果断成四截，戏班师傅会死去。或者线从手中失落，也会造成其他某种损失。(30)因此，始终要努力握住这根线。确实，应该小心谨慎丈量剧场。(31)

他应该在太阴日的吉利时刻，在布施众婆罗门后，宣布吉祥的日子。(32)先洒上抚慰之水，然后拉线，量出六十四（腕尺），又将六十四（腕尺）一分为二。(33)然后再将后面的一半一分为

二。其中的前一半用作后舞台，（34）后一半用作化妆室。按照规则，依次划出各部分。[①]（35）

他应该在吉祥的星宿日举行剧场奠基仪式。吹响螺号，敲响大鼓小鼓，（36）奏响一切乐器，赶走不受欢迎的异教徒和沙门，（37）还有那些身穿袈裟衣和肢体残缺的人。应该在夜晚，供奉祭品，包括各种食物，（38）还有香料、鲜花和果子，面向十方。向东方，白色的食物；向南方，蓝色的食物；（39）向西方，黄色的谷物；向北方，红色的谷物。就这样，考虑到各方的主神。（40）应该先念颂诗，然后供奉谷物。在奠基时，应该向众婆罗门布施酥油和牛奶粥，（41）向国王布施混合蜂蜜[②]，向剧作者们布施拌糖米饭。智者们应该在尾宿日奠基。（42）完成奠基后，应该随即在吉祥的太阴日开始砌墙。（43）

完成砌墙后，应该在吉祥的太阴星宿日竖立柱子。（44）应该在毕宿日或牛宿日，由经过三天严格斋戒的师傅竖立柱子。（45）应该在太阳升起的吉祥时刻竖立柱子。第一根婆罗门柱子应该装饰有酥油和芥子。（46）仪式全是白色，应该布施牛奶粥。第二根刹帝利柱子应该装饰有衣服、花环和软膏，（47）仪式全是红色，应该向再生族布施拌糖米饭。应该在西北方竖立吠舍柱子，（48）仪式全是黄色，应该向再生族布施酥油米饭。应该在东北方竖立首陀罗柱子。（49）仪式全是青色，应该向再生族布施混合米饭[③]。首先在装饰有白色花环和软膏的婆罗门柱子（50）底部，应该投下金饰品。在刹帝利柱子底部，应该投下铜饰品。（51）在吠

---

① 这段的描述是说剧场分为前后两部分，前半部分是观众席。后半部分又一分为二，前半部分是前舞台，即正式的舞台，后半部分包括后舞台（乐队坐席）和化妆室。

② 混合蜂蜜指混合有奶油、白糖和水的蜂蜜。

③ 混合米饭指混合有芝麻和豆类的米饭。

舍柱子底部，应该投下银饰品。在首陀罗柱子底部，应该投下铁饰品。(52) 在其余的柱子底部，也应该投下金饰品。念诵“幸运”、“吉祥日”和“胜利”这样的祝祷词。(53) 在竖立装饰有带叶花环的柱子时，应该先慷慨布施宝石、衣服和牛，(54) 让婆罗门们满意，然后竖立柱子。柱子应该不摇动，不摆动，不晃动。(55) 人们说竖立柱子方面有这些后患：摆动表示旱灾的危险，晃动表示死亡的危险，(56) 摇动表示敌军入侵的可怕危险。因此，应该让柱子稳固竖立，避免这些后患。(57)

在竖立纯洁的婆罗门柱子时，应该布施牛。在竖立其余柱子时，应该向工匠们布施食物。(58) 聪明的戏班师傅应该首先念诵颂诗，向祭司和国王布施蜂蜜和牛奶粥。(59) 同样，应该向所有工匠布施加盐的混合米饭。完成这一切后，奏响所有乐器。(60) 应该先念颂诗，按照规则，竖立柱子：“如同弥卢山和雪山，不动不摇，(61) 愿你给国王带来胜利！”柱子，门，墙，化妆室，(62) 行家应该按照既定的规则建造。应该在前舞台两侧建造侧房。(63)

侧房应该有四根柱子，面积相当于前舞台，地面高出一腕尺半。(64) 这两个侧房的高度应该与剧场相同。建造时，应该布施花环、薰香、香料和衣服，(65) 颜色各异，以及鬼怪们喜爱的谷物。为了保证柱子稳固，应该向婆罗门们布施牛奶粥，(66) 以及混合米饭。建造侧房时，应该按照规则，先完成这些。(67)

然后，应该按照既定规则建造舞台。后舞台应该使用六根木料。(68) 化妆室应该有两个门。应该努力用黑土填充地面。(69) 用犁垦地，清除石块、杂草和沙砾，用两头肤色纯洁的牲口驾轭拉犁。(70) 那些劳工应该肢体健全，没有缺陷，用崭新的箩筐运载泥土。(71) 应该这样建造后舞台。地面不应该如同龟背或鱼背。(72) 后舞台应该如同光洁的镜面，而受人称赞。行家们在

这里底部投下各种宝石。东面投下钻石，（73）南面投下琉璃，西面投下水晶，北面投下珊瑚，中间投下金子。（74）

这样完成后舞台后，应该做木工，认真设计，运用各种技艺。（75）装饰有各种四角形标志、许多猛兽图像和各种木雕。（76）有各种连接的台基，有各种格子窗。（77）有成排的座位，如同成排的鸽子。在不同的部位装饰有柱子。（78）

这样完成木工后，应该装修墙壁。柱子、挂钩和窗户，（79）还有角落，不应该正对着门。这个两层地面的剧场应该建造得像山洞。（80）有许多小窗，避免风吹进来，保证声音稳定。因此，工匠应该让剧场能避风。（81）这样，乐器的声音就会深沉。这样装修墙壁后，应该再粉刷墙壁。（82）应该努力将外墙抹成白色。每面墙壁都要抹得干净整洁，（83）平整美观。然后，在上面绘画。绘有男人和女人，（84）还有蔓藤和欢乐生活。建筑师们应该这样建造矩形剧场。（85）

下面，我讲述方形剧场的特征。它的四边应该是三十二腕尺。（86）戏剧行家应该将这种剧场建造在吉祥的地方。吉祥的仪轨特征如前所述。（87）剧场应该建成四方形，四面长度相等，用线量出。（88）外墙用砖砌成，坚固紧密。里面按照正确的方位建造前舞台。（89）行家们竖立十根柱子，能支撑屋顶。这些柱子的外面，建造呈现台阶形状的座位。（90）应该使用砖头和木料建造观众席，每排座位依次高出一腕尺。（91）这样，所有的座位都能看到舞台。另外，按照正确的部位，再竖立六根柱子。（92）进而，行家们按照规则，再竖立八根坚固的柱子，支撑屋顶。（93）然后，建造四周八腕尺的前舞台。行家们在这里竖立柱子，支撑屋顶。（94）这些支撑的柱子应该装饰有“女人和树”的图案。然后，行家们应该建造化妆室。（95）

化妆室应该有一个门，进入前舞台。这样，人员面对观众，进入舞台。(96) 面对舞台，还应该有另一个门。前舞台的规模应该是四周八腕尺。(97) 四周装饰有台基，台面平整。侧房按照前面所说的规模建造。(98) 台基两侧有四根柱子。前舞台的高度应该高于台基，或与台基一致。(99) 矩形剧场中，台基高于舞台，而方形剧场，两者应该一致。方形剧场应该按照这样的规则建造。(100)

我也要讲述三角形剧场的特征。建筑师应该将剧场建成三角形，(101) 也将剧场中的前舞台建成三角形。在其中的一角，建造进入舞台的门。(102) 还应该在前舞台后面建造第二个门。建筑师们应该这样建造三角形剧场。(103)

智者们应该按照这样的规则建造剧场。下面，我要讲述怎样按照规则祭供。(104)

以上是婆罗多《舞论》中名为《剧场特征》的第二章。

# 第 三 章

## 敬拜舞台诸神

具有一切特征而吉祥的剧场建成后，牛和念诵颂诗的婆罗门们应该留宿七天。(1) 然后，戏班师傅用念过颂诗而净化的水喷洒身体，在黄昏时分住进剧场和后舞台。(2) 在此之前，他已经做了准备，斋戒三夜，身穿新衣，控制自我，保持纯洁。(3)

他敬拜一切世界之主湿婆、生自莲花的梵天、众神之师毗诃波提、毗湿奴、因陀罗和古诃①。(4) 还有，娑罗私婆蒂、吉祥女神、成功女神、智力女神、传承女神、思想女神、月神、太阳神、风神、护世天神和双马童。(5) 还有，密多罗、火神和其他诸神如众楼陀罗、众种姓神、时神、迦利、死神、命运神和时杖神。(6) 还有，毗湿奴的武器、蛇王、金翅鸟、雷杵、闪电、大海、健达缚、天女和牟尼。(7) 还有，戏剧童女、大村主、药叉、密迹天和各种鬼怪。(8)

在敬拜这些天神和其他神仙之后，应该合掌邀请众天神各就各位，说道：(9) "敬请诸位在夜晚保护我们，与随从们一起为戏剧演出提供协助。"(10)

---

① 古诃（guha）即湿婆之子室建陀（skanda）。

在敬拜一切神和乐器之后，应该敬拜粉碎旗①，以保障戏剧演出成功：（11）“你是因陀罗的武器，毁灭一切檀那婆，众天神将你创造，用以消除一切障碍。（12）请赞美国王胜利，宣布敌人失败，赐予牛和婆罗门吉祥，促进戏剧演出。”（13）

按照规则，这样住在剧场中，在夜晚破晓时，他应该开始敬拜。（14）应该在参宿、星宿或前三个时辰，或月宿和尾宿，敬拜舞台。（15）戏班师傅应该事先准备，净化身体，保持纯洁，然后点亮舞台的灯，敬拜诸神。（16）

在白天结束时，是鬼怪出没的可怕时刻，应该按照规则，啜水漱口，邀请诸神就位。（17）应该向他们供奉红腕带、红香料、红花和红果。（18）还有麦子、白芥末、詹波迦花粉和番红花。（19）诸神就位后，应该供奉这些物品，而且按照规则，先要画出一个圆圈②。（20）按照规则，圆圈的圆周十六腕尺，四边各有一个门。（21）

在圆圈中间，应该横向和竖向分别画两道线③，诸神由此进入不同的部位。（22）以莲花为座的梵天进入中央方位。尊敬的湿婆及其随从，（23）以及毗湿奴、因陀罗、室建陀、太阳神、双马童、月神、娑罗私婆蒂、吉祥女神、信仰女神和智力女神进入东部方位。（24）火神和娑婆诃④、众毗奢、健达缚、楼陀罗和仙人进入东南方位。（25）阎摩、密多罗及其随从、祖先、毕舍遮、蛇和密迹天进入南部方位。（26）尼梨多、罗刹和一切鬼怪进入西南方位。大海和海怪之主伐楼那进入西部方位。（27）七位风神、金翅鸟及

① 粉碎旗（jarjara）是因陀罗的旗帜名称。在第一章中提及因陀罗用这面旗帜粉碎捣乱破坏戏剧演出的恶魔们。

② 圆圈的原词是 maṇḍala，音译“曼荼罗”。

③ 用这种画线方式，在圆圈内画出了九个部位，即东、西、南、北、中和四维。

④ 娑婆诃（svāhā）是火神的妻子。

其鸟类进入西北方位。(28) 财神、戏剧之母、药叉和密迹天进入北部方位。(29) 南丁和众群主以及梵仙和鬼怪进入东北方位。(30) 东面柱子有永童，南面柱子有陀刹，北面柱子有村神，西面柱子有室建陀。(31) 按照这种规则，具有种种肤色和形体的诸神各就各位。(32)

在诸神各就各位后，应该受到合适的供奉。(33) 应该供奉诸神白色的花环和软膏，供奉火神、健达缚和太阳神红色的花环和软膏。(34) 在依次供奉香料、花环和薰香后，应该按照规则供奉祭品。(35) 供奉梵天混合蜂蜜，供奉娑罗私婆蒂牛奶粥，供奉湿婆、毗湿奴和因陀罗糖果。(36) 供奉火神酥油米饭，供奉月神和太阳神拌糖米饭，供奉众毗奢、健达缚和牟尼蜂蜜牛奶粥。(37) 供奉阎摩和密多罗糕点和糖果，供奉祖先、毕舍遮和蛇酥油和牛奶。(38) 供奉鬼怪们生肉、熟肉、酒类和牛奶浸泡的豆类。(39)

同样，要按照规则敬拜侧房。供奉众罗刹生肉和熟肉。(40) 供奉檀那婆酒和肉，供奉其他神糕点、糖果和米饭。(41) 供奉大海和河流鱼和糕点，供奉伐楼那酥油和牛奶粥。(42) 供奉牟尼各种根茎和果子，供奉风神和鸟类各种食物。(43) 同样，要努力供奉戏剧之母们和财神及其随从糕点和各种食物。(44)

应该这样向诸神供奉各种食物祭品，而在供奉时，应该念诵颂诗：(45)

（称颂梵天：）“神中之神！大福大德者！生自莲花者！祖父！请接受我用颂诗净化的所有祭品！(46)

（称颂湿婆：）“神中之神！大神！群主！摧毁三城者！请接受我用颂诗净化的祭品！(47)

（称颂毗湿奴：）“那罗延！遍入天！莲花脐！至上者！请接受我用颂诗净化的祭品！(48)

（称颂因陀罗：）“摧毁城堡者！天神之主！手持雷杵者！百祭

者！请接受我用颂诗净化的祭品！（49）

（称颂室建陀：）“天军统帅！尊敬的室建陀！湿婆的爱子！六面童！请愉快地接受祭品！（50）

（称颂娑罗私婆蒂：）“神中女神！大福大德者！娑罗私婆蒂！诃利的爱妻！请接受我虔诚供奉的祭品！（51）

（称颂吉祥女神等：）“吉祥女神！成功女神！思想女神！智力女神！受一切世界敬拜者！请接受我用颂诗净化的祭品！（52）

（称颂风神：）“知晓一切众生力量者！世界的生命！风神！请接受我用颂诗净化的祭品！（53）

（称颂罗刹：）“生自各种原因者！补罗私底耶的后裔！罗刹王！大勇士！请接受这祭品！（54）

（称颂火神：）“众神之嘴！神中俊杰！以烟为旗者！食用祭品者！请接受我虔诚供奉的祭品！（55）

（称颂太阳神：）“最优秀的行星！聚光者！创造白天者！请接受我虔诚供奉的祭品！（56）

（称颂月神：）“星宿之主！月神！再生族之王！全世界宠爱者！请接受我用颂诗净化的祭品！（57）

（称颂群主：）“以南丁为首的众群主！请接受我虔诚供奉的祭品！（58）

（称颂祖先：）“向所有祖先致敬！请接受这祭品！我一向敬拜鬼怪，这是他们喜爱的祭品。（59）

（称颂伽摩波罗：）“伽摩波罗！我一向敬拜你，请接受我向你供奉的祭品！（60a）

（称颂健达缚：）“那罗陀、东普鲁和毗奢婆薮为首的（60b）健达缚！请接受我供奉的祭品！（61a）

（称颂阎摩和密多罗：）“阎摩和密多罗，两位受世界敬拜的神！（61b）请接受我用颂诗净化的祭品！（62a）

（称颂蛇：）“向地下世界的众蛇致敬！致敬！（62b）食风者！在接受敬拜后，请让我的戏剧演出成功！（63a）

（称颂伐楼那：）“众水之主伐楼那，以天鹅为坐骑者，（63b）但愿你与大海和河流接受敬拜后，都满心欢喜！（64a）

（称颂金翅鸟：）“毗那达之子！大勇士！众鸟之王！主人！（64b）请接受我用颂诗净化的祭品！（65a）

（称颂财神：）“掌管财富者，药叉之主，护世天王，财主，（65b）请你与密迹天和药叉们一起接受我的祭品！（66a）

（称颂戏剧之母：）“向婆罗迷等戏剧之母们致敬！致敬再致敬！（66b）请高兴愉快地接受祭品！（67a）

（称颂其他神：）“楼陀罗的武器，请接受我供奉的祭品！（67b）毗湿奴的武器，我虔信毗湿奴，请接受我供奉的祭品！同样，毁灭一切生物的阎摩和时神，（68）死神和命运神，请接受我的祭品！居于侧房中的诸位宅神，（69）请接受我用颂诗净化的祭品！十方其他的天神和健达缚，（70）空中诸神和地上诸神，这是供奉你们的祭品。”（71a）

然后，应该将一个盛满水的水罐，装饰有带叶花环，（71b）安放在舞台中央，放入金子。同时用布蒙上所有乐器，（72）应该供奉香料、花环、薰香和各种食物。就这样，依次供奉诸神。（73）

然后，应该供奉粉碎旗，由此消除障碍。在粉碎旗的顶部扎上白布，在属于楼陀罗的关节扎上蓝布，（74）在属于毗湿奴的关节扎上黄布，在属于室建陀的关节扎上红布，在底部扎上彩布，（75）应该以合适的方式供奉花环、薰香和软膏。在按照规则供奉花环、薰香和软膏后，（76）应该赞颂粉碎旗，以求消除障碍：“为了消除障碍，以梵天为首的众天神创造了你，（77）身躯高大，坚似金刚，勇猛有力。让梵天和众天神保护你的头部！（78）让湿婆保护第二关节，毗湿奴保护第三关节，童子室建陀保护第四关节，蛇王保护第五关节！（79）让所有天神保护你，祝你吉祥平安！你是杀敌者，出生在优秀的牛宿。（80）请你赐予国王胜利和繁荣！”就这样，供奉一切祭品，并祈求他。(81)

然后，应该伴随浇灌酥油，向火神祭供祭品。祭供后，应该用点燃的火炬举行净化仪式。（82）由此增加国王和舞女们的光辉。在照亮国王和舞女们以及乐器后，（83）应该向他们喷洒用颂诗净化的水，说道：“你们出生在大家族，具有众多品德，（84）但愿你们永远保持天生的品德！”说完这些祝福国王的话后，（85）智者应该祝祷戏剧演出成功：“但愿娑罗私婆蒂、坚定女神、智力女神、羞愧女神、吉祥女神和传承女神，（86）所有戏剧之母保护你们，赐予你们成功！”就这样，按照规则，投放祭品，祭供火。(87)

然后，戏班师傅应该打碎水罐。如果不打碎水罐，国王会惧怕敌人。(88）而打碎水罐，就会知道国王的敌人遭到毁灭。打碎水罐后，戏班师傅无所畏惧，（89）手持点燃的灯，照亮整个舞台。在舞台中央，举着火炬，（90）吼叫，捻响手指，跳跃，奔跑，制造声响。吹响螺号，敲响大鼓和小鼓，（91）奏响一切乐器，在舞台上表演战斗。劈开，砍断，撕裂，流血，（92）伤口宽阔鲜明，这是象征成功的吉兆。(93a)

如愿正确完成这样的舞台仪式，（93b）会给国王、老幼民众、城市和国家带来好运。如果不能如愿完成舞台仪式，就难以获得诸神护佑。(94）戏剧演出就会失败，国王也会遭遇不幸。如果任意违背规则，（95）立刻就会遭受损失，还会堕入恶道，因为这种敬拜舞台诸神如同祭祀。(96）如果不敬拜舞台，就别指望戏剧演出。受敬拜者敬拜他人，受尊敬者尊敬他人。(97）因此，要竭尽努力敬拜舞台。强风吹动的烈火焚毁一切，（98）其速度也比不上错误的仪式顷刻焚毁一切。通晓经典，训练有素，纯洁，平静，

（99）戏班师傅应该这样敬拜舞台。如果心慌意乱，将祭品放错位置，（100）就要像忘却念诵颂诗的祭司那样，举行赎罪仪式。这些是敬拜舞台诸神的既定规则，在新建剧场中演出戏剧者，应该遵照执行。（101）

以上是婆罗多《舞论》中名为《敬拜舞台诸神》的第三章。

# 第四章

# 舞蹈特征

我敬拜天神后，对老祖宗梵天说道："主啊，请吩咐演出什么戏剧?"（1）尊神梵天回答说："演出《搅乳海》吧！这部戏剧激发热情，令众天神喜欢。（2）我创作的这部神魔剧导向正法、爱欲和利益，请演出吧！"（3）

演出这部戏剧时，众天神和檀那婆观看其中的事迹和情状，兴高采烈。（4）

过了一些日子，梵天对我说："今天我们要让灵魂伟大的三眼神（湿婆）观看戏剧。"（5）于是，梵天偕同众天神，前往湿婆的居住处，礼敬后，对湿婆说道：（6）"至高之神啊，我创作了神魔剧，请赏光前来观看和聆听吧！"（7）众神之主湿婆应允道："我们去看。"于是，尊神梵天对我说："大智者啊，请你准备演出吧！"（8）

然后，在雪山山顶，四周群山围绕，布满芒果树以及可爱的山洞和瀑布。（9）我先完成演出前奏，然后正式演出这部神魔剧，也演出争斗剧《火烧三城》，诸位优秀的婆罗门啊！（10）众神怪精灵①观看剧中表演的事迹和情状，兴高采烈。大神湿婆也很高兴，对梵天说道：（11）"大智者啊，你创作的这部戏剧很出色，导向

① "神怪精灵"（bhūtagaṇa）指湿婆的随从，都属于半神类。

名誉、吉祥和功德，增长智慧。（12）我记得我在黄昏跳舞时，装饰有由各种简单动作（karaṇa）组成的组合动作（aṅgahāra）①。（13）你就用在演出前奏中吧！在节拍、歌曲和大歌曲中，（14）使用筏驮摩那歌曲，你会很好地表达相关内容。（15）与这些结合，你的演出前奏就会更加丰富多彩。"（16a）

听了湿婆的话，梵天回答说：（16b）"至高之神啊，请告诉我们怎样表演组合动作。"于是，至高之神召唤登杜（taṇḍu），对他说道：（17）"请你告诉婆罗多怎样表演组合动作。"于是，登杜告诉我各种组合动作。（18）现在，我向你们说明各种组合动作以及相关的简单动作和舞姿（recaka）②。（19a）

组合动作有以下这些：竖手、抛撒，（19b）针刺、抛弃、迅速甩动、打开，（20）支柱、不可战胜、移开支柱、迷醉游戏，（21）卍字快速、胁部卍字、蝎子、蜜蜂，（22）迷醉摇晃、迷醉嬉戏、圆环行走、臀部侧动，（23）快速旋动、蝎子快速、回转、火把，（24）胁部侧转、闪电、上旋、展右足，（25）快速踩地、覆盖、快速转动、激动，（26）退却、半踩地。这是三十二种组合动作。③（27）

我要讲述组合动作依靠简单动作，以及在组合动作表演中，（28）手和脚的动作，诸位优秀的婆罗门啊！所有的组合动作产生于简单动作。（29）因此，我要讲述它们的名称和动作。手和脚的动作是舞蹈中的简单动作。（30）两个简单动作形成摩特利迦

① "简单动作"（karaṇa）是由手和足组成的舞蹈基本动作单位。"组合动作"（aṅgahāra）是由若干简单动作组成的舞蹈动作单位。

② "舞姿"（recaka）指足、臀、手和颈的舞蹈动作，参阅本章第247颂以下。

③ 这里三十二种组合动作的名称和后面一百零八种简单动作的名称很难翻译，英译通常直接采用拉丁化拼音方式。我的译法主要依据字面义或相关动作的主要特征，未必都能准确表达实际含义，仅供参考。关于这些动作的具体内涵，下面都有描述。

（mātṛka）。两个、三个或四个摩特利迦形成组合动作。（31）三个简单动作形成伽罗波迦（kalāpaka），四个形成商吒迦（ṣaṇḍaka），五个形成商卡多迦（saṅghātaka）。（32）这样，组合动作含有六个、七个、八个或九个简单动作。（33）

我要讲述手和脚的动作形成简单动作。简单动作有以下这些：捧花、手腕弯曲、蜷腿，（34）抛弃、站立、敬礼、卍字快速、圆环卍字、踩地，（35）半踩地、臀部摇摆、半快速踩地、胸前卍字，（36）癫狂、卍字、背后卍字、方位卍字、火把、挺腰，（37）两侧甩动、上下甩动、半卍字、舞动弯曲，（38）蛇惊、抬膝、蜷曲、迷醉、半迷醉，（39）快速踩地、足刺、围绕、转动、游戏，（40）杖翼、蛇惊快速、脚镯、毗舍佉快速，（41）蜜蜂、聪明、蛇蜷曲、杖足快速、蝎子踩地，（42）臀部转动、蔓藤蝎子、臀部侧动、蝎子快速，（43）蝎子、松开、胁部踩地、额前吉祥志、跨步、弯曲、圆轮，（44）胸前旋转、迅速甩动、手掌弯曲、门闩、甩动、迅速转动、秋千，（45）双手旋转、回转、近胁跨步、踩下、闪电、跨越、单手旋转，（46）大象游戏、手掌展开、金翅鸟飞跃、脸颊针刺，（47）返转、胁膝、兀鹰俯伏、垂手、针尖，（48）半针尖、针刺、侧步、孔雀游戏，（49）爬行、杖足、鹿跃、摇摆、山坡、摇晃、象鼻，（50）向前爬行、狮子游戏、狮子拽拉、上旋、走近，（51）击掌、诞生、掩饰、进入、山羊游戏、抬股，（52）迷醉摆动、毗湿奴跨步、激动、支柱、碰击，（53）公牛游戏、摇头、蛇爬行、挺胸，（54）恒河下凡。这是一百零八种简单动作。（55a）

它们用于舞蹈、战斗、格斗和行走。（55b）在简单动作中，脚的动作包括站姿和足行，（56）也包括舞蹈中的手势舞姿。这里说明它们在简单动作中的应用。（57）站姿、足行和手势舞姿形成摩特利迦，简单动作与它们相关。（58）我将在后面论述足姿的部分说明适合战斗的足行。戏剧教师按照自己的才能运用它们。(59) 通常在简单动作中，左手放在胸前，右手跟随右脚活动。(60) 请听手和脚的动作。它们与臂、胁、股、胸、背和腹相结合。(61) 臀、膝、肘、肩和头保持端正，胸挺起，这是舒展自如。(62)

双手持花堆手势①，放在左胁，脚持前脚掌行足姿②，胁弯下，这是捧花（talapuṣpapuṭa）简单动作。(63)

双手腕部弯曲，运用顺左屈指和顺左伸指手势舞姿，然后垂下，放在双股，这是手腕弯曲（vartita）简单动作。(64)

双手持鹦鹉嘴手势运用顺左屈指和顺左伸指手势舞姿，双股摆动，这是蜷腿（valitoru）简单动作。(65)

右手持鹦鹉嘴，放在股部，左手放在胸前，这是抛弃（apaviddha）简单动作。(66)

双脚接触，脚趾对称，双手垂下，身体自然，这是站立（samanaka）简单动作。(67)

双手持旗帜和合掌手势，放在胸前，脖子抬起，肩膀垂下，这是敬礼（līna）简单动作。(68)

双手运用移转和快速手势舞姿，持卍字手势，然后松开，放在臀部，这是卍字快速（svastikarecita）简单动作。(69)

双手持卍字手势，手掌朝上，身体持圆环站姿③，这是圆环卍字（maṇḍalasvastika）简单动作。(70)

双手在手臂和头之间上下移动，双脚也上下移动，这是踩地（nikuṭṭaka）简单动作。(71)

双手运用嫩芽手势舞姿，弯向肩膀，双脚上下移动，这是半踩

---

① 本章中各种手势和手势舞姿的具体内涵参阅第九章。

② 本章中各种足姿和足行的具体内涵参阅第十章和第十一章。

③ 本章中各种站姿的具体内涵参阅第十一章。

地（ardhanikuṭṭaka）简单动作。(72)

臀部交替侧向两边，双手运用蓓蕾手势舞姿，这是臀部摇摆（kaṭicchinna）简单动作。(73)

手持针尖手势，自由活动，双脚上下移动，胁部弯下，这是半快速踩地（ardharecita）简单动作。(74)

双脚交叉，双手运用快速手势舞姿，放在胸前，胸部弯下，这是胸前卍字（vakṣaḥsvastika）简单动作。(75)

双手运用快速手势舞姿，脚弯曲，这是癫狂（unmatta）简单动作。(76)

双手持卍字手势，双脚交叉，这是卍字（svastika）简单动作。(77)

双臂抬上抬下，然后持卍字手势，双脚抬上抬下，然后交叉，运用侧步和半针尖足行，这是背后卍字（pṛṣṭhasvastika）简单动作。(78)

手移向两侧，又移到前面，然后双手持卍字手势，这是方位卍字（diksvastika）简单动作。(79)

运用火把足行，右手从肩膀放下，然后运用抬膝足行，这是火把（alāta）简单动作。(80)

双脚交叉，然后分开，一只手放在脐部，另一只手放在臀部，胁部抬起，这是挺腰（kaṭisama）简单动作。(81)

左手放在心口，右手运用快速手势舞姿，向上和向两侧甩动，然后双手运用快速手势舞姿，这是两侧甩动（ākṣiptarecita）简单动作。(82)

手和脚向上和向下甩动，这是上下甩动（vikṣiptākṣipta）简单动作。(83)

双脚交叉，右手运用象鼻手势舞姿，左手放在胸前，这是半卍字（ardhasvastika）简单动作。(84)

手运用顺左屈指和顺左伸指手势舞姿，弯向鼻尖，这是舞动弯曲（añcita）简单动作。（85）

脚弯曲，抬起，股倾斜，臀和膝同样倾斜，这是蛇惊（bhujaṅgatrāsita）简单动作。（86）

脚弯曲，抬起，膝和胸持平，双手配合，这是抬膝（ūrdhvajānu）简单动作。（87）

采取蝎子简单动作，左手弯向胁部，右手放在鼻尖，这是蜷曲（nikuñcita）简单动作。（88）

左脚和右脚转动和收回，双手运用顺右屈指和移转手势舞姿，这是迷醉（mattalli）简单动作。（89）

采取摇晃简单动作，双脚收回，左手运用快速手势舞姿，右手放在臀部，这是半迷醉（ardhamattalli）简单动作。（90）

右手运用快速手势舞姿，左脚上下移动，左手持秋千手势，这是快速踩地（recitanikuṭṭita）简单动作。（91）

双手在脐部前面持半握手势，双脚运用针刺和侧行足行，这是足刺（pādāviddhaka）简单动作。（92）

手运用移转手势舞姿，脚运用针尖足行，骶骨转动，这是围绕（valita）简单动作。（93）

右手运用围绕手势舞姿，转动，左手持秋千手势，双脚收回交叉姿势，这是转动（ghūrṇita）简单动作。（94）

左手运用象鼻手势舞姿，右手向外转动，双脚上下移动多次，这是游戏（lalita）简单动作。（95）

运用抬膝足行，手运用蔓藤手势舞姿，放在膝部，这是杖翼（daṇḍapakṣa）简单动作。（96）

运用蛇惊足行，双手运用快速手势舞姿，移向左胁，这是蛇惊快速（bhujaṅgatrastarecita）简单动作。（97）

骶骨优美地转动，双手运用蔓藤和快速手势舞姿，运用脚镯足

行，这是脚镯（nūpura）简单动作。(98)

手、脚、臀和颈运用快速手势舞姿，身体持毗舍佉站姿，这是毗舍佉快速（vaiśākharecita）简单动作。(99)

双脚交叉，运用交叉足行，双手运用顺右屈指手势舞姿，骶骨转动，这是蜜蜂（bhramaka）简单动作。(100)

左手运用嫩芽手势舞姿，右手持聪明手势，右脚上下移动，这是聪明（catura）简单动作。(101)

运用蛇惊足行，右手运用快速手势舞姿，左手运用蔓藤手势舞姿，这是蛇蜷曲（bhujaṅgāñcitaka）简单动作。(102)

手和脚如同木杖，自由摆动，然后运用快速手势舞姿，这是杖足快速（daṇḍarecita）简单动作。(103)

采取蝎子简单动作，双手上下移动，这是蝎子踩地（vṛścikakuṭṭika）简单动作。(104)

运用针尖足行，右手运用移转手势舞姿，臀部转动，这是臀部转动（kaṭibhrānta）简单动作。(105)

脚弯曲，向后移动，手运用蔓藤手势舞姿，手掌和手指弯曲，向上移动，这是蔓藤蝎子（latāvṛścika）简单动作。(106)

手持阿罗波摩手势，臀部交替侧向两边，身体持毗舍佉站姿，这是臀部侧动（chinna）简单动作。(107)

采取蝎子简单动作，双手持卍字手势，继而运用快速手势舞姿，这是蝎子快速（vṛścikarecita）简单动作。(108)

双手弯曲，放在肩部，脚弯曲，向后移动，这是蝎子（vṛścika）简单动作。(109)

身体持展左足站姿，双手运用快速手势舞姿，放在胸前，上下移动，运用松开手势舞姿，这是松开（vyaṃsita）简单动作。(110)

双手持卍字手势，脚上下移动，这是胁部踩地（pārśvanikuṭṭaka）简单动作。(111)

采取蝎子简单动作，用大脚趾在前额点吉祥志，这是额前吉祥志（latāṭatilaka）简单动作。（112）

脚弯曲，运用跨步足行，双手向下甩动，这是跨步（krāntaka）简单动作。（113）

脚弯曲，左手弯曲，手掌朝上，放在左胁，这是弯曲（kuñcita）简单动作。（114）

运用叠合足行，身体弯下，在垂直的双臂之间，这是圆轮（cakramaṇḍala）简单动作。（115）

双脚收回交叉姿势，运用叠合足行，手运用胸前旋转手势舞姿，这是胸前旋转（uromaṇḍala）简单动作。（116）

双手和双脚迅速甩动，这是迅速甩动（ākṣipta）简单动作。（117）

脚趾和脚掌向上，抬至胁部，手掌弯曲，这是手掌弯曲（talavilāsita）简单动作。（118）

双脚向后甩动，间距两多罗半，双手跟随双脚活动，这是门闩（argala）简单动作。（119）

双手和双脚向后甩动，或者以同样方式向两侧甩动，这是甩动（vikṣipta）简单动作。（120）

脚弯曲，伸展，迅速转动，双手按照表演需要活动，这是迅速转动（āvṛtta）简单动作。（121）

脚弯曲，抬起，向两侧摆动，双手按照表演需要活动，这是秋千（dolapāda）简单动作。（122）

手和脚甩动，骶骨转动，双手运用快速手势舞姿，这是双手旋转（vivṛtta）简单动作。（123）

运用针尖足行，骶骨转动，双手运用快速手势舞姿，这是回转（vinivṛtta）简单动作。（124）

运用近胁足行，然后落下，双手按照表演需要活动，这是近胁

跨步（pārśvakrānta）简单动作。（125）

双脚弯曲，向后移动，胸部抬起，手放在前额中央，这是踩下（niśumbhita）简单动作。（126）

脚向后移动，双手转动，向上伸展，接触头部，这是闪电（vidyud-bhrānta）简单动作。（127）

运用跨步足行，然后伸展，双手按照表演需要活动，这是跨跃（atikrānta）简单动作。（128）

手和脚甩动，骶骨转动，单手运用快速手势舞姿，这是单手旋转（vivartitaka）简单动作。（129）

左手放在耳边，右手运用蔓藤和快速手势舞姿，运用秋千足行，这是大象游戏（gajakrīḍita）简单动作。（130）

脚迅速抬起和落下，双手手掌展开，这是手掌展开（talasaṃ-sphoṭita）简单动作。（131）

脚向后伸展，双手运用蔓藤和快速手势舞姿，胸部抬起，这是金翅鸟飞跃（garuḍaplutaka）简单动作。（132）

运用快速足行，一只手放在胸前，另一只手弯曲，接触脸颊，这是脸颊针尖（gaṇḍasūci）简单动作。（133）

双手运用顺右屈指手势舞姿，向上伸展，运用针尖足行，骶骨转动，这是返转（parivṛtta）简单动作。（134）

一只脚持自然足姿，另一只脚放在大腿后边，手持拳头手势，放在胸前，这是胁膝（pārśvajānu）简单动作。（135）

一只脚向后伸展，膝盖稍许弯曲，双臂伸展，这是兀鹰俯伏（gṛdhrāvalīnaka）简单动作。（136）

双脚跳向前面，然后交叉，双手下垂，这是垂手（saṃnata）简单动作。（137）

脚弯曲，抬起，向前踩地，双手按照表演需要活动，这是针尖（sūci）简单动作。（138）

手持阿罗波摩手势，放在头顶，右脚运用针尖足行，这是半针尖（ardhasūci）简单动作。（139）

一只脚运用针尖足行，落在另一只脚脚跟，双手分别放在臀部和胸前，这是针刺（sūcividdha）简单动作。（140）

股向内移动，运用侧步足行，双手按照表演需要活动，这是侧步（apakrānta）简单动作。（141）

采取蝎子简单动作，双手运用快速手势舞姿，骶骨转动，这是孔雀游戏（mayūralalita）简单动作。（142）

双脚弯曲，向后移动，头向两侧摆动，双手运用快速手势舞姿，这是爬行（sarpita）简单动作。（143）

运用脚镯和杖足足行，手迅速运用移转手势舞姿，这是杖足（daṇḍapāda）简单动作。（144）

运用跨步足行，跳起，落下，小腿弯曲，甩动，这是鹿跃（hariṇapluta）简单动作。（145）

运用秋千足行，跳起，落下，骶骨转动，这是摇摆（preṅkholita）简单动作。（146）

双臂向上伸展，手指指向前面，运用束缚足行，这是山坡（nitambha）简单动作。（147）

运用秋千足行，双手随之转动，运用快速手势舞姿，这是摇晃（skhalita）简单动作。（148）

左手放在胸前，右手手掌蜷曲，脚弯曲，这是象鼻（karihasta）简单动作。（149）

双手分别运用快速和蔓藤手势舞姿，脚持前脚掌行足姿，这是向前爬行（prasarpitaka）简单动作。（150）

一只脚运用火把足行，另一只脚迅速移动，双手跟随双脚活动，这是狮子游戏（siṃhāvikrīḍita）简单动作。（151）

脚向后移动，双手弯曲，在前面转动，这是狮子拽拉（siṃhākarṣita）简单动作。（152）

手、脚和身体分别甩动，然后运用上旋足行，这是上旋（udvṛtta）简单动作。（153）

运用交叉足行，双手跟随双脚活动，身体稍许弯下，这是走近（upasṛta）简单动作。（154）

运用秋千足行，双手手掌互相拍击，左手运用快速手势舞姿，这是击掌（talasaṅghaṭṭita）简单动作。（155）

一只手放在胸前，另一只手垂下，脚持前脚掌行足姿，这是诞生（janita）简单动作。（156）

采取诞生简单动作，双手手指指向前面，缓缓落下，这是掩饰（avahitthaka）简单动作。（157）

双手放在胸前，胸部弯下，身体持圆环站姿，这是进入（niveśa）简单动作。（158）

双脚持前脚掌行足姿，跳起，落下，身体弯下，摆动，这是山羊游戏（elakākrīḍita）简单动作。（159）

手运用顺左屈指手势舞姿，然后弯曲，放在股部，小腿弯曲，转动，这是抬股（ūrūdvṛtta）简单动作。（160）

双手垂下，头左右摆动，双脚摆动，运用踩踏足行，这是迷醉摇摆（madaskhalita）简单动作。（161）

手向前伸展，脚弯曲，抬步，双手运用快速手势舞姿，这是毗湿奴跨步（viṣṇukrānta）简单动作。（162）

手运用顺左屈指手势舞姿，然后放在大腿后边，大腿晃动，这是激动（saṃbhrānta）简单动作。（163）

手持针尖手势，脚上下移动踩地，左手放在胸前，这是支柱（viṣkambha）简单动作。（164）

双脚碰击，双手手掌互相拍击，然后放在臀部，这是碰击（udghaṭṭita）简单动作。（165）

运用火把足行，双手运用快速手势舞姿，然后双手弯曲，这是公牛游戏（vṛṣabhakrīḍita）简单动作。（166）

双手弯曲，运用快速手势舞姿，头左右摆动，这是摇头（lolitaka）简单动作。（167）

双脚收回交叉姿势，头左右摆动，手运用快速手势舞姿，这是蛇爬行（nāgāpasarpita）简单动作。（168）

身体放松，脚伸展，持前脚掌行足姿，胸部抬起，这是挺胸（śakaṭāsya）简单动作。（169）

脚趾和脚掌朝上，双手持旗帜手势，手指指向下面，头弯下，这是恒河下凡（gaṅgāvataraṇa）简单动作。（170）

我已经讲述一百零八种简单动作。接着，讲述各种组合动作。（171）

双手伸展，抬起，脚持自然站姿，左手从肩膀向上伸展，（172）脚持展左足站姿，然后，依次运用踩地、抬股、迅速甩动、卍字、（173）山坡、象鼻和臀部侧动简单动作，这是竖手（sthirahasta）组合动作。（174）

运用捧花、抛弃和手腕弯曲简单动作，然后，脚持展左足站姿，接着运用踩地、（175）迅速甩动、胸前旋转、山坡、象鼻和臀部侧动简单动作，（176）这是抛撒（paryastaka）组合动作。（177a）

手运用嫩芽和针尖手势舞姿，（177b）然后，运用甩动、围绕、踩地、抬股、迅速甩动、胸前旋转、（178）象鼻和臀部侧动简单动作，这是针刺（sūcividdha）组合动作。（179a）

运用抛弃和针刺简单动作，（179b）然后，手运用顺右屈指手势舞姿，骶骨转动，双手运用胸前旋转手势舞姿，再运用臀部侧动简单动作，（180）这是抛弃（apaviddha）组合动作。（181a）

依次运用脚镯、甩动、火把、（181b）迅速甩动、胸前旋转、

山坡、象鼻和臀部侧动简单动作,(182) 这是迅速甩动 (ākṣiptaka) 组合动作。(183a)

手运用顺右屈指和移转手势舞姿,脚上下移动,(183b) 再次在左边重复,双手运用胸前旋转手势舞姿,然后,运用山坡、象鼻和臀部侧动简单动作,(184) 这是打开 (udghaṭṭita) 组合动作。(185a)

双手运用顺右屈指手势舞姿,脚上下移动,(185b) 弯曲,然后,运用抬股简单动作,手持聪明手势,脚上下移动,(186) 运用蛇惊简单动作,骶骨转动,运用蜜蜂、(187) 象鼻和臀部侧动简单动作,这是支柱 (viṣkambha) 组合动作。(188a)

运用杖足简单动作,手弯曲,(188b) 运用松开简单动作,左手和左脚移动,手持聪明手势,脚上下移动,(189) 运用蛇惊简单动作,手运用顺右屈指手势舞姿,然后,运用两次踩地简单动作,继而运用迅速甩动、胸前旋转、(190) 象鼻和臀部侧动简单动作,这是不可战胜 (aparājita) 组合动作。(191a)

运用踩地和蛇惊简单动作,(191b) 手运用快速手势舞姿,持旗帜手势,继而运用迅速甩动、胸前旋转、(192) 蔓藤蝎子和臀部侧动简单动作,这是移开支柱 (viṣkambhāpasṛta) 组合动作。(193a)

骶骨转动,运用脚镯、(193b) 蛇惊、毗舍佉快速、迅速甩动、臀部侧动、(194) 蜜蜂、胸前旋转、山坡,象鼻和臀部侧动简单动作,(195) 这是迷醉游戏 (mattākrīḍa) 组合动作。(196a)

手运用快速手势舞姿,然后运用毗舍佉快速和蝎子简单动作,(196b) 重复一次,再运用蝎子简单动作,左右脚交替上下移动,(197) 然后,运用额前吉祥志和臀部侧动简单动作,这是卍字快速 (svastikarecita) 组合动作。(198a)

在一侧运用方位卍字和半踩地简单动作,(198b) 重复一次,继而手运用顺左屈指手势舞姿，放在股部，（199）然后，运用抬股、迅速甩动、山坡、象鼻和臀部侧动简单动作，（200）这是胁部卍字（pārśvasvastika）组合动作。（201a）

运用蝎子简单动作，手运用蔓藤手势舞姿，（201b）放在鼻尖，再运用顺右屈指手势舞姿，继而运用山坡、（202）象鼻和臀部侧动简单动作，这是蝎子（vṛścika）组合动作。（203a）

运用脚镯、迅速甩动、（203b）臀部侧动、针尖、山坡、象鼻、胸前旋转、（204）臀部侧动简单动作，这是蜜蜂（bhramaraka）组合动作。（205a）

运用迷醉简单动作，右手转动，（205b）放在脸颊，上下移动，继而运用抛弃、手掌展开、（206）象鼻和臀部侧动简单动作，这是迷醉摇晃（mattaskhalitaka）组合动作。（207a）

双手持秋千手势摆动，双脚交叉移动，（207b）双手弯曲，拍击手掌，继而运用踩地、抬股、（208）象鼻和臀部侧动简单动作，这是迷醉嬉戏（madavilasita）组合动作。（209a）

双脚持圆环站姿，双手运用快速手势舞姿，（209b）脚展开，然后，运用迷醉、迅速甩动、胸前旋转、（210）臀部侧动简单动作，这是圆环行走（gatimaṇḍala）组合动作。（211a）

双脚运用自然站姿，运用臀部侧动简单动作，（211b）脚转动，运用蜜蜂简单动作，右脚运用针尖简单动作，继而运用跨跃、蛇惊、（212）象鼻和臀部侧动简单动作，这是臀部侧动（paricchinna）组合动作。（213a）

双手持卍字手势，放在头上，（213b）身体弯下，左手运用快速手势舞姿，身体抬起，再运用快速手势舞姿，（214）双手运用蔓藤手势舞姿，然后，运用蝎子、快速踩地、象鼻、蛇惊、（215）迅速甩动简单动作，双脚交叉，返回重复一次，（216）然后，运用象鼻和臀部侧动简单动作，这是快速旋动（parivṛttarecita）组合动作。

（217）

随同身体，双手运用快速手势舞姿，（217b）弯下身体，重复一次，运用脚镯足行，然后，运用蛇惊、（218）快速踩地和圆环卍字简单动作，肩膀收缩，运用抬股、迅速甩动、胸前旋转、（219）象鼻和臀部侧动简单动作，这是蝎子快速（viśākharecita）组合动作。（220a）

首先运用诞生简单动作，一只脚伸展，（220b）运用火把简单动作，骶骨转动，左手弯曲，放在脸颊，（221）然后，运用臀部侧动简单动作，这是回转（parāvṛtta）组合动作。（222a）

依次运用卍字、松开、（222b）火把、抬膝、蜷曲、半针尖、甩动、上旋、迅速甩动、（223）象鼻和臀部侧动简单动作，这是火把（alātaka）组合动作。（224a）

双手放在胸前，运用抬膝、（224b）迅速甩动和卍字简单动作，骶骨转动，然后，运用胸前旋转、山坡、象鼻、（225）臀部侧动简单动作，这是胁部侧转（pārśvaccheda）组合动作。（226a）

左脚开始运用针尖简单动作，右脚开始运用闪电简单动作，（226b）继而右脚开始运用针尖简单动作，左脚开始运用闪电简单动作，然后，运用臀部侧动简单动作，骶骨转动，（227）运用蔓藤和臀部侧动简单动作，这是闪电（vidyudbhrānta）组合动作。（228a）

运用脚镯足行，双手下垂，（228b）运用甩动和针尖简单动作，骶骨转动，（229）运用蔓藤和臀部侧动简单动作，这是上旋（udvṛtta）组合动作。（230a）

运用松开简单动作，双手拍打肩膀，（230b）左脚开始运用脚镯简单动作，右脚开始运用火把和迅速甩动简单动作，双手运用胸前旋转手势舞姿，（231）然后，运用象鼻和臀部侧动简单动作，这是展右足（ālīḍha）组合动作。（232a）

手运用快速手势舞姿，弯向一侧，再次运用快速手势舞姿，（232b）身体弯下，再次运用快速手势舞姿，然后，运用脚镯、蛇惊、（233）快速踩地、胸前旋转和臀部侧动简单动作，这是快速踩地（recita）组合动作。（234）

运用脚镯足行，骶骨转动，运用松开简单动作，骶骨转动，（235）运用火把、针尖、象鼻和臀部侧动简单动作，这是覆盖（ācchurita）组合动作。（236）

双脚交叉，运用快速踩地简单动作，双手交叉，运用快速踩地简单动作，然后松开。（237）再次启动，运用快速踩地简单动作，继而运用上旋、迅速甩动、胸前旋转、（238）山坡，象鼻和臀部侧动简单动作，这是快速甩动（ākṣiptarecita）组合动作。（239）

运用甩动简单动作，手脚跟随脸部，左手持针尖手势，向上伸展，（240）右手放在胸前，骶骨转动，运用脚镯、迅速甩动、半卍字、（241）山坡，象鼻、胸前旋转和臀部侧动简单动作，这是激动（saṃbhrānta）组合动作。（242）

运用侧步足行，运用松开简单动作，手运用顺右屈指手势舞姿，然后运用半针尖、（243）甩动、臀部侧动、上旋、迅速甩动、象鼻和臀部侧动简单动作，这是退却（apasarpita）组合动作。（244）

运用脚镯足行，迅速甩动，双手跟随双脚活动，骶骨转动，（245）手和脚上下移动，然后运用胸前旋转、象鼻和臀部侧动简单动作，这是半踩地（ardhanikuṭṭaka）组合动作。（246）

这是三十二种组合动作，诸位优秀的婆罗门啊，现在请听四种舞姿（recaka）。（247）第一是足舞姿，第二是臀舞姿，第三是手舞姿，第四是颈舞姿。（248）舞姿意谓各自移动、摆动、转动或抬起。（249）

足从一侧向另一侧摆动，或其他各种动作，称为足舞姿。

（250）骶骨转动，或者缩回，称为臀舞姿。（251）手抬起、甩动、伸展、转动或收回，称为手舞姿。（252）颈伸直、弯下、侧向肩膀或转动，称为颈舞姿。（253）

看到商羯罗（湿婆）运用舞姿和组合动作跳舞，婆哩波提①也运用柔美的姿势跳舞。（254）这种舞蹈有各种乐器伴奏，如小鼓、铜鼓、战鼓、铙钹、丁迪摩鼓、喇叭、波那婆鼓和达杜罗鼓等。（255）在捣毁陀刹的祭祀后，湿婆在黄昏时分运用各种组合动作跳舞，具有节拍和速度。（256）

南丁、跋陀罗摩克和其他精灵看到这些组合舞姿（piṇḍī），给它们一一取名。（257）属于自在天（湿婆）的公牛，属于南丁的长矛，属于钱迪女神的狮子坐骑，（258）属于毗湿奴的金翅鸟。属于梵天的莲花，属于帝释天的爱罗婆多象，属于爱神的鱼，（259）属于室建陀的孔雀，属于吉祥女神的猫头鹰，属于恒河女神的激流，属于阎摩的套索，（260）属于伐楼那的河流，属于财神的药叉，属于大力罗摩的犁，属于蛇王的蛇，（261）属于捣毁祭祀者（湿婆）的群主，属于安达迦之敌（湿婆）的化身为三叉戟的楼陀罗。（262）还有属于其他天神或女神的舞姿组合，也以各自的旗帜标志取名。（263）

湿婆创造了这些舞姿、组合动作和组合舞姿（piṇḍībandha），传授给登杜牟尼。（264）登杜将它们与歌曲和音乐结合，用于表演舞蹈，因此，称为登杜舞（dāṇḍava）。（265）

行家们确定表演是传达意义，为什么要创造舞蹈？它的本质是什么？（266）它并不与歌曲的意义相关，也不传达言辞的意义，为什么在歌曲和节拍中运用舞蹈？（267）

对此的回答是：舞蹈并非有某种确定的意义，表演舞蹈是因为

① 婆哩波提（pārvatī）是雪山的女儿，湿婆的妻子。

它产生美。(268) 几乎所有世上之人都天生喜爱舞蹈，都称赞舞蹈意味吉祥。(269) 称赞舞蹈在结婚、生孩子、迎接、欢迎等喜庆日子增添欢乐。(270)

因此，湿婆的随从们称赞在歌曲中运用的各种舞蹈表演。(271) 湿婆也告诉登杜牟尼，登杜舞的表演要与歌曲结合。(272) 登杜舞通常用于颂神，而柔美的登杜舞用于艳情。(273)

在讲述筏驮摩那歌曲时，我将说明登杜表演的登杜舞的规则。(274) 随着音节的增长，节拍增长，速度增长，因此，称为筏驮摩那①歌曲。(275)

诸位优秀的婆罗门啊，安放乐器后，节拍开始，(276) 伴随弦乐和鼓乐，乌波诃那歌曲结束后，舞女上场。(277) 这种音乐伴随表演单纯的简单动作和音调，以及足行和四种舞姿。(278) 舞女进入舞台时，手中捧花，采取毗舍佉站姿，表演四种舞姿。(279) 她绕着舞台撒花，向众天神俯首致敬，然后表演各种舞姿。(280)

在演唱歌曲时，不演奏鼓乐。在表演组合动作时，演奏鼓乐。(281) 在登杜舞中，鼓乐紧跟舞蹈动作，自然，和谐，清晰，悦耳。(282) 伴随歌曲表演舞蹈结束后，这个舞女下场。其他舞女以同样的方式上场。(283) 她们依次表演舞姿组合后，表演抛撒组合动作。(284) 表演完毕后，这些舞女下场。在表演舞姿组合时，乐器演奏紧密配合。(285) 在表演抛撒组合动作时，应该伴随各种快速简单动作。然后，再次如同前面那样表演乌波诃那歌曲。(286) 再次表演节拍和歌曲，舞女如同前面那样上场。(287) 她们在第二次节拍中，用舞蹈配合歌曲的意义。(288) 在节拍结束后，舞女下场。另一个舞女又上场，进行同样的表演。(289) 就这样，歌手和乐师应该遵循节拍每个步骤的规则。(290) 歌曲第一部

① “筏驮摩那”（vardhamānaka）的词义为增长。

分唱一次，第二部分唱两次，第三部分唱三次，第四部分唱四次。（291）

组合舞姿分为四类：圆团、锁链、蔓藤和分别。（292）圆团（piṇḍī）类是舞者集体表演，如圆团。锁链（śṛṅkhalikā）类是舞者互相用手配合表演，如花簇。蔓藤（latābandha）类是舞者互相用手臂围绕表演，如张网。分别（bhedyeka）类是舞者分别表演。（293）圆团类是最短的节拍，锁链类和蔓藤类是适中的节拍，分别类是最长的节拍。（294）piṇḍī 起源于 yantra 和 bhadrāsana①，表演者应该认真学习和正确表演。（295）

在演唱筏驮摩那歌曲时，应该这样表演舞蹈。现在，我讲述歌曲和阐陀迦（candaka）歌曲的规则。（296）我将讲述舞蹈和音乐配合歌曲。歌曲含有歌词及其分支。（297）随同鼓乐，舞女上场，伴随舞姿，演奏弦乐。（298）首先用舞姿，然后用舞蹈，配合歌词。（299）前面讲述的舞蹈表演规则在节拍中也适用于配合歌词。（300）

这是含有歌词的歌曲的规则。请听含有分支的歌曲的特征。（301）配合歌词的舞蹈、舞姿和音乐也都适用于阐陀迦歌曲。（302）在节拍开头和乌波诃那歌曲中，乐师应该运用重音节和轻音节，保持音节清晰。（303）歌词分支重复演唱时，前面部分伴有舞姿，后面部分伴有舞蹈。（304）歌词重复演唱时，音乐应该具有三种伴奏方式和速度。（305）速度和音乐应该根据歌词分支，分为慢速、中速和快速，配合简单动作。（306）慢速，中速，快速，这是音乐规则。（307）在阐陀迦歌词分支重复时，始终应该遵循这种舞蹈表演规则。（308）鼓乐在单节歌词结束时，奏响鼓乐，而歌词分支重复时，在开始时奏响鼓乐。（309）这是在歌曲和节拍中颂神时的规则。而柔美舞蹈情况不同。（310）柔美舞蹈涉及男女相爱的交

---

① 这句句义不明。

谈，产生艳情味。(311)

诸位婆罗门啊，现在请听配合歌曲运用舞蹈的各种情况。(312) 歌词分支和音调结束时，主角获得成功时，表演舞蹈。(313) 夫妻展现爱情时，表演舞蹈，增添欢乐。(314) 心爱之人在身边，看到合适的季节来临等，结合歌词，表演舞蹈。(315) 而妇女在愤怒、受骗或吵架时，不表演舞蹈。(316) 与女友交谈时，爱人不在身边或远出在外时，妇女也不表演舞蹈。(317) 妇女看到季节来临，或听了女使传达的讯息，产生焦虑或思念，也不表演舞蹈。(318) 而如果女主角逐渐平静下来，从这时开始至结束，表演舞蹈。(319) 在颂神时，应该表演大自在天（湿婆）创造的刚烈的组合动作。(320) 在男女演唱艳情歌曲时，应该表演女神（婆哩波提）创造的柔美的组合动作。(321)

现在讲述鼓乐的规则，依随诗步组成的那尔古吒迦、坎遮迦和波利吉多迦歌曲。(322) 在那尔古吒迦和坎遮迦歌曲的每个诗步结束时，应该奏响鼓乐。(323) 在含有相同的诗步数和音节数的达鲁瓦歌曲中，每个诗步开始演唱时，应该使用食指击鼓。(324) 歌曲重复演唱时，再次表演舞姿，每个诗步结束时，奏响鼓乐。(325) 歌词分支和音调结束时，或重复开始时，奏响鼓乐。(326) 在运用 yantri 和简单动作的 antarmārga①中，舞蹈表演伴有鼓乐和针尖足行。(327)

谁表演大自在天（湿婆）的这种舞蹈，他的灵魂就会涤除一切罪恶，而升入湿婆的天界。(328) 以上是登杜舞表演的规则，诸位婆罗门啊，你们还想听取哪种戏剧表演规则？(329)

以上是婆罗多《舞论》中名为《舞蹈特征》的第四章。

---

① 这句句义不明。

# 第 五 章

## 演出的前奏

听了婆罗多关于戏剧的这些说明，仙人们满怀喜悦，（1）又说道："诸如戏剧的产生、粉碎障碍的粉碎旗以及敬拜诸神，（2）我们已经理解和掌握它们的意义。我们还希望详细了解关于演出的前奏。（3）大光辉的婆罗门啊，请你说明有关的一切特征，让我们理解。"（4）听了他们的话，婆罗多牟尼接着讲述演出前奏的规则：（5）

诸位大福大德者啊，请听我讲述演出的前奏以及相关的脚步间距、迦罗①和绕行。（6）因为它们首先在舞台上表演，所以称为演出前奏，诸位优秀的婆罗门啊！（7）

它们由先后各个部分组成，含有弦乐、鼓乐和吟诵。（8）安放乐器、歌手入座、开始练唱、调试乐器、区分各种音乐风格、调试琴弦，（9）练习指示节拍的手势、练习鼓乐和弦乐合奏和练习区分节拍。其中的练习区分节拍又分为长、中和短三种。（10）那些幕外歌曲由歌手在幕后歌唱，伴有弦乐和鼓乐。（11）

然后，所有乐器奏响，拉开幕布，表演舞蹈和吟诵。（12）演

---

① 迦罗（kalā）是一种时间单位。按照《舞论》中的描述，迦罗有三种，分别为两个、四个和八个摩多罗（mātrā）。而一个摩多罗相当于五个瞬间（nimeṣa）。瞬间指一眨眼或一瞬间。显然，迦罗（kalā）和摩多罗（mātrā）这两个词很难用汉语对译，故而在下面的译文中，只能直接使用迦罗和摩多罗这两种音译。

唱摩德罗歌曲或筏驮摩那歌曲，伴有合适的舞蹈。（13）接着是开始吟诵、绕行、献诗、念诵无意义的音节、上场，（14）足行、大足行、三人谈和说明。以上这些构成演出的前奏。（15）

我将依次讲述演出前奏的各个组成部分，说明它们的特征。（16）

安放乐器（pratyāhāra），歌手入座（avataraṇa），（17）开始练唱（ārambha），调试乐器（āśrāvaṇa），（18）区分各种音乐风格（vaktrapāṇi），调试琴弦（parighaṭṭanā），（19）练习指示节拍的手势（saṃghoṭanā），练习鼓乐和弦乐合奏（mārgāsārita），（20）练习区分节拍（āsārita），演唱歌曲，赞颂诸神。（21）

接着，我要讲述开始吟诵（utthāpana）。开始吟诵献诗，（22）这种演出的前奏称为开始吟诵。向四方护世神绕行，（23）俯首致敬，称为绕行（parivartana）。向天神、婆罗门和国王表示祝福，（24）称为献诗（nāndī）。念诵无意义的音节（śuṣkāpakṛṣṭā），（25）这是用于粉碎旗的偈颂。正式开始运用语言和肢体表演，（26）称为上场（raṅgadvāra）。表演艳情味动作，称为足行（cārī）。（27）表演暴戾味动作，称为大足行（mahācārī）。丑角、舞台监督和助手，（28）三人进行对话，称为三人谈（trigata）。运用推理和提示的方式，（29）说明戏剧的主题和内容，称为说明（procanā）。（30a）

下面我要讲述调试乐器时，（30b）幕外歌曲的演唱方式，说明它们的起源。这些歌曲有七种形式，属于吉多罗（citra）和达奇那（dakṣiṇa）类型，（31）还有乌波诃那（upohana）歌曲和幕外歌曲（nirgīta）。那罗陀和天国歌伎健达缚们用于赞颂天神。天神和檀那婆在集会中，（32）听到赞颂天神的幕外歌曲，含有合适的速度和节拍而优美。（33）

所有的提迭和罗刹愤愤不平，心生妒忌，经过沉思，互相说道：（34）“我们乐于听取这种伴有弦乐的幕外歌曲。而众天神喜欢听取赞颂他们的七种歌曲。（35）这样，我们就听这一种歌曲。”于是，他们愿意听取幕外歌曲，一再要求演出。（36）

众天神发怒，对那罗陀说道：“这些提迭和罗刹喜欢听幕外歌曲，（37）那就取消这种歌曲吧！你认为如何？”听了众天神的话，那罗陀回答道：（38）“幕外歌曲依据弦乐，不要取消它。这种歌曲与乌波诃那歌曲结合，配上弦乐，（39）将有七种形式。提迭和罗刹迷上这种幕外歌曲，（40）就不会愤愤不平，制造障碍。”（41a）

由于提迭进行竞争，这种歌曲称为幕外歌曲（nirgīta）。（41b）而为了尊重天神，这种歌曲称为幕外歌曲（bahirgīta）。行家应该用吉多罗琵琶表演这种歌曲，（42）含有轻重音节、字母和庄严。表演幕外歌曲时，只有字母，而无词句。（43）考虑到天神怀有妒忌，称为幕外歌曲。（44a）

我现在讲述幕外歌曲有七种形式，（44b）以及“开始吟诵”等的缘由。罗刹和蛇喜欢安放乐器。（45）天女喜欢歌手入座。健达缚喜欢开始练唱。（46）提迭喜欢调试乐器。檀那婆喜欢区分音乐风格。（47）罗刹喜欢调试琴弦。密迹天喜欢练习指示节拍的手势。（48）药叉喜欢练习鼓乐和弦乐合奏。天神喜欢歌唱。（49）楼陀罗及其随从喜欢筏驮摩那歌曲。梵天喜欢开始吟诵。（50）护世天神喜欢绕行。月亮喜欢献诗。（51）蛇喜欢念诵无意义的音节。同样，祖先也喜欢念诵无意义的音节。（52）毗湿奴喜欢上场。排除障碍的群主喜欢粉碎旗。（53）乌玛喜欢足行。神怪幽灵喜欢大足行。（54）

我已经说明演出前奏的各个组成部分，从安放乐器至大足行，用于敬拜诸神。（55）诸位优秀的婆罗门啊，我已经说明在演出前奏中，诸神各自喜欢的部分。（56）演出前奏旨在敬拜一切神。而敬拜一切神能导向正法、名誉和长寿。（57）演出前奏各部分中，无论有歌曲或无歌曲，都是为了让提迭、檀那婆和一切天国居民高兴满意。（58）

我现在讲述达鲁瓦歌曲和筏驮摩那歌曲以及表演中有歌曲或无歌曲的种种特征。（59）在表演吉多迦歌曲和筏驮摩那歌曲后，应该演唱起首的达鲁瓦歌曲。（60）每个诗步十一个音节中，前两个、第四、第八和第十一个音节是重音节。（61）它有四个诗步，使用遮杜罗娑罗（caturasra）节拍①，包含四个双手节拍，三种速度，三个停顿。（62）含有四次绕行，三种伴奏方式，使用维输洛迦诗律以及同样的节拍。（63）两迦罗的右手节拍、两迦罗的左手节拍、一迦罗的右手节拍和三迦罗的双手节拍。（64）行家运用含有以上四种共八迦罗的双手节拍。每次绕行含有四个这样的双手节拍。（65）行家在第一次绕行时，使用慢速。在其中第三个双手节拍，应该奏响鼓乐。（66）

第一次绕行结束，第二次绕行开始，使用中速。舞台监督和两位助手上场。（67）他们此前已经举行过净化仪式而获得保佑吉祥，手捧素花，身著素衣，目光含有惊奇。（68）身体持毗湿奴站姿，舒展自如。他们三人同时上场。（69）两位助手分别手持金罐和粉碎旗，舞台监督位于中间，行走五步。（70）行走五步是为了敬拜梵天。我要讲述其中的跨步方式。（71）双脚应该间距三多罗②，依次缓慢抬起后落下。（72）走完五步，舞台监督和两位助手应该表演针尖足行③，先左脚，后右脚。（73）然后，向梵天所处位置献花。梵天位于舞台中央。（74）以优美的手势敬拜这位老祖宗。

① 节拍（tāla）分成遮杜罗娑罗（caturasra）和特利耶娑罗（tryasra）两大类，其中又包含各种节拍。

② 多罗（tāla）作为长度单位名称，相当于拇指和中指之间的距离。

③ 各种足行的具体内涵参阅第十一章。

用手触地，敬拜三次。（75）期间，掌握时间，双脚保持合适间距。从舞台监督进入开始，至敬拜梵天结束，（76）这是第二次绕行，使用中速。（77a）

然后，第三次向右绕行。（77b）舞台监督应该啜水，手持粉碎旗。敬拜梵天后，从舞台中央迅速起身，抬起右脚，（78）表演针尖足行，然后是左脚，接着是右脚。（79）再次表演针尖足行，先左脚，后右脚。按照这种规则，正确向右绕行。（80）然后，舞台监督召唤手持金罐的助手，按照规则啜水，（81）向自己身上喷洒。依照顺序，完成这个净化仪式。（82）接着，手持粉碎障碍的粉碎旗。从向右绕行开始，至手持粉碎旗结束，（83）这是第三次绕行，使用快速。（84a）

手持粉碎旗，念咒八迦罗。（84b）然后，表演针尖足行，先左脚，后右脚。接着，面向乐器，行走五步。（85）表演针尖足行，先左脚，后右脚。从手持粉碎旗开始，至面向乐器结束，（86）这是第四次绕行，使用快速。（87a）

在运用遮杜罗娑罗节拍时，手脚活动十六迦罗。（87b）而在运用特利耶娑罗（tryasra）节拍时，手脚活动十二迦罗。敬拜天神，以手触地三次。（88）此前要啜水喷洒净化身体。这是演出前奏中的开始吟诵，然后是绕行。（89）

运用遮杜罗娑罗节拍，使用中速，含有八个双手节拍。所有音节是轻音节，只有最后一个音节是重音节。（90）使用阿迪遮格底诗律，这是绕行达鲁瓦歌曲。左脚采用伐迪迦摩尔迦节拍，伴随有音乐。（91）运用优美的步姿，依次敬拜四方天神，每个步姿两迦罗。（92）每个方向含有两个双手节拍，表演针尖足行，（93）先左脚，后右脚，间距两多罗。接着，表演跨步足行，行走五步，（94）依次敬拜天神。首先敬拜东方天神因陀罗。（95）第二敬拜南方天神阎摩。第三敬拜西方天神伐楼那。（96）第四敬拜北方天神俱比罗（财神）。敬拜天神后，表演针尖足行，（97）先左脚，后右脚，开始绕行。然后，舞台监督面向前方，依次跨出男性步、女性步和中性步，（98）敬拜楼陀罗（湿婆）、梵天和毗湿奴。右步称为男性步，左步称为女性步，（99）右脚不抬起，称为中性步。用男性步敬拜湿婆，用女性步敬拜毗湿奴，（100）用中性步敬拜梵天。（101a）

绕行结束后，第四位演员上场，（101b）按照规则，手中捧花，敬拜粉碎旗，（102）敬拜所有乐器和舞台监督。敬拜时，应该伴随有鼓乐。（103）没有歌唱，只有音节念诵。这第四位演员完毕敬拜，就下场。（104）

然后，演唱阿波格利希多歌曲，运用遮杜罗娑罗节拍，使用慢速。这种歌曲充满重音节，使用阿沃跋尼迦节拍，（105）平稳的音调，含有八迦罗。这种歌曲使用般格底诗律，每个诗步十个音节，（106）第四、第五、第七和第八个音节是轻音节。舞台监督用中令音调吟诵献诗。（107）献诗含有十二个或八个诗步。例如：

向一切天神致敬！祝愿再生族幸福！（108）
苏摩和国王胜利！牛和婆罗门吉祥！
祝愿梵欣欣向荣！让梵的敌人毁灭！（109）
祝伟大的国王统治四海围绕的大地！
祝国家兴旺发达！祝戏剧舞台繁荣！（110）
祝戏剧家在梵的启示下，成为大德！
祝剧作家获得名声，品德日益提高！（111）
愿众天神对这种祭祀永远表示满意！

在舞台监督吟诵献诗时，每句结束，（112）两位助手就高声赞叹一次："正是这样！"应该按照我说的这种方式完成献诗。（113）

然后，吟诵无意义音节形式的粉碎旗偈颂。开头九个音节，中间六个音节，最后三个音节，（114）含有八迦罗，每个诗步十八个音节，例如：jhaṇḍe jhaṇḍe digle digle（115）jambuka valitaka tetennām。诸位优秀的婆罗门啊，完成无意义音节吟诵后，（116）舞台监督应该以深沉的音调吟诵偈颂，首先赞颂广受崇拜的天神，（117）然后表达对国王的忠诚或对婆罗门的赞美。在吟诵粉碎旗偈颂后，入场开始。（118）

放下粉碎旗时，吟诵另一首偈颂，敬拜粉碎旗，然后表演足行。（119）两位助手退到后面。开始歌唱阿迪多歌曲，使用中速。（120）运用遮杜罗娑罗节拍，含有四个双手节拍，使用遮格底诗律，每个诗步十二个音节，（121）第一、第四、第五和最后一个音节是重音节，这称为阿迪多歌曲。我现在讲述它的表演方式，（122）即以前大自在天（湿婆）和乌玛在游戏中用以表达各种感情的动作。舞台监督采取右侧站姿，左臂朝下，（123）手掌放在脐部，另一只手握住粉碎旗。左手持蓓蕾手势舞姿，（124）行走五步，伴随优美的肢体动作，表演针尖足行，先左脚，后右脚。（125）然后，吟诵含有艳情味的偈颂。吟诵完毕偈颂，开始绕行。（126）面向前方，脚步后退，将粉碎旗交给助手。（127）

然后，按照规则，表演大足行。演唱达鲁瓦歌曲，运用遮杜罗娑罗节拍，使用快速，（128）含有四个双手节拍，八迦罗。使用特哩湿图朴诗律，每个诗步十一个音节，（129）前四个、第七、第十和最后一个音节是重音节，其余轻音节。例如：

湿婆大神用脚底摧毁群山，
搅动一切众生和所有大海，（130）
但愿世界劫后，他的舞蹈
保护你们，永远赐予幸福！

然后，面向鼓乐，抬脚表演针尖足行。（131）接着，开始绕行，抬脚表演跨步足行，使用快速。（132）双脚间距三多罗，行走五步，表演针尖足行，先左脚，后右脚。（133）与此同时，面向前方，脚步后退。然后，面向前方，行走三步，（134）表演针尖足行，先左脚，后右脚。接着，双脚并拢，吟诵含有暴戾味的偈颂。（135）吟诵完毕后，行走三步，召唤两位助手。他俩走上前后，歌唱那尔古多迦歌曲。（136）

继而，两次表演针尖足行，先左脚，后右脚。然后，开始表演具有雄辩风格的三人谈。（137）丑角突然出现，说话言辞互不连贯，令舞台监督发笑。（138）谈话中含有谜语般的言辞，诸如“谁在这里?”“谁获得胜利?”引出戏剧情节。（139）在三人谈话中，丑角挑剔助手的话，而舞台监督加以肯定。（140）

然后，舞台监督表演说明。为了成功演出，他应该吸引观众，说明剧情。（141）完成这一切后，三人一起表演针尖足行，然后表演踩踏足行之外的任何足行，一起下场。（142）

这是演出前奏中的遮杜罗娑罗节拍表演方式，诸位优秀的婆罗门啊，下面请听特利耶娑罗节拍表演方式。（143）表演的各个组成部分相同，只是减少了节拍。（144）其中，两迦罗的右手节拍、一迦罗的左手节拍、一迦罗的右手节拍和两迦罗的双手节拍。（145）具有这样的迦罗、节拍和速度，是开始吟诵等的特利耶娑罗节拍表演方式。（146）运用遮格底诗律，每个诗步第一、第四、第八、第十和最后一个音节是重音节。这是特利耶娑罗的达鲁瓦歌曲。（147）在特利耶娑罗表演方式中，舞蹈行家简化音乐、步姿、达鲁瓦歌曲和节拍。（148）

音乐和歌曲，步姿和动作，有繁简两种。（149）手脚每次活动两迦罗。在遮杜罗娑罗方式中，手脚在绕行中活动十六次。（150）而在特利耶娑罗方式中，手脚活动是十二次。这是演出前奏中的两种表演方式。（151）在特利耶娑罗方式中，向各方天神敬拜时，只是行走三步。而在遮杜罗娑罗方式中，行走五步。（152）耶利耶娑罗方式中应该使用教师规定的节拍，这里不再重复讲述。（153）诸位优秀的婆罗门啊，这是演出前奏中，依据雄辩风格的特利耶娑罗和遮杜罗娑罗表演方式。（154）

我已经讲述这两种表演方式。现在讲述吉多罗表演方式。（155）诸位婆罗门啊，在表演开始吟诵中，绕行时，歌手高唱歌曲。（156）第四个演员上场，手中捧花，天鼓奏响，鼓声强烈。（157）天女遍撒纯洁的白花，在前面表演舞蹈动作。（158）这种舞蹈的各种形体姿势和动作已在前面讲述。（159）在吟诵献诗诗句的间隔中，分别插入这些舞蹈动作，形成吉多罗表演方式。（160）依照规则完成这样的表演后，所有天女下场。（161）然后，所有舞蹈演员下场，接着表演演出前奏的其他组成部分。（162）

按照演出前奏的规则，运用吉多罗表演方式，不应该有过多的歌曲和舞蹈。（163）过多的歌曲、音乐和舞蹈会造成演员和观众疲劳。（164）一旦感到疲劳，就不会产生清晰的味和情。此后，其他的各种表演也不会产生感染力。（165）

在特利耶娑罗、遮杜罗娑罗或吉多罗方式表演后，舞台监督和助手一起下场。（166）就这样，完成演出的前奏。然后，另一位舞台监督（sthāpaka）上场，具有前一位舞台监督同样的品质和特点。（167）他采取毗湿奴站姿，身体舒展自如。进入舞台时，使用与前一位舞台监督同样的步姿。（168）此时，歌唱相关的达鲁瓦歌曲，运用遮杜罗娑罗或特利耶娑罗表演方式，使用中速。（169）然后，他表演足行，吟诵赞美天神和婆罗门的偈颂，语言甜美，含有各种情和味。（170）这样取悦观众后，宣布剧作者的名字，说明剧情，（171）提到神话剧中的一位天神，人间剧中的一个人，或人神混合剧中的一位天神或一个人。（172）以各种提示的方式暗示情节的开

头和发展。(173）在完成剧情介绍后，他下场。就这样，按照规则完成演出的前奏。(174)

按照规则完成演出的前奏，就不会遭遇任何不吉祥，而进入天国世界。（175）如果违背规则，随心所欲演出，就会遭遇重大损失，而投胎畜生。(176）强风吹动的烈火也不如违背规则演出那样顷刻焚毁一切。(177）因此，阿槃底、般遮罗、南方和奥达罗摩揭陀的人们应该按照这两种方式表演。(178)

诸位婆罗门啊，我已经讲述有关演出前奏的规则。关于戏剧吠陀的规则，请说还要我讲述什么？(179)

以上是婆罗多《舞论》中名为《演出的前奏》的第五章。

# 第六章

## 论　　味

崇高的众牟尼听了演出前的准备工作后，对婆罗多说道："请为我们解答五个问题。（1）精通戏剧的人们提到戏剧中的味，请你说说这些味怎么会具有味性？（2）所谓的情又是怎么形成的？请你如实说明要义、歌诀和注疏。"（3）

婆罗多听了众牟尼的话，开始讲述味和情的区别，说道：（4）"诸位苦行者啊！我将依次详细讲述要义、歌诀和注疏。（5）戏剧是无法穷尽的。为什么？因为知识广博，技艺无穷。（6）即使一门知识也浩如烟海，无法穷尽，又怎么可能穷尽一切情的意义和真谛？（7）但是，我将叙述戏剧的味、情等的要义。它们的意义凝聚在少量经文中，依靠推理完成。（8）在经文和注疏中得到充分阐述的意义，智者们称之为要义。（9）戏剧的要义包括味、情、表演、法式、风格、地方色彩、成功、音调、器乐、歌唱和舞台。（10）智者用少量词语简要地阐明意义，这种用经文表达意义的文体叫做歌诀。（11）依靠各种名词，遵循经典，根据字根义，由各种定理证实，（12）简明地标出意义，用字根义表达，由此确定意义，智者们称之为注疏。（13）诸位婆罗门俊杰啊！我已经讲述简明的要义，我现在详细讲述它的注疏和歌诀。（14）

"传统认为戏剧中有八种味：艳情、滑稽、悲悯、暴戾、英勇、恐怖、厌恶和奇异。（15）这八种味是灵魂高尚的梵天讲的。接着，我将叙述常情、不定情和真情。（16）爱、笑、悲、怒、勇、惧、厌和惊，这些被称作常情。（17）忧郁、虚弱、疑虑、妒忌、醉意、疲倦、懒散、沮丧、忧虑、慌乱、回忆、满意、（18）羞愧、暴躁、喜悦、激动、痴呆、傲慢、绝望、焦灼、入眠、癫狂、（19）做梦、觉醒、愤慨、佯装、凶猛、自信、生病、疯狂、死亡、（20）惧怕和思索，应该知道这些被称作三十三种不定情。（21）瘫软、出汗、汗毛竖起、变声、颤抖、变色、流泪和昏厥，传统认为这些是八种真情。（22）形体、语言、妆饰和真情，被称作戏剧的四种表演。（23）世间法和戏剧法，相传是两种法式。雄辩、崇高、艳美和刚烈，（24）这些是为戏剧规定的四种风格。阿槃底、南方、奥陀罗－摩揭陀和般遮罗中部，（25）这些被认为是四种地方色彩。神的成功和人的成功是两种成功。（26）有具六等七种音调，分为人声和器乐声两类。弦乐器、鼓乐器、打击乐器和管乐器，（27）这些被认为是四种各具特色的器乐。弦乐器是琵琶，鼓乐器是鼓，（28）打击乐器是铙钹，管乐器是竹笛。上场歌、变速歌、下场歌、安抚歌和填补歌，（29）这些是五种达鲁瓦歌曲。方形、矩形和三角形，这些是三种舞台。（30）以上便是用少量经文表达的戏剧要义。下面，我将阐述经文。”（31）

这里，我们首先阐明味（rasa）。因为离开了味，任何意义都不起作用。味产生于情由、情态和不定情的结合。如果有人问：有何例证？回答是：正如各种调料、药草和原料的结合产生味，同样，各种情的结合产生味。正如食糖、原料、调料和药草产生六味，① 同样，常情和各种情结合产生味性。众仙人问：味的词义是什么？回答是：可以品尝。味怎么可以品尝？回答是：正如思想正常的人们享用配有各种调料的食物，品尝到味，感到高兴满意，同

① 六味指辣、酸、甜、咸、苦和涩。

样，思想正常的观众看到具有语言、形体和真情的各种情的表演，品尝到常情，感到高兴满意。由此，戏剧的味得到解释。

这里，有两首传统的输洛迦诗：

正如美食家们享用配有许多原料和调料的食品，进行品尝，(32) 智者们通过思想品尝具有各种情的表演的常情。因此，相传这些是戏剧的味。(33)

这里，有人问：是情产生于味，还是味产生于情？对此，有些人认为它们产生于互相接触。这种看法不对。为什么？因为只见味产生于情，而不见情产生于味。

这里，有一些输洛迦诗：

它们促使与各种表演相联系的这些味出现，因此，戏剧家称它们为情。(34) 正如调料和多种原料混合，情和表演一起使味出现。(35) 无情不成味，无味不成情，两者在表演中互相促成。(36) 正如调料和药草的结合使食物产生美味，情和味互相促使对方产生。(37) 正如树产生于种子，花果产生于树，味是一切之根，情确立其中。(38)

现在，我们叙述这些味的来源、颜色、天神和例证。这些味来源于四种味，即艳情、暴戾、英勇和厌恶。其中，

滑稽来源于艳情，悲悯来源于暴戾，奇异来源于英勇，恐怖来源于厌恶。(39) 模仿艳情，称为滑稽。暴戾的作用，称为悲悯。(40) 英勇的作用，称为奇异。厌恶的展示，成为恐怖。(41)

颜色：

相传艳情为绿色，滑稽为白色，悲悯为灰色，暴戾为红色，(42) 英勇为橙色，恐怖为黑色，厌恶为蓝色，奇异为黄色。(43)

天神：

艳情是毗湿奴神，滑稽是波罗摩特神[①]，暴戾是楼陀罗神，悲悯是阎摩神，（44）厌恶是大时神（湿婆），恐怖是时神（死神），英勇是因陀罗神，奇异是梵天。（45）

这样，叙述了这些味的来源、颜色和天神。现在，我们叙述这些味与情由、情态和不定情结合的特征和例证。我们将说明常情和味性。

其中，艳情味（śṛṅgāra）产生于常情爱（rati），以漂亮的服装为特征，正如世上清洁、纯净或好看的东西都用艳情比拟。这样，服装漂亮的人被称作有艳情的人。正如人的名字产生于氏族和家族的习惯，依据传统的教导确定，戏剧中的味、情和其他事物的名称也产生于习惯，依据传统的教导确定。这样，以令人喜悦的漂亮服装为特性的味，由导师依据习惯确定为艳情。它以男女为原因，以优美的少女为本源。它的两个基础是会合和分离。其中，会合通过季节、花环、香脂、妆饰、心爱的人、感官对象、美丽的住宅、享受、去花园、感受、耳闻、目睹、游戏、娱乐等情由产生。它应该用眼的机灵、眉的挑动、斜视、温柔甜蜜的形体动作和语言等情态表演。它的不定情不包括惧怕、懒散、凶猛和厌恶。而分离应该用忧郁、虚弱、疑虑、妒忌、疲倦、忧虑、焦灼、瞌睡、入眠、做梦、故意冷淡、生病、疯狂、癫狂、痴呆和死亡等情态表演。这里，有人问：既然艳情味产生于常情爱，那它怎么会有属于悲悯味的情？回答是：前面已经提到，艳情味包含会合和分离两类。《妓女经》提到十种状态。我们将在论述一般表演时叙述这些状态。[②]

悲悯味产生于诅咒的折磨、灾厄、与心爱之人分离、失去财富、杀害和囚禁，具有绝望的性质。而分离味产生于焦灼和忧虑，

① 波罗摩特是一类小神，担任湿婆大神的侍从。

② 《舞论》第二十四章《论一般表演》中提到爱情的十种状态：渴望、忧虑、回忆、赞美、烦恼、悲叹、疯癫、生病、痴呆和死亡。

具有期望的性质。因此，悲悯味不同于分离味。这样，艳情味与所有的情相关联。还有，

充满幸福，怀抱渴望，利用季节和花环等，男女结合，这被称为艳情味。(46)

这里还有与经文相关的两首阿利耶诗：

季节、花环和妆饰，可爱的人、音乐和诗歌，去花园游乐，艳情味凭借这些产生。(47) 它应该通过眼睛和脸部的恬静、微笑、甜蜜的话语、满意、高兴和甜蜜的形体动作表演。(48)

滑稽味（hāsya）以常情笑（hāsa）为特征。它通过不合适的服装或妆饰、冒失、贪婪、争吵、言不及义、显示肢体缺陷和指出缺点等情由产生。它应该用咬嘴唇、翕动鼻孔和两腮、瞪眼、挤眼、出汗、脸色和叉腰等情态表演。它的不定情是懒散、佯装、困倦、入眠、做梦、觉醒和妒忌等。这种味分成两类：依据自己和依据他人。自己笑时，那是依据自己；使他人笑时，那是依据他人。

这里，有两首传统的阿利耶诗：

不恰当的妆饰，不合适的动作、言语和服装，故意学舌，因此发笑，相传这是滑稽味。(49) 不合适的表情、言语和形体动作，不合适的服装，令人发笑，因此，称为滑稽味。(50)

这种味大多见于妇女和下等人。它分为六种，我将接着叙述。(51) 微笑、喜笑、欢笑、嘲笑、大笑和狂笑，上等人、中等人和下等人各占两种。(52) 微笑和喜笑属于上等人，欢笑和嘲笑属于中等人，大笑和狂笑属于下等人。(53)

这里，有一些输洛迦诗：

双颊微微展开，眼角优美，牙齿不露，这是上等人的微笑。(54) 嘴唇和眼睛启开，双颊展开，牙齿微露，这称作喜笑。(55)

中等人的：

眼睛和双颊收缩，声音甜蜜，适合时机，面露喜色，这是欢

笑。（56）鼻孔展开，眼睛蔑视，双肩和头倾斜，这是嘲笑。（57）

下等人的：

不合时宜，眼中带泪，双肩和头耸动，这是大笑。（58）眼睛激动流泪，声音刺耳，双手捧腹，这是狂笑。（59）

戏剧中随剧情出现笑的地方，应该按照上述上、中、下三种人的方式表演。（60）这样，传统认为这种味分成依据自己和依据他人的两类，以及依据三种人的六类。（61）

悲悯味（karuṇa）产生于常情悲（śoka）。它通过诅咒的折磨、灾厄、与心爱之人分离、失去财富、杀害、囚禁、逃跑、打击和落难等情由产生。它应该用流泪、悲泣、嘴唇干燥、脸部变色、肢体无力、喘息和失去记忆等情态表演。它的不定情是忧郁、虚弱、忧虑、焦灼、激动、慌乱、疲倦、恐惧、绝望、沮丧、生病、痴呆、疯狂、癫狂、惧怕、懒散、死亡、瘫软、颤抖、变色、流泪和失声等。

这里，有两首阿利耶诗：

看到心爱的人被杀，或者听到不幸的消息，由于这些特殊的情，产生悲悯味。（62）悲悯味应该通过叹息、哭泣、昏厥、痛哭、哀号和身体劳累表演。（63）

暴戾味（raudra）以常情怒（krodha）为特征。它产生于罗刹、檀那婆和傲慢之人，以战斗为原因。它通过愤怒、侵犯、毁谤、侮辱、谎言、中伤、谋害和忌恨等情由产生。它的行动是抽打、撕裂、挤压、劈、砍、扔、抓、火拼和流血等。它应该用红眼、出汗、皱眉、咬牙切齿、双颊颤动和摩拳擦掌等情态表演。它的不定情是混乱、勇敢、冲动、愤慨、暴躁、凶猛、出汗、颤抖、汗毛竖起和口吃等。这里，有人问：上面说到暴戾味属于罗刹等，是否不属于其他人？回答是：暴戾味也属于其他人。但是，这里首先是指罗刹。因为他们本性暴戾，有许多手臂和嘴，棕红的头发横七竖八，血红的眼睛瞪得滚圆，黝黑的身体令人生畏。无论是日常行为，还是语言和形体动作，他们所做的一切都是暴戾的。那些模仿他们的人，通过殴打等，也被认为具有暴戾味。

这里，有两首传统的阿利耶诗：

打击，杀戮，残害，劈砍，粉碎，在混战中厮杀，暴戾味凭借这些产生。(64) 进行各种打击，砍掉头颅、躯体和手臂，它应该用这些特殊动作表演。(65)

由此可见，暴戾味具有暴戾的语言和形体动作，充满武器的打击，以凶猛的行为为特征。(66)

英勇味（vīra）以上等人为本源，以常情勇（utsāha）为特征。它通过镇定、坚韧、谋略、素养、骁勇、能力、威武和威力等情由产生。它应该用坚强、勇敢、刚毅、牺牲和精明等情态表演。它的不定情是满意、自信、傲慢、激动、凶猛、愤慨、回忆和汗毛竖起等。

这里，有两首传统的阿利耶诗：

由于勇敢、坚决、不沮丧、不惊诧、不迷惑以及各种特殊情形，英勇味产生。(67) 英勇味应该正确地用回忆、坚定、英勇、勇敢、威武、勇猛、威力和谴责的言辞表演。(68)

恐怖味（bhayānaka）以常情惧（bhaya）为特征。它通过怪异的声音、见到鬼怪、听到豺和猫头鹰的叫声而惊恐、进入空宅或森林、死亡、耳闻目睹或谈论亲人的被杀或被囚等情由产生。它应该用手脚颤抖、眼睛转动、汗毛竖起、面孔变色、说话变声等情态表演。它的不定情是瘫软、出汗、口吃、汗毛竖起、颤抖、变声、变色、疑虑、慌乱、沮丧、激动、暴躁、惧怕、癫狂和死亡等。

这里，有一些传统的阿利耶诗：

听到怪异的声音，见到鬼怪，发生战争，进入森林或空宅，得罪长辈或国王，由此形成的味称作恐怖味。(69) 肢体、面孔和目光变异，两腿发软，眼神惊慌，嘴巴干涩，心跳，汗毛竖起，(70) 这些是自然产生的恐怖。人为表演的恐怖也运用这些情，但肢体动作较为温和。(71) 恐怖味始终应该用手脚颤抖、肢体发软、心跳以及嘴唇、上腭和喉咙干燥表演。(72)

厌恶味（bībhatsa）以常情厌（juguptsā）为特征。它通过看到不愉快或不可爱的东西、耳闻目睹或谈论讨厌的东西等情由产生。它应该用全身收缩、转动脸或眼睛、恶心、呕吐和反感等情态表演。它的不定情是癫狂、激动、慌乱、生病和死亡等。

这里，有两首传统的阿利耶诗：

看到不愉快的东西，恶劣的味道、气息、接触和声音引起种种反感，由此产生厌恶味。(73) 它应该正确地用转动脸或眼睛、遮眼、捂鼻、低头和悄悄移步表演。(74)

奇异味（udbhuta）以常情惊（vismaya）为特征。它通过看见神灵、实现心愿、走进美妙的园林或神殿和出现不可想象的神奇事迹等情由产生。它应该用睁大眼睛、目不转睛、汗毛竖起、流泪、出汗、欢悦、称善、馈赠、赞叹不已、手舞足蹈和弹指等情态表演。它的不定情是流泪、瘫软、出汗、口吃、汗毛竖起、激动、混乱、痴呆和昏厥等。

这里，有两首传统的阿利耶诗：

奇特的言语、品性、行为和形象，由于这些特殊的对象，这种味称作奇异味。(75) 它用渴望触摸、欢笑、赞叹不已、称善、颤抖、口吃和出汗等表演。(76)

艳情味分成三类，分别以语言、妆饰和动作为特征。滑稽味和暴戾味分成三类，分别以形体、妆饰和语言为特征。(77) 悲悯味分成三类，分别由正义受挫、失去财富和悲伤引起。(78) 行家们说英勇味分成布施英勇味、正法英勇味和战斗英勇味三类。(79) 恐怖味分成出于佯装、出于犯罪和出于受惊三类。(80) 厌恶味分成激动的、纯洁的和反感的三类。粪便和蛆虫等引起反感，鲜血等引起激动。（81）奇异味分成神奇的和喜悦的两类。出于目睹神奇事迹是神奇的，出于高兴是喜悦的。（82）以上已经说明八种味的特征，下面我将叙述情的特征。(83)

以上是婆罗多《舞论》中名为《论味》的第六章。

# 第七章

## 论　情

现在，我们叙述情（bhāva）。

这里，有人问：何以为情？是否感染人者为情？回答是：使人感受到具有语言、形体和真情的艺术作品的意义，这些是情。情是原因和手段，与“促成”、“熏染”、“造成”同义。日常生活中也这么说：“啊，一切都染上了这种气味或沾上了那种味道。”也有“布满”的意思。这里，有一些输洛迦诗：

意义通过情由、情态以及语言、形体和真情表演而获得，它被称为情。(1) 通过语言、形体和脸色以及真情表演，传达诗人心中的感情，它被称为情。(2) 促成与各种表演相联系的味，因此，它们被戏剧家称为情。(3)

何以为情由（vibhāva）？回答是：情由的意思是认知。情由、原因、缘由和理由是同义词。

语言、形体和真情表演依靠它而展现，因此，它是情由。识别和认知是同义词。

这里，有一首输洛迦诗：

依靠语言和形体表演识别许多意义，因此，它被称为情由。(4)

何以为情态（anubhāva）？回答是：让人感受到产生各种意义的语言、形体和真情表演。

这里，有一首输洛迦诗：

通过语言和形体表演，感受到意义，因此，传统认为情态与语言和大小形体动作有关。(5)

我们现在讲述与情由和情态相关者（情）的特征和例证。其中，情由和情态世人皆知。它们接近世人本性，也就不说它们的特征了，以免冗长繁琐。这里，有一首输洛迦诗：

智者通过表演获知的情由和情态，依靠世人的本性确立，遵循世人的生活方式。(6)

其中，八种常情，三十三种不定情，八种真情，这样，应该知道作为艺术作品中表现味的原因的情共有四十九种。味产生于这些情与共同性质的结合。这里，有一首输洛迦诗：

与心相应的事物，它的情产生味，遍布身体，犹如火遍布木柴。(7)

有人问：味产生于相互依据意义的、通过情由和情态显示的四十九种情与共同性质的结合，为什么现在又说这八种常情达到味性？正是这样。为什么？正如有共同的特征、共同的手、足和腹以及共同的信仰的人，只有一些人因出身、品德、学问、行为和精通技艺而获得王权，其他人因智力有限，成为他们的随从。同样，情由、情态和不定情依附常情。由于这种依附关系，常情成为主人。其他的情成为常情的附属。不定情成为仆从，依附常情。有何例证？正如有众人围绕者才得名国王（人中之王），而别人即使伟大，也不得名国王。众人行走，某人在某处，问道："这是谁?"回答道："是国王。"同样，常情有情由、情态和不定情围绕，如同国王，得名为味。

这里，有一首输洛迦诗：

正如百姓中的国王，学生中的老师，在一切情中，以常情为主。(8)

前面已经讲过味的特征。现在，我们叙述情的一般特征。这里，我们先讲常情（sthāyibhāva）。其中，名为爱（rati）的常情以欢喜为特征，通过季节、花环、香脂、妆饰、可爱的人、享受美妙的住宅和无敌意等情由产生。它应该用微笑、甜言蜜语、眉的挑动和眼的斜视等情态表演。这里，有一首输洛迦诗：

爱通过达到愿望的目的或对象而产生，由于温柔性，它应该用甜蜜的语言和形体动作表演。(9)

名为笑（hāsa）的常情通过模仿他人动作、言不及义、挑毛病和快乐等情态产生。它应该用前面说过的喜笑等表演。这里，有一首输洛迦诗：

笑通过模仿他人动作产生，智者应该用微笑、欢笑和狂笑表演。(10)

名为悲（śoka）的常情通过与心爱之人分离、失去财富、杀害、囚禁和感到痛苦等情由产生。它应该用流泪、哀伤、哭泣、变色、变声、四肢瘫软、倒地、哭喊、挣扎、长叹、发呆、疯狂、昏厥和死亡等情态表演。这里，哭泣分成三类：出于喜悦、出于痛苦和出于妒忌。

这里，有一些阿利耶诗：

喜笑颜开，有回忆，有言语，不泪流满面，双颊汗毛竖起，这是出于喜悦的哭泣。(11) 泪流满面，有哭声，肢体抽动，倒地，转动，悲伤，这是出于痛苦的哭泣。(12) 嘴唇和双颊颤抖，摇头叹息，皱眉斜眼，这是妇女出于妒忌的哭泣。(13) 佯装的悲伤应该用于英勇味，通常怀有某种动机，显得勉强做作。(14)

这里，有一首输洛迦诗：

由不幸产生的悲伤以妇女和下等人为本源，上等人和中等人的悲伤伴以坚定，下等人的悲伤伴以哭泣。(15)

名为怒（krodha）的常情通过侵害、咒骂、争吵、争辩和对立等情由产生。它应该用鼻孔翕动、眼睛上抬、咬嘴唇和双颊颤抖等情态表演。

这里，有一些阿利耶诗：

皱眉，脸部扭曲，咬嘴唇，双手紧握，接触自己的手臂、头和胸，这是对敌人的愤怒。（16）目光微微低垂，不时轻轻擦拭汗珠，不作激烈举动，这是对长辈的愤怒。（17）步履迟疑，流泪，斜视，皱眉，嘴唇颤抖，这是对怀着爱意走来的情人的愤怒。（18）对仆从的愤怒应该通过恐吓、责骂、瞪眼和各种蔑视的方式表演。（19）佯装的愤怒应该在两种味中游动，通常怀有某种动机，显得勉强做作。（20）

名为勇（utsāha）的常情以上等人为本源。它通过不沮丧、能力、坚定和献身等情由产生。它应该用坚定、献身、实施和精通等情态表演。

这里，有一首输洛迦诗：

勇通过镇定等显示，以决心和谋略为特性，用警觉的行为等表演。（21）

名为惧（bhaya）的常情以下等人为本源。它通过得罪长辈或国王、在空宅或森林中游荡、见到高山、责骂、阴天、漆黑一团、听到猫头鹰或罗刹的叫声等情由产生。它应该用手脚颤抖、心跳、瘫软、嘴干、舔舌、出汗、颤抖、寻求庇护、逃跑和哭叫等情态表演。

这里，有一些输洛迦诗：

得罪长辈或国王，看到暴戾的行动，听到可怕的声音，恐惧伴随昏晕产生。（22）它应该用肢体颤抖、害怕、嘴干、慌乱和瞪眼这些动作表演。（23）人的恐惧因害怕而产生，演员应该用四肢瘫软和眼睛眨巴表演。（24）

这里，有一首阿利耶诗：

它应该用手脚颤抖、心跳、僵直、嘴干、舔舌和肢体瘫软表演。(25)

名为厌（jugupts$\bar{a}$）的常情以妇女和下等人为本源。它通过听到或看到不愉快的事物等情由产生。它应该用全身收缩、呕吐、转脸和心烦等情态表演。

这里，有一首输洛迦诗：

应该用掩鼻、肢体收缩、反感和心烦显示厌。(26)

名为惊（vismaya）的常情通过幻术、神奇事迹、人的非凡事迹、奇妙的形体和非凡的技艺等情由产生。它应该用瞪大眼睛、不眨眼、扬眉、汗毛竖起、出汗和称善等情态表演。

这里，有一首输洛迦诗：

惊产生于非凡事迹，源自喜悦，在舞台上用喜悦的眼泪和昏厥等完成。(27)

这些常情已经得到说明。

现在，我们叙述不定情（vyabhicārin）。有人问：何以为不定情？回答是：vi 和 abhi 是两个前缀。字根 cara 的意思是行走。因此，不定情的意思是带着与语言、形体和真情有关的各种东西走向味。在这里，行走的意思是带着走。为什么是带着走？回答是：正像太阳或星宿带着这一天走。不是用手臂或肩膀带着走。这是日常的惯用说法。由此可知，正像太阳或星宿是向导，这些不定情也是如此。上面讲了三十三种不定情的要义，下面我们具体描述不定情。

其中，忧郁（nirveda）通过遭受贫困、辱骂、拽拉、怒斥、鞭打、与心爱之人分离和认识真谛等情由产生。它以妇女和下等人为本源，应该用哭泣、长吁短叹和欺瞒等情态表演。

这里，有一首输洛迦诗：

忧郁产生于贫困、与心爱之人分离，应该用沉思和叹息表演。

（28）

这里，有两首传统的阿利耶诗：

忧郁产生于与心爱之人分离、贫困、生病、痛苦或看到别人发迹。（29）眼睛饱含泪水，长吁短叹，面部和眼睛阴沉，忧郁的人像专心禅定的瑜伽行者。（30）

虚弱（glāni）通过风寒、腹泻、生病、苦行、克制、斋戒、烦恼、过量饮酒、过度操劳、长途跋涉、饥渴和失眠等情由产生。它应该用说话无力、眼睛无神、面容憔悴、步履缓慢、走走停停、无精打采、肢体瘦削和面孔变色等情态表演。

这里，有两首阿利耶诗：

虚弱产生于风寒、腹泻、疾病、苦行和衰老，应该用肢体瘦弱、步履缓慢和抖动摇晃表演。（31）应该反复用说话有气无力、眼皮耷拉、行动艰难和肢体瘫软表演虚弱。（32）

疑虑（śaṅkā）属于妇女和下等人，以疑惑为特征。它通过偷窃、抢劫、冒犯国王和犯罪等情由产生。它用东张西望、迟疑不决、嘴干、舔舌、面孔变色、颤抖、唇燥和声音嘶哑等情态表演。

这里，有一首输洛迦诗：

疑虑产生于偷窃等，通常用于恐怖味。如果它产生于情人的欺骗，也被认为具有艳情味。（33）

有些人希望也包括掩盖表情。它应该用巧妙的附加动作和暗示动作展示。

这里，有两首阿利耶诗：

疑虑分为产生于自己和产生于别人的两类。产生于自己的疑虑通过眼神和动作获知。（34）有疑虑的人肢体微微颤抖，东张西望，舌头笨拙，脸色阴沉。（35）

妒忌（asūyā）通过各种过失、仇恨、别人的富裕、幸运、妒忌和学问等情由产生。它应该用当众揭短、贬低别人品德、不屑一顾、垂头、皱眉、藐视和讥嘲等情态表演。

这里，有两首阿利耶诗：

看到别人幸运、富裕、聪明和尽情游玩，产生妒忌，并可能因此犯下过失。（36）它应该用皱眉、面容傲慢、恼羞成怒、转过脸去、诋毁别人的品德和憎恨表演。（37）

醉意（mada）产生于饮酒。它分三种程度，五种醉态。

这里，有一些阿利耶诗：

醉意分成微醉、酣醉和大醉三种程度，应该用五种醉态表演。（38）酒醉之人有的唱，有的哭，有的笑，有的说粗话，有的睡。（39）上等人睡，中等人笑和唱，下等人哭和说粗话。（40）微醉的上等人说话面带微笑，情绪愉快，言语略微紊乱，身体兴奋，步履轻柔蹒跚。（41）酣醉的中等人眼珠乱转，手臂乱摆，步履歪斜。（42）大醉的下等人神志不清，不能行走，又吐又咳，令人讨厌，舌头笨拙，呕吐不止。（43）在舞台上表演饮酒，醉意应该渐渐增加；如果只是事前饮过酒，醉意应该渐渐减退。（44）出于某种原因，如惊吓、悲伤和恐怖，行家应该努力表演醉意消失。（45）由于这些特殊情况，醉意顿时消失，同样，由于令人愉快的言辞，悲伤减轻。（46）

疲倦（śrama）通过长途跋涉和操劳等情由产生。它应该用按摩肢体、叹气、撇嘴、呵欠、捶打肢体、步履缓慢、眼睛转动和喘息等情态表演。

这里，有一首阿利耶诗：

人的疲劳产生于长途跋涉和操劳，应该用叹气和步履沉重表演。（47）

懒散（ālasya）属于妇女和下等人，通过本性、疲劳、生病、满足和怀孕等情由产生。它应该用厌倦一切工作、躺下、坐下、瞌睡和入睡等情态表演。

这里，有一首阿利耶诗：

懒散产生于疲倦、生病或本性，它的表演应该是除了吃饭之外，无所事事。（48）

沮丧（dainya）通过不幸和精神烦恼等情由产生。它应该用不满意、头痛、四肢瘫软、精神颓丧和懒于梳洗等情态表演。

这里，有一首阿利耶诗：

人的沮丧产生于忧虑、焦灼或痛苦，应该用懒于梳洗等方式表演。（49）

忧虑（cintā）通过丧失财富、心爱之物失窃和贫穷等情由产生。它应该用长吁短叹、烦恼、沉思、垂头、考虑和身体消瘦等情态表演。

这里，有两首阿利耶诗：

人的忧虑产生于多种情况：丧失财富、心爱之物失窃和内心焦灼。（50）忧虑应该用长吁短叹、烦恼、心中空虚、懒于梳洗和不满意表演。（51）

慌乱（moha）通过厄运、不幸、生病、恐惧、激动和记起宿仇等情由产生。它应该用不知所措、肢体乱动、倒下和目光乱转等情态表演。

这里，有一首输洛迦诗：

慌乱产生于突然看见盗贼，遇到各种恐怖，又无法对付。（52）

这里，有一首阿利耶诗：

慌乱产生于不幸、打击、恐惧和记起宿仇，应该用一切感觉混乱表演。（53）

回忆（smṛti）是回忆幸福或痛苦的情形。它通过病危、失眠、看见相似事物和不断回想事例等情由产生。它应该用点头、凝视、扬眉和喜悦等情态表演。

这里有一首输洛迦诗和一首阿利耶诗：

回忆者回想过去的幸福或痛苦，在想象中如实展现已经忘却的事情。(54) 回忆产生于自我复习，产生于听到或看到。精通回忆的人应该用抬头、点头和扬眉表演。(55)

满意（dhṛti）通过勇武、知识、圣典、财富、纯洁、品行、尊敬师长、获得许多财富和各种娱乐等情由产生。它应该用享受获得的感官对象和不为没有获得的、消逝的、损坏的或毁灭的东西悲伤等情态表演。

这里，有两首阿利耶诗：

满意产生于知识、纯洁、财富、圣典和能力，没有恐惧、悲伤和烦恼等，通常应该由善人表演。(56) 满意应该是享受获得的声、触、味、色和香，不为没有获得的东西忧伤。(57)

羞愧（vrīḍā）以做了不该做的事为特征。它通过冒犯或不敬重长辈、失信、抵赖和后悔等情由产生。它应该用捂脸、垂头、忧虑、在地上乱划、摩挲衣服或指环和咬指甲等情态表演。

这里，有两首阿利耶诗：

一个人做了不该做的事，被一些纯洁的人看到，他为此后悔，这便是羞愧。(58) 羞愧的人应该因羞愧而捂脸，在地上乱划，咬指甲，摩挲衣服或指环。(59)

暴躁（capalatā）通过激动、仇恨、忌恨、愤慨、妒忌和对立等情由产生。它应该用言辞粗鲁、威胁、打击、杀害、囚禁、鞭打和唆使等情态表演。

这里，有一首阿利耶诗：

不经过思考，就动手捕杀，由于做事欠考虑，智者们称之为暴躁。(60)

喜悦（harṣa）通过如愿以偿、与心爱之人相会、精神满足、赢得天神、师长、国王或丈夫的宠爱以及享有食物、衣服和财富等情由产生。它应该用眉开眼笑、言辞可爱、拥抱、汗毛竖起、流泪、出汗和打情骂俏等情态表演。

这里，有两首阿利耶诗：

获得难以获得的东西，获得财富，与心爱之人相会，实现心愿，人的喜悦产生。（61）它应该用眉开眼笑、可爱的言辞、拥抱、汗毛竖起、轻快的肢体动作和出汗等表演。（62）

激动（āvega）通过凶兆、狂风、暴雨、大火、疯象、喜讯、噩讯和临危等情由产生。其中，凶兆引起的激动通过闪电、流星、月食、日食和彗星等情由产生。它应该用全身瘫软、悲哀、精神颓丧、面孔变色和惊讶等表演。狂风引起的激动应该用捂脸、揉眼、裹紧衣服和疾步行走等情态表演。暴雨引起的激动应该用全身蜷缩、奔跑和撑伞等表演。大火引起的激动应该用迅速跑开、脚步慌乱、恐惧、瘫软、颤抖、回头观看和惊诧等表演。喜讯引起的激动应该用起身、拥抱、馈赠衣服首饰、流泪和汗毛竖起等表演。噩讯引起的激动应该用倒地、哭泣、翻滚、跑开和哭喊等表演。临危引起的激动应该用突然离开、披甲持剑、登上象、马或车和打击等表演。

应该知道这八种以慌乱为特性的激动，上等人和中等人伴以坚定，下等人伴以逃跑。（63）

这里，有两首阿利耶诗：

听到噩讯，明白其中含义，流泪和害怕，产生激动。（64）噩讯等借助沮丧的情态表演。如果突然遇见敌人，应该表演挥动武器。（65）

痴呆（jaḍatā）是停止一切活动。它通过耳闻目睹可爱或可憎的事物和生病等情由产生。它应该用无言、沉默、呆视和依赖他人等情态表演。

这里，有一首阿利耶诗：

头脑糊涂，不知道可爱或可憎、幸福或痛苦，沉默不语，依赖

他人，这样的人称为痴呆。（66）

傲慢（garva）通过权力、出身、美貌、青春、学问、力量和获得财富等情由产生。它应该用蔑视、羞辱、不理睬、看肩膀、游荡、嘲笑、言辞粗鲁、冒犯和不敬重长辈等情态表演。

这里，有一首阿利耶诗：

傲慢属于下等人，产生于学问、青春、美貌、权力或获得财富，应该用眼睛和形体动作表演。（67）

绝望（viṣāda）产生于事业受挫和天灾。上等人和中等人的绝望应该用求援、想办法、失去勇气、精神颓丧和叹息等情态表演。下等人的绝望应该用逃跑、观望、嘴干、舔嘴角、睡觉、叹息和沉思等情态表演。

这里，有一首阿利耶诗和一首输洛迦诗：

事业受挫，被强敌俘虏，得罪国王，命中注定不能达到目的，绝望产生。（68）应该表演上等人和中等人考虑各种办法，而下等人睡觉、叹息和沉思。（69）

焦灼（autsukya）通过回想与心爱之人分离和看到花园等情由产生。它应该用长叹、垂头、忧虑、睡觉、瞌睡和想要躺下等情态表演。

这里，有一首阿利耶诗：

焦灼产生于与心爱之人分离，应该用忧虑、睡觉、瞌睡和四肢沉重表演。（70）

入眠（nidrā）通过乏力、疲倦、酒醉、懒散、忧虑、饱食和本性等情由产生。它应该用头沉、翻身、眼睛转动、呵欠、按摩肢体、呼吸、肢体放松、眼睛闭上和迷糊等情态表演。

这里，有两首阿利耶诗：

由于懒散、乏力、劳累、疲倦、忧虑和本性，也由于夜里失眠，人的睡眠产生。（71）它应该用脑袋和肢体沉重、眼睛转动和

闭上、痴呆、打哈欠和按摩肢体等情态表演。(72)

癫狂（apasmāra）产生于神、蛇、药叉、罗刹和鬼怪等附身、想起神怪、吃剩食、守空宅、经过混浊的大森林和元气失调等情由。它应该用艰难、颤抖、喘息、奔跑、跌倒、出汗、口吐白沫、咳嗽和舔舌等情态表演。

这里，有两首阿利耶诗：

想起鬼怪或鬼怪附身、吃剩食，进空宅，不按时，不清洁，癫狂产生。(73) 突然倒地，颤抖，口吐白沫，昏迷中起身，这些是癫狂的形态。(74)

做梦（supta）产生于睡眠。它应该用呼吸、肢体放松、眼睛闭上、所有感官迷糊和进入梦境等情态表演。

这里，有一首阿利耶诗：

做梦应该用呼吸、缓缓闭眼、身体不动、所有感官迷糊和进入梦境表演。(75)

觉醒（nibodha）产生于睡眠中断、食物消化、噩梦和闹声等情由。它应该用呵欠、揉眼、起床、舒展身体、活动嘴巴、挥动手臂和弹指等情态表演。

这里，有一首阿利耶诗：

觉醒产生于食物消化、响声和接触等，应该用呵欠、活动和揉眼表演。(76)

愤慨（amarṣa）产生于受到学问、权力、财富或力量高于自己的人的羞辱或轻视。它应该用摇头、出汗、垂头、忧虑、决心、沉思和想办法等情态表演。

这里，有两首输洛迦诗：

在大庭广众，受到学问、权力或力量高于自己的人的羞辱，带有勇气的愤慨产生。(77) 戏剧家应该用勇气、决心、垂头、忧虑、摇头和出汗等表演。(78)

佯装（avahittha）以掩饰为特征。它通过害羞、惧怕、失败、敬重和欺骗等情由产生。它应该用说假话、转移视线和中断谈话等情态表演。

这里，有一首输洛迦诗：

佯装产生于大胆和欺骗等，带有惧怕性质，应该表演不计后果和说话在后。(79)

凶猛（ugratā）通过缉拿盗贼、得罪国王和撒谎等情由产生。它应该用杀害、囚禁、鞭打和威胁等情态表演。

这里，有一首阿利耶诗：

凶猛产生于缉拿盗贼和得罪国王，应该用杀害、囚禁和鞭打等情态表演。(80)

自信（mati）通过思考各种经义和善于推断等情由产生。它应该用教导学生、确定意义和解答疑问等情态表演。

这里，有一首输洛迦诗：

人的自信产生于精通各种经典，应该用教导学生和确定意义表演。(81)

生病（vyādhi）产生于体内的风、胆汁和黏液失调。它分为热病等。热病分成发冷和发烧两种。发冷应该用颤抖、全身摇晃、蜷缩、下巴哆嗦、鼻孔翕动、嘴巴发干、汗毛竖起、流泪和不断哀叹等情态表演。而发烧应该用脱去衣服、袒露手足、想躺在地上、涂抹油膏、渴望凉爽、哀叹和哭叫等情态表演。其他病痛应该用转脸、肢体瘫软、叹息、呻吟、哭叫、颤抖和哀叹等情态表演。

这里，有一首输洛迦诗：

行家通常用身体瘫软、四肢摆动、痛苦和转脸表演生病。(82)

疯狂（unmāda）通过与心爱之人分离、丧失财富、遭逢不幸、体内的风、胆汁和黏液上火等情由产生。它应该用反常的哭笑、胡言乱语、躺下、坐下、起身、奔跑、跳舞、唱歌、吟诵、涂抹灰土，以野草、祭花、破衣、脏布、瓦罐或瓦盆作为装饰和其他乖戾举动等情态表演。

这里，有两首阿利耶诗：

疯狂产生于失去心爱之人或财富，体内的风、胆汁和黏液上火，或者黏液失调。（83）疯狂应该用反常的哭笑、坐下、行走、奔跑、号啕以及其他种种乖戾行为表演。（84）

死亡（maraṇa）产生于疾病和伤害。疾病引起的死亡通过肠、肝或腹得病、元气失调、脓疮、肿瘤、热病和霍乱等情由产生。伤害引起的死亡通过武器、蛇咬、服毒、猛兽和从象、马或车上坠下等情由产生。我现在叙述这两者的特殊表演。其中，疾病引起的死亡应该用身体放松、四肢摊开、眼睛闭上、咳嗽、喘息、蹦动、不再招呼人和说话含混不清等情态表演。

这里，有一首输洛迦诗：

传统认为各种疾病引起的死亡有同一种情态：四肢放松和五官不动。（85）

伤害引起的死亡有各种特殊表演。武器伤害应该用突然倒地等情态表演。蛇咬或服毒死亡根据毒性发作过程分成八个阶段：憔悴、颤抖、发烧、咳嗽、口吐白沫、肩痛、痴呆和死亡。

这里，有两首传统的输洛迦诗：

首先应该表演憔悴，第二颤抖，第三发烧，第四咳嗽，（86）第五口吐白沫，第六肩痛，第七痴呆，第八死亡。（87）

因猛兽或从象、马或车上坠下引起的死亡应该像武器伤害引起的死亡那样表演，没有别的形体动作。（88）由此可知，各种死亡具有不同特点，行家应该正确地用语言和形体动作表演。（89）

惧怕（trāsa）通过闪电、流星、雷鸣、地震、乌云、咆哮、见到鬼怪和兽叫等情由产生。它应该用全身收缩、摇晃、颤抖、瘫软、汗毛竖起、口吃和语无伦次等情态表演。

这里，有一首输洛迦诗：

惧怕产生于尖声怪叫，应该用肢体瘫软和眼睛半闭等表演。(90)

思索（vitarka）通过疑惑、考虑和信念等情由产生。它应该用各种讨论、确定名义和秘密商量等情态表演。

这里，有一首输洛迦诗：

思索产生于讨论等等，以疑惑为特征，应该用头的晃动、眉和睫毛的抖动表演。(91)

以上是在演出中，上等人、中等人和下等人以及女性和男性依据情由、地点、时间、境况产生的三十三种不定情。

应该知道这些是三十三种不定情，现在我逐一阐述真情(sāttvika)。(92)

这里，有人问：难道其他感情不真实？为何单称这些为真情？回答是：这里所说的真实性产生于内心。它产生于凝聚的内心。由于内心凝聚而成为真实性。它的本性包括瘫软、出汗、汗毛竖起、流泪和变色等。不依靠内心，就不能模仿世人的本性，达到所要求的真实性。这里，如果有人问：有何例证？回答是：因为在戏剧实践中，由幸福或痛苦引起的感情应该逼真地如实表演。其中，痛苦以哭泣为特征。一个不感到痛苦的人怎能表演？幸福以喜悦为特征。一个不感到幸福的人怎能表演？达到所要求的真实性，便称之为真情。正是这种感情的真实性说明流泪或汗毛竖起应该由感到痛苦的人或感到幸福的人表演。

瘫软、出汗、汗毛竖起、变声、颤抖、变色、流泪和昏厥，这些是传统认为的八种真情。（93）出汗（sveda）产生于愤怒、恐惧、喜悦、羞愧、痛苦、疲倦、病痛、烦恼、受伤、辛苦、劳累、炎热和逼迫。(94）瘫软（stambha）产生于喜悦、恐惧、病痛、惊诧、绝望、醉酒和愤怒。颤抖（vepathu）产生于寒冷、恐惧、喜悦、愤怒、接触和衰老。(95)流泪(asra)产生于欢喜、愤慨、烟雾、眼膏、呵欠、恐惧、悲伤、凝视、寒冷和病痛。(96)变色(vaivarṇya)产生于寒冷、愤怒、恐惧、疲倦、病痛、劳累和烦恼。汗毛竖起(romāñca)产生于接触、恐惧、寒冷、喜悦、愤怒和病痛。(97)变声(svarasāda)产生于恐惧、喜悦、愤怒、热病和醉酒。昏厥(pralaya)产生于疲劳、昏晕、醉酒、睡眠、受伤和痴迷。(98)

行家们应该知道以上八种真情,下面我叙述表演这些情态的动作。(99)出汗应该表演手握扇子、擦汗和渴望凉风。(100)行家应该用无动作、无颤抖、无微笑、痴呆、无知觉和肢体麻木表演瘫软。(101)应该用晃动、颤动和摇动表演颤抖,用嘶哑和口吃表演变声。(102)汗毛竖起应该用激动不已、毛发直竖和接触肢体表演。(103)行家应该用流泪和擦拭眼睛表演流泪。变色应该努力依靠肢体表演,(104)压住血管,改变面色。昏厥应该用倒地表演。(105)

我已经如实告诉你们四十九种情,诸位优秀的婆罗门啊!现在,请听我讲述哪些情用于哪种味。(106)虚弱、疑虑、妒忌、疲倦、暴躁、做梦、入眠、佯装和颤抖用于艳情味。(107)除了懒散、凶猛和厌恶这些情之外,所有的情都能以自己的名义产生艳情味。(108)虚弱、疑虑、妒忌、疲倦、暴躁、做梦、入眠和佯装,这些情用于滑稽味。(109)忧郁、忧虑、沮丧、虚弱、流泪、痴呆、死亡和生病用于悲悯味。(110)镇定、勇气、激动、喜悦、自信、凶猛、高兴和疯狂,(111)汗毛竖起、觉醒、愤怒、妒忌、满意、傲慢和思索,这些情用于英勇味。(112)傲慢、妒忌、勇气、激动、醉意、愤怒、暴躁、喜悦和凶猛用于暴戾味。(113)出汗、颤抖、汗毛竖起、口吃、惧怕、死亡和变色用于恐怖味。(114)癫狂、疯狂、绝望、醉意、死亡、生病和恐惧,这些情用于厌恶味。

（115）瘫软、出汗、慌乱、汗毛竖起、惊诧、激动、痴呆、喜悦和昏厥用于奇异味。（116）戏剧演员应该知道那些真情依靠各种表演用于一切味。（117）

没有一部上演的作品只有单一的味。情或味，地方色彩或风格，（118）这一切会合在一起，多姿多彩，而其中以味为主，其他为辅。（119）为主的味应该依据作品的主题和内容，与情由、情态和不定情相结合。（120）演员应该通过大量的真情表演为主的味，不定情只是用来辅助为主的味。（121）多姿多彩并不令人生厌，因为人世多姿多彩难得。通过精心表演，这种多样性动人心弦。（122）作品以真情和味为基础，男演员应该表演产生于各种对象和情况的常情、真情和不定情。（123）传统确立这些是戏剧中的味和情，凡知道这些的人将获得最高成就。（124）

以上是婆罗多《舞论》中名为《论情》的第七章。

# 第八章

## 肢体表演

“受你恩惠，我们依次知道了情和味产生的所有情况。而我们还想要知道，（1）在戏剧中有多少种表演方式？每种方式怎样表演？（2）尊者啊，请你如实告诉我们这一切。每种方式怎样表演，才能如愿获得成功？”（3）

听了牟尼们这些话，婆罗多牟尼回答他们，讲述四种表演：（4）

诸位牟尼啊，我现在按照规则，详细讲述和说明表演方式。（5）我将讲述四种表演。为何称为“表演”（abhinaya）？这个词由前缀 abhi 和词干 naya 组成。naya 的词根是 nī，词义为“引起，到达”。因此，应该依据词根理解“表演”的意义。

这里，有一首输洛迦诗：

词根 nī 加上前缀 abhi，具有面向的意义，也就成为演出，因此称为 abhinaya（“表演”）。（6）

运用枝条①、肢体和次要肢体演出，表达各种意义，因此称为“表演”。（7）诸位婆罗门啊，戏剧有四种表演。依据这四种，还可以有许多分类。（8）诸位婆罗门啊，应该知道四种表演是肢体（āṅgika）、语言（vācika）、妆饰（āhārya）和真情（sāttvika）。

① 枝条（śākhā）指各种肢体姿势。

（9）真情已在前面讲述各种情的时候说过，现在先说肢体表演。（10）

肢体表演分为身体、面部和姿势，与枝条、肢体和次要肢体相联系。（11）肢体表演使用主要肢体和次要肢体。头、手、臀、胸、胁和足，（12）这些是主要肢体。眼、眉、鼻、唇和颌是次要肢体。（13）表演者应该知道表演情节内容的枝条、舞蹈和芽尖。（14）枝条是各种肢体姿势，芽尖是手势示意，舞蹈是含有姿势的肢体动作。（15）

诸位婆罗门啊，首先听我讲述头的动作，含有依据各种情和味的面部表演。（16）头的动作有十三种：缓慢点头、快速点头、缓慢摇头、快速摇头、转向两侧、抬头、低头、歪脖，（17）耸肩歪脖、转动、朝上、朝下和乱转。（18）

缓慢点头是头缓缓地抬起低下。快速点头是头快速地抬起低下。（19）缓慢点头用于暗示、教诲、提问、自然的谈话和指示。（20）快速点头用于愤怒、争论、理解、肯定、威胁、生病和不能忍受。（21）

缓慢摇头是头缓缓地摇动。快速摇头是头快速地摇动。（22）缓慢摇头用于不情愿、失望、惊奇、相信、侧视、空虚和禁止。（23）快速摇头用于寒冷、畏惧、恐怖、发烧和饮酒之初。（24）

转向两侧是头交替转向两侧。抬头是头向上抬起。（25）转向两侧用于证实、惊奇、喜悦、回忆、不能忍受、思索、掩藏和调情。（26）抬头用于骄傲、表达愿望、仰视和自信。（27）

低头是头垂下，用于传递信息、谈话和招呼。（28）歪脖是脖子稍微侧向一边，用于生病、昏厥、醉酒、忧虑和痛苦。（29）耸肩歪脖是肩膀耸起，脖子侧向一边，妇女表演这种动作，（30）用于骄傲、调情、撒娇、故意冷淡、亢奋、表露情意、佯怒、麻痹和

妒忌。(31)

转动是头转动，用于转过脸去，朝后看。(32) 朝上是脸朝上，用于面对高大的对象和天神的武器。(33) 朝下是脸朝下，用于羞涩、俯首、致敬和忧伤痛苦。(34) 乱转是头左右转动，用于昏迷、生病、醉酒、鬼魅附身和瞌睡。(35)

除了这些，依据人间生活，还有许多种。这些都是依据人间原型的表演方式。(36) 我已经讲述头的十三种动作。下面讲述眼光的特征。(37) 应该知道味眼光有可爱、恐惧、喜笑、悲悯、惊奇、凶暴、勇敢和嫌恶。(38) 常情眼光有柔情、喜悦、悲戚、愤怒、骄傲、恐惧、厌恶和惊异。(39) 不定情眼光有空虚、暗淡、疲惫、羞涩、虚弱、疑虑、绝望、蓓蕾，(40) 收缩、烦恼、乜斜、欢爱、思索、半蓓蕾、慌乱、混乱，(41) 半闭、张开、惧怕和醉意。我已经列出这三十六种眼光的名称。(42) 现在，我按照它们的功用，讲述这些依据各种情和味的眼光特征。(43)

怀有强烈的爱情，出于喜欢和高兴，挑眉斜视，这是可爱的眼光，用于艳情味。(44) 极其恐惧，眼睑上移固定，眼珠上移发光，这是恐惧的眼光，用于恐怖味。(45) 眼睑收缩，眼珠的转动隐约可见，这是喜笑的眼光，用于滑稽味。(46) 眼睑垂下，眼珠因哀伤而停滞，凝视鼻尖，这是悲戚的眼光，用于悲悯味。(47) 睫毛微微弯曲，眼珠因惊奇而上移，眼睛可爱地睁大，这是惊奇的眼光，用于奇异味。(48) 眼珠生硬发红，眼睑上移固定，眉毛扭结，这是凶暴的眼光，用于暴戾味。(49) 明亮，展开，激动，深沉，眼珠居中持平，这是勇敢的眼光，用于英勇味。(50) 眼睑几乎掩盖眼角，眼珠因厌恶而移动，睫毛紧缩，这是嫌恶的眼光，用于厌恶味。(51) 应该知道以上是八种味眼光的特征。下面讲述常情眼光。(52)

眼睛张开适中，甜蜜，眼珠稳定，含有喜悦的泪水，这是柔情的眼光，用于常情爱。(53) 眼睛稍许弯曲，眨动含笑，眼珠不完全显露，这是喜悦的眼光，用于常情笑。(54) 眼睑稍许垂下，眼珠稍许肿胀，转动缓慢，这是悲戚的眼光，用于常情悲。(55) 眼睛生硬，眼睑上移停滞，眉毛扭结，这是愤怒的眼光，用于常情怒。(56) 眼睛展开，眼珠稳定，透露勇力，这是骄傲的眼光，用于常情勇。(57) 眼睛张开，眼珠因恐惧而移动，偏离中心，这是恐惧的眼光，用于常情惧。(58) 眼睑收缩，眼珠掩藏，厌弃眼前的对象，这是厌恶的眼光，用于常情厌。(59) 眼睑睁大，眼珠上移，眼睑不动，这是惊异的眼光，用于常情惊。(60) 我已经讲述常情眼光的特征。下面讲述不定情眼光的特征。(61)

眼睑和眼珠持平，保持不动，目光茫然，不注意外界对象，这是空虚的眼光。(62) 睫毛颤动，眼睑半闭，眼角暗淡，这是暗淡的眼光。(63) 眼睑疲惫下垂，眼角变窄，眼珠下沉，这是疲惫的眼光。(64) 睫毛稍许弯曲，眼睑因羞涩而下移，这是羞涩的眼光。(65) 眉毛、眼睑和睫毛因虚弱而缓慢移动，眼珠因疲倦而下沉，这是虚弱的眼光。(66) 忽转忽停，忽抬忽张，眼珠藏有疑惧，这是疑虑的眼光。(67) 眼睑因沮丧而睁大，不眨，眼珠不动，这是绝望的眼光。(68) 睫毛合拢颤动，眼睑收缩如同蓓蕾，眼珠在欢乐中张开，这是如同蓓蕾的眼光。(69) 睫毛收缩，眼睑收缩，眼珠也收缩，这是收缩的眼光。(70) 眼珠随眼睑缓慢移动，充满烦恼，这是烦恼的眼光。(71) 眼睑下垂收缩，目光缓慢斜视，眼珠深藏，这是乜斜的眼光。(72) 眼角弯曲甜蜜，眉毛挑动含笑，显示爱欲，这是欢爱的眼光。(73) 眼睑因思索而上移，眼珠展开，向下移动，这是思索的眼光。(74) 眼珠半露，微微颤动，眼睛因喜悦而如同半个蓓蕾，这是如同半个蓓蕾的眼光。(75) 眼睛张开，眼珠和眼睑乱动，这是慌乱的眼光。(76) 眼睑颤抖、停滞、闭合，眼珠上翻，这是混乱的眼光。(77) 眼睑和眼角收缩，眼睛半闭，眼珠反复上移，这是半闭的眼光。（78）眼睑睁大，不眨，眼珠浮动，这是张开的眼光。（79）眼睑因惧怕而上移，眼珠因惧怕而颤动，眼睛因惧怕而张开，这是惧怕的眼光。（80）眼睛转动，眼角睁开，目光歪斜，这是微醉的眼光。（81）眼睑稍许收缩，眼珠和睫毛颤动，这是中醉的眼光。（82）眼睛忽开忽闭，眼珠依稀可辨，目光下沉，这是大醉的眼光。（83）

我已经讲述三十六种眼光的特征。它们产生于情和味。现在请听它们的应用。（84）味眼光用于各种味。常情眼光用于各种常情。现在请听不定情的应用。（85）

空虚的眼光用于忧虑和麻痹。暗淡的眼光用于忧郁和变色。（86）疲惫的眼光用于疲倦和出汗。羞涩的眼光用于羞愧。虚弱的眼光用于癫痫、生病和虚弱。（87）疑虑的眼光用于疑虑。绝望的眼光用于绝望。如同蓓蕾的眼光用于睡眠、做梦和欢乐。（88）收缩的眼光用于妒忌、不愿看见、难以看清和刺痛眼睛。烦恼的眼光用于忧郁、受伤和烦恼。（89）乜斜的眼光用于妒忌、痴呆和懒散。欢爱的眼光用于满意和喜悦。思索的眼光用于回忆和思索。（90）如同半蓓蕾的眼光用于嗅觉和触觉愉快而喜悦。慌乱的眼光用于激动、慌张和混乱。（91）混乱的眼光用于暴躁、疯狂、痛苦和死亡。半闭的眼光用于难以看清和仔细分辨。（92）张开的眼光用于觉醒、愤慨、傲慢、凶猛和自信。惧怕的眼光用于惧怕。醉意的眼光用于醉酒。（93）

我已经如实说明三十六种眼光。它们产生于味和情。（94）现在，请听我讲述眼珠、眼睑和眉毛的动作。圆转、斜转、下沉、颤动、龟缩，（95）斜移、上移、瞪出和自然，这些是九种眼珠动作。圆转是眼珠转圈。（96）斜转是眼珠歪斜。下沉是眼珠松懈。颤动是眼珠颤抖。龟缩是眼珠深藏。（97）斜移是眼珠斜视。上移是眼珠抬起。瞪出是眼珠鼓出。自然是眼珠保持原状。（98）

请听它们怎样用于味和情。圆转、斜转、上移和瞪出用于英勇味和暴戾味。（99）瞪出和斜转用于恐怖味。龟缩用于滑稽味和厌恶味。（100）下沉用于悲悯味。瞪出用于奇异味。自然用于其余的味。斜移用于艳情味。（101）这些是依据人间生活原型的眼珠动作，适用于各种情态。（102）

下面讲述各种观看方式：正视、斜视、凝视、瞥视、后视，（103）侧视、仰视和俯视。正视是眼珠稳定，目光正视。（104）斜视是睫毛覆盖眼珠，目光斜视。凝视是仔细观察，目光凝视。（105）瞥视是突然看见，目光瞥视。后视是观看背后，目光后视。侧视观看两侧，目光侧视。（106）仰视是抬头观看，目光仰视。俯视是低头观看，目光俯视。这些是依据情和味的观看方式。（107）

现在请听依随眼珠动作的眼睑动作：张开、合拢、睁大、收缩、自然，（108）上移、颤动、闭上和难受。张开是上下眼睑分开。（109）合拢是上下眼睑合上。睁大是上下眼睑扩展。收缩是眼睑紧缩。自然是眼睑保持原状。（110）上移是眼睑抬起。颤动是眼睑颤抖。闭上是眼睑紧闭。难受是眼睑受伤。（111）

请听它们怎样用于味和情。上移、张开和合拢用于愤怒。（112）睁大用于惊奇、喜悦和英勇。收缩用于嗅觉、味觉、触觉和不愿看见。（113）自然用于艳情。颤动用于妒忌。闭上用于睡眠、昏厥、狂风、炎热、烟雾、暴雨和眼病。（114）难受用于眼睑受到碰击。以上是眼珠和眼睑用于味和情的方式。（115）

现在请听眉的动作：上抬、下落、扭结、舒展，（116）收缩、飞扬和自然，共七种。上抬是双眉同时或逐一抬起。（117）下落是双眉同时或逐一垂下。扭结是双眉根部竖起。（118）舒展是双眉稍微抬起，甜美地展开。收缩是双眉同时或逐一稍微弯曲。（119）飞扬是一道眉毛欢快地抬起。自然是双眉保持原状。（120）

现在讲述它们用于味和情。一道眉毛抬起用于愤怒、思索、娇媚，(121) 欢快、观看和倾听。双眉抬起用于惊奇、喜悦和愤怒。(122) 下落用于妒忌、厌恶、喜笑和嗅觉。扭结用于愤怒和炽烈的光芒。(123) 舒展用于艳情、欢快、温柔和触觉。收缩用于思恋、佯怒和亢奋。(124) 飞扬用于跳舞。自然用于通常的情状。(125)

我已经讲述眉的动作。现在请听鼻的动作：紧缩、松弛、张开、深吸、收缩和自然。(126) 行家确认这六种鼻的动作。紧缩是鼻孔多次抽搐。松弛是鼻孔放松。(127) 张开是鼻孔展开。深吸是鼻孔吸气。收缩是鼻孔缩紧。自然是鼻孔保持原状。(128)

请听鼻子动作使用的特征。紧缩用于间歇性哭泣和叹息。(129) 松弛用于忧郁、焦灼、忧虑和悲哀。张开用于闻到怪味、吸气、愤怒和恐惧。(130) 深吸用于闻到香味和深呼吸。收缩用于喜笑、厌恶和妒忌。(131) 自然用于其余的情状。(132a)

缩小、舒展、饱满、颤动、收缩和自然。(132b) 现在讲述六种脸颊动作的特征。缩小是脸颊下沉。舒展是脸颊展开。(133) 饱满是脸颊鼓起。颤动是脸颊颤抖。收缩是脸颊变窄。自然是脸颊保持原状。(134)

现在请听脸颊动作使用的特征。缩小用于痛苦。舒展用于喜悦。(135) 饱满用于勇敢和骄傲。颤动用于愤怒和喜悦。收缩用于汗毛竖起、接触、寒冷、恐惧和发烧。(136) 自然用于其余的情状。(137a)

收缩、颤动、噘起、紧缩，(137b) 齿咬和聚合，这是六种唇的动作。收缩是嘴唇变窄。颤动是嘴唇颤抖。(138) 噘起是嘴唇伸展。紧缩是嘴唇紧闭。齿咬是牙齿咬住嘴唇。聚合是嘴唇合拢。(139)

请听这些嘴唇动作使用的特征。收缩用于妒忌、疼痛、蔑视和喜笑。(140) 颤动用于疼痛、寒冷、发烧、愤怒和默祷。噘起用于

妇女撒娇、故意冷淡和抹口红。(141）紧缩用于使劲。齿咬用于愤怒。聚合用于同情、亲吻和欢迎。(142)

这些是唇的动作。现在请听颌的动作：碰撞、颤动、紧闭、张开、舔唇、自然和咬唇。(143）碰撞是伴随上下牙齿碰撞。颤动是伴随嘴唇颤动。(144）紧闭是伴随嘴唇紧闭。张开是伴随嘴唇张开。舔唇是伴随舌头舔唇。自然是嘴唇稍许合拢。(145）咬唇是伴随牙齿咬唇。其中，碰撞用于恐惧、寒冷、发烧和生病。(146）颤动用于默祷、念诵、谈话和咀嚼。紧闭用于生病、恐惧、寒冷、使劲和愤怒。(147）张开用于呵欠。舔唇用于贪婪。自然用于自然状态。咬唇用于愤怒。(148）这些颌的动作伴随牙齿、嘴唇和舌头的动作。(149a)

伸展、挪动、弯曲、稍许弯曲，(149b）张开和向上，这些是嘴的动作。伸展是嘴侧转。挪动是嘴歪斜。(150）弯曲是嘴下垂。稍许弯曲是嘴稍许下垂。张开是嘴唇分开。向上是翘起。(151）其中，伸展用于妇女妒忌、忌恨、愤怒、蔑视和羞愧。(152）挪动用于阻止，说“不要这样”。弯曲用于深入观察。(153）稍许弯曲用于羞涩、忧郁、焦急、忧虑和商议，也是苦行者的自然状态。(154）张开用于喜笑、忧伤和恐惧。向上用于妇女游戏、骄傲，(155）冷淡地说“走吧！”“就这样！”或其他生气的话。行家也将嘴的动作，(156）与相应的眼光如正视和斜视配合。(157a)

接着讲述四种脸色：(157b）依据内容意义，有自然、明亮、发红和阴沉。自然是保持原状，(158）处于中立状态。明亮用于惊奇、喜笑和艳情。(159）发红用于英勇、暴戾、迷醉和悲悯。阴沉用于恐惧和厌恶。(160)

演员应该这样依据情和味，结合枝条、肢体和次要肢体表演。(161）缺乏脸色也就缺乏魅力。即使伴随脸色，只有少量表演，(162）也会如同月亮令夜晚加倍优美。眼光的表演依据各种情和味，（163）伴随脸色，戏剧依靠这些。脸色具有情和味，应该追随眼睛，（164）与嘴、眉和眼光配合。以上讲述依据情和味的脸色。（165）

诸位婆罗门啊，下面我讲述颈的动作：自然、下俯、上仰、歪斜、扭动、弯下、后仰，（166）侧转和朝前，共九种。自然是脖子保持原状，用于禅定和默祷。（167）下俯是弯下，用于佩戴装饰品和拥抱。上仰是抬起脸，用于眺望。（168）歪斜是侧向一边，用于肩负重物和痛苦。扭动是晃动，用于娇态、搅动和跳舞。（169）弯下是低头，用于头顶重压和保护脖子。后仰是抬头，用于上吊、揪住头发和眺望道路。（170）侧转是转向两侧，用于顾盼。朝前是面向前面，用于走向自己的住处。（171）

以上这些是各种颈的动作，显示人间的生活情态。所有颈的动作依随头的动作。（172）头的动作产生颈的动作。以上讲述头和分肢的动作，接着请听其他肢体的动作。（173）

以上是婆罗多《舞论》中名为《肢体表演》的第八章。

# 第九章

## 手的表演[①]

我已经讲述头以及眼、眉、鼻、唇和颔这些次要肢体的动作特征。(1) 现在，我如实讲述手、胸、腹、胁、腰、胫、股和足的动作特征及其应用。(2) 我要讲述戏剧表演中手的动作。请听怎样用手表演。(3)

旗帜、三旗、剪刀、半月、蜷曲和鹦鹉嘴，(4) 拳头、顶峰、劫毕陀果、半握、针尖、莲花萼和蛇头，(5) 鹿头、甘古罗、阿罗波摩、聪明和蜜蜂，(6) 天鹅嘴、天鹅翼、钳子、花蕾、蜘蛛和鸡冠，共二十四种单手动作。(7)

接着，请听双手动作。合掌、鸽子、螃蟹和卍字，(8) 双半握、怀抱、尼奢陀、秋千、花堆和鲨鱼，以及象牙、双鹦鹉嘴和筏驮摩那[②]。(9)

以上是十三种双手动作。接着听我讲述舞蹈手势：(10) 方形，扇动，手掌，交叉，松开，卷曲，(11) 移转，针尖，快速，半快速，微弯，蓓蕾，(12) 下沉，发髻，蔓藤，象鼻，(13) 展翅，亮翅，金翅鸟翼，棍杖翼，(14) 上旋，侧旋，胸前旋转，胸胁前

---

① 本章原标题是次要肢体表演（upāṅgābhinaya），而实际是讲主要肢体中手的表演。前一章中讲述的头也是主要肢体，而头部的眼、眉、鼻、唇和颔是次要肢体（或称“小肢体”）。

② 原文中脱漏这后三种，这里补上。

旋转，(15)握拳交叉，莲花苞，嫩芽，丰满，游戏，围绕。(16)

我已经讲述六十四种手势的名称①。现在，请听它们的特征和动作。(17)

手指伸直，并拢，拇指弯曲，这种手势称为旗帜（patāka）。(18)双手持这种手势，伴随手指分开和活动，表示火焰、暴雨和花雨。(19)这种手势举至额前，行家用以表示遭受打击、灼热、催促、喜悦和骄傲地提到自己。(20)双手持这种手势，互相交叉，又分开，表示奉献嫩芽、鲜花和草丛，在地上安置东西。(21)双手持这种手势，又分开，手指朝下，表示打开、保护、遮盖、压紧或掩藏。(22)同样，手指朝下，上下移动，表示狂风、波浪和惊涛拍岸。(23)这种手势伴随各种动作，也表示鼓动、众多人群、崇高、击鼓和鸟儿飞翔。(24)双手持这种手势，手掌互相摩擦，表示洗手、挤压、碾碎、拔山和举山。(25)男女角色应该这样使用这种手势。下面讲述三旗的特征。(26)

依据旗帜手势，其中无名指弯曲，这种手势称为三旗（tripatāka）。请听它的应用。(27)招呼、走下、送别、阻止、进入、举起、弯下、举出例证和说明情况。(28)接触吉祥物、将它们戴在头上、戴头巾或头冠、遮住鼻、嘴或耳朵。(29)这种手势伴随手指朝下和上下移动，表示小鸟飞翔、水流、蛇或蜜蜂。(30)这种手势中的无名指用于擦眼泪、点吉祥志、涂檀香膏和接触头发。(31)双手持这种手势，互相交叉，表示向长者行触足礼；指尖互相接触，表示看见结婚。(32)互相交叉，又分开，举至额前，表示看见国王；斜角交叉，表示看见行星。(33)手势举起，手掌相背，表示看见苦行者；手掌面对，表示看见门。(34)先举至脸部，然后手指向下移动，表示海底大火、战斗和看见海怪。

① 上述二十四种单手动作、十三种双手动作和三十种舞蹈手势，实际有六十七种手势。

（35）行家也用这种手势表示猴子跳跃、波浪、风和妇女等。（36）这种手势中的拇指伸展，表示看见新月；手势背向，表示看见人群行进。（37）

依据三旗手势，食指向后，与中指叉开，这种手势称为剪刀（karatarīmukha）。（38）这种手势朝下，表示道路、染足和爬行；朝上，表示咬、角和书写。（39）中指向后，与食指叉开，表示倒下、死亡、越轨、逆转、思索和信任。（40）双手或单手持这种手势，还可以表示鹿、牦牛、水牛、神象、公牛、城门和山顶。（41）

拇指和其他手指形成弓状，这种手势称为半月（ardhacandra）。现在讲述它的应用。（42）这种手势表示幼树、新月、贝壳、瓶罐、手镯、用力打开、使劲、瘦削和饮用。（43）半月手势也表示妇女的腰带、臀部、腰部、面部、多罗树叶和耳环等。（44）

食指蜷曲似弓，拇指弯曲，其余的手指伸直分开。这种手势称为蜷曲（arāla）。（45）这种手势表示勇气、骄傲、英勇、坚定、可爱、神圣、深沉和祝福。（46）妇女用于表示束起头发、松开头发和观察自己全身。（47）双手持这种手势，手指交叉，旋转，表示结婚仪式上新郎新娘绕火右旋。（48）也表示人群右旋行走和在地上安置东西。（49）也表示招呼、禁止、谴责、多言、流汗和闻到香味。（50）上述三旗手势的种种动作，女角应该依据蜷曲手势正确表演。（51）

依据蜷曲手势，无名指蜷曲，这种手势称为鹦鹉嘴（śukatṇṇḍa）。（52）这种手势表示“我不”、“你不”和“不该做”。也表示招呼、打发和发出轻蔑的“呸”声。（53）

手指握向掌心，拇指按在其他手指上，这种手势称为拳头（muṣṭi）。（54）这种手势表示打击、使劲、出发、挤奶、按摩、握剑、握枪和握棍。（55）

依据拳头手势，拇指竖起，这种手势称为顶峰（śikhara）。

（56）这种手势表示缰绳、鞭子、刺棒、弓、投掷标枪或飞镖、涂抹嘴唇和足和拢起头发。（57）

依据顶峰手势，食指蜷曲，按在拇指上，这种手势称为劫毕陀果（kapittha）。（58）这种手势表示剑、弓、飞轮、枪、矛、棍、棒、飞镖、金刚杵和箭等武器以及正当合理的行动。（59）

依据劫毕陀果手势，无名指和小指抬起，蜷曲，这种手势称为半握（kaṭakamukha）。（60）这种手势表示祭祀、投放祭品、伞盖、拽住缰绳、扇风、持镜、粉碎和碾碎。（61）握住粗棍、珍珠项链、花环、彩带或衣角。（62）搅动、拔箭、采花、执鞭、拿起刺棒或绳索和看见妇女。（63）

依据半握手势，食指伸直，这种手势称为针尖（śūcimukha）。（64）现在简要讲述它的各种动作应用：向上、弯下、转动、晃动、伸展、抬起和移动。（65）食指向上转动，表示飞轮、闪电、旗帜、花簇、耳饰、扭动和称善。（66）幼蛇、嫩芽、香料、灯光、蔓藤、顶髻以及掉下、弯曲和圆形。（67）食指向上，表示星星、鼻子、数目一、棍和棒。食指弯下，与嘴接触，表示牙齿。（68）食指旋转，表示占有世间一切。食指弯下，表示学习和漫长的白天。（69）食指弯曲，放在嘴边，表示呵欠。食指放在嘴上，表示说话。食指伸展，向上摇动，表示“不要”或“说吧”。（70）食指摇动，表示愤怒、出汗、头发、耳环、腕环和面部装饰。（71、72）[①] 食指放在额上，表示骄傲、自我称述、指出敌人、愤怒和搔耳问道：“这是谁?”（73）双手持这种手势，两个食指相遇，表示会合；两个食指分开，表示分离；两个食指交叉，表示吵架；两个食指挤压，表示束缚。（74）双手持这种手势，互相面对，在左边分开，表示白天结束；在右边分开，表示夜晚结束。（75）这种手势放在

① 这里原文标为 71 和 72 两颂，实际是一颂。

前面转动，表示任何形体、石头、漩涡、机械装置和山。食指向下，表示侍奉进食。（76）紧贴前额，食指向下，表示湿婆。手指向上，放在斜角，表示因陀罗。（77）双手持这种手势还表示圆月；紧贴前额，表示因陀罗。（78）这种手势旋转，表示看见月轮；放在额上，表示湿婆的第三只眼睛；紧贴前额，手势朝上，表示升起因陀罗旗帜。（79）

五指朝上，弯曲，互不接触，这种手势称为莲花萼（padmakoṣa）。（80）这种手势表示握住吉祥果和劫毕陀果，看见妇女的乳房；指尖弯曲，表示抓住鱼。（81）这种手势也表示祭神供物、奉献饭团和花簇。（82）双手持这种手势，手指活动，在腕部相遇又转回，表示红莲和青莲盛开。（83）

五指并拢，手掌凹陷，这种手势称为蛇头（sarpaśiras）。（84）这种手势表示供水、蛇的爬行、洒水、挑战和打击大象颞颥。（85）

依据蛇头手势，中间三指朝下，拇指和小指朝上，这种手势称为鹿头（mṛgaśiras）。（86）这种手势表示这里、现在、今天、能够、光辉、掷骰子、擦汗和佯怒。（87）

中指、食指和拇指分开，无名指蜷曲，小指竖起，这种手势称为甘古罗（kaṅgula）。（88）这种手势表示各种生涩的果子和妇女愤怒的言辞。（89）

五指转向掌心，分散在掌边，这种手势称为阿罗波摩（alapadmaka）。（90）这种手势表示阻止、“你是谁的人？”“不是。”空话和妇女自我暗示。（91）

中间两指伸直，小指与它们分开，拇指按在掌心，这种手势称为聪明（catura）。（92）这种手势表示策略、戒规、苦行、幼女、病人、狡诈和赌博，也表示合适的话语、合理、真实和平静。（93）单手或双手旋转，表示展开、思考、行动、构想和羞涩。（94）双手合拢，表示将眼睛比作莲花瓣或鹿耳。（95）这种手势也表示游戏、欢爱、光艳、记忆、智慧、判断、宽容、滋养、意识、愿望、亲爱、思考、聚合和纯洁。（96）聪慧、甜蜜、恭顺、温柔、快乐、性向、询问、生计、合适、服装、嫩草和少量。（97）富贵、败落、欢爱、有德、无德、青春、房屋和妻子。也表示各种颜色。（98）手势上举，表示白色；旋转，表示红色或黄色；一手压住另一手，表示蓝色。（99）

中指和拇指相咬，食指蜷曲，小指和无名指朝上，分开，这种手势称为蜜蜂（bhramara）。（100）这种手势表示握住带有长茎的红莲、青莲和其他鲜花，还有耳饰。（101）伴随声响下落，表示呵叱、有力的话语、快速、节拍和信赖。（102）

中指、食指和拇指捏在一起，小指和无名指伸展，这种手势称为天鹅嘴（haṃsavakra）。（103）这种手势伴随微微颤动，表示细软、娇小、松弛、轻便、空心和柔软。（104）

无名指、中指和食指伸展，小指竖起，拇指弯曲，这种手势称为天鹅翼（haṃsapakṣa）。（105）这种手势表示供水、香味、婆罗门接受礼物、漱口和进食。（106）拥抱、麻痹、汗毛竖起、接触、涂抹和按摩。（107）放在妇女的双乳之间，依随情味表示迷乱、苦恼和托腮。（108）

依据蜷曲手势，拇指和食指相咬，掌心微微凹陷，这种手势称为钳子（sandaṃśa）。（109）这种手势依随情味，分为三种：放在前面、放在嘴边和放在身边。（110）放在前面，表示采花、编花环，捏住草、叶、头发或线、持箭或拔箭。（111）放在嘴边，表示从花茎上摘花、灯芯、涂眼膏的小棍和愤怒地发出“呸”声。（112）双手持这种手势，表示圣线、穿孔、弓弦、微妙、箭、目标、瑜伽、禅定和少量。（113）左手放在身边，指尖微微转动，表示柔软、责骂和妒忌。（114）妇女用于表示绘画、描眼、思索、花茎、嫩芽和树胶。（115）

依据天鹅嘴手势，五指指尖弯曲聚拢，这种手势称为花蕾（mukula）。（116）这种手势表示祭神供物、莲花花蕾、无赖的飞吻、蔑视和散乱。（117）取食、数金币、噘嘴、给予、迅速和花蕾。（118）

依据莲花萼手势，五指蜷曲，这种手势称为蜘蛛（ūrṇanābha）。（119）这种手势表示梳理头发、接受赃物、搔头、皮肤病、狮子和老虎等动物以及握住石头。（120）

中指和拇指相咬，食指弯曲，小指和无名指按在掌心，这种手势称为鸡冠（tāmracūḍa）。（121）这种手势伴随声响下落，表示责骂、节拍、信赖、迅速和示意。（122）这种手势也表示时间如分秒、瞬间和刹那，与少女谈话或邀请少女。（123）手指并拢，弯曲，拇指按在上面，这种手势也称为鸡冠。（124）这种手势表示一百、一千或千万金币；手指迅速松开，表示火花和水滴。（125）

诸位婆罗门啊，以上我已讲述单手手势，现在请听双手手势。（126）

双手持旗帜手势，并拢，称为合掌（añjali）。这种手势表示向天神、师长和朋友致敬。（127）举在头上，表示向天神致敬；举在面前，表示向师长致敬；举在胸前，表示向朋友致敬。（128）

两个手掌的边缘相合，这种手势称为鸽子（kapota）。请听它的应用。（129）这种手势表示恭顺地走近、鞠躬和与师长谈话。放在胸前，妇女用于表示寒冷和恐惧。（130）相合的手指分开，表示焦急的话语："只能这样了"，"现在不行了"。（131）

双手手指互相交错，这种手势称为螃蟹（karṭaka）。现在讲述它的应用。（132）这种手势表示蜂蜡、按摩身体、醒后呵欠、魁梧的身体、托住下巴和手持贝螺。（133）

双手持蜷曲手势，朝上，在腕部交叉，这种手势称为卍字（svastika）。通常为妇女使用。（134）双手从卍字分开，表示方向、

乌云、天空、森林、海洋、季节、大地和其他宽广的事物。（135）

双手持半握手势，在腕部交叉，这种手势称为双半握（kaṭakāvardhamānaka）。这种手势表示艳情和鞠躬。（136）

双手持蜷曲手势，交叉，朝上，手掌向里，这种手势称为怀抱（utsaṅga），表示接触。（137）也表示努力、愤怒、愤慨、挤压和妇女妒忌。（138）

劫毕陀果手势围绕花蕾手势，这种手势称为尼奢陀（niṣadha）。（139）双手挤压，表示收集、接受、持有、惯例、说真话和简明扼要。（140a）左手按在右肘上方，右手握拳，按在左肘上方，这种手势也称为尼奢陀。（140b）这种手势表示坚韧、迷醉、骄傲、卓越、急切、勇力、自负、傲慢、自信、坚固和坚定。（140c）

双肩放松，双手持旗帜手势，下垂，这种手势称为秋千（dola）。（141）这种手势表示慌忙、沮丧、昏厥、迷醉、激动、生病和受伤。（142）

双手持蛇头手势，手指并拢，掌边连接，这种手势称为花堆（puṣpapuṭa）。（143）这种手势表示取来或接受谷物、果子、花、食物和水。（144）

双手持旗帜手势，朝下，互相叠合，拇指上翘，这种手势称为鲨鱼（makara）。（145）这种手势表示狮子、老虎、大象、鳄鱼、鲨鱼和其他食肉兽。（146）

双手持蛇头手势，左手按在右上臂，右手按在左上臂，互相交叉，这种手势称为象牙（gajadanta）。（147）这种手势表示带领新郎和新娘、沉重、抱柱、拔山和搬石头。（148）

双手持鹦鹉嘴手势，放在胸前，手腕缓缓朝下弯曲，这种手势称为双鹦鹉嘴（avahittha）。（149）这种手势表示乏力、叹息、显示身体、瘦削和渴望。（150）

双手持天鹅翼手势，朝下，这种手势称为筏驮摩那（vardhamāna）①，表示打开格子窗。（151）

以上简要讲述的这些单手和双手手势也可以按照规则用于其他情况。（152）聪明的演员应该记住手势的形状、动作、象征和类别，自己加以选择，用于表演。（153）在戏剧中，没有什么事物或意义，不能用手势表演。我已经说明许多手势表示什么。（154）还有其他种种含有意义的世间常用手势，可以在戏剧中依据味、情和动作的需要加以采用。（155）男角和女角应该依据地点、时间、用途和相关的意义，运用这些手势。（156）

我现在讲述这些手势的动作用于味和情。（157）拽上、拽拉、拽出、接受、限制、招呼和鼓动，（158）合拢、分开、保护、释放、抛开、摇动、打发和威胁，（159）割开、断裂、绽开、叠合和打击。行家应该知道这些动作。（160）按照戏剧和舞蹈，手的动作分为三类：上方、身边和下方。（161）所有的手势动作在表演中应该配合眼睛、眉毛和面部表情。（162）行家应该按照世间习惯运用手势表演，考虑它们的姿势、动作、场合和合适的方式。（163）上等人的手势动作在额前，中等人的手势动作在胸前，下等人的手势动作在下方。（164）上等人的手势动作较少，中等人的手势动作适中，下等人的手势动作较多。（165）上等人和中等人的手势按照经典规则，下等人的手势按照世间自然习惯。（166）在遇到不同情况时，行家应该按照相应情况运用手势。（167）沮丧、昏厥、羞涩、厌恶、过度忧伤、衰弱、入睡、缺手、不动、瞌睡和痴呆，（168）生病、发烧、恐惧、发冷、迷醉、疯癫、沉思和苦行，（169）在雪地、受缚、快速奔跑、梦中、慌乱和指甲裂开。（170）在这些情况下，如果不能用手势表演，则应该使用真情以及适合情和味的特殊

① 另一种抄本对这种手势的描述是：“一手持劫毕陀果手势，另一手持花蕾手势，前者握住后者，这种手势称为筏驮摩那。”

声调表演。(171) 在进行语言表演时，眼睛和目光应该注视手势，并注意句义的停顿。(172)

以上是各种手势表演，下面讲述舞蹈的手势：(173) 双手持半握手势，离胸八指，肩和肘持平，称为方形 (caturasra) 手势。(174) 双手持天鹅翼手势，似多罗叶扇动，称为扇动 (udvṛtta) 手势，或称为多罗叶扇动 (tālavṛnta) 手势。(175) 双手持方形手势，或持天鹅翼手势，斜角面对，称为手掌 (talamukha) 手势。(176) 双手持手掌手势，在腕部交叉 (svastika)，然后松开，称为松开 (viprakīrṇaka) 手势。(177) 双手持阿罗波摩手势，手掌向上，形成莲花萼手势，称为蜷曲手势 (arālakaṭakā 或 arāla-kaṭakāmukha)。(178) 双手斜向运动，接触两侧的臂、肩和肘，手掌转向背面，称为移转 (āviddhavakraka) 手势。(179) 双手持蛇头手势，拇指接触中指，斜向伸展，称为针尖 (sūcimukha) 手势。(180) 双手持天鹅翼手势，手掌朝上，快速运动，称为快速 (recita) 手势。(181) 左手持方形手势，右手持快速手势，称为半快速 (ardharecita) 手势。(182) 双手持三旗手势，微微向下弯曲，肩和肘活动，称为微弯 (uttānavañcita) 手势。(183) 双手持旗帜手势，在腕部合拢，称为蓓蕾 (pallva) 手势。从肩移动至臀，称为下沉 (nitamba) 手势。(184) 双手从发髻移动至胁部，称为发髻 (keśabandha) 手势。(185) 双手斜向伸展至胁部，称为蔓藤 (latā) 手势。(186) 一手持蔓藤手势，向上，从一边转向另一边，另一手持三旗手势，放在耳边，称为象鼻 (karihasta) 手势。(187) 双手持三旗手势，一手放在腰部，另一手放在头顶；称为展翅 (pakṣavañcitaka) 手势。(188) 这种手势改变头和腰的安放位置，称为亮翅 (pakṣapradyotaka) 手势。同样，手掌放在下方，称为金翅鸟翼 (garuḍapakṣaka) 手势。(189) 双手持天鹅翼手势，交替活动，同时伸展双臂，称为棍杖翼 (daṇḍapakṣaka) 手势。

（190）双手在身体上部旋转，称为上旋（ūrdhavamaṇḍali）手势。同时，在身体两侧旋转，称为侧旋（pārśvamaṇḍali）手势。（191）旋转之后，在胸前，一手抬起，另一手垂下，称为胸前旋转（uromaṇḍali）手势。（192）阿罗波摩手势和蜷曲手势在胸前和两侧交替活动，称为胸胁前旋转（uraḥpārśvārdhamaṇḍala）手势。（193）双手持半握手势，在腕部交叉活动，称为握拳交叉（muṣṭikasvastika）手势。（194）双手依次运用顺左屈指舞姿和顺左伸指舞姿，称为莲花苞（nalinīpadmakoṣa）手势。（195）双手运用顺右伸指舞姿活动，称为嫩芽（alapallava）手势。双手持蔓藤手势，向上伸展晃动，称为丰满（ulbaṇa）手势。（196）双手持嫩芽手势，在头顶活动，称为游戏（lalita）手势。双手持蔓藤手势，在肘部交叉，称为围绕（valita）手势。（197）

舞蹈手势尤其依据舞姿。旗帜等手势都应该表达词义。（198）出于需要，戏剧和舞蹈手势在表演中可以互相混合，但名称应该依据主要特征。（199）舞蹈手势有单手的和双手的。现在讲述它们与舞姿的关联。（200）应该仔细了解戏剧手势中的四类舞姿。（201）它们是顺右屈指、顺右伸指、顺左屈指和顺左伸指。（202）

手势转动时，手指自食指开始，依次向内指，称为顺右屈指（āveṣṭita）舞姿。（203）同样，手指自食指开始，依次向外指，称为顺右伸指（udveṣṭita）舞姿。（204）同样，手指自小指开始，依次向内指，称为顺左屈指（vyāvartita）舞姿。（205）同样，手指自小指开始，依次向外指，称为顺左伸指（parivartita）舞姿。（206）在舞蹈表演中，运用手势活动和舞姿，应该与眼睛、眉毛和面部表情相配合。（207）

在戏剧表演中，手臂动作有十种：斜向、向上和向下，（208）弯向、甩开、圆环、交叉、弯曲、蜷曲和向后。（209）

诸位婆罗门啊，我已经简要讲述手势中的舞姿。下面讲述胸、腹和胁的动作。首先讲述微弯等胸的动作。(210)

以上是婆罗多《舞论》中名为《手的表演》的第九章。

# 第十章

## 其他肢体表演

胸的动作有五种：微弯、挺直、起伏、抬起和自然。(1)

胸弯下，背隆起，肩有时放松，这称为微弯（ābhugna）。请听它的应用：(2) 慌忙、沮丧、昏厥、忧伤、恐惧、生病、痛心、接触冰冷的物体、下雨和羞涩。(3) 胸挺起，背后倾，肩抬起，不歪斜，这称为挺直（nirbhugna）。请听它的应用：(4) 僵硬、生气、惊诧、说真话、自我吹嘘和傲慢。(5) 胸起伏不停，戏剧家知道这称为起伏（prakampita），(6) 用于笑、哭、劳累、恐惧、喘息、打呃和痛苦。(7) 胸隆起，这称为抬起（udvāhita）。用于深呼吸、仰视和呵欠。(8) 所有的肢体呈四角形，舒展自如，这称为自然（sama）。(9)

我已经讲述胸的动作。下面讲述胁的动作特征。(10)

胁的动作有五种：弯下、抬起、伸展、转动和转回。(11)

腰和一侧的胁微弯，肩微斜，这称为弯下（nata）。(12) 一侧的胁弯下，另一侧的腰、胁、臂和肩抬起，这称为抬起（unnata）。(13) 两胁伸展，这称为伸展（prasārita）。骶骨转动，这称为转动（vivartita）。(14) 转动的胁恢复原位，这称为转回（apasṛta）。请听这些动作的应用。(15) 弯下用于走近。抬起用于离开。伸展用于喜悦。转动用于转动身子。(16) 转回用于转回身子。这些是胁的动作的应用。下面请听腹的动作。(17)

腹的动作有三种：缩小、干瘪和鼓起。缩小（kṣāma）是瘦削。干瘪（khalva）是弯下。鼓起（pūrṇa）是充满。（18）缩小用于笑、哭、吸气和呵欠。干瘪用于生病、苦行、疲乏和饥饿。（19）鼓起用于吐气、肥胖、生病和饮食过量。这些是腹的动作的应用。下面请听臀的动作。（20）

戏剧和舞蹈中，臀的动作有五种：侧转、旋转、转动、摆动和抬起。（21）

臀转向一侧，这称为侧转（chinnā）。臀从后面转向前方，这称为旋转（nivṛttā）。（22）臀向任何方向转动，这称为转动（recita）。臀急促地摆动，这称为摆动（prakampita）。（23）臀的一侧缓缓抬起，这称为抬起（udvāhita）。请听臀的动作的应用。（24）侧转用于使劲、匆忙和回顾。旋转用于旋转。转动用于行走。（25）摆动用于驼背、侏儒和下等人。抬起用于胖人和妇女的媚态。（26）

股（大腿）的动作有五种：颤动、内侧、僵硬、内转和外转。（27）

脚跟反复抬起和落下，这称为颤动（kampana）。行走时膝盖朝内，这称为内侧（valana）。（28）停止不动，这称为僵硬（stambana）。膝盖朝内转动，这称为内转（udvartana）。脚跟朝内转动，这称为外转（vivartana）。（29）颤动用于下等人的行走和恐惧。（30）内侧用于妇女缓慢行走。僵硬用于惊恐和沮丧。（31）内转用于使劲和舞蹈。外转用于慌忙行走。（32）其他可以依据世间所见的动作把握。已经讲述股的动作特征。现在请听胫的动作。（33）

胫（小腿）的动作有五种：内侧、弯曲、伸展、抬起和逆转。（34）

行走时左脚右侧，右脚左侧，这称为内侧（āvartita）。

（35）膝盖弯曲，这称为弯曲（nata）。小腿伸展，这称为伸展（kṣipta）。（36）小腿抬起，这称为抬起（udvāhita）。小腿后转，这称为逆转（parivṛtta）。（37）内侧用于丑角的行走。弯曲用于站起和坐下。（38）伸展用于使劲和舞蹈。抬起用于快速行走。（39）逆转用于舞蹈。这些是胫的动作。下面请听足的动作。（40）

足的动作有五种：展开、自然、前脚掌行、后脚跟行和弯曲。（41）

前脚掌站立，然后脚跟着地，这称为展开（udghaṭṭita）。（42）用于舞蹈动作，一次或多次，快速或中速。（43）自然地平踩地面，这称为自然（sama）。这是依据自然形态的表演。（44）这是正常情况下的表演，用于各种舞姿。而在需要时，脚应该移动。（45）脚跟抬起，拇指伸展，其他脚趾弯曲，这称为前脚掌行（agratalasañcara）。（46）用于驱使、碾碎、站姿、践踏、踩地、旋转、投掷以及因脚跟受伤而用前脚掌行走。（47）脚跟着地，前脚掌抬起，脚趾弯曲，这称为后脚跟行（añcita）。（48）用于前脚掌受伤而用后脚跟行走和各种旋转。（49）脚跟抬起，脚趾弯曲，脚掌也弯曲，这称为弯曲（kuñcita）。（50）用于上等人的步姿，转身或跨步。（51）

足、胫和股同时行动，因为足的动作连带胫和股的动作。（52）股的动作依随足的动作，两者结合，构成足行。（53）

我已经讲述各种肢体动作的特征。下面讲述足行的动作特征。（54）

以上是婆罗多《舞论》中名为《其他肢体表演》的第十章。

# 第十一章

## 足行规则

足与胫、股和臀同时行动，称为足行。(1) 足按照规则与其他肢体结合，互相伸展，因此，也称为“伸展”。(2) 单足行动，称为足行（cārī）；双足行动，称为双足行（karaṇa）。(3) 若干双足行组合，称为片段（khaṇḍa）。三、四个片段组合，称为圆环（maṇḍala）。(4)

舞蹈和其他动作都从足行开始。战斗中投掷武器运用足行。(5) 戏剧中所有动作都依靠足行。戏剧表演不可能缺乏足行。(6) 因此，我要讲述足行的规则，它们用于舞蹈、战斗和其他步姿。(7)

并足、抬足、挺胸、增半、松鸦、分步，(8) 山羊游戏、束缚、抬股、叠合、移动、诞生、流动、流开，(9) 绕圈、迷醉。这是十六种地上足行。接着，请听空中足行①。(10)

跨步、侧步、近胁、抬膝、针尖、脚镯，(11) 秋千、交叉、踩踏、上旋、闪电、火把、蛇惊，(12) 鹿跃、杖足、蜜蜂。这是十六种空中足行。请听它们的特征。(13)

双脚并拢，脚趾对称，站立，这称为并足（samapādā）。(14) 一只脚持前脚掌行姿势，抬起，与另一只脚交叉，然后，反

① 空中足行指脚离开地面的足行。

复与另一只脚分开又交叉，这称为抬足（sthitāvartā）。（15）身体挺直，一只脚持前脚掌行姿势，伸展，胸部抬起，这称为挺胸（śakaṭāsyā）。（16）左脚放在右脚跟后面，然后右脚移开，这称为增半（adhyārdhikā）。（17）右脚伸出又收回，同时左脚收回又伸出，这称为松鸦（cāṣagati）。（18）依据并足足行，双脚分开，用前脚掌踩踏地面，这称为分步（vicyavā）。（19）双脚持前脚掌行姿势，跳上跳下，这称为山羊游戏（eḍakākrīḍitā）。（20）小腿交叉，双股向两侧摆动，这称为束缚（baddhā）。（21）持前脚掌行姿势，脚跟外侧，一条小腿微微弯曲，股抬起，这称为抬股（ūrūdvṛttā）。（22）一只脚前脚掌行姿势，摩擦另一只脚的脚背或脚跟，这称为叠合（aḍḍitā）。（23）双脚缓缓向外向内移动，采取舞蹈转动方式，这称为移动（utsyanditā）。（24）持前脚掌行姿势，一只手持拳头手势，另一只手在胸前转动，这称为诞生（janitā）。（25）一只脚伸出，与另一只脚间距五多罗[①]，这称为流动（syanditā）。同样，另一只脚伸出，与这只脚间距五多罗，这称为流开（apasyanditā）。（26）双脚持前脚掌行姿势，绕圈收回，这称为绕圈（samotsaritamattalli）。（27）双脚持前脚掌行姿势，绕圈收回，双手持顺右伸指舞姿，保持不动，这称为迷醉（mattalli）。（28）这些是地上足行，用于战斗和其他舞姿。现在讲述空中足行。（29）

一只脚持弯曲姿势，向前抬起，然后踩在地面，这称为跨步（atikrāntā）。（30）双股持内侧姿势，一只脚持弯曲姿势，向两侧抬上抬下，这称为侧步（apakrāntā）。（31）一只脚持弯曲姿势，另一只脚抬起，靠近肋部，这称为近肋（pārśvakrāntā）。（32）一只脚持弯曲姿势，膝盖抬起，与胸部持平，另一只脚保持不动，然

① 多罗（tāla）是长度单位，相当于拇指至中指之间的距离。

后，另一只脚采取同样姿势，这只脚保持不动，这称为抬膝（ūrdhvajānu）。（33）一只脚持弯曲姿势，伸起至膝盖上方，然后落地，前脚掌踩地，这称为针尖（sūci）。（34）一只脚持后脚跟行姿势，抬起，放在另一只脚后面，迅速踩地，这称为脚镯（nūpurapādikā）。（35）一只脚持弯曲姿势，抬起，从一侧移向另一侧，然后落地，持后脚跟行姿势，这称为秋千（dolapādā）。（36）一只脚持弯曲姿势，抬起，放在另一只持后脚跟行姿势的脚上，小腿交叉，这称为交叉（ākṣiptā）。（37）一只脚持弯曲姿势，向前伸展，离开交叉部位，然后迅速踩地，持后脚跟行姿势，这称为踩踏（āviddhā）。（38）依据踩踏足行，一只脚持弯曲姿势，绕圈，抬起，然后落地，持后脚跟行姿势，这称为上旋（udvṛttā）。（39）一只脚向后移动，然后伸展至头部，绕圈转动，这称为闪电（vidyudbhrāntā）。（40）一只脚向后伸展，然后收回，落在脚跟，这称为火把（alātā）。（41）一只脚持弯曲姿势，抬起，大腿、臀和膝盖三者一起转动，这称为蛇惊（bhujaṅgatrāsitā）。（42）依据跨步（atikrāntā）足行，跃起，落地，持弯曲姿势的一只脚收回，小腿持伸展姿势，这称为鹿跃（hariṇaplutā）。（43）依据脚镯足行，脚伸出，又快速转回，这称为杖足（daṇḍapādā）。（44）依据跨步足行，骶骨转动，然后，另一只脚用脚跟移动，这称为蜜蜂（bhramarī）。（45）这些是包含优美的肢体动作的空中足行。它们用于射箭和投掷金刚杵等。（46）

诸位婆罗门啊，在戏剧表演中，双手应该依据情况，或首先，或同时，跟随足的动作。（47）手跟随足，骶骨跟随手。足行动，所有次要肢体跟随行动。（48）足在行动中，安放地面，手也应该跟随，安放臀部。（49）我已经讲述包含优美的肢体动作的足行。现在讲述投掷各种武器的站姿。（50）

男性的站姿有六种：毗湿奴、自然、毗舍佉、圆环、展右足和

展左足。(51)

双足间距两多罗半，其中一足平正，另一足倾斜，（52）小腿微弯，肢体舒展自如，这称为毗湿奴（vaiṣṇava）站姿，主神是毗湿奴。(53) 它用于上等人和中等人互相关于各种事情的正常交谈。(54) 也用于投掷飞轮和持弓、坚定而高尚人物的肢体活动和愤怒。(55) 与此不同，也用于爱情中的佯怒、责备和焦急，（56）疑虑、妒忌、残酷、忧虑、自信、记忆、痛苦、躁动、骄傲、渴望和力量。（57）这种站姿主要用于艳情味、奇异味、厌恶味和英勇味。(58a)

双足平正，间距一多罗，（58b）肢体舒展自如，这称为自然（samapāda）站姿，主神是梵天。它用于接受婆罗门的祝福。(59) 模拟飞鸟、婚礼上的新郎、站在天空、车辆和飞车上的人，(60) 湿婆教徒和实践誓言的人。(61a)

双足间距三多罗半，(61b) 大腿后倾，双腿斜向外侧，(62) 这称为毗舍佉（vaiśākha）站姿，主神是室建陀。它用于骑马，(63) 使劲、出行、模拟大鸟和用力挽弓。（64）也用于其他舞蹈转动方式。(65a)

双足间距四多罗，斜向外侧，(65b) 臀和膝盖平正，这称为圆环（maṇḍala）站姿，主神是因陀罗。它用于手持弓和金刚杵等武器，(66) 骑象和模拟大鸟。(67a)

依据圆环站姿，右足伸展，与左足间距五多罗，(67b) 这称为展右足（ālīḍha）站姿，主神是楼陀罗。它用于暴戾味和英勇味，(68) 互相争论、愤怒、愤慨、角斗士挑战和观察敌人，（69）攻击敌人和投掷武器。(70a)

右足弯曲，左足伸展，（70b）这称为展左足（pratyālīḍha）站姿。它用于投掷武器。(71)

演员用这种站姿投掷武器，应该知道投掷武器的四种方式。

（72）它们是婆罗多、沙特婆多、伐舍伽尼耶和盖希迦。其中，婆罗多是击腰，沙特婆多是击胸，（73）伐舍伽尼耶是击足，盖希迦是击头。这些方式产生于各种足行。（74）依据这些方式，运用各种舞蹈动作，施展各种武器。（75）战斗由这些动作引导，因此，它们称为方式。（76a）

左手持盾牌，右手持武器，（76b）然后运用各种动作。双手向前伸展，然后收回。（77）挥舞盾牌，从一侧至另一侧，武器围绕头部挥动。（78）武器也在脸颊和肩膀之间挥动。然后，手持刀剑舞动，（79）而盾牌围绕头部挥动。这样的施展武器方式，称为婆罗多（bhārata）方式。（80）

现在讲述沙特婆多（sāttvata）方式。盾牌和武器的动作与婆罗多相同。（81）只是武器的舞动在后面。（82a）

在伐舍伽尼耶（vārṣagaṇya）方式中，步姿与沙特婆多方式相同。（82b）武器和盾牌的舞动也相同。只是武器围绕头部挥动。（83）

在盖希迦（kaiśika）方式中，武器在胸部或肩部挥动，与婆罗多方式相同。（84）但武器的挥动和落下，仅在头部。（85a）

应该伴随优美的肢体动作，（85b）施展弓和金刚杵等武器。但不能直接劈、砍或造成流血。（86）在舞台上施展武器，进行打击，仅仅采取示意的方式。（87）应该按照规则，运用舒展自如的舞动动作，表演劈砍。（88）

这些舞动动作包括节拍和速度，应该认真练习，努力达到舒展自如。（89）缺少舒展自如，就不会产生戏剧和舞动的美。肢体平稳，不弯曲，（90）不过分抬起，脚不晃动，臂、耳、肘、肩和头也同样，（91）胸抬起，这些称为舒展自如。（92a）

双手在臀部和脐部移动，胸抬起，（92b）这是毗湿奴站姿，称为四方形肢体。（93a）

挽弓、取箭、搭箭和射击，（93b）这是关于弓的四种表演方式。挽弓是挽开弓，取箭是取出箭，（94）搭箭是搭上箭，射击是射出箭。(95a)

身体先涂抹油或麦片粥，(95b）利用墙壁和空间进行练习。墙壁是练习的合适之处。(96）应该伸展身体，利用墙壁练习。为了强壮身体，应该食用有利鼻子和肠胃的食物。(97）食用含有油脂的食品和饮用美味的饮料，因为生命力依靠食物，练习依靠生命力。(98）因此，为了练习有成效，应该注意饮食。饮食不当，会疲倦或饥渴。(99）同样，饮食过量，也不能练习。聪明的教师应该指导学生练习肢体动作，具有优美的肢体和四方形胸部。(100)

这些是与足行相关的练习。下面讲述各种圆环足行。(101)

以上是婆罗多《舞论》中名为《足行规则》的第十一章。

# 第十二章

## 圆环足行

我已经如实讲述种种施展武器的足行。下面请听由足行组合而成的圆环。(1)

跨跃、美妙、嬉戏、针刺、杖足、游乐,(2)火把、左刺、游戏、跨步。这些是空中圆环。(3a)

蜜蜂、攻击、围绕,(3b)转圈、山羊游戏、叠合、挺胸、增半,(4)破碎、松鸦。这些是地上圆环。请听它们的特征。(5)

右脚持诞生足行①,胸抬起,左脚持火把足行,右脚持近胁足行。(6)左脚持针尖足行,右脚侧步足行,左脚持针尖足行,骶骨转动。(7)右脚持上旋足行,左脚持火把足行,然后向外持蜜蜂足行。(8)左脚持跨步足行,右脚持杖足足行,这称为跨跃(atikrānta)圆环。(9)

右脚持诞生足行和前脚掌行足行,左脚持流动足行,右脚持近胁足行。(10)左脚持蛇惊足行,右脚持跨步足行,右脚持上旋足行,左脚持火把足行。(11)右脚持近胁足行,左脚持针尖足行,右脚持交叉足行,左脚持侧步足行。(12)左脚又向外持蜜蜂足行和交叉足行,这称为美妙(vicitra)圆环。(13)

右脚膝盖抬起,持针尖足行,左脚持侧步足行,右脚持近胁足

① 本章中提及的各种足行的具体内涵参阅第十一章《足行规则》。

行。（14）左脚持针尖足行，骶骨转动，右脚持近胁足行，左脚持跨步足行。（15）右脚持针尖足行，左脚持侧步足行，右脚持近胁足行，左脚持跨步足行。（16）又向外持蜜蜂足行，这称为嬉戏（lalitasañcara）圆环。（17）

左脚持针尖足行，骶骨转动，右脚持近胁足行，左脚持跨步足行。（18）右脚持针尖足行，左脚持跨步足行，右脚持近胁足行，这称为针刺（sūcividdha）圆环。（19）

右脚持诞生足行和杖足足行，左脚持针尖足行，骶骨转动。（20）右脚持上旋足行，左脚持火把足行，右脚持近胁足行和蛇惊足行。（21）左脚持跨步足行，右脚持杖足足行，左脚持针尖足行，骶骨转动，这称为杖足（daṇḍapāda）圆环。（22）

右脚持诞生足行和前脚掌行足行，左脚持流动足行，右脚持上旋足行。（23）左脚持火把足行，右脚持针尖足行，左脚持近胁足行，右脚持交叉足行。（24）骶骨转动，又持杖足足行，左脚持针尖足行，骶骨转动。（25）右脚持蛇惊足行和跨步足行，这称为游乐（vihṛta）圆环。（26）

右脚持针尖足行，左脚持侧步足行，右脚持近胁足行，左脚持火把足行。（27）交替持这两种足行，以优美的步姿，转圈六、七次。（28）右脚持侧步足行，左脚持侧步足行和蜜蜂足行，这称为火把（alāta）圆环。（29）

右脚持针尖足行，左脚持侧步足行，右脚持杖足足行，左脚持针尖足行。（30）骶骨转动，右脚持近胁足行，左脚持交叉足行，右脚持杖足足行。（31）右脚又持抬股足行，左脚持针尖足行，骶骨转动。（32）左脚又持火把足行，右脚持近胁足行，左脚持跨步足行，这称为左刺（vāmaviddha）圆环。（33）

右脚持针尖足行，左脚持侧步足行，右脚持近胁足行和蛇惊足行。（34）左脚持跨步足行，右脚持交叉足行，左脚持跨步足行和抬股足行。(35)左脚又持火把足行，右脚持近胁足行，左脚持针尖足行，右脚持侧步足行。(36)左脚持跨步足行，右脚持交叉足行，结合优美的步姿，这称为游戏（lalita）圆环。(37)

右脚持针尖足行，左脚持侧步足行，右脚持近胁足行，左脚持近胁足行。(38)交替持这几种足行转圈，左脚持针尖足行，右脚持侧步足行。(39)以自然的步姿转圈，这称为跨步（krānta）圆环。(40)

以上是十种空中圆环。下面讲述地上圆环的特征。(41)

右脚持诞生足行，左脚持流动足行，右脚持挺胸足行，左脚伸展。(42)右脚持蜜蜂足行，骶骨转动，左脚持流动足行，右脚持挺胸足行。(43)左脚持侧步足行和蜜蜂足行，转向后面，这称为蜜蜂（bhramara）圆环。(44)

右脚持蜜蜂足行，左脚持叠合足行，骶骨转动，右脚持挺胸足行。(45)右脚又持抬股足行，左脚持侧步足行，骶骨转动，右脚持流动足行。(46)左脚持挺胸足行和流动足行，这称为攻击（āskandita）圆环，用于战斗。(47)

右脚持诞生足行，左脚持前掌脚行足行，右脚持挺胸足行和抬股足行。(48)右脚又持侧步足行，左脚持松鸦足行，右脚持流动足行，左脚持挺胸足行。(49)右脚持蜜蜂足行，骶骨转动，左脚持侧步足行，这称为围绕（āvarta）圆环。(50)

首先采取自然站姿，双手伸展，手掌向上，交替运用顺右屈指和顺右伸指舞姿。(51)左手放在臀部，右手转动伸展，然后，右手放在臀部，左手转动伸展。(52)采取这种足行，依次转圈，这称为转圈（samotsarita）圆环。(53)

双脚站地，持针尖足行，又迅速持山羊游戏足行和踩踏足行，骶骨转动。(54)然后，交替持针尖足行和踩踏足行，这称为山羊游戏（eḍakākrīḍita）圆环。(55)

右脚持展开足姿，转动，左脚持流动足行和挺胸足行。（56）右脚持侧步足行和松鸦足行，左脚持叠合足行，右脚持侧步足行。（57）左脚持蜜蜂足行，右脚持流动足行，这称为叠合（aḍḍita）圆环。（58）

右脚持诞生足行和前掌脚行足行，又持挺胸足行，左脚持流动足行。（59）然后，双脚交替持挺胸足行，这称为挺胸（śakaṭāsya）圆环，用于战斗。（60）

右脚持诞生足行和流动足行，左脚持侧步足行，右脚持挺胸足行。（61）交替持这些足行转动，这称为增半（adhyardha）圆环。（62）

右脚持针尖足行，左脚持侧步足行，右脚持蛇惊足行，左脚同样。（63）然后，持蛇惊足行转动，这称为破碎（piṣṭakuṭṭa）圆环。（64）

双脚持松鸦足行转动，这称为松鸦（cāṣagata）圆环，用于战斗。（65）

我已经讲述由各种足行组成的圆环。现在讲述自然足行。（66）使用自然足行，称为自然圆环。演员应该由教师指导使用这些圆环。（67）这些自然圆环用于战斗和格斗，伴随优美的肢体动作和合适的音乐。（68）

以上是婆罗多《舞论》中名为《圆环足行》的第十二章。

# 第十三章

## 步姿规则

我已经讲述运用各种方式的圆环。下面讲述各种角色的步姿。（1）

各种乐器按照规定的时间奏响，角色准备上场。（2）达鲁瓦歌曲开始演唱，幕布拉开，角色上场，表演剧情，传达情和味。（3）

上等和中等人物采取毗湿奴站姿，胸抬起，平稳自然，呈现四方形。（4）肩膀自然，不过分抬起，脖子优美似孔雀。（5）肩膀与耳朵间距八指，下颌与胸间距四指。（6）双手放在臀部和脐部。右手放在脐部，左手放在臀部。（7）

双脚间距两多罗半，跨步应该按照自己的体型，（8）分为四多罗、两多罗和一多罗。天神和国王四多罗，（9）中等人物两多罗，妇女和下等人物一多罗。时间为四迦罗①、两迦罗和一迦罗。（10）上等人物四迦罗，中等人物两迦罗，下等人物一迦罗。（11）

速度分为慢速、中速和快速三种。戏剧行家依据角色运用步姿。（12）上等人物步姿沉稳缓慢，中等人物中速，下等人物快速，依据本性运用这三种速度。（13）

这是步姿间距、时间和速度的规则。下面请听步姿的运用，诸位纯洁无瑕的婆罗门啊！（14）

---

① 迦罗（kalā）是时间单位，具体内涵参阅第五章第 6 颂注。

上等人物采取自然步姿时，膝盖抬至臀部。用于战斗时，膝盖抬至胸部。（15）

持近胁足行，优美的脚步伴有音乐，向舞台一角行走五步。（16）持针尖足行，先左脚，后右脚，然后转圈，走向舞台另一角。（17）接着，再持针尖足行，先左脚，后右脚，走向乐器。（18）然后，又持针尖足行，先左脚，后右脚，来回行走二十一步。（19）

在矩形舞台，演员来回行走，运用步姿。在三角形和方形舞台，也依据各自的情况，运用步姿。（20）

与同等人物行走时，步姿应该掌握速度，四迦罗、两迦罗或一迦罗。（21）与中等和下等人物行走时，共同的速度可以是四迦罗、两迦罗或一迦罗。（22）天神、檀那婆、药叉、蛇和罗刹行走时，步姿速度应该是四迦罗。（23）其他天国居民的步姿可以是两迦罗。而其中的高傲者也可以运用与天神相同的步姿速度。（24）

仙人们问："国王也是凡人，为什么他们运用天神的步姿？"（25a）

回答是：为什么国王不能运用天神的步姿？（25b）在戏剧和舞蹈中，角色分为神、半神半人和人。（26）其中，天神是神，国王是半神半人，其他的世间众生是人。（27）在吠陀和其他经典中，国王被说成是天神的分身，因此，国王模仿天神，有什么错？（28）

这些是正常步姿的规则，不适用于混乱、激动或愤怒的状况。（29）应该依据角色的具体状况，运用上等、中等和下等人物的步姿。（30）应该依据不同状况，运用步姿的时间，四迦罗、两迦罗、一迦罗或半迦罗。（31）上等人物四迦罗，中等人物两迦罗，下等人物一迦罗。（32）中等人物一迦罗，下等人物则半迦罗。就这样，依次减半。（33）上等人物的步姿不用于中等人物，中等人物的步姿不用于下等人物。（34）

发烧、受饥饿折磨、因苦行而疲倦、恐惧、惊诧、掩饰和焦急，（35）艳情、忧伤和自然状态，步姿应该缓慢，多于四迦罗。（36）在忧虑状态，步姿应该四迦罗。爱情的焦虑、恐惧和惊吓，（37）激动、喜悦、匆忙、听到坏消息、受到侮辱和看见奇迹，（38）紧迫的任务、寻找敌人、寻找罪人和寻找猛兽，（39）在这些状况下，步姿应该两迦罗。（40a）

在正常的爱情活动中，使用艳情味步姿。（40b）由女侍引路，进入舞台，用含有意义的姿势表演。（41）衣服和装饰品散发芳香，佩戴各种芳香的花朵或花环。（42）步姿优美，持跨步足行，速度缓慢。肢体舒展自如，步姿的间距和速度合适。（43）双手始终跟随双脚活动，抬起和落下，落下和抬起。（44）

下面请听幽会的步姿。他遣走随从，由女侍陪伴，（45）熄灭灯火，不佩戴过多装饰品，穿着白天的衣服，与女侍一起悄悄而行。（46）幽会之人行走，脚步缓慢无声，警惕任何声响，焦灼不安，东张西望。（47）身体颤抖，疑神疑鬼，磕磕绊绊。（48a）

下面讲述提迭和罗刹的暴戾味。（48b）诸位婆罗门啊，这些人物以暴戾味为主。暴戾味分为三种：（49）外表、身体和本性。身上滴淌血，嘴上沾有血，（50）手中拿着鱼块，这是外表暴戾。多臂，多头，手持各种武器，（51）身躯高大粗壮，这是身体暴戾。红眼睛，黄头发，黑皮肤，声音变质，（52）动辄威胁恫吓，这是本性暴戾。抬脚四多罗高，步姿间距三多罗。（53）应该这样表演暴戾味步姿。（54a）

在污秽的地面，如战场和坟场，（54b）应该表演厌恶味步姿。有时踩在近处，有时踩在远处。（55）持山羊游戏足行，双脚抬起和落下，双手跟随双脚活动，这是厌恶味步姿。（56）

英勇味步姿以快速为主，运用各种足行。（57）在激动时，运用近胁、踩踏和针尖足行，步姿保持合适的时间和间距。（58）

这些步姿一般用于上等人物。下面讲述中等和下等人物的步姿。(59) 在惊诧时，奇异味步姿散乱。在可笑时，滑稽味步姿也同样。(60)

在悲悯味中，步姿应该缓慢，眼中涌满泪水，肢体下沉，(61) 手抬起放下，失声哭泣。遭遇灾难时，行走持增半步足行。(62) 这是妇女和下等人物的步姿。上等人物应该保持沉稳，眼含泪水，(63) 深长叹息，目光仰视。在这种情况下，身体不必舒展自如，步姿也不必遵照正常规则。(64) 中等人物也这样运用步姿。遇到亲人死亡时，胸部下垂，勇气失去，忧伤而神志不清，行走时，脚步不过分抬起。(65) 遭到打击时，肩膀和手臂松懈，身体摇晃，步姿短促。(66)

在感觉寒冷或遭遇风暴时，妇女和下等人物的步姿应该这样：(67) 肢体蜷缩，剧烈颤抖，双手抱在胸前，身体弯下。(68) 牙齿磕碰，嘴唇哆嗦，下颌颤动。表演寒冷时，步姿应该缓慢。(69)

在恐怖味中，妇女、下等人物和其他丧失勇气的人物，步姿应该这样：(70) 眼睛睁大，眼珠转动，头摇晃，目光惊恐，左顾右盼。(71) 步姿匆忙急促，手持鸽子手势，身体颤抖，嘴唇干涩，行走时，磕磕绊绊。(72) 在受到威胁而恐惧时，看到可怕的事物和听到可怕的声音时，应该采取这种步姿。(73) 男性和女性在恐惧时，都运用交叉步足行，有时踩在近处，有时踩在远处。(74) 运用山羊游戏步足行，抬起和落下，双手跟随双脚活动。(75)

商人和大臣的步姿应该自然，双脚运用跨步足行，间距两多罗。(76) 左手持半握手势，放在脐部；右手持蜷曲手势，放在右胁。(77) 身体不下沉，不僵硬，也不晃动。行走时，也运用同样的足行。(78)

苦行者、沙门和其他修炼苦行者以及恪守梵行者的步姿应该这样：（79）目光稳定，视距一寻，记忆敏捷，身体端正。（80）思想平静，具有教派标志，服装洁净，通常穿袈裟衣。（81）采取自然站姿，双手持聪明手势，其中一只手伸展。（82）面部宁静，肢体不下沉，行走时运用跨步足行。（83）这些适用于奉行最高誓愿的优秀苦行者，其他苦行者的步姿有所不同。（84）其他奉行誓愿的苦行者步姿或散乱，或高贵，或庄重，或温和。（85）兽主（湿婆）教派的步姿含有散乱，双脚运用挺胸步和跨步足行。（86）

在黑暗中行走的人或盲人的步姿应该双手摸索探路，双脚在地上挪步。（87）

乘车人的步姿应该步伐短促，采取自然站姿，随车而行。（88）一手持弓，一手持辕，车夫忙于扬鞭和执持缰绳。（89）拉车的各种牲口按照各种情况而定。（90）乘坐飞车与乘坐普通车辆相同。上车时，脸朝上，身体稍微抬起。（91）下车时，动作与上车时相反，脸朝下，身体稍微弯下。（92）

在空中行走，应该采取自然站姿，步伐短促。（93）从空中下降时，也采取这种步姿，伸直或展开，抬起或垂下，弯曲或绕圈。（94）从空中坠落时，手臂张开，衣服散开，双眼观看地面。（95）

登上宫殿、树或山，下河或上岸，需要登上和走下的动作。（96）登上宫殿时，应该运用跨步足行，身体抬起，脚踩台阶。（97）同样，走下宫殿时，身体弯下，一只脚运用跨步足行，另一只脚持弯曲足姿。（98）登山的步姿与登上宫殿相同，只是登山时，身体应该仰起。（99）登树时，运用跨步、针刺和近胁足行。（100）

下河的步姿与上述走下宫殿的步姿相同。（101）而在河中行进时，要依据河水深浅。如果水浅，撩起衣服。（102）如果水深，伸展双臂，身体稍微前倾。如果被水带走，一次又一次伸臂，（103）阻挡水流，其他肢体忙乱，嘴中灌水。（104）乘船人的步

姿应该步伐短促。应该依据以上规则，表演步姿和动作。(105)

以上这些都是采取示意的方式表演。为什么？如果说死去，难道演员真的要死去吗？(106) 依靠执持刺棒，表示象；依靠执持笼头，表示马。其他的坐骑也依靠这种方式表示。(107)

骑马的步姿应该采取毗舍佉站姿，步伐短促而多种多样，抬起和落下。(108)

蛇的步姿应该双脚交叉，运用近胁步足行，伴随双脚交叉。(109)

食客的步姿应该优美，双脚稍微弯曲，间距一多罗，(110) 舒展自如，双手持半握手势，跟随双脚活动。(111)

内侍的步姿应该依据年纪和具体情况。年轻的内侍，(112) 抬脚半多罗，跨步端正，身体抬起，仿佛在泥淖中行走。(113) 年老的内侍应该身体颤抖，抬脚缓慢，频频喘气。(114)

瘦弱之人步姿应该缓慢。病人和苦行疲乏之人，(115) 呼吸困难，身体瘦弱，腹部干瘪，话音衰弱，眼睛无神。(116) 手脚抬起缓慢，身体颤抖和痛苦。(117)

长途跋涉之人步姿应该步伐缓慢，肢体收缩，膝盖摩擦。(118)

胖人的步姿应该脚步抬起缓慢，努力拖着身子行走。(119) 如果步伐急促，则气喘吁吁，疲劳出汗。(120)

微醉和中醉之人步姿应该左脚和右脚摇晃，或进或退。(121) 大醉之人应该脚步不稳，身体摇晃，跌跌撞撞。(122)

疯癫之人步姿应该不规则，依据世间的形态，运用各种足行，头发粗糙凌乱，身上沾满尘土。(123) 说话缺乏理智，多言多语，突然唱歌或发笑，不与他人结伴。(124) 有时欢快跳舞，敲响任何物体，有时快速奔跑，有时站立不动。(125) 有时坐下，有时躺下，身穿各种褴褛衣，露宿路上。(126) 疯癫之人运用这种步姿。

站着，运用脚镯步足行；伸展，运用杖足步足行。（127）也运用束缚步足行，双脚交叉，向四方转动。（128）又向外运用蜜蜂步足行，伸向舞台一角。（129）骶骨优美转动，手臂呈现蔓藤状。跟随脚步，不规则活动。（130）

瘸子、残疾人和侏儒的步姿有三种，用肢体不全表演滑稽味。（131）第一种，瘸子的腿应该始终僵直。第二种，应该持前脚掌行足姿，（132）身体依靠僵直的腿抬起。第三种，应该身体依靠一只脚行走，依靠另一只脚支撑。（133）脚底扎刺受伤，也应该运用这种瘸子步姿。（134）残疾人的步姿应该持前脚掌行足姿，双腿弯曲，身体下沉，小腿倾斜。（135）侏儒的步姿应该全身蜷缩，行走既不跨步，也不快速。（136）

丑角的步姿滑稽可笑，高抬腿，步伐短促，具有三种可笑：（137）肢体、言语和装扮。牙齿突出，秃头，驼背，跛脚，面孔丑陋。（138）行走时，如同仙鹤仰视俯瞰，这样进入舞台，（139）跨大步，这些形成肢体可笑。言语可笑是唠唠叨叨，（140）言不及义，含混不清。身穿褴褛衣或兽皮衣，沾有墨汁、灰烬或红垩。（141）这些形成装扮可笑。知道这种人物的特点，就应该如实呈现。（142）应该按照各种情况，运用步姿。通常情况，左手持杖，（143）右手持聪明手势。肋、头、手和脚，（144）按照速度和间距，依次弯下。这是正常状况，另一种是非正常状况。（145）由于获得难以获得的食物，步姿变得僵硬。（146a）

侍从等被称为下等人物。（146b）他们的步姿应该这样：肋、头、手和脚，（147）在行走时弯下，目光依随各种对象转动。（148a）

时不时触摸和观赏自己的衣服和装饰品，（148b）肢体扭动，衣服和花环摆动，步伐急促和骄傲，这是国舅的步姿。（149）

低种姓人物步姿应该目光专注，竭力避免自己的身体与世人接触。

（150）

蔑戾车、布邻陀和舍巴罗等种族，他们的步姿和动作应该按照地方习惯。（151）

鸟禽、食肉兽和其他动物的步姿应该按照它们各自的习性。（152）

狮子、熊和猴子是远古时代毗湿奴的化身。它们的步姿应该这样：（153）采取展右足站姿，肢体跟随，一只手放在膝盖，另一只手放在胸前。（154）观望四方，下颌放在肩上，行走时，抬腿五多罗。（155）在搏斗和进入舞台时，应该运用这样的步姿。（156）用作坐骑的其他动物，进入舞台时，运用其他合适的站姿和步姿。（157）

以上是演员运用的各种步姿。我没有提到的步姿，可以从世间生活中获取。（158）

下面我讲述妇女的步姿和动作。妇女的站姿、步姿和言语，（159）分为左侧、右侧和马步三种。右脚平正，左脚斜侧，（160）左腰抬起，这是左侧（āyata）站姿。它用于招呼、打发和仔细观察，（161）思虑和掩饰。也用于进入舞台时撒花。（162）爱情中妒忌引起的愤怒、捻食指、禁止、骄傲、深邃、静默和生气。（163）还用于观察地平线。（164a）

左脚平正，右脚斜侧。（164b）左腰抬起，这是右侧（avahittha）站姿。它用于妇女的自然交谈，（165）决定、满意、思索、忧虑、调情、游戏、优美和艳情，（166）还用于眺望道路。（167a）

一只脚抬起，另一只脚持前脚掌行足姿，（167b）运用针尖步和落地步足行，这是马步（aśvakrānta）站姿。它用于握住树枝和摘取花簇。（168）也用于其他下等妇女的休息。（169a）

这些站姿只用于活动开始之前。（169b）在舞蹈中，站姿结束，足行开始。这些是妇女和男人的站姿规则。（170）

现在我依据妇女的类型，讲述她们的步姿。持右侧站姿，左手指向下面，（171）右手持半握手势，放在脐部，右脚优美地抬起一多罗。（172）伸向左脚外侧，同时左臂呈蔓藤状，（173）放在脐部，右胁弯下，右手放在臀部，左手绕圈，（174）左脚伸出，左手呈蔓藤状，头优美地抬起。（175）身体稍微弯下，行走五步，这是男性在舞台上的行走方式。（176）这也适用于年轻妇女。她们的步姿不应该六迦罗或八迦罗，（177）因为这样的步姿造成疲乏。这是年轻妇女的步姿。（178）

现在讲述年老妇女的步姿。持右侧站姿，左手放在臀部，（179）右手持蜷曲手势，向上，放在脐部和胸部之间。她们在行走时，（180）身体既不松懈，也不僵硬。（181a）

侍女的步姿应该散乱，（181b）行走时，身体稍微抬起，手臂挥动。持右侧站姿，左臂指向下面。（182）右手持半握手势，放在脐部。（183a）

阉人的步姿应该是男女混合型。（183b）肢体庄重而不乏优美，脚步含有游戏性质。（184a）

前面已经讲述上等人物的步姿。（184b）妇女和阉人的步姿时间应该依次减半。上等、中等和下等人物的步姿也适用于妇女，（185）但妇女步姿应该优美。（186a）

儿童的步姿应该随意，（186b）不必舒展自如或依照其他规则。（187a）

两性人是非男性，（187b）采用妇女步姿，不采用男人步姿。（188a）

妇女、男人和两性人改变角色时，（188b）应该摒弃自己原先的步姿，换成改变后的角色步姿。（189a）

游戏或哄骗时，乔装打扮，（189b）女扮男或男扮女。女扮男时，妇女应该呈现男人的坚定、高尚和智慧。（190）行为、服装、言语和动作都应该符合男性。男扮女时，男人的服装和言语以及目

光的投射和收回，（191）同样应该符合女性。行走时，步姿温柔缓慢。（192a）

低种姓以及布邻陀族和舍巴罗族妇女，（192b）步姿应该符合她们的出身。（193a）

奉行誓愿、修炼苦行或具有教派标志的妇女，（193b）应该运用并足步足行。（194a）

那些动作激烈的足行或圆环，（194b）戏剧行家不让妇女使用。（195a）

下面讲述男人和妇女特殊的坐姿。（195b）坐姿依据各种情况，躺姿也同样。双脚放松，弯曲，骶骨稍微抬起，（196）双手放在臀部和大腿，这是自然坐姿。一只脚稍微伸出，另一只脚安放座位，（197）头侧向一边，这种坐姿用于思考。双手托住下颌，头靠在肩上，（198）思想和感觉混乱，这种坐姿用于忧伤和焦虑。双臂松懈垂下，东依西靠，（199）这种坐姿用于昏迷、醉酒、虚弱和绝望。身体完全趴在双腿和双膝之间，（200）这种坐姿用于生病、羞愧、瞌睡和沉思。臀部和脚跟接触，（201）这种坐姿用于祭祖供物、念咒、祈祷和漱口。单膝跪地，（202）这种坐姿用于抚慰爱人和进行火祭。双膝跪地，面部朝下，（203）这种坐姿用于拜神、乞求息怒、悲伤、痛哭和观看死者。（204）低贱的下等人物恐惧和乞求，侍奉火祭。（205）也用于牟尼实施苦行。（206a）

戏剧中的座位有各种区别。（206b）妇女和男人的座位分为宫外和宫内。王室的座位是宫内的，宫外人的座位是宫外的。（207）

天神和国王的座位应该是狮子座。祭司和大臣应该是藤座。（208）统帅和加冕王子应该是空顶座。婆罗门应该是木座。其他王子应该是毯座。（209）这是宫内的座位规则。我再讲述妇女的座位规则。（210）

大王后应该是狮子座。其他王后应该是空顶座。祭司和大臣的妻子应该是藤座。（211）其他妃子应该是布座或皮座。女婆罗门和女苦行者应该是木座。（212）吠舍种姓妇女应该是枕座。其他妇女应该席地而坐。（213）

这是宫内和宫外的座位规则。若是在自己家中，则座位依据自己的心意。（214）

牟尼实施苦行，座位也有规则。具有教派标志者的座位应该依据各自的誓愿。（215）而进行火祭、祭祀和祭祖应该是拘舍草座、空顶座或藤座。（216）

其他有地位的出身高贵者和学者，国王应该提供合适的座位，表示恭敬。（217）与自己地位相等者，应该提供高度相同的座位。中等地位者，提供高度中等的座位。高于自己者，提供更高的座位。而低等人物应该席地而坐。（218）

在教师、国王和导师前面，聪明人应该席地而坐，或坐木座。（219）在船上、大象上或车上，则允许与教师、国王和导师同坐木座。（220）

在床上的躺姿分为蜷缩、自然、伸展、俯卧、仰卧和松懈。（221）

肢体蜷缩，双脚并拢贴床，这称为蜷缩躺姿，用于寒冷。（222）面部朝上，双手随意放置，这称为自然躺姿，用于入睡。（223）以单臂为枕，膝部伸展，这称为伸展躺姿，用于愉快入睡。（224）面部朝下，这称为俯卧躺姿，用于受伤、死亡、呕吐、醉酒和疯癫。（225）头靠在手上，膝部晃动，这称为仰卧躺姿，用于自得其乐或听主人说话。（226）小腿稍微伸展，双手松懈，这称为松懈躺姿，用于懒散、疲倦或苦恼。（227）

我已经讲述步姿和动作，没有讲到的，可以依据实际情况运用。下面我要讲述舞台的区域以及相关行走方式。（228）

以上是婆罗多《舞论》中名为《步姿规则》的第十三章。

# 第十四章

## 舞台地域区分

我在前面讲过三种剧场类型，现在应该了解舞台上的地域区分。(1) 我已经提到在化妆间的两个门之间部位安置乐器。(2) 通过在舞台上行走，表示地域区分。走出一个区域，表示进入另一个区域。(3) 舞台地域区分为房屋、城镇、花园、乐园、河流、净修林和森林，(4) 大地、大海、三界、动物和不动物、地区、七大洲和各种山脉，(5) 不可见的世界、可见的世界和地下世界、提迭和蛇的居处、房屋和树林。(6)

舞台区域如城镇、地区和山脉，表示事件发生的地点。(7) 应该想象这个地点的外部、中间和内部以及远处和近处。(8)

应该知道先进入舞台的角色是在区域内，后进入的角色是在区域外。(9) 如果后者想要会见前者，那么，在进入前者的区域时，先要向右（或向南）转身，报告自己。(10) 化妆间两个门之间安置乐器的部位，在戏剧表演中，通常被确定为东方。(11)

任何人有事需要出去，应该从进入这个区域的门径走出。(12) 如果出去后，又回来，需要进入，出入的门径应该保持一致。(13) 如果需要与另一个角色一起出去，然后又一起或单独回来，(14) 那么，应该在舞台上，以行走方式表示两个不同的区域。(15)

同等的人物应该并肩而行，下等人物应该围绕而行，侍女应该

在前面引路。(16) 在同一地点，多次绕行，表示长途。中途和短途运用同样的原则。(17)

天神前往城镇、森林、大海、山脉以及各洲和各地区，(18) 腾空而行，或乘坐飞车，或运用幻力，根据剧情需要，运用多种方式。(19) 而天神在剧中乔装凡人，则应该在地上行走，凡人能看到他们。(20)

天神能随意在一切地区行走，而凡人只能在婆罗多国①中行走。(21) 如果需要出远门，则在出发时，一幕结束。他的旅程可以通过幕间引入插曲提示。(22) 在一幕中，经过一段时间，目的达到。如果目的没有达到，则一幕结束。(23) 在一幕中，表现情节发展中的刹那、顷刻、一个时辰或一天。(24) 一个月或一年的事件应该在一幕结束时完成。② 超过一年的事件不能放在一幕内完成。(25)

在婆罗多国中，应该运用地域区分。请听天神、半神和凡人的活动。(26) 在雪山地区，卓越的盖拉瑟山上，居住着财神的随从药叉和密迹天，(27) 罗刹、毕舍遮和鬼怪，统称为雪山居民。在金顶山上，居住着健达缚和天女。(28) 湿舍、婆苏吉和多刹迦等所有蛇类居住在尼奢陀山。三十三天诸神居住在大弥卢山。(29) 悉陀和梵仙居住在吠琉璃构成的青山。提迭和檀那婆居住在白山。(30) 祖先居住在角山。这些是天神和半神居住的优秀山脉。(31) 这是瞻部洲的地域区分。他们应该按照各自的行为和能力活动。(32) 但他们的具体特征应该如同凡人，因此，不应该呈现不眨眼③。(33) 情和味的表达依靠眼睛。情首先由眼光展示，然后由肢体表示。(34)

---

① 婆罗多国是古代印度的称谓。

② 按照第二十章第 28 颂的描述，应该在一幕结束后的幕间引入插曲中提示。

③ 按照印度古代神话，不眨眼是天神的特征之一。

诸位婆罗门啊，我已经讲述地域区分。下面讲述地方特色。（35）戏剧表演中有四种地方特色：阿槃底、南方、般遮罗和奥达罗摩揭陀。（36）

这里要问：“为何称为地方特色？”回答是：在大地上有各种地区、服装、语言和生活方式，称为地方特色。这里又要问：“大地上有很多地区，为何依照共同特征，只归纳为四种？”回答是：确实是依照共同特征。因为世界有不同的地区、服装和语言，我已经依照世上公认的看法，讲述四种戏剧风格：雄辩、崇高、艳美和刚烈。不同地区偏爱某种风格，由此产生地方特色。其中，南方地区含有丰富的舞蹈、歌曲和音乐，机灵而优美的形体表演，偏爱艳美风格。

这些南方地区位于摩亨陀罗山、摩罗耶山、萨希耶山、梅迦罗山和迦罗般遮罗山。（37）拘萨罗、多萨罗、羯陵伽、摩萨罗、达罗毗荼、安达罗、摩诃维纳和婆那婆希迦。（38）这些国家属于南方地区，位于南海和文底耶山之间。（39）

阿槃底、维迪希迦、绍罗湿陀罗、摩罗婆、信度、绍维罗、阿纳尔多和阿菩伐耶，（40）达夏尔那、特利布罗和摩哩提迦梵，这些地区属于阿槃底地方特色。（41）它们依据崇高和艳美风格。戏剧家运用这种地方特色。（42）

安伽、梵伽、乌特羯陵伽、婆蹉、奥达罗摩揭陀、庞达罗、奈帕罗、安多吉哩和跋希吉哩，（43）钵罗梵伽、摩亨陀罗、摩罗陀、罗摩伐多尔迦、婆罗诃摩多罗、跋尔伽婆和摩尔伽婆，（44）钵罗乔提舍、布邻陀、毗提诃、多摩罗利波多和钵兰伽。这些地区属于奥达罗摩揭陀地方特色。（45）还有在往世书中提到的其他东方地区，也属于奥达罗摩揭陀地方特色。（46）

般遮罗、修罗塞纳、迦湿弥罗、诃斯底纳布罗、跋利迦、夏尔婆迦、摩德罗和乌湿那罗。（47）这些毗邻雪山和恒河北岸的地区

属于般遮罗地方特色。（48）般遮罗地方特色依据崇高和刚烈风格。其中歌曲不多，而富有激烈的步姿和动作。（49）

在舞台上行走时，它们有两种方式：从右边进入和从左边进入。（50）阿槃底和南方特色从右边进入，般遮罗和奥达罗摩揭陀特色从左边进入。（51）阿槃底和南方特色从北门进入，般遮罗和奥达罗摩揭陀特色从南门进入。（52）但在特殊的集会、地点和时间，按照需要，两种方式也可结合或统一。（53）戏剧家应该依据上述这些地区的地方特色运用戏剧风格。（54）

应该知道戏剧有两种类型：文戏（“柔和的”）和武戏（“激烈的”）。（55）

有激烈的形体动作，以劈、砍和挑战为特征，充满咒术和幻术，运用道具和装扮。（56）男角多，女角少，主要体现崇高和刚烈风格。这种戏剧称为武戏。（57）应该知道争斗剧、神魔剧、纷争剧和掠女剧是武戏。（58）武戏中的天神、檀那婆和罗刹都是高傲的人物，具有勇气和力量。（59）传说剧、创造剧、独白剧、街道剧和感伤剧是文戏，表现凡人。（60）

诸位优秀的婆罗门啊，我现在讲述两种法则，即世间法和戏剧法。（61）

依照自然状态，朴素，不变形。依照世间的职业和行为，缺少优美的形体动作。（62）男女人物依照自然状态表演，这种戏剧表演称为世间法。（63）

非凡的事件和行为，非凡的感情和语言，优美的形体表演，这是戏剧法的特征。（64）运用音调和庄严，涉及天国和人间。这种戏剧表演称为戏剧法。（65）任何在世间不认为是真实的事物，而在戏剧中变得有形体，能说话，这称为戏剧法。（66）在近处说话，互相听不到，或者，没有说出的话，也能听到，这称为戏剧法。（67）山、车辆、飞车、盾牌、铠甲、武器和旗帜，在舞台表演中，也有人的形体，这称为戏剧法。（68）如果一个演员表演一个角色后，又表演了一个角色，或是擅长这两种角色，或是身兼两个角色，这称为戏剧法。（69）因为血缘关系，某对男女演员不能结合，而作为戏中角色可以结合，反之亦然，这称为戏剧法。（70）以优美的肢体动作和抬起的脚步，跳舞和行走，这称为戏剧法。（71）运用特殊的肢体动作表演世人日常的快乐和痛苦行为，这称为戏剧法。（72）上述以各种行走方式表示舞台地域区分，这称为戏剧法。（73）

戏剧应该经常运用戏剧法，因为缺少形体表演，就不能激发感情，也就不成其为戏剧。（74）感情是一切人天生具有的。一切表演以此为目的。因此，肢体的优美动作称为戏剧法。（75）

戏剧行家应该知道上述舞台地域区分、两种戏剧法则和四种地方特色，如实运用。（76）

我已经如实讲述各种肢体动作和舞蹈动作的形体表演。下面讲述依据元音和辅音的语言表演。（77）

以上是婆罗多《舞论》中名为《舞台地域区分》的第十四章。

# 第 十 五 章

## 诗律特征

诸位优秀的婆罗门啊，我前面提到语言表演①，我现在讲述由元音和辅音形成的语言特征。(1) 应该对语言下功夫，因为传统认为语言是戏剧的身体。形体、妆饰和真情表演都展示语句的意义。(2) 在这世上，语言构成经典，确立经典。因此，没有比语言更重要的存在。它是一切的根由。(3)

名词（nāma）、动词（ākhyāta）、不变词（nipāta）、动词词根前缀（upasarga）、名词后缀（taddhita）、复合词（samāsa）、连声（sandhi）和名词格尾（vibhakti），应该知道语言表演与这些相关。(4) 吟诵传统分成梵语的和俗语的两类，我将依次如实讲述两者的不同。(5) 元音、辅音、连声、名词格尾、名词、动词、动词词根前缀、不变词和名词后缀，(6) 应该知道梵语吟诵与这些分支规则以及各种动词词根（dhātu）相关，我现在简要地讲述。(7)

应该知道从 a 至 au 的十四个元音和从 ka 至 ha 的辅音。(8) 其中，十四个元音：a、ā、i、ī、u、ū、ṛ、ṝ、ḷ、ḹ、e、ai、o 和 au。辅音如下：ka、kha、ga、gha、ṅa、ca、cha、ja、jha、ña、ṭa、ṭha、ḍa、ḍha、ṇa、ta、tha、da、dha、na、pa、pha、ba、bha、

① 前面第六章第 23 颂中提到“形体、语言、妆饰和真情，被称作戏剧的四种表演”。

ma、ya、ra、la、va、śa、ṣa、sa和ha。

每一组（塞音）的前两个音称为清音，其他的音都称为浊音。(9) 应该知道这些辅音分为浊音（ghoṣa）、清音（aghoṣa）、喉音（kaṇṭhya）、唇音（oṣṭhya）、齿音（dantya）、舌音（jihvya）、鼻音（anunāsika）、热音（ūṣmāna 咝音和ha）①、腭音（tālavya）和送气音（visarjanīya）。(10) 其中，ga、gha、ṅa、ja、jha、ña、ḍa、ḍha、ṇa、da、dha、na、ba、bha、ma、ya、ra、la、va和ha是浊音，ka、kha、ca、cha、ṭa、ṭha、ta、tha、pa、pha、śa、ṣa和sa是清音。(11)

ka、kha、ga、gha、ṅa是喉音。ca、cha、ja、jha、ña是腭音。ṭa、ṭha、ḍa、ḍha、ṇa是顶音（mūrdhanya）②。ta、tha、da、dha、na是齿音。(12) pa、pha、ba、bha、ma是唇音。ḷ、la、sa是齿音。a、ha是喉音。i、ya、śa是腭音。ṛ、ra、ṣa是顶音。(13) o、au是喉唇音。e、ai是喉腭音。送气音发自喉部。ka、kha发自舌根。(14) pa、pha发自唇部。闭元音u、ū也是同样。从ka至ma是塞音（spṛṣṭa）。śa、ṣa、sa和ha是开音（vivṛta）。(15) 半元音（antaḥstha）是闭音（saṃvṛta）。应该知道ṅa、ña、ṇa、na和ma发自鼻孔。śa、ṣa、sa和ha是热音。ya、ra、la和va是半元音。(16) 应该知道ḥka和ḥpa发自喉部和胸部。ka、ca、ṭa、ta和pa是简单发音。kha、cha、ṭha和pha经常发自喉部。(17) 应该知道ga、ja、ḍa、da和ba发自喉部和胸部。送气音发自舌（根）。(18)

我简要地讲述了这些辅音。现在，我再讲述用词方面的元音。

---

① 据下面第16颂，热音包括śa、ṣa、sa和ha。其中的śa、ṣa和sa是咝音。

② 此处顶音（mūrdhanya）在第10颂中使用舌音（jihvya）一词，而在别处均使用"顶音"一词。实际上，顶音（mūrdhanya）是梵语语法著作中的通行词。因为这一类音的发音特点是舌尖顶向上腭，故而称为"顶音"。

（19）我已指出十四个元音。前面十个都是前一个为短元音，后一个为长元音。（20）辅音与它们结合，构成词，包括名词、动词、动词词根前缀、不变词以及名词后缀、连声和名词格尾。（21）以前的老师们已经详细说明这些词的特征。我现在再扼要讲述这些特征。（22）名词的功能由诸如 su 等格尾确定，由此形成特殊的意义。应该知道它有五类①，具有词干意义（prātipadikārtha）和词性（liṅga）。（23）人们说名词有七类②，与六种格结合，或已确立，或待确立，用于表达指示、给予或取得等。（24）

动词与现在时和过去时的行动等相关，或已确定，或待确定，具有数（vacana）和人称（puruṣa）的区别。（25）应该知道吟诵中的动词有五百个词根，分成二十五类③。它们依靠各种（名词）意义而有特殊意义。（26）

以自己的意义增添与词干意义相关的词根意义（dhātvartha），因此，在梵语经典中称为动词词根前缀。（27）

与词配合，加强词干意义、词根、诗律或词源，因此称为不变词。（28）

强化、结合或说明本质，区分概念，充实意义，因此称为词缀（pratyaya）。（29）

略去（某些音），区分或加强原始概念，说明本质，充实意义，因此称为名词后缀。（30）

区分一个或多个词的意义，涉及动词词根和词性，因此称为名词格尾。（31）

---

① 按照古代语法学家波颠迦利（Patañjali）的观点，“五类”指种类、事物、性、数和格。

② 此处“七类”所指不明。

③ 词根的数目，在梵语语法著作中说法不一。词根的分类，按照波你尼（Pāṇini）的说法，分为十类。

分开的元音或辅音在词句中结合，因此称为连声。(32) 词或音相遇，前后连接的音发生结合，因此称为连声。(33)

许多名词略去格尾，合在一起，表达一个意义，智者们称为复合词，如依主释（tatpuruṣa）等。(34)

应该依据这些具有丰富含义的语法规则，创作诗歌或散文作品。(35)

应该知道词分为诗歌用词和散文用词。现在请听散文用词的特征。(36) 智者们认为散文用词不紧密，不限定音节数目，只考虑表达意义。(37)

音节紧密，中间有停顿（yati），音节数目有限制，应该知道这是诗歌用词。(38) 这样，就产生波哩多（vṛtta）诗律，分为四个诗步（pāda），包含许多音节，表达各种意义。(39) 诗步中的诗律相传有二十六种，同时分为同一（sama）、半同一（ardhasama）和不同一（visama）三类。(40)

诗歌需要音节紧密的诗律。各种诗律依据词而产生。(41) 没有缺乏诗律的词，也没有缺乏词的诗律。因此，两者的结合照亮戏剧。(42)

一个诗步中有一个音节，称为乌格多（ukta）。有两个音节，称为阿迪瑜格多（atyukta）。有三个音节，称为摩提耶（madhya）。有四个音节，称为波罗提希塔（pratiṣṭhā）。(43) 有五个音节，称为苏波罗提希塔（supratiṣṭhā）。有六个音节，称为伽耶特哩（gāyatrī）。有七个音节，称为乌希尼格（uṣṇik）。有八个音节，称为阿奴湿图朴（anuṣṭup）。(44) 有九个音节，称为波利诃底（bṛhatī）。有十个音节，称为般格底（paṅkti）。有十一个音节，称为特哩湿图朴（triṣṭup）。有十二个音节，称为遮格底（jagatī）。(45) 有十三个音节，称为阿迪遮格底（atigagatī）。有十四个音节，称为舍格婆利（śakvarī）。有十五个音节，称为阿迪舍格婆利

(atiśakvarī)。有十六个音节，称为阿希底（aṣṭi）。(46) 有十七个音节，称为阿迪耶希底（atyaṣṭi）。有十八个音节，称为达利底(dhṛti)。有十九个音节，称为阿迪达利底（atidhṛti)。有二十个音节，称为格利底（kṛti)。(47) 有二十一个音节，称为波罗格利底(prakṛti)。有二十二个音节，称为阿格利底（ākṛti)。有二十三个音节，称为维格利底（vikṛti)。有二十四个音节，称为商格利底(saṃkṛti)。(48) 有二十五个音节，称为阿迪格利底（atikṛti)。有二十六个音节，称为乌特格利底（utkṛti)。其他含有更多音节者，则称为花环诗律（mālāvṛtta)。(49)

而每种诗律又可分为许多种，因此，智者们说诗律数量无限。(50) 下面确定伽耶特哩以下的诗律规则，因为并非所有诗律都在实际中使用。(51)

伽耶特哩诗律有六十四种。乌希尼格诗律有一百二十八种。(52) 阿奴湿图朴诗律有二百五十六种。波利诃底诗律有五百十二种。(53) 般格底诗律有一千零二十四种。特哩湿图朴诗律有二千零四十八种。(54) 遮格底诗律有四千零九十六种。(55) 阿迪遮格底诗律有八千一百九十二种。(56) 舍格婆利诗律有一万六千三百八十四种。(57) 阿迪舍格婆利诗律有三万二千七百六十八种。(58) 阿希底诗律有六万五千五百三十六种。(59) 阿迪耶希底诗律有十三万一千零七十二种。(60) 达利底诗律有二十六万二千一百四十四种。(61、62) 阿迪达利底诗律有五十二万四千二百八十八种。(63、64a) 格利底诗律有一百零四万八千五百七十六种。(64b、65) 波罗格利底诗律有二百零九万七千一百五十二种。(66、67) 阿格利底诗律有四百十九万四千三百零四种。(68、69a) 维格利底诗律有八百三十八万八千六百零八种。(69b、70) 商格利底诗律有一千六百七十七万七千二百十六种。(71、72a) 阿迪格利底诗律有三千三百五十五万四千四百三十二种。(72b、73、74a)

乌特格利底诗律有六千七百零十万八千八百六十四种。（74b、75）智者们这样区分这种和其他各种诗律。（76）

如果将所有各种诗律的数量合在一起计算，可以说有一亿三千四百二十一万七千七百二十六种。（77、78）

我已经讲述所有依据计数的各种同一诗律。[①]（79）你们还应该知道音组（trika，即三音节组）形成诗律，无论这种诗律有一种、二十种或一千万种。（80）所有的诗律运用音组。应该知道音组有八种，都有定则。（81）应该知道在所有诗律中，音组被认为是组成部分，由重音节（guru）和轻音节（laghu）构成。（82）

bha 表示—UU[②]，ma 表示— — —，ja 表示 U—U，sa 表示 UU—，（83）ra 表示—U—，ta 表示— —U，ya 表示 U— —，na 表示 UUU。这些是产生自梵天的八种音组。（84）

为了简明地表示诗律，在诗律著作中，这些字符可以带元音，也可以不带元音。（85）这样，应该知道 g 代表 guru（“重音节”），l 代表 laghu（“轻音节”）。词与词断开之处称为“停顿”（yati）。（86）

重音节是后面的元音是长元音或延长元音（pluta），以及鼻化音或送气音 ḥ，也有位于某处的轻音节[③]。（87）

诗律规则涉及正规诗节、停止、诗步、神灵、部位、音节、色彩、声调和不规则诗律。（88）

按照诗律规则，每个诗步音节数目既不超出，也不短缺，称为正规诗节（sampat）。（89）意义结束，称为停止（virāma）。诗步

---

① 这里是说以上所述诗律属于同一诗律。

② 这里的符号，—表示重音节，U 表示轻音节。重音节和轻音节也称为长音节（dīrgha）和短音节（hrasva）。

③ 这是指位于每个诗步，尤其是第二和第四诗步末尾的轻音节，也可以视为重音节。

（pāda）来自词根 pad（“迈步行走”），是诗节的四分之一。（90）火神等是神灵。部位有两种：依据身体和依据方位。（91）[①]音节分为短、长和延长三种。（93b）诗律的色彩有白色等。声调分为高、低和中三种。（94）我将在讲述达鲁瓦（dhruvā）歌曲时，讲述声调的特征，与时间和意义相关。（95）诗律分为音节数目半同一、不同一和同一。如果诗律的诗步短缺或超出一个音节，（96）称为尼婆利特（nivṛt）诗律和普鲁格（bhūruk）诗律。如果超出或短缺两个音节，称为斯婆拉特（svarāṭ）诗律和维拉特（virāṭ）诗律。（97、98a）

应该知道所有的诗律也可以分为三类：天神、凡人和半神半人。（98b、99a）伽耶特哩、乌希尼格、阿奴湿图朴、波利诃底、般格底、特哩湿图朴和遮格底属于第一类即天神类。（99b、100a）阿迪遮格底、舍格婆利、阿迪舍格婆利、阿希底、阿迪耶希底、达利底和阿迪达利底属于第二类即凡人类。（100b、101a）格利底、波罗格利底、阿格利底、维格利底、商格利底、阿迪格利底和乌特格利底属于第三类即半神半人类。（101b、102a）在所有诗律中，都展现重音节和轻音节。（102b）

诸位优秀的婆罗门啊，你们要知道我为你们讲述的、在戏剧中运用的所有这些诗律。（103）

以上是婆罗多《舞论》中名为《语言表演中的诗律特征》的第十五章。

① 此处第 92 颂和第 93 颂 a，意义不明，未译出。

# 第十六章

## 诗律格式

细腰女（tanumadhyā）诗律出自伽耶特哩诗律，每个诗步（六个音节）中，前两个和最后两个音节是重音节。(1) 例如：

santyakta-vibhūṣā bhraṣṭāñjana-netrā /
hastārpitagaṇḍā kiṃ tvaṃ tanu-madhyā // 2 //

细腰女，你为何双手托腮，
既不戴首饰，也不描眼圈？(2)

鳄鱼脑袋（makarakaśīrṣā）诗律，每个诗步（六个音节）中，前四个音节是轻音节，后两个音节是重音节。(3) 例如：

svayam-upayāntaṃ bhajasi na kāntam /
bhayakari kiṃ tvaṃ makaraka-śīrṣā // 4 //

情人主动前来，你也不予理睬，
可怕的人，难道你是鳄鱼脑袋？(4)

花匠美妻（mālinī）诗律，每个诗步六个音节中，第二个音节是轻音节，其余是重音节。（5）例如：

snāna-gandha-sragbhir-vastra-bhūṣāyogaiḥ/
vyaktam-evaiṣāṃ tvaṃ mālinī prakhyātā // 6 //

浴后的芳香、花环和装束打扮，
你显然是一位公认的花匠美妻。（6）

茉莉（mālatī）诗律，每个诗步六个音节中，第二和第五个音节是轻音节，其余是重音节。（7）例如：

śobhate baddhayā ṣaṭpadāviddhayā /
mālatī-mālayā māninī līlayā // 8 //

这位骄傲的女郎佩戴茉莉花环，
成群蜜蜂紧叮不放，美丽迷人。（8）

激战（uddhatā）诗律，每个诗步七个音节①中，第二、第四和第五个音节是轻音节②。（9）例如：

danta-ghāta-kṛtāṅkaṃ vyākulālaka-śobham /
śaṃsatīva tavāsyaṃ nirbharaṃ rata-yuddham // 10 //

---

① 这是乌希尼格诗律。

② 本章中关于诗律的定义，通常先指出某几个音节是轻音节或重音节，其余则是重音节或轻音节。但这是一般规则。在实际运用中，有时也会有其中个别音节不合律。

嘴上留有锐利的齿痕，头发凌乱，
表明你确实经历了一场爱欲大战。(10)

蜂群（bhramaramālikā）诗律，每个诗步七个音节中，前两个和最后两个音节是重音节。(11) 例如：

nānā-kusama-citre prāpte surabhi-māse /
eṣā bhramati puṣpe mattā bhramara-mālā // 12 //

仲春之月来到，百花盛开，
蜂群迷恋花朵，飞来飞去。(12)

狮子游戏（siṃhalilā）诗律，每个诗步八个音节①中，第一、第三、第五、第七②和第八个音节是重音节。(13) 例如：

yat-tvayāhy-aneka-bhāvāc-ceṣṭitaṃ rataṃ sugātri /
tan-mano mama praviṣṭaṃ vṛttam-atra siṃha-līlam // 14 //

肢体优美的女郎啊，你的欢爱动作充满激情，
已经铭刻在我心中，犹如狮子游戏留下抓痕。(14)

醉态（mattaceṣṭita）诗律，每个诗步八个音节中，第二、第四、第六和第八个音节是重音节。(15) 例如：

madāvaghūrṇitekṣaṇaṃ vilambitālakākulam /

① 这是阿奴湿图朴诗律。
② 此处原文中遗漏 saptamam（“第七”）一词，据 S 本补上。

asaṃsthitaiḥ padaiḥ priyā karoti matta-ceṣṭitam // 16 //

眼睛迷茫转动，头发披散下垂，
脚步左右摇晃，爱人呈现醉态。(16)

闪电（vidyullekhā）诗律，每个诗步八个音节中，全部是重音节。(17) 例如：

sāndrāmbhobhir-nānāmbhodaiḥ śyāmākārairvyāpte vyomni /
ādityāṃśu-spardhiny-eṣādikṣu bhrāntā vidyul-lekhā // 18 //

饱含雨水的层层乌云布满天空，
一道闪电照耀四方，媲美阳光。(18)

心喜（cittaviāsita）诗律，每个诗步八个音节中，第五、第七和第八个音节是重音节。(19) 例如：

smita-vaśa-viprakāśair-daśana-padair-amībhiḥ/
varatanu pūrṇa-candraṃ tava mukham-āvṛṇoti // 20 //

肢体优美的女郎啊，你展露笑容，
皓齿闪光，脸庞胜过一轮圆月。(20)

雌蜂（madhukarī）诗律，每个诗步九个音节①中，最后三个音节是重音节。(21) 例如：

① 这是波利诃底诗律。

kusumitam-abhipaśyantī
　vividha-tarugaṇaiś-channam /
vanam-anila-sugandhāḍhyaṃ
　bhramati madhukarī hṛṣṭā // 22 //

看到林中树木茂盛，鲜花绽放，
风儿散布芳香，雌蜂欢快飞舞。（22）

青莲花环（kuvalayamālā）诗律，每个诗步十个音节[①]中，前三个和最后三个音节是重音节。（23）例如：

asmiṃs-te bhramara-nibhe kānte
　nānā-ratna-racita-bhūṣāḍhye /
śobhām-āvahati śubhā mūrdhni
　protphullā kuvalaya-māleyam // 24 //

爱人啊，你头顶秀发黑似蜜蜂，装饰各种宝石，
上面这个花朵绽开而优美的青莲花环展现魅力。（24）

雌孔雀（mayūrasāriṇī）诗律，每个诗步十个音节中，第二、第四、第六和第八个音节是轻音节。（25）例如：

naiva te 'sti saṅgamo manuṣyair-
　nāsti kāmabhoga-cihnam-anyat /
garbhiṇīva dṛśyase hy-anārye

① 这是般格底诗律。

kiṃ mayūra-sāriṇī tvam-eva // 26 //

既不见你与男人相会，
也不见其他欢爱痕迹，
而像已怀孕，坏女人啊，
你怎么行为如同雌孔雀？（26）

道达格（dodhaka）诗律，每个诗步十一个音节[①]中，第一、第四、第七、第十和第十一个音节是重音节。（27）例如：

praskhalitāgrapada-pravicāraṃ
matta-vighūrṇita-gātra-vilāsam /
paśya vilāsini kuñjaram-enaṃ
dodhaka-vṛttam-ayaṃ prakaroti // 28 //

欢快的女子啊，你看！
这头大象前腿迈步摇晃，
身体兴奋摆动而优美，
形态动作犹如一头牛犊。（28）

冲撞（moṭaka）诗律，每个诗步十一个音节中，前两个、第五、第八和最后一个音节是重音节。（29）例如：

eṣo 'mbuda-niḥsvana-tulya-ravaḥ
kṣībaḥ skhalamāna-vilamba-gatiḥ/

① 这是特哩湿图朴诗律。

śrutvā ghana-garjitam-adri-taṭe
vṛkṣān prati moṭayati dviradaḥ // 30 //

听到山坡上的雷鸣声，
大象迈开摇晃的步伐，
发出雷鸣般的吼叫声，
兴奋激动，冲撞树木。(30)

因陀罗雷杵（indravajrā）诗律，每个诗步十一个音节中，第三、第六、第七和第九个是轻音节。(31) 例如：

tvaṃ durṇirīkṣyā durita-svabhāvā
duḥkhaika-sādhyā kaṭhinaika-bhāvā /
sarvāsv-avasthāsu ca kāma-tantre
yogyāsi kiṃ vā bahunendra-vajrā // 32 //

难以凝视，天生心狠，
难以征服，感情僵硬，
不适应爱欲一切步骤，
总之你是因陀罗雷杵！(32)

毗湿奴雷杵（upendravajrā）诗律，每个诗步十一个音节中，第一、第三、第六、第七和第九个音节是轻音节。(33) 例如：

śriyā ca varṇena viśeṣaṇena
smitena kāntyā sukumāra-bhāvāt /
amī guṇā rūpa-guṇānurūpā

bhavanti te kiṃ tvam-upendra-vajrā // 34 //

吉祥光辉，殊胜容貌，
可爱微笑，一腔柔情，
这一切体现你的美质，
难道你是毗湿奴雷杵？（34）

战车扬尘（rathoddhatā）诗律，每个诗步十一个音节中，第一、第三、第七、第九和最后一个音节是重音节。（35）例如：

kiṃ-tvayā subhaṭa［dhurya］varjitaṃ
nātmano na suhṛdāṃ priyaṃ kṛtam /
yat-palāyana-parāyaṇasya te
yāti dhūlir-adhunā rathoddhatā // 36 //

好战士啊，为何放弃职责？
这样对你和对朋友都不利，
在你一心一意逃离战场时，
一路上你的战车扬起尘土。（36）

欢迎（svāgatā）诗律，每个诗步十一个音节中，第一、第三、第七、第十和最后一个音节是重音节。（37）

adya me saphalam-āyata-netre
jīvitaṃ madana-saṃśrita-bhāvam /
āgatāsi bhavanaṃ mama yasmāt
svāgataṃ tava varoru niṣīda // 38 //

我这依靠爱情维系的生命，
今天获得成果，大眼女郎啊！
你来到了我的住处，欢迎！
请坐！大腿优美的女郎啊！（38）

主妇（śālinī）诗律，每个诗步十一个音节中，第六和第九个音节是轻音节。（39）例如：

śīlabhraṣṭe nirguṇe yā 'prakopā
loke dhairyād-apriyaṃ na bravīṣi /
āryaṃ śīlaṃ sādhvi he te 'nuvṛttaṃ
mādhuryāḍhyā sarvadā śālinī tvam // 40 //

你不对缺德小人生气发怒，
你不对任何人说刺耳的话，
性格坚韧，奉守高贵品德，
你永远是充满温情的主妇。（40）

寻衅滋事（toṭaka）诗律，每个诗步十二个音节[①]中，第三、第六、第九和最后一个音节是重音节。（41）例如：

kim-idaṃ kapaṭāśraya-durviṣahaṃ
bahu-śāṭyam-atholbaṇa-rūkṣa-katham /
svajana-priya-sajjana-bheda-karaṃ
nanu toṭaka-vṛttam-idaṃ kuruṣe // 42 //

① 这是遮格底诗律。

为何欺诳，令人难以忍受，
充满诡诈，言语粗鲁尖刻，
伤害自己人、亲人和善人？
你确实是一个寻衅滋事者。（42）

宛如白莲（kumudanibhā）诗律，每个诗步十二个音节中，前四个、第八和第十个音节是轻音节。[①]（43）例如：

kumuda-nibhā tvaṃ kāma-bāṇa-viddhā
kim-asi natabhrūḥ śīta-vāta-dagdhā /
mṛdu-nalinīvāpāṇḍu-vaktra-śobhā
katham-api jātā agrataḥ sakhīnām // 44 //

眉毛弯曲的女郎啊，你宛如白莲，
是不是已经被爱神的花箭射中？
为何在女友们面前，你脸色苍白，
犹如在寒风中受折磨的柔嫩莲花？（44）

月痕（candralekhā）诗律，每个诗步十二个音节中，前五个、第七和第十个音节是轻音节，停顿在前五个音节后。（45）例如：

vaktraṃ saumyaṃ te padma-patrāyatākṣaṃ
kāmasyāvāsaṃ subhruvoś-cāvabhāsam /
kāmasyāpīdaṃ kāmam-āhartu-kāmaṃ

① 这颂原文中对诗律格式的表述与引诗实际情况不符。这里译文依据引诗实际情况表述。

kāntyā tvaṃ kānte candra-lekheva bhāsi // 46 //

眼睛大似莲花瓣，眉毛优美，
你的可爱脸庞是爱神的居处，
它们甚至想要博得爱神的爱，
美女啊，你光彩熠熠似新月。(46)

言语节制（pramitākṣarā）诗律，每个诗步十二个音节中，第三、第五、第九和最后一个音节是重音节。(47）例如：

smita-bhāṣiṇī hy-acapalā 'paruṣā
　　nibhṛtāpavāda-vimukhī satatam /
yadi kasyacid-yuvatirasti sukhā
　　pramitākṣarā sa hi pumāñjayati // 48 //

说话含笑，不轻浮，不尖刻，
也始终不在私底下闲言闲语，
哪个男人有这样节制言语的
年轻妻子，他真正是有福气。(48)

家庭（vaṃśasthā）诗律，每个诗步十二个音节中，第二、第四、第五、第八、第十和最后一个音节是重音节。(49）例如：

na me priyā yad bahumāna-varjitā
　　kṛtāpriyā taiḥ paruṣābhibhāṣaṇaiḥ/
tathā ca paśyāmy-aham-adya sā dhruvaṃ
　　kṣaṇena vaṃśastha-gatiṃ kariṣyati // 50 //

她不喜欢我，对我很不尊重，
她用那些尖刻的言语激怒我，
我看就在今天，她肯定又会
在顷刻之间，制造家庭纠纷。(50)

鹿儿跳跃（hariṇaplutā）诗律，每个诗步十二个音节中，第四、第七、第十和最后一个音节是重音节。(51) 例如：

paruṣa-vākya-kaśābhihatā tvayā
bhaya-vilokana-pārśva-nirīkṣaṇā /
varatanuḥ pratata-pluta-sarpaṇair-
anukaroti gatair-hariṇa-plutam // 52 //

遭到你的尖刻言语鞭子抽打，
她的目光充满恐惧，顾盼左右，
这肢体优美的女子快速离开，
她的步姿仿佛模仿鹿儿跳跃。(52)

献身爱神（kāmadattā）诗律，每个诗步十二个音节中，第七、第九、第十一和最后一个音节是重音节。(53) 例如：

karaja-pada-vibhūṣitā yathā tvaṃ
sudati daśana-vikṣatādharā ca /
gatir-api caraṇāvalagna-mandā
tvam-asi mṛga-samākṣi kāmadattā // 54 //

皓齿女郎啊，你装饰有齿痕，

你的下嘴唇已经被牙齿咬伤，
还有你的行走姿态迟疑缓慢，
鹿眼女郎啊，你已献身爱神。(54)

无与伦比（aprameyā）诗律，每个诗步十二个音节中，第一、第四、第七和第十个音节是轻音节。(55) 例如：

na te kācid-anyā samā dṛśyate strī
gunair-yā dvitīyā tṛtīyāpi cāsmin /
mameyaṃ matir-sarvaṃ-lokam-ālokya
jagaty-aprameyāsi sṛṣṭā vidhātrā // 56 //

不见有与你品德相同的女子，
更不用说有第二个和第三个，
环顾这整个世界，我认为
创造主创造你，无与伦比。(56)

莲花池（padminī）诗律，每个诗步十二个音节中，第二、第五、第八和第十一个音节是轻音节。(57) 例如：

deha-toyāśayā vaktra-padmojjvalā
netra-bhṛṅgākulā danta-haṃsaiḥ smitā /
keśa-patrac-chadā cakravāka-stanī
padminīva priye bhāsi me sarvadā // 58 //

爱人啊，你是我心中莲花池，
水池身体，莲花脸，蜜蜂眼，

微笑露出的牙齿洁白似天鹅，
头发宛如莲叶，胸脯似轮鸟。(58)

轻快方式（paṭuvṛtta）诗律，每个诗步十二个音节中，前六个和第十个音节是轻音节。(59) 例如：

upavana-salilānāṃ bāla-padmair-
　　bhramara-parabhṛtānāṃ kaṇṭha-nādaiḥ/
samada-gati-vilāsaiḥ kāminīnāṃ
　　kathayati paṭu-vṛttaṃ puṣpa-māsaḥ // 60 //

花园水池中崭露莲花花蕾，
蜜蜂和杜鹃展开喉咙歌唱，
妇女激情荡漾，步姿优美，
仲春之月宣示轻快的方式。(60)

光辉女神（prabhāvatī）诗律，每个诗步十三个音节[①]中，第二、第四、第九、第十一和最后一个音节是重音节，停顿在前四个音节后。(61) 例如：

kathaṃ-nv-idaṃ kamala-viśāla-locane
　　gṛhaṃ ghanaiḥ pihita-kare niśākare /
acintayanty-abhinava-varṣa-vidyutas-
　　tvam-āgatā sutanu yathā prabhāvatī // 62 //

---

① 这是阿迪遮格底诗律。

眼睛大似莲花的女郎啊，你怎么
在这个层层乌云遮蔽月光的夜晚，
全不顾风雨和闪电雷鸣即将来临，
美女啊，犹如光辉女神来到我家。(62)

令人欢喜（praharṣiṇī）诗律，每个诗步十三个音节中，前三个、第八、第十、第十二和最后一个音节是重音节。(63) 例如：

bhāvasthair-madhura-kathaiḥ subhāṣitais-tvaṃ
sāṭopa-skhalitavilambitair-gataiś-ca /
nānāṅgair-harasi manāṃsi kāmukānāṃ
suvyaktaṃ hy-asi jagati praharṣaṇīva // 64 //

谈吐含情而甜蜜，言辞巧妙，
行走时步姿犹疑缓慢而庄重，
又以各种肢体迷住情人的心，
显然，你仿佛让全世界欢喜。(64)

孔雀迷醉（mattamayūra）诗律，每个诗步十三个音节中，第六、第七、第十和第十一个音节是轻音节。(65) 例如：

vidyun-naddhāḥ sendra-dhanur-dyotita-dehā
　vātoddhūtāḥ śveta-balākā-kṛta-śobhāḥ/
ete meghā garjita-nādojjvala-cihnāḥ
　prāvṛṭ-kālaṃ matta-mayūraṃ kathayanti // 66 //

那些乌云发出阵阵雷鸣，

携带闪电和彩虹而明亮，
装饰有白鹤，随风移动，
宣布令孔雀兴奋的雨季。(66)

春天吉祥志（vasantatilakā）诗律，每个诗步十四个音节[①]中，前两个、第四、第八、第十一、第十三和最后一个音节是重音节。(67) 例如：

citrair-vasanta-kusumaiḥ kṛta-keśa-hastā
　　srag-dāma-mālya-racanā suvibhūṣitāṅgī /
nāgāvataṃsaka-vibhūṣita-karṇa-pāśā
　　sākṣād-vasanta-tilakeva vibhāti nārī // 68 //

头发上装饰各种春季鲜花，
肢体上佩戴各种优美花环，
耳朵上悬挂形状似蛇耳饰，
这女子成为春天的吉祥志。(68)

无所阻碍（asambādhā）诗律，每个诗步十四个音节中，前五个和最后三个音节是重音节，停顿在前五个音节后。(69) 例如：

mānī lokajñaḥ śruta-bala-kula-śīlāḍhyo
　　yasmin sammānaṃ na sadṛśam-anupaśyed-dhi /
gacchet-taṃ tyaktvā druta-gatir-aparaṃ deśaṃ
　　kīrṇā nānārthair-avanir-iyam-asaṃbādhā // 70 //

① 这是舍格婆利诗律。

通晓世间，自我尊重，具备学问、品行、
高贵出身和力量，在这里未受到应有的
尊敬，他应该迅速离开这里，前往别处，
因为这个大地遍布各种财富，无所阻碍。(70)

幼象（śarabha）诗律，每个诗步十四个音节中，前四个、第十、第十一、第十三和最后一个音节是重音节。(71) 例如：

eṣā kāntā vrajati lalitaṃ vepamānā
gulma-channaṃ vanam-uru-nagaiḥ saṃpraviddham /
hā hā kaṣṭaṃ kim-idam-iti no vedmi mūḍho
vyaktaṃ krodhāc-charabha-lalitaṃ kartu-kāmā // 72 //

这可爱的女子颤抖着前往森林，
那里布满灌木丛和高耸的树木，
哎呀，真糟糕！我这傻瓜不知道
她显然出自愤怒，想要模仿幼象。(72)

笑面女（nāndīmukhī）诗律，每个诗步十五个音节[①]中，前六个、第十和第十三个音节是轻音节。(73) 例如：

na khalu tava kadācit-krodha-tāmrāyatākṣaṃ
bhrukuṭi-valita-bhaṅgaṃ dṛṣṭa-pūrvaṃ mayāsyam /
kim-iha bahubhir-uktair-yā mamaiṣā hṛdisthā
tvam-asi madhura-vākyā devi nāndīmukhīva // 74 //

① 这是阿迪舍格婆利诗律。

我以前没有见过你这样的脸庞，
因发怒而皱眉蹙额，眼睛通红，
我何必过多表白？你在我心中，
夫人啊，是话语甜蜜的笑面女。(74)

大象游戏（gajavilasita）诗律，每个诗步十六个音节[①]中，第一、第四、第六和最后一个音节是重音节。(75) 例如：

toyadharaḥ sudhīra-ghana-paṭu-paṭaha-ravaḥ
sarja-kadamba-nīpa-kuṭaja-kusuma-surabhim /
kandala-sendragopaka-racitam-avanitalaṃ
vīkṣya karoty-asau vṛṣabha-gaja-vilasitakam // 76 //

看到大地上装饰有芭蕉和瓢虫，
娑罗、迦昙婆、尼波和古特遮树
飘逸花香，乌云发出响亮的鼓声，
仿佛在模仿公牛和大象的游戏。(76)

美妙游戏（pravaralalita）诗律，每个诗步十六个音节中，第二、第三、第四、第五、第六、第十二、第十三、第十五和最后一个音节是重音节。(77) 例如：

nakhālīḍhaṃ gātraṃ daśana-khacitaṃ coṣṭha-gaṇḍaṃ
śiraḥ puṣponmiśraṃ pravilulita-keśālakāntam /
gatiḥ khinnā ceyaṃ vadanam-api sambhrānta-netram-

① 这是阿希底诗律。

aho ślāghyaṃ vṛttaṃ pravara-lalitaṃ kāma-ceṣṭam // 78 //

指甲抓破身体，牙齿咬伤嘴唇和脸颊，
头上夹杂各种花朵，头发和发梢凌乱，
步履蹒跚，脸庞上这双眼睛转动不安，
啊，这场美妙的爱情游戏值得称赞！(78)

高山（śikhariṇī）诗律，每个诗步十七个音节[①]中，第二、第三、第四、第五、第六、第十二、第十三和最后一个音节是重音节。(79) 例如：

mahānadyābhoge pulinam-iva te bhāti jaghanaṃ
tathāsyaṃ netrābhyāṃ bhramara-sahitaṃ paṅkajam-iva /
tanu-sparśaś-cāyaṃ sutanu sukumāro na paruṣaḥ
stanābhyāṃ tuṅgābhyāṃ śikhariṇi-nibhā bhāsi dayite // 80 //

你的臀部犹如大河河湾的沙滩，
脸庞和双眼似伴有蜜蜂的莲花，
身体触感柔软，一对乳房高耸，
你宛如两座山峰中的一座高山。(80)

公牛游戏（vṛṣabhaceṣṭita）诗律，每个诗步十七个音节中，前五个、第十一、第十三、第十四和第十六个音节是轻音节。(81) 例如：

---

① 这是阿迪耶希底诗律。

jalada-ninadaṃ śrutvā garjan-madoccaya-darpito
vilikhati mahīṃ śṛṅgākṣepair-mṛgaḥ pratinardya ca /
sva-yuvati-vṛto goṣṭhād goṣṭhaṃ prayāti ca nirbhayo
vṛṣabha-lalitaṃ citraṃ vṛttaṃ karoti ca śāḍvale // 82 //

公牛听到乌云雷鸣，春情发动而狂躁，
用牛角刻画大地，发出回应的鸣叫，
率领年轻母牛，从这牛圈跑向那牛圈，
无所畏惧，在草地上展现公牛游戏。(82)

吉祥女神（śrīdharā）诗律，每个诗步十七个音节中，前四个、第十、第十一、第十三、第十四和最后一个音节是重音节。（83）例如：

snānaiś-cūrṇaiḥ sukha-surabhibhir-gaṇḍa-lepaiś-ca dhūpaiḥ
puṣpaiś-cānyaiḥ śirasi racitair-vastra-yogaiś-ca tais-taiḥ/
nānā-ratnaiḥ kanaka-khacitair-aṅgasambhoga-saṃsthair-
vyaktaṃ kānte kamala-nilayā śrīdharevātibhāsi // 84 //

沐浴、香粉、芳香、脸颊软膏和香料，
头顶缀有各种花朵，身穿各种衣裳，
全身肢体佩戴各种镶嵌金子的宝石，
美人啊，你活像居于莲花的吉祥女神。(84)

竹叶飘落（vaṃśapatrapatita）诗律，每个诗步十七个音节中，第一、第四、第六、第十和最后一个音节是重音节，停顿在前十个音节和前七个音节后。(85）例如：

eṣa gajo 'dri-mastaka-taṭe kalabha-parivṛtaḥ
　　krīḍati vṛkṣa-gulma-gahane kusuma-bhara-nate /
megha-ravaṃ niśamya muditaḥ pavana-java-samaḥ
　　sundari vaṃśa-patra-patitaṃ punar-api kurute // 86 //

山顶坡面树木繁茂，鲜花盛开，
大象带领一群幼象在这里玩耍，
听到乌云发出雷鸣，兴奋激动，
犹如刮起狂风，竹叶纷纷飘落。(86)

步履迟缓（vilambitagati）诗律，每个诗步十七个音节中，第二、第六、第八、第十二、第十四、第十五和最后一个音节是重音节。(87) 例如：

vighūrṇita-vilocanā pṛthu-vikīrṇa-hārā punaḥ
　　pralamba-rasanā calat-skhalita-pāda-manda-kramā /
na me priyam-idaṃ janasya bahumāna-rāgeṇa yan-
　　madena vivaśā vilambita-gatiḥ kṛtā tvaṃ priye // 88 //

目光转动，胸前硕大的项链歪斜，
腰带下垂，步履摇摆晃动而缓慢，
爱人啊，考虑到人们的尊敬热爱，
我不喜欢你迷醉失控，步履迟缓。(88)

彩痕（citralekhā）诗律，每个诗步十八个音节①中，前五个、

① 这是达利底诗律。

第十一、第十二、第十四、第十五、第十七和最后一个音节是重音节。(89) 例如:

nānā-ratnāḍhyair-bahubhir-
　　adhikaṃ bhūṣaṇair-aṅga-saṃsthair-
nānā-gandhāḍhyair-madana-
　　janair-aṅga-rāgair-vicitraiḥ/
keśaiḥ snānārdraiḥ kusuma-
　　racitair-vastra-rāgaiś-ca tais-taiḥ
kānte saṃkṣepāt kim-iha
　　bahunā citra-lekheta bhāsi // 90 //

你盛装严饰，全身肢体佩戴各种宝石，
各种香料和软膏散发令人迷醉的芳香，
服装绚丽，浴后头发湿润，插上花朵，
何必多说，爱人啊，你就像天女彩痕。(90)

老虎游戏（śārdūlavikrīḍita）诗律，每个诗步十九个音节①中，前三个、第六、第八、第十二、第十三、第十四、第十六、第十七和最后一个音节是重音节，其余是轻音节。(91、92) 例如:

nānā-śastra-śataghni-tomara-
　　hatāḥ prabhraṣṭa-sarvāyudhāḥ
nirbhinnodara-bāhu-vaktra-
　　nayanā nirbhartsitāḥ śatravaḥ/

① 这是阿迪达利底诗律。

dhairyotsāha-parākrama-prabhṛtibhis-
　　tais-tair-vicitrair-guṇair-
vṛttaṃ te ripu-ghāti bhāti
　　samare śārdūla-vikrīḍitam // 93 //

敌人蒙受羞辱，遭到百杀器和铁杵等武器打击，
腹部、手臂、面部和眼睛破碎，丢弃一切武器，
你具备坚定、毅力和勇气等等这些优秀品质，
在战斗中展现的杀敌行为犹如一场老虎游戏。(93)

美面（suvadanā）诗律，每个诗步二十个音节[①]中，前四个、第六、第七、第十四、第十五、第十六和最后一个音节是重音节，其余是轻音节。(94、95) 例如：

netre līlālase te kamala-
　　dala-nibhe bhrū-cāpa-nihite
gaṇṭhoṣṭhaṃ pīna-madhyaṃ sama-
　　sahita-ghanāḥ snigdhāś-ca daśanāḥ/
karṇāv-aṃsa-pralambau cibukam-
　　api nataṃ ghoṇā surucirā
sarvasmin martya-loke varatanu
　　vihitāsyekā suvadanā // 96 //

你的一双眼睛宛如莲花花瓣，眉毛宛如弯弓，
呈现游戏后的慵倦，脸颊和嘴唇中间部分丰腴，

① 这是格利底诗律。

牙齿齐整紧密，耳朵垂肩，下颌弯曲，鼻子可爱，
美女啊，你具有这人世间唯一塑造完美的脸庞。(96)

佩戴花环（sragdharā）诗律，每个诗步二十一个音节①中，前四个、第六、第七、第十四、第十五、第十七、第十八、第二十和最后一个音节是重音节，其余是轻音节。(97、98）例如：

cūtāśokāravindaiḥ kuravaka-
　　tilakaiḥ karṇikāraiḥ śirīṣaiḥ
punnāgaiḥ pārijātair-vakula-
　　kuvalayaiḥ kiṃśukaiḥ sātimuktaiḥ/
etair-nānā-prakāraiḥ kusuma-surabhibhir-
　　viprakīrṇaiś-ca tais-tair-
vāsantaiḥ puṣpa-vṛndair-naravara-
　　vasudhā sragdharevādya bhāti // 99 //

芒果花、无忧花、红莲花、俱罗婆迦花、迦尼迦罗花、
提罗迦花、希利奢花、彭那迦花、波利迦多花、青莲花、
婆古罗、金苏迦和阿底目多迦，遍地布满春季鲜花，
飘逸芳香，国王啊，大地看似一位佩戴花环的妇女。(99)

摩陀罗迦舞（madraka）诗律，每个诗步二十二个音节②中，第一、第四、第六、第十、第十二、第十六、第十八和最后一个音节是重音节，其余是轻音节。(100、101）例如：

---

① 这是波罗格利底诗律。
② 这是阿格利底诗律。

udyatam-eka-hasta-caraṇaṃ
　　dvitīya-kara-recitaṃ suvinataṃ
vaṃśa-mṛdaṅga-vādya-madhuraṃ
　　vicitra-karaṇānvitaṃ bahuvidham /
madrakam-etad-adya subhagair
　　vidagdha-gati-ceṣṭitaiḥ sulalitair-
nṛtyasi vibhramākula-padaṃ
　　varoru lalita-kriyaṃ sama-rasam // 102 //

肢体优美的女子啊，你今天表演摩陀罗迦舞，
举起这只手，垂下那只手，展示各种动作，
笛声和鼓声甜蜜，脚步忙碌，连续不断转动，
步履巧妙优美，种种姿态蕴含统一的情味。（102）

马匹游戏（aśvalalita）诗律，每个诗步二十三个音节①中，第五、第七、第十一、第十三、第十七、第十九和最后一个音节是重音节，其余是轻音节。（103、104）例如：

ratha-haya-nāga-yaudha-puruṣaiḥ
　　susaṃkulam-alaṃ balaṃ samuditaṃ
śara-śata-śakti-kunta-parighāsi-
　　yaṣṭi-vitataṃ bahu-praharaṇam /
ripu-śata-mukta-śastra-rava-bhīta-
　　śaṅkita-bhaṭaṃ bhayākuladiśaṃ
kṛtam-abhivīkṣya saṃyuga-mukhe

① 这是维格利底诗律。

samīpsita-guṇaṃ tvayāśvalalitam // 105 //

看到四周布满聚集的军队，车马象和步兵，
数以百计的箭、梭镖、长枪、铁闩和刀剑，
敌人投射武器的嗖嗖声令士兵们胆战心惊，
你在战斗前沿，展示令人赞赏的马匹游戏。（105）

乌云花环（meghamālā）诗律，每个诗步二十四个音节①中，前六个、第八、第十一、第十四、第十七、第二十和第二十三个音节是轻音节，其余是重音节。（106、107）例如：

pavana-bala-samāhṛtā tīvra-gambhīra-
nādā balākāvalī-mekhalā
kṣitidhara-sadṛśocca-rūpā mahānīla-
dhūmāyamānāmbu-garbhodvahā /
sura-pati-dhanur-ujjvalabaddha-kakṣyā
taḍid-dyota-sannāha-paṭṭojjvalā
gagana-tala-visāriṇī prāvṛṣeṇyon-
natā megha-mālādhikaṃ śobhate // 108 //

雨季涌起的乌云花环布满天空，格外优美，
强风吹拢它们，发出深沉呼声，高耸似山，
色似青烟，饱含雨水，以行行飞鹤为腰带，
还携带绚丽的彩虹，道道闪电似片片铠甲。（108）

① 这是商格利底诗律。

麻鹬（krauñcapādī）诗律，每个诗步二十五个音节①中，第一、第四、第五、第六、第九、第十和最后一个音节是重音节，其余是轻音节。（109、110）例如：

yaḥ kila dākṣaṃ vidruta-somaṃ kratuvaram
　　acamasamapagata-kalaśaṃ
pātita-yūpaṃ kṣipta-bālaṃ vicayanam-
　　asamidham-apaśukam-acarukam /
kārmuka-muktenāśu cakāra vyapagata-
　　suragaṇapitṛ -gaṇam-iṣuṇā
nityam-asau tai daitya-gaṇāriḥ pradahatu
　　makham-iva ripu-gaṇam-akhilam // 111 //

他挽弓射箭，捣毁陀刹的大祭：苏摩汁泼翻在地，
瓶罐钵盂破碎，祭柱倒下，燃料、祭牲和供品毁坏，
天神和祖先逃跑，但愿这位恶魔的敌人湿婆大神，
就像捣毁陀刹的祭祀这样，永远消灭你的一切敌人。(111)

蛇展身（bhujaṅgavijṛmbhita）诗律，每个诗步二十六个音节②中，前八个、第十九、第二十一、第二十四和最后一个音节是重音节，其余是轻音节。（112、113）例如：

rūpopetāṃ devaiḥ sṛṣṭāṃ samada-gaja-
　　vilasita-gatiṃ nirīkṣya tilottamāṃ

① 这是阿迪格利底诗律。
② 这是乌特格利底诗律。

prādakṣiṇyāt prāptāṃ dṛṣṭuṃ bahu-vadanam-
acala-nayanaṃ śiraḥ kṛtavān haraḥ/
dīrghaṃ niḥśvasyāntar-gūḍhaṃ stana-vadana-
jaghana-rucirāṃ nirīkṣya tathā punaḥ
pṛṣṭhe nyastaṃ devendreṇa pravaramaṇi-
gaṇaka-valayaṃ bhujaṅga-vijṛmbhitam // 114 //

众天神创造的美女提罗多玛来到面前，右绕致敬，
步姿犹如发情的大象蹒跚优美，湿婆化出多张面孔，
眼睛固定不动，凝视她的可爱的胸脯、脸庞和臀部，
发出深长叹息，将似蛇展身的摩尼珠手镯放在背后。(114)

诸位优秀的婆罗门啊，以上这些是我所说的同一诗律。我再讲述不同一诗律和半同一诗律。(115) 其中每个诗步的诗律不同，称为不同一诗律。(116) 两个诗步的诗律相同，两个诗步的诗律不同，称为半同一诗律。所有诗步的诗律不同，称为不同一诗律。(117) 半同一诗律有不相同的偶数和奇数诗步①。第一诗步，或其中一个诗步，可以比其他诗步更短或更长。(118) 确定一个诗步的诗律，就能说明同一诗律。而不同一诗律，需要确定所有诗步的诗律。半同一诗律，则要确定两个诗步的诗律。这些是诗步的区别。(119)

我已经说明同一诗律的各种类别。我现在讲述具有音组的不同一诗律的特征。(120)

如果第一诗步含有 sa、sa、ga、ga，第二诗步含有 sa、ra、la、ga，其他的偶数和奇数诗步也是如此，这称为波提耶诗律。②

① 偶数诗步指第二和第四诗步，奇数诗步指第一和第三诗步。

② 这是说第三和第四诗步的诗律情况与第一和第二诗步相同。这应该是第 117 颂中所说的半同一诗律。这里的 sa 和 ga 之类字符表示的意义。参阅第十五章第 83—86 颂。

（121）例如：

priya-daivata-mitrāsi priya-sambandhi-bāndhavā /
priya-dāna-ratā pathyā dayite tvaṃ priyāsi me // 122 //

你热爱天神和朋友，热爱亲属和亲友，
热爱施舍，贤淑可爱，是我心爱的人。（122）

第一诗步含有 ma、ra、ga、ga，第二诗步含有 ya、sa、la、ga，第三诗步含有 ra、bha、la、ga，第四诗步含有 ja、sa、la、ga，称为完全不同一波提耶（sarvaviṣamā pathyā）诗律。（123）例如：

naivācāro na te mitraṃ na sambandhi-guṇa-kriyā /
sarvathā sarva-viṣamā pathyā na bhavasi priye // 124 //

你行为不端正，没有朋友，不敬重亲戚，
始终粗鲁生硬，爱人啊，你不贤淑可爱。（124）

这是奇数诗步的特征，其中具有倒转，智者们称为倒转波提耶（pathyā viparīta）诗律。①（125）例如：

kṛte［ca］ramaṇasya kiṃ sakhi roṣena te 'py-artham /
viparītā na pathyāsi tvaṃ jaḍe kena mohitā // 126 //

朋友啊，你为何对爱人发怒，受谁蒙骗，

① 这里没有说明所谓“倒转”的具体特征。

颠倒是非？傻女子啊，你不贤淑可爱。（126）

第一和第三诗步的第五、第六和第七个音节是轻音节，称为阿奴湿图朴遮波罗（anuṣṭup capalā）。（127）例如：

na khalv-asyāḥ priyatamaḥ śrotavyaṃ vyāhṛtaṃ sakhyā /
nāradasya pratikṛtiḥ śrūyate vipulā hīyam // 128 //

从女友的嘴中听说他不是她最爱的人，
这个轻浮的女子据说是那罗陀的翻版。①（128）

在第二和第四诗步中，第七个音节是轻音节，按照某些人的说法，在所有诗步中，第七个音节是轻音节，称为维波罗（vipulā）诗律。（129）例如：

saṃkṣiptā vajra-madhye he hema-kumbha-nibha-stanī /
vipulāsi priye śroṇyāṃ pūrṇa-candra-nibhānane // 130 //

腰部瘦削似金刚杵，嗨！胸脯却似金罐，
臀部宽阔，脸庞犹如一轮圆月，爱人啊！（130）

又如：

gaṅgeva meghopagame āplāvita-vasundharā /
kūlavṛkṣān-ārujantī sravantī vipulācalāt // 131 //

① 那罗陀是仙人名，据说他经常挑拨是非。这里所说“轻浮的女子”应该是指那个女友。

你如同雨季恒河，从高山流下，
河水冲毁岸边树木，淹没大地。(131)

波提耶诗律的诗步有各种类型，在其他偶数和奇数不相同的诗步中，具有另外的音组。(132)

在这种诗律中，以重音节结尾的音组（ma、ra、ya、sa），或者只含有轻音节的音组，不应该出现在第一个音节后。而一个轻音节应该出现在第四个音节后。(133)

在波提耶诗律的诗步中，三个重音节出现在末尾，称为婆格多罗（vaktra）诗律。(134) 例如：

danta-kṣatādharaṃ subhru jāgara-glāna-netrāntaṃ ca /
prātaḥ sambhoga-khinnaṃ te darśanīya-tamaṃ vaktram // 135 //

嘴唇留有牙齿伤痕，眼睛彻夜不眠而倦怠，
你的脸庞在欢爱尽情而疲劳的早晨最可爱。(135)

这些称为完全不同一的阿奴湿图朴诗律。智者们对其中音组和音节的安排也有不同的说法。(136)

第一和第三诗步含有 sa、ja、sa、ga，第二和第四诗步含有 bha、ra、na、ga、ga，称为盖多摩提（ketumati）诗律。(137) 例如：

sphuritādharaṃ calita-netraṃ
rakta-kapolam-ambuja-dalākṣam /
kim-idaṃ ruṣāpahṛta-śobhaṃ
ketumatī-samaṃ vada mukhaṃ te // 138 //

嘴唇抖动，莲花眼颤动，脸颊通红，你说！
为何让愤怒夺走你脸庞的美，变得像烈火？（138）

第一诗步含有 sa、ja、sa、la，第二诗步含有 na、sa、ja、ga，第三诗步含有 bha、na、ja、la、ga，第四诗步含有 sa、ja、sa、ja、ga，称为乌特伽多（udgatā）诗律。（139）例如：

tava roma-rājir-atibhāti
    sutanu madanasya mañjarīm /
nābhi-kamala-vivarotpatitā
    bhramarāvalīva kusumāt samudgatā // 140 //

肢体优美的女子啊，你的
那些汗毛从莲花肚脐中长出，
犹如一群蜜蜂从花朵中跃出，
美妙至极，胜过爱神的花箭。（140）

第一诗步含有 sa、ja、sa、la，第二诗步含有 na、sa、ja、ga，第三诗步含有 na、na、sa、sa，第四诗步含有 sa、ja、ja、ga，称为罗利多（lalitā）诗律。（141）例如：

lalitākula-bhramita-cāru-
    vasana-kara-pallavā hi me /
pravikasita-kamala-kānta-mukhī
    pratibhāsi devi surata-śramāturā // 142 //

柔嫩的手整理漂亮的衣裳，

动作慌乱而优美，脸庞可爱，
宛如绽放的莲花，夫人啊，
你欢爱后的慵倦依然迷人。(142)

第一和第三诗步含有 na、na、ra、la、ga，第二和第四诗步含有 na、ja、ja、ra，称为阿波罗婆格多罗（aparavaktra）诗律。（143）例如：

sutanu jala-parīta-locanaṃ
　jalada-nirudham-ivendu-maṇḍalam /
kim-idam-apara-vaktram-eva te
　mama tu tathāpi manoharaṃ mukham // 144 //

美人啊，你的眼睛涌满泪水，
犹如乌云遮蔽的一轮圆月，
难道是变成了另一张脸庞，
即使这样，我觉得依然迷人。(144)

第一和第三诗步含有 na、na、ra、ya，第二和第四诗步含有 na、ja、ja、ra、ga，称为布湿必达格罗（puṣpitāgra）诗律。(145)例如：

pavana-raya-vidhūta-cāru-śākhaṃ
　pramudita-kokila-kaṇṭha-nāda-ramyam /
madhukara-parigīyamāna-vṛkṣaṃ
　varatanu paśya vanaṃ supuṣpitāgram // 146 //

你看这鲜花盛开的树林顶部，
风儿摇动可爱的枝条，美人啊！
快乐的杜鹃发出悦耳的鸣声，
蜜蜂也嘤嘤嗡嗡，赞美树木。（146）

诗步有十六个音节瞬间（mātrā）[①]，构成伽他（gāthā）的组成部分，有四部分，称为伐那伐希迦（vānavāsikā）诗律。（147）例如：

asaṃsthita-padā suvihvalāṅgī
　　mada-skhalita-ceṣṭita-manojñā /
kva yāsyasi varoru surata-kāle
　　viṣamā kiṃ vānavāsikā tvam // 148 //

脚步不稳，肢体激动不安，
春情荡漾，姿态恍惚迷人，
在这欢爱季节，你去哪里？
难道你是反常的林居妇女？（148）

这些是诗人们在戏剧等等诗歌中经常使用的同一诗律和不同一诗律。（149）此外，智者们提到其他种种诗律，但因为缺乏魅力，在实际中并不使用。（150）还有其他一些在歌曲中使用的诗律，我会在讲述达鲁瓦歌曲时，予以说明。（151）

我已经扼要讲述波哩多（vṛtta）诗律的特征。下面我要讲述阿利

① 音节瞬间（mātrā）是音节发音的时间量度，短音节为一个音节瞬间，长音节为两个音节瞬间。

耶（āryā）诗律的特征。（152）阿利耶诗律有五种：波提耶（pathyā）、维波罗（vipulā）、遮波罗（capalā）、前遮波罗（mukhacapalā）和后遮波罗（jaghanacapalā）。（153）

我现在讲述它们的停顿和音节瞬间分类，以及具有既定特征的音组分类。（154）在这些诗律中，停顿用于区分诗步，音组有四个音节瞬间，第二和第四诗步是偶数诗步，第一和第三诗步是奇数诗步。（155）奇数诗步音组含有四个音节瞬间，其中没有 ja，而偶数诗步可以任意使用。（156）

所有阿利耶诗律中，第八个音组是半个音组。第六个音组有两种类型。最后一个音组含有一个（音节）。第六个音组后半含有一个音节瞬间。（157）第六个音组两种类型：其一是 ja，其二是四个轻音节。这些与停顿相关。（158）

停顿可以出现在第五个音组后的第二个 la，或者在第六个音组的第一个音节，或者在第五个音组后。（159）停顿出现在三个音组后，称为波提耶诗律。维波罗诗律与它不同，即没有任何停顿。（160）例如：

rakta-mṛdu-padma-netrāsita-
　　dīrgha-bahula-mṛdu-[kuñcita]-keśī /
kasya tu pṛthu-mṛdu-jaghanā
　　tanu-bāhvaṃsodarā'pathyā // 161 //

莲花眼含情柔软，修长的黑发
浓密、卷曲和柔软，臀部宽阔
柔软，手臂、肩膀和腹部瘦削，
有谁看到这样的女子不觉可爱？（161）

第一和第三诗步含有十二个音节瞬间，这是波提耶诗律。另一种是维波罗。前面已经讲述它的特征。（162）例如：

vipula-jaghana-vadana-stana-nayanais-
　tāmrādharoṣṭha-kara-caraṇaiḥ /
āyata-nāsā-gaṇḍair-lalāṭa-
　karṇaiḥ śubhā kanyā // 163 //

这一位美丽的少女臀部、
脸庞、胸脯和眼睛宽阔，
嘴唇、手掌和双足红润，
鼻、耳、脸颊和前额伸展。（163）

奇数诗步由重音节构成，偶数诗步的音组中间是重音节，称为遮波罗诗律。（164）也就是第二和第四诗步的音组中间是重音节，称为遮波罗诗律。（165）这种诗律用于前半部分，称为前遮波罗，用于后半部分，称为后遮波罗。而用于前后两部分，则称为完全遮波罗。（166）

前遮波罗，例如：

āryā mukhe tu capalā tathāpi
　nāryā na me yataḥ sā tu /
dakṣā gṛha-kṛtyeṣu tathā duḥkhe
　bhavati [ca] duḥkhārtā // 167 //

我的夫人即使多嘴多舌，仍然品德高尚，
因为她善于操持家务，能与我共度患难。（167）

后遮波罗，例如：

vara-mṛga-nayane capalāsi
　　varoru śaśāṅka-darpaṇa-nibhāsye /
kāmasya sārabhūtenā-pūrva-
　　mada-cāru-jaghanena // 168 //

这双优美的鹿眼闪烁不定，
脸庞犹如镜中月，美女啊！
迷人的臀部是情爱的精华，
洋溢着前所未有的激情。（168）

完全遮波罗，例如：

udbha[rtṛ]-gāminī paruṣa-
　　bhāṣiṇī kāma-cihna-kṛta-veṣā /
yā nāti-māṃsa-yuktā surā-
　　priyā sarvataś-capalā // 169 //

违逆丈夫，话语刺耳，衣着妖艳，
嗜好酒肉，在所有场合举止轻浮。（169）

第一和第三诗步应该含有十二个音节瞬间，第二和第四诗步分别含有十八个和十五个音节瞬间。（170）这种诗律前半部分有三十个音节瞬间，后半部分有二十七个音节瞬间。这是前后两部分的音节瞬间数目。（171）

这些是属于不同诗律的各种诗律格式。诗歌作品还应该具有三

十六种诗相。(172)

以上是婆罗多《舞论》中名为《诗律格式》的第十六章。

# 第十七章

## 论语言表演

装饰、紧凑、优美、例举、原因、疑惑、喻证、发现和想象，（1）例证、解释、成功、特殊、反讽、突出、联想和集句，（2）描写、点示、考虑、逆转、失误、调停、花蔓、殷勤和谴责，（3）推测、成就、提问、类似、意愿、机智、激动和称颂，（4）还有自明和赞辞，这些是诗作中的三十六相。（5）

用许多庄严和诗德修饰，产生种种如同装饰品的奇妙意义，这称为装饰。（6）用少量双关文字表达奇妙意义，这称为紧凑。（7）运用双关，使通常的意义与不通常的意义相连，产生特殊的意义，这称为优美。（8）用少量意义的话语，使行家理解许多意义，这称为例举。（9）语句表达有力，简洁动人，达到愿望的目的，这称为原因。（10）出于种种考虑，语句没有充分表达真实的意义，这称为疑惑。（11）提供例证，说明理由，支持论点，折服人心，这称为喻证。（12）看到部分，推知实情，这称为发现，是戏剧的依托。（13）依据相似性，构思前所未有的意义，打动世人的心，这称为想象。（14）用常见的例证驳斥对方的观点，这称为例证。（15）说明过去所说的话正确无误，这称为解释。（16）提及许多有关人物的名字，以求达到目的，这称为成功。（17）说了许多常见的重要意义之后，提到特殊的意义，这称为特殊。（18）称述各种美德，但含有相反意义，听来甜蜜，实则刺耳，这称为反讽。

（19）说了许多人所共有的美德后，指出特殊的品质，这称为突出。（20）不是通过直接感知，而是通过隐喻或明喻，与相似的对象连接，这称为联想。（21）为了同一目的，许多词句和其他许多词句结集，这称为集句。（22）无论目睹与否，都按照地点、时间和形状如实描绘，这称为描写。（23）说话扣住经典意义，达到取悦智者的目的，这称为点示。（24）运用过去相同的意义，确定没有直接感知的意义，也包括种种否定，这称为考虑。（25）因亲眼目睹而产生怀疑，改变想法，这称为逆转。（26）偏离表示的意义，陷入另一种意义，这称为失误。（27）使意见矛盾双方满意，达到目的，这称为调停。（28）为了达到愿望的目的，智者称述各种手段，这称为花蔓。（29）以愉快的笑脸或其他姿态侍奉他人，这称为殷勤。（30）提到某人的错误，而说成是美德，或者，否定某人的美德，指出错误，这称为谴责。（31）提及此事，领会彼事，话语甜蜜，这称为推测。（32）以夸赞的言辞，提及许多世间成就，充分表达话语的意义，这称为成就。（33）向自己或别人提问，表达意义，这称为提问。（34）讲述看到、听到或体验到的事物，产生相似性，这称为类似。（35）表面上讲述别人的事，实则表达自己心中隐藏的愿望，这称为意愿。（36）善于辞令，说话巧妙，达到相同的目的，这称为机智。（37）即使自己没有犯错误，却说自己犯有别人的各种错误，这称为激动。（38）一个人被说成具有超越世上一切人的美德，这称为称颂。（39）只是开个头，其他一切不言自明，这称为自明。（40）心怀喜悦，向尊者表示敬意，表达欢欣，这称为赞辞。（41）以上列举了三十六种诗相，行家们按照需要，在诗中合适地运用。（42）

明喻、隐喻、明灯和叠声是戏剧依托的四种庄严（修辞）。（43）依据性质和形态相似，与某物相比，这称为明喻。（44）一个与另一个相比，多个与一个相比，一个与多个相比，多个与多个相比。(45）你的脸像月亮，这是一个与另一个相比。(46）这些发光体像月亮，这是多个与一个相比。(47）像兀鹰和孔雀，这是一个与多个相比。(48）这些大象像这些乌云，这是多个与多个相比。(49）智者们将明喻分成五种：赞美、责备、想象、相似和部分相似。(50)

看到这位大眼女郎，国王满心欢喜，
她仿佛是众仙人苦行成就的化身。① (51)

她拥抱这个毫无美德、相貌丑陋的人，
犹如林中的蔓藤缠绕大火烧过的树。② (52)

象群流着液汁，缓步行走，
姿态优美，宛如山岳移动。③ (53)

今天你顺应他人意愿所做之事，
完全比得上你的种种超人业绩。④ (54)

这是我女友，脸庞似月亮，
眼睛似青莲，步姿似醉象。⑤ (55)

以上是智者们对明喻的简要分类，其他未予说明的应从诗中和

① 这是赞美明喻。
② 这是责备明喻。
③ 这是想象明喻。
④ 这是相似明喻
⑤ 这是部分相似明喻。

世间生活中把握。(56) 观察形象，依据可比的性质，与各种事物相连，这称为隐喻。(57) 自己构思的形象，部分特征相同，产生部分相似性，这是隐喻。(58) 例如：

红莲面容，白莲微笑，盛开的青莲妩媚的双眼，
伴随天鹅鸣叫，这些池塘妇女仿佛互相呼唤。(59)

合在一句中，处于各种关系的词语共同明亮，这称为明灯。(60) 例如：

在这里，水池、树木、莲花和园林，
从不缺少天鹅、花朵、狂蜂和人群。① (61)

诗步头部等位置的音组重复，这是叠声。请听我讲述它的特征。(62) 步尾叠声、腰带叠声、覆盖叠声、跨越叠声、(63) 周围叠声、紧密叠声、步头叠声、反复叠声、(64) 四步叠声和花环叠声，这是戏剧依托的十种叠声。(65)

四个诗步尾部音组相同，应知这是步尾叠声。(66)

dinakṣayāt saṃhṛtaraśmimaṇḍalaṃ
　divīva lagnaṃ tapanīyamaṇḍalam /
vibhāti tāmraṃ divi sūryamaṇḍalaṃ
　yathā taruṇyāḥ stanabhāramaṇḍalam // 67 //

白天结束，天上红色

---

① 在这首诗中，一个动词词组（“从不缺少”）统辖四组主语和宾语。

太阳的道道光圈收拢，
犹如挂在天国的金盘，
又如少女浑圆的乳房。[①]（67）

每个诗步头部音组相同和尾部音组相同，应知这是腰带叠声。（68）

yāmāyāmāścandravatīnāṃ dravatīnāṃ
vyaktāvyaktā sārajanīnāṃ rajanīnām /
phulle phulle sabramare vābramare vā
rāmārāmā vismayate ca smayate ca // 69 //

在倩女的陪伴下，月夜的
时辰不知不觉，迅速消逝，
花朵绽放，无论有无蜜蜂，
无论妇女惊讶或花园微笑。（69）

前两个诗步和后两个诗步完全相同，应知这是覆盖叠声。（70）

ketakīkusumapāṇḍaradantaḥ
śobhate pravarakānanahastī /
ketakīkusumapāṇḍaradantaḥ
śobhate pravarakānanahastī // 71 //

这头林中的大象优美，

① 梵语诗中的叠声在汉译中无法体现。下同。

象牙白净似盖多吉花，
这头象优美似大森林，
象牙似白色盖多吉花。(71)

两个间隔的诗步相同，这称为跨越叠声。(72)

sa pūrvaṃ vāraṇo bhūtvā
　　dvaśṛṅga iva parvataḥ /
abhavaddantavaikalyād
　　viśṛṅga iva parvataḥ // 73 //

从前作为一头象，
如同有双峰的山，
如今象牙已残缺，
如同无顶峰的山。(73)

前一个诗步尾部音组和后一个诗步头部音组相同，应知这称为周围叠声。(74)

śaraistathā śatrubhirāhatā hatā
　　hatāśca bhūyastvnupuṃkhagaiḥ khagaiḥ /
khagaiśca sarvairyudhi sañcitāścitāś
　　citādhiruḍhā hi hatātalaistalaiḥ // 75 //

遭到敌人箭矢杀害，继而
遭到尾随箭矢的飞鸟伤害，
所有的鸟聚集战场，伸展

爪子撕裂火葬堆上的尸体。(75)

每个诗步前两个音组相同，应知这称为紧密叠声。(76)

paśya paśya me ramaṇasya guṇān
yena yena vaśagāṃ karoti mām /
yena yena hi mamaiti darśanaṃ
tena tena vaśagāṃ karoti mām // 77 //

请看我心上人的品德，
他凭这些品德控制我，
而成为我心中的偶像，
因此，他已经迷住我。(77)

每个诗步头部的两个音组相同，应知这称为步头叠声。(77)①

viṣṇuḥ sṛjati bhūtāni
viṣṇuḥ saṃharati prajāḥ /
viṣṇuḥ prasūte trailokyaṃ
viṣṇurlokādhidaivatam // 78 //

毗湿奴创造众生，
毗湿奴也毁灭众生，
毗湿奴产生三界，
毗湿奴是世界主神。(78)

① 此处序号原文如此，实际应为78。

每个诗步尾部的两个音组相同，应知这称为反复叠声。(79)

vijṛmbhitaṃ niḥśvasitaṃ muhurmuhuḥ
　　yathābhidhānaṃ smaraṇaṃ pade pade /
yathā ca te dhyānam idaṃ punaḥ punaḥ
　　tathā gatā tāṃ rajanī vinā vinā // 80 //

你打哈欠，一再深深叹息，
如同你时时念想她的名字，
如同你一次一次陷入沉思，
夜晚这样逝去，无她陪伴。(80)

四个诗步完全相同，应知这称为四步叠声。(81)

vārāṇām ayam eva kālaḥ
　　vārāṇām ayam eva kālaḥ/
vārāṇām ayam eva kālaḥ
　　vārāṇām ayam eva kālaḥ // 82 //

这是伐楼那花的时节，
这是大象无病的时节，
这是抵御敌人的时节，
这是发生战争的时节。(82)

同一辅音与不同元音结合，出现在各个词中，应知这称为花环叠声。(83)

halī balī halī mālī
　　śūlī khelī lalī jalī /
balo baloccalolākṣo
　　musalī tvābhirakṣatu // 84 //

强壮有力，佩戴花环，
手持铁叉，游戏摇晃，
眼睛转动，高举棍棒，
愿这位大力罗摩保护你！① （84）

asau hi rāmā rativigrahapriyā
　　rahaḥpragalbhā ramaṇaṃ rahogatam /
ratena rātriṃ ramayet pareṇa vā
　　na ced udeṣyatyaruṇaḥ puro ripuḥ // 85 //

这位倩女喜欢爱的战斗，
与情人幽会，无所顾忌，
彻夜尽其所能取悦情人，
直至太阳敌人升起东方。② （85）

sa puṣkarākṣaḥ kṣatajokṣitākṣaḥ
　　kṣarat kṣatebhyaḥ kṣatajaṃ durīkṣam /
kṣatairgavākṣairiva saṃvṛtaṅgaḥ
　　sākṣāt sahsrākṣa iva avabhāti // 86 //

① 这首诗中，辅音 l 与不同元音结合。
② 这首诗中，辅音 r 与不同元音结合。

这位莲花眼眼中浸透血，
身上伤口流淌可怕的血，
这些伤口似牛眼布满全身，
仿佛千眼天王因陀罗显身。[①]（86）

诗作应该依据意义和作用，运用这些诗相。下面我将讲述诗病。（87）意义晦涩、意义累赘、缺乏意义、意义受损、意义重复、意义臃肿、违反正理、诗律失调、缺乏连声和用词不当，这些是十种诗病。（88）使用生僻的同义词，这称为意义晦涩。描写不必描写者，这称为意义累赘。（89）意义不一致或不完整，这称为缺乏意义。意义粗俗不雅，这称为意义受损。（90）想要表达的意义受到另一种意义破坏，行家们说这也是意义受损。（91）重复表达一种意义，这称为意义重复。一节诗中每个诗步各自成句，这称为意义臃肿。（92）不合逻辑，这称为违反正理。违反格律，这称为诗律失调。（93）词与词之间不按照连声规则黏合，这称为缺乏连声。不合语法，这称为用词不当。（94）

以上是智者们知道的十种诗病。十种诗德与它们相反。（95）紧密、清晰、同一、三昧、甜蜜、壮丽、柔和、易解、高尚和美好，这些是十种诗德。（96）词语结合紧密，经过思索，意义自然明了，这称为紧密。（97）词语按照愿望的意义互相紧密结合，这称为紧密。（98）使用易解的词音和词义，即使没有说出的词音和词义，智者们也能领会，这称为清晰。（99）各种庄严和诗德互相匹配，互相装饰，协调一致，这称为同一。[②]（100）努力用比喻提示和领会意义，这称为三昧。[③]（101）百听不厌，百读不倦，这

① 这首诗中，复辅音 kṣ 与不同元音结合。

② 另一抄本：不过分使用复合词，没有歧义，不难理解，这称为同一。

③ 另一抄本：具有特殊意义，行家能够领会，这称为三昧。

称为甜蜜。（102）词音和词义丰富，即使是受责备的对象，也显得崇高，这称为壮丽。[①]（103）词音顺口，连声严密，意义柔美，这称为柔和。（104）一读就能理解，这称为易解。[②]（105）有许多特殊的、美妙的意义，措辞巧妙优雅，这称为高尚。[③]（106）词语组合恰当，赏心悦耳，这称为美好。[④]（107）

以上讲述了庄严、诗德和诗病及其运用，下面我将讲述它们与味的关系。（108）行家们知道英勇味、暴戾味和奇异味的诗作应该以短音节为主，并使用明喻和隐喻。（109）厌恶味和悲悯味以长音节为主，暴戾味和英勇味有时也是这样。（110）同时使用隐喻和明灯以及阿利耶诗律。艳情味应该使用柔软的诗律。（111）英勇味应该使用遮格底诗律、阿迪遮格底诗律和商格利底诗律。（112）在描写战斗或喧闹时，可以使用乌特格利底诗律。悲悯味可以使用舍格婆利诗律和阿迪达利底诗律。（113）英勇味使用的诗律，暴戾味也可以使用。其他的味使用的诗律都应该适合内容。（114）诗中的音节有三种：短音节、长音节和复合音节，都应该适合味、情和情由。（115）短音节是一个音节瞬间，长音节是两个音节瞬间，复合音节是三个音节瞬间。（116）在表达回忆、怨愤、悲泣和婆罗门吟诵时，使用长音节。（117）在回忆时使用ā，在怨愤时使用 ū，在悲泣时使用 hā，在吟诵时使用 Om。（118）所有的短音节、长音节和复合音节都应该在诗中适合情和味。（119）前面提到同一、半同一和不同一的三种波哩多诗律，也应该适合内容，词语高尚和甜蜜。（120）戏剧作品中，应该努力使用适合妇女表演的高尚和甜蜜的词语，因为诗作得到这些词语装饰，犹如莲花池伴有天鹅，大放

① 另一抄本：使用各种复合词，多姿多彩，声调高昂，这称为壮丽。

② 另一抄本：用常用词根表达世上常见之事，这称为易解。

③ 另一抄本：具有神奇性，与艳情味、奇异味和各种情态有关，这称为高尚。

④ 另一抄本：描写游戏等等，赏心悦耳，犹如月亮，诗人们称为美好。

光彩。(121) 演员使用 cekrīḍita 之类刺耳的词，显得不优美，犹如婆罗门身穿黑鹿皮，沾有酥油，戴有念珠，手持水罐和木杖，身旁却有妓女。(122) 词音和词义柔和优美，不晦涩，智者和民众都能理解，配有舞蹈，以各种味开路，合理安排关节，这样的戏剧适宜向世间观众演出。(123)

以上是婆罗多《舞论》中名为《论语言表演》的第十七章。

# 第十八章

# 语言特征

这样，我已经讲述梵语吟诵，诸位优秀的婆罗门啊，现在，我讲述俗语吟诵的特征。（1）

发生变异，缺乏修饰，称为俗语，依据各种情况确定特征。（2）在戏剧表演中，主要有三类：与梵语相同的词、语音失落的词和方言词。（3）

在俗语作品中，句中使用的 kamala、amala、reṇu、taraṅga、lola 和 salila 等，是与梵语相同的词。（4）

词中元音或语音组合出现变异或失落，称为语音失落的词。（5）俗语中不出现 ai、au 和 ṃ（anusvāra）。同样的情况还有 śa、ṣa 以及 ṅa、ña 和 na。（6）ka、ga、ta、da、ya 和 va 失落，词义由其他元音填补。kha、gha、tha、dha 和 bha 变成 ha，词义保持不变。（7）ra 不出现在辅音之前或之后，除了 bhadra、vodra、hrada 和 candra 等。（8）kha、gha、tha、dha 和 bha 常常在词中变成 ha，如在 mukha（muha）、megha（meha）、kathā（kahā）、vadhu（vahu）和 prabhūta（prabhūe）等词中。而 ka、ga、ta、da、ya 和 va，常常由后面的元音代表它们。（9）

ṣa 在词中常常变成 cha，如 ṣaṭpada。kila 的尾音节 la 变成 ra，而 khalu 变成 khu。（10）ṭa 在词中变成 ḍa，如 bhaṭa、kuṭi 和 taṭa。

śa 和 ṣa 经常变成 sa，如 viṣa（visa）和 śaṅkā（saṃkā）。（11）在诸如 itara 这样的词中，ta 不出现在词头，变成模糊的 da。ḍa 在诸如 vaḍavā 和 taḍāga 这样的词中，变成 la。（12）在诸如 vadha 和 madhu 这样的词中，dha 变成 ha。na 在各处发音时变成 ṇa。（13）āpaṇa 变成 āvaṇa，其中，pa 变成 va。tha 变成 dha，除了 yathā 和 tathā这样的词。（14）应该知道 paruṣa 是 pharusa，因为其中的 pa 变成 pha。mṛga 变成 mao。同样，mṛta 变成 mao。（15）在诸如 auṣādha 这样的词中，au 变成 o。在诸如 pracaya、acira 和 acala 这样的词中，ca 变成 ya。（16）

这些是字母互相不连接情况下的变化。下面我再讲述字母连接情况下的变化。（17）śca、psa、tsa 和 thya 变成（c）cha。bhya、hya 和 dhya 变成（j）jha。ṣṭa 变成 ṭṭha。sma 变成 mha。kṣṇa 和 ṣṇa 变成 ṇha。kṣa 变成（k）kha。（18）āścarya 变成 acchriya。niścaya 变成 nicchaya。utsāha 变成 ucchāha。（19）tubhyam 变成 tujjham。mahyam 变成 majjham。vindhya 变成 viṃjha。daṣṭa 变成 daṭṭha。hasta 变成 hattha。（20）grīṣma 变成 gimha。ślakṣaṇa 变成 saṇha。uṣṇa 变成 uṇha。jakṣa 变成 jakkha。paryaṅka 变成 pallaṃka。（21）在诸如 brahman 这样的词中，hma 出现换位。在 bṛhaspati 中，spa 变成 pha。yajña 变成 yaṇṇa。bhīṣma 变成 bimba。（22）ka 等出现在别的字母前，在发音时，应该分开。①（23）

这些是梵语（saṃskṛta）和俗语（prākṛta）发音。下面，我讲述方言（deśabhāṣā）的分类。（24）

十色（daśarūpa）② 中使用的语言有四类。其中吟诵使用梵语和俗语。（25）戏剧中的这四类语言称为超凡语（atibhāṣā）、高贵

---

① 例如，kleśa 变成 kilesa，ratna 变成 radana，dvāra 变成 duvāra。

② 十色指十种戏剧类型。参阅下面第二十章。

语（āryabhāṣā，或音译“阿利耶语”）、种姓语（jātibhāṣā）和兽语（yonyantarī bhāṣā）。(26)

超凡语是天神的语言。高贵语是国王的语言。这些语言是七大洲使用的高雅语言。(27) 在表演中使用的各种种姓语与蛮族语言有关联，在婆罗多地区（bhāratavarṣa）[①] 使用。(28) 兽语是家畜和野生动物以及各种鸟禽的语言，依据戏剧法[②]使用。(29)

吟诵的种姓语与四种姓相关，分为两类：梵语和俗语。(30)

坚定而傲慢、坚定而多情、坚定而高尚和坚定而平静的主角吟诵使用梵语。(31) 而依据情况需要，这些主角也可以使用俗语。(32) 甚至高贵的人物在迷醉王权或陷入贫穷时，吟诵也应该使用俗语。(33)

乔装者、沙门、苦行者、比丘[③]和杂要者应该使用俗语。(34) 儿童、邪魔附身者、妇女、阉人、下等人、疯子和林伽信徒也使用俗语。(35)

出家人、牟尼、佛僧、圣洁的婆罗门和有身份标志的再生族[④]，应该使用梵语。(36) 王后、妓女和女艺人在适当情况下，也可以使用梵语。(37) 有关谛和和战争的谈话，行星和星宿的运行，鸟禽的鸣声，(38) 这一切事关国王的吉凶，王后应该使用梵语。(39) 为了娱乐众人，展现快乐的技艺，妓女应该使用梵语。(40) 为了学习技巧，为了娱乐国王，女艺人应该在戏剧表演中按照规则使用梵语。(41)

天女的语言受传统净化而纯洁，因为她们与天神在一起。人世间也遵循这个规则。(42) 而天女在大地上活动时，可以随意使用

---

① 婆罗多地区（或称“婆罗多国”）是古代印度的称谓。

② 戏剧法指戏剧特殊的艺术表现手法。

③ 此处“比丘”（bhikṣu）并非特指佛教徒，而是泛指行乞的游方僧。

④ 再生族（dvija）指四种姓中前三个种姓，而在实际使用中，尤指婆罗门。

俗语。天女成为凡人（妻子）时，也依据具体情况和需要而定。（43）

在戏剧作品中，波尔波罗族、吉罗多族、安达罗族和达罗毗荼族等，不应该使用他们的本土语言。（44）诸位优秀的婆罗门啊，对于这些纯洁的种族，在戏剧中应该使用修罗塞那语。（45）或者，戏剧作者可以随意使用方言，因为戏剧可以产生于不同地区。（46）

有七种主要的方言：摩揭陀语（māghadhī）、阿槃底语（āvantī）、东部语（prācyā）、修罗塞那语（śaurasenī）、半摩揭陀语（ardhamāghadhī）、跋赫利迦语（bāhlikā）和南部语（dākṣiṇātyā）。（47）在戏剧中，还使用其他次要的方言：舍迦罗族（śākara）、阿毗罗族（ābhīra）、旃陀罗族（cāṇḍāla）、舍巴罗族（śabara）、达罗毗荼族（draviḍa）、奥德罗族（oḍra）和低等的林中人的语言。（48）

国王的后宫侍卫使用摩揭陀语。侍从、王子和商主使用半摩揭陀语。（49）丑角等等使用东部语。歹徒使用阿槃底语。女主角及其女友一律使用修罗塞那语。（50）士兵和警察使用南部语。北方的克沙人使用跋赫利迦语。（51）舍迦罗人和塞种人（saka）以及同类的人使用舍迦罗语。布尔迦沙等贱民使用旃陀罗语。（52）烧炭人、猎人和依靠树木和树叶维生的人使用舍巴罗语以及林中人的语言。（53）生活在象、马、羊、骆驼或牛产地的人使用阿毗罗语或舍巴罗语。林中人使用达罗毗荼语。（54）挖地道的人、狱卒和马夫使用奥德罗语。主角身处困境，为保护自己，也可以使用摩揭陀语。（55）

在恒河和大海之间的地区，那里的语言中有许多 e 音。（56）在文底耶山和大海之间的地区，那里的语言中有许多 na 音。（57）位于维特罗婆提北部的苏罗湿特罗和阿槃底地区的语言中有许多 ca 音。（58）喜马拉雅山、信度和绍维罗地区的语言中有许多

u 音。（59）在遮尔摩那婆提河畔和阿尔浮陀山地区的语言中有许多 o 音。（60）

这些是应该遵循的戏剧语言规则。凡我没有说到的，智者们可以依据人世间的具体情况把握。（61）

以上是《舞论》中名为《语言特征》的第十八章。

# 第十九章

## 称呼方式和语调

我已经讲述这些语言规则，诸位优秀的婆罗门啊，现在请听人世间的说话方式。（1）请听在戏剧中，上等、中等和下等人对上等、下等和地位相同者的称呼。（2）

灵魂高尚的大仙是神中之神，对他们及其妻子的称呼是“世尊”（bhagavat）。（3）男人和女人对天神、具有标志的修道人和学问家的称呼是“世尊”。（4）对婆罗门的称呼是“贤士”（ārya）。对国王的称呼是“大王”（mahārāja）。对教师的称呼是老师（upādhyāya）。对老人的称呼是“大爷”（tāta）。（5）婆罗门可以随意称呼国王的名字。婆罗门受国王尊敬，故而国王能容忍这样的称呼。（6）婆罗门对大臣的称呼是“臣子”（saciva）。而其他人或下等人对大臣的称呼是“贤士”（ārya）。（7）地位相同的人互相称呼名字。如果得到允许，下等人也可以称呼上等人的名字。（8）男女管事、工匠和艺人也这样称呼。（9）

对可尊敬者的称呼是“尊者”（bhāva）。对地位稍低者的称呼是“朋友”（mārṣa）。对地位相同者的称呼是“兄弟”（vayasya，即“同龄人”）。对下等人的称呼是“嗨”或“喂”（haṃha 或 haṇḍa）。（10）车夫对坐车人的称呼通常是“长寿”（āyuṣman）。对平静的苦行者的称呼是“善人”（sādhu）。（11）对王位继承者的称呼是“主人”（svāmin）。对王子的称呼是“王子”

（bhartṛdāraka）。对下等人的称呼是“善者”（saumya 或 bhadramukha），并在这样的称呼前面加上“嗨”（he）。（12）在戏剧等中，对一个人的称呼应该符合他们的职业、知识和出身。（13）

老师或父亲对学生或儿子的称呼是“孩子”（vatsa）或“儿子”（putraka）或“孩儿”（tāta），也可以称呼名字或族姓。（14）对佛教徒和耆那教徒的称呼是“尊者”（bhadanta）。对其他教徒的称呼依照各个教派的规则。（15）侍从和臣民对国王的称呼是“王上”（deva）。侍从对统一大地的国王的称呼是“皇帝”（bhaṭṭā）。（16）仙人对国王的称呼是“国王”（rājan），也可以称呼族姓。丑角对国王的称呼是“朋友”（vayasya）或“国王”。（17）丑角对王后及其侍女的称呼是“女尊者”（bhavatī）。国王对丑角的称呼是“朋友”（vayasya），或称呼名字。（18）所有的妇女年轻时对丈夫的称呼是“贵族子”（āryaputra），在其他情况，则称呼“贤士”（ārya）。王后也称呼国王为“贤士”（ārya）①。（19）弟弟对哥哥的称呼是“贤士”（ārya）。哥哥对弟弟的称呼与对儿子的称呼相同。这些是戏剧中对男性的称呼。（20）

现在，我讲述对女性的称呼。对女苦行者和女神称呼是“女世尊”（bhagavatī）。（21）对师母和其他可尊敬的妇女的称呼是“女尊者”（bhavatī）。对可以接近的女子的称呼是“善女”（bhadrā）。对年老妇女的称呼是“阿妈”（ambā）。（22）侍从对后妃的称呼是“女王上”（bhaṭṭinī）、“女主人”（svāminī）或“王后”（devī）。（23）国王和侍从对大王后的称呼是“王后”（devī），对其他王妃的称呼是“女主人”（svāminī）。（24）侍女对公主的称呼是“小姐”（bhartṛdārikā，即“公主”）。姐妹中，对年长者的称呼是“姐姐”（svasṛ），对年轻者的称呼是“妹妹”（vatsā）。（25）对婆罗

---

① 此处英译均为“称呼国王为‘大王’（即 mahārāja）”。

门妇女、有标志的女修道人和女苦行者的称呼是“女贤”（āryā）。丈夫对妻子的称呼是“女贤”（āryā）、“某某（父亲）之女”或“某某（儿子）的妈”。（26）地位相同的侍女互相称呼“哈啦”（halā）。女主人对侍女的称呼是“丫头”（bañjā）。（27）侍女对妓女的称呼是“姐儿”（ajjukā），对妓女的母亲的称呼是“老妈”（attā）。（28）除了国王，丈夫在欢爱时，对妻子的称呼是“亲爱的”（priyā）。而祭司和商人对妻子的称呼始终是“女贤”（āryā）。（29）

在戏剧中，诗人应该给那些并不著名的人物取名。这些名字具有特色，能表示出身。（30）诗人在诗中，对于婆罗门和刹帝利，应该依据他们的族姓和职业取名，名字以“护”（śarman）或“铠”（carman）结尾。（31）商人的名字通常以“授”或“施”（datta）结尾。勇士的名字应该含有英勇和崇高的意义。（32）王后的名字通常含有胜利的意义。妓女的名字以“赐”（dattā）、“友”（mitrā）或“军”（senā）结尾。（33）使女应该以各种花儿取名。侍从的名字应该含有吉祥的意义。（34）上等人的名字应该意味深长，事迹符合他们的名字。（35）其他人物应该按照他们的出身和职业取名。我已经如实讲述男性和女性的名字。（36）诗人应该遵循这样的名字规则。（37a）

依据完全了解这些语言规则后，你们应该实践具有六种庄严的吟诵。（37b、38a）。

现在，我讲述吟诵的性质。其中，有七种音调、三种音域、四种声调、两种语调、六种庄严和六种分支。现在，我说明它们的特征。

七种音调（svara）是：具六（ṣaḍja）、神仙（ṛṣabha）、持地（gandhāra）、中令（madhyama）、第五（pañca）、明意（dhaivata）

和近闻（niṣāda）[①]。这些运用在各种味中。

中令和第五应该用于滑稽味和艳情味。(38b) 具六和神仙应该用于英勇味、暴戾味和奇异味。持地和近闻应该用于悲悯味。(39) 明意应该用于厌恶味和恐怖味。(40a)

三种音域（sthāna）位于胸部、喉部和头部。无论人体的或琵琶的音调，同样位于这三个部位。(40b) 音调和语调发自胸部、喉部和头部。与远处的人谈话，应该发自头部。(41) 与不远处的人谈话，应该发自喉部。与身边的人谈话，应该发自胸部。(42a) 在吟诵时，一个句子的音调应该从胸部提高到头部，最后在喉部平息。(42b、43a)

诸位优秀的婆罗门啊，吟诵中有四种声调（varṇa）：高调（udātta）、低调（anudātta）、降调（svarita）和抖调（kampita）。(43b)

其中，降调和高调用于滑稽味和艳情味。高调和抖调用于英勇味、暴戾味和奇异味。低调、降调和抖调用于悲悯味、厌恶味和恐怖味。

有两种语调（kāku）：有期待和无期待，缘于句子的有期待和无期待。

一个句子没有表达完毕意义，称为有期待，而已经表达完毕意义，称为无期待。(44)

其中，有期待的句子，语调先高后低，没有表达完毕意义，声调和庄严不完全，音域属于喉部和胸部。而无期待的句子，已经表达完毕意义，声调和庄严完全，音域属于头部，语调先低后高。下面讲述六种庄严（alaṅkāra）。

高声、更高声、低声、更低声、快声和慢声，这些是吟诵庄

① 这里七种音调的译名沿用古代汉译佛经用词。

严，你们要了解它们的特征。（45）

高声（ucca）来自头部，属于高音调，用于远距离谈话、惊奇、回答、反驳、喧闹声中谈话、召唤远处的人、惊恐和痛苦等。

更高声（dīpta）来自头部，属于高音调，用于谴责、吵架、争论、愤慨、叱骂、挑衅、发怒、勇猛、傲慢、尖刻的言辞、恐吓和哭喊等。

低声（mandra）来自胸部，用于忧郁、虚弱、疑惑、忧虑、焦灼、不幸、激动、说秘密话、生病、重伤、昏迷和醉酒等。

更低声（nīca）来自胸部，用于自然流露的话语、生病、苦行或跋涉疲倦、惧怕、倒下和昏迷等。

快声（druta）来自喉部，用于安抚孩子、拒绝情人的要求、恐惧、寒冷、燥热、紧迫而秘密之事和痛苦等。

慢声（vilambita）来自喉部，用于艳情、思索、观察、发怒、妒忌、难以言明、羞涩、忧虑、威胁、惊奇、指出错误、久病和逼迫等。

在这方面，有以下这些传统的输洛迦诗：

回答、反驳、喧闹声中谈话、尖刻的话语、叱骂、生硬、粗鲁、激动和哭喊，（46）召唤远处的人、威胁、恐惧、与远处的人谈话和恐吓。（47）高声、更高声和快声的语调始终应该依据各种味，用于这些情态。（48）

生病、发烧、悲伤、饥渴、守戒、思索和重伤，（49）说秘密话、忧虑和苦行。低声和更低声的语调应该用于这些情态。（50）

低声和快声的语调用于安抚孩子、拒绝情人的要求、惧怕和寒冷侵袭。（51）

寻找见而复失的东西、听到对自己喜爱的对象的非议、说明自己喜爱的对象、忧虑和沉思，（52）疯狂、妒忌、谴责、难以言明和讲故事，（53）回答、反驳、喧闹声中谈话、过激行为、受伤、

生病、肢体痛苦和忧伤，（54）惊奇、愤慨、高兴和悲悼，应该使用慢声、更高声和低声的语调。（55）

戏剧家应该在高声和更高声中，大量运用短音节，也使用长音节。（56）低声和慢声的语调用于表达愉快的意义和愉快的情态。（57）更高声和高声的语调用于表达激烈的情态。戏剧家应该这样运用具有各种情态的吟诵。（58）

慢声语调要求用于滑稽味、艳情味和悲悯味。高声和更高声语调要求用于英勇味、暴戾味和奇异味。（59）快声和更低声要求用于恐怖味和厌恶味。戏剧家应该这样运用具有情和味的语调。（60）

下面，讲述六种分支（aṅga）。

六种分支是间断、充实、句断、连续、明亮和平息。间断（viccheda）是停止。充实（arpaṇa）是运用优美的声调和音调，仿佛充满舞台。句断（visarga）是句子完毕。连续（anubandha）是词与词之间无间歇或不换气。明亮（dīpana）是三种音域的优美音调逐渐扩展。平息（praśamana）是高音调和谐地下降。

它们用于各种味。其中，充实、间断、明亮和平息在吟诵中用于滑稽味和艳情味，间断、平息、充实、明亮和连续用于悲悯味、英勇味和奇异味，间断和充实用于厌恶味和恐怖味。

所有这些发自低、中和高三个音域。其中，与远处的人谈话，使用发自头部的高音调。与不远处的人谈话，使用发自喉部的中音调。与身边的人谈话，使用发自胸部的低音调。不应该从低音调直达高音调，或从高音调直达低音调。

有快速、中速和慢速三种节奏（laya），用于各种味。其中，中速用于滑稽味和艳情味。慢速用于悲悯味。快速用于英勇味、暴戾味、厌恶味和恐怖味。

还有停止（virāma）。它依据意义完毕，而不依据诗律，因为常有一两个或三四个音节就表达完毕一个完整意义而停止。例如：

“干吗？走开！别进来！恶人啊，禁止入内。你这个人人可以享用的人，我与你毫无干系。”在有关提示和芽尖①的表演中，诗中应该含有这种音节很少的词句。(61)

因此，应该认真运用停止。为什么？因为停止有利于表达意义。这方面，也有一首输洛迦诗：

戏剧家始终应该认真运用停止。为什么？因为在表演中，依靠它，表达期待的意义。(62)

眼睛凝视某处，双手忙于活动，这时应该在语言表演中运用停止传达意义。(63) 通常，在英勇味和暴戾味中，手中挥动武器。在厌恶味中，出于蔑视，手弯曲摆动。(64) 在滑稽味中，手指点某处。在悲悯味中，手垂下。在奇异味中，出于惊奇，或在恐怖味中，出于害怕，双手保持不动。(65) 双手处在诸如此类情况下，应该运用吟诵庄严和停止传达意义。(66)

诗律中的停止要求有这种吟诵庄严，或在词句意义表达完毕时，或在需要换气时。(67) 在词汇和音节组成复合词时，表达多种意义，使用快声。停止应该用在诗步结尾或换气时。在其他情况中，依据表达意义而定。(68)

应该知道与情和味相关的延长音节（kṛṣyākṣara）。辅音后面连接 o、e、ai 和 au，应该知道这是延长音节。(69) 在沮丧、争论、提问或愤慨时，吟诵应该依据规定的迦罗使用延长音节。(70) 其他音节依据意义而停止时，作为慢声，可以有一个、两个、三个、四个、五个和六个迦罗。(71) 在慢声停止中，应该使用重音节，但延宕不超过六个迦罗。(72) 按照实际需要，按照情和味使用停止。(73)

在诗中，按照诗律和诗步使用停止。而在戏剧吟诵中，专家可

① 提示和芽尖指带有语言提示的形体表演。参阅第二十四章第 43 颂和第 44 颂。

以依据意义改变这种方式。(74) 但是，不能使用不符合语法的词，也不能破坏诗律。在不需要停止时，不应该停止。在忧郁时，不应该使用更高声语调。正是这样，使用音调，具有迦罗和节奏。(75)

在戏剧吟诵中，诗歌应该按照规则具有音调和庄严，没有诗病，富有诗歌特征和诗德。(76) 已经描述梵语吟诵中的庄严和停止，这些也适用于妇女的非梵语（即俗语）吟诵。(77)

这样，在十色的表演中，表演者的吟诵应该具有音调、迦罗和节奏。(78) 我已经依次如实讲述语调的规则。下面，我要讲述十色的分类 (79)

以上是婆罗多《舞论》中名为《称呼方式和语调》的第十九章。

# 第二十章

## 论十色[1]

诸位婆罗门啊！我现在讲述十色，它们的名称、功能和运用。(1) 传说剧、创造剧、感伤剧、纷争剧、独白剧、神魔剧、街道剧、笑剧、争斗剧和掠女剧。(2) 应该知道，戏剧按照特征分为十类。我将依次讲述它们的特征。(3)

相传风格是一切作品之母。十色的创作源自这些风格。(4) 正如音调通过音符和音程形成音阶，作品的形成通过各种风格。(5) 正如具六和中令这两种音阶包括所有的音调，创造剧和传说剧产生于所有的风格。(6) 应该知道这两种作品产生于所有的风格，运用所有的戏剧方法。(7) 独白剧、神魔剧、街道剧、掠女剧、感伤剧、纷争剧、争斗剧和笑剧，(8) 这些戏剧缺少艳美风格。下面我讲述作品的分类。(9)

以著名的传说为情节，以著名的高尚人物为主角，描写受到神灵庇护的王仙家族的事迹，(10) 与种种威严、财富和欢乐等有关，由幕和插曲组成，这样的作品叫做传说剧（nāṭaka）。(11) 国王的行为产生于幸福或痛苦，表现为各种味和情，这被称为传说剧。(12) 油滴[2]出现在各种情况中，直至结束，因此，行家们在传说

---

① 十色指十类戏剧。

② 油滴（bindu）是梵语戏剧术语，指维系情节发展的因素。

剧中适当分幕[①]。(13) 幕是一个传统术语。它按照各种规则，表现种种情和味，促进剧情发展。由此，它成为幕。(14) 戏剧作品分幕，一幕结束时，种子[②]不结束。作品中的油滴应该始终充满情节。(15) 内容结束，种子结束，而油滴或多或少依然保持，应该知道这是幕。(16) 上述主角的行为应该直接展现在各种情况中，但一幕应该依据剧情和味而定。(17) 应该知道，一幕包含各种味，产生于主角、王后、侍从、祭司、侍臣和商主。(18) 在传说剧和创造剧中，至少五幕，至多十幕。在一幕结束时，所有角色都下场。(19)

愤怒，恩惠，忧伤，诅咒，逃跑，结婚，奇迹的出现，这些可以在一幕中直接表现。(20) 战斗、失去王国、死亡和围城，不宜直接表现，而应该通过引入插曲[③]提示。(21) 在传说剧或创造剧的一幕或引入插曲中，不应该有著名的主角遭到杀害。(22) 主角的逃跑、媾和或被俘也应该通过特殊手法或引入插曲提示。(23) 一幕表演发生在一天之内的事件，与种子有关，保证必要的事件不受阻碍。(24) 聪明的戏剧家有时可以在一幕中安排许多事件，同时保证必要的事件不受阻碍。(25) 上场的所有角色按照剧情和味，完成与种子有关的剧情后下场。(26) 知道一天分成刹那、夜摩和牟呼栗多[④]，应该将一部作品的所有事件分配在各幕中。(27) 一天之内的所有活动不能在一幕中容纳，可以通过幕间的引入插曲提示。(28) 一月之内或一年之内发生的所有事件也可以通

---

① 梵语戏剧中的幕（aṅka）是个习惯用语，原义是“膝部”，与“幕布”无关。

② 种子（bīja）是梵语戏剧术语，指情节发生的原因。

③ 引入插曲和下面提到的支柱插曲都是插曲，前者安插在两幕之间，后者也可放在一幕的开头。

④ 刹那（kṣaṇa）为瞬间，夜摩（yāma）为三小时，牟呼栗多（muhūrta）为四十八分钟。

过幕间的引入插曲提示，但绝不超过一年。（29）如果剧中人物必须长途旅行，也应该如上所述，放在幕间。（30）

在传说剧和创造剧中，每幕都应该与主角有关，而引入插曲应该与仆从的谈话有关。（31）在传说剧和创造剧中，引入插曲应该尾随幕后，与油滴有关。（32）引入插曲中不应该有上等和中等角色的行为，也不应该有高贵的语言，而应该是俗人的语言和行为。（33）引入插曲用于多种目的，提示时间、别有意味、执著、逆转、开始或结束。（34）众多的人物和事件通过插曲或在关节[①]中加以简缩。戏文过多会在演出中产生疲倦。（35）如果许多内容不能在一幕中容纳，可以采用含有少量谈话的引入插曲提示。（36）应该知道，支柱插曲应该由中等角色担任，采用梵语，像引入插曲一样内容紧凑。（37）在传说剧中，支柱插曲分成单纯的和混合的两类：单纯的由中等角色表演，混合的由下等和中等角色表演。（38）在创造剧和传说剧中，支柱插曲放在幕间或开头，由中等和下等角色担任。（39）传说剧或创造剧不应有大量仆从角色，仆从应该为四个或五个。（40）纷争剧、掠女剧、神魔剧和争斗剧不少于十个或十二个角色。（41）

在舞台上，车、象、马和飞车，通过演员的外貌、服饰、步姿和动作表示。（42）应该让懂行的人使用象、马、飞车、山和坐骑的模拟物以及假武器。（43）如果有必要表演军队进入，应该使用六个或四个人。（44）少量的人马和坐骑缓缓行进，因为演员不必显得像统治王国的刹帝利那样。（45）戏剧作品的结局应该像牛尾末端，一切高尚的情境应该出现在结尾。（46）剧中运用各种情和味的作品，在结尾永远应该运用奇异味。（47）

我已经简要而如实地说明了传说剧的特征。接着，我讲述创造

① 关节（sandhi）是梵语戏剧术语，情节有开头、展现、胎藏、停顿和结束五个关节。

剧（prakaraṇa）及其特征。（48）诗人运用自己的智慧，创造故事和剧情，智者们称之为创造剧。（49）诗人不依据古人经典，自己创造种子和情节，具有奇异性，这被称作创造剧。（50）我在前面谈到传说剧中的故事情节以味为基础，也完全适用于创造剧。（51）婆罗门、商人、大臣、祭司、侍臣和商主的各种事迹，这被称作创造剧。（52）没有高贵的主角，没有天神的事迹，没有国王的享乐，只有宫廷外的人物，这被称作创造剧。（53）在创造剧中，应该有仆从、食客、长者和妓女的活动，较少有良家妇女的活动。（54）大臣、长者、婆罗门、祭司、侍臣和商主的居处，妓女不应该在那里活动。（55）有年轻妓女的地方，良家妇女不与她们相遇。而有良家妇女的地方，年轻妓女不在那里出现。（56）如果出于特殊原因，妓女和良家妇女相遇，应该保持各自的语言和行为。（57）创造剧和传说剧至少五幕，至多十幕，具有各种味和情。（58）依据内容和行动的需要，在两幕之间安排插曲，在关节中暗示剧情，以求简练。（59）

剧作者应该知道，那底迦（nāṭikā）是创造剧和传说剧的结合，而有别于创造剧和传说剧，情节独创，主角是国王。（60）内容与后宫和音乐有关，与传说剧和创造剧不同。（61）女性角色居多，有四幕，以优美的表演为特征，结构紧凑，含有舞蹈、歌曲和吟诵，以爱情的享受为核心。（62）与王室的爱情有关，与妆饰和嗔怒等有关，有主角、女使者、王后和侍从，称作那底迦。（63）因为这类戏剧包含在前两类（即传说剧和创造剧）中，所以仍然统称为十色。（64）

我已经扼要讲述了创造剧、传说剧和那底迦的特征。接着，我讲述神魔剧（samavakāra）的有关特征。（65）以天神和阿修罗为种子，主角著名而崇高，有三幕，表现三种欺骗、三种激动和三种艳情。(66)十二个角色，十八个那迪迦①。我现在讲述运用那迪迦的规则。(67)每幕中有欢笑，用在每幕前面部分，时间按照牟呼栗多和那迪迦计算。(68)时间的区分以那迪迦为单位，含有行动，应该努力按照经典规定依次运用。(69)第一幕有欢笑、激动、欺骗和街道剧分支，时间为十二个那迪迦。(70)第二幕为四个那迪迦，第三幕为两个那迪迦，情节结束。(71)应该知道所谓那迪迦，时间为牟呼栗多的一半。在作品中，每幕应该有不同的内容。(72)因为在神魔剧中，内容可以松散。(73)

应该知道，三种激动产生于战斗或水流，风或火，大象或围城。(74)应该知道，三种欺骗产生于计谋、神助或敌人，产生于快乐或痛苦。(75)三种艳情的内容分别与行为有关，分成法、利和欲三种。(76)多方面按照正法的要求获得利益，克制自己，实施苦行，应该知道这是法艳情。(77)男女结合，以各种方式求取财富，这是利艳情。(78)赢得少女欢心，男女欢爱，产生快乐，或稳重，或冲动，这是欲艳情。(79)在神魔剧中，诗人应该使用复杂的诗律，而不使用乌希尼格和伽耶特利诗律。(80)

行家应该这样创作具有快乐和痛苦的神魔剧。接着，我讲述掠女剧（īhāmṛga）的特征。(81)与男性天神有关，他们为天女而战斗，情节可信，结构紧凑。(82)剧中男性性格大多傲慢，作品的构成以女性的愤怒为基础，包含骚动、激动和争斗。(83)剧中表现的爱情引起妇女不和、遭劫掠和受折磨。一旦想要杀害的人物遭到杀害，也会落泪。(84)掠女剧的作品结构紧凑，也有纷争剧中规定的男性角色和味。(85)但在掠女剧中，女性角色是天女。剧中应该使用某些借口，平息战斗。(86)

我已经扼要讲述掠女剧的特征。现在我讲述争斗剧（ḍima）的

① 那迪迦（nāḍika）是时间单位，相当于二十四分钟。

特征。（87）情节著名，主角著名而高尚，包含六种味，有四幕。（88）除了艳情味和滑稽味，具备其他各种味。味在作品中表现强烈，也具备各种情。（89）剧中应该有地震、日食、月食、流星陨落、战斗、格斗、搏击和争斗。（90）充满幻术和魔法，表现许多人物之间的纷争，有天神、阿修罗、罗刹、精灵、药叉、蛇和人。（91）有十六个角色，体现崇高和刚烈风格，行家们还努力借助其他手段。（92）

我已经扼要讲述了争斗剧的特征。接着，我讲述纷争剧（vyāyoga）的特征。（93）纷争剧的主角著名，只有少量妇女，行家们应该在剧中表现一天的事情。（94）像神魔剧一样，诗人应该安排许多男角色，但规模不同，只有一幕。（95）不以天神为主角，而以王仙为主角，应该有战斗、格斗、摩擦和冲突。（96）这样，纷争剧中含有强烈的诗味。接着，我讲述感伤剧（utsṛṣṭikāṅka）的特征。（97）

情节著名，但有时也可以不著名。男性角色是人，而不是天神。（98）以悲悯味为主。在激烈的战斗结束后，充满妇女的悲泣和忧伤的语言。（99）含有各种困惑迷乱的动作，缺少崇高、刚烈和艳美的风格①，而结局成功圆满。（100）如果作品中以天神为主角，有战斗、俘获和杀害，那就应该安排在婆罗多地区。（101）这里的大地芳香可爱，金光灿烂，因此，在所有地区中选中婆罗多地区。（102）游园、玩耍、娱乐、妇女、欢爱和喜悦，在这些地区常常没有痛苦和悲伤。（103）他们的居处和享受是在往世书中提到的高山，而他们的事迹应该在这里。（104）

我已经充分说明感伤剧的特征。接着，我讲述笑剧（prahasana）的特征。（105）笑剧分成纯粹的和混合的两类，我分别讲述它们的

① 也就是说，它只运用雄辩风格。

特征。(106) 尊敬的苦行僧和有学问的婆罗门之间的可笑争论，下等人的可笑言辞。(107) 语言和行为一致，充满特殊的笑料，这是纯粹的笑剧。(108) 妓女、侍从、阉人、无赖、食客和荡妇，外貌、衣着和动作不文雅，这是混合的笑剧。(109) 这类笑剧与世俗生活和虚伪行为有关，应该有无赖和食客之间的争论。(110) 这类笑剧中应该包含妙解等街道剧分支。接着，我讲述独白剧的特征。(111)

独白剧（bhāṇa）只有一个角色，分成两类：一类是角色讲述自己的事，另一类是角色讲述别人的事。(112) 别人对自己说的话，通过与想象中的人物对话，以回答的方式，并借助形体动作，加以表演。(113) 独白剧是独幕剧。角色是无赖或食客，表现各种境遇，常常含有许多动作。(114)

我已经按照传统讲述独白剧的所有特征，诸位婆罗门啊！我现在依次讲述街道剧（vīthī）的所有特征。(115) 街道剧应该是独幕剧，有两个或一个角色，与上等、中等或下等人物有关。(116) 它表现所有的味，含有十三支。我将依次讲述所有这些支的特征。(117) 妙解、联系、跳动、叉题、恭维和谜语，(118) 巧答、强化、哄骗、谐谑、乱比、三重和紊乱。(119) 在街道剧中，应该经常运用这十三支。我将依次讲述它们的特征。(120)

人们用一些词语说明另一些词语，揭示说话者本人没有意识到的隐含意义，这称为妙解。(121) 提及此事，说明彼事，戏剧家们应该知道这是联系。(122) 摒弃某种吉祥或不吉祥的含义，运用智慧，从中创造另一种含义，这是跳动。(123) 说话和答话互不相干，街道剧中应该运用这种叉题。(124) 智者在愚人面前正确地说话，而愚人不领会他的话，这是叉题。(125) 出于个人目的，两人用虚假的言辞互相赞美，产生滑稽味，这是恭维。(126) 谜语式谈话，伴随欢笑，这是谜语。回答一两次，这称为巧答。(127) 别人和自己互相答话，互相显示所说的意义，智者们称之为强化。（128）以回答哄骗别人，而这些回答毫无意义，结果适得其反，这称为哄骗。（129）绘声绘色的描述，如同发生在主角眼前，不容怀疑，这称为谐谑。（130）在争吵中，将缺点说成美德，或将美德说成缺点，这称为乱比。（131）崇高的言辞在演出中出现三种含义，带有滑稽味，这称为三重。（132）由于激动、混乱、争吵、诽谤和谩骂，语无伦次，行家们称之为紊乱。（133）这十三支应该意义清晰，符合经典规定的要素。（134）这称为街道剧，涉及所有的味和情，诗人们经常使用一个或两个角色。（135）

另外，有些柔舞支也用于戏剧，像独白剧那样，由一个演员表演。（136）应该知道，柔舞像独白剧那样，由一个演员表演，而像创造剧那样，可以推断出与亲密的爱情有关。（137）歌唱、坐诵、呆坐、花香、了断、三痴、信度人和二痴，（138）至上、美妙、辩驳和相思，智者们知道这些柔舞支。（139）

女角色坐下，歌手们在弦乐和鼓乐伴奏下歌唱，这称为歌唱。（140）女角色停止转动，坐着唱歌，赞美心爱之人，伴以大小形体动作，这称为歌唱。（141）女角色与爱人分离，情火中烧，坐着吟诵俗语，这称为坐诵。（142）女角色坐着，忧虑悲戚，不梳洗打扮，目光乜斜，这是呆坐。（143）女角色身着男装，吟诵梵语，逗乐女友，这称为花香。（144）在月光侵袭下，女角色原谅情人的过错，倒向情人怀抱，这称为了断。（145）用词不粗糙，也不冗长，配有诗律，含有阳刚之情，这称为三痴。（146）情人未能赴约，用俗语表达哀怨，智者们称之为信度人。（147）移动四方形舞步，演唱吉祥的歌曲，充满情和味，伴有佯装的姿势，这是二痴。（148）各种输洛迦诗中含有多种味，充满激情，这称为至上。（149）观看情人画像，消除心中燃烧的情火，这称为美妙。（150）出于嗔怒或抚慰，说话和反驳，含有责备的言辞，采用歌曲，这是辩驳。（151）情火中烧，梦见心爱之人，作出种种情状，这称为相思。（152）我已经详细说明出于嗔怒或抚慰的柔舞支特征。其他的不再细说，以免繁琐。（153）

我已经讲述所有十类戏剧的特征。下面，我将讲述戏剧的两类情节和各种关节的特征。（154）

以上是婆罗多《舞论》中名为《论十色》的第二十章。

# 第二十一章

## 论情节

情节据称是作品的身体，分成五个关节。(1) 情节分为两类：一类是主要情节，另一类是次要情节。(2) 努力达到结果，被称作主要情节，另外的是次要情节。(3) 剧作家尽心竭力，主角遵循规则，努力获得成果。(4) 与成果相连的情节是主要情节。以辅助他人为目的的情节，称作次要情节。(5) 世间的痛苦和快乐依据各种情况产生味，爱情分为十个阶段，三种状况。(6) 戏剧家们将主角努力获得成果的行动过程依次分为五个阶段。(7) 这些阶段出现在传说剧和创造剧中，获得的成果与法、欲和利有关。(8)

五个阶段（avasthāna）是开始、努力、希望、肯定和成功。(9) 渴望获得重大成果，与种子有关，这个阶段称为开始（ārambha）。(10) 追求成果，尚未见到成果，渴望至极，这个阶段称为努力（prayatna）。(11) 凭借情态，愿望的成果初见端倪，行家们称这个阶段为希望（prāptisambhava）。(12) 凭借情态，发现成果肯定能获得，行家们称这个阶段为肯定（nityaphalaprāpti）。(13) 最终见到行动的结果圆满实现，这个阶段称为成功（phalayoga）。(14) 这是渴望成果者从事一切活动依次经历的五个阶段。(15) 这些性质不同的阶段，放在一起，互相配合，获得成果。(16)

前面说过的主要情节应该有开始等阶段，从而产生成果。(17) 关节可以齐全，也可以不齐全。一般应该含有全部关节，但有特殊原因，关节也可以不齐全。（18）缺一个关节，应该缺第四个关节；缺两个关节，应该缺第三和第四个关节；缺三个关节，应该缺第二、第三和第四个关节。（19）这个规则不适用附属的次要情节。只要不造成冲突，任何事件都能引入其中。（20）

情节中有开始等五个阶段，也有种子等五个元素（arthaprakṛti）。（21）种子、油滴、插话、小插话和结局是应该按照规则运用的五个情节元素。（22）在开始时少量播撒，然后多方扩展，最终结出果实，这称为种子（bīja）。（23）在有关目标断裂时，予以维系，直至作品结束，这称为油滴（bindu）。（24）作为次要情节，为主要情节服务，但仍像主要情节一样处理，这称为插话（patāka）。（25）其结果仅仅为主要情节服务，本身没有连续性，这称为小插话（prakarī）。（26）智者们作出努力，达到主要情节的目的，这称为结局（kārya）。（27）在这些元素中，或为目的，或为从属，目的者为主，从属者为辅。（28）一个或多个关节用于插话，但服务于主要情节，因此，它称为插话。（29）插话在胎藏关节和停顿关节中停止存在，因为插话是为主要情节服务。（30）

正在思考某事，偶然之间联系到与此事相似的另一事，这是插话暗示。（31）由于间接暗示，突然产生新的意义，这称为第一种插话暗示。（32）言语充满双关，以诗体表达，这称为第二种插话暗示。（33）在对话中，以微妙的方式暗示主题，这称为第三种插话暗示。（34）话中含有双重意义，以紧密的诗体表达，暗示某事，这称为第四种插语暗示。（35）戏剧中应该有四种插话暗示和五个关节。下面，我就讲述五个关节。（36）

开头、展现、胎藏、停顿和结束，相传这是戏剧中的五个关节（sandhi）。（37）主要情节包含五个关节，其他的关节辅助主要情节的关节。（38）种子产生，各种对象和味产生，依附诗的身体（情节），这称为开头关节（mukha）。（39）在开头安置的种子得以展露，但时现时隐，这是展现关节（pratimukha）。（40）种子发芽，成功或不成功，继续追求，这称为胎藏关节（garbha）。（41）在胎藏中发芽的种子，因某种诱惑或纠缠而停顿，这称为停顿关节（vimarśa）。（42）开头等关节中的对象与种子聚合，达到结果，这称为结束关节（nirvahana）。（43）

戏剧家们应该知道传说剧和创造剧含有这五个关节。请听其他各类戏剧含有的关节情况。（44）纷争剧和掠女剧含有三个关节，一般没有停顿关节。（45）争斗剧和神魔剧含有四个关节，没有胎藏关节或停顿关节，也没有艳美风格。（46）笑剧、街道剧和独白剧含有开头和结束两个关节，具有雄辩风格。（47）

戏剧家们在十类戏剧中运用这些关节。下面，请听它们的关节因素（sandhyantara）。（48）抚慰、分裂、馈赠、权杖、惩治、机智和误称，（49）勇猛、恐惧、智谋、假象、愤怒、威武、隐瞒、误解和推断，（50）使者、书信、睡梦、绘画和醉意，诸位婆罗门啊！这是二十一种关节因素。（51）

各部分的关节活动应该根据各自的性质，依次支持各种关节分支。（52）确定愿望的目的，追踪情节的发展，产生感情效果，掩藏应该掩藏的事物，（53）令人惊奇的表达，揭示应该揭示的事物，这是经典中提到的关节分支的六种作用。（54）正如缺少肢体的人不能参加战斗，缺少肢体的作品不能发挥作用。（55）即使作品意义单薄，如果具有完善的肢体，也会由于光辉的肢体而达到美。（56）即使作品内容高尚，如果缺少肢体，也不能吸引内行的观众。（57）因此，诗人在运用关节时，应该依据场合和味的需要，配以恰当的关节分支。（58）

提示、扩大、确立、诱惑、决定、接近、确证、实行和思索，（59）展露、行动和破裂，这些是开头的关节分支。接着请听展现的关节分支。（60）爱恋、追求、拒绝、焦虑、逗乐、发笑和推进，

（61）受挫、抚慰、花哨、雷杵、点示和色聚，（62）这些是展现的关节分支。请听胎藏的关节分支。作假、正道、设想、夸大和进展，（63）安抚、推理、请求、引发、怒言、更强、恐慌和逃跑，（64）这些是胎藏的关节分支。请听停顿的关节分支。责备、怒斥、亵渎和能力，（65）决心、尊敬、威严、倦怠、受阻、对立、取得、掩藏和显示，（66）这些是停顿的关节分支。请听结束的关节分支。连接、觉醒、聚合、确认和谴责，（67）光明、谦和、欢喜、平息、意外、好话、旧话和收尾，（68）还有赞颂，这些是结束的关节分支。智者们应该知道以上六十四种①关节分支。（69）

诗人们应该在戏剧中正确地运用这些关节分支，意义清晰，实现种子的目的。（70）我将依次讲述它们的特征。相传提示是诗义产生。（71）扩大是已经产生的诗义得到扩充。确立是诗义得到确认。（72）诱惑是描述优点。决定是确定目标。（73）接近是接近快乐的目标。确证是接近种子的目标。（74）实行是造成快乐或痛苦。思索是因好奇而深思。（75）展露是种子意义发展。行动是对象开始行动。（76）破裂是统一的破裂。这些是开头的关节分支。下面讲述展现的关节分支。（77）

爱恋是渴求爱欲享受。追求是追求时现时隐的对象。（78）拒绝是不接受亲热行为。焦虑是预感危险。（79）逗乐是为了娱乐而开玩笑。发笑是为了掩饰错误而发笑。（80）推进是巧妙的回答。受挫是遇到困难。（81）抚慰是安抚愤怒者。花哨是优异的话语。（82）雷杵是直面之词。点示是合理之言。（83）色聚是四色相遇。这些是展现的关节分支。请听胎藏的关节分支。（84）

作假是弄虚作假。正道是真实之言。（85）设想是推测各种情况。夸大是夸张的说法。（86）进展是得知真情。安抚是安慰和馈

---

① 原文如此，实际论述了六十五种。

赠。（87）推理是依据形态相似推断。请求是求欢、高兴和节日等。（88）引发是胎藏展露。怒言是激愤之言。（89）更强是以欺诈制服欺诈。恐慌是惧怕国王、敌人或盗贼。（90）逃跑是惧怕国王或大火。这些是胎藏的关节分支。请听停顿的关节分支。（91）

责备是指出错误。怒斥是愤怒激烈的话语。（92）亵渎是冒犯尊者。能力是遇到障碍。（93）决心是努力克服实现誓言中的困难。尊敬是称颂长辈。（94）威严是威胁的话语。倦怠是精神沮丧或身体疲倦。（95）受阻是愿望的目的受阻。对立是激烈地争辩。（96）取得是种子和结局接近。掩藏是忍受羞辱。（97）显示是预示结局。这些是停顿的关节分支。请听结束的关节分支。（98）

连接是接近快乐的种子。觉醒是设法寻找结局。（99）聚合是提示种种结局成分。确认是讲述经历。（100）谴责是责备某人。光明是因达到目的而宽慰。（101）谦和是以侍奉等等令人满意。欢喜是达到目的。（102）平息是排除痛苦。意外是令人惊奇。（103）好话与安抚、礼物等等有关。旧话是旧事重提。（104）收尾是施以恩惠。赞颂是赞颂国王或天神。（105）

高明的诗人应该在戏剧中，留心味和情，依据关节，运用这些关节分支。（106）应该依据具体情况，在每个关节中运用所有的关节分支或两、三个关节分支。（107）

支柱插曲、鸡冠插曲、引入插曲、转化插曲和幕头插曲，这些是五种剧情提示方式。（108）支柱插曲（viṣkambhaka）与传说剧的开头关节有关，使用中等人物，由祭司、大臣或侍臣出面。（109）它分成纯粹的和混合的两种。纯粹的只有中等人物，混合的包括下等人物。（110）鸡冠插曲（cūlika）是由上等、中等或下等人物在幕后说明事情。（111）引入插曲（praveśaka）是在创造剧或传说剧的两幕之间，概括油滴的内容。（112）其中既没有上等人物或中等人物，也没有高贵的语言，只有下等人物，使用俗语。（113）表现世间下等人物的活动，使用俗语，这称为引入插曲。(114) 转化插曲 (aṅkāvatara) 是在两幕之间或一幕之中，内容与种子的目的有关。(115) 幕头插曲 (aṅkmukha) 在一幕的开头，由男角或女角预先概括已经发生的事。(116)

风格、肢体、插话、小插话、五个阶段和五个关节，(117) 二十一种关节因素、六十四种关节分支、三十六种诗相、诗德和庄严，(118) 大量的味，丰富的享受，高贵的言辞，优秀的人物，可爱的善行，(119) 严密的关节，易于演出，柔美的语言，令人愉快。诗人应该创作这样的戏剧。(120) 世上由快乐和痛苦产生的种种情状，各种人物的行为，都应该出现在戏剧中。(121) 知识、技艺、学问、艺术、行为和方法，无不见于戏剧中。(122) 通过肢体表演以各种状况为核心的世人本性，这称为戏剧。(123) 表演天神、仙人、国王和世人过去的行为和事迹，这称为戏剧。(124) 把握本性，通过大小形体动作和步姿表演和领会，这称为戏剧。(125) 含有一切情、一切味、一切行为方式和各种状况，这称为戏剧。(126)

戏剧家们应该运用由技艺和劳动创造的种种形式。(127) 观察世人的本性，他们的优点和弱点，享受和技巧，然后创作戏剧。(128) 在未来的时代，人们大多缺乏智慧。那些将来出生的人，只有极少的学问和智慧。(129) 随着人类的智慧、事业、技艺、技巧和艺术的毁灭，整个世界毁灭。(130) 因此，诗人应该洞察世态人情，优点和弱点，创作语言柔美、内容愉快的戏剧。(131) 如果作品充满各种刺耳的词语，就不会像手持水罐的婆罗门身边的妓女那样漂亮。(132) 我已经讲述情节及其关节和关节分支，诸位婆罗门啊！下面我将讲述风格的特征。(133)

以上是婆罗多《舞论》中名为《论情节》的第二十一章。

# 第二十二章

## 论 风 格

我将依次讲述风格的起源以及作品的分类。(1) 宇宙变成一片汪洋，大神毗湿奴躺在蛇座上，运用幻力，压缩世界。(2) 两个勇猛而狂妄的阿修罗摩图和盖吒跋渴望战斗，向大神挑战。(3) 他俩摩擦双臂，用拳头和膝盖打击不可毁灭的万物之主（毗湿奴）。(4) 他俩轮番冲向大神，伴以粗话和谩骂，仿佛摇撼大海。(5) 梵天听到他俩的各种谩骂声，心中有点烦躁，说道：(6)“这是雄辩风格吗？它伴随语言逐渐增长。请你杀死他俩。”(7) 听了梵天的话，毗湿奴说道：“是的，为了我的工作，我创造了雄辩风格。(8) 这是说话者的雄辩风格，其中充满话语。我今天就杀死这两个阿修罗。”毗湿奴说完这些话，(9) 运用纯洁端庄的肢体和肢体动作，与这两个精通战斗的阿修罗展开激战。(10)

毗湿奴踩在大地上，成为大地的沉重负担（atibhāra），这样，创造了雄辩（bhāratī）风格。(11) 而后，毗湿奴的角弓剧烈蹦动，闪闪发光，充满真性（sattva），稳定有力，这样，创造了崇高（sāttvatī）风格。(12) 大神的各种形体动作优美，束起头顶的发髻，这样，创造了艳美风格（kaiśikī）。(13) 各种格斗伴有各种动作，充满激动和兴奋，这样，创造了刚烈风格（ārabhatī）。(14)

梵天看到产生风格的各种动作，以各种合适的言辞加以称颂。(15) 诃利（毗湿奴）杀死摩图和盖吒跋这两个阿修罗后，梵天对征服敌人的那罗延（毗湿奴）说道：（16）“大神啊！你用各种清晰、明快、优美的肢体动作消灭了恶魔。（17）因此，这种用于施展一切武器的战斗方法将在一切世界称为规则。（18）战斗产生于肢体动作，而肢体动作产生于规则，依靠规则，因此，战斗称为规则。”（19）此后，灵魂伟大的梵天将具有各种情和味的风格传授给众天神，用于戏剧表演。（20）

风格依据大神（毗湿奴）的事迹创造，成为各种情和味的依托。（21）仙人们创造的这些风格，产生于语言和肢体，来源于戏剧吠陀，以语言和形体表演为特征。（22）这些按照愿望产生的风格充满各种动作，按照梵天的吩咐传授给我，以便用于戏剧创作。（23）雄辩风格来自《梨俱吠陀》，崇高风格来自《夜柔吠陀》，艳美风格来自《娑摩吠陀》，刚烈风格来自《阿达婆吠陀》。（24）

以语言为主，由男角而不由女角运用，使用梵语，由以自己的名称作为称呼的演员运用①，这称为雄辩风格。（25）它分成四类，形成四支：赞誉、序幕、街道剧和笑剧。（26）赞誉属于演出前的准备工作，用以求得成功、兴旺、幸运和胜利，消除一切罪过。（27）女演员、丑角或助理监督与舞台监督谈话。（28）内容涉及主题，语言生动，运用街道剧分支或其他方式。这是序幕，我将依次讲述。（29）

序幕分成五支：妙解、故事开始、特殊表演、伺机进入和联系。（30）我已经讲述妙解和联系的特征。② 下面依次讲述其他三支的特征。（31）角色抓住舞台监督的话或话的含义进入舞台，这称为故事开始。（32）舞台监督在介绍之后，再作介绍，然后角色

---

① 在梵语戏剧的序幕中，通常由舞台监督与助理监督或女演员进行对话。他们并非剧中角色，所以都采用自己的专职名称。这是一种理解。另一种理解是演员（bharata）们以自己的名称命名这种风格为雄辩（bhāratī）风格。

② 参见第二十章第121颂和第122颂。

进入，这是特殊表演。（33）舞台监督描述某事，角色抓住机会，进入舞台，这是伺机进入。（34）戏剧家应该运用其中一种序幕分支，使用双关语，这样，一组演员进入舞台，没有障碍。（35）智者们应该知道这种运用智慧的序幕。街道剧和笑剧的特征，前面已经说过。（36）

我已经讲述雄辩风格的八种内容。① 下面，我将讲述崇高风格的规则和特征。（37）崇高风格具有真性、正理和事件，充满喜悦，抑止悲伤的感情。（38）崇高风格含有语言和形体表演，语言和行动充满真性。（39）它适合英勇味、奇异味和暴戾味，很少用于悲悯味和艳情味，角色主要是高傲的、互相对抗的人物。（40）戏剧行家应该知道这种风格分成四类：挑战、转变、交谈和破裂。（41）起身挑战："我准备战斗，请你施展你的本领。"这称为挑战。（42）出于某种需要，放弃原先所做的事，转向其他的事，这称为转变。（43）不管是否出于侮辱，含有各种责骂之词，这称为交谈。（44）由于朋友或利益，由于天意或自己失误，同盟破裂，这称为破裂。（45）

我已经讲述四类崇高风格。下面，我讲述艳美风格的特征。（46）妆饰优美，特别迷人，与妇女有关，含有许多歌舞，各种行动导致爱的享受，这称为艳美风格。（47）艳美风格分成四类：欢情、欢情的迸发、欢情的展露和欢情的隐藏。（48）欢情充满欢笑的言辞，分成三种：确立艳情味、纯粹的欢笑和排除英勇味。（49）具有分离艳情味的欢情充满妒忌、愤怒、嘲骂或自我谴责。（50）情人初次相会，言语和服装激发爱欲，而以恐惧告终，这称为欢情的迸发。（51）一点儿一点儿运用各种感情，而不是全盘展示味，这称为欢情的展露。（52）男主角具有学问、美貌和财富等，

① 即赞誉、街道剧、笑剧和五种序幕分支。

出于某种需要而乔装，这称为欢情的隐藏。(53) 男主角站在那里，不走上前去，在戏剧演出中，这也称为欢情的隐藏。(54)

我已经讲述四类艳美风格。下面，我讲述充满高傲味的刚烈风格。(55) 主要具有刚烈的性质，含有许多欺诈、虚伪和不实之词。(56) 含有跌倒、跳起、跨越、幻术、魔法和各种战斗，这称为刚烈风格。(57) 因六种策略而激动，因敌人施计而逃跑，涉及财富的得失，这称为刚烈风格。(58) 这种风格分成四类：紧凑、失落、发生和冲突。下面，我讲述它们的特征。(59) 运用与主题有关的技艺，如道具、绘画和妆饰，情节紧凑，这称为紧凑。(60) 引起恐惧或喜悦，逃跑，混乱，喧闹，迅速进出，这称为失落。(61) 不管有无惊恐，汇聚所有的味，这称为发生。(62) 充满激动，含有大量战斗、格斗、欺诈、分裂以及武器碰击，这称为冲突。(63)

智者们应该知道这些是戏剧的风格。请听我讲述它们与味的关系。(64) 艳美风格用于艳情味和滑稽味，崇高风格用于英勇味、暴戾味和奇异味，(65) 刚烈风格用于恐怖味、厌恶味和暴戾味，雄辩风格用于悲悯味和奇异味。(66) 在演出中，没有哪部作品只产生一种味。情、味或地方色彩，(67) 所有的成分汇合，多姿多彩，而以味为主，其他的成分为辅。(68) 我已经如实讲述语言、肢体和真情表演及其风格。下面，我将讲述妆饰表演。(69)

以上是婆罗多《舞论》中名为《论风格》的第二十二章。

# 第二十三章

## 妆饰表演

诸位婆罗门啊，我接着讲述妆饰（āhārya）表演，因为一切戏剧表演也依靠妆饰。(1) 妆饰表演也就是妆饰方式。为了戏剧表演完美，应该注重妆饰。(2) 各种角色首先通过妆饰表演展现，然后进行肢体等表演也就不费力了。(3) 妆饰分成四类：道具、服饰、化妆和活物。(4)

道具（pusta）依据大小不同分成三类：连接的、机械的和移动的。(5) 草席、布料和兽皮制作的道具，称为连接的。(6) 具有机械装置的道具，称为机械的。能移动的道具，称为移动的。(7) 山、车辆、宫殿、铠甲、盾牌、旗杆和大象，这些在戏剧中都称为道具。(8)

服饰（alaṅkāra）是肢体各部分使用的各种花环、装饰品和衣服。(9) 花环有五种：圈状的、展开的、聚合的、系结的和垂下的。(10) 肢体的装饰品有四种：穿刺的、系结的、佩戴的和围绕的。(11) 穿刺的，如耳环等。系结的，如腰带和臂钏等。(12) 佩戴的，如脚镯等。围绕的，如金项链等。(13) 我现在依据地区和出身，讲述男女的各种装饰品。(14)

顶珠和顶冠是头部装饰品。耳环和耳坠等是耳朵装饰品。(15) 珍珠项链和金项链等是颈部装饰品。指环和戒指等是手指装饰品。(16) 手镯和臂环等是前臂装饰品。腕环等是腕部装饰品。

（17）臂钏等是肘部装饰品。三线项链等是胸部装饰品。（18）悬挂的珍珠项链和花环等是身体装饰品。（19）以上是男性的装饰品，适用于天神和国王。下面讲述女性的装饰品。（20）

头部装饰品有发辫饰品、羽毛饰品、月牙宝石和顶珠，（21）各种可爱的发网、珍珠网和牛眼网。前额装饰有吉祥志，（22）使用各种手艺，在眉毛上方，模拟各种花朵。（23）耳朵装饰品有耳环、珠宝和宝石等①。（24、25）脸颊装饰品有彩绘线条等。胸部装饰品有三线项链等。（26）眼睛装饰品有眼膏。嘴唇装饰品有口红。牙齿有多种颜色，其中四种白色。（27）抹有红色，增添光彩。年轻美女面带微笑，牙齿美似珍珠。（28）或者，抹有莲花瓣的颜色。或者，色似石头，嘴唇如同鲜花绽放。（29）配合迷乱的眼光，更添魅力。颈部装饰品有蛇形项链、花环、珠宝花环，（30）珍珠项链和线，两股线、三股线或四股线。（31）颈部装饰品以及用各种手艺制作的项链也是胸部装饰品。（32）背部装饰品是珍珠网。上臂装饰品有臂环和臂钏。（33）前臂装饰品有手镯等②。（34）手指装饰品有指环和戒指。腰部装饰品有珍珠网腰带等③。（35）它们分别有一股线、八股线，（36）十六股线和二十五股线。此外，还有三十二股线、六十四股线和一百零八股线，（37）它们用于天女和王后的珍珠项链。脚踝装饰品有脚镯、脚铃和铃铛网。（38）小腿装饰品有珠宝。脚趾装饰品有趾铃。（39）大脚趾装饰品有涂料。这些是双脚装饰品。同时，脚上按照各种格式涂上颜料，（40）具有绽放的无忧花的自然魅力。这些是女性从头发至脚趾的装饰。（41）

应该按照经典规定，依据情和味，使用这些装饰品。（42）应

① 这里原文列出十余种耳饰名称，具体所指不详。

② 这里原文列出七种前臂装饰品名称，具体所指不详。

③ 这里原文列出四种腰部装饰品名称，均指腰带。

该按照工巧天①的方法使用装饰品，不能随心所欲使用珍珠和珠宝装饰品。（43）根据需要，合理使用装饰品，便会增添形体美。（44）依据具体情况，使用宝石等装饰品。在戏剧表演中，也不宜使用过多的装饰品。（45）否则，它们会阻碍肢体活动，造成疲劳。在装饰品重压下，肢体难以活动。（46）在装饰品重压下，也会出汗和昏晕。因此，不应该使用纯金制作的装饰品，（47）应该使用树胶制品，镶嵌小型宝石，以免造成疲劳。天女的装饰依据自己的心愿，而人间妇女的装饰应该努力依据情态。（48）天国女性应该分清她们各自的地位，按照各种状况使用装饰品和服装。（49）持明女、药叉女、天女、蛇女和仙人的女儿有各自的服装。（50）同样的规则也适用于悉陀女、健达缚女、罗刹女、阿修罗女、神猴女和人间妇女。（51）

持明女应该束有顶髻，缀有许多珍珠，衣服素色。（52）药叉女和天女应该装饰有宝石，服装相同，只是药叉女有顶髻。（53）蛇女像天女一样装饰有珍珠和珠宝，只是有蛇冠。（54）仙人的女儿梳有一条发辫，不应该有过多装饰品。（55）悉陀女装饰有珍珠和绿宝石，衣服应该黄色。（56）健达缚女装饰有红宝石和珠宝，手持琵琶，衣服应该藏红色。（57）罗刹女装饰有蓝宝石，牙齿洁白，衣服应该黑色。（58）神女装饰有吠琉璃和珍珠，衣服应该鹦鹉绿色。（59）神猴女装饰有黄玉和珠宝，有时也装饰有吠琉璃，衣服应该蓝色。（60）这些是天国女性的艳情服装。在其他的情况下，她们的服装应该素色。（61）

人间妇女的服装和装饰品应该具有地方特征。你们要正确知道这些。（62）阿槃底妇女有鬈发。高德妇女大多有鬈发，也有顶髻和发辫。（63）阿毗罗妇女有两条发辫，头上有束带，衣服通常蓝

① 工巧天是天国的工巧神。

色。(64) 东北妇女有高耸的顶髻，衣服盖住身体和头发。(65) 南方妇女前额有花纹标志[①]。(66) 这些是服装、装饰品和发式，其余的装饰也应该依据地区和出身。(67) 服饰不当，不会产生美感。腰带系在胸脯上，只能成为笑柄。(68)

同样，丈夫出远门或遭逢不幸，妇女只梳一条发辫，衣服不整洁。(69) 与情人分离，妇女身穿素衣，不佩戴过多装饰品，也不梳洗打扮。(70) 妇女的服饰应该这样依据地区和状况。下面如实讲述男人的服饰。(71)

在戏剧中，男人应该首先涂抹油彩，然后穿戴具有地方特点的服装。(72) 白色、蓝色、黄色和红色是四种天然颜色。应该用这四种油彩涂抹身体。(73) 用这四种颜色可以调和成其他颜色。我将讲述戏剧家使用的方法。(74) 白色和蓝色调和成鸭色（浅蓝）。白色和黄色调和成淡黄色。(75) 白色和红色调和成莲花色（粉红）。黄色和蓝色调和成绿色。(76) 蓝色和红色调和成藏红色。红色和黄色调和成淡红色。(77) 这些是调和成的其他颜色。还可以用三、四种颜色调和成其他许多颜色。(78) 在调和中，强色和弱色的比例为一比二，而蓝色除外。(79) 蓝色和弱色的比例为一比四，因为蓝色是最强色。(80)

知道这些颜色和调和的规则后，依据各种形体涂抹油彩(aṅgaracana)。(81) 除了服装之外，涂抹油彩也应该依据戏剧法，适合各种角色。(82) 用油彩和服装掩盖演员自己的本色，而符合角色的形态。(83) 如同灵魂抛弃自己原本的身体形态，进入另一个身体形态，(84) 一个人用油彩和服装掩盖自己，采取其他人的行为。(85)

天神、檀那婆、健达缚、药叉、罗刹和蛇是有生命的生物。

① 这里原文列出三种花纹名称，具体所指不详。

（86）山、宫殿、机械、盾牌、铠甲、旗杆和各种武器是无生命的物体。（87）但是，按照戏剧法，出于某种原因，它们也可以具有人体，穿戴衣服，会说话。（88）知道颜色后，可以依据地区、出身和年龄，为角色涂抹油彩。（89）

天神、药叉和天女应该淡红色。楼陀罗、太阳、梵天和室建陀应该金色。（90）月亮、毗诃波提（木星）、首羯罗（金星）、伐楼那、星星、大海、雪山和恒河应该白色。（91）火星红色。水星和火黄色。那罗延和那罗、蛇、伐苏吉（蛇王）深蓝色。（92）提迭、檀那婆、罗刹、密迹天、山神、毕舍遮鬼、阎摩和天空深蓝色。（93）药叉、健达缚、鬼怪、蛇、持明、祖先和猴子有各种颜色。（94）

通晓戏剧法者应该知道其他六大洲的人类是熔金色。（95）而瞻部洲人有各种颜色。其中，北俱卢人应该金色。（96）跋德罗湿婆人应该白色。计都摩罗人应该蓝色，其余的人淡红色。（97）鬼怪有各种颜色。侏儒畸形，有野猪脸、山羊脸、水牛脸和鹿脸。（98）

在婆罗多国中，有各种颜色。国王应该粉红色、深蓝色或淡红色。（99）幸福的人应该淡红色。作恶者、鬼魅附身者、病人和苦行者，（100）还有苦力和低种姓者，应该黑色。仙人通常梅红色。（101）但仙人在修苦行时，也是黑色。出于种种原因或自己的意愿，（102）也可以依据地区、出身和年龄，改变颜色。（103a）

知道行动地点、人物出身和大地各个地区，（103b）戏剧家为人物涂抹油彩。山民、野蛮人、安达罗人、达罗毗荼人、迦尸人和憍萨罗人，（104）还有布邻陀人和南方人通常黑色。释迦人、耶伐那人、帕拉维人和跋赫利迦人，（105）这些北方地区的人，通常淡红色。般遮罗人、修罗塞那人、奥达罗人、摩揭陀人，（106）安伽人、梵伽人和羯陵迦人应该深蓝色。婆罗门和刹帝利通常淡红色。

（107）吠舍和首陀罗应该深蓝色。应该这样按照规则为面部和肢体涂抹油彩。（108）

然后，按照地区和职业佩戴胡须。胡须分为白净的、黑色的、漂亮的和浓密的。（109）依据各种状况，使用这四种胡须。修道人、大臣，（110）内侍、清净寡欲者和举行祭祀者应该戴白净的胡须。某些半神如悉陀和持明等，（111）还有国王、王子、王侍、风流之人和自豪的青年，（112）在戏剧中应该戴漂亮的胡须。不恪守誓言而痛苦烦恼的人，（113）或者遭逢不幸的人，应该戴黑色的胡须。仙人、苦行者和恪守誓言的人，（114）以及志在复仇的人，应该戴浓密的胡须。应该这样佩戴各种胡须。（115）

接着，我要讲述用于表演的各种服装。服装各式各样，（116）分为三种：白色的、红色的和杂色的。或者，分为白色的、杂色的和脏色的三种。（117）我将讲述戏剧家按照它们的用途分别使用。拜谒神庙、举行吉祥仪式、受戒，（118）遇到特殊星相、结婚和参加宗教仪式，（119）男人和女人通常都穿白色衣服。天神、檀那婆、药叉、健达缚、蛇和罗刹，（120）还有国王和纨绔弟子，穿杂色衣服。老婆罗门、商主、大臣、祭司，（121）商人、内侍、苦行者以及具有婆罗门、刹帝利和吠舍地位的人，（122）在戏剧中，应该穿白色衣服。疯子、醉汉、旅人，（123）还有落难者，应该穿脏色衣服。通晓戏剧规则者应该依据人物，（124）使用白色和杂色上衣。对于肮脏的人物，使用脏色衣服。（125）

牟尼、耆那教徒、佛教徒、苦行者和湿婆教徒，服装应该依据他们各自的宗教派别。（126）苦行者通常应该穿褴褛衣、树皮衣和兽皮衣。游方僧、牟尼和佛教徒穿藏红色袈裟衣。（127）湿婆教徒应该穿杂色衣服。低种姓者应该按照他们的职业穿衣。（128）后宫侍卫按照规则，应该穿藏红色衣服，配备铠甲。（129）妇女应该按照各种状况穿衣。勇士的衣服应该适宜战斗，（130）配备各种铠甲、武器、箭囊和弓。国王通常穿杂色衣服，（131）但在遭逢灾星和举行吉祥仪式时，穿白色衣服。就这样，依据地区、出身和年龄穿衣。（132）依据上等、中等和下等男性和女性，同时也依据吉祥和不吉祥状况，（133）在戏剧中使用这些穿衣规则。（134a）

同样，在戏剧中，还要使用头冠，（134b）天神的和凡人的，依据地区、出身和年龄。侧冠、额冠和顶冠，（135）天神和国王的头冠分成这三种。天神、健达缚、药叉、蛇和罗刹，（136）通常应该戴侧冠。上等的天神应该戴顶冠。（137）中等的天神戴束发冠（额冠），普通的天神戴侧冠。国王同样应该戴额冠。（138）持明、悉陀和遮罗那也应该戴束发冠。（139）罗刹和提迭的头发、眼睛和胡须棕色，他们的头冠应该与此一致。（140）上等人应该戴侧冠和束发冠。为何天神和国王戴头冠？（141）按照吠陀经典，要剃去头发，而在吉祥的祭祀仪式中，想要盖住头发。（142）由于头发不太长，故而戴上头冠。（143a）

大臣、内侍、商主和祭司，（143b）应该扎上头巾，作为头冠。将帅和王子，（144）还有宰相，应该戴小顶冠。毕舍遮鬼、疯子、鬼怪和苦行者，（145）还有不恪守誓言者，应该披长发。佛教徒、耆那教徒、游方僧和举行净化仪式者，（146）以及举行祭祀仪式者，应该剃光头发。其他苦行者按照各自的派别，（147）剃光头发、留有鬈发或披长发。歹徒和夜行贼，（148）还有风流之人，他们的头发也卷曲。儿童应该装饰有三撮发绺。（149）牟尼应该戴束发冠。侍从应该留有三个发髻或剃光头发。（150）丑角应该留有乌鸦爪子状头发。其余的依据演出需要，符合地区、出身和年龄。（151）

戏剧家应该依据各种状况，用心安排这些头部装饰。（152）按照规则使用装饰品、油彩、服装和花环，符合各种状况，而产生情味。（153）男性化女性的装饰都要符合状况，天神也应该应用凡人的状况。（154）戏剧家不必要求天神不眨眼[①]，因为情味依靠眼光。（155）意义依靠目光和肢体传达。就这样，应该知道各种角色的形体装饰。（156）

我现在讲述称为“活物”（sañjīva）的装饰特征。动物进入舞台，称为“活物”。（157）动物有四足、两足和无足。蛇无足，鸟和人有两足。（158）村中和林中的动物有四足。（159a）

戏剧中，在发生战斗和围城时，（159b）应该使用各种武器。武器应该有合适的长度。（160）我将按照规则讲述它们的长度。标枪应该十二拃[②]，贡多（长矛）应该十拃。（161）百杀、铁叉、多摩罗（长矛）和舍格提（长矛）应该八拃。弓应该八拃长，两腕尺宽。（162）箭、铁杵和金刚杵应该四拃。剑应该四十指。（163）飞盘应该十二指。波罗沙（飞镖）和波底沙（飞镖）应该六指。棍棒应该二十指。（164）甘摩那（飞镖）也应该十二指。盾牌应该十六指长，两腕尺宽。（165）盾牌还应该有毛发和铃铛。骑兵的盾牌应该三十指宽。（166）

名为“粉碎”的旗帜、旗杆、头冠、伞盖、拂尘、旗帜和水罐，（167）以及人间使用的任何物品，应该对戏剧中使用的这一切辅助用品作出规定。（168）我将讲述它们的用处和特征。首先讲述粉碎旗和旗杆的特征。（169）

树木在白色的土壤中生长，在弗沙星日采伐，由工巧天制成因陀罗的旗帜。（170）木匠应该用这种树木，或者用这种树木的枝干，制作粉碎旗。（171）也可以用最优质的竹竿制作。这种竹子也在白色的土壤中生长，在弗沙星日采伐。（172）应该按照规则，努力采集这种竹子，制作粉碎旗。这种竹子不应该有粗大的节结和枝条，不应该有虫子。（173）这种竹子一百八十指长，有五个竹段和

① 按照印度神话，不眨眼是天神的特征之一。

② 拃（tāla）是手掌张开，拇指和中指之间的长度。

四个节结，一拃粗。（174）没有被虫子咬过，也没有其他竹子的擦痕。先用蜂蜜和奶油涂抹，然后用花环和香料供奉。（175）应该用这种方式采集竹子，制作粉碎旗。方法和步骤依照因陀罗的旗帜。（176）应该用圣洁的竹子制作粉碎旗。竹段可长可短，（177）但每段顶部浑圆，称为圣洁的竹子。我已讲述粉碎旗的特征。（178）接着，我讲述旗杆的特征。旗杆通常用劫毕陀树、毗尔婆树或竹子制作。（179）应该有三个弯曲部分，没有被虫子咬过，也没有病害，（180）带有小枝条。应该这样制作旗杆。旗杆和粉碎旗缺乏这些特征，（181）肯定会遭受重大损失。（182a）

同样，应该准备制作头冠的布，（182b）按照实际的宽度或三十三指宽，使用劫毕陀树胶。（183）应该混合劫毕陀树胶、黏液、灰和谷糠制作头冠。（184）然后，覆盖涂有稠密的劫毕陀树胶的布。这种涂有劫毕陀树胶的布，（185）不应该太厚、太薄或太软。然后，让风吹干或太阳烤干。（186）按照工序规则，用利器割出空穴，分成两部分。（187）按照前额两端之间的量度，割出六指长和两指宽的空穴。（188）两边脸颊留有三指半宽的空穴，两边耳朵留有三指宽的空穴。（189）与耳朵一样，嘴巴也留有三指宽的空穴。脖子留有十二指宽的空穴。（190）我已经讲述割出空穴、制作头冠的种种方法。（191）各种头冠还要缀上各种优美的珠宝。这些是戏剧演出的辅助用品。（192）①

按照角色的需要，使用各种辅助用品，包括世界上的一切动物和不动物。（193）各种工艺技巧用于制作戏剧辅助用品，应该从专家而非其他人那里获知这方面的知识。（194）应该知道关于这些戏剧辅助用品的制作方法和工艺技巧。（195）应该知道这些制作物的量度和特征。大多数铁器制作物，（196）不适合戏剧表演，因为会

① 以上关于头冠制作的描述不清晰，内容涉及脸部和脖子，似乎相当于面具。

造成疲劳。人间世界的一切器物都有各自的特征，(197) 戏剧辅助用品应该模仿它们的形状。而宫殿、房屋、车辆和各种武器，(198) 不能依照它们的特征，原样照搬。一些按照世间法，另一些按照戏剧法。(199) 世间法是原形的，戏剧法是变形的。不应该用铁和石头制作，(200) 因为这些制作物沉重，会造成疲劳。树胶、木片、兽皮、布料和竹篾，(201) 用来制作轻便的戏剧辅助用品。盾牌、铠甲、旗杆、山、宫殿和山峰，(202) 马、象、飞车和房屋，应该先用竹篾编出框架，(203) 然后覆盖色彩相似的画布，(204) 也可以覆盖棕榈树叶和细席。同样，各种武器应该按照它们的形状，(205) 用草、竹篾和树胶制作。模拟的脚、头、手和皮肤，(206) 也应该用草和竹篾制作，模拟它们的形状，具有相似性。(207) 也可以用泥土制作各种形状的用品。应该用布料、蜂蜡、虫漆和云母片，(208) 制作各种山、盾牌、铠甲和旗杆，还可以使用各地的花果。(209) 各种器皿也应该用紫胶、布料、云母片或铜片制作。(210) 应该使用染成靛蓝色或红色的云母片制作珠宝。(211) 也可以使用薄铜片或薄锡片。关于各种头冠，前面已经讲述。(212) 它们应该贴上云母片，便会像珠宝那样闪烁发光。经典中没有提及的制作方法，(213) 应该由老师作出取舍，按照老师的想法去做。(214a)

我为将来的人们设计了这些方法。(214b) 因为将来的人们缺乏力量，不能承受一切金制品，(215) 不宜使用金制的头冠和装饰品。在战斗、搏斗和跳舞时，(216) 负荷沉重，就会疲劳，出汗，甚至昏倒。倘若这样，演出就会失败。(217) 有时，肢体活动过度疲劳，甚至会丧失生命。因此，戏剧辅助用品应该用染色的云母片制作。(218) 装饰品应该使用薄铜片和云母片制作。就这样，依据世间行为方式，运用自己的智力，(219) 正确制作和使用戏剧辅助用品。在舞台上，不应该劈、砍和打击。(220) 打击只能采用姿势

示意。或者，经过训练，或者采用幻术手法，(221) 在舞台上投掷武器。这些是武器的各种表演方法。(222)

我没有讲到的内容，可以从人间生活中吸取。我已简要讲述妆饰表演，接着要讲述一般表演。(223)

以上是婆罗多《舞论》中名为《妆饰表演》的第二十三章。

# 第二十四章

## 一般表演

应该知道一般表演依据语言、肢体和真情。其中特别关注真情，因为戏剧立足于真情。(1) 充满真情的表演是上等的，真情普通的表演是中等的，缺乏真情的表演是下等的。(2) 真情本身不显现，但它是情和味的依托，能通过在相应的场合，与味一致的汗毛竖起和流泪等特征获知。(3)

戏剧家应该知道庄严①，包含面部和肢体变化，是情味的依托，尤其是青年女性。(4) 这些增强情味的变化，首先是三种肢体的变化，其次是十种天然的变化，然后是七种自发的变化。(5)

真情是身体性质的。感情产生于真情，欲情产生于感情，激情产生于欲情②。(6) 感情、欲情和激情互相产生，是真情的不同方面。它们依据本性，属于身体。(7)

通过语言和面部情态的真情表演，表达诗人内心的感情，这称为情。(8) 感情强烈的真情产生于男女异性。感情依据各自场合。(9) 应该知道欲情产生于内心，富有眼睛和眉毛变化，伴随有颈部变化，表示艳情状态。(10) 以艳情为依托，以优美表演为核心，

---

① 庄严（alaṅkāra）指优美的形式或形态。

② 欲情的原词是 hāva，词义一般为娇态。这里使用的三个词 bhāva（“感情”）、hāva（“欲情”）和 helā（“激情”）依次表示感情的强烈程度。

智者称为激情。(11)

戏仿、多情、疏忽、慌乱、亢奋、表露、佯怒、冷淡和娇媚，(12) 以及沉默，应该知道这是女性十种天然的庄严。诸位婆罗门啊，请听这些庄严的特征。(13)

模仿情人的语言、肢体和装饰，喜悦而甜美，戏剧表演家称为戏仿（līlā）。(14) 站、坐和行走，手、眉毛和眼睛，产生特殊的变化，这称为多情（vilāsa）。(15) 花环、衣服、装饰品和脂粉在装扮上稍有疏忽，却增添优美，这是疏忽（vicchitti）。(16) 出于迷醉、激情和喜悦，语言、肢体、化妆和真情各方面出现偏差，这是慌乱（vibhrama）。(17) 出于喜悦，反复微笑、哭泣、嬉笑、害怕、嗔怒、迷糊、痛苦和疲倦，这是亢奋（kilakiñcita）。(18) 谈到情人时，通过戏仿展示激情，表达感情，这是表露（moṭṭāyita）。(19) 情人接触她的头发、胸脯和嘴唇等，出于兴奋和迷乱，假装痛苦，而实际愉快，这是佯怒（kuṭṭamita）。(20) 在获得情人的心后，妇女出于骄傲和虚荣，表示冷淡，这是冷淡（vibboka）。(21) 手、脚和肢体，伴随眼睛、眉毛和嘴唇，呈现种种柔美动作，这是娇媚（lalita）。(22) 即使听了情人的话，妇女出于羞涩、假装或天性，不回答，这是沉默（vihṛta）。(23)

优美、可爱、光彩、甜美、镇定、沉着和庄重，这些是自发的庄严。(24)

形体和青春之美在欢爱中增长，成为肢体的装饰，这是优美（śobhā）。(25) 充满情爱，呈现种种优美，这是可爱（kānti）。充满可爱，这是光彩（dīpti）。(26) 在所有场合，尤其在呈现光彩和娇媚中，姿态温柔，这是甜美（mādhurya）。(27) 出于天然的心性，处理一切事情不浮躁，不自吹，这是镇定（dhairya）。(28) 遇事不激动，这是沉着（prāgalbhya）。在任何场合，保持礼貌，这是庄重（audārya）。(29) 这些是柔美的，在表演中，以娇媚为核心。在其

他情况下，除了多情和娇媚，它们呈现光彩。(30)

优美、活力、甜美、坚定、深沉、游戏、高尚和威严，这些是男性的真情分类。(31)

能干、勇气、毅力、厌弃卑贱和追求最高品德，这是优美（śobhā）。(32) 目光直视，步伐似公牛，说话面带笑容，这是活力（vilāsa）。(33) 久经磨练，面对任何重大事变，感官保持稳定，这是甜美（mādhurya）。(34) 追求正法、利益和爱欲，无论成败，决心不动摇，这是坚定（sthairya）。(35) 即使愤怒、喜悦和惧怕，也不露声色，这是深沉（gāmbhīrya）。(36) 并非深思熟虑，而是出于温柔本性，呈现艳情姿态动作，这是游戏（lalita）。(37) 布施，救助，无论对自己人或他人，说话可爱，这是高尚（audārya）。(38) 即使舍弃生命，也不能忍受他人的诽谤和侮辱，这是威严（tejas）。(39)

诸位婆罗门啊，我已经讲述真情的表演，现在依次讲述身体的表演。(40) 身体的表演有六种：语句、提示、芽尖、枝条、模拟和提示芽尖。(41)

俗语和梵语吟诵，包含诗歌和散文，具有各种味和意义，这是语句表演。(42) 句义或句子本身，首先用包含真情的肢体表示，然后进行语句表演，这是提示表演。(43) 熟练地运用提示，进行肢体表演，表白内心感情，这是芽尖表演。(44) 按照枝条的方式，依次运用头、脸、胫、臀、手和脚表演，这是枝条表演。(45) 用各种动作进行提示表演，活跃气氛，直至剧中人物汇聚舞台，这是模拟表演。(46) 用达鲁瓦歌曲表演，传达喜悦、愤怒和忧伤等，具有情和味，这也是模拟表演。(47) 用提示表演，传达另一个人的话语，具有相关意义，这是提示芽尖表演。(48)

在戏剧中，这些表演方式与情和味相应，有十二种。(49) 谈话、胡话、哀悼、唠叨、对话和改口，(50) 讯息、一致、指令、借口、指导和提及。(51)

与人说话是谈话。无意义的话是胡话。（52）悲悯的话是哀悼。翻来覆去说话是唠叨。（53）对答的话是对话。改变此前的话是改口。（54）“你去告诉他这话。”这是讯息。“你说了我说过的话。”这是一致。（55）“这是我说的。”这是指令。出于欺骗的话是借口。（56）“做这个！”“拿这个！”这是指导。讲述他人的事是提及。（57）

应该知道这些语句表演的方法，我还要讲述它们的七种特征。（58）这七种是可见的、不可见的、三种时间的、自己的和他人的。（59）

“啊，这人在说话，我就不说话。”这是可见的，关于他人的，现在的。（60）“我在做，我前往，我在说话。”这是可见的，关于自己的，现在的。（61）“我将做，我将前往，我将说话。”这是关于自己的，不可见的，将来的。（62）“所有的敌人已被我摧毁、征服和粉碎。”这是关于自己的和他人的，过去的。（63）“你已经摧毁和征服敌人。”这是不可见的，关于他人的，过去的。（64）“这个人正在说话，正在做，正在前往。”这是关于他人的，现在的，可见的。（65）“他正在前往，正在做。”这也是关于他人的，现在的，可见的。（66）“他们将做，将去，将说。”这是关于他人的，将来的，不可见的。（67）“今天，我和你一起做这项工作。”这是关于自己的和他人的，现在的。（68）在戏剧舞台上，用手遮住说话，这是关于自己的，内心的，不可见的。（69）这是七种按照他人的、自己的、可见的、不可见的和时间的特殊性，还可以有更多的分类。（70）

应该知道这些是表演者的表演方式。由这些形成各种表演方式。（71）头、脸、手、脚、臀、胫、腹和腰共同发挥各自作用，这是一般表演。（72）戏剧家运用手的优美动作和肢体的温柔姿势进行表演，伴随情和味。（73）肢体姿势不粗鲁，不混乱，不繁复，符合规定的速度和节拍。(74) 谈话吐字清晰，不刺耳，不仓促，这样的戏剧是内行的。(75) 与此相反，姿势随心所欲，与歌曲和音乐不协调，这是外行的戏剧。(76) 符合规则的是内行的，违背经典的是外行的。(77) 由此展现的表演特征，在戏剧中得到应用。(78) 没有受过老师指导，不通晓经典，只是模仿他人，表演显出外行。(79)

智者应该结合感情，表演感官对象声、触、色、味和香。(80) 表演听到声音，应该目光斜睨，头弯向一侧，食指放在耳边。(81) 表演接触肩膀和脸颊，应该眼睛稍许眯缝，眉毛扬起。(82) 表演看见事物，应该使用旗帜手势，放在头上，手指微微晃动，目光凝视。(83) 表演尝味和嗅闻，应该稍许眯缝眼睛，扩张鼻孔，深呼吸。(84) 这是五种感官皮肤、眼、鼻、舌和耳的情态产生的感情。(85) 感官对象依靠心的感受而呈现，如果缺乏心，便不能感知五种感官的任何对象。(86)

应该知道在表演中，心的态度有三种：可爱的、不可爱的和中立的。(87) 凡可爱的，应该表演肢体喜悦、汗毛竖起和嘴巴张开。(88) 面对可爱的声、色、触、香和味，应该表演脸部喜悦，感官专注。(89) 凡不可爱的，应该表演转过脸去，眼睛移开，眼睛和鼻子扭曲。(90) 凡中立的，应该表演既不明显喜悦，也不明显厌恶，感官中立。(91) “随他这样”，“这是他的”，“他这样做”。这种不可见的表演是中立的。(92) 自己感受的对象是自己的，他人描述的对象是他人的。(93)

几乎所有的感情都产生于欲望。欲望具有意愿性质，有多种形式。(94) 正法欲望，利益欲望，解脱欲望。男女结合是爱欲。(95) 它造成一切世人快乐和痛苦。爱欲带来快乐和痛苦，处处可见。(96) 男女结合，享受欢爱，这是艳情。互相侍奉，带来快乐。(97) 这个世界，人人渴望快乐。妇女是快乐的源泉，而她们有各

种品性。（98）

妇女有天神、阿修罗、健达缚、罗刹、蛇、鸟、毕舍遮鬼、药叉、老虎、人、猴子和大象，（99）鹿、鱼、骆驼、鳄鱼、驴、马、水牛、山羊、狗和奶牛等的品性。（100）

肢体柔软，镇定，眨眼缓和，没有疾病，具有光彩，乐于施舍，恪守真理。正直，（101）出汗不多，性欲中等，不贪吃，喜爱香味，喜爱歌曲和音乐，真诚，这是天女品性。（102）

违逆正法，诡计多端，暴戾，残酷，嗜好酒肉，经常发怒，骄横跋扈，（103）浮躁，贪婪，刻薄，喜爱吵架，妒忌心重，喜怒无常，这是阿修罗品性。（104）

喜爱游园，指甲和牙齿优美，说话面带微笑，腰肢瘦削，步姿缓慢，喜爱欲乐，（105）喜爱歌曲、音乐和舞蹈，注意清洁，皮肤和头发柔软，目光温柔，这是健达缚品性。（106）

肢体粗壮，眼睛发红，毛发坚硬，喜爱白天睡觉，说话大声，（107）用指甲和牙齿伤害他人，喜爱发怒、妒忌和吵架，习惯夜间游荡，这是罗刹品性。（108）

鼻子和牙齿尖锐，肢体瘦削，眼睛发红，肤色似蓝莲花，喜爱睡觉，激动，暴怒，（109）走路横行，犹豫不定，经常喘息，骄慢，喜爱香味、花环和酒，这是蛇品性。（110）

嘴大，性格热烈，喜爱河流，喜爱酒和牛奶，喜爱果子，儿女众多，（111）经常喘息，喜爱花园和树林，轻浮，多言多语，动作迅捷，这是鸟品性。（112）

手指或多或少，喜爱夜间游荡，恐吓儿童，充满恶意，说话带有双关，（113）性行为反常变态，毛发浓密，说话大声，嗜好酒肉，这是毕舍遮鬼品性。（114）

睡觉中出汗，喜爱静卧和静坐，聪明睿智，肢体柔软，喜爱酒、香味和肉，（115）喜爱凝视，对他人怀有感恩之心而接近他

人，不贪睡，这是药叉品性。(116)

对荣辱一视同仁，皮肤粗糙，话音粗犷，狡诈，说谎，眼睛发黄，这是老虎品性。(117)

始终为人正直，聪慧能干，忍耐宽容，肢体匀称，知恩图报，尊敬长辈和天神，(118) 关心正法、利益和爱欲，摒弃骄慢，热爱朋友，这是人品性。(119)

身体娇小精悍，行为轻率，头发棕色，喜爱果子，健谈，轻浮，热烈，喜爱树木园林，(120) 看重小恩小惠，性行为鲁莽，这是猴子品性。(121)

下颌和额头宽阔，躯体肥壮，眼睛发黄，肢体多毛，喜爱香味、花环和酒，(122) 容易发怒，性格坚定，喜爱水池园林，喜爱甜食和交欢，这是大象品性。(123)

腹部狭小，鼻子扁平，小腿瘦削，喜爱树林，眼睛又大又红，轻浮，行走迅捷，(124) 白天也充满恐惧，胆小，喜爱歌曲、音乐和交欢，容易发怒，缺乏坚定，这是鹿品性。(125)

胸脯宽阔高耸，轻浮，不眨眼，侍从众多，儿女众多，喜爱水，这是鱼品性。(126)

嘴唇突出，汗水很多，步履稍嫌笨拙，腹部瘦削，喜爱花朵、果子、盐和酸辣，(127) 臀部系有腰带，说话粗鲁，脖子粗糙高昂，这是骆驼品性。(128)

除了鱼的品性，还有头部宽阔，脖子坚挺，嘴巴张开，说话大声，残酷成性，这是鳄鱼品性。(129)

舌头、嘴唇和牙齿粗大，皮肤粗糙，说话粗犷，性行为粗暴，轻率鲁莽，喜爱用指甲和牙齿伤害他人，(130) 仇视情敌，能干，不轻浮，步履缓慢，容易发怒，儿女众多，这是驴子品性。(131)

背、腹和嘴宽阔，肢体多毛，强壮有力，额头狭窄，喜爱根茎和果子，(132) 皮肤黝黑，脸部牙齿突出，大腿肥壮，头发浓密，

行为卑贱，儿女众多，这是猪品性。（133）

坚定，两胁、大腿、臀、背和脖子匀称，可爱，乐于施舍，头发浓密整齐，（134）瘦削，心意不定，言辞尖锐，步履迅捷，容易发怒，重视爱欲，这是马品性。（135）

背脊、牙齿、两胁和腹部宽阔，坚定，毛发棕色卷曲，容易发怒，招惹世人忌恨，喜爱欲乐，（136）嘴稍许突起，喜爱水中嬉戏，额头宽阔，臀部优美，这是水牛品性。（137）

身体、手臂和乳房瘦小，眼睛闪烁，手脚短小，毛发细腻，（138）生性胆怯，怕水，儿女众多，喜爱树林，心不安定，步履迅捷，这是山羊品性。（139）

肢体和眼睛警觉，经常呵欠，脸狭长，手脚短小，（140）说话大声，很少瞌睡，容易发怒，多言多语，行为卑贱，但知道感恩，这是狗品性。（141）

臀部肥壮隆起，小腿瘦削，热爱朋友，手脚短小，行为坚韧，爱护儿女，（142）尊敬祖先和天神，保持纯洁，热爱长辈，坚定，吃苦耐劳，这是奶牛品性。（143）

应该知道这些是妇女各自具有的品性。智者了解之后，才能依据她们的品性，接近她们。（144）依据品性侍奉妇女，即使有限，她们也高兴，而不依据品性，即使充分，她们也不满意。（145）

符合心意，爱欲产生。为了男女产生爱欲，而对侍奉作出规定。（146）为正法而修炼苦行，为幸福而遵行正法。妇女是快乐的源泉，而渴求与她们结合。（147）按照戏剧法，爱的侍奉有两种：宫内的和宫外的，属于男女双方。（148）其中，宫内的在传说剧中用于国王。宫外的在创造剧中用于妓女。（149）先说明国王的享乐，侍奉方式按照爱经的规定。（150）

妇女的各种品性分为三类：宫内的、宫外的和宫内外的。（151）高贵的妇女是宫内的，妓女是宫外的，贞洁的妇女是宫内外的。(152) 出身高贵的少女也能在后宫受侍奉，但国王不应该享受宫外妇女。(153) 国王与宫内的妇女结合，宫外人与宫外妇女结合。但国王也可以与天国妓女结合。(154)

高贵妇女的性爱同样适用于少女。妓女的性爱也如同高贵妇女。(155) 男女性爱产生于各种因缘，也有上等、中等和下等之分。(156) 由于听说或看到美貌，肢体的优美活动，甜蜜的谈话，爱欲产生。(157) 看到一位优秀的男性，具有青春、美貌和品德，通晓技艺，妇女就会陷入相思。(158) 戏剧家应该观察男女产生爱欲的各种感情征兆。(159)

眼睛半闭，睫毛颤动，眼中含泪，上眼睑下垂，这是动情。(160) 眼角绽开，表情可爱，妇女运用眼睛的一半目光，这是娇媚。(161) 脸颊微微泛红，渗出滴滴汗珠，汗毛竖起，爱欲产生。(162)

运用可爱的肢体变化，投射斜睨的目光，触摸装饰品，搔耳，(163) 脚尖划地，显露胸脯和肚脐，擦指甲，拢头发。(164) 妓女着迷爱欲时，这样展现感情。同样，也应该了解高贵妇女的征兆。(165) 双目凝视，藏住笑容，说话低头垂脸，(166) 话语缓慢，面带微笑，隐藏出汗，嘴唇颤动，身体微微颤抖，这是高贵妇女。(167)

对于尚未具有交欢经验的少女，应该用这些爱欲征兆，展现各种感情，分为十个阶段。(168) 第一渴望，第二思念，第三回忆，第四称赞，(169) 第五焦虑，第六哀叹，第七疯癫，第八生病，(170) 第九痴呆，第十死亡。这些是男女双方的特征。(171)

产生愿望，作出决定，设计会面的方法，这是渴望。(172) 频繁进进出出，站在情人能看见的地方，展示爱慕的样子，这是爱欲的第一阶段。(173)

询问女使："用什么办法能达到目的？"这是思念。(174) 在

第二阶段应该展现半闭眼睛，触摸手镯、腰带、衣结、肚脐和大腿。（175）

反复叹息，想念心爱之人，厌弃其他事情，这是回忆。（176）一心思念他，坐卧不安，不能尽责做事。第三阶段这样表演。（177）

用肢体的优美活动，用言语、姿势、微笑和目光，表达无人与他相比，这是称赞。（178）第四阶段称赞应该表演擦拭眼泪和汗水，向知心的女使诉说分离的痛苦。（179）

坐着不满意，躺着不高兴，始终渴望心爱之人，这是焦虑。（180）思念、叹息和出汗，内心烧灼，应该这样表演焦虑。（181）

哀伤地诉说："他站在这里，坐在这里，我走近他。"这样表演哀叹。（182）处在这个阶段，极度焦虑，充满渴望，哀叹着走来走去。（183）

无论在什么场合，唯独谈论他，厌烦所有其他男性，这是疯癫。（184）目光呆滞，深长叹息，陷入相思，边走边哭，应该这样表演疯癫。（185）

提供一切可爱的享受，甚至为她洒水，都不能控制她的状况，于是生病。（186）昏厥，心已迷失，头痛剧烈，不得安宁，这个阶段应该这样表演。（187）

问话无反应，不听，不看，沉默不语，发出悲呼，记忆丧失，这是痴呆。（188）突然发出哼哼声，肢体松懈，张口吸气，应该这样表演痴呆。（189）

用尽一切办法，也不能相会，欲火中烧，造成死亡。（190）除了最后这个阶段，应该按照爱经表演这些爱欲不如愿的状况。（191）

男性爱欲不如愿，也应该依据各种感情，这样表演各种状态。（192）智者依据共同的特点，这样表演产生爱欲的男性和女性。（193）思念、叹息、疲惫、身体难受、模仿情人姿势，眺望道路，（194）凝视天空，话语感伤，触摸物体，身体斜倚。（195）通常

依据这些不如愿的状况，表现爱欲各个阶段。(196)

欲火中烧时，采取清凉的方法，如衣服、首饰、香料、屋子和花园。(197) 相思折磨时，派遣传情的女使，前去诉说自己的状况。(198) 女使传递她相思状况的讯息，谦恭地说道："这是她的状况。"(199) 得知她的状况，他应该考虑幽会的办法。这是私通方式的规则。(200)

我现在如实讲述国王的侍奉方式，依据爱经关于宫内的规则。(201) 由各种性向造成快乐和痛苦，国王如此，世人也如此。(202) 国王拥有权力，获得女人并不难，但出于真诚的爱欲更快乐。(203) 出于尊敬王后和惧怕爱妃，国王与宫女采取偷情的方式。(204) 虽然国王有多种享受爱欲的方式，但偷情的方式更快乐。(205) 追求禁止接触的女人和难以获得的女人，是最快乐的爱欲。(206)

国王可以在白天与后宫妇女相会，但婚配夫妻相会应该在夜晚。(207) 夫妻相会的六种缘由：规定的日子、新婚、为了怀孕、儿子诞生、忧愁和高兴。(208) 国王应该在这些日子与妻子相会，即使妻子来月经，也无论宠爱不宠爱。(209)

装饰打扮、陷入离愁、掌控丈夫、吵架，(210) 发怒、受骗、丈夫出差和偷情，这是八种女主角。(211) 在相会之日，热切盼望欢爱，喜悦地装饰打扮，这是装饰打扮。(212) 由于各种事务缠身，爱人没有回来，遭受分离的痛苦折磨，这是陷入离愁。(213) 她具有欢快的性格，受她美妙的欲乐吸引，爱人来到她的身边，这是掌控丈夫。(214) 出于妒忌而吵架，爱人离开，不回来，心中充满怒气，这是吵架。(215) 爱人迷上别的女人，不回来，受痛苦折磨，这是发怒。(216) 已经与她约定，而出于某种原因，爱人没有来到，这是受骗。(217) 由于紧要的任务，丈夫出差，她懒于梳洗，头发披散，这是丈夫出差。(218) 出于爱恋或痴迷，不顾廉耻，前

去与情人幽会，这是偷情。（219）

戏剧中的女主角处于这些状态，我将讲述戏剧家采用的表演方式。（220）思念，叹息，疲惫，心中焦灼，与女友交谈，自我顾怜，（221）衰弱，沮丧，流泪，发怒，抛弃装饰品，擦去脂粉，痛苦，哭泣。（222）发怒、受骗、吵架和丈夫出差应该表演这些情态。（223）身穿绚丽的服装，脸上闪耀喜悦的神采，光艳照人，掌控丈夫应该这样表演。（224）

戏剧家应该用这些特殊情态表演妓女、高贵妇女或侍女前去与情人幽会：（225）妓女佩戴各种装饰品，怀有激情，姿态温柔，侍从陪随，缓慢前往。（226）高贵妇女用纱巾蒙面前往，胆战心惊，肢体冒汗，左顾右盼，身子蜷缩。（227）侍女激动地前往，兴奋而说话结巴，目光洋溢激情，步履忽高忽低。（228）如果情人躺在床上，看到他已睡着，应该用这样的方式唤醒他：（229）高贵妇女用装饰品的声响唤醒他，妓女用清凉的香料，侍女用衣服扇风。（230）这些是戏剧中高贵妇女和妓女等处于各种状况的爱欲方式。（231）

对于初恋的女子或生气不愿前来的女子，应该表演寻找借口，安排相会。（232）热恋的妇女始终快乐地享用获得的各种装饰品、衣服、香料和花环。（233）即使不获得可爱的女人，也不特别受爱欲控制，这样，一旦与可爱的女人相会，会格外喜悦。（234）在相会中，应该展现优美甜蜜的姿态、语言和游戏，怀着爱意，互相凝视。（235）为迎接情人，妇女应该认真准备，让相会充满欢乐。（236）备好香料和花环，装饰打扮自己，也为情人备好香粉和衣服。（237）在相会中，不要佩戴过多的装饰品，叮当作响的腰带和脚镯令人喜欢。（238）

在舞台上，不宜表演上床、沐浴、涂抹香膏和眼膏以及结扎头发。（239）上等和中等妇女不能裸露身体，不能衣着单薄，不能抹

口红。(240) 虽然这种方式符合下等妇女本性，但戏剧家也不应该让她们有这种不合适的表演。(241)

在戏剧中，男女角色的装饰品中，也应该包含花朵。(242) 妇女装饰打扮后，应该稍许等待情人来到，观察道路，聆听钟声。(243) 听到钟声响起，以为情人来到而激动，身体颤抖，心儿扑腾，迅速迎上前去。(244) 左手握住门框，右手握住门扉，迎面观看情人来到。(245) 她在门前没有看到情人，疑惑，思虑，惧怕，顿时心情沮丧。(246) 深长叹息，眼泪流出，心儿下沉，颓然坐下。(247) 情人失约，她会思考失约的种种原因，吉利或不吉利。(248) “有紧要事情，与朋友在一起，与大臣商量政务，故而不能脱身，或者，被宠爱的女人缠住?” (249) 她应该表演与吉利或不吉利相关的情态，通过肢体的颤动或颤抖，显示征兆。(250)

妇女吉利的征兆在左边，不吉利的征兆在右边。(251) 左眼、左额、左眉、左唇、左臀、左臂或左乳颤动，表示情人会来到。(252) 如果右边颤动，则表示恶兆。一发现这种恶兆，她会顿时昏厥。(253) 只要情人不来到，她就用手托腮，无心装饰打扮，进而哭泣。(254) 然后，看到情人来到的吉兆，通过闻到香味，表示情人到达。(255) 见到情人，肢体喜悦，起身相迎。(256a)

如果情人犯有错误，便责备他。(256b) 用种种言语咒骂他，展现忌恨、羞辱、昏晕或佯怒。(257) 应该使用妇女们责骂的言语，含有信任、温情、怀疑和尊重，(258) 满意、妒忌、仁慈、责备、惊奇，暗含正法、利益和爱欲，(259) 显示可笑、好奇和激动，说明危害，以至掩盖情人的错误，达到可笑的境地。(260) 出于这些原因，即使不必说，仍对情人说这些，其中有温柔和惧怕，也有妒忌和情爱。(261)

妇女妒忌的原因有四种：沮丧、混杂、反感和愤怒。(262) 我将依次讲述它们的特征。看到情人困乏而步履懒散，身上有欢爱留下的新伤痕，妇女心情沮丧。（263）脸色充满妒忌，怒不可遏，嘴唇颤抖，说道："好啊！好极了！真美！"（264）看到情人备受指责后，仍然这么站着，妇女妒忌中混杂喜悦。（265）她应该表演稳稳站定，左手放在胸前，舞动右手。（266）情人嘴上说"你活着，我才活着"、"我是你的奴仆"、"你是我心爱之人"，而言行不一，妇女反感。（267）拒绝女使传递的书信，拒绝情人的回话，发怒、嘲笑和哭泣，应该这样表演反感。（268）情人从情敌那里前来，身上有欢爱的痕迹，吹嘘自己有福气，妇女愤怒。（269）甩掉手镯，挥动腰带，充满疑惧，流出眼泪。应该这样表演愤怒。（270）

看到犯错的情人站着，迟迟疑疑，满脸羞愧，她应该用表示妒忌的言语责骂他。（271）不应该说残酷的话或过于愤怒的话，应该含泪诉说自己的心情。（272）一只手放在胸前，中指接触下唇，眼睛向上观看。（273）或者手放臀部，手指分开，或者放在头顶，又放下。（274）或者用佯怒的目光和优美的手指威吓他，应该表演这些特殊的情态。（275）"你真美！你看来很好！你走吧！为什么还呆着？别碰我，找你的心上人去吧！"（276）说罢转身离开，却又停步，找些话说，显出高兴。（277）这时，犯错的情人拽住她的衣服、手或头发。看到这样，她应该缓和下来。（278）情人拽住她的衣服、手或头发，她应该靠近他，慢慢让他松手。（279）情人拽住她的衣服、手或头发，她享受这种接触，而情人并不察觉。（280）她应该踮起脚尖，弯下身子，采取跨马抬步姿势，慢慢让他松手，放开头发。（281）如果情人不松手，她稍稍冒汗，说道："哼，哼！放开！走开！"（282）情人听到她发怒说："走开！"便走开，而又停步，找些话说。（283）妇女应该摆手，说道："哼，哼！"摆手时，佯装愤怒。（284）在情人拽拉她的衣服时，她应该用手捂住他的眼睛，站到他的身后，或者用手捂住衣结。（285）她应该为难情人，直至他跪在脚下。而情人跪在脚下时，她的眼睛转向女使。(286)然后，她让情人起身，拥抱他，高兴地走向床去，享受欢爱。(287)而这些应该只用歌曲和柔美的舞蹈表演。(288a)

在戏剧中，涉及艳情味中的欢爱，(288b)如同对空中之人说话，或靠他人讲述，妇女也应该这样表演。(289)戏剧中涉及艳情味中的后宫生活，也应该遵守这个规则。(290)

懂得戏剧法的人不应该在舞台上表演睡觉，可以找些借口，让这一幕结束。(291)如果出于必需，可以单独睡，也可以一起睡，但不能表演亲吻、拥抱或其他私密动作。(292)在舞台上不能表演牙齿咬、指甲掐、解开衣结、抚摸乳房和嘴唇。(293)舞台上也不能表演进食、嬉水和其他种种令人难堪的行为。(294)因为父子婆媳共同观看戏剧，要竭力摒弃这类表演。(295)

戏剧家创作戏剧，语言应该悦耳动听，甜美而不粗鲁，并提供有益的教诫。(296)

请听热恋的妇女在相会时对情人的用语：(297)"亲爱的"(priya)、可爱的(kānta)、"有教养者"(vinīta)、救护者(nātha)、"主人"(svāmin)、"命根"(jīvita)和"欢喜者"(nandana)。(298)在发怒时，一般用语是"缺德"(duḥśīla)、"恶棍"(durācāra)、"骗子"(śāṭha)、恶毒(vāma)、"变态"(virūpaka)、"无耻"(nirlajja)和"冷酷"(niṣṭhura)。(299)

不做不可爱的事，不说不合适的话，行为端正，这称为"亲爱的"。(300)嘴唇和身体上没有与其他女人欢爱的痕迹，这称为"可爱的"。(301)即使妇女发怒，他也不回嘴，不说刺耳的话，这称为"有教养者"。(302)言语温和，施舍财物，给予爱抚，保障生活，这称为"救护者"。(303)为她着想，能保护她，不骄横，不妒忌，任何事情不糊涂，这称为"主人"。(304)在床上欢爱时，善于顺应妇女的意愿，这称为"命根"。(305)出身高贵，稳重，能干，擅长言辞，在女友中备受称赞，这称为"欢喜者"。(306)

这些是增强爱欲快乐的用语。下面讲述不快乐的用语。(307) 残酷，不耐烦，骄横，粗暴，吹嘘，斗嘴，这称为“缺德”。(308) 不分青红皂白打骂捆绑，言语粗鲁，这称为“恶棍”。(309) 出于某种目的，嘴上甜言蜜语，实际与此相反，这称为“骗子”。(310) 凡禁止做的事，他偏偏要做，这称为“恶毒”。(311) 有新留下的欢爱伤痕，吹嘘与别的女人交欢，狂妄固执，这称为“变态”。(312) 尽管受到劝阻，依然固执地前去会见别的女人，身上留下犯错误的痕迹，这称为“无耻”。(313) 已经犯有错误，也不先安抚妇女，仍强行与她交欢，这称为“冷酷”。(314)

这些可爱和不可爱的用语，根据不同的情况使用。(315)

涉及艳情味中欢爱疲倦的情状，应该用歌曲和柔美的舞蹈表演。(316) 如同对空中之人说话，或靠他人讲述，应该采取这种表演方式，用言语表达艳情。(317) 艳情味中涉及男性的这方面情状，也应该这样表演。(318)

智者应该这样表演后宫生活。下面讲述关于天女的规则。(319) 天女始终服装光艳，心情愉快，在游戏中度过快乐时光。(320) 天国男性无妒忌，无愤怒，无忌恨，在艳情中，无须安抚女性。(321) 如果天女与凡人相爱，则应该应用凡人的一切感情。(322) 如果天女受诅咒而下凡，接近人间男性的方式也同样。(323) 她先不显身，用花朵的香味和装饰品的声响吸引男性，然后显身，刹那间又消失。(324) 通过展现衣服、装饰品和花环，或传递书信，接近男性，令他着迷。(325) 心醉神迷，产生爱欲，一切自然而然，不过分狂热。(326) 诸位婆罗门啊，天女成为人间女性后，肢体和姿势都体现凡人的感情。(327)

以上是宫内国王的侍奉，下面讲述宫外妓女的侍奉。(328)

以上是婆罗多《舞论》中名为《一般表演》的第二十四章。

# 第二十五章

## 宫外侍奉

精通一切技艺者是高手。而善于侍奉妓女者也称为高手。(1) 掌握一切技艺，通晓一切技巧，善于捕获女人的心，这样的男子是情场高手。(2)

这样的男子具有三十三种品质，概括为身体的、装扮的和天然的三种。(3) 通晓经典，通晓技艺，相貌端正，美观可爱，有力，镇定，合适的年龄、服装和出身，(4) 芳香，甜蜜，乐于施舍，有耐心，不吹嘘，无疑惧，言语可爱，聪明，幸运，清洁，(5) 擅长爱欲侍奉，机敏，把握地点和时间，不低声下气，说话面带微笑，健谈，能干，话语可爱，(6) 不贪心，乐于与人分享，可信任，守誓言，但不轻信容易获得的女人，有自尊，这是高手。(7) 或者，具有六种品质：忠诚，清洁，柔顺，聪明能干，年龄合适，健谈。(8)

具有知识和品德，女故事手，女苦行者，女演员，聪明睿智，(9) 女邻居，女友，女仆，少女，女手艺人，奶娘，女出家人，女占相师，适合担任女使。(10) 善于说服和鼓励，言谈甜蜜，机敏，能把握时机，招人喜欢，能守秘密，女使应该具有这些品质。(11) 能在交谈中说明种种情况，提出种种理由，给予鼓励。(12) 智者无论如何不会让貌美的、有钱的、愚呆的或生病的女性或男性担任使者。(13) 男方的女使应该以夸张的方式吹嘘男方的

出身、财富和享受，讲述各种事情，以激发情爱。(14) 应该想尽办法说服初恋的女子或生气的女子与男方相会。(15)

初次相会可以安排在节日夜晚，在花园，在亲戚家，在奶娘或女友屋中，(16) 或应邀聚餐，或借口探望病人，或在空屋中。(17) 在初次相会后，应该用各种办法观察女方中意或不中意。(18)

相思炽烈，自然流露激情，不掩藏快乐的心情，这是着迷的女子。(19)

在女友们面前称赞他的品德，将自己的钱财送给他，尊敬他的朋友，仇视他的敌人。(20) 渴望与他相会，看到他就格外高兴，与他交谈便心满意足，怀着柔情凝视他。(21) 他睡后，自己才睡。接受他的吻，然后回吻他。在他起身之前先起身，为他忍受痛苦。(22) 与他同甘共苦，从不对他发怒。具有这些品质，这是忠诚的女子。(23)

薄情女子的特征：吻她之后，她擦嘴。说话难听。听了好话，也生气。(24) 仇视他的朋友，称赞他的敌人。自己先上床，背脸躺下。(25) 无论怎样精心侍奉她，她都不满意。吃不了苦，无缘无故发怒。(26) 不与他说话，不欢迎他。这些情状表明她是薄情女子。(27)

应该设法赢回女人的心：展示财富，显示善意，(28) 托她保管钱财，也给她钱财，假装抛弃她，又在近处暗示感情。(29)

贫困，生病，遭逢不幸，粗鲁，缺乏学问，出远门，骄傲，贪心，越轨，(30) 回家太晚，行为不当，这些是男性和女性薄情的缘由。(31)

男人应该采取办法，让女人高兴，赢回她的感情。(32) 对贪心的女人，给予财物。对有知识的女人，给予技艺知识。对聪慧的女人，给予欢乐。对敏感的女人，服从她的心意。(33) 给予装饰品，也能激发艳情。对仇视男人的女人，用动听的故事安抚她。

(34) 对少女，给予游戏。对胆怯的女人，给予鼓励。对骄傲的女人，给予谦恭的侍奉。对高贵的女人，展示技艺。(35)

所有女人的品性分成三类：上等的、中等的和下等的。妓女的品性自成一类。(36) 即使爱人招惹她，也不对爱人说难听的话。即使生气，时间也不长。通晓技艺。(37) 通晓爱经，具有美貌，受到出身高贵、拥有财富的男人钟爱。(38) 生气必有理由，但也不说忌恨的话。做事把握时机，吉祥幸运。这是上等女子。(39) 喜爱男人，也获得男人喜爱。擅长爱欲侍奉，忌恨情敌，(40) 妒忌心重，不镇定，骄傲，生气时间不长，很快就能平息。这是中等女子。(41) 无端发怒，脾气恶劣，骄横，浮躁，刻薄，怒气久久不消。这是下等女子。(42)

依据艳情，所有女人的春情有四个阶段，由服饰、形貌、姿态和品质展现。(43) 大腿、脸颊、臀部、嘴唇和胸脯丰满，情欲强烈，热衷欢爱，这是春情第一阶段。(44) 肢体完全成熟，双乳丰满，腰肢瘦削，充分享受爱欲。这是春情第二阶段。(45) 种种优美，激发爱欲；种种品质，令人迷醉。爱欲增添女性娇美。这是春情第三阶段。(46) 春情第一、第二和第三阶段逝去，春情第四阶段成为艳情之敌。(47) 脸颊、臀部、嘴唇和胸脯开始憔悴，失去魅力，欢爱的热情减退。这是春情第四阶段。(48)

在春情第一阶段，女人不能承受剧烈的痛苦，对情敌既不喜欢，也不憎恨，喜爱温情柔意。(49) 在春情第二阶段，略微骄傲，略微生气和忌恨，生气时保持沉默。(50) 在春情第三阶段，通晓欲乐，忌恨情敌，不掩藏自己的骄傲。(51) 在春情第四阶段，能捕获男人的心，即使通晓欲乐，也不忌恨情敌，不愿与自己的男人分离。(52)

在戏剧中，男人的春情也有四个阶段。我将依据爱经讲述男人的品质。(53) 男人对待女人有五种类型：聪明的、上等的、中等

的、下等的和外行的。(54)

有同情心，能吃苦，善于安抚生气的女人，通晓爱欲，但不随心所欲，机敏能干。这是聪明的。(55) 不做让女人不愉快的事，了解女人的心意，记忆力强。(56) 话语甜蜜，乐于施舍。享受爱欲，但不陷入爱欲。受到女人羞辱，也会产生反感。这是上等的。(57) 竭尽努力博取女人的好感，发现女人的错误缺点，也会产生反感。这是中等的。(58) 及时给予礼物，即使受到羞辱，也不怎么生气。但发现女人有任何欺骗行为，也会产生反感。这也是中等的。(59) 即使受到羞辱，或者女人移情他人，走向他人，也不顾羞耻，接近这个女人。(60) 即使发现女人的欺骗行为，也不听朋友劝告，依然固执地喜爱她。这是下等的。(61) 不在乎恐惧或愤怒，愚笨，听凭本性驱使，偏执，不通晓爱经。(62) 在爱欲吵架中粗暴打骂，成为女人掌中玩物。这是外行的。(63)

女人有各种品性，藏有心计，智者应该了解这些，依照她们各自的性格，接近她们。(64) 男人应该用各种办法理解女人有情或无情，依照爱经对待她们。(65) 安抚、馈赠、破裂、惩罚和舍弃，是对待女人的五种方法。(66)

不顾自己的面子，说“我属于你”，“你属于我”，“我是你的奴仆”，“你是我的心爱”。这是安抚。(67) 根据自己的财力，及时馈赠财物，或者另外寻找合适时机。这是馈赠。(68) 设法指明女人的错误，这是破裂。拘禁和打骂，这是惩罚。(69) 对冷淡的女人，采取安抚。对贪心的女人，采取馈赠。对移情他人的女人，采取破裂，赢回她的心。(70) 对移情他人而行为恶劣的女人，采取惩罚，用温和的方式拘禁和打骂。(71) 用尽以上这些方法都无效，无法控制，聪明人就应该舍弃这个女人。(72) 可以从女人的脸色、眼神和肢体动作得知女人爱他、恨他或冷淡他。(73)

妓女为了钱财，接近任何男人，不管可爱或不可爱。这不适用于天神或国王的女人。（74）妓女将可恨的人说成可爱，将可爱的人说成最可爱，将邪恶的人说成善良，将缺德的人说成有德。（75）看到男人，她们的眼珠转动，仿佛微笑，和颜悦色，显露感情。（76）由于侍奉获得成果，由于相会后又分离，她们的激情如同干柴烈火。（77）

这是依据妓女的情况，讲述对待女人的方法。在传说剧和创造剧中应该运用相应的方法。（78）戏剧家应该这样运用对待妓女的方法，诸位婆罗门啊，下面讲述其他各种表演。（79）

以上是婆罗多《舞论》中名为《宫外侍奉》的第二十五章。

# 第二十六章

## 各种特殊表演

已经反复讲述肢体表演的特征，而没有涉及其他各种特殊表演。(1)

双手举起，持旗帜手势和卍字手势，抬头仰视，（2）表示早晨、天空、夜晚、黄昏、白天、季节、乌云、林区和宽阔的水面，(3）方位、行星、星星和其他任何固定的物体。（4）也用双手、头和目光下垂，表示地面上的事物。(5)

用接触和汗毛竖起表示月光、快乐、风、味道和香气。(6）用衣服蒙住脸表示太阳、尘土、烟和火。用渴望阴凉处表示地面灼热。(7）用眼睛半闭仰视表示中午的太阳，用惊奇表示太阳升起和落山。(8）用肢体接触和汗毛竖起表示可爱的事物和愉快的心情。(9）用肢体接触、慌乱和嘴巴收缩表示尖锐的物体。(10)

表演深邃和崇高的感情，应该肢体舒展自如，带有傲慢和骄傲。(11）双手在佩戴圣线处，持蜷曲手势，交叉，分开，表示项链和花环。(12）目光环视，食指转动，按在持阿罗波摩手势的手上，表示掌握事物全部。（13）表示听到或看到，无论涉及自己、他人或中间者，应该表演指耳朵和指眼睛。(14）闪电、流星、雷鸣、火花和火焰，应该表演肢体松懈和眨眼。(15）双手采取顺右

伸指和顺左伸指舞姿①，头弯下，目光斜视，表示厌恶的事物，避免接触。(16)

蒙住脸表示阻挡灼热的风、日光、尘土、昆虫和蜜蜂。(17) 双手交叉，持莲花萼手势，朝下，表示狮子、熊、猴子、老虎和其他食肉兽。(18) 双手持卍字和三旗手势，表示向长者行触足礼。持卍字和半握手势，表示扬鞭。(19) 用手指表示一、二、三、四、五、六、七、八、九和十。(20) 双手持旗帜手势，表示十位、百位和千位数字。(21) 十以上的数字也可以用说话表示，或用其他方式示意。(22)

伞盖和旗帜用握住的动作表示，各种武器用执持的动作表示。(23) 专心致志，目光下垂，头稍微弯下，右手持钳子手势，表示回忆和沉思。(24) 头抬起，持天鹅翼手势，朝右举起，表示后裔。(25) 持蜷曲手势，从左边举起，放在头顶，表示逝去、停止、毁灭或听到话语。(26)

全身感觉舒坦，四方清澈明亮，景观优美，表示秋季。(27) 上等和中等人物肢体蜷缩，喜爱太阳和火，身穿厚衣，表示冬季。(28) 下等人物头、牙齿和嘴唇哆嗦，肢体蜷缩，发出呻吟，也表示冬季。(29) 上等人物有时遭逢不幸，身处困境，也用这种方式表示冬季。(30) 也可以用饮酒、嗅花和感受凛冽的寒风表示冬季。(31) 喜悦、享乐、庆祝节日和展现各种花，表示春季。(32) 大地灼热、感受热风、擦汗和扇扇子，表示夏季。(33) 迦昙波花、苦楝花、古遮吒花、绿草、胭脂虫和孔雀，表示雨季。(34) 密布的乌云、深沉的雷声、暴雨、闪电和霹雳，表示雨季之夜。(35) 标志、服装、行为或景观，愿望的或忌讳的，应该运用这些表示季节。(36) 应该依据需要和各种感情表示季节，快乐的人充满快乐，痛

① 参阅第九章第204颂和第206颂。

苦的人受痛苦折磨。(37)

感情的成功表达需要表演情由和表演情态。(38)与情由相关的行动，通过情态表演。感情与自己相关，情由与他人相关。(39)老师、朋友、密友、母系和父系亲戚报告来到，这称为情由。(40)起身表示恭敬，提供礼物和座位，这称为情态。(41)在其他情况下也这样，依据人物的行动，知道情由和情态。(42)对使者带来的信息，给予回答，这称为情态。(43)男性和女性就这样运用情由和情态，表达感情。(44)

表达自己的感情，男性应该采取毗湿奴站姿，女性应该采取左侧或右侧站姿①。(45)出于实际需要，也可以采取其他各种站姿，表达各种感情。(46)男性的动作应该沉稳而优美，女性的动作应该运用柔美的舞蹈姿势。(47)女性的手、足和肢体活动应该优美，男性的这些活动应该坚定和高傲。(48)男性和女性的感情和情态有所不同，我将依次予以说明。(49)

男性拥抱身体，眼含微笑，汗毛竖起，表示喜悦。(50)女性汗毛突然竖起，眼中涌满泪水，话语含笑，表示喜悦。(51)

男性瞪大红眼，咬住嘴唇，呼吸急促，肢体晃动，表示愤怒。(52)女性眼中涌满泪水，下颌和嘴唇颤抖，头摇动，眉毛紧皱，(53)沉默不语，手指扭曲，抛开花环和装饰品，采取左侧站姿，表示妒忌和愤怒。(54)

男性长吁短叹，低头思虑，对空说话，表示痛苦。(55)女性哭泣，叹息，捶胸，跺脚踩地，表示痛苦。(56)前面已提到妇女和下等人物因喜悦而流泪时，都会呼叫。(57)

男性惊恐慌乱，失去坚定和勇力，手中武器失落，表示恐惧。(58)女性眼睛转动，身体颤抖，心中惧怕而左顾右盼，(59)寻

① 参阅第十三章第160—167颂。

求庇护者，失声痛哭，或抱紧爱人，表示恐惧。(60)

前面已提到妇女和下等人物酒醉的情状。女性酒醉应该稍微站立不稳，试图凭空依傍什么，(61) 眼睛转动，话语含混不清，身体摇摇晃晃。(62)

应该依据情况，运用这些方式，表演男性和女性的感情。(63) 表达女性的感情应该动作优美，表达男性的感情应该动作沉稳。(64)

持三旗手势，手指活动，表示鹦鹉、沙利迦鸟和其他小鸟。(65) 用手势和舞姿表示孔雀、仙鹤和天鹅之类大鸟。(66) 用足姿和肢体动作表示驴、骆驼、狮子、老虎、母牛和水牛这些动物。(67)

鬼怪、毕舍遮、药叉、檀那婆和罗刹，在没有看见时，用舞蹈动作表示。(68) 在看见时，用惧怕、惊恐或惊诧表示。在没有看见天神时，根据需要，(69) 用俯首致敬的动作表示。向没有看见的人物致敬，(70) 手从胁部举起，持蜷曲手势，接触头部。妇女手持半握手势或鸽子手势，(71) 表示向天神和长者俯首致敬。在看见天神和值得尊敬的人物时，(72) 应该庄重地表示深深的致敬。(73a)

手持胸前旋转舞蹈手势①，(73b) 表示人群、众多朋友、清客和无赖。双臂伸展，高高举起，(74) 表示巍峨的高山和高耸的大树。双手持旗帜手势，向两侧挥动，(75) 表示辽阔浩渺的大海。手持蜷曲手势，放在额前，(76) 表示勇气、傲慢、骄傲、高尚和上升。双手持鹿头手势，从胸部移开，(77) 迅速向上伸展，表示打开任何东西。双手稍微伸展，手掌抬起，指向下面，(78) 表示房中黑暗和洞穴。陷入相思、遭到诅咒、鬼魅附身和心中焦灼，(79) 应该通过脸部和肢体动作表示。秋千摆动，肢体激动，(80) 紧握绳索，应该这样表示秋千。坐在座位上，就像坐在秋千

---

① 参阅第九章第 192 颂。

上，（81）秋千的摆动应该让观众感觉到。（82a）

现在我要讲述隔空谈话和独白，（82b）以及密谈和私语。隔空谈话是向远处看不见的人说话，（83）向远处看不见的人说话，依据剧中需要，出于各种原因，（84）回答问题，进行交谈。（85a）

出于狂喜、迷醉、疯癫、激动、忌恨、恐惧，（85b）惊奇、愤怒或痛苦，一个人独自说话。这种诉说自己心中的话，称为独白。（86）这种独白含有思索，在传说剧中经常使用。（87a）

谈论秘密，称为密谈。（87b）出于需要，交谈时，不让身边其他人听到，这称为私语。（88a）

属于自己心中的话，含有思索，这是独白。（88b）在戏剧中，事关秘密的话，应该凑近耳朵告知。（89）如果出于需要，旧话重提，为避免重复，也可以凑近耳朵说。（90）

在舞台表演中，隔空谈话、私语和独白，对可见和不可见的人，对自己或他人，都不会混淆。（91）私语和密谈时，应该持三旗手势，表示隔开。（92）在慌乱、灾难、愤怒和极度忧伤中，言辞可以重复。（93）诸如“天哪！天哪！”“什么？什么？”“别说了！别说了！”可以重复两三次。（94）不完整或怪异的词语，可以不必运用姿势表示。（95）

上等人物的感情不用于中等人物。中等人物的感情不用于下等人物。（96）在戏剧中，上等、中等和下等人物的情、味和动作互不相同，而具有感染力。（97）梦中的感情不通过手势活动表示，只通过梦话表示。（98）梦话依靠对往事的回忆，应该话音缓慢，或清晰，或含糊，或重复。（99）剧中老人说话结结巴巴，儿童说话口齿不清，语句不完整。（100）垂死之人发音器官松懈，说话困难，吐字发声轻微如同钟声余音，结结巴巴，伴随打呃和喘息。（101）昏迷之人如同垂死之人，说话伴随打呃和喘息，也包含言辞重复。（102）

死亡的情况各种各样，表演方式也有多种，或甩动手脚，或全身不动。（103）病死的人伴随打呃和喘息，身体松懈，见不到肢体活动。（104）喝毒而死的人因毒性发作，甩动手脚，肢体颤抖。（105）死亡的第一阶段瘦弱，第二阶段颤抖，第三阶段发烧，第四阶段打呃，（106）第五阶段口吐白沫，第六阶段脖子扭曲，第七阶段痴呆，第八阶段死亡。（107）

眼睛凹陷，脸颊和嘴唇收缩，肩膀、腹部和手臂瘦削，表示瘦弱。（108）双手、双脚和头同时或分别抖动，表示颤抖。（109）整个身体晃动，抓挠肢体各处，双手和肢体摆动，表示发烧。（110）反复眨眼，打呃，呕吐，话语含混不清，表示打呃。（111）伴随打呃和呕吐，头不断晃动，失去知觉，不眨眼，表示口吐白沫。（112）头歪斜，脸颊接触肩膀，表示脖子扭曲。所有感官麻木，表示痴呆。（113）无论病重或蛇咬而死，按照戏剧法，都用闭上眼睛表示。（114）

这些特殊的表演都应该具有真情。其他的世间法都可以从世间获取。（115）正如花匠采集各种花编制花环，戏剧同样应该含有情、味和各种肢体表演。（116）演员按照规则，运用优美的步姿进入舞台。他应该保持真情，直至走下舞台。（117）

我已经依次讲述语言和形体表演，没有讲到的，行家们可以从世间获取。（118）

世人、吠陀和内心是三个准则。戏剧主要立足吠陀和内心。（119）戏剧依据吠陀和内心，具有语言和诗律，受到世人赞同，则表明戏剧获得成功。（120）因此，世人是戏剧表演的最高准则。模仿这个世界中，（121）天神、仙人、国王和家主的事迹，这称为戏剧。世人出于各种状况的行为，（122）运用肢体动作，予以表演，这称为戏剧。因此，通晓戏剧吠陀的行家，（123）将世人处于各种状况的行为，都纳入戏剧中。与世人有关的经典、律法、技艺和行为，（124）都可以用戏剧形式表现。而世上一切动物和不动物的感情和动作，（125）经典中不可能一一作出规定。世人有各种性格，戏剧依据这些性格。（126）因此，戏剧行家应该以世人为准则，应该努力注意感情、肢体和真情，表演各种人物的感情。（127）正确了解这些表演方法，在舞台上加以运用。如果表演体现戏剧真谛，便在世上获得最高尊敬。（128）

明了这些语言、妆饰和形体表演方法，戏剧行家的作品便有望获得成功。（129）

以上是婆罗多《舞论》中名为《各种特殊表演》的第二十六章。

# 第二十七章

## 论成功

我现在讲述戏剧成功的特征。任何戏剧创作都以成功为目标。（1）应该知道戏剧的成功产生于语言、真情和形体表演，依靠各种情和味，分成神的成功和人的成功两类。（2）依据各种真情引起的身体和语言反应，人的成功有十种，神的成功有两种。（3）微笑、半笑、大笑、叫好、惊叹、悲叹和哄然，应该知道这些是语言反应的成功。（4）汗毛竖起、起身、抛赠衣物和指环，这些是身体反应的成功。（5）

演员运用双关语产生滑稽味，观众通常领会而微笑。（6）演员笑容不明显，语言不明朗，观众通常领会而半笑。（7）丑角插科打诨，或其他噱头，观众通常领会而大笑。（8）嘉言懿行，超凡出众，观众发出叫好声。（9）具有艳情味、奇异味和英勇味，令人惊奇，观众发出惊叹声。（10）其情悲悯，催人泪下，观众发出悲叹声。面对奇迹，惊讶不已，观众哄然。（11）发出轻侮之言，观众好奇心切，汗毛竖起。（12）场面热烈，挑战，劈砍，奔跑，跳跃，格斗，（13）内行的观众晃头，摇肩，含泪，喘息。（14）

行家们应该这样取得人的成功。下面，请听我讲述神的成功。（15）充分表达真情和各种情态，观众通常认为是神的成功。（16）剧场满座，无声响，无骚动，无异常现象，相传是神的成功。（17）

观众应该知道这些是人的成功和神的成功。下面，我讲述来自天意的障碍。（18）行家们应该知道障碍有三种：来自天意、自己和敌人。有时有第四种，来自灾害。（19）刮风，起火，下雨，雷击，象或蛇的骚扰，昆虫、蚂蚁或野兽的侵袭，这些是来自天意的障碍。（20）狂呼乱叫，鼓倒掌，喝倒彩，扔掷牛粪、土块、杂草和石头，（21）出于妒忌、敌意、偏心或受人贿赂，行家们通常知道这些是来自敌人的障碍。（22）来自灾害的障碍应该是地震、彗星坠落和暴风雨。现在，我讲述来自自己的障碍。（23）表演走样，动作失误，角色分配不当，失去记忆，说错台词，叫苦不迭，手忙脚乱，（24）头冠或其他装饰品坠落，鼓点不合拍，说话胆怯，这些是来自自己的障碍。（25）

哭笑过火，音量失控，昆虫和蚂蚁侵袭，彻底破坏演出效果。（26）头冠和其他装饰品坠落，失去观众的喝彩。野兽侵袭造成的危害可以略去不说。（27）头冠失落，表演过火，手忙脚乱，说话胆怯，鼓点不合拍，彻底破坏演出效果。（28）在戏剧演出中，有两个障碍无法补救，一是遇到自然灾害，二是计时失误。（29）

词语重复，复合词不当，变格错误，缺少连声，语义不全，词性错误，混淆直接和间接，（30）诗律失调，混淆长短音，停顿失当，这些是作品中常见的缺陷。（31）音调使用不当，缺乏甜蜜性和丰富性；忽视音域和节拍，有违音调规则。（32）方法不当，鼓点混乱，收放有误，损害鼓乐效果。（33）失去记忆，音调错误，装饰品错位，头冠和装饰品坠落。（34）慌慌忙忙，忽略车、象、马、驴、轿子和飞车的登上和走下，缺乏手势。（35）武器和铠甲有误，没有佩戴头冠和装饰品，或者上台太迟。（36）行家们可以不管祭柱、火堆、木勺和其他祭祀用具，但应该注意这些障碍。（37）

障碍有全面的、个别的以及与成功混合的，戏剧行家不会简单地记录为成功或障碍。(38) 全面的成功或障碍有多方面表现，个别的障碍不应该记录为失败。(39) 在安放旗帜后，评判员们应该准确地计时和记录。(40) 在节日大会上，粗心念错颂神献诗，应该记录为演出前的失误。(41) 作品中混入其他诗人的篇章词句，行家们应该记录为舞台上的失误。(42) 在作品中故意混入其他诗人的名字，行家们也应该记录为失误。(43) 演出中服装和语言与地点不符，行家们应该记录为地点失误。(44)

谁能做到完全符合戏剧创作和演出的规则，大胆自信地声称自己完全理解经典中所说的一切？(45) 在戏剧中使用的语言，应该具有深刻的含义，符合世俗和吠陀，所有的人都能领会。(46) 戏剧演出既不可能完美无瑕，也不可能一无是处。因此，对其中的缺点不应苛求。(47) 但是，演员不应该忽视语言、形体、妆饰、味、情、舞蹈、歌唱、器乐和世俗习惯。(48)

智者们知道这些是成功的特征。下面，我讲述观众的特征。(49) 品行端正，出身纯正，沉静，博学，注重名誉，热爱正法，公正不倚，年龄成熟，(50) 头脑聪明，身心纯洁，平等待人，精通戏剧艺术、四种乐器和妆饰，(51) 精通方言俗语、各种技艺、四种表演方式以及细腻微妙的味和情，(52) 精通词汇、诗律和各种经典，应该请这样的观众观赏戏剧。(53)

相传戏剧观众应该感官不混乱，心地纯洁，善于判断，明辨是非，充满爱心。(54) 相传戏剧观众应该别人满意他高兴，别人悲伤他忧愁，别人不幸他沮丧。(55) 相传所有这些优点不会集中在一位观众身上，因为知识无涯，生命有限。(56) 剧场里坐满上等、中等和下等人。下等人不能理解上等人的行为。(57) 各种人欣赏符合自己活动领域的技艺、妆饰、行为、语言和动作。(58) 观众分上等、中等和下等，老人、儿童和妇女。青年爱看爱情，智者爱看教义。(59) 财迷爱看追逐财富，清净之人爱看解脱，守戒之人爱看戒律。(60) 勇士爱看厌恶味、暴戾味、战斗和厮杀，老人一向爱看宗教故事和往世书传说，儿童、妇女和俗众始终爱看滑稽味和妆饰。(61) 善于模仿剧中角色情态的观众应该被认为是优异的观众。(62)

应该知道这些是戏剧观众。一旦出现争议，则有评判员们，请听我说。(63) 祭司、舞蹈家、诗律家、语法家、弓箭手、画家、妓女、乐师和王侍。(64) 祭司评判祭祀，舞蹈家评判表演，诗律家评判复杂的诗律，语法家评判长篇的吟诵。(65) 国王评判国王的尊贵性、后宫和行为，弓箭手评判姿势。(66) 画家评判敬礼动作、服装和装饰品以及作为戏剧根基的妆饰。(67) 妓女评判爱情动作，乐师评判音调和节拍，王侍评判礼节。相传这些是十位评判员，由他们观看演出，指出优缺点。(68)

不通晓经典的人们发生争论时，就由我提到的这些评判员评判。(69) 有关经典知识出现争议，应该核实经典，以经典为准。(70) 演员们以各自的表演互相竞争奖金和奖旗。(71) 应该预先确定获得奖金和奖旗的条件，秉公评判，不带偏见。(72) 这些评判员思想可靠，心地纯洁，舒服地坐着观看演出，由秘书们协助记录优缺点。(73) 评判员们坐的位子应该既不近也不远，距离舞台十二腕尺。(74) 哪位演员缺点少而优点多，禀报国王，授予这位演员奖旗。(75) 评判员们应该注意前面提到的戏剧成功的特征。(76) 这些行家应该记录下演出中由天意造成的障碍。(77) 但首先应该记录下在戏剧演出中演员自身的优缺点。(78) 如果两位演员同样优秀，由国王决定谁更优秀，获得奖旗。或者，让这两位演员同时获奖。(79)

因此，行家们应该懂得吟诵、角色、味、歌唱、器乐和妆饰。(80) 在戏剧演出中，形体动作与歌舞和其他艺术协调一致，称之为和谐。(81) 胸部不弯，双臂匀称舒展，脖子挺拔，称之为形体优美。(82) 演员们应该掌握的其他技艺前面已经提到，器乐、角色和形体动作也会提到。(83) 优秀的表演出自形体动作和各种味，应该满怀喜悦，依靠这些展示成就。(84)

戏剧家们应该知道各种最佳演出时间。相传戏剧演出分为日场和夜场。(85) 黄昏、半夜和拂晓都属于夜场演出。(86) 上午和下午都属于日场演出。(87) 我现在讲述戏剧按照各种味而安排的演出时间。(88) 动听的宗教故事，无论是纯粹的还是混合的，应该在上午演出。(89) 以勇力获得成功的故事，器乐丰富，应该在下午演出。(90) 风格艳美的爱情故事，歌曲和器乐丰富，应该在晚上演出。(91) 以悲悯味为主的崇高故事能驱除睡意，应该在拂晓演出。(92) 半夜、中午、晨昏祈祷和吃饭时间，绝不应该演出。(93) 这样，按照戏剧的情和味，考虑时间和地点，安排演出。(94) 如果出于恩主要求，则可以不管地点和时间，马上演出。(95)

应该知道，和谐、美观和演员的出色表演是三大优点。(96) 聪明，活泼，漂亮，熟悉音乐节拍，通晓味和情，年龄适当，有好奇心，(97) 执著，坚定，能歌善舞，不怯场，有勇气，这些是对演员的要求。(98) 优美的器乐，优美的歌曲，优美的吟诵，各种动作符合经典规定，(99) 优美的妆饰，优美的花环和服装，出色的油彩化装，(100) 所有这一切和谐一致，戏剧家们认为这是庄严(即美)。(101) 我已经讲述戏剧成功的特征，诸位婆罗门啊！下面，我讲述器乐的分类。(102)

以上是婆罗多《舞论》中名为《论成功》的第二十七章。

# 第三十四章

## 论角色

下面，我讲述各种角色的特征。角色总的分成三类。(1) 男性和女性都分成上等、中等和下等。控制感官，富有智慧，精通各种技艺，(2) 谦恭有礼，庇护弱者，熟悉各种经典要义，稳重，仁慈，(3) 坚定，乐善好施，这是男性上等人物。精通世俗行为，熟谙各种技艺和经典，(4) 具有智慧和甜蜜，这是男性中等人物。言语粗鲁，品德恶劣，本性卑贱，智力低下，(5) 动辄发怒，伤害他人，背叛朋友，造谣诬蔑，傲慢无礼，忘恩负义，游手好闲，(6) 贪图女色，喜爱争吵，阴险狡猾，作恶多端，夺人财物，(7) 这些是男性下等人物的缺点。女性人物也按照品德分成三类。(8)

我现在依次讲述女性人物。性情温柔，不轻浮，面带微笑，不刻薄，(9) 善于听取德者之言，含羞，文雅，天生美貌和美德，(10) 稳重，坚定，这是女性上等人物。具有上述品质，但不突出，不充分，(11) 还有少量缺点，这是女性中等人物。女性下等人物与男性下等人物相同。(12)

应该知道阉人是混合类角色，属于下等人物。(13) 还有侍女、丑角和国舅，行家们知道这些是戏剧中的混合类角色。(14) 这些男性、女性和阉人角色，我将讲述他们的行为规则。(15)

上等和中等的男主角应该分成四类，具有各自的特征。

(16) 这些男主角分为坚定而傲慢、坚定而多情、坚定而高尚和坚定而平静四类。(17) 相传天神应该坚定而傲慢，国王应该坚定而多情，将帅和大臣应该坚定而高尚，(18) 婆罗门和商人应该坚定而平静。应该知道有四类丑角。(19) 他们机智灵活，分别依附天神、国王、大臣和婆罗门。(20) 在分离艳情味中，国王痛苦烦恼，他是国王的心腹侍从，善于交谈。(21)

在许多男性角色中，经历磨难而获得成功者称为主角。(22) 有两位杰出者，其中一位应该是主角。应该知道以下这些是各种女主角的特征。(23) 坚定、优美、高尚和文静，女神和王后具有这些特征。(24) 淑女的特征是高尚和文雅。妓女或女艺人的特征是高尚和优美。(25)

所有的角色分成后宫内和后宫外两类。我现在讲述他们的特征。(26) 侍奉国王的角色是后宫内，其他的角色是后宫外。(27) 我现在讲述后宫内侍奉国王的女角色。(28) 大王后、小王后、仕女、嫔妃、女艺人、女演员和舞女，(29) 女侍、女仆、丫鬟和女使，(30) 女管家、女门卫、少女、老妇和女监督，这些是侍奉国王的后宫内角色。(31)

与国王一起灌顶登基，出身和品德高贵，年龄合适，不偏不倚，(32) 摆脱愤怒和妒忌，了解国王的品德，同甘共苦，经常为丈夫的安宁和幸福祝祷，(33) 平静，坚定，关心后宫利益，大王后具备这些品质。(34) 具有以上品质，但没有接受灌顶，自鸣得意，热衷享乐，(35) 年轻貌美，穿戴漂亮，妒忌对手，这些是小王后的特征。(36)

统帅、大臣或侍臣的女儿令人喜爱，受人尊敬。(37) 凭借自己的品德和美貌，赢得国王宠爱，这些是仕女的特征。(38) 年轻貌美，任性，妖娆，热衷欲乐，妒忌对手，(39) 机敏，懂得丈夫心思，精通书画、床榻和膳食，甜蜜可爱。(40) 灵巧，可爱，坦率，温和，文雅，精通音调、节拍和停顿，侍奉老师，这些是女艺人的特征。(41）机灵，精通舞蹈，善于判断，年轻貌美，这些是女演员和舞女的特征。(42）熟谙艳情，擅长真情表演，甜蜜可爱，精通器乐。(43）大小肢体优美，通晓六十四种技艺，聪明，谦恭，没有女人的病态。(44）正直，自信，勤奋努力，不知疲倦，通晓各种技艺，能歌善舞。(45）具有美貌、品德、度量、魅力、坚定和勇气，妩媚甜蜜，充满柔情，精通绘画。(46）在妇女中，容貌和青春无与伦比，相传这些是舞女的特征。(47)

在任何情况下都不离开国王，精明能干，守护卧室。(48）为国王端水，执扇，按摩，涂抹香膏，佩戴首饰和花环。(49）应该知道这些是女侍的特征。漫游树林和花园，(50）游玩神庙和宫殿，守夜，这些是女侍的特征。(51）戏剧家应该知道这些女侍不享受爱欲。而国王有秘密约会，她们则充当女使。(52）女管家照管后宫一切，擅长赞颂和祝祷，企盼繁荣昌盛。(53）老妇人受到先王尊重，知道宫中一切人的行为。(54）监督仓库中的武器、根茎、果子、药草和食品，(55）查看香料、装饰品、花环和服装，事事留心，这些是女监督的特征。(56)

以上扼要讲述了后宫女侍，诸位婆罗门啊！我现在讲述她们的优点。(57）她们尽职尽责，不高傲，不迷乱，不贪婪，不苛刻，(58）平静，宽容，满意，克服愤怒，控制感官，摒弃欲望，受人尊敬，没有女人的病态。(59）经常出现在国王身边，忠心耿耿，履行职责，克服一切缺点。(60)

阉人是第三种角色，安排在国王的后宫中。(61）他们作为各种宦官，听从妇女们差遣。(62）他们照管后宫，侍奉王后，看护少女和幼女。(63）这些阉人有女性特征，而对女性缺乏男性活力。(64）其中一类宦官天生哑巴。这些老婆罗门经验丰富，能够排除各种技艺的缺点。(65)

我已经讲述国王在后宫中为王后安排的十八种侍从。（66）下面，我讲述在后宫外活动的男角色：国王、统帅、祭司和大臣，（67）顾问、法官和教师，以及其他受国王尊重的人士。（68）

我现在讲述他们的各种特征，请听！具有力量和智慧，言而有信，控制感官，（69）有能力，有信心，有思想，勇敢，纯洁，有远见，有活力，知恩图报，说话和蔼，机敏。（70）保护世界，恪守誓言，精通行动方式，奋发有为，谨慎老练，通晓法论和利论。（71）洞察敌人的弱点和意图，勇于防卫，善于思索推断，运用各种技艺。（72）精通治国论，这些是国王具备的品质。有智慧，懂政治，有勇气，言辞可爱，（73）精通利论，受百姓爱戴，恪守正法，这些是大臣的品质。（74）

精通诉讼，富有智慧，多闻博识，立场公正，恪守正法，明辨是非，（75）宽容，自制，克服愤怒，一视同仁，崇尚正法的国王任命这样的法官。（76）勤奋努力，不懈怠，不懒惰，不知疲倦，温和，宽容，文雅，机智，不偏不倚，（77）通晓规则和礼仪，善于推断，精通一切经典要义，不被爱欲引入歧途，（78）应该按照天师毗诃波提的思想指明各种美德。这些是宫廷成员的特征。下面，我将讲述演员的特征。（79）

以上是婆罗多《舞论》中名为《论角色》的第三十四章。

# 第三十五章

## 论角色分配

现在，我讲述剧中角色的分配。角色的分配依据演员的情况，(1) 诸如步姿、语言和肢体动作，还有性格和气质。迟钝，矮小，驼背，畸形，怪脸，(2) 斜眼，肥胖，扁鼻，衣衫褴褛，性格乖戾，相貌丑陋，(3) 智者让这样的演员扮演奴隶。天生瘦弱，可以扮演疲倦的人物。(4) 身材魁梧，可以扮演健康的人物。其他的情况，也都按照演员的天赋特征挑选，诸位婆罗门啊！(5) 凭借老师的智慧，依据性情、姿态和素质挑选。具有这样的姿态、素质和行为，(6) 并分为上等、中等和下等，就能在此后的演出中，表演相应的情态。(7) 在其他一些地方，也讲到这种戏剧法。角色的选择也要考虑地区和服装。(8) 多臂、多头和怪脸的人物，还有野兽、狮子、骆驼和象，(9) 诸如此类各种形象，凭借老师的智慧，应该使用泥制、木制或皮制的模具。(10)

演员具有自己的形态，要用油彩和装饰掩盖自己的形象，进入舞台。(11) 天生形貌相像，年龄和服装一致，也可以直接用于戏剧演出。(12) 犹如生物抛弃自己的身体和本性，进入别人的身体，接受别人的本性。(13) 演员心中记着“我是那个人物”，用语言、形体、步姿和动作表演那个人物的情态。(14) 表演人物的角色有三类：顺色、离色和随色。(15) 在戏剧演出中，角色有各种情况、年龄、本性和行为。(16) 年龄相仿的女演员扮演女角色，男演员扮演男角色，这称为顺色。（17）少年演员扮演老年角色，老年演员扮演少年角色，这称为离色。（18）男演员扮演女角色，这在戏剧演出中称为随色。（19）同样，女演员也可以扮演男角色。但是，老年演员和少年演员不宜互相扮演。（20）女演员永远适合扮演优雅的角色，能扮演女角色，也能扮演天神和男子。（21）这样的戏剧在天国依靠天女兰跋和优哩婆湿等确立；在人间，出现在国王的后宫中。（22）高尚的老师应该按照经典指导这些女演员。她们的表演优美，博得国王欢心。（23）她们的表演产生艳情味。女演员天生娇媚可爱，（24）肢体柔软灵活，只要注意装扮，也能呈现男性的优雅。（25）智者应该亲自为女演员安排角色。要努力让女演员扮演男角色。（26）妇女一向善于歌唱，在戏剧演出中增加甜美。（27）妇女精通爱情，在戏剧表演中展现的美多姿多彩，犹如花朵盛开的蔓藤。（28）安排角色始终要认真努力，不要疏忽大意，否则，就不能产生合适的情和味。（29）

戏剧演出分为两类：文戏和武戏，依托各种情和味。（30）传说剧、创造剧、独白剧、街道剧和感伤剧，这些戏剧称为文戏，依托人间生活。（31）猛烈的战斗，快速的行动，激愤的情绪，不适宜妇女演出，只适宜男子演出。（32）与此不同，有攻击性的动作，以劈、砍和挑战为特征，充满幻术，运用道具和装扮，（33）男角色多，女角色少，具有崇高风格和刚烈风格，这样的戏剧称为武戏。（34）争斗剧、神魔剧、纷争剧和掠女剧，行家们将这些戏剧称为武戏。（35）这些戏剧中，应该有天神、檀那婆和罗刹，人物性格傲慢，富有勇气和胆量。（36）以上讲述了戏剧演出中应该怎样分配角色。现在讲述化装的作用。（37）

演员依靠少量装扮，怎么能表演国王的特质？回答是采用戏剧法。（38）我已经使戏剧具备这一切。涂上油彩，佩戴各种装饰品，（39）扮相庄重，演员便具备国王的特征。他既是七大洲的庇护主，也是一个凡人。(40) 凭借老师的智慧，演员涂上油彩，肢体的活动舒展优美。(41) 演员变得像国王，因而，国王也变得像演员。国王像这样的演员，演员像这样的国王。(42) 国王的随从在戏剧中也要体现地区、语言和年龄特征。(43) 以上讲述了怎样扮演国王。下面讲述演艺人员的特征。(44)

首先讲述舞台监督。他通晓戏剧特征，擅长语言修辞，精通节拍、音调和乐器。

他掌握四种乐器，熟谙经典和礼仪，了解各种邪教行为，通晓正道论和利论要义。(45) 了解妓女的行为，通晓欲论，熟悉各种歌曲，精通味和情。(46) 熟悉各种技艺，熟谙诗步诗律，通晓一切经典，精通戏剧演出。(47) 通晓各种星宿、人体功能、大地、岛屿、地区、山岭和住民。(48) 通晓行为准则、王族世系以及各种经典的意义。(49) 不仅通晓，而且善于演示。具备这些品质的老师称为舞台监督。(50) 你们听我讲，他有许多良好的个人素质：记忆力强，聪明，坚韧，慷慨大度，言而有信，通晓诗艺，(51) 健康，甜蜜，宽容，自制，言语可爱，不发怒，说真话，能干，清白，(52) 不贪图虚名。这些是舞台监督的素质。助理监督是中等人物，不完全具备舞台监督的素质。(53)

神采奕奕，聪明睿智，通晓仪轨，明白自己的职责，善于从旁协助。(54) 具有舞台监督的品质，精通妓女的行为，甜蜜，能干，通晓诗艺，能言善辩，机灵狡猾，这是清客。(55) 服饰华丽，喜怒无常，品质低下，行为乖戾，说摩揭陀语，这是国舅。(56) 身材矮小，长有獠牙，弯腰曲背，两舌，貌丑，秃头，眼睛发黄，这是丑角。(57) 喜爱吵架，饶舌，丑陋，制作香料，但能认清受尊敬的人，这是仆从。(58) 通晓戏剧演出，运用技艺，体现这些特点，常常令老师高兴满意。(59) 妩媚，妖娆，甜蜜，知礼节，通晓六十四种技艺，(60) 熟悉国王的行为，没有女人的病态，谈吐可爱，机敏能干，不知疲倦，（61）具有这些品质，称为妓女。年轻美貌，德才兼备，甜蜜，（62）纯洁，温顺，话语轻柔，项链可爱，不急不躁，通晓停顿、节拍和各种味，（63）具备这些品质，称为女主角。即使遭遇挫折，步姿和动作失常，（64）满怀怨愤，悲惨可怜，依然凭借全身的装饰品、香料和花环，保持优美。（65）以上这些，戏剧行家们称为角色。下面讲述剧团的分工。（66）

技艺辅助人员、丑角、赞诗吟诵者、演员、舞台监督、剧作家和衣冠师，（67）金匠、花匠、染匠、画师、工匠和技艺师，（68）还有俱希罗婆等等，诸位婆罗门啊！如同首领，拯救者，能扮演多种角色，通晓各种乐器和剧团事务，这是主要演员。（69）掌握世人心理，能模仿各种人物的行为，也熟悉妇女，（70）天生聪慧，机智幽默，制造笑话，言语巧妙，这是丑角。（71）精通一切乐器，擅长演奏，是乐器之主，名为乐师。（72）演员的词根意义是演示。他们表演人间事件，具有味和情。（73）遵照吉祥仪式，以甜蜜的祝福话语，赞美一切世界，这是赞诗吟诵者。（74）在戏剧演出中，多次由他当众吟诵，使用俗语或梵语，这是赞诗吟诵者。（75）按照经典教导，统一安排歌唱、器乐和吟诵，这位通经者是舞台监督。（76）分配角色，按照有关指示，引导心理感情，因此，称为剧作家（或导演）。（77）能演奏各种乐器，能表演按照经典、目的和因果编排的戏剧，这是男演员。（78）善于击鼓，精通停顿和节拍，顺应情味，肢体优美，这是女演员。（79）为各种角色制作头冠和各种特殊的戏装，这是衣冠师。（80）制作各种装饰品，这是金匠。从事各种辅助工作的人员，都以工作性质命名。（81）制作五种花环，这是花匠。制作服装，这是服装师。（82）善于绘画，这是画师。专门染衣，这是染匠。用树胶、石头、金属或木材制作器具，这是工匠。（83）擅长演奏各种乐器和说唱，这是名为俱希罗婆的乐师。（84）这些人员

从事各种技艺或演出活动，按照各自的工作性质命名。(85)

以上是智者们按照戏剧规则，对从事辅助工作的人员的命名以及戏剧角色的分配。(86) 已经按照《舞论》说明角色的分配和各种演艺人员，诸位婆罗门啊！还需要我讲什么？(87)

以上是婆罗多《舞论》中名为《论角色分配》的第三十五章。

# 第三十六章

## 戏剧下凡

阿特雷耶、极裕、布罗斯底耶、布罗诃、迦罗都、鸯耆罗、乔答摩、投山、摩奴和长寿，(1) 众友、斯吐罗希罗、商婆尔多、波罗底摩尔陀那、优沙那、毗诃波提、婆蹉、行落、迦叶波和达鲁婆，(2) 杜尔婆娑、阇摩陀耆尼、摩根德耶、伽罗婆、婆罗堕遮、雷比耶和蚁垤，(3) 斯吐罗刹、商古罗刹、干婆、梅达底提、俱舍、那罗陀、波尔婆多、苏舍尔摩和埃迦登文，(4) 尼湿提优底、跋婆那、烟氏、百喜、讫利多婆罗那、持斧罗摩和婆摩那。(5) 这些牟尼满心喜悦，又怀着好奇心，对通晓一切的婆罗多说道：(6)“你讲述了古老的戏剧吠陀，我们已经专心聆听，正确掌握。(7) 尊者啊，有个疑问，你能为我们解决，因为其他人不能说清戏剧吠陀。(8) 我们不是出于无礼、妒忌或刁难，尊者啊，而是真心向你求教戏剧。(9) 我们原先没有提出，是怕打断你的话。现在，请你完整无遗地揭示戏剧奥秘。(10) 你说过人间演出这样的戏剧。你能为我们说明涉及人间的奥秘。(11) 婆罗门雄牛啊，在演出前的准备工作中，为何敬拜天神？怎样敬拜？(12) 选择什么神灵？怎样令他们高兴？舞台监督为何要举行净化仪式？(13) 戏剧怎样从天国下凡人间？尊者啊，你的家族怎么以演员命名？”(14)

婆罗多说

诸位信守誓愿的婆罗门，我回答你们提出的问题。你们要正确理解演出前的准备工作。（15）我在前面已经说过，演出前的准备工作用以消除障碍。（16）正如铠甲用于防御武器，仪轨用于清除一切罪愆。（17）这样，仿照祭祀仪式，默诵祷词，祭供天神，赞颂和祝福，（18）奏响所有乐器，咏唱各种歌曲，由此，清除罪愆，消除障碍。（19）赞颂和歌唱等令人们满心欢喜，然后，吟诵献诗。（20）歌声和乐声回响，声调优美，在这个地方，罪愆清除，吉祥平安。（21）充满乐器声的地方吉祥幸运，消除各种障碍。（22）在结婚仪式和国王的祭祀仪式上，听到念诵献诗，祸患就会消失。（23）听到器乐声、弦乐声和歌声，听到吠陀颂诗，也是这样。（24）我从神中之神（梵天）那里听到商羯罗（湿婆）说过，歌唱和奏乐胜过一千次沐浴和默祷。（25）只要有器乐、弦乐、舞蹈和歌唱，这个地方就不会不吉祥平安。（26）就这样，为了祭供天神，我设计了演出前的准备工作，用颂诗赞美和敬拜天神。（27）在舞台上俯首致敬，完成仪式，毫无保留。（28）

我的所有儿子沉醉戏剧吠陀。他们戏谑嘲弄，逗引观众发笑，由此遇到麻烦。（29）有一次，运用我的技艺，戏谑嘲弄，得罪了众仙人。（30）众仙人认为他们在集会上演出的作品粗俗，邪恶，残酷，不值得赞扬，不可接受。（31）众仙人个个怒不可遏，犹如火焰燃烧，对所有的婆罗多（演员）说道：（32）“你们这些婆罗门啊，别再这样亵渎我们了！这是怎样的羞辱，我们怎么能接受？（33）你们沉醉你们的知识而疯狂，不守规矩，因此，你们的这种卑劣知识将遭到毁灭。（34）在仙人和婆罗门的集会上，你们的行为不像婆罗门，因此，你们的行为今后会像首陀罗。（35）你们将成为首陀罗，从事他们的工作。你们整个家族都将成为首陀罗。（36）在这个家族中出生的人，连同妻子和儿女，也都成为歌舞演员，侍奉他人。”（37）

众天神得知我的儿子们受到诅咒，精神沮丧，来到众仙人那里。（38）以帝释天为首的众天神说道：“现在遇到麻烦了，这一切毁灭了。”（39）而众仙人说道：“这一切不会毁灭，而会变成我们所说的那样。”（40）听了威力强大的仙人们的话，众天神愁眉苦脸，渴望得到保护。（41）他们一再愤怒地对我说道：“你把我们毁了。由于这种戏剧的缺点，我们都成了热爱首陀罗行为者。”（42）我安慰他们说：“别发愁，诸位无辜者啊！这个事件降临你们头上，是命运的安排。（43）仙人们的话不会落空，但你们心中不要绝望。（44）你们要知道戏剧是梵天倡导的。你们就交给其他学生们演出吧！（45）别让这种来之不易的戏剧遭到毁灭！它有可靠的基础和伟大的功果，产生于吠陀及其各种分支。（46）你们把戏剧交给天女们，然后举行赎罪仪式。”（47）

后来，有位名叫友邻的国王，凭借自己的谋略、智慧和勇武，获得天国王位。（48）在他的统治下，天国繁荣。他看到健达缚们演出的戏剧后，陷入沉思。（49）他心中激动地思忖道：“在我的宫中也应该演出这种戏剧。”（50）为此，这位国王双手合十，对众天神说道：“让天女们的这种戏剧也在我的宫中演出吧！”（51）以毗诃波提为首的众天神作出合适的回答：“天女们不可能与凡人相聚。（52）尊者啊，为了天国繁荣，你应该做合理和有益的事。让这些老师去吧！让他们去做你喜欢的事！”（53）于是，这位国王双手合十，对我说道：“尊者啊，我想要这种戏剧出现在大地上。（54）我早就听说它含有许多因素，依靠你，才得以展现。（55）从前在我的祖父（补卢罗婆娑）宫中，优哩婆湿曾经在后宫演出祖父的事迹。（56）后来，她消失，祖父忧伤而死，后宫的人们也死去，戏剧随之消失。（57）我希望它出现在大地上。这样，经常在太阴日祭祀活动中演出，带来吉祥。（58）在我的宫中，妇女们会依据各种人物性格，优美地表演，由此提高你们的名声。”（59）

我向友邻王说道：“好吧！”然后，我召唤儿子们，向他们和众天神宣布这个令人宽慰的消息：（60）“友邻王双手合十，请求道：‘你们一起前往大地搬演戏剧吧！（61）一旦戏剧上演，对你们的诅咒也就解除了。婆罗门和国王们不会再刁难你们。（62）你们前往大地演出吧！’我不能违背国王的旨意。（63）依靠你们与灵魂高尚的友邻王合作，梵天宣讲的戏剧规则会得到完美实施。（64）戈诃罗会以疏解和注释的方式补充说明其他的演出规则。（65）作为娱乐指南，依靠天女们以及吉祥女神和那罗陀仙人，我已经编定这部经典。”（66）

然后，众婆罗门前往大地，在友邻王的宫中，多次按照规则，安排妇女们演出。（67）在那里，我的儿子们与人间女子生育儿子，创作各种戏剧作品。（68）他们生育儿子，按照规则搬演戏剧，然后，得到梵天的允许，又返回天国。（69）就这样，由于那个诅咒，戏剧得以流传大地。这个婆罗多（演员）家族也将闻名于世。（70）

戈诃罗以及婆蹉、香底利耶和杜尔底罗按照人间的方式运用这部经典。（71）这部经典用于增进人类的智慧。它包含三界的行为，成为一切经典的典范。（72）它出自梵天之口，充满吉祥。它纯洁，优美，净化人心，涤除罪恶。（73）谁专心聆听梵天宣讲的这部经典，演出和观看戏剧，（74）他就会达到通晓吠陀者、举行祭祀者和乐善好施者同样的目的。（75）在一切王法中，它被称为伟大的功果；在一切布施中，它被尊为圣洁的布施。（76）众天神对于含有吉祥赞颂的戏剧演出，比受到香料和花环供奉更满意。（77）人们认真观赏音乐和戏剧，能达到与婆罗门仙人相同的神圣目的。（78）

以上讲述了经典中规定的戏剧演出的种种事项。凡是没有讲到的，行家们可以仿照人间的情况实行。但愿大地永远充满真理，摆

脱病患，牛和婆罗门平安。但愿国王保护整个大地。（79）

以上是婆罗多《舞论》中名为《戏剧下凡》的第三十六章。

《舞论》终。

# 诗庄严论

# 简　介

婆摩诃（Bhāmaha，七世纪）的《诗庄严论》（Kāvyālaṅkāra）共分六章。第一章论述诗的功能、性质和类别。第二章和第三章论述各种庄严（即修辞）。第四章和第五章论述各种诗病。第六章论述词汇的选择。婆摩诃认为“诗是音和义的结合，分成韵文体和散文体两类”，体裁包括“大诗、戏剧、传说、故事和短诗”。据此可见，婆摩诃的诗（kāvya）的概念是广义的，指的是纯文学或美文学。这种诗的概念也是整个梵语诗学的诗的概念。

婆摩诃的《诗庄严论》是对梵语文学理论的初步总结。他提出的“诗是音和义的结合”这一定义，成了许多梵语诗学家探讨诗的性质的理论出发点。他认为“庄严”是诗美的主要因素。而“庄严”的实质是“曲语”（即曲折的表达方式）。他论述了谐音、叠声、明喻和隐喻等三十九种庄严。他还论述了两组各十种诗病和七种喻病。他对庄严和诗病的分类和阐释奠定了梵语诗学中的庄严论派的理论基础。他提出的曲语概念也对梵语诗学产生了深远影响。

婆摩诃的生平事迹不详。这里，我们按照一般的看法，将婆摩诃确定为七世纪人，并将他排在同一世纪的檀丁之前。

这里的《诗庄严论》译文依据夏斯特里（P. V. N. Sastri）编订本（德里，1970），并参考夏尔玛（B. Sarma）和乌帕底亚耶（B. Upadhyaya）编订本（瓦拉纳西，1981）。

# 第 一 章

用思想、语言和身体的行动，向全知全能的神致敬。我将竭尽智力，写作这部《诗庄严论》。（1）

优秀的文学作品使人通晓正法、利益、爱欲、解脱和技艺，也使人获得快乐和名声。（2）

非诗人的经论知识，犹如乞丐的慷慨，太监的武艺，笨汉的勇敢。（3）

没有修养，谈何美德？没有月亮，谈何夜晚？没有诗才，谈何精通语言？（4）

智力迟钝的人，也能在老师指导下学习经论；而诗只能产生于天资聪明的人。（5）

那些优秀作家即使已经升入天国，他们的完美无瑕的作品依然存在。（6）

只要他的名声在天国和大地保持不朽，这位有功之人必定会在神界占据一席。（7）

因此，智者如果盼望自己的名声与坚实的大地共存，他就应该努力掌握诗的要义。（8）

写诗的人应该思考词音、词义、诗律、传说故事、世界、方法和技巧。（9）

渴望写诗的人首先应该通晓词音和词义，请教这方面的专家，研究别人的作品。（10）

无论如何，甚至不要用错一个词（或写错一行诗），因为劣诗犹如坏儿子，败坏父亲名誉。（11）

智者们说，原非诗人，并不导致违法、疾病或惩罚。然而，拙

劣的诗人形同死亡。(12)

有些人坚持认为隐喻等是诗的装饰，因为一位女子的面容即使可爱，如果不加装饰，也缺乏光彩。(13)

有些人认为隐喻等是外表的装饰，名词和动词的安排才是语言的装饰。(14)

他们说道："词音（名词和动词）的正确安排是装饰，而词义不是这样。"鉴于存在音庄严和义庄严的区别，我们接受这两种装饰。(15)

诗是音和义的结合，分成散文体和韵文体两类，又分成梵语、俗语和阿波布朗舍语三类。(16)

又分成叙述天神等事迹、虚构故事情节、与技艺有关和与经论有关四类。(17)

又分成分章的（大诗）①、表演的（戏剧）、传记、故事和单节诗（短诗）五类。(18)

大诗是分章的作品，与"大"相关而称为"大"。它不使用粗俗的语言，有意义，有修辞，与善相关。(19)

它描写谋略、遣使、进军、战斗和主角的成功，含有五个关节②，无须详加注释，结局圆满。(20)

在描写人生四大目的时，尤其注重关于利益的教导。它表现人世的真相，含有各种味。(21)

前面已经描写主角的世系、勇武和学问等，那就不能为了抬高另一个人物而描写他的毁灭。(22)

如果他不在全诗中占据主导地位，不获得成功，那么，开头对他的称颂就失去意义。(23)

---

① 大诗即叙事诗。

② 关节指情节关节。这是婆罗多在《舞论》中提出的概念。五个关节是开头、展现、胎藏、停顿和结束。参阅《舞论》第二十一章。

戏剧包括德维波底（dvipadi）、夏密耶（śamyā）、罗萨迦（rāsaka）和斯甘达迦（skandhaka）等。它用于表演，详细情况已由别人描述。[①]（24）

传记采用散文体，分章，内容高尚，含有与主题协调的、动听的词音、词义和词语组合方式。（25）

其中，主角讲述他自己经历的事迹。它含有伐刻多罗和阿波罗伐刻多罗格律的诗句，提供某些预示。（26）

作为特征，它也含有某些表达诗人意图的描述，涉及劫女、战争、分离和成功。（27）

故事不含有伐刻多罗和阿波罗伐刻多罗格律的诗句，也不分章。用梵语撰写的故事是可爱的，用阿波布朗舍语撰写的也同样。（28）

其中，主角的事迹由其他人物而不由主角自己叙述，出身高贵的人怎么能表白自己的品德？（29）

单节诗限于偈颂体和输洛迦体等。以上这一切，都被希望具有曲折的表达方式。（30）

有些智者认为维达巴风格优秀，而另一种高德风格即使意义好，也比不上。[②]（31）

高德风格和维达巴风格难道有什么区别？这是愚昧之人盲从他人的说法。（32）

《阿湿摩迦世系》等被称作维达巴风格。随它这样吧，因为名称主要凭主观意愿而定。（33）

清晰、明快和柔和，但意义贫乏，缺少曲折的表达，那么，它的不同之处只是像歌曲那样动听。（34）

不使用粗俗的语言，有修饰，有意义，准确，连贯，即使是高

① 即由《舞论》等戏剧学著作描述。

② 关于维达巴风格和高德风格，参阅檀丁《诗镜》第一章中的论述。

德风格，也是好诗。否则，维达巴风格也不行。（35）

语言的魅力不唯独由非凡性等产生，我们希望的语言修辞是词义和词音的曲折表达。（36）

诗人们不采用费解、难解、歧义、模糊、悖谬和晦涩。（37）

费解是有关意义须由智者用力取出。它不遵循语言规则，似乎随心所欲。（38）

例如，“像幻术一样吉祥”，这是不恰当的构思。在缺少有关言辞的情况下，人们将它理解为吠努达利的幻术。[①]（39）

难解是意义受阻。歧义是背离原义，例如，“他们在游戏中 vijahruḥ（排除或玩弄）他的悲伤”。这是由于字根 hṛ（排除）加上前缀 vi 引起的。（40）

模糊，例如，“天空布满雪的毁灭者的敌人的承担者”[②]，字面义含混不清，无法理解。（41）

悖谬，例如，以云、风、月亮、蜜蜂、鸽子、天鹅和鹦鹉等作为信使。（42）

它们不会说话或说不清话，怎能前往远方传信？这种写法不合适。（43）

如果出于渴望而像疯人一样说话，那就让它这样。许多智者都采用这种写法。（44）

无论如何不要使用晦涩的词义，这甚至对于智者也无裨益。（45）

让不白之路的儿子、劈山者、天国统帅、非两眼者，用暴烈的

---

① 吠努达利是一位阿修罗，他的幻术有时可能用于善良的目的。

② 这句话实际想要表达的意思是“天空布满云”，因为雪的毁灭者是火，火的敌人是水，水的承担者是云。

白眼光毁灭你们的敌人吧。[1]（46）

人们说有四种语病：难听、庸俗、组合不当和刺耳。（47）

粪便、精液、湿、破、吐、转动、游荡、强暴、吐出、射出、排泄和锁住，（48）

以及火、挤压、柔软、走近、卵生和说话坚硬等[2]，这些被认为是难听的词语。（49）

一些词语说出后，引起污秽想法，这被称作庸俗。例如：（50）

顽固不化，热衷伤害，寻找缝隙，
他必定倒下，再也不能挺立。（51）

两个词组合后，产生不合适的词义，人们称为组合不当。例如，“他以勇力为装饰”[3]。（52）

正如 ajihladat 等词语听来刺耳，有些智者也不欢喜 gaṇḍa。（53）

而由于特定的位置，甚至难听的词语也焕发光彩，就像花环中夹杂的绿叶。（54）

由于依附他物而获得美，甚至不好的东西也焕发光彩，正如涂在美人眼睛上的黑眼膏。（55）

“莲花眼啊！你的脸颊微微苍白。”由于与 āpāṇḍu（微微苍白）结合，gaṇḍa（脸颊）也变得好听。[4]（56）

依此类推，其他不好的词也能这样组合。例如，“大象春情发

---

① 这是晦涩的例举。其中，不白指黑暗，黑暗之路指火，火的儿子指湿婆大神的儿子室建陀，非两眼者指室建陀有十二只眼睛。

② 这里的几个梵语原词或词组中都含有与生殖器官相关的词或词义。

③ “以勇力为装饰”由 saurya 和 ābharaṇa 两个词组成。但组合后，中间的 yābha 恰好拼成“交欢”一词。

④ 指产生谐音效果。

动而流出液汁，脸颊湿漉漉”①。(57)

又如，“一百零四头大象春情发动，颞颥湿漉漉”。因此，行家可以使用好的和不好的词。(58)

正如花匠懂得怎样制作优美的花环，选择芳香的奇葩，剔除常见的野花，知道这朵花缀在这里，那朵花缀在那里，从而鲜艳夺目，在写诗时，也应该精心安排词语。(59)

① gaṇḍa（脸颊）和 klinna（湿）都被认为是难听的词，而这里用在大象身上变得好听。

# 第 二 章

智者追求甜蜜和清晰，不使用很多复合词句。(1)

有些人追求壮丽，复合许多词汇，例如，“她的头发沾有曼陀罗花粉而变黄”①。(2)

诗歌应该甜蜜，动听，不使用过多的复合词，清晰，学者和妇孺都能理解。(3)

其他人已经说明五种语言庄严：谐音、叠声、隐喻、明灯和明喻。(4)

重复使用相同的字母，叫做谐音。例如：

> kim tayā cintayā kāntātitāntā②
>
> 这位可爱的女郎是因忧愁而憔悴不堪的吗？(5)

有些智者认为有另一种通俗的谐音。例如：

> sa lolamālānilālikulākulagalo balaḥ③
>
> 大力罗摩颈脖上晃动的花环挤满黑蜂。(6)

字母相同而意义不同，采用这种中间型的谐音也产生语言魅力。(7)

有些人追求罗德谐音。例如：

---

① 这句话在梵语原文中只是一个复合词。

② 这里重复使用单辅音 t、复辅音 nt、双音节 tayā 和单音节 tā。

③ 这里重复使用半元音 l。

dṛṣṭim dṛṣṭisukhām dhehi candraścandramukhoditaḥ①

面如皎月的人啊，月亮已经升起，请换上令人悦目的眼光。（8）

叠声有五种：头叠声、腹尾叠声、诗步叠声、连珠叠声和四诗步叠声。（9）

其中还包括 sandaṣṭaka 叠声和 samudga 叠声。它们可以归在头叠声和腹尾叠声名下。因此，只有五种叠声。（10）

sādhunā sādhunā tena rājatā rājatā bhṛtā /
sahitam sahitam kartum saṅgatam saṅgatam janam //11 //②
为了联合盟友，为了团结众人，
这个高尚的人现在执掌王权。（11）

sādhuḥ saṃsārādbibhyadasmādsārā-
tkṛtvā kleśāntaṃ yāti varma praśāntam /
jātiṃ vyādhīnāṃ durdamānāmdhīnāṃ
vāñchan jyāyastvaṃ chandhi muktānayastvam //12//③

善人惧怕乏味的生死轮回，
摒弃烦恼，走向寂静之路，
你摆脱恶业，追求更高目标，

① 这里重复使用 dṛṣṭi（目光）和 candra（月亮）两个单词，也就是同音同义的单词重复。

② 梵语诗节分成四个诗步。头叠声是指同一诗步头部中的音组重复。这首诗中，四个诗步的头部都有同音异义的音组重复。

③ 这首诗是腹尾叠声，即每个诗步中有腹部和尾部的叠声。

斩断难以控制病痛的生活。(12)

na te dhīrdhīra bhogeṣu ramaṇyīeṣu saṅgatā /
munīnapi harantyete ramaṇīyeṣu saṅgatā //13//①

智者啊，你的思想不执著迷人的享乐，
若执著迷人的享乐，甚至会毁灭牟尼。(13)

sitāsitākṣīṃ supayodharādharāṃ
susaṃmadāṃ vyaktamadāṃ lalāmadām /
ghanāghanānīlaghanāghanālakāṃ
priyāmimāmusukayanti yanti ca //14//②

眼睛黑白相间，胸脯和嘴唇
优美，热情洋溢，妩媚迷人，
头发浓密乌黑似密集的乌云，
他们渴望和走向这可爱女子。(14)

amī nṛpā dattasamagraśāsanāḥ
kadācidapyabaddhaśāsanāḥ /
kṛtāgasāṃ mārgabhidāṃ ca śāsanāḥ
pitṛkramādhyāsitatādṛśāsanāḥ //15//③

国王享有世袭的王位，

① 这首诗是诗步叠声，即第二诗步和第四诗步的叠声。
② 这首诗是连珠叠声，即每个诗步中有间杂的叠声。
③ 这首诗是四诗步叠声，即出现在四个诗步中的叠声。

他们发布的所有命令，
任何时候都不受阻拦，
惩治背离正道的罪人。（15）

在邻近的诗步、交替的诗步、诗步尾部以及所有诗步中，全都做到这样完美是困难的。（16）

这种重复使用同音异义的音组，被称作叠声。（17）

智者们认为叠声应该用词明白，有力，连接紧密，意义清晰。（18）

隐语含有各种深藏的词根意义，也称作叠声，范例见于罗摩舍尔曼的《阿朱道多罗》。（19）

如果这些诗像经论一样需要加注，才能读懂，那么，这对学者是节日，而对常人是灾难。（20）

依据相似性，用喻体描绘本体的性质，叫做隐喻。（21）

隐喻分成两类，全体的和部分的。分别说明如下：（22）

这些高耸的云象喷洒水液，
形成彩虹，使人们兴高采烈。①（23）

这些雨云戴着闪电腰带和仙鹤花环，
它们发出沉重声响，惊吓我的爱人。②（24）

---

① 在这首诗中，云比喻象，水（雨水）比喻液（象在春情发动期颞颥淌出的液汁）。这是全体隐喻。

② 在这首诗中，腰带比喻闪电，花环比喻组成环形飞翔的仙鹤。这首诗实际上是以戴着腰带和花环的象比喻伴有闪电和仙鹤的雨云。但诗中没有提到象，所以是部分隐喻。

明灯分成头、腹、尾三类。一物出现在三处，故而分成三类。(25)

这些照亮意义，因此称作明灯。有三种照亮方式，故而举三种例子：(26)

迷醉产生热烈的愿望，
愿望（产生）抑制傲慢的爱，
爱（产生）相会的渴求，
渴求（产生）难以忍受的烦恼。① (27)

春天装饰穿戴新衣和花环的妇女，
鸽子和鹦鹉的啁啾声（装饰）山谷。② (28)

夏天使一座座森林不再满目树皮，
（使）河流（不再）干枯，（使）旅人（不再）思念。③ (29)

本体和喻体在地点、时间和功能等方面不同，但有某种相似性，叫做明喻。(30)

用如、像表达两个不同事物的相似性，例如，“像杜尔瓦草叶一样黑”；“这细腰女郎如同青藤”。(31)

另一种明喻没有使用像、如，而包含在复合词中，例如，“荷

① 这首诗中的“产生”一词为各句共用（汉译中加括号的“产生”，为原诗所无，下同）。它在梵语原文中位于全诗头部，因而是头部明灯。

② 这首诗中的共用词“装饰”在梵语原文中位于全诗腹部，因而是腹部明灯。

③ 这首诗中的“夏天使……不再”这个词组为各句共用，在梵语原文中位于全诗尾部，因而是尾部明灯。

叶眼”，“月亮脸”。(32)

行为的相似性也可以用后缀 vat（像）表达：“这个人像再生族那样学习，像老师那样教诲我们。”(33)

将相似的事情并列，即使不使用如、像，相似性也显而易见，叫做类比。(34)

这种明喻不同，以完美的共同性等等为特点，即使在两个对立的事物之间也产生相似性。(35)

有多少有德之士，他们的财富为天下善人共享？
有多少路边之树，它们的枝头挂满成熟的甜果？① (36)

一些伟人说，依据责备、赞扬和想要表达的区别，明喻分成三类。(37)

由于强调相似性，已经涉及这三种形式。花环喻等的分类并不重要。分类的扩大徒劳无益。(38)

不足、不可能、词性不同、词数不同、不相称、过量和不相似。(39)

智者提到这七种喻病。以下分别举例说明。(40)

他愉快地摆弄明亮如月的螺号，黄衣裳随风飘拂，
这位雅度族英雄手持弯弓，犹如伴有彩虹的云朵。(41)

这里，用彩虹喻示弯弓，但缺少衣服和螺号的喻体，因此叫做不足。(42)

此物与彼物不可能全部相似，智者只是就合适的部分取譬。(43)

① 这是类比诗例，以路边树上成熟的甜果稀少比喻人间有德人士罕见。

一轮圆月与没有光芒的少女面庞有天壤之别。但由于某种美的相似性，便将面庞比作月亮。(44)

灵魂伟大的人们的诗应该遵循规则，正如《王友》中所说，有谁见过全部相似的现象？(45)

在阳光的照射下，眼睛紧紧地闭上，
即使风中含有莲花香味，也不激动，
孔雀的叫声藏在如此苦恼的脸中，
犹如贞节的寡妇藏在自己的屋中。[1]（46）

燃烧的箭从他的满弓中央
射出，像从他的嘴中射出，
犹如光灿灿的洪水从中午
绕有日晕的太阳中泻出。(47)

怎么可能从太阳中泻出光灿灿的洪水？由于不可能等等，称之为不可能。(48)

哪位智者会用不可能的事物作比喻？谁会用火比喻月亮？(49)

而对于具有夸张性的意义，怎么能认为不可能？比喻和奇想中的夸张意义是允许的。例如：(50)

这头大象像密集的一堆黑暗，
这池秋水像落下的一片天空。(51)

下面说明词性和词数不同以及或高或低两种不相称。例如：(52)

① 这首诗是就合适的部分取譬的例举。

即使忠贞不渝的妇女也不能接近你，
犹如渡河者面对布满嶙峋礁石的河。① (53)

你忽而奔驰向前，忽而攻击搏杀，
粉碎敌人的军队，犹如狗逐鹿群。② (54)

这只饮光鸟蹲在莲花座上，
犹如原初时代创世的梵天。③ (55)

确实，手掌（阳性）被比作绽开的莲花（中性），嘴唇（阳性）被比作珊瑚裂口的光泽（阴性）和频婆果（中性）。(56)

情况确实如此。但是，一般说，阴性和阳性不应该混比。而其他有些人认为阴性、阳性和中性三者都不应该混比。(57)

黑天身着黄衣，手持弯弓，既迷人又可怕，
犹如伴有闪电、彩虹和月亮的夜空之云。(58)

由于提到月亮，成为过量。因为这里没有呈现被比喻的对象。或者，这里应该提到螺号。(59)

不存在全部相似，这条规则已经充分说明。出于诗人的意愿，这里没有提及螺号。(60)

喻体的过量是正当的，不存在过量问题。例如，“名誉纯洁如

① 这首诗中的你（本体）是阳性，河（喻体）是阴性；妇女（本体）是阴性，渡河者（喻体）是阳性。因此，犯了词性不同之病。同时，这首诗中的妇女用的是复数，渡河者用的是单数。因此，也犯了词数不同之病。

② 狗（喻体）的性质远远低于国王（本体），两者不相称。

③ 梵天是创造之神。他出世时，坐在毗湿奴大神肚脐上长出的莲花上。这首诗中，梵天（喻体）的性质远远高于饮光鸟（本体），两者不相称。

牛奶、白茉莉和大力罗摩”。[1]（61）

通过喻体说出相似性。这样说出的意义并不增加意义本身。（62）

在林中，妻子与他相伴。他看到
大象颞颥湿漉漉，流淌着液汁，
孔雀以尾翎为装饰，色彩斑斓，
犹如苍穹中通体纯洁的行星。（63）

如果大象和孔雀与行星相似，那么，它们的光辉或威力也与行星相似。[2]（64）

以上讲述了比喻的分类，下面讲述与比喻等庄严不同的其他庄严。（65）

其他六种庄严：略去、补证、较喻、藏因、合说和夸张。（66）

这里，略去分成将说和已说两种，其余各种只有一种形式，依次说明如下。（67）

表面上略去要说的话，而实际上想要强调，智者称之为略去，分成两种。例如：（68）

倘若没有你，哪怕是片刻时间，我也心焦。
就这样吧，何必对你再说别的伤心话呀！[3]（69）

你凭勇力征服了世界，却不傲慢，令人惊奇。

① 牛奶、白茉莉和大力罗摩这三个喻体都是在纯洁这一个相似点上比喻同一个本体名誉。

② 意思是大象和孔雀与行星不相似。

③ 诗中女主人公略去将要说的话是“我恐怕会死去”。

但是，天下有哪座桥梁会使大海改变神色？①（70）

说了一种意义，再说另一种意义，以补证前一种意义，叫做补证。例如：（71）

你准备深入可怕的敌营，无所畏惧，
英雄的灵魂预知前途是凶还是吉。②（72）

如果使用“因为”一词，表示原因，那么，所说之话意思完善，补证就更加明显。例如：（73）

山岳负载向它们走来的沉重的乌云，
因为唯有更沉重者才能支撑沉重者。（74）

通过喻体显示本体优异，称之为较喻。例如：（75）

你眼睛有白有黑，有睫毛，有铜的光亮，
然而，白莲和青莲，或者全白，或者全黑。③（76）

不说原因，只说产生的结果，但不难理解，称之为藏因。（77）

孔雀不因醉酒而发狂，

① 诗中略去没说的话是“这理所当然，无须惊奇”。但“惊奇”这个意思已在诗的前半部分说出。

② 诗中的后一句补充说明前一句。

③ 诗中用白莲和青莲比喻一位女子的眼睛，并且显示这位女子的眼睛比白莲和青莲更美丽。

四方不因渴望而激动，
尼波树不因抹香而芬芳，
河水不因恶人而混浊。[①]（78）

在讲述一种意义时，通过共同的特征表达另一种意义，形成意义的叠合，叫做合说。例如：（79）

这棵树有躯干，高大，挺拔，坚固，
无蛇，硕果累累，却被狂风刮倒。[②]（80）

出于某种原因，所说之话超越日常经验，叫做夸张。例如：（81）

月光胜过花色，七叶树消失不见，
只有凭蜜蜂的嗡嗡声才能推断。（82）

如果像蛇那样，松动的蛇皮在水中脱落，
这些妇女在水中，身上的白衣也会这样。（83）

诸如此类，一切夸张说法都是运用性质的夸张，应该按照传统理解它。（84）

诗人应该努力通过这种、那种乃至一切曲语显示意义；没有曲语，哪有庄严？（85）

原因、微妙和掩饰不被认为是庄严[③]，因为合成的意义不形成

① 这首诗描写雨季造成的景象，但没有说出雨季。
② 这首诗表达的另一种意义是正直高尚的人遭逢不幸。
③ 檀丁的《诗镜》确认这三种庄严。

曲语。（86）

“太阳落山，月亮照耀，鸟儿回窝。”诸如此类，怎能称作诗？那是直接陈述事实。（87）

人们知道罗列和奇想两种庄严。弥达温有时称奇想为计算。（88）

依次展示许多独立的、不同的事物，叫做罗列。（89）

> 你的面庞、光辉、目光、步履、言语和发髻，
> 胜过莲花、月亮、蜜蜂、大象、杜鹃和孔雀。① （90）

有某种相似性，但与性质和功能无关，因此，主旨不在相似性，而与夸张有关，叫做奇想。（91）

> 这些火焰名叫金苏迦，它们蹿上树顶，
> 仿佛俯瞰林中燃烧和未燃烧的树木。② （92）

有些人认为自性是庄严。自性是如实描写，例如：（93）

> 这孩子吆喝，呼救，哭叫，绕圈追奔，
> 用棍子驱赶闯入庄稼地里的牛群。（94）

这些是简要的说明，细述会耗费心思。其他未指出之处，依此类推。（95）

以上是我亲自举例说明的语言庄严，下面我将讲述其他许多种优美的语言庄严。（96）

---

① 这首诗中的各种事物依照比喻的关系罗列。

② 这首诗将金苏迦花比作火焰，两者在色泽上有相似性。但这种相似性与两者的性质和功能无关。而诗人将火焰燃烧的功能也赋予金苏迦花，具有夸张性。

# 第三章

有情，有味，有勇，迂回，天助，两种高贵，三种双关，(1)

否定，殊说，矛盾，等同，间接，佯赞，例证，(2)

相似隐喻，互喻，共说，交换，疑问，自比，(3)

部分奇想，混合，生动，智者们提到这些庄严。(4)

有情，例如，维杜罗对来访的黑天说道：

> 黑天啊，今天你来到我家，让我高兴，
> 但愿你以后能再次来访，让我高兴。(5)

有味是明显展示艳情味等。例如，“这位高高在上、主持正义的女神来到”。(6)

有勇，例如，迦尔纳对沙利耶说道：“我迦尔纳射箭哪有射第二回的?”(7)

迂回是用另一种方式表达。例如，在《夺宝记》中，黑天对童护说道：(8)

“在家里或在外面，凡是精通经典的婆罗门不吃的食品，我们也不吃。”意谓以防中毒。(9)

天助，例如，在《王友》中，“这些刹帝利妇女去会见罗摩，正走着，那罗陀出现在她们面前”。(10)

高贵，例如，“坚强的罗摩听从父王的吩咐，抛弃到手的王权，前往森林”。(11)

另一些人对这种庄严有不同的说法，认为涉及各种宝石等，叫做高贵。(12)

例如，“贾那吉耶在夜里走到难陀的游戏厅，凭那些渗出的水珠知道这个游戏厅是用月亮宝石铺成的”。(13)

本体的本质由喻体的性质、功能和名称体现，叫做双关。(14)

这个定义也适用于隐喻。但隐喻要求同时描写喻体和本体。(15)

例如，“这些高耸的云象喷洒水液”。这里，同时提到云和象。(16)

双关分成义双关和音双关。又分为共说、明喻和原因三种。例如：(17)

路边树木和伟大人物为他人谋福利，
提供荫凉，无蛇，容易攀登，赐予果实。① (18)

明君似云，高居在上，受世人宠爱，
伟大，雨水充沛，解除大地的炎热。② (19)

你与大海相同，拥有珍宝，深不可测，
不越出自己的界限，养育许多生物。③ (20)

由于否定真实存在的事物，其中的比喻有点隐蔽，叫做否定。例如：(21)

---

① 这首诗通过描写路边的树木（喻体）表现伟大人物（本体）的品质：提供庇护，无恶，容易接近，赐予恩惠。这是共说双关。

② 这是明喻双关。

③ 这是原因双关。这首诗按梵语原文可以直译为：“你与大海相同，由于拥有珍宝……”

这不是迷醉的蜂群发出的嗡嗡声，
而是正在拉开的爱神之弓的弦音。① (22)

失去某种性质，依然保持另一种性质，以显示其特殊（或优异），叫做殊说。例如：(23)

爱神以花箭为战斗武器，独自战胜三界，
湿婆剥夺他的形体，剥夺不了他的力量。(24)

叙述事物的一种性质或功能与另一种性质或功能对立，以显示其特殊（或优异），智者称之为矛盾。(25)

阵地邻近花园树荫而凉爽，
却使远处的敌人炎热难当。② (26)

即使地位较低，但表明性质相同，所作所为相同，叫做等同。(27)

千头蛇、雪山和你，伟大、沉重和坚定，
不越出自己的界限，稳住动荡的大地。③ (28)

称述本文中没有提及的事，叫做间接。例如：(29)

① 这首诗以爱神的弓弦声比喻蜂群的嗡嗡声。但它的表现方式是否定真实的蜂群的嗡嗡声，代之以想象的爱神的弓弦声。

② 这首诗描写阵地的两种对立的功能——使我军感到凉爽，使敌人感到炎热，以显示我军的威力。

③ 千头蛇是印度神话中支撑大地的一条神蛇。这首诗描写某位国王的品质和作为与千头蛇和雪山相似，以称颂这位国王。

看！这些树上的果子不费人力，
按时大批成熟甜蜜，令人欢喜。[①]（30）

褒扬伟大的品质，并试图指出某种相似性，实际是贬抑，叫做佯赞。例如：（31）

罗摩劈开七棵娑罗树，
持斧罗摩劈开麻鹬山，
你做出什么类似业绩，
达到他俩的百分之一？（32）

通过某种特殊行为，教诲某种意义，不使用如、像等词，叫做例证。例如：（33）

太阳光辉减弱，准备落山，
它在提醒富人：盛极必衰。（34）

用喻体体现本体的性质，说明具有相似性，叫做相似隐喻。例如：（35）

仙女用以映照如月面容的明镜，
测量天空的标尺，湿婆之足万岁！[②]（36）

喻体和本体互相交换，叫做互喻。例如：（37）

---

① 这首诗是以特殊见一般，称述天意安排的美事，无须人为努力。

② 这首诗用仙女的明镜和天空的标尺比喻大神湿婆的脚，说明它们之间具有相似性，借以赞美大神湿婆。

芳香，悦目，饮酒之后兴奋泛红，
你的脸像莲花，莲花像你的脸。（38）

同一句话讲述同时发生的两件事情，叫做共说。例如：（39）

下雪而天色朦胧，促进热烈拥抱，
这夜晚和情人们的欢爱同时延长。① （40）

放弃某物而获得另一特殊之物，并且含有“补证”，叫做交换。例如：（41）

他给予求告者财物，获得名誉的财富，
这是造福人类的贤士们的坚定誓愿。② （42）

描述本体和喻体的异同，以疑问的方式达到赞美的目的，叫做疑问。例如：（43）

这是月亮吗？它在白天不闪耀。
这是爱神吗？弓箭上没有花朵。
即使我出于惊奇而观察思考，
还是不能对你作出最后结论。③ （44）

本体成为喻体，表明无与伦比，叫做自比。例如：（45）

---

① 这首诗用一句话同时描写夜晚和情人的欢爱。

② 这首诗描写主人公施舍财物而获得名誉。同时，诗中含有补证庄严，即后一句补充说明前一句。

③ 这首诗以月亮和爱神比喻一位国王的英姿，但以疑问方式提出。

嘴唇被蒟酱叶染红，牙齿洁白闪光，
眼睛宛如青莲，你的脸只像你的脸。(46)

含有双关、某种程度的奇想和隐喻，叫做部分奇想。例如：(47)

由于同样的开始和停止，太阳落山时，
疲倦的白天仿佛进入黑暗卧室休息。① (48)

含有多种庄严，像串连而成的珠宝项链，叫做混合。例如：(49)

你俩既深沉又轻快，拥有丰富的珍宝，
而你容易为人侍奉，大海却难以把握。② (50)

你的脸儿灿若莲花，不施粉黛也可爱，
这是真正的自然美，哪里还需要妆饰？③ (51)

依此类推，可以举出其他的混合庄严。我能向聪明的人讲述多多少少！(52)

生动是整篇作品的性质，其中过去和未来之事如同活现眼前。

① 在这首诗的梵语原文中，“开始和停止”（指白天）也读作“升起和落下”（指太阳），含有双关。将白天与太阳相比含有奇想。“黑暗卧室”是用卧室比喻黑暗，含有隐喻。

② 在这首诗的梵语原文中，“既深沉又轻快”（指大海）也读作“既尊严又灵活”（指国王），含有双关。以大海比喻国王，含有隐喻。而显示国王的品质优于大海，含有较喻。

③ 这首诗中，“灿若莲花”是比喻；诗的后半首是对前半首的补充说明。

（53）

它的成因是故事具体、崇高和奇妙，适宜表演，语言晓畅。（54）

有些人认为祝愿也是一种庄严。它运用在不伤害友情的言语中。例如：（55）

这位朋友恭恭顺顺俯伏在地，
请你抛弃嗔怒，紧紧将他拥抱，
像乌云及时向文底耶山降雨，
让他用喜悦的泪水为你沐浴。（56）

让全世界国王看看你的敌人的城市：
城墙被春情发动而盲目的大象撞碎，
将士受到伤害，城里居民仓皇逃窜，
所有的辉煌被你的勇力焚烧成灰。（57）

我运用自己的智慧，确定并充分讲述了各种语言庄严。通晓音和义的诗人依此修辞，就会像善于打扮的妇女一样漂亮。（58）

# 第四章

意义不全，意义矛盾，意义重复，含有疑义，次序颠倒，用词不当，停顿失当，诗律失调，缺乏连声，(1)

违反地点、时间、技艺、人世经验、正理和经典，缺乏宗、因和喻，这些是不受欢迎的诗病。(2)

意义不全，也就是缺乏意义。意义是词义和句义。词是音素的结合，有意义，有名词和动词语尾变化。(3)

词与词之间互相依赖，结合成句，与某事相连，没有期望。(4)

音素依次发出，不存在结合。但是，音素即使在刹那间一个接另一个，在思想中是结合的。(5)

最后一个词音连同记忆中前面发出的音素构成句义。另外有些人认为词音不是刹那消失的。(6)

关于这个问题，有许多话可说。这里略而不论，何必与老师们争论？还是言归正题。(7)

缺乏完整的意义，叫做意义不全。例如，说“十枚石榴”、“六块甜饼”等等。(8)

由于前后抵牾而产生矛盾，意义受阻，叫做意义矛盾。例如：(9)

朋友啊，你要对爱人傲慢，不要温柔！
顺从丈夫心愿的妇女不会失去爱。[①] (10)

---

① 这首诗中，“傲慢”和“顺从丈夫心愿”前后抵牾，意义矛盾。

他们通过侍奉老师，已经征服感官敌人，
你现在只要教导这些佼佼者遵守戒律。[①]（11）

意义互相之间没有差别，叫做意义重复，分成词音重复和词义重复两类。（12）

词音重复显而易见，无须加以描述。有哪个智力正常的人会说话重复？（13）

出于恐惧、悲伤、妒忌、喜悦和惊讶，例如说“去吧，去吧！”这不算意义重复。（14）

词义重复是同一意义的重复，毫无必要地重复说过的东西。例如：（15）

云中释放、檐口流下的雨声，
肯定使她产生精神的渴望。[②]（16）

提到共同的性质，没有表明不同的特点，无法确认事物，叫做疑义。（17）

产生这种情况的话语，叫做含有疑义。句子要提供确定的意义，不造成疑惑。例如：（18）

山岳有珍宝、果实、猛兽、崎岖，

① 这首诗中，前面说了他们已经征服感官敌人，后面又要求着重教导他们遵守戒律，造成前后意义矛盾。

② 按梵语原文，诗中的“渴望”一词含有精神的或内心的意思，再使用“精神”一词，就显得意义重复。

难以攀登，带给鲁莽者以恐惧。① (19)

修饰词的次序依照被修饰词的次序，叫做次序正常。如果违背这种情况，叫做次序颠倒。例如：(20)

愿湿婆和毗湿奴保佑！他俩戴有顶冠和月亮，
具有乌云和白雪的肤色，持有圆盘和三叉戟。② (21)

违背语法学家波你尼和迦旃延那的规则，叫做用词不当，成熟的学者不犯这种毛病。例如：(22)

看！乌云布满天空。这天空闪电阵阵，
饱含雨水而沉重，挡住了太阳光辉。③ (23)

不符合诗律中的语言停顿规则，叫做停顿失当。例如：(24)

乌云黑似多摩罗树，带着闪电，正在打雷。④ (25)

长短音节安置不当，或缺少，或多出，叫做诗律失调。例如：

---

① 在这首诗的梵语原文中，“山岳”也可读作“国王”，“猛兽”也可读作“恶人”，“崎岖”也可读作“不公平”，“难以攀登”也可理解为“难以接近”，这样，造成读者疑惑。

② 这首诗中，圆盘和三叉戟词序颠倒，使读者误以为湿婆持有圆盘，毗湿奴持有三叉戟，而实际情况相反。

③ 在这首诗的梵语原文中，天空以及修饰天空的其他词语用的是属格，而按照迦旃延那的语法规则，应该用业格。

④ 在这行诗的梵语原文中，诗律的停顿恰好在 tamālasita（“黑似多摩罗树”）中间，读成 tamālā sita。这样，asita（“黑”）的词头音素 a 被切掉，变成了 sita（“白”）。

（26）

那些迷狂的蜜蜂在森林里游荡，现在，
你这位与爱妻分离的人，可以去了。[1]（27）

“愿湿婆和波哩婆提保佑你们！他俩戴有月亮和头饰，穿著美丽。”[2] 人们说这是缺乏连声。（28）

不管是否指明某物产生，只要与事物不符，便叫做违反地点。例如：（29）

在摩罗耶山，黑沉香树长在岩穴边，
提婆达鲁树低垂，开满芳香的花朵。[3]（30）

时间分为六季，不合季节，叫做违反时间。例如：（31）

盛开的芒果树为森林增添风光，
也使冷雨飘泼的季风充满芬芳。[4]（32）

掌握、了解和精通各种技艺，违反有关规则，叫做违反技艺。（33）

（34、35，这里举了两个违反音乐知识的例子，从略）

通晓真理的人通晓这个分成无生物和有生物的世界。在诗中，

① 在这首诗的梵语原文中，第四个诗步短缺一个音节。

② 在这首诗的梵语原文中，三处词尾元音 e 都未与下一个词头的元音 i、a、u 产生连声。这是符合梵语语法规则的。但可能婆摩诃认为诗中不宜出现这种情形。

③ 摩罗耶山在南方，而沉香树和提婆达鲁树生长在北方，因此犯了地理错误。

④ 芒果树不在雨季开花结果，因此犯了时令错误。

也是这种情况。例如：(36)

这些战象颞颥流淌液汁，
汇成河流，卷走象、马、车。(37)

这些奔驰的战马嘴边流泡沫，
使四面八方的道路水深齐膝。[①] (38)

正理包括经论、人生三大目的论和治国论。与它们违背，便是违背正理。例如：(39)

已经描写优填王是位渴望胜利、思想成熟的国王，却又描写这样一位聪明能干的国王没有探子。(40)

他没有识破这么一头假象：里面藏着许多士兵，以沙楞达衍为首，来到他的国土上。(41)

如果他的臣下只顾自身利益而疏忽大意，那么，他们是多么愚蠢，或者是对主人不忠。(42)

敌人怀着仇恨，从强弓射出的箭容易命中要害，这是极平常的道理。(43)

“我的兄弟、儿子、父亲、舅舅和侄子被这个人杀害”，心中怒不可遏。(44)

这么多士兵在战斗中投掷各种兵器，怎么就伤害不了森林中这个单身的罪人？[②] (45)

向那些智者致敬！他们精通规则，却在说明诗人的作品意义时，这样无视经论和人世经验。(46)

---

① 这两首诗运用了夸张修辞。但夸张过了头，违反人世经验，给读者造成不真实的感觉。

② 以上所举违反正理的例子是指优填王和仙赐姻缘故事中的情节。

甚至儿童也能辨别林中的活象和蒙皮的假象，这有什么困难？怎么会发生这样的事呢？（47）

经典是法论及其规定的人世准则，如果违背法论的规定，便是违反经典。例如：（48）

（49、50，这里所举违反经典的例子，意思不太清楚，从略）

我并无诋毁之意，也无傲慢之心；那些灵魂高尚、洞悉真谛的人，有谁能像我这样理解他们的意图？（51）

# 第五章

下面按照正理论①简要地描述缺乏宗、因等的病，只是说明一下它们的意义。(1)

智慧不足的人通常觉得经论难懂，产生惧怕心理；为了引导他们，这里提供因明②简编。(2)

如果掺入甜蜜的诗味，经论也便于使用，正如人们先舔舔蜜汁，然后喝下苦涩的药汤。(3)

如果不成为诗的肢体，词不成为词，意义不成为意义，正理不成为正理，技艺不成为技艺，诗人的责任多么重大！③（4）

有（存在）等产生于量。量分为现量和比量。两者涉及个别性和普遍性。④（5）

有些人认为现量涉及实际存在的事物，缺乏构想；构想是运用名称和类别等。(6)

这是确定归属。如果涉及实际存在的事物，而缺乏类别等，哪里有存在方式？哪里有特殊性？哪里有事物本身？(7)

缺乏类别等等，智力活动不会获得成功。如果与事物无关，现量就毫无用处，因为它与真实存在有关。(8)

如果认为意识分成所取和能取，而它们只与意识相似，那么，这种区别虚妄不实。(9)

---

① 正理论是印度古代逻辑学。

② 因明即逻辑学。

③ 意思是词、意义、正理和技艺共同构成诗的肢体。

④ 现量依据感觉，比量依据推理，前者注重个别性（特殊性），后者注重普遍性（一般性）。

按照正理，首先依据“义”（事物或对象），然后依据“色”（形态或特征）等等，否则，罐的意识（观念）可以由其他命名。(10)

有三种相（“因三相”）①，依据它们获得知识，这是比量（推理）。一些人知道了相，便知道与它始终相随的另一物。(11)

翼具有各种事物的所在地性质，有性质而有特征，所在地及其特征的展现，便是宗（命题）。(12)

意义相违、原因相违、立论相违、经典相违、自明之理和现量相违，这些是宗病。(13)

意义相违，例如，我的父亲自幼是苦行者，我是他的亲生儿子②。(14)

“灵魂或原质存在”，这是原因相违。由于有性质者（“有法”）不成立③，性质（“法”）也不能成立。(15)

关于有性质者声的立论，究竟是声常，还是声无常，立论者互相存在分歧。(16)

与自己的结论相违，称作立论相违。例如，迦那陀（“食原子者”）派说“声常”。(17)

与一切经典相矛盾，称作经典相违。例如，说“身体纯洁”，“只有三种量”，或“没有量”。(18)

连孩子都明白而不容置疑的性质特征，称作自明之理。例如，说“耳朵听到声音”。(19)

与实际感觉矛盾，称作现量矛盾。例如，说“火是冷的，没有

---

① 以这个推理论式为例：凡有烟必有火，如灶；凡无烟必无火，如湖；此山有烟，因此，此山有火。这里，“因三相”是指“因”（烟）存在于“翼”（山）中，存在于“同喻”（如灶）中，不存在于“异喻”（如湖）中。

② 这里意谓既然父亲自幼是禁欲的苦行者，也就不会有儿子。

③ 这里意谓灵魂或原质本身无性质。

颜色”，或者，“月亮是热的”。(20)

因有三种特征（“因三相”）：存在于双方的翼中，存在于同喻中，不存在于异喻中。与此相违，便是似因。(21)

存在于双方即存在于自己的和对方的翼中，翼的特征一致，而结果不同。(22)

不提及对方的翼，不说明它的存在方式，怎么能判断不可靠的似因。(23)

喻（例举）具有受证的性质，这是因存在于同喻中。[①] 即使此物非彼物，但性质相同，仿佛同一物。(24)

异喻与受证的性质不相似，这是因不存在于异喻中。两者存在于一处，不存在于另一处，定义得以完善。(25)

喻具有受证和证据（因）两者的性质。或者，与此相反，喻不具有这两者的性质，成为似喻。(26)

有些人说，喻有双重性：通过它得知相和受证都存在，也通过它得知相和受证都不存在。(27)

病产生于缺失。缺失是缺乏因等等。论证以它们为根基。出现缺失，论题就不成立。(28)

病有同法相似等许多种。[②] 由于错误种类很多，这里不再讲述。(29)

诗中的正理（逻辑）特征有所不同，下面会讲到。这里讲述的是以经论为胎藏（内容）的诗。(30)

在世界上，原因被看成是永恒不变的。然而，如果是原因，不可能永恒；如果永恒，不可能是原因。(31)

为了成功地论证，按照经典中的论述，有一整套关于定义、运

① 在上述推理论式例举中，山是“翼”（小词），烟是“因”（或称作“相”，中词），火是“受证”（大词），灶是“同喻”，湖是“异喻”。

② 按照《正理经》，有二十四种。

用和病的分类。(32)

而精通正理(逻辑)的人在诗的运用中明显不同。诗涉及世界,经典涉及真谛。[①](33)

“天色如剑”,“声音来自远方”,“池和海也是这样”[②],“啊,稳固的大光!”[③](34)

实体是色等的依托,色等是变易不定的,这些是想要证实的命题,称作宗。(35)

依据正法、利益、爱欲和愤怒,誓言分成四种。[④] 补卢答应父亲说:“我接受这个衰老。”这是正法誓言。(36)

哈奴曼接受主人的指令,许诺道:“我将亲自找到悉多。”这是利益誓言。(37)

犊子王发誓说:“我今天要带回大军王的女儿。”这是爱欲誓言。(38)

怖军发誓说:“我将在战斗中粉碎兄长的仇敌,喝他的血。”这是愤怒誓言。(39)

除了这四种誓言之外,不要发出其他誓言。而这四种誓言不应该抛弃。(40)

难敌发誓绝食而死,又起身返回王国。这是违背正法。(41)

“受到召唤,我不能不回去赌博。”坚战作出这种决定,回去与沙恭尼赌博。这是违背利益。(42)

“从今天开始,我将像牟尼那样生活。”毗湿摩为了取悦父亲,立下这个誓言。这是违背爱欲。(43)

---

① 意思是诗涉及具体现象,经论涉及抽象真理。

② 意谓池水和海水是蓝色的。其实,池水、海水和天空本身都是无色的。

③ 大光指太阳。这些都是诗中的表达方式。

④ pratijñā一词作为逻辑术语是“宗”,而作为日常用词是誓言、诺言或誓愿。不明白作者为何在这里论述誓言。

罗摩战胜持斧罗摩后，让他放弃杀害一切刹帝利的决心。这是违背愤怒。(44)

即使没有确定关系，也能确定意义，因为即使没有说出，也能从意义中得知。(45)

制服感官的人认识到什么？谁败于敌手？
谁不肯向求告者施舍哪怕一丁点儿浮财？[①] (46)

智者们认为诗中的因也有三个特征（“因三相”）。(47)

仅仅依据有联系或无联系，就能确定意义。例如，这树林附近有一座大湖。(48)

依据鹗的叫声、莲花的香味和其他有关事物的特征得出这个结论。(49)

正像从冲天的烟柱推断那个地方有火，在这里，原因暗示与它不可分离的受证。(50)

甚至不依据有联系或无联系，也能确定意义。例如，入夜，灯火通明，太阳消失。(51)

这里，灯火成了太阳消失的原因。[②] 智者们说过三种因病，(52)

由无知、怀疑和矛盾造成。例如，那些迦舍草花香扑鼻而迷人。[③] (53)

这些东西长在水边而有害。[④] 这只鸟有白眼角，是鹧鸪。[⑤]

---

① 即读者依据文本意义便可得知结论分别是梵、弱者和守财奴。
② 意思是说在诗中可以这样描写。
③ 迦舍草花并无香味。
④ 并非长在水边的东西都有害。
⑤ 鹧鸪并无白眼角。

(54)

在同类中没有发现（有白眼角），由此证明它不是鹧鸪。展示与所说事物相似的事物，叫做喻（例证）。(55)

由于不陈述原因，比喻不是推理。除了说出的情况外，一般不需要提及受证和证据。(56)

“脸如莲花。”什么是受证？什么是证据？“由于受到长辈教导，即使在这个迦利时代，你也是杰出者，犹如从前的圆满时代。”① (57)

抛开受证和证据，只有喻，仅仅展示相似的事物，人们称之为纯喻。(58)

“你是婆罗多，你是底梨波、伊罗和补卢罗婆娑，你是英勇的波罗底优那，你是那罗婆诃纳，(59)

“怎么可能用一个词称述你的种种美德？”一些智者用这种方式表达，避免冗长。(60)

每个词都要正确使用，不要扭曲，否则，名誉就会受损。(61)

有些人的诗难以解读，不能打动人心，即使含有味，也缺乏魅力，犹如不成熟的劫毕他果。例如：(62)

> 这是你的，而不是别人的儿子的业绩，
> 你是荣誉的宝库，诛灭毒蛇者的莲花，
> 与水为敌的住所，一切众生中最优秀、
> 最杰出的国王们都俯首向你行触足礼。(63)

语言作品的装饰如同璀璨的珍珠、结满果实而低垂的树枝和盛开的鲜花。例如：(64)

---

① 在这句话中，具有受证、证据和喻。

绿翡翠和红宝石绚丽多彩，
树木可爱，结满果实和嫩芽，
鲜花盛开，还有神仙和悉陀，
他就住在这须弥卢山山顶。（65）

装饰品、花园和花环受到自身各个部分的装饰，曲折的音和义形成语言的装饰。（66）

有些人写诗一味拉长篇幅，充满互相矛盾的、平庸的和填补韵律的词。例如：（67）

海岸布满埃罗树、多戈罗树、婆古罗树、旃檀树、
樟脑树、阿伽鲁树和迦摩纳树，海边布满贝螺，
海浪中布满提弥鱼和摩羯罗鱼，这个大海载负
他的纯洁如同月亮、白莲、甘露和牛奶的名声。（68）

这样，我考察了许多著作，并经过思考，讲述了种种语言庄严。精通语言的智者们掌握着判断的标准。智慧不足的人无法取悦智慧高深的人。（69）

# 第六章

以经典为海水，以词汇为旋涡，以诵读为海底，以词根和词缀为鳄鱼，以潜心钻研为渡船，(1)

以其他知识为经常在水中游戏的大象，勇敢坚定者看到海岸，智慧不足者心生怨恨。(2)

一个人如果不能渡过深不可测的语法之海，他就无法自由地运用词宝。(3)

想要写诗，就应该努力学习语法。依傍他人写诗，有什么乐趣？(4)

用词依傍他人，不能取悦智者，如同已被别人戴过而抛弃的花环。(5)

运用自己的才能创作，这是首要原则。重复他人的话语，那是依赖他人的辩才。(6)

一些人说词是由其认知意义者。词的性质如同烟和光，用于推知另一物。① (7)

由 a 等字母组合而能表达意义，为了认知事物（意义）而说出，这便是词。(8)

单个字母没有意义，它们的组合怎么会有意义？那是由于按照一定次序的组合，而不是无序的组合。(9)

组合不能脱离各种组合的成分。脱离了木材、墙壁和地面，还能说成是房屋吗？(10)

因此，你们所谓永恒的词的构想是虚妄的，真正地说，那是现

---

① 由烟推知火，光照亮事物。

量（感觉）和比量（推理）。(11)

任凭“常声”（sphoṭa）论者[1]赌咒发誓，他们的说法也不可取，正如哪个有头脑的人会相信空中花？(12)

那是从前出于世间生活的需要，人们达成共识：这些字母的组合表达这样的意义。[2]（13）

那种永恒不变者（即“常声”）被说成是另一种声音。无知的人以为约定俗成的意义是至高的意义。[3]（14）

就让暂时者和永恒者与存在的意义发生联系吧！向那些智者致敬吧！他们掌握判断的标准。(15)

另一些人认为一个词通过排除其他而确定意义。所谓排除其他就是排除其他的词义。(16)

如果牛这个词在排除其他中获得意义，那就要寻找另一个词，用以表达牛的意义。(17)

词能产生认知意义的果实，但一个词不能产生两个结果。对于你们，一个词怎么能产生否定和肯定两种认知结果？(18)

只要听到牛这个词，就能获得牛的观念。正是有这个词在先，才能排除其他不是牛的词义。(19)

词不同在于字母不同，字母不同在于各自的构成不同。什么是词？什么是词的表示义？这确实是难题。(20)

词按照实体、行为、种类和性质分成四类。另一些人认为ḍittha之类的词是偶然词。(21)

在各种语言中涉及无穷意义的词有多少，谁能用什么方法加以确定？(22)

---

① 梵语语法学家波颠阇利认为词本身是原本存在和永恒不变的。他把这种词本身称作“常声”。

② 即词义产生于约定俗成。

③ 意思是无知的人误认为约定俗成的意义是“常声”。

在诗人的曲折语言中，哪些用法适宜？哪些用法不适宜？下面讲述这种区别。（23）

即使意义相同，也不应该使用会引起思想混乱的僻义词。例如，谁会用 hanti（杀害）这个动词表示“前去”的意思？（24）

不使用 śrotra[①] 等难解的词，不使用恶毒等不优雅的词，不使用饭桶勇士等粗俗的词，不使用 ḍittha 等无意义的词。（25）

词根有多种意义，因而不要使用意义不易理解的词或意义相反的词，也不要使用需要依靠暗示或提示的词，如 saṃhati[②] 或 dhyāti。[③]（26）

不要使用学者用语，不要使用其他技术用语，不要像吠陀颂诗那样表述，不要使用吠陀颂诗用语。（27）

应该使用固有的、动听的和合适的词，因为传达意义的魅力胜过其他庄严。（28）

一般地说，可以使用《释补》[④] 和《如意》[⑤] 确定的词，而不要使用产生于“语法规则分解”的词。（29）

面如皎月的少女天生丽质，而金银首饰使她更添光艳。（30）

（31—61 论述各种语法规则，从略）

有谁能原原本本讲述波你尼语法的所有观点，因此，我的探讨到此为止。如果有人能到达波涛汹涌的词海彼岸，那确实是奇迹。（62）

人们经常接受其他人的学问，不违背他们的观点。而波你尼的语法观点在这世上值得信赖。公正地说，他的观点不是属于某个人

---

① śrotra 的词义是耳、耳闻、吠陀或精通吠陀。

② saṃhati 的词义是连接、结合、聚集、打击和杀害等。

③ dhyāti 的词义是沉思、冥想和想象等。

④《释补》是迦旃延那对《波你尼经》的增订。

⑤《如意》是波颠阇利对《释补》的增订。

的判断标准。（63）

考察优秀诗人们的思想，并运用自己的智慧阐明诗的特征（“诗相”），罗迦利罗戈明之子伐摩那编撰了这部著作，便于善人们领会。（64）

全书终。

# 诗　　镜

# 简　介

檀丁（Daṇḍin，七世纪）著有《诗镜》（Kāvyādarśa）。在古典梵语文学中，长篇小说《十王子传》的作者也署名檀丁。一般认为两者是同一人。但这两部著作本身都没有提供檀丁本人的生平情况。二十世纪二十年代，发现了一部题为《阿凡提巽陀利》的小说残本。据考证，它是现存《十王子传》失佚的前面部分。而在《阿凡提巽陀利》的开头，有关于作者本人的生平事迹介绍。从中可以得知，檀丁出生在南印度波罗婆国建志城的一个婆罗门世家，曾祖父是国王辛诃毗湿奴的宫廷诗人。另据有关印度史料，国王辛诃毗湿奴的在位时间是六世纪下半叶。由此，檀丁的生平年代可以推定为约七世纪下半叶。

《诗镜》共分三章。第一章论述诗的分类、风格和诗德。第二章论述词义修辞方式（“义庄严”）。第三章论述词音修辞方式（“音庄严”）和诗病。檀丁对诗的分类、庄严和诗病的看法，与婆摩诃基本一致。他论述了三十九种庄严和十种诗病（即婆摩诃在《诗庄严论》中提出的第二组十种诗病）。但他对有些庄严的分析比婆摩诃更细致。他还在庄严论的基础上，提出了风格论。他将风格分为两种：维达巴风格和高德风格。风格的生命是诗德。他依据音和义的特征，论述了十种诗德：紧密、清晰、同一、甜蜜、柔和、易解、高尚、壮丽、美好和三昧。它们构成维达巴风格。而构成高德风格的诗德与这十种诗德有同有异。大体可以说，维达巴风格是一种清晰、柔和、优美的风格，而高德风格是一种繁缛、热烈、富丽的风格。因此，檀丁既是庄严论的重要阐释者，又是风格论的开创者。

《诗镜》于十三世纪传入我国西藏，由雄敦·多吉坚赞译成藏文，此后有多种藏语注释本。

这里的《诗镜》译文依据贝尔沃卡尔（S. K. Belvalkar）编订本（浦那，1924），并参考夏斯特里（S. R. Sastri）编订本（马德拉斯，1963）。《诗镜》原文通篇是诗体，我只是将其中完整的引诗译成诗体，其他的论述部分都译成散文体。

# 第 一 章

愿四面神（梵天）面庞莲花丛中的雌天鹅，全身洁白的辩才女神，永远在我的心湖中娱乐。（1）

综合前人论著，考察实际应用，我们尽自己的能力，写作这部论述诗相的著作。（2）

完全是蒙受学者们规范的和其他的语言的恩惠，世上的一切交往得以存在。① （3）

如果不是称之为词的光芒始终照耀，这三界将完全陷入盲目的黑暗。（4）

看啊！先古帝王的光辉形象映入了语言镜子，即使他们已经不复存在，映象也不湮灭。（5）

智者们认为正确使用的语言如同如意神牛，而错误使用的语言则表明使用者是蠢牛。（6）

因此，哪怕是诗中微小的瑕疵，也不容忽视。尽管身体美丽，有了一点麻风白斑，也令人嫌弃。（7）

不通晓经典怎么分辨诗德和诗病？盲人怎么有能力分辨颜色？（8）

因此，为了教导人们，智者们制定了各种语言风格的创作规则。（9）

他们指出诗的身体和装饰。身体是传达愿望意义的特殊的词的组合。（10）

它分成诗体、散文体和混合体。一节诗有四个诗步。诗律分成

① 学者们规范的语言指梵语，其他的语言指方言俗语。

波哩多和阇底两类[①]。(11)

诗律在《诗律学》中已有完备的介绍。这种知识是想要渡过深邃诗海的人的船舶。(12)

单节诗、组诗、库藏诗和结集诗[②]，这些分类没有提及，因为可以视为分章诗的组成部分。(13)

分章诗也称大诗。它的特征是作品开头有祝福和致敬，或直接叙事。(14)

它依据历史传说和故事或其他真实事件，展现人生四大目的果实，主角聪明而高尚。(15)

它描写城市、海洋、山岭、季节、月亮或太阳的升起、在园中或水中的游戏、饮酒和欢爱。(16)

它描写相思、结婚、儿子出世、谋略、遣使、进军、胜利和主角的成功。(17)

有修辞，不简略，充满味和情，诗章不冗长，诗律和连声悦耳动听。(18)

每章结束变换诗律。这种精心修饰的诗令人喜爱，可以流传到另一劫。(19)

只要整篇作品优美，令知音喜欢，即使缺少上述某些组成部分，也不构成缺点。(20)

先描写主角的品德，后描写敌人的失败，这是天然可爱的手法。(21)

先描写敌人的世系、勇武和学问等，后描写主角战胜敌人，更胜一筹，也令我们喜欢。(22)

词的连接不分诗步，这是散文体，分成传记和故事两种。其中

① 波哩多（vṛtta）诗律依据音节，阇底（jāti）诗律依据音节瞬间。

② 组诗指五节至十四节的组诗，库藏诗指多位诗人的合集，结集诗指单个诗人的结集。

的传记：据说，（23）

传记由主角自己叙述，而另一种（故事）由主角或其他人叙述。这里，主角依据实际情况表白自己的品德，不是缺点。（24）

但我们看到，实际上没有这样的限制。在传记中，也有由其他人叙述。由自己或其他人叙述，这怎么能作为分类的理由？（25）

如果说传记的特征是使用伐刻多罗和阿波罗伐刻多罗诗律，章名为“优契婆娑”（ucchvāsa），那么，在故事中有时也是这样。（26）

在故事中，为何不能像使用阿利耶诗律等那样使用伐刻多罗和阿波罗伐刻多罗诗律？我们看到故事使用章名“楞波”（lambha）等，而使用“优契婆娑”又何妨？（27）

因此，故事和传记只是同一体裁的两种名称。其他的叙事作品也都属于这一类。（28）

劫女、战斗、相思和成功等与分章诗（大诗）相同，不是散文体的特殊性质。（29）

由诗人个性形成的特点，即使在其他类别作品中，也不会成为缺点。对于有才能的作者，只要能达到愿望的目的，作品有什么样的开头不可以？（30）

传说剧等混合体已在别处①详细论述。有一种诗和散文混合体称为“占布”（campū）。（31）

贤士们说，这些作品又按语言分成四种：梵语、俗语、阿波布朗舍语和混合语。（32）

梵语是天神的语言，由大仙们阐释。俗语有多种：从梵语派生的，与梵语相似的，地方的。（33）

人们认为摩诃剌陀语是最优秀的俗语。用它创作的《架桥

① 即在《舞论》这类戏剧学著作中。

记》[1] 等是妙语宝珠之海。(34)

修罗塞纳语、高德语、罗德语和其他类似语言也在世间流行，统称俗语。(35)

阿毗罗（牧人）语等在诗中被称为阿波布朗舍语。在论著中，梵语之外的语言都被称为阿波布朗舍语。(36)

梵语用于分章诗（大诗）等，俗语用于室建陀迦等诗律，阿波布朗舍语用于奥萨罗等诗律，混合语用于传说剧等。(37)

故事使用所有语言，也使用梵语。人们说用鬼语（毕舍遮语）创作的《伟大的故事》[2] 内容奇异。(38)

罗希耶、恰利迦和舍蜜雅等歌舞是可看的，而其他则是可听的。这样，它又依此分成两类。(39)

有许多语言风格，互相有细微差别。这里，描述其中明显不同的维达巴风格和高德风格。(40)

紧密、清晰、同一、甜蜜、柔和、易解、高尚、壮丽、美好和三昧。(41)

相传这十种诗德是维达巴风格的生命，而高德风格通常显出与它们相反。(42)

紧密是不松弛。松弛是大量使用不送气音[3]，例如：mālatīmālā lolālikalilā（“茉莉花环聚满激动的蜜蜂”）。(43)

而高德派认为其中有谐音，喜欢这样的诗句。维达巴派重视紧密，而喜欢 mālatidāma laṅghitam bhramaraiḥ（“蜜蜂涌向茉莉花环”）这样的诗句。(44)

清晰是使用常见的词义，易于理解。例如：灿若青莲的斑点增

---

① 《架桥记》是五世纪钵罗婆罗犀那创作的摩诃剌陀语叙事诗。

② 《伟大的故事》是一部规模巨大的故事集，据说有十万颂，现已失传。月天的《故事海》是它的梵语改写本。

③ 不送气音指梵语每组辅音中的第一种和第三种以及鼻音和半元音。

添月亮之美。(45)

而高德派依靠词源学，喜欢使用不常见的词义，例如："白光（即月亮）有一颗像不太白的莲花（即青莲）的斑点。"(46)

同一是词音组合前后一贯，或柔或刚或中等，即柔音组合、刚音组合或柔音和刚音混合。(47)

"摩罗耶山风带着杜鹃的鸣啭声吹向我。"① "纯洁的溪流带着雾气奔腾而下。"② (48)

"摩罗耶山风徐徐吹拂，带着与旃檀树接触过的香气。"③ "它令我失去坚定，与美女嘴中的香气竞争。"④ (49)

不关注词音组合前后不一致，而关注意义和修辞的丰富，东方派（高德派）的风格这样得到发展。(50)

甜蜜是语言和内容有味。味使智者陶醉，犹如花蜜使蜜蜂陶醉。(51)

听到词的组合，感受到词音相似，这是谐音，产生味。(52)

eṣa rājā yadā lakṣmīṃ prāptavān brāhmaṇapriyaḥ/
tadā prabhṛti dharmasya loke 'sminn utsavo 'bhavat // 53 //

自从这位热爱婆罗门的国王登位，
正法在这个世界上日益昌盛发达。⑤ (53)

高德派不重视这种谐音⑥，而喜欢同音谐音，维达巴派则更喜

---

① 这是柔音组合（指梵语原文，下同）的例举。
② 这是刚音组合的例举。
③ 这是柔音和刚音混合的例举。
④ 这是词音组合前后不一致的例举。
⑤ 这首诗中含有顶音、腭音和齿音的重复。
⑥ 同一发音部位的音素，即喉音、腭音、顶音、齿音或唇音的重复。

欢这种谐音。(54)

谐音是诗步中和词中音素重复，相隔不远，能唤起与前面音素相同的印象。(55)

candre śaranniśottaṃse kundastavakavibhrame /
indranīlanibhaṃ lakṣma saṃdadhāty alinaḥ śriyam // 56 //

秋夜以宛如素馨花束的月亮为顶饰，
月中的斑点如同青玉，呈现黑蜂之美。[①] (56)

cāru cāndramasaṃ bhīru bimbaṃ paśyaitadambare /
manmano manmathākrāntaṃ nirdayaṃ hantum udyatam // 57 //

怯弱的女郎啊，你看天上这轮圆月，
想要打击我这颗被爱神占有的心。[②] (57)

他们喜欢这种谐音，听到的音素重复互相间隔不远，而不是像这种："月亮宛如美人的莲花脸"（rāmāmukhāmbhojasadṛśaścandramā）。[③] (58)

smaraḥ kharaḥ khalaḥ kāntaḥ kāyaḥ kopaś ca naḥ kṛśaḥ/
cyuto māno 'dhiko rāgo moho jāto 'savo gatāḥ // 59 //

爱神残酷，情人狠心，我们的身体和愤怒衰弱；

---

① 在这首诗中，每个诗步的头部含有相同的复辅音 nd。

② 在这首诗中，词中有 cā、mba 和 manma 这些音节重复。

③ 在这个诗句中，音节 ma 的重复出现在头部和尾部。

傲慢消失，相思增强，陷入痴迷，生命正在离去。(59)

诸如此类造成词音组合刺耳和松弛[1]，南方派（维达巴派）不采用这种谐音。(60)

音组的重复称为叠声。但它并不特别甜蜜，故而放在后面论述。(61)

确实，所有的修辞都给内容注入味。但唯有不俚俗，才能承担味。(62)

“姑娘啊，我爱着你，你怎么不爱我?”这是俚俗的表达方式，造成无味。(63)

“爱神这个贱民，对我实在无情，美目女郎啊，你多幸运，他对你毫无妒意。”这种表达不俚俗，产生味。(64)

也有俚俗的词，那是不文雅的人们使用的，例如，在描写欢爱时，使用以 ya 等起头的词。[2]（65）

由于词的连接或句义本身造成不文雅的理解，也是俚俗。例如：“她是你的心爱。”[3]（66）

“在打击强敌后，这个勇敢的人休息。”[4] 两派都不赞同诸如此类的表述。(67)

bhaginī（姐妹）和 bhagavatī（夫人）这类用词得到普遍认可。[5] 以上对甜蜜做了分析，下面是柔和。(68)

主要使用柔音，这称为柔和。但是，全部使用柔和，也会产生词音组合松弛的弊病。(69)

---

① 上引诗例中，第一行重复使用音素 ḥ 和 k，第二行重复使用元音 o。

② 如以 ya 起头的 yabh 一词，是“性交”的俚俗用语。

③ 在这句话中，由于词的连接，产生 yābha 的读音，意谓“性交”。

④ 在这句话中，vīryavān（“勇敢的人”）也可读作“有精子的人”。

⑤ 这类用词含有 bhaga（“女阴”），但由于已经普遍应用，不属于不文雅。

乌云密布，这些歌喉甜美的孔雀，
将尾部羽毛张成圆形，跳起舞来。[1]（70）

在首诗并无惊人的意义和修辞方式，只是由于柔和，才为善人传诵。（71）

另一些人（高德派）追求热烈，甚至大量使用发音困难的词语。例如："雄牛（持斧罗摩）刹那间消灭刹帝利一方。"[2]（72）

易解是意义无须推究。例如："从被脚蹄踩碎的大蛇流出的鲜血染红的海中，诃利托出大地。"[3]（73）

"大野猪从染红的海中托出大地。"如果这样表述，大蛇的鲜血就需要推断了。（74）

两派都不推重这样的表达方式，因为违背正规的表达方式，意义就不易理解。（75）

听到表述，领会到某种杰出品质，这是高尚。它是一切风格的支柱。（76）

大王啊，求告者的悲戚目光一旦落到你的脸上，
以后他遇到同样境况，就不必再去看别人脸色。（77）

这首诗出色地展现乐善好施的品德，按照这种方式，可以举出其他相同例子。（78）

有些人认为高尚是使用种种赞赏的形容词，如玩耍的莲花、游戏的池塘和金臂钏等。（79）

壮丽是含有丰富的复合词。它是散文体的生命。在诗体中，它

---

① 这首诗中大部分是不送气音，但也有少量送气音。

② 在这句话中，重复使用发音困难的复辅音 kṣ 。

③ 这是讲述大神毗湿奴化身野猪，用獠牙托出被阿修罗拖入海底的大地。

也是非南方派（罗德派）的主要支柱。(80)

它是长音节和短音节或多或少的混合，各式各样，见于传说等体裁中。(81)

西山顶峰周围布满阳光，西方天空以此为床，
犹如女郎丰满的乳房，披着美丽的粉红衣裳。① (82)

这样，在诗体中，东方派（罗德派）也使用充满壮丽的语言，而其他人（维达巴派）喜欢不纷繁复杂而动人心弦的语言壮丽。例如：(83)

西部天空云边紧裹着晚霞衣裳，
谁见了会不引起心中相思之情？② (84)

美好是不超越世间事物范围，人人喜爱，通常见于谈话和赞语中。(85)

有您这样的苦行者带着圣洁的脚底尘土，
光临过的那些住宅，才是名副其实的住宅。(86)

肢体无瑕的女郎！你的这对乳房膨胀，
蔓藤般的双臂之间，已无足够的空间。(87)

这些是可能发生的事物受到特殊说法的修饰，对于一切遵循日常生活规律的人，显得美好。(88)

---

① 这首诗中使用了两个长复合词和两个单词。

② 这首诗中使用了一个长复合词、一个短复合词和五个单词。

在表达意义时，故意夸大，仿佛超越世间事物。一些智者大加赞赏，而另一些人不喜欢。(89)

由于您的脚底尘土降落，洗净了一切罪孽，
从今往后，我家住宅犹如受人崇拜的神殿。(90)

创造主创造的空间过于狭小，
没有预见你的乳房如此膨胀。(91)

这被称为夸张，为高德派所钟爱。而前面说明的方式是另一派（维达巴派）风格的精华。(92)

不超越人世界限，一种事物的性质安置在另一种事物上，这称为三昧。例如：(93)

“晚莲闭上，日莲睁开。”这是将眼睛的功能安置在莲花上，才有这样的用词。(94)

吐、喷、呕等词，只有用作第二义时才优美，否则就落入俚俗。(95)

莲花仿佛饮下阳光喷出的火星，
然后化作红花粉，又从嘴中吐出。① (96)

这令人愉悦。令人不愉悦，例如：“这个妇女呕吐。”还有，同时将许多性质安置在一个事物上。例如：(97)

这些乌云因胎藏沉重而疲乏，

① 这首诗中的“喷”和“吐”使用的是这两个词的第二义即转义。

呻吟着，躺在山坡高地的怀中。(98)

躺在女友怀中，呻吟，沉重，疲乏，孕妇的许多特征都在这里得到展示。(99)

这种名为三昧的诗德是诗的精髓。所有的诗人都追随它。(100)

这样，依据上面描述的特征，分为两种风格。至于个别诗人之间的风格区分就难以细说了。(101)

甘蔗、牛奶和糖浆的甜味迥然相异，甚至辩才女神也不能说清它们的区别。(102)

天生的想象力，渊博而纯洁的学问，不倦的实践，这些是诗的成功原因。(103)

即使缺乏与前世熏习有关的惊人的想象力，只要依靠学习和努力，侍奉语言女神，她肯定会赐予恩惠。(104)

确实，想要获得名声，就应该始终不倦地侍奉辩才女神。即使诗人的禀赋不足，只要勤奋努力，也能在智者集会上占有一席。(105)

以上是檀丁著《诗镜》中名为《风格辨》的第一章。

# 第二章

人们说，庄严（修辞）形成诗美的特征。但它们至今没有细致分类，有谁能说清它们的全部？(1)

但前辈老师们已经提出分类的基本原则，我们只是努力加以扩充和完善。(2)

前面为了区分两种风格，已经讲述一些庄严①，现在讲述其他通用的庄严。(3)

自性、明喻、隐喻、明灯、重复、略去、补证、较喻和藏因，(4)

合说、夸张、奇想、原因、微妙、掩饰、罗列、有情、有味、有勇、迂回和天助，(5)

高贵、否定、双关、殊说、等同、矛盾、间接、佯赞和例证，(6)

共说、交换、祝愿、混合和生动，这些是前辈学者提出的语言庄严。(7)

具体展示各种情况中的事物形象，这是自性。这种庄严以种类为首，例如：(8)

> 有弯曲的红嘴角，有柔软的绿羽毛，
> 有三色脖子，这些甜言蜜语的鹦鹉。(9)

> 喉咙里发出咕咕声，眼睛滴溜转动，

---

① 如谐音、叠声和夸张。

这只鸽子渴望欢爱，缠着女伴接吻。（10）

接触心爱女子，浑身汗毛直竖，
心中幸福荡漾，双眼不觉闭上。（11）

以雄牛为旗徽的湿婆显身，手持头盖，
青色脖子，滑润的赤色发髻，月亮顶饰。（12）

以上分别描写种类、行为、性质和实体的自性。① 这在经论著作中占主导地位，也是诗中的追求。（13）

感受到这样或那样的相似性，这是明喻。下面详细讲述。（14）

“可爱的女郎啊，你的手掌红似莲花。”这展示性质相同，是性质明喻。（15）

“你的脸庞像红莲，你的眼睛像蓝莲。”从中领会到性质相同，这是本事明喻。（16）

“莲花绽放，宛如你的脸。”违反常规②，这是颠倒明喻。（17）

“莲花像你的脸，你的脸像莲花。”互相称赞，这是互相明喻。（18）

“你的脸只像莲花，不像其他任何东西。”排除其他相似物，这是有限明喻。（19）

“莲花效仿你的脸，如果有其他相似物，也让它们这样做。”这是无限明喻。（20）

“你的脸效仿莲花，不仅妩媚可爱，也令人愉悦。”这是积集明

① 以上四个例举中，第一首描写鹦鹉这个种类，第二首描写一只鸽子的行为，第三首描写与心爱女子接触的性质，第四首描写作为实体的湿婆。

② 通常莲花是喻体，脸是本体，这里颠倒过来。

喻。[①]（21）

“你的脸只见于你，月亮只见于天空，这是唯一区别，别无其他。”这是夸张明喻。（22）

“月亮不该自我吹嘘：‘她的脸庞之美只见于我。’她的脸庞之美也见于莲花。”这是奇想明喻。（23）

“美眉女啊，如果莲花有转动的眼睛，那就承认它有你的脸庞之美。”这是奇迹明喻。（24）

“细腰女啊，想象你的脸是月亮，我渴望你的脸，追着月亮跑。”这是痴迷明喻。（25）

“这是蜜蜂飞舞的莲花，还是你的眼睛转动的脸？我心中犹豫不决。”这是疑问明喻（26）

“莲花的光辉不敌月亮，不可能令月亮羞愧，因此，这只能是你的脸。”这是断定明喻。（27）

“你的脸美丽又芳香，如同莲花，与月亮比美。”这是双关明喻。[②]（28）

“这花园里有成排娑罗树，美似少女脸旁有条条发辫。”其中的词语发音相同[③]，这是同音明喻。（29）

“莲花有尘埃，月亮有盈亏，你的脸即使与它们相似，也胜过它们。”这是贬抑明喻。（30）

“莲花是梵天诞生地[④]，月亮是湿婆顶饰，而它俩如同你的脸。”这是赞美明喻。（31）

“我心中执意要说你的脸像月亮，不管有利还是有弊。”这是执

---

① 本体和喻体有多种性质相似。

② 其中“美丽”（śrīmat）一词含有双关，也可读作“坐有吉祥女神”，形容莲花。

③ 其中的“成排娑罗树”和“脸旁有条条发辫”在原文中是同一词组（sālakānana），即一语双关。

④ 据印度神话，梵天诞生于毗湿奴肚脐上长出的莲花。

意明喻。(32)

“莲花、秋月和你的脸，这三者互相对峙。”这是对峙明喻。(33)

“月亮有黑斑，又冷漠，确实没有能力与你的脸抗衡。”这是抑制明喻。(34)

“你的脸有鹿眼，月亮有鹿影，即使它与你相似，也无法胜过你。”这是奉承明喻。(35)

“这不是莲花，而是她的脸；这不是一对蜜蜂，而是她的一双眼睛。”具有明显的相似性，这是实话明喻。(36)

“你的脸超越月亮和莲花的光辉，只与自己相似。”这是自比明喻。(37)

“你的脸光彩熠熠，犹如所有莲花光辉的精华汇聚一处。”这是未曾有明喻。(38)

“刺耳的话出自你的嘴，那就像毒液出自月亮，火焰出自旃檀树。”这是不可能明喻。(39)

“与你接触，凉爽如同檀香水、月光和月亮宝石。”联想丰富，这是多重明喻。(40)

“细腰女啊，你的脸仿佛从月盘中刻出，从莲花腹中取出。”这是变化明喻。(41)

“正如光芒为太阳，太阳为白天，白天为天空，勇武为你带来吉祥。”这是花环明喻。(42)

一个句义与另一个句义相比，这是句义明喻，分成两种：有一个比喻词和有多个比喻词。(43)

你的脸庞上眼睛转动，皓齿闪光，
犹如莲花上蜜蜂飞舞，花蕊展露。[①] (44)

① 这首诗中使用一个比喻词。

这位细腰女的脸庞宛如莲花，
我就像那蜜蜂，反复享用蜜汁。① （45）

说出一种事物，又说出另一种性质相同的事物，领会到相似性，这是类比明喻。例如：（46）

至今出世的国王，没有一个能与你相比，
犹如天国花园的波利质多树，独一无二。（47）

基于功能相同，将较低者等同于较高者，这是等同明喻。例如：（48）

因陀罗警觉地保护天国，消灭阿修罗，
而你保护大地，消灭那些狂暴的国王。（49）

“国王啊，你以光辉效仿月亮，以威力效仿太阳，以坚定效仿大海。”这是原因明喻。② （50）

词性或词数不一致，喻体不足或过量，只要不引起智者反感，就不构成喻病。（51）

“这个太监走路像女人。”“这个妇女说话像男人。”“他可爱如同我的生命。”“获得知识似财富。”③ （52）

“国王啊，天王像你一样光彩熠熠。”“这位国王凭借自己的威

① 这首诗中使用两个比喻词。

② 这里意谓光辉、威力和坚定是国王与月亮、太阳和大海相似的原因。

③ 按照原文，第一句中，“太监”（阳性）和“女人”（阴性），词性不一致。第二句中，“妇女”（阴性）和“男人”（阳性），词性不一致。第三句中，“他”（单数）和“生命”（复数），词数不一致。第四句中，“知识”（阴性）和“财富”（中性），词性不一致。

力，足以与太阳平起平坐。”①（53）

诸如此类，并不缺乏魅力。而在运用中，有些会引起语言行家反感。例如：（54）

“月亮洁白似雌天鹅。”“天空洁净似湖泊。”“士兵忠于主人似狗。”“萤火虫发光似太阳”。②（55）

智者们摒弃这类明喻。成为诗德或诗病，其中的原因，由智者们自己考虑吧！（56）

像、如同、如、犹如、同样、宛如、俨如、等同、仿佛、好似、恰似和相似，（57）

匹敌、抗衡、敌对、对峙、看似、相像、相应、类似和一致，（58）

映像、肖像、形同、相同、近似、相仿、貌似、类同、相比和比作。（59）

还有词缀如同、接近、邻近、看似和酷似等，单词同样和等同，这些都是意义充足的比喻词。（60）

多财释复合词，如“月亮脸”等。谓语，如竞争，胜过，敌对，憎恨，对抗，（61）

叫骂，藐视，蔑视，谴责，嘲弄，抗衡，嘲笑，妒忌，忌恨。（62）

偷走他的魅力，夺走他的光辉，与他争斗，与他不相上下，（63）

追随他的足迹，进入他的领域，跟随他，紧随他，取得他的品

① 第一句中，喻体（“你”）不足，与本体（“天王”）不相称。第二句中，喻体“太阳”过量，与本体（“国王”）不相称。

② 按照原文，第一句中，“月亮”（阳性）和“雌天鹅”（阴性），词性不一致。第二句中，“天空”（单数）和“湖泊”（复数），词数不一致。第三句中，喻体（“狗”）不足，与本体（“主人”）不相称。第四句中，喻体（“太阳”）过量，与本体（“萤火虫”）不相称。

质，阻挡他，（64）

效仿他。为了给诗人们提供方便，以上讲述了在明喻中，用来表示相似性的比喻词。（65）

忽视本体与喻体的区别，这称为隐喻。例如：手臂蔓藤，手掌莲花，脚趾嫩芽。（66）

你的手指是嫩芽，脚指甲的光芒是花朵，
手臂是蔓藤，你就是春色，活现我们眼前。（67）

这首诗是非复合词隐喻，前面的例句是复合词隐喻。“月亮脸上的光芒的微笑。”这是复合词和非复合词隐喻。（68）

红色脚趾花瓣，脚指甲光芒花蕊，
你的莲花脚被国王们放在头顶。（69）

花瓣叠加在脚趾上，花蕊叠加在脚指甲光芒上，莲花叠加在脚上，都有相应的位置，这是完全隐喻。（70）

突然间，你的脸上嘴唇嫩芽颤抖，
泼妇啊，滴滴汗珠花蕾美似珍珠。（71）

嘴唇转化成嫩芽，汗珠转化成花蕾，而脸没有转化成任何东西，因此，这是部分隐喻。（72）

眉毛飞扬，汗水流淌，眼睛发红，
这张莲花脸表明进入迷醉状态。（73）

只有脸转化成莲花，脸上其他部分没有转化成任何东西，因此，这是主体隐喻。(74)

迷醉发红的双颊，红莲花双眼，
你的这张脸使这个痴汉也变红。① (75)

这是一个部分隐喻②。同样，有两个以上部分隐喻。这些又分成相关和不相关。(76)

“这张脸上有闪亮的微笑花朵，舞动的眼睛蜜蜂。”花朵和蜜蜂相关，这是相关隐喻。(77)

“这张脸上有柔和的微笑月光，温柔的眼睛青莲。”月光和青莲不相关，这是不相关隐喻。(78)

主体转化，而部分有的转化，有的不转化，这称为不规则隐喻，同样优美。例如：(79)

迷醉中双颊泛起潮红，眉毛蔓藤舞动，
依靠你这张月亮脸，爱神能征服三界。③ (80)

胜利属于诃利大神的脚！
摆脱了对阿修罗的恐惧，
众天神喜庆节日竖立的旗帜，
旗杆顶上挂着恒河水流布幡。(81)

---

① “变红”（rāga）一词含有双关，也可读作“充满激情”。

② 在这首诗中，只有双眼转化成莲花。

③ 在这首诗中，主体脸转化成月亮，部分中的眉毛转化为蔓藤，而双颊没有转化。

旗帜有属性而形象完整，叠加在脚上[①]，这是有属性隐喻。(82)

既不使莲花合闭，也不在空中行走，
你的月亮脸一心一意夺取我的生命。(83)

这表明月亮不做自己该做的事，而做其他的事，因此，这称为矛盾隐喻。(84)

凭深沉，你是大海，凭稳重，你是高山，
凭满足世人的愿望，你是如意宝树。(85)

深沉、稳重和满足世人的愿望是转化成大海、高山和如意树的原因，因此，这是原因隐喻。(86)

“女友啊，你的莲花脸，蜜蜂迷恋它的芳香，而适合王室天鹅享用。”这是双关隐喻。[②]（87）

由于属性和主体两者性质相同和不相同，形成明喻隐喻和较喻隐喻。例如：(88)

这张迷醉中泛起潮红的月亮脸，
与这个升起时发红的月亮媲美。[③]（89）

---

① 在这首诗中，旗帜叠加在诃利大神的脚上，而这杆旗帜有特殊的属性，以恒河水流为布幡。按照印度神话，天上恒河经由诃利（湿婆）大神流向大海。

② 在这个例句中，“蜜蜂”（bhramara）和“王室天鹅”（rājahaṃsa）是双关词，可以另外读作“情人”和“王中天鹅”（即“优秀的国王”）。

③ 在这首诗中，本体脸（主体）和迷醉中泛起潮红（属性），喻体月亮（主体）和升起时发红（属性），两者性质相同。

众天神吸吮月亮，我吸吮你的月亮脸，
月轮经常亏缺，而你的脸永远圆满。[1]（90）

“美女啊，你的月亮脸令人焦灼不安，与月亮的性质不相符。”这是暗讽隐喻。（91）

“发怒的女郎啊，你的月亮脸烧灼我，只怪我命运不济。”这是调和隐喻。（92）

“在你的莲花脸舞台上，眉毛蔓藤舞女翩翩起舞。”这是可爱的重叠隐喻。[2]（93）

这不是你的脸，而是莲花；这不是眼睛，
而是蜜蜂；这不是牙齿光芒，而是花蕊。（94）

摒弃脸、眼睛和牙齿的性质，转化成莲花、蜜蜂和花蕊，以显示脸、眼睛和牙齿的优美。这是否定隐喻。（95）

隐喻和明喻的种类无穷无尽，这里只是指出方向。[3] 没有说到的，智者们可以依此类推。（96）

表示种类、行为、性质或实体的词语出现在一处，而为所有的句子服务，这称为明灯。例如：（97）

南风吹走了蔓藤的枯叶，
也消除丰乳美女的傲气。（98）

---

① 在这首诗中，本体脸（主体）和永远圆满（属性），喻体月亮（主体）和经常亏缺（属性），两者性质不同。

② 在这个例句中，莲花叠加在脸上，舞台又叠加在脸上；蔓藤叠加在眉毛上，舞女又叠加在蔓藤上。

③ 以上共列举三十二种明喻和二十一种隐喻。

众大象漫游在四海堤岸花园中，你的品德
洁白如同素馨花，（漫游）在铁围山亭园中。(99)

四方变暗，布满雨季的层层乌云，
大地（变暗），覆盖柔嫩的新生绿草。(100)

威武的毗湿奴到处剥夺众檀那婆财富，
在任何地方都给众天神带来繁荣昌盛。(101)

以上明灯位于句子头部①，我们还要介绍明灯位于句子中部和尾部。例如：(102)

举目凝望乌云，眼中含着喜悦泪水，
这些孔雀在尼朱罗树下唱歌跳舞。(103)

对于远方的游子，和风（变成）盐碱，
月亮变成烈火，檀香膏（变成）刀剑。(104)

乌云降下的雨水，家中畜养的孔雀，
还有抖动的闪电，都是爱神的兵卒。(105)

你将青莲（安放）在耳朵上，
爱神将箭（安放）在弓弦上，
我将心儿（安放）在死亡上，

① 以上四个明灯例举位于句子头部（指梵语原文中的情况，下同），第一个“南风”，属于种类；第二个“漫游”，属于行为；第三个“变暗”，属于性质；第四个“毗湿奴”，属于实体。

这三者就这样同时安放。(106)

白半月增强月亮，月亮（增强）五箭爱神，
爱神（增强）情欲，情欲（增强）青年欢爱。(107)

在这个句子头部明灯中，依次关联，形成句子花环，因此，这称为花环明灯。(108)

风中飘拂细雨，这些乌云增强
爱神的威力，而削弱炎热的（威力）。(109)

在这首诗中，“威力”和“乌云”体现两种对立的行为，因此，这是矛盾明灯。(110)

层出不穷的乌云占领了四方空间，
掠走了群星，现在要夺取我的生命。(111)

在这首诗中，用了不同的词语表达乌云的同一种行为，因此，这是同义明灯。(112)

这些高耸的乌云，伴随可爱的香风，
光泽黑似多摩罗树，游荡在空中；
这些高耸的大象，散发可爱的香气，
肤色黑似多摩罗树，（游荡）在地上。(113)

在这首诗中，用“游荡”一词将性质相同的乌云和大象联结在

一起，这是双关明灯。[①]（114）

其他的明灯分类，智者们可以依据这种方式确定。（115）

在明灯的位置上，词义重复、词音重复以及词义和词音两者重复，也是三种可爱的修辞。例如：（116）

迦丹波花绽放，古德阇花显露，
甘陀利花张开，迦古婆花展现。[②]（117）

层层乌云使孔雀伸长脖颈，
爱神使青年心中充满渴望。[③]（118）

你征服了整个大地，与后妃娱乐，
你的敌人升入天国，与天女娱乐。[④]（119）

话语受到否定，这是略去[⑤]。按照所略去事物的三种时间性分成三种。而按照所略去事物的类别，则有无数种。（120）

爱神凭借五支花箭，征服整个世界，
这不可能，抑或事物的力量多种多样。（121）

---

① 在这首诗的原文中，对乌云和大象的描写使用了双关语。

② 在这首诗中，“绽放”、“显露”、“张开”和“展现”这四个词形成词义重复。

③ 在这首诗中，“伸长脖颈”和“充满渴望”这两个词在原文中使用同一个词，即同音异义，形成词音重复。

④ 在这首诗中，“你征服了整个大地”和“你的敌人升入天国”是词义重复，“娱乐”是词音重复。

⑤ 这里使用的“略去”（ākṣepa）一词兼有“否定”或“暗示”的意思，即以暗示的方式否定。

依靠说出的理由，爱神不可能征服世界的想法受到否定。[①] 过去发生的事受到否定，这是过去略去。（122）

你为何还要将蓝莲花戴在耳朵上？难道你认为
斜视的眼光不起作用吗？说话可爱的女郎啊！（123）

情人以戏谑的方式阻止女郎将蓝莲花戴在耳朵上，这是现在略去。（124）

如果你亲吻别的女人，胭脂染红眼睛，
爱人啊，我发誓，你将再也见不到我。（125）

一位富有心计的女子预先警告爱人，不准他此后犯错误，这是未来略去。（126）

细腰女啊，说你的肢体柔软，虚妄不实，
如果真的柔软，怎么会突然令我痛苦？（127）

情人以相反的作用否定这位女子肢体的柔软，这是属性略去。（128）

怎么能辨出她是我的美女？
只见光芒闪烁，不见发光体。（129）

承认属性光芒，否定主体（我的美女），旨在说明主体美貌惊

① 说出的理由是“抑或事物的力量多种多样”。换言之，爱神用五支花箭征服整个世界是可能的，但略去未说。

人，这是主体略去。(130)

你的眼睛发红，嫩芽般的嘴唇颤抖，
眉毛皱起，而我问心无愧，并不惧怕。(131)

机敏的情人否认自己犯有过失，即否定产生惧怕的主要原因，这是原因略去。(132)

爱人远在他乡，雨季已经来临，
尼朱罗花盛开，我却还没有死去。(133)

指出死亡的原因即可怕的雨季来临，而缺乏作为结果的死亡，这是结果略去。(134)

你出门离去后，我不会长期陷入痛苦。
如果你要去，就走吧，对此不必怀疑。(135)

表面上允诺，而暗示自己会死去，阻止爱人出行，这是允诺略去。(136)

即使能获得大量财富，一路上舒适安全，
也不必担心我的生命，爱人啊，你也别去！(137)

说了许多适合爱人出行的理由，而凭借自己的威势强行阻止，这称为威势略去。(138)

我对生命的愿望强烈，对财富的愿望薄弱，

爱人啊，我只是表明我的态度，或去或留随你！(139)

情深意浓的妻子以不恭敬的语言阻止丈夫出行，这是轻慢略去。(140)

如果你要去，就走吧！祝你一路平安！
爱人啊，但愿我能再生在你的去处。(141)

以祝愿的方式暗示自己的情况，阻止爱人出行，这是祝愿略去。(142)

如果你真的要走，那就另娶一个妻子吧！
死神正在等待时机，今天就会把我抓走。(143)

情深意浓的妻子以刺耳的话语阻止丈夫出行，这是刺耳略去。(144)

如果你要走，那就赶快走吧！否则你会
听到亲友们痛苦的呼叫，阻止你出行。(145)

情深意浓的妻子以劝导出行的方式阻止丈夫出行，这是辅佐略去。(146)

希望满足爱人的心愿，我想说“你走吧！”
而脱口说出的是“你别走！”我能怎么办？(147)

努力做自己不愿做的事，而结果相反，无可奈何，这是努力略

去。(148)

睫毛眨动，瞬间妨碍视觉，
我心中的爱意也会恼怒；
请你先告诉它你要出行，
倘若它同意，我也就同意。(149)

依靠爱意的妻子指出自己所依靠者（即“爱意”），阻止丈夫出行，这是依靠略去。(150)

夫主啊，我将忍受离别，请你给我隐身油膏，
我涂抹眼睛后，折磨人的爱神就不会看我。(151)

提出难以做到的救命方法，阻止丈夫出行，这是方法略去。(152)

你已经明确说定你要去，如此薄情薄义，
夫君啊，即使你现在不走，对我又算什么？(153)

心中充满情意而嗔怒，阻止爱人出行，这是嗔怒略去。(154)

这纯朴女郎一听说爱人要出行，顿时昏厥，
苏醒后，望着爱人说道：“你怎么离去这么久？”(155)

这位目光怯弱的女郎顿时昏厥，阻止爱人出行，这是昏厥略去。(156)

无人嗅闻，也不装饰妇女的耳朵，也不泡入酒中，
在你的敌人的池塘中，这些蓝莲花凋落漂散。(157)

展示不适合蓝莲花的行为，描写它们的悲惨境遇，仿佛表示怜悯，这是怜悯略去。(158)

充满甘露，胜过莲花，眼珠（星星）温柔，
有了你的月亮脸，何必还要另一个月亮？(159)

指出转义的月亮与真正的月亮性质相同，否定真正的月亮，这是双关略去。(160)

没有积下财富，没有学到知识，
没有修得苦行，一生光阴虚度。(161)

老年人哀叹岁月流逝，没有获得财富等等，深感后悔，这是后悔略去。(162)

这是秋天的云朵，还是成群的天鹅，
声音听来像脚铃，因而这不是云朵。(163)

依据天鹅通常具有而云朵并不具有的性质，解除疑惑，这是疑惑略去。(164)

你的勇力征服了世界，仍不满足，令人惊奇！
然而，又有谁见过燃烧的火焰有满足之时？(165)

指出另一种性质相似的事物，排除已经产生的惊奇，这是类比略去。（166）

人主啊，你施舍，而任何时候都没有为此受赞扬，
因为那些乞求者取走你的财富，认为是自己的。（167）

诸如此类，称为原因略去。按照这里指出的方向，还可以列举其他的分类。（168）

说出一个事物，又说出一个能证实它的事物，这称为补证。（169）

一般补证、特殊补证、双关补证、矛盾补证、不合适补证、合适补证、合适和不合适补证以及不合适和合适补证。（170）

这些是在应用中显示的分类。下面的一系列例举说明它们的特征。[①]（171）

太阳和月亮是世界双眼，这样的崇高者
也会落下西山，你看，有谁能超越命运？（172）

释放雨水的乌云降临，解除人的炎热，
伟人诞生岂不是为了解救众生苦难？（173）

摩罗耶山风给世间带来快乐，
确实，人人喜爱亲切和善的人。[②]（174）

---

① 以下八个例举依次说明这八种补证。

② “亲切和善的人”（dākṣiṇya）是双关词，也可读作“南方吹来的风”。

月亮即使有斑点，也令世界喜悦，
婆罗门即使有缺点，也恩泽他人。（175）

即使从吸吮了蜜汁而柔和的喉咙中发出，
蜜蜂的鸣声也烦人，情人的过失也如此。（176）

这张莲花花瓣铺就的床燃烧我的肢体，
确实，与火相似的事物[①]都以燃烧为本性。（177）

让月亮折磨我吧！为何春天也为难我？
污秽者所做之事，芳香者确实不该做。（178）

既然这些晚莲也能烧灼人，更何况日莲？
月亮的同伴猛烈，太阳的同伴不会温柔。（179）

表达或暗示两种事物的相似性，并说明它们的区别，这称为较喻。（180）

坚定、优美和深沉，你凭借这些品质可与
大海媲美，唯一的区别是你有这样的形体。（181）

在这首诗中，一方的某种性质理解双方的区别，这是单方较喻。（182）

大海和你同样深沉，也都不逾越界限，

---

① 莲花的红色与火相似。

而大海色泽似黑眼膏，你闪亮似黄金。(183)

在这首诗中，以双方不同的性质黑色和黄色说明双方的区别，这是双方较喻。(184)

你和大海都不可抗衡，强大有力，光彩熠熠，
但它毕竟是水，而你机敏，这是你俩的区别。(185)

在这首诗中含有双关①，因此称为双关较喻。下面举出的两种较喻分别含有否定和原因。(186)

即使稳固，坚定，充满珍珠宝石，
污秽的大海也不能与你相比。②(187)

即使支撑整个大地，连同高山、岛屿和大海，
但这条湿舍蛇是蛇族首领，因而远低于你。③(188)

以上是用词语直接表述相似性的较喻，下面说明暗示相似性的较喻。(189)

你的脸和莲花，两者的区别在于：
莲花生于水，你的脸就在你身上。(190)

鹿眼没有舞动的眉毛，也不迷醉而发红，

---

① 这首诗中使用的“水”（jaḍa）这个词也可以读作“愚钝”。

② 在这首诗中，否定大海可与某位国王相比。

③ 在这首诗中，指出湿舍蛇低于某位国王的原因。

而你的这双眼睛具有这些优美的品质。(191)

前一首诗中，只提及区别，而在这首诗中，展示优越之处。下面是另一种相似较喻。(192)

你的脸和莲花绽开时，散发甜蜜芳香，
莲花上蜜蜂飞舞，你的脸上眼睛转动。(193)

月亮装饰天空，天鹅装饰池水，
天空群星璀璨，池水晚莲盛开。(194)

在这首诗中，天空和池水两者洁白等等相似性依靠领会，月亮和天鹅的纯洁也依靠领会并构成区别。(195)

在前一首诗中，相似性用词语表述。但在这两首诗中，构成区别的蜜蜂和眼睛等等都具有相似性，这些是相似较喻。(196)

青年人青春期产生的遮蔽双目的黑暗，
宝石的光辉和太阳的光芒都驱除不了。(197)

黑暗类中的这种黑暗，虽然同样遮蔽双目，但与其他黑暗又有区别，这是同类较喻。(198)

否定通常的原因，设想其他某种原因或出于本性，这是藏因。(199)

鹅鸭不饮酒而迷醉，天空不擦拭而洁净，
水流不净化而清澈，这个世界令人喜爱。(200)

美女啊，你的眼睛不涂眼膏也乌黑，
眉毛不皱也弯曲，嘴唇不抹也鲜红。(201)

这两首诗旨在表达迷醉等等不是由饮酒等等造成，而是有其他原因或没有原因。因此，意义不存在矛盾。(202)

嘴中自然芳香，形体天生美丽，
月亮无故作对，爱神无端为敌。(203)

自然等等用词否定原因，但说出芳香等等结果，这就是藏因。(204)

想要表达某个事物，而说出与它相似的另一个事物。由于内容紧凑，称为合说。(205)

这只蜜蜂在绽开的莲花中如愿吸吮蜜汁，
你看，现在它又亲吻尚未散发香气的花蕾。(206)

这首诗表达某个好色之徒与中年女子寻欢作乐后，又觊觎某个少女。(207)

另有一种合说，只是事物本身不同，特征都相同。还有一种合说，特征有同有异。(208)

我来到这棵高耸的大树，树根粗壮结实，
树荫浓密，果实累累，永远满足行人需求。(209)

我有幸获得这棵大树，结实稳固，
枝杈纠缠，花果茂盛，树荫浓密。(210)

以上两首诗都是借用大树描写某个人物，前一首诗中特征完全相同，这首诗中有同有异。(211)

不接触蛇类，水质天然甜蜜，
天哪！这个大海不久就会枯竭。(212)

这首诗暗示某个人物与大海相似[①]，由于失去原先的性质，遭逢不幸。这是异常合说。(213)

旨在以超越世间限度的方法描写某种特征，这是夸张，堪称最优秀的庄严。例如：(214)

佩戴茉莉花环，全身涂抹滑润的檀香膏，
身穿亚麻衣，赴约的女子隐没在月光中。(215)

这首诗强调月光极其充足。下面的例举说明疑问等夸张。(216)

在你的双乳和臀部之间，有没有腰部？
爱人啊，我至今也没有解除这个疑问。(217)

美臀女啊，可以断定你有腰部，
否则，双乳的位置就成了问题。(218)

国王啊，三界的空间多么辽阔，
能容纳你的不可衡量的名声。(219)

① 诗中所说“不接触蛇类，水质天然甜蜜”暗示这个人物不接触恶人，心地善良。

这种名为夸张的表达方式受到语言大师们推崇。人们说它是所有其他庄严的至高归依。(220)

将有生物或无生物的固有活动方式想象成别种样子，人们称之为奇想。例如：(221)

我想这头大象是受到中午太阳的暴晒，
便冲进水池，拔除这些莲花，太阳的亲属。(222)

大象进入水池是为了沐浴、饮水和吃莲藕，而诗人凭想象描写成报复泄恨。(223)

你的眼光通常越过耳朵上的莲花，
心想："这个耳饰阻碍我向前伸展。"(224)

不管从眼角斜视的目光是否接触到耳朵上的莲花，诗人凭想象这样描写。(225)

"黑暗仿佛涂抹我身，天空仿佛下着烟子。"这也主要体现奇想的特征。(226)

有些人一听到比喻词"仿佛"，就会误认为是明喻，而不顾及动词不能作为喻体的规则。(227)

本体和喻体的关系依靠两者之间的相似性质，而在黑暗和涂抹之间怎么可能发现这种相似性质？(228)

如果涂抹的行为是性质，那么，动词涂抹又是什么？凡是精神不失常的人都不会说它既是性质，又是有性质者（主体）。(229)

抑或喻体是行动者，隐没在动词中，忙于实施自己的行动，无暇顾及其他。(230)

即使认为黑暗与涂抹者相似，而与身体无关，那也需要寻找相

似的性质。（231）

正如在“你的脸像月亮”中，能领会到相似的性质明亮可爱，而在“涂抹”中不是这样，只能领会到涂抹，别无其他。（232）

总而言之，涂抹是动词，按照诗人的想象，黑暗是行动者，身体是行动对象。（233）

我想、我怀疑、肯定、大约和确实等这些词表示奇想，仿佛或像这类词也有这种性质。（234）

原因、微妙和掩饰是最优秀的语言修辞。原因分成所作因和令知因两类。这两类又分成许多种。例如：（235）

拂动成熟的檀香树叶，
摩罗耶风令众生喜悦。（236）

“令众生喜悦”是这种修辞用于表示促进作用。同样，它也可以用于表示破坏作用。（237）

拂动檀香树林，接触摩罗耶山溪，
这风一路吹来，显然要毁灭旅人。（238）

对于那些充满离别的苦恼而对可爱事物产生厌烦的人，这样的风足以致命。（239）

在行为发生和行为改变的原因中，注重原因本身；在行为实现的原因中，通常注重行动。（240）

行为发生的原因已经举例说明。[①] 下面先依次举例说明其他两种所作因，然后讲述令知因。（241）

① 即前面引用的两首诗。

嫩叶萌发的树林，莲花绽开的水池，还有这
一轮圆月，都被爱神变作旅人眼中的毒药。(242)

想要练习骄傲，这少女噘嘴皱眉，
睁眼瞪视权且充当情人的女友。(243)

“太阳落山，月亮照耀，鸟儿回窝。”这是告知时间状况的典范例句。(244)

月光和檀香水都无法抑止你身体的热度，
不难知道，朋友啊，你心中受着爱情的煎熬。(245)

诸如此类体现可爱的令知因。下面说明一些迷人的不存在因。(246)

不学习知识，不与智者交往，
不控制感官，必然遭逢灾厄。(247)

爱情故事的兴趣已消失，青春的烦恼已逝去，
痴迷已灭除，欲望已摆脱，一心只在净修林。(248)

这些树林不是住宅，这些河流不是女人，
这些鹿儿不是亲戚，因此，我满心欢喜。(249)

高贵的人们绝不鲁莽行事，
因此，他们的福分永远增长。(250)

花园芒果树上花蕾无不绽开，
应该向旅人妻子捧上芝麻水。(251)

以上依次是事物原先不存在等和事物存在作为原因，产生结果。[①] (252)

结果产生在远处，结果同时产生，结果产生在先，结果不一致，结果一致，这些是奇妙因，无计其数。(253)

可以看到，运用这些方法，依靠意义转化，魅力无穷。下面依次举例说明。(254)

你的斜视目光是爱神的胜利武器，
美人啊，它投向别人，却伤害我的心。(255)

少女脱离童年，达到青春妙龄，与男青年们
在她面前呈现各种心醉神迷姿态同时发生。(256)

首先是鹿眼女郎的情海涨潮，
然后月光照临，最后月亮升起。(257)

大王啊，触摸你的红似朝阳的双足，
国王们的莲花手掌为什么都合拢?[②] (258)

你的脚指甲月亮的光芒洁白似素馨花，

---

① 以上五个诗例，第一首是事物原先不存在，第二首是事物消失而不存在，第三首是事物互相不存在，第四首是事物绝对不存在，第五首是事物存在。

② 太阳升起，莲花应该绽开。

大王啊，促使国王们的手掌莲花都合拢。[①]（259）

以上是原因修辞方式的分类。通过姿势或动作暗示意义，这称为微妙。（260）

情人在人群中间，无法询问“我俩何时幽会？”
这女子见此情形，合上她手中摆弄的莲花。（261）

这个女子想要安慰受爱欲折磨的情人，通过合拢莲花，暗示在夜里幽会。（262）

在歌唱集会上，她的目光注视着你，
莲花脸上泛起阵阵红晕，妙不可言。（263）

没有充分展现，但可确定渴望欢爱，因此，没有超出微妙的界限。（264）

掩饰是以某种借口掩盖事情的破绽。下面的例举体现这种特征。（265）

见我汗毛直竖，卫兵会发现我与公主相爱，
啊，有办法了：“哦，森林里的风多凉快！”（266）

见到这少女，我怎么会流出喜悦的泪水？
啊，是那风儿将花粉吹进了我的眼睛。（267）

① 月亮升起，莲花合拢。

在诸如此类的情况下，充分体现这种修辞的优美。有些人认为掩饰是以某种借口谴责或赞美。（268）

这位国王是你合适的夫君，年轻有德，
威武勇猛，心思用于战斗远甚于爱欲。（269）

在这首诗中，赞美国王英勇非凡，含有对少女的责备，想要抑止她对欢爱的过度追求。（270）

这个人暴躁无情，女友啊，我拿他怎么办？
为了洗刷过错，他也学会了哄人的手法。（271）

在这首诗中，女主人公指出哄人这种貌似缺点的优点，出于恩爱，不能按照女友的指点对丈夫发怒。（272）

依次说明已经提到的种种事物，这称为罗列，又称为依次罗列。（273）

肯定是在你进入水中沐浴时，白莲、青莲和红莲
窃取了你的笑容、眼睛和面庞的光彩，妙腰女啊！（274）

有情是令人愉快的陈述。有味是味美。有勇是高傲。这三种修辞展示优异。（275）

黑天啊，今天你来到我家，让我高兴，
愿你以后再次来到我家，让我高兴。（276）

维杜罗说话合适，表明没有比这更令他高兴。黑天单凭这种虔

诚的态度，就感到满心欢喜。（277）

月亮、太阳、风和大地，
天空、诵经、祭司、火和水，
你超越这些形体，神啊！
我们怎么会有幸看到你？（278）

国王罗多婆尔曼亲眼目睹天神，表达喜悦之情。因此，这称为有情。（279）

她已死去，我也想死，
死后可以与她团聚，
留在这世上，我哪能
获得这阿槃底公主？（280）

前面展现的是喜悦①，而在这里，爱与许多形态结合，变成艳情味，这是有味表达。（281）

他曾经当着我的面，
揪住黑公主的发髻，
这个难降，这个罪人，
岂能让他多活片刻！（282）

怖军见到仇敌，愤怒至极，变成暴戾味，这是有味表达。（283）

① 指前面的有情庄严。

尚未征服海内大地，
尚未完成各种祭祀，
尚未布施天下寒士，
我怎么能算君主？（284）

充满勇气，含有英勇味，使这些语言达到有味性。（285）

你的肢体柔软娇嫩，
躺在花床上也硌疼，
王后啊，你现在怎能
躺在燃烧的柴堆上？（286）

这首诗充满悲悯味，具有庄严的性质。其他的厌恶味、滑稽味、奇异味和恐怖味也是如此。（287）

这些妖魔以手代钵，
畅饮你的敌人鲜血，
他们以内脏为装饰，
与无头怪一起狂舞。①（288）

女友啊，你无端发怒，
任凭怎么也不罢休；
我劝你用上衣遮住
胸脯上的新指甲痕！②（289）

---

① 这首诗是厌恶味。

② 这首诗是滑稽味。

天国神树多奇妙：
嫩芽连缀是衣裳，
花朵成串是项链，
枝枝杈杈是殿堂。[1]（290）

这是因陀罗的雷杵，
锋刃上闪耀着火焰，
魔女们只要想起它，
就会引起子宫流产。[2]（291）

诗德甜蜜中显示的味源自话语不俚俗[3]，而这里的话语展现八种味，称为有味。（292）

你别以为自己是挑衅者而恐惧，
我的剑从来不攻击别人的后背。（293）

一个骄傲的勇士说着这番话，放走在战斗中陷入困境的敌人，诸如此类称为有勇。（294）

不直接说出想要说的事，而用另一种方式说出，达到同样目的，这称为迂回。（295）

这只杜鹃正在乱啄芒果花骨朵，
我去赶走它，你俩放心留在这里吧！（296）

① 这首诗是奇异味。
② 这首诗是恐怖味。
③ 参见第一章第51颂和第62颂。

一位女子将她的女友带到与男青年幽会的地点，想着让他俩合欢，借口离开那里。（297）

刚刚开始做某件事，遇到好运，获得意外的帮助，这称为神助。（298）

为了消除她嗔怒，正要跪在她脚下，
老天爷爷帮我忙，这时响起雷鸣声。（299）

心灵或物质财富无比伟大，智者们称这种庄严为高贵。（300）

即使罗摩敢于承担砍下魔王罗波那
头颅的重任，也不敢违背父王的命令。（301）

周围水晶墙壁上有数以百计的映像，
哈奴曼好不容易认出真正的楞伽王。（302）

前一首诗充分表达心灵伟大，这首诗充分表达繁荣富庶。这就是所说的两种高贵。（303）

否定某种事物，指出另一种事物，这是否定。例如："爱神并非只有五支箭，而是有千支箭。"（304）

檀香膏、月光和轻柔飘香的南风，
对我炽热似火，而别人觉得凉爽。（305）

陷入相思的人感到檀香膏等等在别人身上凉爽，而在自己身上炽热，这是对象否定。（306）

说月亮闪耀甘露液光芒，也是徒有其名，
实际情况与此不同，它闪耀毒液的光芒。(307)

受爱情折磨的人否定月亮的本质，替换另一种事物的本质，这是本质否定。(308)

明喻否定已在前面论述明喻时提及。① 由此可见，否定的分类多种多样。(309)

同样的词句有多种意义，这是双关，分成不拆词和拆词两类。(310)

asāvudayam ārūḍhaḥ kāntimān raktamaṇḍalaḥ/
rājā harati lokasya hṛdayaṃ mṛdubhiḥ karaiḥ // 311 //

月亮登上东山，光辉灿烂，圆盘发红，
以柔和的光芒夺取世上人们的心。

又读作：

国王政绩显著，光辉灿烂，举国忠诚，
以微薄的赋税夺取世上人们的心。②（311）

doṣākareṇa saṃbadhnannakṣatrapathavartinā /
rajñā pradoṣo māmittham apriyaṃ kiṃ na bādhate // 312 //

与行走在星宿之道上的黑夜之主月亮结伴，

---

① 参见第二章第36颂和第94颂。
② 在这首诗中，所有的双关读法无须拆词。

这黄昏怎么会不折磨我这个失去爱情的人？

又读作：

与不遵行刹帝利之道的罪恶渊薮国王结伴，
这恶人怎么会不折磨我这个他不喜欢的人？[①]（312）

出现在明喻、隐喻、略去和较喻等等中的双关已在前面提及[②]，下面讲述其他一些双关。（313）

有的行为相同，有的行为不矛盾，有的行为矛盾，有的有限制，（314）

有的否定限制，性质不矛盾，性质矛盾，下面依次举例说明它们的特征。（315）

vakrāḥ svabhāvamadhurāḥ śaṃsantyo rāgam ulbaṇam /
dṛśo dūtyaśca karṣanti kāntābhiḥ preṣitāḥ priyān // 316 //

那些自然甜蜜、透露激情的斜视目光，
还有她们派遣的女使，牵引着情人们。[③]（316）

madhurā rāgavardhinyaḥ komalāḥ kokilāgiraḥ/
ākarṇyante madakalāḥ śliṣyante cāsitekṣaṇāḥ // 317 //

① 在这首诗中，“行走在星宿之道”（nakṣatrapathavartinā）和“不遵行刹帝利之道”（na-kṣatrapathavartinā），“造成黑夜的”（doṣā-kareṇa，指月亮）和“罪恶渊薮”（doṣa-ākareṇa，指国王）属于拆词双关。

② 参见第二章第 28、87、159 和 185 颂。

③ 那些形容目光的词语按照另一种读法，也同时形容女使：“那些生性温和、传达爱情的驼背女使。”

听到雌杜鹃鸣声甜蜜，柔和，含混，
激发欲情，紧紧拥抱黑眼睛女郎。[①]（317）

rāgam ādarśayanneṣa vāruṇīyogavardhitam /

tirobhavati gharmāṃśuraṅgajastu vijṛmbhate // 318 //

太阳接触西方，色泽变红，转而消失，
爱神接触美酒，激发欲情，大显身手。[②]（318）

国王的残酷无情在剑中，
诡诈在弓中，目标在箭中。[③]（319）

有你护卫，只在莲花茎上见到刺儿，
抑或只在情人合欢时见到汗毛竖立。[④]（320）

这位国王都城宏伟，威武显赫，确保繁荣，
是机敏的众生之主，富有能力的统治者。

又读作：

---

① 那些形容雌杜鹃的词语按照另一种读法，也同时形容女郎："可爱，温柔，痴迷"。

② "太阳接触西方，色泽变红"和"爱神接触美酒，激发欲情"是一语双关。

③ "残酷无情"、"诡诈"和"目标"也可以分别读作"三十指长"、"弯曲"和"乞求"。

④ "刺儿"（隐喻作恶者）和"汗毛竖起"是一语双关。

高山坡面广阔，太阳按时升起，
陀刹是生主，室建陀手持飞镖。① (321)

虽然权力稳固，也不宰杀雄牛，
虽然是国王，也不担心国势衰落，
虽然是主子，也不与智者疏远，
虽然是行善者，也不与蛇交往。

又读作：

虽然是毗湿奴，也不杀弗利沙，
虽然是月亮，也没有月分亏缺，
虽然是天神，也不具有神性，
虽然是商羯罗，也不与蛇结伴。② (322)

展示性质、种类和行为等的不足之处，说明事物的特殊，这称为殊说。(323)

爱神的武器花弓既不坚硬，
也不锋利，却能征服三界。(324)

既非天女，也非出身健达缚族，
她们却能破坏创造主的苦行。(325)

双眉不紧皱，嘴唇不噘起，甚至眼睛

① 这首诗的两种读法，性质无矛盾。
② 这首诗的两种读法，性质有矛盾。

也不发红，也能战胜敌人的军队。(326)

没有车，没有象，没有马，没有步兵，
妇女们的斜视目光就能战胜三界。(327)

车子独轮，御者残疾，马匹数目成单，
光辉的太阳依然顺利地驶过天空。(328)

在这首诗中，特别提到“光辉的”，因而是原因殊说。依照这些，可以设想其他分类。(329)

为了赞美或谴责，将某种事物等同于具有特别性质的其他事物，这称为等同。(330)

阎摩、财神、伐楼那和千眼神，还有你，
唯独有资格享有“世界护主”的美称。(331)

与鹿眼女郎会合，还有雷电闪现，
即使开头热烈，也不保持两瞬间。(332)

展示互相矛盾的事物，说明矛盾性，这称为矛盾。例如：(333)

天鹅的鸣叫声变得热烈，充满激情，
孔雀的鸣叫声变得低沉，失去活力。(334)

天空布满雨云，变得阴沉，
而人们心中却涌起激情。(335)

腰部瘦削而臀部宽阔，
嘴唇殷红而眼睛乌黑，
肚脐深陷而乳房高耸，
女人身体不能击败谁？（336）

即使你的手臂似莲花茎，
大腿似芭蕉，脸庞似红莲，
眼睛似青莲，细腰女郎啊！
却让我们感到浑身烧灼。（337）

花园里风儿吹起芒果树和黄花树花粉，
即使没有落入眼睛，旅人们也在落泪。（338）

kṛṣṇārjunānuraktāpi dṛṣṭiḥ karṇāvalambinī /
yāti viśvasanīyatvaṃ kasya te kalabhāṣiṇī // 339 //

你的眼睛又黑又白又红，伸长到耳朵，
能让谁感到放心？话语甜蜜的女子啊！

又读作：

话语甜蜜的女子啊，你的
眼睛热爱黑天和阿周那，
却停留在迦尔纳的身上，
怎么能让人感到放心呢？[1]（339）

① 这首诗中的矛盾，体现在双关读法中。

由此可以理解多种多样的矛盾庄严。称述本文中没有提及的事，这是间接。(340)

鹿儿在林中生活悠闲，不必侍奉他人，
达薄草尖等等食物不用费力就能得到。(341)

这是侍奉国王而身心疲惫的智者间接称述鹿儿们的生活方式。(342)

貌似谴责，实为赞美，这是佯赞。① 其中，呈现的优点貌似缺点。(343)

即使是苦行者，罗摩也征服了大地，
你身为国王，征服大地，就不必骄傲。(344)

你从古老的原人那里夺取吉祥女神②，
自己享受，国王啊，这对甘蔗族合适吗？(345)

你的妻子大地依托蛇冠③，
你为何还这样骄傲至极？(346)

含有双关或其他特征，佯赞的仔细分类无穷无尽。(347)

利用其他事物展示一种相似的或好或坏的结果，这是例证。

---

① 佯赞有两种表现形式：一种是貌似谴责，实为赞美；另一种是貌似赞美，实为谴责。这里描述的是前一种，或称佯贬。

② “古老的原人”指大神毗湿奴，“吉祥女神”（śrī）也可读作财富。

③ 按照印度神话，大地由湿舍蛇支撑。“依托蛇冠”（bhujaṅbhogasaṃsaktā）语含双关，也可读作“一心与情人寻欢作乐”。

（348）

太阳升起，赋予莲花吉祥美丽，
表明繁荣昌盛带给朋友们恩惠。（349）

一接触月光，浓密的黑暗消失，
表明违抗国王旨意，立刻遭殃。（350）

同时叙述性质和行为，这是共说。事物互换，那是交换。例如：（351）

如今，我的叹息与黑夜一起增长，而以月亮
为装饰的黑夜与我的身体一起变得苍白。（352）

旅人们的昏迷与芒果花蕾一起增长，
摩罗耶山风与他们的生命一起坠落。[1]（353）

杜鹃的鸣声迷人，林中的风儿芳香，
春季的日子与人们的喜悦一同增长。（354）

以上提供了共说的一些举例。下面说明交换的表现形式。（355）

你手持武器，给予这些国王打击，而夺走
他们长期积累的、洁白似素馨花的名声。（356）

① “坠落”（patanti）一词用于摩罗耶山风读作“降临”。

祝愿是对渴求的事物表达良好愿望。例如："但愿超越语言和思想的至高之光保佑你们。"（357）

自比明喻和疑问明喻已经见于论述明喻的部分。① 明喻隐喻已经见于论述隐喻的部分。②（358）

部分奇想也是奇想中的一种。各种庄严的混合称为混合庄严。（359）

其中的庄严或有主次，或互相平等，应该知道混合庄严有这两类。（360）

纯朴的少女啊，这些莲花
正在夺取你面庞的魅力，
凭借所有的花蕾和茎秆，
它们有什么事不能办到？③（361）

黑暗仿佛涂抹我身，
天空仿佛下着烟子，
犹如白白侍候恶人，
我的视力毫无收益。④（362）

所有语言作品的表达方式分成自性和曲语两大类。⑤ 双关通常能增添曲语表达的魅力。（363）

人们说生动是所有作品的性质：诗人的意图始终得到贯彻，

---

① 参见第二章第37颂和第26颂。

② 参见第二章第88颂。

③ "凭借所有的花蕾和茎秆"（kośadaṇḍasamagnāṇām）语含双关，也可读作"掌握所有的财富和权力"。这首诗是明喻和双关混合。其中明喻为主，双关为次。

④ 这首诗是奇想和明喻混合，两者互相平等。

⑤ "自性"，参见第二章第8颂。"曲语"指曲折的表达方式。

（364）

情节的各个部分互相配合，没有多余的形容，描写得当，（365）

叙述有序，即使深奥的事情也明白清晰。这一切都服从作者的意图，人们称之为生动。（366）

在其他著作中详细论述的关节分支、风格分支和诗相等①，也都属于我们论述的庄严。（367）

这里是以示范的方式展现修辞之路，略去了无穷尽的细枝末节。依靠实践，必定会展现超出以上范围的种种特殊表达方式。（368）

以上是檀丁著《诗镜》中名为《义庄严辨》的第二章。

① 这些见于《舞论》中。

# 第三章

音组重复，或有间隔，或无间隔，这是叠声。它出现在一个诗步的头部、腹部或尾部。(1)

它也出现在一个诗步、两个诗步、三个诗步和四个诗步中，在头部，在腹部，在尾部，在腹部和尾部，在腹部和头部，在头部和尾部，在头部、腹部和尾部。(2)

它们的混合类别无计其数。这些叠声或易或难。这里只是举例说明其中的一部分。(3)

mānena mānena sakhi praṇayo bhūt priye jane /
khaṇḍitā kaṇṭhamāśliṣya tameva kuru satrapam // 4 //

不要这样傲慢，朋友啊！要善待你爱人；
他不忠，你仍要拥抱他，让他问心有愧。①(4)

meghanādena haṃsānāṃ madano madanodinā /
nunnamānaṃ manaḥ strīṇāṃ saha ratyā vigāhate // 5 //

激发天鹅欲情的雷声驱走了妇女们
心中的傲慢，爱神和欢爱一起进入。②(5)

---

① 这首诗是第一诗步头部叠声：mānena mānena（不要这样傲慢）。这种叠声修辞在汉译中无法体现，下同。

② 这首诗是第二诗步头部叠声：madano madano。

rājanvatyaḥ prajā jātā bhavantaṃ prāpya saṃprati /
caturaṃ caturambhodhiraśanorvīkaragrahe // 6 //

现在得到了你，臣民就有了贤明的君主，
你巧妙地与以四海为腰带的大地牵手。① (6)

araṇyaṃ kaiścidākrāntaṃ kaiścitsadma divaukasām /
padātirathanāgāśvarahitairahitaistava // 7 //

你的敌人失去车、马、象和步兵，
有些逃进森林，有些升入天国。② (7)

madhuraṃ madhurambhījavadane vada netrayoḥ /
vibhramaṃ bhramabhrāntyā viḍambayati kiṃ nu te // 8 //

请你告诉我，春季蜜蜂飞舞，是不是
模仿你甜蜜的莲花脸上双眸的转动?③ (8)

vāraṇo vā raṇoddāmo hayo vā smara durdharaḥ /
na yato nayato 'ntaṃ nastadaho vikramastava // 9 //

既非作战凶猛的大象，
也非桀骜不驯的烈马，

① 这首诗是第三诗步头部叠声：caturaṃ caturam。“牵手”（karagrahe，意谓“成婚”）也可读作“征收赋税”。

② 这首诗是第四诗步头部叠声：rahitairahitai。

③ 这首诗是第一和第二诗步头部叠声：madhuraṃ madhuram 和 vadane vada ne。

而是你的勇武，爱神啊！
使我们遭到可怕的毁灭。① (9)

rājitairājitaikṣṇyena jīyate tvādṛśairnṛpaiḥ /
nīyate ca punastṛptiṃ vasudhā vasudhārayā // 10 //

像你这样勇猛的国王们征服大地，
又以大量涌现的财富令大地满意。② (10)

karoti sahakārasya kalikotkalikottaram /
manmano manmano 'pyeṣa mattakokilanisvanaḥ // 11 //

芒果树萌发的花蕾，杜鹃发情的
鸣声，这些都激发我心中的情思。③ (11)

kathaṃ tvadupalambhāśāvihatāviha tādṛśī /
avasthā nālamāroḍhumaṅganāmaṅganāśinī // 12 //

获得你的愿望破灭，肢体憔悴，
这样的境况怎么不足以压垮她？④ (12)

nigṛhya netre karṣanti bālapallavaśobhinā /
taruṇā taruṇān kṛṣṭānalino nalinonmukhāḥ // 13 //

① 这首诗是第一和第三诗步头部叠声：vāraṇo vā raṇo 和 na yato nayato。
② 这首诗是第一和第四诗步头部叠声：rājitairājitai 和 vasudhā vasudhā。
③ 这首诗是第二和第三诗步头部叠声：kalikotkalikot 和 manmano manmano。
④ 这首诗是第二和第四诗步头部叠声：vihatāviha tā 和 maṅganāmaṅganā。

迷恋莲花的蜜蜂眯缝双眼，吸引这些青年，
而这些青年已经受到披上新绿的树木吸引。① (13)

viśadā viśadāmattasārase sārase jale /
kurute kuruteneyaṃ haṃsī māmantakāmiṣam // 14 //

发情的仙鹤进入湖水，洁白的雌天鹅
鸣声刺耳，使我变成死神嘴中的食物。② (14)

viṣayaṃ viṣayamanveti madanaṃ madanandanaḥ/
sahendukalayāpoḍhamalayā malayānilaḥ // 15 //

摩罗耶山风和皎洁的新月，都没有
带给我喜悦，爱欲如同剧烈的毒药。③ (15)

māninī mā ninīṣuste niṣaṅgatvamanaṅga me /
hāriṇī hāriṇī śarma tanutāṃ tanutāṃ yataḥ // 16 //

这位佩戴项链的美人对我傲慢，想要我成为
你的箭筒，爱神啊，但愿她保护我的瘦弱身躯！④ (16)

---

① 这首诗是第三和第四诗步头部叠声：taruṇā taruṇā和 nalino nalino。

② 这首诗是第一、第二和第三诗步头部叠声：viśadā viśadā、sārase sārase 和 kurute kurute。

③ 这首诗是第一、第二和第四诗步头部叠声：viṣayaṃ viṣayam、madanaṃ madanan 和 malayā malayā。

④ 这首诗是第一、第三和第四诗步头部叠声：māninī mā ninī、aṅga aṅga 和 tanutāṃ tanutāṃ。

jayatā tvanmukhenāsmānakathaṃ na kathaṃ jitam /
kamalaṃ kamalaṃ kurvadalimddali matpriye // 17 //

这莲花装饰池水，默默无声，花瓣上蜜蜂飞舞，
爱人啊，你的脸征服了我们，怎么不能战胜它？① （17）

ramaṇī ramaṇīyā me pāṭalāpāṭalāṃśukā /
vāruṇīvāruṇībhūtasaurabhā saurabhāspadam // 18 //

我可爱的妻子身穿红似波吒罗花的衣裳，
艳丽犹如日落时变红的西方，充满芳香。② （18）

以上举例说明的是诗步头部不间隔的叠声。下面举例说明一些间隔的叠声。（19）

madhureṇadṛśāṃ mānaṃ madhureṇa sugandhinā /
sahakārodgamenaiva śabdaśeṣaṃ kariṣyati // 20 //

春季凭借芒果树开花，甜蜜芳香，
将使鹿眼女们的傲慢徒有其名。③ （20）

---

① 这首诗是第二、第三和第四诗步头部叠声：nakathaṃ na kathaṃ、kamalaṃ kamalaṃ 和 dalim dali m。

② 这首诗是第一、第二、第三和第四诗步头部叠声：ramaṇī ramaṇī、pāṭalāpāṭalā、vāruṇīvāruṇī 和 saurabhā saurabhā。以下叠声的原文不再一一标出，可以仿照以上例举识别。

③ 这首诗是第一和第二诗步头部间隔叠声。

karo 'titāmro rāmāṇāṃ tatrītāḍanavibhramam /
karoti serṣyaṃ kānte ca śravaṇotpalatāḍanam // 21 //

这些女郎用鲜红的手掌轻快地击打琴弦，
也心怀忌恨，用装饰耳朵的莲花击打爱人。① (21)

sakalāpollasanayā kalāpinyānu nṛtyate /
meghālī nartitā vātaiḥ sakalāpo vimuñcati // 22 //

朵朵乌云随风起舞，洒下所有雨水，
随即孔雀张开所有尾翎，翩翩起舞。② (22)

svayameva galanmānakali kāmini te manaḥ /
kalikāmiha nīpasya dṛṣṭvā kāṃ na spṛśeddaśām // 23 //

你傲慢好斗的意气自行消失，怀情女子啊！
看到尼波花开，你的心不会达到什么状态？③ (23)

āruhyākrīḍaśailasya candrakāntasthalīmimām /
nṛtyeva calaccārucandrakāntaḥ śikhāvalaḥ // 24 //

登上游戏山上铺设月亮宝石的地面，
尾翎美似月亮宝石的孔雀翩翩起舞。④ (24)

① 这首诗是第一和第三诗步头部间隔叠声。
② 这首诗是第一和第四诗步头部间隔叠声。
③ 这首诗是第二和第三诗步头部间隔叠声。
④ 这首诗是第二和第四诗步头部间隔叠声。

uddhṛtā rājakādurvī dhriyate 'dya bhujena te /
varāheṇoddhṛtā yāsau varāherupari sthitā // 25 //

如今，你用手臂维护从诸王手中夺取的大地，
它曾经由野猪从海底托出，安放在大蛇身上。① (25)

kareṇa te raṇeṣvantakareṇa dviṣatāṃ hatāḥ /
kareṇavaḥ kṣaradraktā bhānti sandhyādhanā iva // 26 //

在战斗中死于你的杀敌之手，
这些大象鲜血流淌，如同彩霞。② (26)

parāgatarurājīva vātairdhvastā bhaṭaiścamūḥ /
parāgatamiva kvāpi parāgatatamambaram // 27 //

战士们摧毁敌军，似狂风吹折成排树林，
天空笼罩飞扬的尘土，仿佛消失在某处。③ (27)

pātu vo bhagavān viṣṇuḥ sadā navaghanadyutiḥ /
sa dānavakuladhvaṃsī sadānavaradantihā // 28 //

尊神毗湿奴光泽如同新云，毁灭魔族，
杀死凶猛的大象，愿他永远保护你们！④ (28)

① 这首诗是第三和第四诗步头部间隔叠声。野猪是毗湿奴大神的化身。
② 这首诗是第一、第二和第三诗步头部间隔叠声。
③ 这首诗是第一、第三和第四诗步头部间隔叠声。
④ 这首诗是第二、第三和第四诗步头部间隔叠声。

kamaleḥ samakeśaṃ te kamalerṣyākaraṃ mukham /
kamalekhyaṃ karoṣi tvaṃ kamalevonmadiṣṇuṣu // 29 //

你的头发宛如黑蜂，脸庞令莲花妒忌，
犹如吉祥女神，有谁不为你心醉神迷？[①]（29）

mudā ramaṇamanvītamudāramaṇibhūṣaṇāḥ /
madabhramaddṛśaḥ kartumadabhrajaghanāḥ kṣamāḥ // 30 //

这些女子佩戴名贵珠宝，眼睛含情转动，
臀部丰满，足以使情人兴奋地追随左右。[②]（30）

uditairanyapuṣṭānāmārutairme hataṃ manaḥ/
uditairapi te dūti mārurairapi dakṣiṇaiḥ // 31 //

杜鹃高昂的鸣声，你的话语，
还有南风，女使啊，令我心碎。[③]（31）

surājitahriyaḥ yūnāṃ tanumadhyāsate striyaḥ /
tanumadhyāḥ kṣaratsvedasurājitamukhendavaḥ // 32 //

美酒战胜羞怯，月亮脸上渗出汗珠，
这些细腰女郎靠向男青年的身体。[④]（32）

① 这首诗是第一、第二、第三和第四诗步头部间隔叠声。
② 这首诗中，有第一和第二诗步以及第三和第四诗步两种头部间隔叠声。
③ 这首诗中，有第一和第三诗步以及第二和第四诗步两种头部间隔叠声。
④ 这首诗中，有第一和第四诗步以及第二和第三诗步两种头部间隔叠声。

以上举例说明的是间隔叠声。另外还有间隔和不间隔兼有的叠声。例如：（33）

sālaṃ sālambakalikāsālaṃ sālaṃ na dīkṣitum /
nālīnālīnavakulānālī nālīkinīrapi // 34 //

我的女友不敢观看挂满花蕾的娑罗树，
布满蜜蜂的醉花树，长满莲花的莲花池。①（34）

kālaṃ kālamanālakṣyatārakamīkṣitum /
tāratāramyarasitaṃ kālaṃ kālamahāghanam // 35 //

谁敢看这死神化身的时间？明亮的星星
消失不见，乌云密布，发出可怕的雷鸣。②（35）

yāma yāmatrayādhīnāyāmayā maraṇaṃ niśā /
yāmayāma dhiyā'svartyā yā mayā mathitaiva sā // 36 //

就让我们在这黑夜的三个时辰中死去吧！
我思念她，她的生命已为我遭受痛苦折磨。③（36）

以上是诗步头部叠声方式。依此可以设想其他各种叠声方式。

① 这首诗中，有第一和第二诗步以及第三和第四诗步两种头部间隔和不间隔兼有叠声。

② 这首诗中，有第一和第四诗步以及第二和第三诗步两种头部间隔和不间隔兼有叠声。

③ 这首诗中，有四个诗步相同的头部间隔和不间隔兼有的叠声。

（37）

为避免繁琐，这里不想讲述所有各种叠声方式，只是展示一些公认繁难的叠声方式。（38）

sthirāyate yatendriyo na hīyate yaterbhavān /
amāyateyate 'pyabhūt sukhāya te 'yate kṣayam // 39 //

你控制感官，不缺乏苦行者的任何品质，
坚定不移，摆脱虚妄，导向幸福，永不衰落。① （39）

sabhāsu rājannsurājitairmukhaiḥ
    mahīsurāṇāṃ vasurājitaiḥ stutāḥ /
na bhāsurā yānti surānna te guṇāḥ
    prajāsu rāgātmasu rāśitāṃ gatāḥ // 40 //

婆罗门的嘴以不酗酒而闪耀光芒，
你在种种集会上受到他们的赞美，
国王啊，你的光辉品德在爱戴你的
臣民中积成堆，不会不抵达众天神。② （40）

tava priyā saccaritāpramatta yā
    vibhūṣaṇaṃ dhāryamihāṃśumattayā /
ratotsavāmodaviśeṣamattayā
    phalaṃ na me kiṃcana kāntimattayā // 41 //

---

① 这首诗中，有四个诗步相同的腹部间隔和不间隔兼有的叠声。

② 这首诗中，有四个诗步相同的腹部间隔叠声。

机敏的人啊，你的情妇品行好，
与你合欢时格外兴奋和疯狂，
应该让她佩戴这些闪亮的首饰，
装饰优美对于我已经毫无用处。[①]（41）

bhavādṛśā nātha na jānate nate
　　rasaṃ viruddhe khalu sannatenate /
ya eva dīnāḥ śirasā natena te
　　carantyalaṃ dainyarasena tena te // 42 //

像你这样的人不体会卑躬的滋味，
主人啊，卑躬和不卑躬有天壤之别，
只有那些贫困的人才会卑躬屈膝，
但愿你不要尝到这种不幸的滋味。[②]（42）

līlāsmitena śucinā mṛdunoditena
　　vyālokitena laghunā guruṇā gatena /
vyājṛmbhitena jaghena ca darśitena
　　sā hanti tena galitaṃ mama jīvitena // 43 //

妩媚的微笑，柔软的话音，
轻盈的目光，沉重的步履，
困倦的呵欠，显眼的臀部，
她凭这些夺走我的生命。[③]（43）

---

① 这首诗中，有四个诗步相同的尾部间隔叠声。
② 这首诗中，有四个诗步相同的尾部间隔和不间隔兼有叠声。
③ 这首诗中，有四个诗步相同的腹部和尾部间隔叠声。

śrīmānamānamaravartmamānamāna-
　　mātmānamānatajagatprathamānamānam /
bhūmānamānamata yaḥ sthitimānamāna-
　　nāmānamānamatamapratimānamānam // 44 //

他是至高灵魂，吉祥，无限，稳固，
浩大似天神行走的天空，不可衡量，
受到世界一切众生俯首膜拜称颂，
称号无计其数，愿你们向他致敬！① (44)

sārayantamurasā ramayantī
　　sārabhūtamurusāradharā tam /
sāravānukṛtasāramakāñcī
　　sā rasāyanamasāramavaiti // 45 //

这个女子佩戴珍贵首饰，腰带铃铛
叮当作响如同仙鹤鸣叫，满怀喜悦，
拥抱来到身边的情人，宠爱似珍宝，
甚至将长生不老的仙药视同糟糠。② (45)

nayānayālocanayānayānayā-
　　nayānayāndhān vinayānayāyate /
na yānayāsīrjinayānayānayā-
　　nayānayāṃstān janayānayāśritān // 46 //

---

① 这首诗中，有四个诗步相同的腹部和尾部间隔和不间隔兼有叠声。

② 这首诗中，有四个诗步相同的头部和腰部间隔叠声。

苦行者啊，你明辨是非，遵行正道，
教导那些不明是非而盲目的人吧！
你遵行正道，指引那些不恪守戒律、
不遵行正道的人走上耆那之道吧！① （46）

raveṇa bhaumo dhvajavartivīrave-
raveji saṃyatyatulāstragaurave /
raverivograsya puro harerave-
ravete tulyaṃ ripumasya bhairave // 47 //

在武器非凡而可怕的战斗中，
一听到旗顶勇猛的金翅鸟鸣叫，
包摩就胆战心惊，毗湿奴威力
似太阳，他的敌人如同一头羊。② （47）

mayāmayālambyakalāmayāmayā-
mayāmayātavyavirāmayā mayā /
mayāmayārti niśayāmayāmayā-
mayāmayāmūṃ karuṇāmayāmayā // 48 //

这黑夜无边无际，时辰盼不到头，
我忍受着灼热的相思病，朋友啊！
面对圆圆的月亮，她也痛苦不堪，

① 这首诗中，有四个诗步相同的头部和腹部间隔和不间隔的叠声。
② 这首诗中，有四个诗步相同的头部和尾部间隔叠声。“包摩”（bhauma）是阿修罗。

你慈悲善良，设法让我俩相会吧！[①]（48）

matāndhunānāramatāmakāmatā-
　　matāpalabdhāgrimatānulomatā /
matāvayatyuttamatā vilomatā-
　　matābhyataste samatā na vāmatā // 49 //

你的思想一视同仁，没有对立，
不用费力就达到崇高和和谐，
不与任何高尚行为发生矛盾，
连无欲的苦行者也感到羡慕。[②]（49）

kālakālagalakālakāla mukhakālakāla
kālakālapanakālakāla ghanakāla kāla /
kālakālasitakālakā lalanikālakāla
kālakālagatu kālakāla kalikālakāla // 50 //

死神啊，你黑似湿婆青项，猿猴黑嘴，
又黑似乌云，黑似孔雀鸣叫的雨季，
你是时间中的时间，威力大似财神，
让发髻乌黑发亮的女郎拥抱我吧！[③]（50）

两个诗步之间，前一个诗步尾部和后一个诗步头部叠声，虽然也属于以上类别，这里单独予以说明。（51）

---

① 这首诗中，有四个诗步相同的头部和尾部间隔和不间隔兼有叠声。

② 这首诗中，有四个诗步相同的腹部和尾部间隔叠声。

③ 这首诗中，有四个诗步相同的腹部和尾部间隔和不间隔兼有叠声。

upeḍharāgāpyabalā madena sā
　　madenasā manyurasena yojitā /
na yojitātmānamanaṅgatāpitā-
　　ṅgatāpi tāpāya mamāsa neyate // 52 //

这位女郎怀春而充满激情，
我却冒失犯错令她发怒，
尽管她的肢体受爱神折磨，
也不接触我，令我内心焦灼。① （52）

下面说明诗步叠声：双诗步叠声称为印章，有三种，单诗步叠声有多种。（53）

nā stheyaḥ satvayā varjyaḥ paramāyatamānayā /
nāstheyaḥ sa tvayāvarjyaḥ paramāyatamānayā // 54 //

你性情暴躁，过于骄傲，将他抛弃，
你应该竭尽全力挽留，不放他走。② （54）

narā jitā mānanayāsametya
　　na rājitā mānanayā sametya /
vināśitā vaibhavanāpanena
　　vinā 'śitā vai bhavanāpanena // 55 //

---

① 这首诗中，有第一诗步尾部和第二诗步头部、第二诗步尾部和第三诗步头部以及第三诗步尾部和第四诗步头部三种不间隔叠声。

② 这首诗中，有第一和第三诗步以及第二和第四诗步两种叠声。

这些敌人被你战胜，失去
骄傲和谋略，暗淡无光；
他们毁于你的巨大威力，
并被凶猛的鸟禽吞噬。① (55)

kalāpināṃ cārutayopayānti
　　bṛndāni lāpoḍhaghanāgamānām /
bṛndāni lāpoḍhaghanāgamānāṃ
　　kalāpināṃ cārutayopayānti // 56 //

成群的孔雀鸣声可爱，表明乌云涌来，
然而狂风袭来，成群的天鹅不再鸣叫。② (56)

namandayāvarjitamānasātmayā
　　na mandayāvarjitamānasātmayā /
urasyupāstīrṇapayodharadvayaṃ
　　mayā samāliṅgyata jīviteśvaraḥ // 57 //

我的思想和灵魂缺乏宽容，
固执地不肯放弃傲慢态度，
即使丈夫匍匐在我的面前，
我也没用双乳紧贴他胸脯。③ (57)

sabhā suraṇāmabalā vibhūṣitā

---

① 这首诗中，有第一和第二诗步以及第三和第四诗步两种叠声。
② 这首诗中，有第一和第四诗步以及第二和第三诗步两种叠声。
③ 这首诗是第一和第二诗步叠声。

guṇaistavārohi mṛṇālanirmalaiḥ /
sa bhāsurāṇāmabalā vibhūṣitā
vihārayan nirviśa saṃpadaḥ purām // 58 //

你的品德洁白无瑕如同莲藕，
装饰驱逐了恶魔的天神集会；
你与装饰打扮的美女们娱乐，
享受这些光辉城市中的财富。① （58）

kalaṅkamuktaṃ tanumaddhyanāmikā
stanadvayī ca tvadṛte na hantyataḥ /
na yāti bhūtaṃ gaṇane bhavanmukhe
kalaṅkamuktaṃ tanumaddhyanāmikā // 59 //

话语甜蜜，细腰倾斜，双乳高耸，
除你之外，世上有谁不被折服？
屈指列数摆脱一切污染的人，
以你为首，而数不到无名指儿。② （59）

yaśaśca te dikṣu rajaśca sainikā
vitanvate 'jopama daṃśitā yudhā /
vitanvatejo 'pamadaṃ śitāyudhā
dviṣāṃ ca kurvanti kulaṃ tarasvinaḥ // 60 //

你如同无生大神，你的战士们

① 这首诗是第一和第三诗步叠声。
② 这首诗是第一和第四诗步叠声。屈指数数，小指为第一，无名指为第二。

全身披挂，武器锋利，英勇奋战，
使尘土和你的名声飞扬四方，
使敌人失去躯体、光辉和骄傲。[①]（60）

vimarti bhūmervalayaṃ bhujena te
bhujaṅgamo 'mā smarato madañcitam /
śṛṇūktamekaṃ svamavetya bhūdharaṃ
bhujaṅgamo māsma rato madañcitam // 61 //

请听我对你的忠告：湿舍蛇
与你的手臂一起支撑大地，
不要以为你的手臂是大地
唯一支撑者，陷入盲目骄傲。[②]（61）

smarānalo mālavivardhito yaḥ
sa nirvṛtiṃ te kimapākaroti /
samantatastāmaraseksạṇe na
samantatastāmarase kṣaṇena // 62 //

你的骄傲激发的爱情之火，
在节日中更加炽热燃烧，
残酷无情的莲花眼女郎啊，
你这样会让自己快乐吗？[③]（62）

---

① 这首诗是第二和第三诗步叠声。
② 这首诗是第二和第四诗步叠声。
③ 这首诗是第三和第四诗步叠声。

prabhāvatonāmana vāsavasya
　　prabhāvato nāmana vā savasya /
prabhāvato nāma navāsavasya
　　vicchittirāsīt tvayi viṣṭapasya // 63 //

作为世界之主，你不断用新酒祭祀因陀罗，
因此，你的威力从不弯下，而使敌人弯下。[①]（63）

paramparāyā balavāraṇānāṃ
　　paraṃ parāyā balavāraṇānām /
dhūliḥ sthalīrvyomni vidhāya rundhan
　　paraṃ parāyā balavā raṇānām // 64 //

你用勇猛有力、克敌制胜的大象抵挡敌军，
大地的尘土飞扬空中，你包围和战胜敌人。[②]（64）

na śraddadhe vācamlajja mithyā-
　　bhavadvidhānāmasamāhitānām /
bhavadvidhānāmasamāhitānāṃ
　　bhavadvidhānāmasamāhitānām // 65 //

无耻的人啊，你们是虚伪的敌人，
我绝不会相信你们这种人的话，
你们生来就口是心非，贪得无厌，

① 这首诗是第一、第二和第三诗步叠声。
② 这首诗是第一、第二和第四诗步叠声。

你们的话如同弯曲伸展的蛇。[①]（65）

sannāhito mānamarājasena
sannā hito 'mānama rājase na /
sannāhito 'mānamarājasena
sannāhitomānamarājasena // 66 //

你得到拥有乌玛和新月者的帮助，
与人为善，所有国王的军队服从你，
你财富无限，装备精良，平息敌人，
从不弯腰的人啊，你永远光彩熠熠。[②]（66）

以上是一个诗步重复一次、两次和三次的叠声例举。下面是意义相连的两节诗叠声。（67）

vināyakena bhavatā vṛttopacitabāhunā /
svamitroddhāriṇā bhītā pṛthvī yamatulāśritā // 68 //

你的敌人失去首领，手臂伸向火葬堆，
胆战心惊，抛弃朋友，走上阎摩的秤盘。（68）

vināyakena bhavatā vṛttopacitabāhunā /
svamitroddhāriṇā bhītā pṛthvīyamatulāśritā // 69 //

而你这位杰出首领，凭借粗壮的手臂，

① 这首诗是第二、第三和第四诗步叠声。
② 这首诗是四个诗步叠声。“拥有乌玛和新月者”指大神湿婆。

消灭敌人，辽阔大地依靠你，无所畏惧。① (69)

含有相同叠声的四个诗步叠声是达到顶点的叠声，称为大叠声。(70)

samānayāsamānayā samānayāsamānayā /
sa mā na yāsamānayā samānayāsamānayā // 71 //

让我与这位骄傲的、无与伦比的女子结合吧！
朋友啊，她美丽聪慧，承受着与我一样的痛苦。② (71)

dharādharākāradharā dharābhujāṃ
bhujā mahīṃ pātumahīnavikramāt /
kramāt sahante sahasā hatārayo
rayoddhurā mānadhurāvalambinaḥ // 72 //

国王们的手臂如同湿舍蛇，
遒劲有力，顷刻间消灭敌人，
随意挥舞，显示骄傲和威严，
能够依照规则保护这大地。③ (72)

一个诗步与另一个诗步逆向叠声，半节诗与另半节诗逆向叠声，一节诗与另一节诗逆向叠声，这些是逆向叠声。(73)

① 以上两节诗字面相同而读法不同。
② 这首诗是含有相同叠声的四个诗步叠声。
③ 这首诗是含有多种叠声的混合叠声。

yāmatāśa kṛtāyāsā sā yātā kṛśatā mayā /
ramaṇārakatā te stu stutetākaraṇāmara // 74 //

我瘦弱憔悴，困顿劳累，爱人啊！
你想要受责备，请你还是走吧！[①]（74）

nādino damanā dhīḥ svā na me kācana kāmitā /
tāmikā na ca kāmena svādhīnā madanodinā // 75 //

我潜心沉思，控制自我，无所渴求，
爱欲扰乱平静，却对我无可奈何。[②]（75）

yānamānaya mā rāvi kaśonānajanāsanā /
yāmudāra śatādhīnāmāyāmāyamanādi sā // 76 //

她是爱神的牧羊鞭，驱除骄傲，毁灭脆弱者，
征服了数以百计的王公贵族，我与她结合。（76）

sādināmayamāyāmā nādhītā śaradāmuyā /
nāsanā jananā śokavirāmāyanamānayā // 77 //

她充满活力，认为白天仿佛有病，在这秋季，
她给人们带来烦恼，而她并非不能平息忧伤。[③]（77）

① 这首诗中，有第一和第二诗步以及第三和第四诗步两种逆向叠声。
② 这首诗是上半节和下半节逆向叠声。
③ 以上两节诗是前一节和后一节逆向叠声。

一首诗的两行诗句中的音节上下交叉的读法与两行诗句的读法相同，这称为牛尿，行家们认为很难创作。例如：(78)

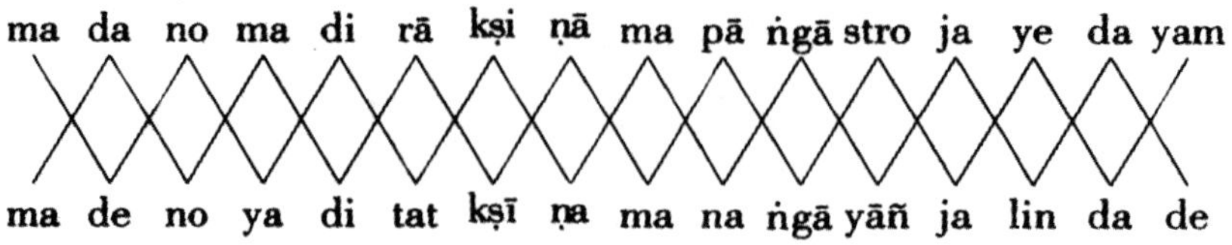
ma da no ma di rā kṣi ṇā ma pā ṅgā stro ja ye da yam
ma de no ya di tat kṣī ṇa ma na ṅgā yāñ ja lin da de

如果爱神能以女人的醉眼秋波为武器战胜我，
清除我的罪孽，我就向这位无形之神合十致敬。(79)

一首诗的四个诗步能按照音节自左至右旋读，这称为半旋。一首诗的四个诗步能按照音节自左至右和自右至左旋读，这称为全旋。(80)

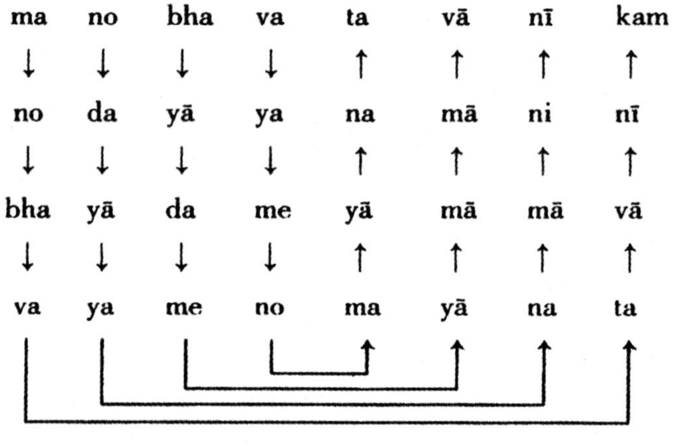
ma no bha va ta vā nī kam
no da yā ya na mā ni nī
bha yā da me yā mā mā vā
va ya me no ma yā na ta

爱神啊，不是说你的骄傲的娘子军不会取胜，
而是别让我们这些罪人心惊胆战，痛苦不堪。(81)

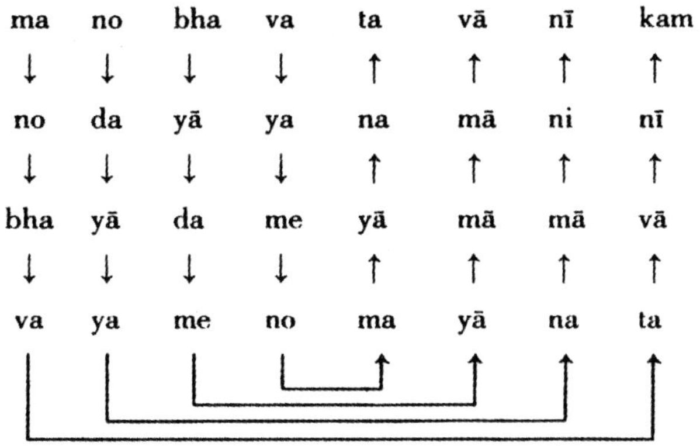
ma no bha va ta vā nī kam
↓ ↓ ↓ ↓ ↑ ↑ ↑ ↑
no da yā ya na mā ni nī
↓ ↓ ↓ ↓ ↑ ↑ ↑ ↑
bha yā da me yā mā mā vā
↓ ↓ ↓ ↓ ↑ ↑ ↑ ↑
va ya me no ma yā na ta

她美丽迷人，宛如仙子，送来无穷烦恼，表明爱神驾到，

月光下，她的脚镯叮当作响，布下罗网，引我走向死亡。

（82）

限定元音、辅音类别和辅音，也很难创作。如果数量在四个以上，则较为容易。（83）

吠陀末尾宣称歌唱是祸害，
欢愉是危险，享受是病患，
激情是愚痴，人们都应该
沉思入定，追求吉祥安宁。① （84）

富有智慧的俱卢族人一心征服和巩固大地，
在战斗中包围和击溃阵容强大的敌对家族。② （85）

吉祥和光辉，知耻和名声，
智慧和戒律，辩才和欢愉，

---

① 这首诗中只重复使用四种元音 ā、ī、o 和 e。

② 这首诗中只重复使用三种元音 i、a 和 u。

你富有这些成双作对品质，
甚至天王因陀罗比不上你。[①]（86）

她美丽迷人，宛如仙子，送来无穷烦恼，表明爱神驾到，
月光下，她的脚镯叮当作响，布下罗网，引我走向死亡。[②]（87）

美女啊，这天空万里无云，群星璀璨，
令人赏心悦目，请你抬头望一眼吧！[③]（88）

蔓藤般发辫乌黑似蜜蜂，眼睛妩媚似莲花，
美女啊，有谁不被你这可爱的月亮脸征服？[④]（89）

你永远无罪，永远喜悦，肢体俊美，独自隐居，
而这位善良女子为避开爱神，忍受种种痛苦。[⑤]（90）

你到达天国，在汩汩流淌的
恒河中沐浴，不再发出哀叹，
摒弃黑似乌鸦的罪孽，登上
弥卢山，不再执著邪恶之路。[⑥]（91）

你伤害哀鸣的鹿儿，践踏山坡，毁坏树林，

① 这首诗中只重复使用两种元音 ī 和 e。
② 这首诗即上引全旋诗，其中只重复使用一种元音 ā。
③ 这首诗中只重复使用四类辅音。
④ 这首诗中只重复使用三类辅音。
⑤ 这首诗中只重复使用两类辅音。
⑥ 这首诗中只重复使用一类辅音。

你别走近我，乌鸦怎会发出孔雀的叫声？[1]（92）

这位天神清除诋毁吠陀者，受众神欢迎，
他杀死化身大象的恶魔，吼声抵达天国。[2]（93）

睿智的持犁罗摩胜过
所有的神魔，品尝美酒，
与臀部美丽的妻子一起，
进入充满水鸟的湖中。[3]（94）

并非是他不想用他的军队击溃
我们的军队，而是我们的首领
希望让自己的军队与这位优秀
武士交战，这样的首领该受谴责。[4]（95）

以上依次说明了难以运用的修辞方式。下面讲述各种隐语修辞方式。（96）

在游戏、娱乐和集会中，或当众与知心朋友商议，或为了迷惑他人，使用隐语。（97）

依靠词和词之间的连声隐藏意义，这是聚合隐语。依靠词的常用义隐藏另一种意义，这是蒙蔽隐语。（98）

打乱词序，造成意义混乱，这是乱序隐语。使用许多意义难解的词，这是晦涩隐语。（99）

---

① 这首诗中只重复使用四个辅音 r、g、k 和 m。

② 这首诗中只重复使用三个辅音 d、v 和 n。

③ 这首诗中只重复使用两个辅音 s 和 r。

④ 这首诗中只重复使用一个辅音 n。

使用词语的比喻义，这是相似隐语。只有依靠转示义才能理解，这是生硬隐语。(100)

数字成为意义难解的原因，这是数字隐语。字面义是另一种意义，这是乔装隐语。(101)

利用名词的同音多义，这是多义隐语。描写相同的性质，掩盖另一种意义，这是掩盖隐语。(102)

换用同音异义词，这是同音隐语。尽管意义具体，但令人困惑，这是困惑隐语。(103)

词语串在一起，这是串连隐语。被容纳者清楚，而容纳者隐蔽，这是单隐蔽隐语。(104)

被容纳者和容纳者都隐蔽，这是双隐蔽隐语。各种方式混合，这是混合隐语。(105)

以上是前辈老师们提出的十六种隐语。他们还指出十四种错误的隐语。(106)

考虑到错误多种多样，无计其数，我们在这里只说明正确的隐语，而不再说明错误的隐语。(107)

我并没有喝牛奶的想法，为何你发怒？
别哭了，红眼女郎啊，你哭得没有道理。① (108)

你与那个驼背女人相处，情真意浓，
对这些胜似天女的美女，却不这样。② (109)

这只天鹅用身体摩擦带刺的莲花秆，

① 这首诗是聚合隐语。“没有喝牛奶的想法”按照另一种连声的读法是“没有邪念”。

② 这首诗是蒙蔽隐语。“驼背女人”隐指“曲女城女子”。

发出甜蜜的叫声，伸嘴亲吻莲花脸。① (110)

姑娘啊，你的脚镯叮当作响，甜蜜迷人，
我的灵魂出窍，生命的气息登上月亮。② (111)

我在这个花园里，看见一株蔓藤，
它长有五根枝条，各有一簇红花。③ (112)

酒徒们牙齿闪耀光芒，在酒店里转悠摇晃，
他们已喝得酩酊大醉，此刻仿佛掉进酒池。④ (113)

中间是鼻音，周围装饰四个字母，
这是某城市，王族名含八个字母。⑤ (114)

即使我俯首弯腰，说话哆嗦，目光低垂，
浑身颤抖，老夫人啊，你也不肯怜悯我。⑥ (115)

眼睛闪动的女郎啊，有一种树名以罗阇（国王）起头，
以多那（永恒）结尾，因而既不叫国王，也不叫永恒者。⑦ (116)

---

① 这首诗是乱序隐语。原文中故意打乱次序。

② 这首诗是晦涩隐语。原文中用词晦涩。

③ 这首诗是相似隐语。蔓藤隐指手臂，五根枝条隐指五个手指，红花隐指指甲。

④ 这首诗是生硬隐语。原文要按转示义理解。

⑤ 这首诗是数字隐语。某城市是 kāñci（金带城，中间鼻音，前后各有两个字母），王族名是 pallavāḥ（波罗婆族，八个字母）。

⑥ 这首诗是乔装隐语。“老夫人”是字面义，另一义是“财富女神”。

⑦ 这首诗是多义隐语。

抛弃被夺走钱财者，转向富有钱财者，
以各种媚态吸引世人，不是妓女，是谁？[①]（117）

说话甜蜜的女郎啊，你的“非大地者”（下嘴唇）
胜过“发髻优美者”（珊瑚），此刻激起我的爱欲。[②]（118）

这对情人怄气，在床上背对背躺着，
这样躺着，又生激情，互相自由亲吻。[③]（119）

因陀罗之子（阿周那）之敌（迦尔纳），
他的父亲（太阳）的光芒令众生受苦，
饱含驱除寒冷者（火）的敌人（水），
乌云布满了天空，令众生喜悦。[④]（120）

既不接触武器，也不接触女人圆乳，
这种非人类的手并不会没有果实。[⑤]（121）

谁与谁在一切行动中都紧密相连，
而一旦发现后者在饭食中，就扔掉？[⑥]（122）

---

① 这首诗是掩盖隐语。它又可读作：“抛弃被卷走树林的山岭，流向充满宝藏的大海，以各种波浪吸引世人”，因而，隐含的回答是：“河流。”

② 这首诗是同音隐语。

③ 这首诗是困惑隐语。

④ 这首诗是串连隐语。

⑤ 这首诗是单隐蔽隐语。“非人类的手”隐指一种名为“健达缚手”的树。

⑥ 这首诗是双隐蔽隐语。谁（前者）隐指头，谁（后者）隐指头发。

如果不精通由骏马、大象和士兵组成的军队，即使知道
不朽的神，我们的儿子也是不懂事物根底的蠢人。[①]
（123）

这首诗是含有蒙蔽和多义的混合隐语。其他的混合隐语依此类推。（124）

意义不全、意义矛盾、意义重复、含有歧义、次序颠倒、用词不当、停顿失当、诗律失调和缺乏连声，（125）

还有违反地点、时间、技艺、人世经验、正理和经典，智者们认为这些是应该避免的十种诗病。（126）

缺乏宗、因或喻是不是诗病[②]，常常是枯涩的思辨，何必嚼这个果子？（127）

缺乏完整的意义，这是缺乏意义。如果出自醉汉、疯子或幼儿，则不是诗病。（128）

诸神饮大海，我受老年苦，
乌云在打雷，天帝爱仙象。[③]（129）

如果思想不健全的人这样说话，不会受责备。而哪个诗人会说这样的话？（130）

一句话或一篇作品中，前后意义产生矛盾，这是意义矛盾。（131）

---

① 这首诗又可读作：“如果不精通含有 ha、ya、ga、ja、bha 和 ṭa 这些音节的字母，即使知道字母表，我们的儿子也是不懂元音变化的蠢人。”

② 婆摩诃在《诗庄严论》中论述了属于逻辑推理的宗病、因病和喻病。

③ 这首诗缺乏完整的意义。

消灭所有的敌人吧！征服整个大地吧！
你怜悯一切众生，甚至没有一个敌人。（132）

如果人物处在某种特殊的精神状态下，说出意义矛盾的话，则是许可的。（133）

贪恋他人妻子怎么符合我的高贵身份？
哦，什么时候我能一饮她的颤抖的嘴唇？①（134）

完全重复前面用过的词或词义，这是意义重复。（135）

黑似发髻，浓密深沉，电光闪闪，雷声隆隆，
这些乌云使这位焦虑的女郎焦躁不安。（136）

如果为了表达强烈的同情等，意义重复便不是诗病，反而是一种修辞方式。（137）

爱神突然变敌人，这位臀部美丽的女郎毁了，
肢体迷人的女郎毁了，言语甜蜜的女郎毁了。②（138）

旨在表达确定的意义，然而产生疑义，这是含有歧义。（139）

女友啊，你的眼睛充满激情，望着心上人，

---

① 这首诗中的主人公抑制不住心中的激情，说出了意义前后矛盾的话。

② 这首诗中重复说“女郎毁了”，是为了表达对这位在爱情上遭到致命打击的女郎的强烈同情。

你的母亲在附近，不能看到这样的情形。① （140）

如果故意这样表达，以造成歧义，则是一种修辞方式，而不是诗病。（141）

我看到那位完美无瑕的女郎受相思病痛折磨，
而且处在酷暑炙人的季节，我们对你有何指望？

又读作：

我看到那位完美无瑕的女郎受无形之病折磨，
已经落入残酷的死神手中，我们对你有何指望？（142）

究竟是受爱情折磨，还是受酷暑折磨，意义不确定。这是女使者逗引男青年，让他着急。（143）

不按照事物的原有次序叙述，这是次序颠倒。（144）

愿世界的保护者、创造者和毁灭者，
湿婆、毗湿奴和大梵天，保佑你们！②（145）

如果作出努力，让人明白其中的联系，即使颠倒次序，智者也不认为是诗病。（146）

---

① 在首诗中，“在附近”也能读成“在远处”。若是前者，则是你的母亲不能容忍这样的情形；若是后者，则是你的母亲看不到这样的情形。

② 这首诗中，与保护者、创造者和毁灭者次序一致，后面三位大神的次序应该是毗湿奴、大梵天和湿婆。

抛弃亲人，抛弃身体，抛弃家乡，三项之中，
前项后项痛苦绵长，中间一项痛苦刹那。[①]（147）

用词不合语法规则，不为学者认可，这是用词不当。如果学者认可，则不是诗病。（148）

“大王啊，你的手臂保护以大海为腰带的大地，这毫无疑问”。[②] 这样的语言索然无味。（149）

风从南山吹来，为芒果树增色：
红珊瑚般的花蕾轻轻摇曳。（150）

诸如此类的诗，对懒于钻研语法经典的人，看似含有语法错误，但无损于诗美。（151）

诗中规定的停顿没有安排在词与词的分离处，听起来别扭，这是停顿失当。（152）

“这位太阳族国王与行家们一起观赏这些女子充满情味的歌唱。”其中的停顿失当。[③]“这位国王依据经典观察一切该做和不该做的事，统治驯顺的大地。”其中的停顿是可以的。[④]（153）

如果因停顿而失去词尾，余下的部分仍被认为具有词的性质，同样，词尾因连声而发生变化，词尾部分仍被认为是完整的词，这样的停顿是可以的。（154）

即使如此，如果听起来刺耳，诗人们也不采用这种方式，诸

---

① 这首诗中，点明了前项、中项和后项，不会由于中项和后项次序颠倒，造成误解。

② 这句诗的原文中含有多个语法错误。

③ 按照诗律规定的停顿没有出现在词与词的分离处。

④ 理由如下。

如："这位国王的军队用旗帜驱散乌云。"[①]（155）

音节不足或多出，长短音节安置不当，这是诗律失调。这种诗病受到普遍指责。（156）

"清凉的月光接触。"其中音节不足。"芒果树芽湿润。"其中的音节多出。（157）

"爱神向鹿眼女郎射出锋利的箭。"其中长音节安置不当。"爱神锋利的箭落在媚眼女郎身上。"其中短音节安置不当。（158）

按照自己的意愿，故意不连声，这是缺乏连声。如果按照语法规则不连声，则不是诗病。（159）

> 空中徐徐吹拂的风，掠走这些美女
> 圆圆脸颊和我们身上冒出的汗珠。[②]（160）

"爱人啊，在这些寒季的夜晚，妇女们的傲慢和妒忌消失不见。"[③] 这样的缺乏连声为学者们认可。（161）

地点是山岳、森林和国家等。时间是夜晚、白天和季节。技艺是与爱欲和利益有关的舞蹈和歌唱等。（162）

人世经验是生物和无生物的行为。正理是有关因明的学问。经典是吠陀和法论。（163）

如果诗人疏忽大意，违反了以上任何公认的事实，便称为违反地点等。（164）

> 摩罗耶山风接触樟脑树而芳香，

---

① 其中的停顿虽然是可以的，但听起来不顺耳。

② 这首诗中有一处前一个词的词尾 a 和后一个词的词头 a 没有连声。

③ 这首诗中有一处前一个词的词尾 e 和后一个词的词头 i 没有连声，但符合语法规则。

羯陵伽林中出生的象长得像鹿。[①]（165）

“朱罗国迦维利河沿岸长满黑檀香树而黝黑。”[②] 以上这些描述都违反地点。（166）

夜间日莲醒来，白天晚莲绽开，
春季芦苇茂盛，夏季乌云密布。（167）

雨季天鹅欢叫，秋季孔雀兴奋，
寒季太阳明亮，冬季檀香可爱。（168）

以上说明违反时间的情况，下面简要说明违反技艺的情况。（169）

英勇味和艳情味的常情是怒和惊，[③]
这种乖离曲调含有所有七种音调。（170）

违反六十四种技艺的情况可以依此类推。关于这些技艺的特征将在《论技艺》[④] 中描述。（171）

大象抖动鬃毛，骏马长有尖角，
蓖麻质地坚实，佉底罗树松软。（172）

① 摩罗耶山区并无樟脑树，羯陵伽地区并不产象。
② 朱罗国迦维利河沿岸并不生长黑檀香树。
③ 英勇味和艳情味的常情应该是勇和爱。
④ 这是另外的著作。

诸如此类违反人世经验，受到普遍指责。下面说明违反称作正理的因明。(173)

善逝曾说诸行不灭，确是千古真谛，
因为那个鹧鸪眼女郎至今在我心里。① (174)

迦比罗派宣称万物源自不存在，
因此，我们看到这世上出现恶人。② (175)

以上是常见的违反正理的情况，下面说明违反经典的情况。(176)

这些婆罗门尽管不拜火，在儿子降生后，
也举行吠希伐那罗祭，以行为纯洁为荣。③ (177)

这个少年没有举行过系圣线礼，也拜师
学习吠陀，水晶天然纯洁，无须人为修饰。④ (178)

所有这些违反，有时凭借诗人的技巧，可以超越诗病，变成诗德。(179)

由于这位国王的威力，他的这些花园

---

① 善逝是佛陀的称号。佛陀的观点是“诸行无常”，而不是“诸行不灭”。

② 迦比罗派的观点是万物有因，而不是源自不存在。这首诗中的“不存在”和“恶人”是同音异义词。

③ 按照婆罗门教规，不拜火的婆罗门举行祭祀是无效的。

④ 按照婆罗门教规，儿童到达学龄，必须举行系圣线礼，方能拜师学习吠陀。

变成身披嫩叶新衣的劫波树的居处。①（180）

暴风预示着这些国王注定覆灭，
刮落了七叶树芽和迦丹波花粉。②（181）

秋千晃荡，心儿哆嗦，这些妇女唱出的
歌曲变调，却更增添那些爱人的激情。③（182）

这位情人与心爱的女子相分离，
忧愁烦恼，觉得火焰比月光还冷。④（183）

你既可知，又不可知；你既有果，又无果；
你是一，又是多，向无所不在的你致敬！⑤（184）

般遮罗公主成为般度五子的妻子，
节妇的典范，这确实是天意的安排。⑥（185）

以上对音庄严和义庄严，容易运用和很难运用的各种修辞方式，以及诗德和诗病，都做了简要的说明。（186）

按照这种方法培养智慧，掌握诗病和诗德，就像幸运的青

---

① 劫波树是天国乐园中的神树。但诗人这样描写是为了强调这位国王的威力，所以不算违反地点。

② 七叶树发芽在秋季，迦丹波开花在雨季。但诗人在这里以树木不按时发芽或开花，用作不吉利的征兆，所以不算违反时间。

③ 歌曲变调，反能增添激情，这是诗人用以表达爱情心理，所以不算违反技艺。

④ 火焰比月光还冷，这是诗人用以表达爱情心理，所以不算违反人世经验。

⑤ 这是诗人歌颂超凡的大神，所以这些矛盾的说法不算违反正理。

⑥ 一女嫁五夫，但这是天意的安排，所以不算违反经典。

年受到媚眼女郎追求，诗人受到语言宠爱，获得欢乐和名声。（187）

以上是檀丁著《诗镜》中名为《音庄严和诗病辨》的第三章。

全书终。

# 韵　　光

# 简　介

欢增（Ānandavardhana，九世纪）著有《韵光》（Dhvanyāloka）。据迦尔诃纳的历史叙事诗《王河》记载，欢增是克什米尔王朝阿般底跋摩国王（855—884 年在位）时期的著名诗人和学者。他著有诗歌《女神百咏》、《阿周那传》和论著《无上法：法称〈量论〉注》、《真谛光》等。

《韵光》现存抄本几乎都题作《诗光》（Kavyāloka）或《知音光》（Sahṛdayāloka），只有晚出的材料才将欢增的这部著作称作《韵光》。然而，《韵光》这个书名对于欢增建立的韵论诗学体系具有画龙点睛的作用，所以，现在通行的各种校勘本都采用这个书名。

《韵光》共分四章，采用经疏体。

《韵光》第一章开宗明义提出："诗的灵魂是韵。"欢增的立论基础是将诗的意义分为表示义（字面义）和暗示义（领会义）。他认为代表诗艺本质特点的是暗示义（或称作韵）。韵分为本事韵、庄严韵和味韵三类。欢增阐述了表示义和暗示义之间的区别和联系，指出"若诗中的词义或词音将自己的意义作为附属而暗示那种暗含义，智者称这一类诗为韵"（1.13）。欢增将韵分为两大类：非旨在表示义和旨在依靠表示义暗示另一义。

《韵光》第二章对这两大类韵进一步分类。第一大类分成表示义转化为另一义和表示义完全丧失两类。第二大类分成暗示过程不明显和暗示过程明显两类。暗示过程不明显是指味韵。暗示过程明显主要是指本事韵和庄严韵。在这一章中，欢增还将味韵与一些本身带有味的因素的修辞方式作了区分。他还论述了诗德与庄严的区别，并从味和韵的角度对诗德的性质作出新的解释。

《韵光》第三章篇幅最长，涉及的论题较多。在第二章中，欢增从所暗示者（即暗示义）的角度论韵，而在这一章中，欢增又从暗示者的角度论韵。他指出所有的韵都可以通过词（以及词组）和句子（以及篇章）暗示，而味韵还可以通过音素、词形变化和词语组合方式暗示。他论述了三种词语组合方式及其与诗德的关系。欢增以韵为准则，将诗分为三类：韵诗、以韵为辅的诗和画诗。韵诗是指暗示义为主、表示义为辅的诗；以韵为辅的诗是指表示义为主、暗示义为辅的诗；画诗是指缺乏暗示义的诗。在韵诗中，欢增更重视以味为韵的诗。他论述了有碍味充分展现的种种情况。他还强调在一篇（或一部）作品中，应该有一种主味贯穿其中，其他的味辅助和加强主味。

《韵光》第四章论述韵的应用。欢增认为诗人只要掌握韵和味的原理，发挥自己的创造才能，即使采用古已有之的题材，也能写出新意。他阐明诗的艺术表现的无限性，论述了继承和创新的关系。

这里的《韵光》译文依据克里希那摩尔提（K. Krishnamoorthy）编订本（德里，1974）。

# 第一章

摩图之敌自愿化身狮子，
那些爪甲皎洁胜过月光，
斩断虔诚信徒们的痛苦，
但愿它们保佑你们平安！①

**按照智者们传承的说法："诗的灵魂是韵。"而有些人说它不存在，另一些人说它是转示义，还有一些人说它的本质超越语言范围。因此，为了让知音们内心喜悦，我们讲述它的性质。**（1）

智者们通晓诗的真谛，认为诗的灵魂是韵。这种说法辗转相传，广为人知。尽管知音们了然于心，但有些人说它不存在。否定它存在的人们有这样一些疑问。

其中，有些人说，诗以词音和词义为身体。众所周知，谐音等（音庄严）是产生于词音的魅力，明喻等（义庄严）是产生于词义的魅力。音素和词语组合的性质被认为是甜蜜等（诗德）。也听到有些人阐明与这些并无不同的文雅等谐音方式。② 同样，还有维达巴等风格。那么，什么是与以上这些不同的韵呢？

另一些人会说，韵并不存在。脱离了公认的规范，这种诗的类型不成为诗。令知音内心喜悦的词音和词义所构成者，这是诗的定义。脱离了上述规范的道路，就不成为诗的定义。即使认为有些知音持有这种看法，依据韵命名诗，那也不能获得所有智者认同。

---

① 这是著者开头的颂诗，赞颂毗湿奴大神。"摩图之敌"是这位大神的称号。他曾化身狮子（狮首人身），杀死迫害信众的阿修罗。

② 《摄庄严论》的作者优婆吒曾提出刺耳、文雅和俚俗三种谐音方式。

另一些人以不同的说法否定韵的存在：不可能存在某种前所未闻的韵。它并不脱离可爱性，因而，它包含在已知的种种魅力因素中。它只是给予其中的一种因素一个前所未闻的名称而已。

此外，语言的变化方式无限。那些著名的诗相作者[①]对某些细微分类未加说明，于是，一些自以为是知音的人闭着眼睛，手舞足蹈，说道："这是韵！这是韵！"我们不知道是怎么回事。其他许多伟人已经和仍在阐释种种庄严（修辞方式），数以千计。但我们没有听说他们发生过这种情形。因此，韵只是一种说法而已。它不能阐明它的任何经得起辩驳的本质。有人为此写了一首诗：

没有令内心愉悦的内容，没有修辞方式，
没有娴熟的词语组合，没有巧妙的表达，
而愚人高兴地说这诗中有韵，若有智者
询问韵的性质，真不知道他会如何回答？

另一些人说它是转示义，也就是说称之为韵的诗的灵魂是第二义。虽然诗学家们没有使用韵这个名称说明第二义或别的类别，但他们指出了诗中的非字面义用法。即使他们没有作出界定，也略微触及韵的方式。这从"另一些人说它是转示义"这一点就可以理解到。

还有一些人回避下定义，而宣称韵的本质超出语言范围，只能由知音内心感知。

既然存在这样一些不同意见，为了让知音们内心喜悦，我们便讲述它的性质。

韵的性质是所有优秀诗人的作品奥秘，极其可爱。但以往哪怕思维最精密的诗学家也没有加以揭示。然而在《罗摩衍那》和

① 诗相作者指那些阐述诗的特征的诗学家。

《摩诃婆罗多》等作品中可以看到它的成功运用。因此，需要作出说明，让喜悦在看到它的知音们的心中扎根。

这里，开始说明韵。先说它的基础：

**受到知音赞赏的意义被确定为诗的灵魂。相传它分成两种，称为表示义和领会义。(2)**

意义呈现为诗的本质，优美和合适而富有魅力，犹如身体的灵魂，受到知音赏识。它分成两种：表示义和领会义。

**其中表示义众所周知，已经由其他人作出说明，分成明喻等等许多种。(3abc)**

其他人指诗学家们。

**因此，这里不再细说。(3d)**

只在必要时说到它们。

**而在大诗人的语言中，确实存在另一种东西，即领会义。它显然不同于已知的肢体，正如女人的美。(4)**

而在伟大的诗人的语言中确实存在另一种东西。它为知音们所熟知，显然不同于已知的修辞或肢体，正如女人的美。正像女人的美被单独看到，超越肢体的所有各个部分，这种领会义确实是另一种不同的东西，成为知音眼中的甘露。

这种领会义依靠表示义的力量提示，分成本事、庄严和味等各种类别，这在后面会说明。在所有这些类别中，它都不同于表示义。例如，这第一类（本事）就与表示义迥然有别。有时，表示义是鼓励，而领会义是禁止。例如：

知礼守法的人啊，尽管放心走吧！今天，
戈达河边树丛里的猛狮，咬死了那条狗。①

① 猛狮比狗更可怕，因此，暗含义是禁止。

有时，表示义是禁止，而领会义是鼓励。例如：

婆婆睡这里，我睡这里，趁白天你看仔细，
客人啊！夜里眼瞎，莫要睡到我俩的铺上。①

有时，表示义是鼓励，而领会义既非鼓励，也非禁止。例如：

你走吧！将叹息和哭泣留给我一人，
愿你不要也是这样假惺惺而失去她。②

有时，表示义是禁止，而领会义既非禁止，也非鼓励，例如：

我求求你，回来吧！你的月亮脸驱散所有黑暗，
恶妇啊，会给其他出门幽会的女子造成障碍。

有时，表示义是一回事，领会义是另一回事。例如：

看到自己妻子的嘴唇受伤，哪个丈夫不会生气？
不听劝阻，嗅有蜜蜂的莲花，你现在就忍着点吧！③

还有其他各种不同于表示义的领会义的类别。这里只是指明方向。

与表示义不同的第二类（庄严）会在后面详细论述。

---

① 女主人公勾引客人，碍于婆婆在场，只能向客人暗示自己的铺位。

② 这是女主人公对负情的男子说的话。

③ 这是女主人公的女友故意说给女主人公的丈夫听的，以掩饰女主人公的嘴唇被情夫咬伤的实情。

第三类以味等为特征，显然依靠表示义的力量提示。但它不是词的作用的直接对象，因而不同于表示义。如果说，它可以通过自己的名称表达，或通过描述情由等表达，那么，在前者的情况中，如果不使用自己的名称，就无法领会味等。实际上，味等从不通过它们的名称表达。即使它们的名称出现，对它们的领会也主要依靠特殊的情由等的描述。这些名称只能用来标明领会义，而不能创造领会义。因为在其他情况中，不能发现这种领会义。如果在一首诗中，只有艳情等这样的名称，而缺乏情由等的描述，那就一点也领会不到味。味的领会与味的名称无干，只能通过特殊的情由等。只有味的名称，无从领会。这样，通过正反两方面的思考，表明味等通过表示义的力量提示，而绝不是表示义本身。因此，第三类（味等）也不同于表示义得到确立。而它的领会义仿佛与表示义一起产生，这会在后面论述。

**诗的灵魂就是这种意义。正是这样，古代最初的诗人由一对麻鹬的分离引起悲伤，化成一首偈颂。(5)**

诗由各种表示义、表示者和词语组合方式产生魅力，而这种意义是诗的本质。正是这样，最初的诗人蚁垤目睹麻鹬失去亲密伴侣而痛苦悲鸣，心生悲伤，化成一首偈颂。而悲伤正是悲悯味的常情。虽然领会义还有其他类别①，但都可以依据味和情的方式理解，因为它们是最主要的领会义。

**大诗人的语言女神流淌出美味的意义和内容，闪耀着特殊的想象力，非凡而清晰。(6)**

大诗人的语言流淌出内容的本质，闪耀着特殊的想象力，非凡而清晰。因此，在这个世世代代产生各种各样诗人的世界中，只有以迦梨陀娑为首的两三个或五六个诗人称得上是大诗人。

① 其他类别指本事和庄严。

这是另一个说明领会义存在的证据：

**仅仅掌握语法和词汇的人不能理解它，唯有通晓诗义真谛的人才能理解它。**（7）

仅仅掌握语法和词汇的人不能理解这种意义，因为唯有通晓诗义真谛的人才能理解它。如果这种意义确实呈现为表示义，那么，依靠表示义和表示者的知识便可以理解它。但事实是，只钻研表示义和表示者的知识，而无视诗义真谛，这种意义超越他们的范围，正如声调和音调的特征超越不会歌唱的音乐理论家的范围。

这样，已经说明不同于表示义的暗示义的存在，现在说明它的重要性：

**这种意义和有能力传达它的特定的词，这两种词和义值得大诗人认真琢磨。**（8）

这种意义是暗示义。有能力传达它的是特定的词，而不是任何一个词。唯有这两种词和义值得大诗人关注。大诗人成其为大诗人在于他善于运用暗示义和暗示者，而不仅仅善于运用表示义、表示者和词语组合方式。

即使暗示义和暗示者重要，但诗人首先要采用表示义和表示者。这也是正确的说法。

**人们想要观看，便努力保持灯焰，作为观看的工具，同样，关注这种意义的人，也重视表示义。**（9）

人们为了观看，努力保持灯焰，作为观看的工具。因为没有灯焰，便不能观看。同样，关注暗示义的人，也重视表示义。至此，说明了在暗示义方面诗人作为传达者的作用。

现在讲述读者作为接受者的作用：

**正像对句义的理解要通过词义，对这种意义的理解也先要通过表示义。**（10）

正像通过词义理解句义，理解暗示义先要理解表示义。

下面要说明尽管理解表示义先于理解暗示义，但这不降低暗示义的重要性：

**词义即使依靠自己的力量展示句义，但在发挥这个功能后，便不再显露。(11)**

词义即使依靠自己的力量表明句义，但在发挥这个功能后，不再显露。

**同样，这种意义在离开表示义而转向真实义的知音心中迅速展现。(12)**

这样，说明了不同于表示义的暗示义的存在，现在回到原题：

**若诗中的词义或词音将自己的意义作为附属而暗示那种暗含义，智者称这一类诗为韵。(13)**

其中，词义即特定的表示义或词音即特定的表示者暗示那种暗含义，这一类诗称为韵。这表明韵的领域有别于形成表示义和表示者魅力的明喻等（义庄严）和谐音等（音庄严）。

前面提到的观点，即“韵并不存在，脱离了公认的规范，这种诗的类型不成为诗”，不能成立。那只是因为诗学家们对它不熟悉。如果经过仔细考察，就会发现它是令知音内心喜悦的诗的真谛。而与此迥然不同的是画诗，在后面会讲述。

前面提到的另一种观点，即“它并不脱离可爱性，因而，它包含在已知的种种魅力因素中”，也不能成立。因为依据暗示义和暗示者确定的韵怎么能归入仅仅依据表示义和表示者的领域？后面将会说明形成表示义和表示者魅力的种种因素只是它的辅助成分，而从不与它同一。这里有诗为证：

韵依据暗示义和暗示者的联系和结合，
怎能归入表示义和表示者的魅力因素？

有人会说，凡不能明显领会到暗示义的（庄严），自然不属于韵的领域，但能够领会到暗示义的（庄严），例如合说、略去、未提及理由的殊说、迂回、否定、明灯和结合等庄严，韵就可以归入其中。正是为了排除这种说法，在上面明确指出“将自己的意义作为附属”这一点。意思是变为次要意义的义，或者，使自己的表示义变成次要意义的词，暗示另一种意义，这才是韵。韵怎么能归入这些庄严中？只有暗示义为主，才成为韵。它不存在于合说等庄严中。以合说为例：

> 月亮突然变红，捕捉住闪烁着星星的黑夜面孔，
> 由于这红光，黑色的绸衣不知不觉在东方消失。

在对这首诗的理解中，表示义伴随有暗示义，而以表示义为主。因为按照句义，它描写黑夜和月亮，男女主角的行为叠合其中。[①]

在略去中，也是略去某种暗示义的表示义更有魅力。从“略去”这个名称本身就可以得知句义的重要性。略去是充分使用词语，以否定的方式，想要表达某种意义，尽管它提示了某种暗示义，仍以诗的身体为主。表示义和暗示义在作者意图中哪个为主，取决于哪个更有魅力。例如：

> 黄昏充满激情，白天走在她前面，
> 然而永不会合，命运之路多奇特！

在这首诗中，尽管也能领会到暗示义[②]，但它的表示义更有魅

① 这首诗使用双关语。叠合其中的意义是月亮感情冲动，捧住闪动着眼睛的黑夜面孔，黑夜也随之情绪激动，没有觉察自己的黑衣已经褪落在身前。

② 暗示义是女方怀着爱恋之情，只是由于命运作梗，不能如愿。

力，因此，它以表示义为主。

正像在明灯和否定等庄严中，尽管也能领会到其中暗示的比喻，但在作者意图中并不占主要地位。因此，它们不以比喻命名。对略去也应这样看待。还有，未提及理由的殊说：

> 同伴们在外面叫唤，他在里面醒来答应，
> 尽管心里想去，这位旅行者却赖着不动。

在这首诗中，我们只是通过语境的力量理解到暗示义[①]，但这种理解并不产生魅力，因此，不占主要地位。

还有，在迂回中，如果以暗示义为主，它就应该归入韵。而韵不会归入它。因为后面会说明韵的范围更大，也更重要。而依据婆摩诃举例说明的迂回中，并不以暗示义为主。在作者意图中，表示义并不在其中成为附属。

在否定和明灯中，众所周知，也是以表示义为主，暗示义成为附属。

还有，在结合庄严中，如果一种庄严有助于另一种庄严的魅力，而在作者的意图中不以暗示的庄严为主，那就不能归入韵的范围。如果两种庄严同时产生，表示的庄严和暗示的庄严同样重要。如果表示的庄严成为暗示的庄严的附属，那么，也能归入韵的范围。但不能说它就是韵。对迂回所说明的理由也适用于这里。而且，结合庄严这个名称本身也否定它是韵。

还有，在间接庄严中，通过一般和特殊的关系或原因和结果的关系，无关的表示义和有关的领会义发生联系，这样，表示义和领会义同样重要。具体地说，无关的表示义一般和有关的领会义特殊

① 暗含着没有提及的旅行者赖床的原因。

发生联系，领会到特殊。即使如此，一般仍然同样重要，因为特殊不能离开它而存在。同样，由特殊领会到一般，即使一般显得重要，但由于所有的特殊包含在一般中，特殊也同样重要。原因和结果关系的间接庄严也可以照此理解。而在依据相似关系的间接庄严中，如果相似关系中的无关的表示义在作者意图中不占主要地位，那么，可以归入韵。否则，它只是一种庄严，这里是总结：

如果暗示义不占主要地位，只是附属表示义，
那么，它们就明显属于合说等表示义的庄严。

如果暗示义只是闪烁一下，或者尾随表示义，
在理解中不占主要地位，那么，它们就不是韵。

如果词音和词义都指向暗示义，依附暗示义，
那么，就应该认为它们属于纯粹的韵的领域。

因此，韵不能归入其他范畴。

不能归入其他范畴的另一个理由是：韵是一种肢体完整的特殊的诗。它的肢体是庄严、诗德和谐音方式，这在后面会说明。众所周知，独立的部分不成为整体，不独立的部分成为整体的部分，而不是整体的本质。或者，即使成为本质，由于韵的范围广大，它也不是韵的根基。

“智者称这一类诗为韵”是指这种称谓（“韵”）是智者的发明，不是偶然流行的说法。在学问家中，语法家是先驱，因为语法是一切学问的根基。他们把韵用在听到的音素上。其他学者在阐明诗的本质时，遵循他们的思想，依据共同的暗示性，把表示义和表示者混合的词的灵魂，即通常所谓的诗，也称作韵。下面会对这种

范围广大的韵的大小分类作出说明。这绝非只是说明某种前所未知的庄严。因此，倾心韵论的人满怀激动，理所当然，其他人不应该怀着莫名的妒忌，指责他们的智慧受到污染。

这样，已经驳斥韵不存在论者。韵确实存在。

一般地说，韵分成两类：非旨在表示义和旨在依靠表示义暗示另一义。其中，第一类的例举：

> 三种人能获得盛开黄金花的大地，
> 他们是勇士、学者和懂得服务的人。①

第二类的例举：

> 这小鹦鹉在哪座山，用了多久，修炼哪种苦行，
> 女郎啊！因而能吃到红似你的嘴唇的频婆果？②

前面提到韵是转示的说法，这里予以回答：

**由于形态不同，这种韵不能等同于转示。**（14ab）

这种韵即上面所说的韵，不能等同于转示，因为两者形态不同。韵的意义由表示者和表示义展示，而不同于表示义，其中暗示义占主要地位。转示只起辅助作用。

现在讲述转示不可能说明韵的特征：

**由于过宽和过窄，转示不能说明韵。**（14cd）

---

① 由于世界上不存在生长黄金花的大地，“盛开黄金花的大地”这个词的表示义不适用，通过转示取得比喻意义，即“充满财富的大地”。进而，这个比喻意义暗示诗中所说的那三种人的伟大。

② 这首诗的表示义是称羡小鹦鹉有福气，能吃到红频婆果，而它的暗示义是主人公希望自己有福气，能亲吻这个女子的嘴唇。

转示不能说明韵。为什么？因为过宽和过窄。转示也存在于韵的领域之外，这就过宽。我们看到在一些诗中没有由暗示性产生的巨大魅力，诗人只是依据惯用法运用转义词。例如：

> 两头在丰满的乳房和臀部压迫下变色，
> 中间接触不到她的腰部，依然保持翠绿，
> 这里因柔弱的手臂不断摆动，凌乱不堪，
> 这张荷叶床说出这细腰女郎内心焦灼。①

又如：

> 亲吻已有一百次，拥抱也有一千次，
> 歇了忽儿又调情，情人之间无重复。②

又如：

> 无论是嗔怒或喜悦，
> 无论是哭泣或欢笑，
> 荡妇尽管被你抓住，
> 她却夺取你的心。③

又如：

> 丈夫在小妾的乳峰上，

① 引自《璎珞传》2.12。这首诗中的“说出”一词转义“表明”。
② 这首诗中的“重复”一词的原词“说话重复”，转义“重复”。
③ 这首诗中，“抓住”一词转义“控制”，“夺取”一词转义“迷住”。

用嫩枝条儿给予敲击，
尽管敲击极其轻柔，
大妾们心头难以忍受。①

又如：

为他人承受压榨，破碎仍甜蜜，
即使已变形，依然为众人宠爱，
如果栽错土地而不茁壮成长，
难道是甘蔗而不是沙漠的错？

这首诗中的“承受”一词②。这样的用词从不属于韵的领域。因为，

**具有暗示性，能显示用其他表达方式③不能显示的魅力，这样的词才能称得上是韵。（15）**

在上述例举中，没有使用其他表达方式不能显示魅力的词。而且，

**一些词用于表示与自己原义不同的惯用义，如“美”④等，并不能取得韵的地位。（16）**

在这类词中具有转示的词义。即使在这类词中，有时也会产生暗示作用，但那是由于另外的情况，并不由于这类词。还有，

**为了达到某种目的，词抛弃字面功能，显示转示义，那么，词**

① 在这首诗中，“给予”一词转义“赏赐”。

② “承受”一词转义“忍受”。

③ 其他表达方式指非暗示方式。

④ “美”（lāvaṇya）的原义是“咸味”。

**不会因此失去作用。**[①]（17）

如果仅仅使用词的非字面义就能达到展示特殊魅力的目的，这样的用法有毛病。然而，实际情况并非这样。因此，

**韵的唯一根基是暗示性，而转示功能依靠表示性，怎么能用以说明韵呢？**（18）

因此，韵是一回事，转示功能是另一回事。

用转示功能说明韵也过窄。因为“旨在依靠表示义暗示另一义”这类和其他各类韵都不包括在转示功能中，所以，转示功能不能说明韵。

**它能成为某类韵的特征。**（19ab）

转示能成为下面将要讲述的韵的分类中的某类韵的特征。如果转示功能能说明韵，那么，表示功能就能说明所有庄严，对于个别庄严的说明也就没有意义了。

**如果其他人已经说明韵的特征，那也只是证实我们的论点。**（19cd）

即使前人已经说明韵的特征，那也只是证实我们的论点。因为我们的论点就是存在韵。如果这个论点在以前已经得到证明，那我们就毫不费力地达到目的了。

还有一些人认为韵的灵魂只能由知音内心感知而不可言说，这说明他们缺乏考察。已经讲述韵的一般特征，如果还认为不可言说，那么，一切事物都成这样了。如果他们是用这种夸张的说法说明韵的性质优于其他各类诗，那么，他们说得在理。

以上是吉祥的欢增著《韵光》第一章。

---

① 例如，“恒河上的茅舍”，“恒河”一词转示“恒河岸”，但“恒河”暗示圣洁凉爽，并不失去作用。

# 第 二 章

这样，已经说明两类韵：非旨在表示义和旨在依靠表示义暗示另一义。现在讲述非旨在表示义的分类：

**非旨在表示义的韵分成两类：表示义转化为另一义和表示义完全失去。**(1)

这两类的暗示义各有特点，其中，表示义转化为另一义，例如：

> 云朵以浓密的阴影涂抹天空，仙鹤飞翔，
> 微风湿润，云朵的朋友[①]发出甜蜜的欢鸣，
> 随它们去吧！我是罗摩，心地坚硬，能忍受一切，
> 可是我的悉多会怎样呢？哎呀，王后你要坚定。

在这首诗中，“罗摩”一词被理解为含有许多暗示的性质[②]，不仅仅是个名字。

又如，在我的《维舍摩波那游戏》中的这首诗：

> 受到知音赏识，品德才成为品德，
> 受到阳光宠爱，莲花才成为莲花。

在这首诗中，第二个“莲花”一词[③]。

---

① 云朵的朋友指孔雀。

② 即这个罗摩是历经磨难的罗摩，因而心地坚硬，能忍受一切。

③ 这第二个“莲花”暗示绽开的莲花。

表示义完全失去，例如最初的诗人（蚁垤）的这首诗：

> 如今月亮不如太阳有魅力，月轮笼罩在雾中，
> 犹如因哈气而失明的镜子，它不再发出光芒。

在这首诗中，“失明”一词[①]。又如：

> 天空布满醉云，阿周那树林在暴雨中摇曳，
> 月亮失去骄傲，这样的黑夜依然令我着迷。

在这首诗中，“醉”和“失去骄傲”这两个词[②]。

**旨在依靠表示义暗示另一义的韵的灵魂分成两类：暗示过程不明显和暗示过程明显。（2）**

以展示暗示义为主，这是韵的灵魂。它分成两类：一类是与表示义同时展示，没有感觉到其间的过程；另一类是感觉到其间的过程。其中，

**味、情、类味、类情和情的平息等过程不明显，如果居于主要地位，便是韵的灵魂。（3）**

味等的意义仿佛与表示义一起展现。如果它们明显占主要地位，便是韵的灵魂。

现在说明暗示过程不明显的韵的领域与有味庄严的不同：

**各种表示义和表示者的魅力因素附属味等，这属于韵的领域。（4）**

诗中的音庄严、义庄严和诗德互相不同，也不同于暗示义。它

---

① “失明”的原词是“盲目”，即“失去视力”，暗示“失明”即“失去光亮”。

② “醉”暗示迷醉、兴奋、激动或放纵的人。“失去骄傲”暗示变得温顺的人。

们追随这种表现为味、情、类味、类情和情的平息等的主要意义，这称为韵。

**如果味等附属于其他主要句义，我认为在这样的诗中，味等是庄严。**(5)

尽管其他人已经说明有味庄严的领域，我仍然认为如果诗中的其他意义是主要句义，味等成为它的附属，那么，味等属于庄严的领域。例如，在赞颂诗中，可以发现在有情庄严的句义中，味等成为附属。

味等作为庄严，或纯粹，或混合。其中，纯粹的，例如：

“你笑什么？我俩久别重逢，你将不再离开我，
无情的人啊，你为何喜欢羁留在外，远离我？”
敌人的妻子们在梦中搂紧丈夫的脖子说道，
醒来后发现怀抱的两臂空空，又号啕大哭。

在这首诗中，纯粹的悲悯味处于附属地位①，显然是有味庄严。显而易见，其他的味也在这样的领域中处于附属地位。

混合的味等处于附属地位，例如：

愿湿婆的火焰烧尽我们的罪恶！
这火焰犹如惹人生气的情人——
魔城妇女的莲花眼中含着泪水，
甩开它，它依然拉住她们的双手，
拍打它，它依然拽住她们的衣角，
推开它，它依然抱住她们的身躯，

① 即附属于对国王的赞颂。

不让它抓头发，它又匍匐在脚下，
由于情绪激动，她们还没有察觉。

在这首诗中，主要的句义是湿婆的非凡威力，通过双关传达的妒忌分离艳情味处于附属地位。这是有味庄严的合适例举。正是由于诗中的分离艳情味和悲悯味都处于附属地位，因此，两者同时出现在一处，不构成诗病①。如果味是主要的句义，它怎么会成为庄严？众所周知，庄严是魅力因素，因此，自身不可能成为自身的魅力因素。这里是总结：

一切庄严成为庄严，在于它们
依靠味和情等句义发挥作用。

因此，在味等成为主要句义的情况下，味等绝不会成为庄严，而只是韵。明喻等则成为它的庄严。反之，另一种意义成为主要句义，而味等用于增添魅力，则味等成为庄严。

这样，明喻等和有味庄严是与韵不同的领域。

如果有人说有味庄严的领域只限于涉及有情物的句义，这就等于说明喻等庄严的领域极小，甚至不存在。因为在内容涉及无情物的句义中，总会或多或少涉及有情物的内容。如果有人说，尽管如此，只要是涉及无情物的句义，它就不属于有味庄严的领域。这就等于说构成味库的大量诗歌作品都无味。例如：

波浪是弯曲的双眉，惊慌的成排飞鸟是腰带，
撒开的水沫犹如在愤怒中松开滑落的衣裳，

① 因为在一般情况下，艳情味和悲悯味互相对立，同时出现在一处，构成味病。

想到自己一次次受伤害，踉踉跄跄向前行走，
毫无疑问是她不堪忍受，而化身为这条河流。①

又如：

这柔弱的蔓藤，雨水淋湿叶芽，犹如泪水冲洗嘴唇，
自己的季节已逝去，不再开花，犹如不再佩戴首饰，
蜜蜂的嘤嘤嗡嗡声消失不见，犹如焦虑已经平息，
这发怒的女子拒绝下跪求情的我，现在仿佛后悔。②

又如：

好友啊，阎牟那河岸那些蔓藤凉亭还安好吗？
它们是牧女们游戏的伴侣，见证罗陀的秘密；
如今不再修剪，不必保持柔软，用作欢爱之床，
我想它们鲜艳的绿叶会褪色，渐渐衰老凋敝。

在这些例举中，尽管句义描写无情物，但也涉及有情物的内容。或许有人说，涉及有情物的内容，可以是有味庄严。若是这样，明喻等的领域就会不存在或极小。因为没有哪种描写无情物的内容会不涉及有情物的内容，至少也会涉及情由。因此，只有味等处在附属地位，才会成为庄严。而味和情处在主要地位，那就完全成为庄严的修饰对象，韵的灵魂。还有，

**诗德依附那种主要的意义，而庄严如同手镯等，依附肢体。**(6)

① 引自《优哩婆湿》4.52。
② 引自《优哩婆湿》4.66。

诗德依附那种表现为味等的主要意义，如同勇敢等。而庄严依附表现为表示义和表示者的那些肢体，如同手镯等。这样，

**艳情味是最甜蜜、最愉快的味，因此，甜蜜的诗德附属蕴含艳情味的诗。**（7）

与其他味相比，艳情味甜蜜而令人愉快。甜蜜的诗德特征是诗中的词音和词义都用于展示这种味。词音悦耳也同样具有这种力量。

**而在分离艳情味和悲悯味中，甜蜜的诗德尤为突出，因为心在这里变得湿润柔软。**（8）

甜蜜的诗德在分离艳情味和悲悯味中尤为突出，因为知音的心被完全征服。

**暴戾味等以激动为特点，因此，壮丽的诗德依靠词音和词义显示这种激动。**（9）

暴戾味等产生强烈的激动。它们甚至可以转称为"激动"。展示这种激动的词音是长复合词装饰的句子。例如：

王后啊！我将挥动手臂，抡起
可怕的铁杵，打断难敌的双腿，
用这一双被他的稠密的鲜血
染红的手，重新挽起你的发髻。①

不依靠长复合词方式，而使用清晰的表示者，也能表达这种显示激动的意义。例如：

般度族军队中无论哪个自恃臂力，手持武器，

① 引自《结髻记》1.23。这首诗的原文使用长复合词。

般遮罗族中无论哪个成年人、儿童乃至胎儿，
无论哪个目睹这个事实，即使是世界毁灭者，
在战场上与我作对，我都会愤怒地将他消灭。①

以上两种例举都具有这种力量。

**清晰的诗德能传达诗中的一切味，因此，适用一切味。（10）**

清晰是词音和词义明了。这种诗德适用一切味和一切词语组合方式，对于暗示义尤为重要。

**刺耳等诗病并非一成不变，这已经得到说明。各种例举表明，它们只是在以韵为灵魂的艳情味中应该避免。（11）**

刺耳等诗病并非一成不变，这已经得到说明。不仅在表示义中，甚至在艳情味之外的暗示义中，或不是以韵为灵魂的艳情味中，也是如此。为什么？因为各种例举表明，它们只是在以韵为灵魂即以暗示义为主的艳情味中应该避免。否则，诗病并非一成不变的说法也就不成立。

这样，已经一般地说明暗示过程不明显的韵的灵魂。

**它的肢体的分类，它自身的分类，再考虑到互相结合，类别也就无数。（12）**

上面说到以暗示义为主的味等等这一类旨在依靠表示义暗示另一义的韵的灵魂。它的肢体即依据表示义和表示者的庄严的分类无数。它自身即作为主要意义的味、情、类味、类情和情的平息连同情由、情态和不定情的分类也是无数。这样，再加上它们之间互相结合，即使一种味的分类就无计其数，更何况所有的味的分类。例如，以艳情味为主的韵，首先分成两类：会合艳情味和分离艳情味。会合艳情味又分成传情的目光、欢爱和游乐等。分离艳情味也

① 这首诗的原文没有使用长复合词。

分成渴望、妒忌、分离和旅居等。它们各自又有不同的情由、情态和不定情以及不同的地点和时间背景。这样，它自身分类中的一类就无数，更何况再加上它的肢体的分类。它的肢体的分类又与自身的分类互相结合，确实是无计其数。

**这里只是指出方向。有学养的知音的智慧受此启发，便会一通百通。**（13）

只要指出方向，有学养的知音的智慧受到启发，认识到味和庄严的主次关系，就会普遍运用。其中，

**在以艳情味为主的各类韵中，竭力追求发音相似的谐音庄严起不到暗示作用。**（14）

在上述以艳情味为主的所有各类韵中，追求发音相似的谐音庄严起不到暗示作用。“以艳情味为主”这个定语表示在以艳情味为辅的情况下，可以随意运用追求发音相似的谐音庄严。

**即使一个诗人擅长叠声之类庄严，倘若将它们运用在以韵为灵魂的艳情味，尤其是分离艳情味中，那也只能是他的失误。**（15）

以韵为灵魂的艳情味主要由表示义和表示者展示。倘若在其中使用叠声等或与叠声相似的繁难的庄严和分拆词音的双关等，则是失误，即使使用者具备这种才能。“失误”指叠声之类庄严即使可以偶尔择一用之，但作为味的辅助成分，不能像其他庄严那样大量使用。“尤其是分离艳情味”指分离艳情味尤其柔软。在表现这种味时，不能使用叠声等作为辅助成分。

理由说明如下：

**韵诗中的庄严应该是在味的激发下起作用，无须格外费心。**（16）

即使产生的结果看似奇妙，但庄严是在味的激发下运作。这便是暗示过程不明显的韵诗中的庄严。它的主要作用是辅助味。例如：

双手托腮，抹去脸颊上的彩绘线条，
长吁短叹，熏干嘴唇上的甘露蜜汁
泪水不断缠绕脖颈，引起胸脯颤动，
狠心人，愤怒成了你爱人，不是我们！①

辅助味的庄严的特点是无须格外费力。如果诗人在描述味时，不是专注于味，而在庄严上格外用力，这样的庄严不能起到辅助味的作用。如果把心思首先用在叠声上，那就必定会在选择特殊的用词上格外用力。有人会说，在运用其他庄严时，也会出现同样情况。回答说，不是这样。因为对于专注于味和富有想象力的诗人，其他的种种庄严即使看似繁难的庄严，都会自发地竞相涌出。例如，在《迦丹波利》中，主人公见到迦丹波利的那一刻的描写。又如，在《架桥记》中，悉多看到罗摩的头被砍下的幻景而恐惧的描写。这是合适的，因为味应该由特殊的表示义暗示。隐喻等庄严就是运用表现它们的词语展示味的特殊表示义。因此，对于展示味，它们不是置身于辅助成分之外。而那些叠声或繁难的词语组合方式，就不是这样。如果看到有些叠声之类庄严中也有味，那么，其中必定以叠声等为主，而味处于辅助地位。然而，在类味中，叠声等等用作辅助成分，不算违规。但在以暗示义为主的味中格外用力的叠声之类庄严不能成为辅助成分。以上的意义总结如下：

大诗人只要稍许努力，就能
使一些题材既有味又有庄严。

而使用叠声等需要格外用力，即使使用者

---

① 引自《阿摩卢百咏》81。这首诗中运用双关、隐喻和较喻等庄严，辅助分离艳情味。

具有这种才能，也不能起到辅助味的作用。

这不妨碍叠声等成为类味的辅助成分，
但在以韵为灵魂的艳情味中，不是这样。

现在讲述那些能暗示以韵为灵魂的艳情味的庄严：

**那些在以韵为灵魂的艳情味中，恰当地使用的隐喻等庄严才是名副其实的庄严。**（17）

庄严是主者（味）的魅力因素，如同外表的装饰美化人体。作为表示义的庄严，包括前人已经说到的隐喻等，也包括将来会有人提出的其他种种庄严，无计其数。如果恰当地使用，都能成为暗示过程不明显的味韵的魅力因素。

下面说明“恰当地使用”：

**始终记住庄严是为辅者，而不是为主者。必要时使用它，必要时放弃它。不要过分热衷于它。努力保持警惕，让它处于辅助地位。这样，隐喻等庄严才能成为辅助成分。**（18、19）

诗人专心于味，自觉地将庄严用作辅助成分。例如：

你一再接触她移动的眼角，颤抖的眼睛，
在她耳边飞来飞去，仿佛悄悄诉说柔情，
不顾她挥舞双手，狂饮那欢乐的源泉嘴唇，
蜜蜂啊，我们未能探明秘密，你倒获得成功！

在这首诗中，对蜜蜂的如实描写，这种自性庄严与味协调一致。①

① 引自《沙恭达罗》1.20。除了自性庄严，这首诗中还使用了较喻，主人公将自己与蜜蜂作比较。

“不是为主者”指不占主要地位。有时，即使想要以味等为主，而实际却使某种庄严为主。例如：

他坚决下令飞轮袭击，罗睺的妻子们遭殃，
从此欢爱失去热烈的拥抱，只剩下亲吻。①

在这首诗中，尽管具有味等含义，但实际的表现是以迂回庄严为主。

即使想要将庄严用作辅助成分，也要把握时机。例如：

我细看这花园的蔓藤犹如怀春的女人，
刹那间嫩芽迸发，色泽苍白，开始膨胀，
由于风儿不断吹拂，显示出痛苦模样，
今天，我将使我的王后气得脸色粉红。

在这首诗中，运用了以比喻为基础的双关。②

即使使用了某种庄严，一旦发现另一种庄严更适合味，也应该及时放弃。例如：

你因新芽而变红，我因情人的美质而激动，
蜜蜂飞向你，爱神之弓射出的花箭飞向我，
遭到美妇人的脚板踢踏，你高兴，我也高兴，

---

① 这首诗运用迂回庄严，暗示大神毗湿奴用飞轮砍下罗睺的脑袋，从此罗睺失去躯干。

② 引自《璎珞传》2.4。诗中的蔓藤比喻璎珞公主，而在对蔓藤的描写中含有双关，其中第二行和第三行也可读作“刹那间充满焦虑，色泽苍白，开始张嘴，由于不断喘息，显示出痛苦模样”。这些是把握时机，根据需要及时用上的庄严，辅助王后即将因妒忌而产生的分离艳情味。

无忧树，我俩完全一样，只是我天生有忧。

在这首诗中，前半首使用了双关，但在下半首放弃双关而使用较喻，以强化相关的味。①

这里的两种庄严并没有结合在一起。为什么？如果有人说这是一种独立的庄严，像人狮（毗湿奴大神的称号）那样具有结合性，由双关和较喻组成。这不对。因为它不同于结合庄严。如果在双关的词语中同时能理解到较喻，这才是结合庄严。例如："这位神名叫诃利，而你拥有骏马，名叫萨诃利。"②

然而，在前面那首诗中，表达双关的词语不同于表达较喻的词语。如果认为这样的庄严就是结合庄严，那就等于取消了整个结合庄严。如果说诗中的较喻是通过双关取得的，因而不是结合庄严。这也不对。因为较喻也可以通过其他方式取得。例如：

愿灯心独特的世界之灯焰保佑你们幸福！
劫末的狂风能摧毁群山，也不能将它吹灭，
在白天也闪耀强烈光辉，也不沾染黑油烟，
纵然出自太阳，也不在太阳面前显得暗淡。③

在这首诗中使用的较喻就没有展现两者的相似性。而且，在前

① 在前半首中，"变红"和"激动"合用一个词 rakta，"蜜蜂"和"花箭"合用一个词 śilīmukha，形成双关庄严。在后半首中改用较喻，男主人公将自己与无忧树相比，结果是无忧树"无忧"，而自己"有忧"。这个较喻强化诗中暗示的分离艳情味。按照印度传统说法，妇女用脚踢无忧树，能催促无忧树开花。

② "萨诃利"一词可以同时读作"有马"和"有诃利"，因此表示这位国王比诃利神更优秀。

③ 引自《太阳神百咏》23。这首诗描写阳光，暗含阳光和灯焰的比较。相比之下，灯焰会被风吹灭，又会沾染黑油烟。还有"太阳"一词可以读作"飞蛾"，这样，灯焰遭到飞蛾扑打，会变得暗淡。

面的那首诗中，不能说仅仅依靠双关感受到魅力，也不能说双关成为较喻的辅助成分，而不是独立的庄严。因为在较喻这类庄严中，也可以仅仅依靠充分描写相似性而取得魅力。例如：

我的哭喊像雷鸣，泪水像持续的滂沱大雨，
与爱人分离的忧愁之火像闪电，她的脸庞
在我的心中，月亮在你的怀中，云彩朋友啊，
我和你如此相似，你为何还要不断折磨我？

还有，一心一意传达味，不想在庄严上用力过多。例如：

她生着气，用柔软颤抖的双臂蔓藤套索扣紧他，
在黄昏时，当着众女友的面把他带进自己卧室；
她用婉转甜蜜的言语暗示他以后别再做坏事，
这个幸运儿嬉笑着开脱自己，她也边打边哭泣。①

这首诗中，使用了隐喻②，但不充分展开，目的是强化味。即使想要充分展开，也要努力让他们起辅助作用。例如：

我在蔓藤中看出你的腰身，在惊鹿的眼中
看出你的秋波，在明月中我见到你的面容，
在孔雀翎中见你头发，河水涟漪中你秀眉挑动，
唉，好娇嗔的人啊！还是找不出一处和你相同。③

---

① 引自《阿摩卢百咏》9。
② “用蔓藤套索扣紧他”隐喻“用双臂拥抱他”。
③ 引自《云使》104（金克木译）。

诗人只有这样运用庄严，才能成功地传达味。如果违背以上原则，必定会损害味。这种情况，即使在大诗人的作品中，也时常会见到。但在这里不准备细说，因为这些大诗人确实提供了数以千计的好诗，大事渲染他们的缺点，反而成为批评者的缺点。然而，这里已经指出隐喻等各种庄严怎样暗示味等的方向。重要的是，优秀的诗人集中心思，遵循这个方向，并自己发现其他方法，将各种庄严运用于上述“暗示过程不明显”这类韵的灵魂。这样，他就能获得韵的灵魂。

**暗示义逐步展示，犹如余音。它依据词音和词义分成两类。(20)**

旨在依靠表示义暗示另一义这类韵中的暗示义像余音那样逐步展示，它分成两类：依靠词音的力量和依靠词义的力量。

有人会说，如果依靠词音的力量展示另一义属于韵，那就等于取消了双关这类庄严。回答是：不会取消。

**某种庄严的出现是依靠词音提示，而不是依靠词音表达，这才是依靠词音的力量产生的韵。(21)**

因为在诗中依靠词音的力量展示庄严，而不仅仅是展示内容，这才是我们所说的韵。如果依靠词音的力量展示两种内容，这便是双关。例如：

但愿诛灭安陀迦的乌玛之夫永远亲自保护你！
他曾焚毁爱神，使诛灭钵利者的身体变成武器，
以身体蜷曲的大蛇为项链和臂钏，托住恒河，
以月亮为头顶装饰，众天神以诃罗之名称颂他。

（这首诗中语含双关，上面的读法是称颂湿婆大神，下面的另一种读法是称颂毗湿奴大神：）

但愿这位赐予一切的摩豆族后裔亲自保护你！
他无生，与声同一，让安陀迦族定居，毁车灭蛇，
托起山岳和大地，战胜钵利，让身体进入女性，
众天神以砍下吞月的罗睺头颅的事迹称颂他。

跋吒·优婆吒已经指出双关这个名称也适合于展示另一种庄严的情况，这就令人怀疑依据词音力量的韵是否能独立存在。然而，正是针对这个怀疑，上面特别提到“提示”一词。意思是依靠词音的力量展示的另一种庄严呈现为表示义，这样的情况属于双关。而依靠词音的力量展示的另一种庄严呈现为暗示义，即依靠自身的能力提示而不同于表示义，这样的情况属于韵。依靠词音的力量直接展示另一种庄严，例如：

她的胸脯即使不佩戴项链，
也天然迷人，怎不令人惊奇？①

在这首诗中，“惊奇”是艳情味的不定情。其中的双关直接展示矛盾庄严，因而它是促进矛盾庄严魅力的双关，而不是余音般暗示的韵。然而，这首诗是由呈现为表示义的双关或矛盾庄严暗示的“暗示过程不明显”的这类韵。② 又如，我的这首诗：

诃利持有妙见飞轮，手掌美观，而她全身值得赞美，
他以优美的莲花足，而她以优美的全身征服三界，
他只有月亮眼睛，而她的整个脸庞宛如月亮。因此，
他认为她的身体远比自己优越。愿艳光保护你们！

---

① 这首诗中的“迷人”一词双关，也可以读作“佩戴项链”。

② 即这首诗通过双关或矛盾庄严暗示艳情味。

在这首诗中，双关通过表示义①，促进较喻的魅力。又如：

> 云蛇的雨水充满威力，使那些分离中的妇女眩晕、
> 痛苦、困乏、麻木、昏厥、痴呆、发沉甚至死亡。②

又如：

> 那些象王如同他的手臂铁闩，粉碎敌人们
> 心中的金莲花而声名远扬，布施持续不断。③

在以上两首诗中，双关通过表示义，促进隐喻的魅力。

而即使有一种提示的庄严，但它是依靠诗中其他词语同时表达的，这也不属于依靠词音的力量余音般暗示的韵。在这方面，有曲语等呈现为表示义的庄严。例如：

> “黑天啊，牛群扬起的尘土挡住视线，我跌跌撞撞，
> 你为何不扶住我？主人啊，你难道不是崎岖路上
> 心慌意乱的弱女子的唯一救主？”牧女在牛栏中，
> 对诃利说着这些双关的话。愿他永远保护你们！④

---

① 诗中的“持有妙见飞轮”一语双关，也读作“手掌美观”。

② 这首诗中的“雨水”一词双关，也可读作“毒液”。诗中的蛇隐喻云，因而，毒液隐喻雨水。

③ 这首诗中含有双关，包含的另一种读法是“那些象王粉碎摩那娑湖中的金莲花而播撒花粉，颞颥液汁流淌不断”。

④ 这首诗中，牧女的话中含有双关，也可读作：“黑天啊，对牧童的爱恋迷住我的眼睛，使我失足，你为何不像丈夫那样对待我？主人啊，你难道不是陷入困境而心慌意乱的弱女子的唯一救主？”这是曲语庄严，即通过双关，一种意义变成另一种意义。

诸如此类应该属于呈现为表示义的双关。然而，依靠词音的力量和自身的能力提示另一种庄严，则属于韵。例如：

> 这时，名为热季的时节出现，终止历时两月的花季，市场摊位的笑容白似盛开的茉莉花。①

又如：

> 这位细腰女郎胸脯高高耸起，黝黑如同沉香，
> 佩戴闪亮项链，怎么会不令人心中产生渴望？②

又如：

> 太阳的光芒白天照耀四方，夜晚消失，
> 及时地吸收和释放雨水，令众生喜欢，
> 也是渡过充满恐怖的轮回苦海之船，
> 愿它们带给纯洁的人们无限的幸福。③

在这些例举中，依靠词音的力量展示另一种非表示义语境中的意义。而句子不会期待传达无关的意义。因此，应该认为非语境中的意义和语境中的意义构成喻体和本体的关系，而这是依靠自身意

---

① 这是波那《戒日王传》中的一段描写，语含双关，包含的另一种读法是“大时神（湿婆）毁灭时代，张嘴狂笑，白似盛开的茉莉花”。这种读法构成上面读法的喻体。

② 这首诗语含双关，也可读作“乌云密集，黑如沉香，倾泻雨水，怎么会不令人渴望细腰女郎？”这种读法以乌云隐喻女郎的胸脯。

③ 引自《太阳神百咏》9。这首诗中的“光芒”也可读作“奶牛”；“雨水”也可读作“乳汁”。也就是说，以奶牛隐喻太阳的光芒。

义的能力。这种双关依靠意义提示，而不是依靠词音表达。由此可见，余音般暗示的韵不同于双关庄严。

在依靠词音的力量余音般暗示的韵中，也能产生其他的庄严。譬如，也能发现依靠词音的力量余音般暗示的矛盾庄严。例如，跋吒·波那描写一个名为斯坦毗湿婆罗的地方：

> 那里，妇女们步履如同醉象，遵守戒律，肤色洁净，热爱财富，容貌美丽，佩戴宝石，满口皓齿，气息含有酒香。①

在这个例举中，不能说矛盾庄严是表示义，也不能说这是促进矛盾庄严魅力的双关。因为这里没有具体用词表明是矛盾庄严。如果有具体用词表明是矛盾庄严，那么，在这种双关表达中，就会是呈现为表示义的矛盾庄严或双关庄严。例如，跋吒·波那的这段描写：

> 她仿佛是对立统一体：灿烂明亮而形体伴有乌黑的头发。②

又如，我的这首诗：

> 众生唯一的庇护所，永不毁灭，
> 至高之神，智慧之神，诃利，黑天，
> 四个变身，无所作为，手持飞轮，

① 这段描写语含双关，包含的另一种读法是“高利女子们与野人交往，喜欢出没在湿婆不在的地方，肤色黝黑发红，嘴巴洁净似纯洁的婆罗门”。这种读法与上面的读法构成矛盾庄严。

② 这段描写语含双关，后面部分也可读作“即使黑夜降临，她的形体依然灿若太阳”。

粉碎敌人，向这位大神致敬吧！

（这首诗语含双关，也可读作：）

众生唯一的庇护所，没有居所，
非智慧和智慧之神，黄色，黑色，
机智敏捷，无所作为，手持飞轮，
粉碎飞轮，向这位大神致敬吧！

这首诗显然是依靠词音的力量余音般暗示的矛盾庄严。也能发现这样的较喻庄严。例如，我的这首诗：

愿太阳神的那些脚带给你们吉祥幸福！
它们照亮天空，驱散黑暗，脚趾闪闪发光，
抚育莲花之美，自身之美也令莲花羞愧，
照耀在群山之巅，也凌驾众天神的头顶。①

同样，还有其他的依靠词音力量余音般暗示的韵，知音们可以依此类推。这里不再细述，以免著作冗长。

**另一类是依靠词音的力量，即意义依靠自身，而不依靠词语展示另一种作为句义的内容。(22)**

其中，意义依靠自身的能力展示另一种意义，不必依靠词音的作用，这称作依靠词义的力量余音般暗示的韵，例如：

---

① 这首诗中语含双关："脚"既指"脚"也指"光芒"。"脚趾闪闪发光"也可读作"不照亮天空"。"群山之巅"也可读作"众国王的头顶"。也就是说，诗中含有脚和光芒的比较。

神仙说着这些话，波哩婆提低下头，
靠在父亲的身旁，数着玩耍的莲瓣。①

在这首诗中，“数着玩耍的莲瓣”自身属于辅助地位，不依靠词音的作用，展示另一种意义即不定情（羞涩）。但这不是暗示过程不明显的韵。因为只有通过具体描写的情由、情态和不定情，领会到味等，才是这类韵。例如，《鸠摩罗出世》中描写春季来临，从波哩婆提用春天的花朵装饰自己，到爱神挽弓欲射，还有湿婆心旌动摇的种种情态，都有具体的描述。而在这首诗中，意义依靠自身的能力提示不定情，由此领会到味。因而，这是另一类韵。

还有，如果意义借助词音的作用暗示另一种意义，也不是这类韵。例如：

这位聪明的女子从情人挤眉弄眼的微笑中，
得知他想知道约会时间，便合上玩耍的莲花。

在这首诗中，“合上玩耍的莲花”的暗示性②直接由词语表达。还有，

**即使暗示义依靠词音或词义的力量提示，诗人又用自己的话语表述，这就成为庄严，而有别于韵。(23)**

即使暗示义已经依靠词音或词义的力量提示，诗人又用自己的话语加以说明，这就成为庄严，而有别于余音般暗示的韵。如果提示的是暗示过程不明显的韵，那也是有别于韵的庄严。

其中，依靠词音的力量，例如：

① 引自《鸠摩罗出世》6.84。
② 暗示约会时间在莲花合闭的时候，即夜晚。

“女儿啊，你不要绝望，不要呼吸急促，长吁短叹，
你为何剧烈颤抖，劳累自己的身体？来这里吧！”
大海佯装消除吉祥天女的恐惧，摒弃众天神，
将她送给这位天神。但愿他焚毁你们的罪孽！①

依靠词义的力量，例如：

“老妈睡这里，年纪最大的老爸睡这里，
操持全部家务而劳累的保姆睡这里，
罪人我独自睡这里，丈夫已出门多日。”
这少妇说了这些话，向旅人暗示机会。

依靠词音和词义两者的力量，例如前面引用的那首诗：“黑天啊，牛群扬起的尘土挡住视线……”②

**意义展示另一种内容也分成两类：身体完全出于想象的表述和自然产生的表述。(24)**

依靠词义产生的、余音般暗示的韵中，用于暗示的意义也分成两类：一类是身体③完全出于诗人或诗人创造的角色的想象的表述；另一类是自然产生的表述。身体完全出于诗人的想象表述，例如：

春季之月已经准备好爱神之箭，尚未射出，

---

① 这首诗中，大海对女儿吉祥天女说的话含有双关，也可以读作“女儿啊，不要走向吞噬毒药的湿婆！抛弃快速的风神和奔腾的火神！何必为天师和诛灭钵罗的因陀罗烦恼？来到这位天神（毗湿奴）这里吧！”

② 第二章第21颂以下引诗。

③ 身体指用于暗示的表示义。

箭头是芒果嫩芽和绿叶梢，以少女为目标。[1]

身体完全出于诗人创造的角色的想象的表述，例如前面引用的那首诗："这小鹦鹉在哪座山……"[2] 又如：

青春之手已经尊敬地搁在你胸前，
这耸起的双乳仿佛欢迎爱神来到。[3]

自然产生的表述符合外在世界中真实的存在。它的身体不完全依靠语言方式存在。例如前面引用的那首诗："神仙说着这些话……"[4] 又如：

猎人的妻子们佩戴珍珠，而这个妻子耳朵边
装饰孔雀翎毛，骄傲地在她们中间来回走动。[5]

**依靠词义的力量领会到另一种庄严，这是另一类余音般暗示的韵。(25)**

或许有人怀疑这类韵的范围有限，回答是：

**依据表示义的隐喻等所有庄严大多也可以依据暗示领会，这已得到说明。(26)**

尊敬的跋吒·优婆吒等已经说明通常依据表示义的隐喻等庄严大多也可以依据暗示领会。譬如，在疑问等庄严中，也能展现明

---

① 这首诗通过诗人的想象表述，暗示春天给自然界带来蓬勃生机，并激发少女的爱情。

② 第一章第 13 颂以下引诗。

③ 这首诗暗示任何人看到你的耸起的双乳，就会爱上你。

④ 第二章第 22 颂以下。

⑤ 这首诗暗示猎人宠爱这个新娶的妻子。

喻、隐喻和夸张等庄严。一种庄严暗示另一种庄严，这样的例子不难发现。但需要指出：

**即使领会到另一种庄严，而作为表示义的庄严并不居于辅助地位，这也不能认为是韵。**(27)

即使在作为表示义的庄严中领会到另一种余音般的庄严，但作为表示义的庄严展示魅力，并非有意为了展示暗示的庄严。这不是韵。譬如，在明灯等庄严中，即使领会到明喻庄严，但其魅力不在于前者依附后者，因而不能称为韵。例如：

夜晚靠皎洁的月光而增色，池塘靠莲花，
蔓藤靠花簇，秋天靠天鹅，诗歌靠知音。

在这首诗中，即使暗含明喻，但它的魅力在于作为表示义的庄严（明灯），而不在于句中暗示庄严（明喻）。[①] 因此，这首诗适合按照作为表示义的庄严命名。如果表示义用于辅助暗示义，则可以按照暗示义命名。例如：

“他已经获得吉祥天女[②]，为何还要来搅动折磨我？
他思想活跃，估计不会像以前那样来这里安睡；
所有国王都已经归顺他，为何还要来这里架桥？”
见你来到这里，大海便翻腾不已，仿佛这样思索。[③]

---

① 这首诗中各句共用一个动词“增色”，属于明灯庄严。暗示的明喻庄严，即夜晚靠月光增色，正如池塘靠莲花等。

② “吉祥天女”一词双关，也可读作“财富”或“王权”。

③ 这首诗中作为表示义的庄严是疑问和奇想，暗示的庄严是隐喻，即用毗湿奴大神隐喻诗中赞颂的国王。

又如，我的这首诗：

此刻，大眼女郎！你面露笑容，
美丽的光艳照遍这四面八方，
可是这大海不起波澜，故而，
我认为它显然只是一堆水。①

在以上两个例举中，诗的魅力取决于余音般的隐喻，适合称作隐喻韵。

明喻韵，例如：

英雄的眼睛喜欢涂成番红色的妻子胸脯，
远远不如涂成红色的敌人大象的颞颥。②

又如，我的《毗舍摩波那游戏》中的一首诗，背景是爱神战胜阿修罗：

他们的心一味地想要窃取憍斯杜跋宝石，
被爱神转移到他们妻子的频婆果嘴唇上。③

略去韵，例如：

① “一堆水”一词双关，也可读作“毫无知觉”。这首诗暗示的庄严是隐喻，即用月亮隐喻女郎的面庞。月亮升起应该引起潮汐。

② 这首诗的表示义中的庄严是较喻，暗示的庄严是明喻，即用大象的颞颥比喻妻子的胸脯。

③ 这首诗的表示义中的庄严是夸张或连续，暗示的庄严是明喻，即用宝石比喻嘴唇。

倘若能用水罐测量大海，
他便能说尽马项的美德。①

这首诗通过夸张庄严暗示略去庄严，即略去不说的是马项的美德不可列数，卓越非凡。

补证韵依靠词音的力量余音般暗示或依靠词义的力量余音般暗示。其中，第一种，例如：

果实依靠天命，怎能强求？但我们仍然
称述红色的无忧树花蕾与其他树不同。

这是依靠词展示的韵，因而即使含有另一种句义，也不矛盾。②

第二种，例如：

我的怒气藏心中，脸上不表露，你这样安抚我，
聪明的人啊，即使你有负于我，我也不能发怒。

在这首诗中，通过特殊的表示义展示另一种具有普遍性的含义：聪明的人即使有负于自己，也不能对他发怒。③

较喻韵也分为这两种。其中，第一种的例举已在前面引用。④第二种，例如：

---

① 马项（音译赫耶羯利婆）是一位阿修罗。

② 这首诗依靠“果实”一词暗示“成果”或“成功”。因而，暗示的另一种句义是：无忧树不结果，人间一切成果依靠天命。

③ 补证庄严的特点是诗中表达的一般和特殊，互相补证。

④ 第二章第21颂以下：“愿太阳神的那些脚带给你们吉祥幸福！……”

我宁可成为林中一棵弯曲无叶的树，
也不要成为渴望布施却又贫穷的人。

在这首诗中，直接的表示义是不愿意成为一个渴望布施却又贫穷的人，而愿意成为一棵弯曲无叶的树。在领会到两者的喻体和本体关系后，便明白它的句义是这样的一个人比这样的一棵树更可悲。

奇想韵，例如：

春天，缠在檀香树上的那些蛇呼出毒气，
摩罗耶山风沾上后膨胀，致使旅人昏厥。

在这首诗中，春天，摩罗耶风带来爱情的折磨，造成旅人昏厥。但它想象这是由于摩罗耶风沾上缠在檀香树上的那些蛇呼出的毒气而肿胀。这没有直接说明，而是依靠句义自身的能力余音般展示。不能说在这类情况中，没有使用“像”等比喻词，而与奇想无关。因为这是通过暗示的方式。在其他例举中也有不使用“像”等比喻词，同样能展示奇想。例如：

虽然你心生妒忌，脸色阴沉，但月亮今天
才变圆，不受肢体的限制，与你的脸相似。①

又如：

鹿儿惊恐地沿着这些房屋逃跑，

① “不受肢体的限制”指月光遍照四方。这首诗暗示的奇想庄严是：月亮变圆，遍照四方本是自然现象，而被想象成为月亮为了追求与女子的脸相似。

即使没有弓箭手追赶，也不停步，
只因为那些美妇睁大到耳边的
眼睛之箭射中了它美丽的眼睛。①

在词音和词义的运用上，受到公认是准则。

双关韵，例如：

青年们与妻子一起享用那些阁楼，屋檐弯曲，
因为竖有旗帜而可爱，因为隐蔽而增添激情。

在这首诗中，在理解了他们与妻子一起享用阁楼这个句义后，理解到阁楼像妻子的双关。② 这个双关不是依靠词音，而是依靠词义自身的能力展现，成为主要的句义。

罗列韵，例如：

那些芒果树长出嫩芽、叶子、蓓蕾和花朵，
爱情在心中长出嫩芽、叶子、蓓蕾和花朵。

在这首诗中，按照对芒果树的描写，依次罗列长出嫩芽等，展现爱情的特点，具有余音般的魅力，有别于作为表示义对爱情和芒果树使用的等同庄严和聚集庄严。③

其他庄严的情况依此类推。

---

① 这首诗暗示的奇想庄严是：鹿儿的眼睛以美丽著称，而美妇的眼睛胜过它们。

② 这首诗中对楼阁的描写也可读作“腹部皱褶弯曲，因美丽而著名，因私处而增添激情”。

③ 等同庄严是指两种事物性质和所作所为相同。聚集庄严是指两种原因产生同一结果。

已经说明了庄严韵，现在讲述它的适用性：

**这些庄严在表示义中不能成为身体①，但成为韵的组成部分，便能产生至高魅力。（28）**

成为韵的组成部分有两种方式：作为暗示者和作为暗示义。依据这种看法，这里说的是作为暗示义。而即使庄严作为暗示义，也只有成为诗中的主要意图，才属于韵。否则，属于以韵为辅，这在后面会讲述。

庄严作为暗示义而居于主要地位的方式有两种：有时仅仅通过本事暗示，有时通过另一种庄严暗示。其中，

**如果庄严仅仅通过本事暗示，它们肯定成为韵的组成部分，因为诗的运作依靠它们。（29）**

因为诗的运作依靠这种作为暗示义的庄严。否则只是一个普通的句子。它们指庄严。

**通过另一种庄严暗示的庄严，如果魅力突出，而作为暗示义居于主要地位，则成为韵的组成部分。（30）**

前面说过："表示义和暗示义在作者意图中哪个为主，取决于哪个更有魅力。"仅仅通过本事暗示的庄严能从已经引用过的例举中得到说明。这样，对依靠词义的力量产生的、余音般暗示的韵的理解应该是：某种意义或某种表现为庄严的意义展示另一种意义或庄严，而这另一种意义或庄严在作品中魅力突出，居于主要地位。

已经说明韵的分类，现在讲述韵和类似情况的分别：

**如果领会义隐晦难解，或者附属于表示义，则不属于韵的领域。（31）**

领会义分成两种：清晰和隐晦。无论依靠词音的力量或词义的

① 因为庄严是身体的装饰。

力量展示，只有清晰者而不是隐晦者属于韵。即使是清晰者，如果领会义附属于表示义，也不属于余音般暗示义的韵。例如：

> 大婶啊！别触动那些莲花，吓走那些天鹅，
> 有人在这池塘中扔下一片翻转身儿的云。

这首诗中的领会义是一位天真的少女在池塘看见一片云影，但它附属于表示义。在诸如此类例举中，理解到的表示义比暗示义更有魅力，而居于主要地位。由于暗示义属于附属地位，则不成为韵。例如：

> 听到沙恭尼鸟从凉亭飞走的响声，
> 这媳妇还没有忙完家务，肢体发沉。①

诸如此类的例举一般属于以韵为辅的诗，这在后面会举例说明。然而，依据语境等确认的某种表示义附属于领会义，那么，这就属于余音般暗示的韵。例如：

> 你就拣这些落花，不要摇动这棵谢帕利迦树，
> 农夫的儿媳啊，公公会听到你脚镯的叮当声。

在这首诗中，女主人公与情夫偷欢，她的女友在外面听到脚镯的叮当声，便提醒她。只有理解了这个语境，才能理解这首诗的表示义。而在理解了这个表示义后，发现这样的表达是为了掩盖女主

---

① 这首诗中的暗示义是这位媳妇的情人已经践约进入凉亭。但这不如她的“肢体发沉”这个表示义更有魅力。

人公的偷情[①]，因而它附属于暗示义。这样，这首诗属于余音般暗示的韵。

已经说明旨在依靠表示义暗示另一义的韵和类似情况的分别，现在讲述非旨在表示义的韵和类似情况的分别：

**如果词的转义在使用中缺乏学养或才能，智者们认为这不属于韵。**（32）

词脱离原义转成他义，如果在使用中缺乏学养或才能，便不属于韵。因为，

**在所有各类韵中，暗示义清晰地展现为诗中的主要意义，这是韵的根本特征。**（33）

这已举例说明。

以上是吉祥的欢增著《韵光》第二章。

① 意思是即使她的公公听到脚镯叮当声，也以为她在摇树采花，而不是在偷情。因为这首诗既是说给女主人公听的，也是说给可能就在附近的她的公公听的。

# 第三章

已经依据暗示义说明韵的性质和类别，现在依据暗示者加以说明：

**非旨在表示义的韵和另一类中余音般暗示的韵都依靠词或句暗示。(1)**

在非旨在表示义的韵中，表示义完全失去的一类中依靠词暗示，例如，在大仙人毗耶娑的作品中：

> 这七种是吉祥幸福的引火棍。①

又如，在迦梨陀娑的作品中：

> 一旦你全副武装，谁能忘却离别忧伤的妻子？②

又如：

> 对于那些天然甜蜜的美人儿，
> 有什么不能成为她们的装饰？③

在这些例举中，“引火棍”、“全副武装”和“甜蜜”这些词的

---

① 引自《摩诃婆罗多》5.38.35。引火棍用于点燃祭火，这里暗示品德。

② 引自《云使》8。这是流放中的药叉对云说的话。“全副武装”暗示雨季的乌云强劲有力，不可阻挡。

③ 引自《沙恭达罗》1.17。“甜蜜”暗示令人愉快。

使用都具有暗示性。在非旨在表示义的韵中，表示义转化为另一义的一类中，依靠词暗示，例如：

> 爱妻啊，珍惜生命的罗摩不配有爱。①

这里，“罗摩”一词成为暗示者，它的表示义转化成暗示义，即有勇猛大胆等等性质的人。②

又如：

> 人们都喜欢把她的脸颊比作月亮，
> 而这月亮实在是个可怜的老月亮。

在这首诗中，最后的“月亮”一词的表示义转化成另一义。

在非旨在表示义的韵中，表示义完全失去的一类中，依靠句子暗示，例如：

> 芸芸众生之夜，自制之人觉醒，
> 芸芸众生觉醒，有识之士之夜。③

在这首诗中，整个句子成为暗示者，作者意图中的意义既非夜晚，也非觉醒。那么它是什么？它传达的意义是圣人把握真谛，摒弃虚妄。因而，表示义完全失去。

---

① 这是罗摩说的话。背景是魔王罗波那使用幻术，制造砍下罗摩之妻脑袋的幻影。

② 意思是这时的罗摩已不是流放前的十车王之子罗摩。在流放生涯中，为了保护自己生命，历经磨难。

③ 引自《薄伽梵歌》2.39。

在非旨在表示义的韵中，表示义转化为另一义的一类中，依靠句子暗示，例如：

对有些人，时间流动像毒药，
对有些人，时间流动像甘露，
或者，像毒药，同时也像甘露，
或者，不像毒药，也不像甘露。

在这首诗中，句中的“毒药”和“甘露”两个词的表示义转化成“痛苦”和“快乐”。因此，这个句子成为表示义转化成另一义的暗示者。

在旨在依靠表示义暗示另一义的韵中，依靠词音的力量余音般暗示的一类中，依靠词暗示，例如：

如果上天不让我有财力满足求告者的愿望，
为何不把我造成路边无知觉的清澈的池塘？

在这首诗中，“无知觉”一词适合精神沮丧的说话者本人，也依靠自己的力量产生余音，适合“池塘”。

在这一类中，依靠句子暗示，例如《戒日王传》中辛诃那陀说的话：

在这场大灾难中，你成了唯一支撑大地的人。

这句话明显是依靠词音的力量余音般暗示另一义。①

① 这句话语含双关，也可读作“你是在世界毁灭中支撑大地的湿舍蛇”。

在这一类中，依据词义的力量，身体完全是出于诗人想象的表述的一类中，依靠词暗示，例如，在《诃利胜利记》中：

即使没有受到邀请，爱神也捧住春季女神的脸，
脸上装饰芒果嫩芽，散发即将流出的蜜汁芳香。

在这首诗中，即使没有受到邀请，爱神也捧住春季女神的脸。表达这种意义的“没有受到邀请”一词依靠词义的力量，暗示爱神强行捧吻。

在这一类中，依靠句子暗示的举例前面已经引用：“春季之月已经准备好爱神之箭，尚未射出……”① 这首诗中的句义身体完全是出于诗人想象的表达，暗示春天激发爱情。

在这一类中，依据词义的力量，身体出于自然表述的一类中，依靠词暗示，例如：

家里有了一个蓬头散发的儿媳，
商人啊，我们哪还有象牙和虎皮？

在这首诗中，“蓬头散发”一词依靠身体出于自然表述的词义力量，暗示猎人的妻子耽迷欲乐，她的丈夫由此精力锐减。

在这一类中依靠句子暗示，例如：“猎人的妻子们佩戴珍珠……”② 这个句子暗示猎人的妻子中，耳朵边装饰孔雀翎毛的那位是新娶的，格外幸运。因为其中的意义表明她的丈夫只顾与她寻欢作乐，现在只能杀死孔雀。这也表明其他结婚已久、佩戴珍珠的妻子们十分不幸。因为其中的意义表明猎人在与她们结婚时，还有

① 第二章第24颂以下引诗。
② 第二章第24颂以下引诗。

精力杀死大象。①

或许有人会说："前面说过韵是某一类诗，那它怎么能由一个词展示？诗是词的特殊组合，借以理解特殊的意义。这种状况不能由一个词展示，因为单个的词在这里是提醒者，而不是表示者。"对此的回答是：如果我们依靠表示性确认韵，那就会出错。但事实不是这样，因为我们依据暗示性确认韵。还有，诗如同人的身体，由各个特殊的部分组合而成，但我们会依靠对某个部分的肯定或否定，理解整体的魅力。因而，我们依靠词的暗示性确认韵，并不与此矛盾。下面是总结：

不悦耳形成刺耳之类诗病，
同样道理，悦耳形成诗德。

即使词只是提醒者，但在所有各类
仅仅依靠词展示的韵中，具有魅力。

正如可爱的妇女佩戴一件特别优美的装饰品，
便光彩照人，优秀诗人同样凭借一个词展示韵。

**暗示过程不明显的韵可以由音素、词等、句子、词语组合方式和作品展示。(2)**

有人会表示异议："音素本身没有意义，不能成为展示者。"对此的回答是：

**ś(腭咝音）和 ṣ(顶咝音）与 r（顶半元音）和 ḍh（带气顶辅音）相结合，这些音素有碍于艳情，不能展示味。而这些音素用于**

① 杀死大象意味获取珍珠，送给妻子。

**厌恶等，却能加强味。因此，音素也能展示味。**（3、4）

以上说明音素能否成为展示者。

暗示过程不明显的韵中，依靠词暗示，例如：

浑身颤抖，外衣在恐惧中脱落，
那双眼睛痛苦地向四面张望，
你突然遭到凶猛的烈火焚烧，
而它在黑烟笼罩下，看不见你。

在这首诗中，“那双”一词对于知音们显然充满味。[①] 又如：

一看到那头奇妙的金鹿，
爱妻的那些眼光蓦地闪亮，
犹如风中摇动的青莲花瓣，
在回想中也燃烧我的心。[②]

依靠词的组成部分暗示，例如：

长辈们在场，她羞涩地低下头，
克制住引起胸脯起伏的忧伤；
她不可能说“请留下”，而惊鹿般
迷人的眼角流出泪水，盯住我。

---

① 这首诗是犊子王听到王后遭遇火灾后说的话。用“那双”一词暗示对王后那双眼睛的种种美好回忆，强化诗中传达的悲悯味。

② 这首诗描写罗摩回忆当初爱妻悉多看到罗刹化身的金鹿时的情景。诗中的“那些”一词的暗示作用与前一首诗中的“那双”一词相同。

这首诗中，“眼角”一词中的“角”①

依靠句子暗示的暗示过程不明显的韵分成两种：纯粹的和与庄严结合的。其中，纯粹的，例如，在《罗摩胜利记》中：

尽管母亲挽留你，故意生气、流泪和绝望，
你出于爱，依然跟随我流亡。如今失去你，
凝望新云升起，天边阴暗，我居然还活着，
爱妻啊，这表明你的爱人的心多么坚硬！

这里整个句子充分表达他俩（罗摩和悉多）互相之间的爱情，展示味的至高真谛。

与庄严结合的，例如：

爱情的激流涌动，将情人们带到一起，
却被长辈的堤坝挡住，即使近在眼前，
也不能如愿，他们肢体静止不动如画，
互相面对，以眼光为莲花茎，吸吮蜜汁。②

在这首诗中，按照前面论述的暗示义和暗示者的规则，使用隐喻，出色地暗示味。

前面说到暗示过程不明显的韵也依靠词语组合方式展示。现在讲述词语组合方式的性质：

**词语组合方式分成三类：无复合词、中等复合词和长复合词。(5)**

这已由其他一些人提出，这里只是复述。下面予以说明：

---

① “角”在这首诗中的暗示作用是以小见大，强化分离艳情味。

② 这首诗暗示一对恋人不能在长辈前接吻。“吸吮蜜汁”隐喻接吻。

**词语组合方式依靠甜蜜等诗德暗示味。**（6ab）

词语组合方式依靠甜蜜等诗德暗示味。那么，人们会设想诗德和词语组合方式两者或者相同，或者不同。如果两者不同，则有两种方式：词语组合方式依靠诗德，或诗德依靠词语组合方式。如果两者相同，或诗德依靠词语组合方式，那么，这意味词语组合方式依靠与自己同一的或成为立足基础的诗德暗示味。如果两者不同，或词语组合方式依靠诗德，那么，这意味词语组合方式本质上依靠诗德，不同于诗德。下面讲述为何要设想这些可能性？

如果诗德和词语组合方式本质相同，或诗德依靠词语组合方式，那么诗德就会像词语组合方式那样没有确定的规则。诗德中的甜蜜和清晰显著地出现在悲悯味和分离艳情味中。壮丽则出现在暴戾味和奇异味等中。还有，甜蜜和清晰出现在味、情、类味和类情中。这是诗德运用领域的规则。而词语组合方式突破这些规则。譬如，也能在艳情味中发现长复合词，在暴戾味等中发现无复合词。

其中，在艳情味中使用长复合词，例如：

> 曼陀罗花粉染黄发髻。①

又如：

> 女郎啊，你双手托腮，泪水流淌不止，
> 洗掉了脸上的妆饰，谁见了不伤心？②

在暴戾味等中不使用复合词，例如："般度族军队中无论哪个

① 这句话在原文中是一个长复合词。

② 这首诗的原文中，前半首使用一个长复合词。

自恃臂力……”[①] 因此，诗德的性质与词语组合方式不同，不依靠词语组合方式。

有人会问：“如果诗德不依靠词语组合方式，那么，它们依靠什么呢？”回答是：这已在前面作出说明，即“诗德依附那种主要的意义，而庄严如同手镯等，依附肢体”。[②]

或者，甚至可以说诗德依靠词。但这不能将它们等同于谐音等。因为谐音等作为词的性质，与词义无关。而诗德作为词的性质能用于表示义而展现特殊的暗示义。将诗德说成词的性质，正如将勇气等说成依靠身体，而实际上它们依靠别的东西。[③]

有人会说：“如果说诗德依靠词，那么，这等于说诗德表现为词语组合方式，或者说诗德依靠词语组合方式。因为诗德依靠由特殊的意义传达的味等，而缺乏词语组合方式的词不能成为诗德的表示者，也就不能成为诗德的基础。”

不能这样说，因为前面已经说明音素和词能暗示味等。

或者，即使句子暗示味等，也不限定以某种词语组合方式作为它们的基础。因此，诗德的基础是伴随有特殊的暗示义而无固定词语组合方式的词。

有人会说：“如果在甜蜜诗德中，确是这样，那可以这样说。然而，怎么能说壮丽诗德依靠无固定词语组合方式的词？无复合词的词语组合方式从来不是壮丽诗德的基础。”

倘若你的思想不固执陈见而冥顽不化，我们对此不会不回答。无复合词的词语组合方式怎么不能成为壮丽诗德的基础？前面已经说明壮丽诗德也就是出现在展示暴戾味等的诗中的激动。[④] 如果它

---

① 第二章第9颂以下引诗。

② 第二章第6颂。

③ 意思是正如勇气等实际上依靠灵魂，诗德依靠味，因而是味的性质。

④ 第二章第9颂。

出现在无复合词的词语组合方式中，又有什么错？因为在知音们的内心感受中，它并不缺乏魅力。因此，诗德依靠无固定词语组合方式的词，毫无损失。正如眼睛等感官有各自限定的感官对象，诗德也有各自限定的领域，绝不会游离其外。因此，诗德是一回事，词语组合方式又是一回事。诗德不依靠词语组合方式。这是一种观点。

再说诗德与词语组合方式一样。有人说："与词语组合方式一样，诗德也没有固定的领域，因为也能发现它们偏离规则的情况。"对此，回答是：如果出现偏离规定领域的情况，那些应该是缺点。如果有人问："知音们遇到这种情况，怎么没有感到缺乏魅力？"那是因为这种缺点被诗人的才能掩盖。诗人的缺点有两种：一种由缺乏学养造成，一种由缺乏才能造成。其中，缺乏学养造成的缺点，若被才能掩盖，便不能发现。而缺乏才能造成的缺点，则显而易见。有诗为证：

> 诗人的才能掩盖缺乏学养造成的缺点，
> 而缺乏才能造成的缺点，则一目了然。

譬如，大诗人在作品中描写大神的会合艳情，但这种不合适被他的才能掩盖，而不显得粗俗。例如，在《鸠摩罗出世》中描写湿婆大神和波哩婆提欢合。诸如此类的不合适会在后面说明。这取决于能否有才能掩盖。如果诗人缺乏才能，诸如此类的艳情描写显然是缺点。

如果认为诗德与词语组合方式一样，那么，在"般度族军队中无论哪个自恃臂力……"① 这类诗中，怎么会存在缺乏魅力的问

① 第二章第9颂以下引诗。这首诗暗示暴戾味，但没有使用长复合词。

题？我们只能说这是没有被察觉。[①] 因此，应该说词语组合方式无论与诗德相同或不同，它的运用还有另外的决定因素。

**它的决定因素是适合说话者和表示义。**(6cd)

其中，说话者是诗人或诗人创造的人物。诗人创造的人物或者缺乏味和情，或者具有味和情。味或者依附故事中的主角，或者依附主角的对手。故事中的主角分出坚定而高尚等不同性格，又分出上下等次。表示义或者附属以韵为灵魂的味，或者附属类味。它的意义或者用于表演，或者不用于表演。它或者依附本性高尚的人物，或者依附其他人物。总之，类别很多。

如果诗人作为说话者缺乏味和情，那就可以自由采用词语组合方式。如果诗人创造的人物作为说话者缺乏味和情，也是这样。如果诗人或诗人创造的人物具有味和情，而且以味为主，以韵为灵魂，那就必须采用无复合词或中等复合词的词语组合方式。如果是悲悯味和分离艳情味，则采用无复合词的词语组合方式。若问这是为什么？回答是在以味为主的表达中，应该竭尽全力避免对味的领会造成干扰或阻碍。复合词常有多种解释，因而长复合词的词语组合方式有时会干扰对味的理解。过分使用这种词语组合方式并不增添魅力，尤其是在用于表演的作品中，还有其他作品，特别是表现悲悯味和分离艳情味的作品。因为这两种味特别柔弱，词音和词义稍为滞涩，就会妨碍对味的领会。然而，在暴戾味等其他味中，使用中等复合词，有时依据性格坚定而傲慢的主角的行为，使用长复合词，则不是错误，不必竭力回避，因为表示义需要这种适合味的词语组合方式。

名为清晰的诗德适用于所有的词语组合方式。因为前面说过，它适用于一切味和一切词语组合方式。[②] 如果缺乏清晰，即使是无

---

① 即被诗人的才能掩盖。

② 第二章第10颂。

复合词的词语组合方式，也不能暗示悲悯味和分离艳情味。反之，如果具备清晰，即使是中等复合词也能暗示。因此，无论如何要追求清晰。在“般度族军队中无论哪个自恃臂力……”① 这类诗中，如果没有想要的壮丽诗德，也有清晰诗德，而不存在甜蜜诗德。由于它传达了想要传达的味，并不缺乏魅力。因此，词语组合方式无论与诗德相同或不同，它的领域取决于上述合适原则，也就是说，它也是味的暗示者。而上述使词语组合方式成为味的暗示者的决定因素完全适用于诗德固定的领域。因此，这与词语组合方式的确定依靠诗德的说法并不矛盾。

**它的另一个决定因素是适合作品，因为它随作品不同而不同。(7)**

除了适合说话者和表示义之外，词语组合方式的另一个决定因素是适合作品。因为文学作品有许多类：梵语、俗语和阿波布朗舍语的单节诗、两节组诗、三节组诗、四节组诗、五节以上组诗、主题单一的组诗、系列故事、小故事、大故事、分章诗（大诗）、表演诗（戏剧）、传记和故事等。词语组合方式依据这些作品，而有所不同。

其中，在单节诗中，诗人如果刻画味，词语组合方式应该适合味。这在前面已经说明。如果不是刻画味，则可以自由采用。也能发现诗人在单节诗中像在长诗中那样刻画味。譬如，众所周知，诗人阿摩卢的充满艳情味的单节诗就是这样。② 而在两节组诗等中，为了适合较大的作品容量，则采用中等复合词和长复合词的词语组合方式。如果这些组诗出现在长诗中，词语组合方式应该适合长诗。而在主题单一的组诗中，则采用无复合词和中等复合词的词语组合方式。有时，为了适合内容，采用长复合词的词语组合方式，

① 第二章第 9 颂以下引诗。

② 阿摩卢著有《阿摩卢百咏》。

也要避免使用刺耳的和粗俗的谐音方式。在系列故事中，自由采用词语组合方式，因为这类作品只是讲述故事，不注重刻画味。小故事和大故事通常使用俗语，它们含有五节组诗等，使用长复合词并无妨碍。而谐音方式应该适合味。在分章诗（大诗）中，如果其中充满味，词语组合方式要适合相关的味。如果不是这种情况，则可以自由采用词语组合方式。可以发现分章诗（大诗）作者遵循这两条道路，然而，充满味的作品更好。在表演诗（戏剧）中，无论如何都应该刻画味。

传记和故事主要是散文作品。散文体不同于诗体，即使前人没有提及相应的规则，下面也略作说明：

**上述决定词语组合方式的合适性也完全适用不受诗律限制的散文作品。(8)**

上面说到适合说话者、表示义和作品是词语组合方式的决定因素，即使在不受诗律限制的散文作品中，也是如此。如果诗人或诗人创造的人物作为说话者缺乏味和情，则可以自由采用。如果说话者具有味和情，则应该像前面所说的那样。其中，也要适合作品。在传记中，大量使用中等复合词和长复合词的词语组合方式，因为散文的魅力依靠长句。这在传记中尤为突出。而在故事中，虽然也充满散文长句，但应该遵循上述适合味的原则。

**无论哪种词语组合方式，只要如上所述适合味，都是优美的。但这种合适性也依据作品有所不同。(9)**

散文作品也像诗一样，词语组合方式都要如上所述适合味。这种合适性依据作品有所不同，并非完全不同。譬如，在散文作品中，即使是传记，遇到分离艳情味和悲悯味，使用长复合词的词语组合方式，也不优美。而即使是戏剧，在描写暴戾味和英勇味等时，使用无复合词的词语组合方式，也不优美。但是，依据作品的合适性在程度上有强有弱。譬如，在传记中，即使在适宜使用无复合词的时候，也不会过分使用无复合词，同时，在戏剧等中，即使在适宜使用长复合词的时候，也不会过分使用长复合词。因此，这里只是指出词语组合方式在使用中的一般原则。

我们对诗的这种辨析令人惊喜，
追求精华的智者们不应该忘却。

由整部作品展示的暗示过程不明显的韵，著名的例举是《罗摩衍那》和《摩诃婆罗多》。下面讲述这种展示方式：

**故事情节的构成无论依据传说或虚构创造，皆因情由、常情和不定情合适而优美。抛弃情节中不协调的故事成分，另外创造适合意图中的味的故事成分。情节关节和关节分支的组合旨在暗示味，而不一味遵守经典规则。味的升起和平息依据实际情况，自始至终与主味保持联系。即使善于使用庄严，也要根据需要使用。这些是整部作品作为味等的暗示者的方式。**（10—14）

前面说过整部作品也能成为味等等的暗示者。这些是它作为暗示者的方式。首先，故事情节的构成因情由、常情、情态和不定情合适而优美，也就是说，情由、常情、情态和不定情适合作者想要传达的味和情等，由此，故事情节的构成优美。这是整部作品成为暗示者的一种方式。其中，情由的合适，众所周知。常情的合适源自人物性格的合适。人物分成上等、中等和下等，又分成神和人等。依据这种区别描写人物，不互相混淆，便能达到合适。否则，将仅仅属于人的勇气等写成属于神，或者将仅仅属于神的勇气等写成属于人，都会造成不合适。譬如，描写仅仅是人的国王跃过七座大海等事迹，即使这种描写本身很出色，也索然无味。这是造成不合适的原因。

有人会问："我们听说娑多婆诃那等国王前往蛇界等事迹，那么，描写这些统治世界的国王的非凡威力怎么会不合适?”问题不在这里。我们并不是说描写国王的非凡威力不合适，而是说在新创作的故事情节中，将仅仅是人的人物写成具有神的威力不合适。如果在神和人混合的故事中，例如在般度族等的故事中，这样的描写适合神和人，并无妨碍。至于我们听说的娑多婆诃那等，如果只是按照古代传说来理解那些事迹，也就显得合适。若非如此，这样的描写就不合适。总而言之：

除了不合适，别无其他损害味的原因；
味的至高奥秘在于保持公认的合适性。

正因为如此，婆罗多规定传说剧必须以著名的传说为情节，以著名的高尚人物为主角。这样，诗人就不会在主角合适或不合适的问题上失足。而如果他创作传说剧等，情节创新，与主角的性格完全不适合，那就是重大失误。

有人会说：“在描写勇等常情时，有时确实需要考虑适合神和人，但在描写爱等常情时，哪有这种必要？因为完全能按照适合婆罗多国的行为描写神的爱情。”不能这样说。这方面的不合适会造成严重的错误。如果以下等人物的方式描写上等人物的艳情，怎么会不授人笑柄？即使在婆罗多国，艳情也要适合上、中、下三等人物。

如果有人说神的合适性在这里不适用，那么，我们要说神在艳情方面的合适性并非与这里截然不同。按照婆罗多国上等人物国王等的方式描写神的艳情也是优美的。众所周知，在传说剧等中，不能描写国王等粗俗的艳情。同样，描写神也应避免出现这种情况。如果有人说：“传说剧等用于表演，而表演会合艳情不雅观，因此，应该避免。”不能这样说。如果表演这种艳情不雅观，那么，为何诗中不回避这种艳情？因此，无论用于表演或不用于表演，诗中都不能描写上等人物国王等和上等女主人公粗俗的会合艳情，就像不能描写自己父母会合艳情那样。对于崇高的神也是这样。

而且，交欢并非会合艳情的唯一表现。其他表现，如互相爱慕的眼光等，为何不能用来描写上等人物？因为描写常情爱，正如描写常情勇，应该注意适合人物。描写惊等常情，也是这样。在这方面，甚至大诗人也会疏忽大意而犯错。但正如前面所说，这种错误常被他的才能掩盖，不为人察觉。

情态的合适，已由婆罗多等人说明，众所周知。

简而言之，诗人应该遵循婆罗多等人的规则，或者观摩大诗人的作品，或者凭借自己的想象力，专心致志，竭尽全力避免情由等不合适。无论是传统的或创造的故事情节，具有合适性，便成为暗示者。换言之，尽管有各种有味的历史传说和故事，应该选择具有合适性的故事情节，而非相反。尤其是创造的故事情节，在这方面要比依据传说的故事情节更加注意。如果诗人在这方面疏忽大意而失足，就会被人认为缺乏学养。有诗为证：

> 创造的故事情节应该做到：
> 它的每一个部分都蕴含味。

达到这个目的手段就是追求情由等等合适。这已经说明。

还有，《罗摩衍那》等以完善的味著称，取材于它们的作品不能随意添加与这种味相矛盾的内容。因为取材于它们，就不应该随心所欲。有人说过："不能偏离故事之路。"即使按照自己的心意添加内容，也不能与这种味相矛盾。

整部作品成为味等的暗示者的第二种方式，即抛弃情节中不协调的故事成分，另外创造适合意图中的味的故事成分。例如，迦梨陀娑的作品，以及沙尔婆塞纳创作的《诃利胜利记》，还有我的大诗《阿周那传》。诗人创作作品时，应该全神贯注，致力于味。如果发现故事情节中有不适合味的地方，那就应该主动摒弃它，而创造另一种适合味的故事成分。因为仅仅讲述故事情节已由历史传说等完成，而非诗人的创作目的。

整部作品成为味等的暗示者的第三种方式，即名为开头、展现、胎藏、停顿和结束的情节关节和提示等关节分支的组合旨在暗示味，例如，在《璎珞传》中。但不一味地遵守经典规则。例如，在《结髻记》中，名为爱恋的展现关节分支出现在第二幕中，并不适合原本的味，这由一味地遵守婆罗多的规则造成。

整部作品成为味等的暗示者的第四种方式，即味的升起和平息依据实际情况，例如，在《璎珞传》中。自始至终与主味保持联系，例如，在《苦行犊子王》中。

传说剧等作品成为味的暗示者的第五种方式，即即使善于使用庄严，也要根据需要使用。因为有才能的诗人在创作作品时，有时会热衷庄严，而忽视味。这里是向他们提出警示。因为我们发现有些作品一味卖弄庄严而忽视味。

**余音般暗示的韵前面已经说明，它也出现在一些作品中。(15)**

旨在依靠表示义暗示另一义的韵中，余音般暗示的韵分成两类，这些在前面已经说明。它们也出现在一些作品中。例如，在《搅乳海胜利记》中五生说的那些话。又如，在我的《毗舍摩波那游戏》中，爱神遇见朋友们的那些描写。还有，在《摩诃婆罗多》中，兀鹰和豺狼的对话等。

**词格语尾、动词语尾、词数、属格、其他词格、第一词缀、第二词缀和复合词，这些都能传达暗示过程不明显的韵。(16)**

暗示过程不明显的味等是韵的灵魂。它们能通过特殊词格语尾、词数、属格、其他词格、第一词缀、第二词缀和复合词暗示，还能通过不变词、前缀和时态等等暗示。例如：

我的敌人存在，这本身就是羞辱，何况他是苦行者，
就在这里杀戮罗刹族，哎呀！在我罗波那活着之时。
呸，呸，因陀罗者！唤醒了鸠槃羯叻拿，又顶什么用？
这些劫掠天国小村的手臂徒然健壮，又顶什么用？

在这首诗中可以看到，上述所有因素几乎都明显成为暗示者。在“我的敌人存在”中，词格语尾、属格和词数成为暗示者。在“何况他是苦行者”中，第二词缀和不变词。在“就在这里杀戮罗刹族，哎呀！在我罗波那活着之时”中，动词词尾和其他词格。在“呸，呸，因陀罗耆！”等的下半首中，第一词缀、第二词缀、复合词和前缀。在这首诗中，汇集许多暗示者，充分展示诗的非凡魅力。因为在诗中，通过一个词展示的暗示义，就能产生魅力，更不用说像这首诗中有许多暗示者。在这首诗中，“罗波那”一词不仅具有表示义转化为另一义的韵，而且受到上述种种暗示者的装饰。在具有特殊想象力的大诗人的作品中，经常能发现这样的例举。例如，大仙人毗耶娑的作品中：

幸福的时光已经过去，苦难的日子即将来临，
明日复明日，一日坏似一日，大地的青春消逝。

在这首诗中，暗示过程不明显，暗示者是第一词缀、第二词缀和词数。“大地的青春消逝”是表示义完全抛弃一类的韵。①

词格语尾等通常在大诗人的作品中，或分别或一起成为暗示者。词格语尾作为暗示者，例如：

---

① 这首诗引自《摩诃婆罗多》1.119.6。它暗示平静味，“过去”一词使用第一词缀，“坏似”一词使用第二词缀，“时光”或“日子”一词使用复数。

随着我妻的伴有钏镯琤琮的掌声起舞，
你的朋友孔雀到晚来便停在那金枝之上。①

动词语尾，例如：

走开！别擦我的眼睛，它们生来就为哭泣，
当初对你一见钟情，而没有看透你的心。②

又如：

走开！不要挡住我的路，傻小子啊！
我受雇于人，要去看守一座空宅。③

属格，例如：

上别处去，傻小子啊！干吗看我沐浴，
这岸边不是惧怕妻子的人呆的地方。

在俗语诗中，使用词缀 ka，具有第二词缀的暗示性，即充满蔑视。④

复合词适合词语组合方式，成为暗示者。不变词作为暗示者，例如：

---

① 引自《云使》79（金克木译）。

② 这首诗中的两个动词使用命令式语尾。

③ 这首诗表面上命令挡路青年走开，实际上暗示青年到空宅去幽会。

④ 这首诗中的“惧怕妻子的人”和“傻小子”两个词都使用词缀 ka，含有“蔑视”的意味。

我不能忍受与爱妻分离，同时还有
新云升起，往后这些天会凉爽可爱。①

这首诗中的不变词 ca（还有）。又如：

睫毛卷曲的女郎将脸侧向肩膀，
一再用手指捂住自己的下嘴唇，
惊慌地说着不行不行，更添娇媚，
我勉强抬起她的脸，但是吻不着。②

这首诗中的不变词 tu（“但是”）。应该注意的是，不变词的暗示性众所周知，这里说的是用于暗示味。前缀作为暗示者，例如：

树下散落从鹦鹉做窝的洞口掉下的野稻，
石头沾满油腻，表明用来砸碎因古陀坚果，
鹿儿悠然自得，步履稳定，习惯于周围响声，
河边路上有从树皮衣上流下的水滴印痕。③

也有一个词使用两三个前缀，如果适合暗示味，则不成为缺点。例如：

黑夜脱去外衣，太阳望见众生起身。④

---

① 引自《优哩婆湿》4.10。其中“还有”一词暗示雨季来临，天气凉爽可爱，主人公更加不能忍受与爱妻分离。

② 引自《沙恭达罗》3.22。其中，“但是”一词暗示主人公惋惜自己不能如愿。

③ 引自《沙恭达罗》1.13。其中“油腻”一词使用前缀 pra，暗示“沾满”。

④ 其中的“望见”一词使用 sam、ut 和 vi 三个前缀。

又如：

按照人的方式行动。[①]

不变词也是这样。例如：

啊，真的，你的勇武令人羡慕![②]

又如：

从前，一看到有德之人，人们情不自禁，
汗毛竖起，手舞足蹈，流下喜悦的泪水，
哎呀！天哪！如今邪恶的命运仇视善行，
将人们引向毁灭，唉！我哪有办法救助?[③]

有时，词的重复具有暗示性，也增添魅力，例如：

恶人说尽好话，一味阿谀奉承，
为了谋求利益，想方设法骗人，
善人们不是不知道，而是知道，
只是不忍心让他的恭维落空。[④]

时态作为暗示者，例如：

① 其中的“行动”一词使用sam、upa和ā三个前缀。
② “啊”（aho）和“真的”（bata）都是不变词。
③ 这首诗中使用了四个感叹性质的不变词。
④ 这首诗中重复使用“知道”一词。

水流淹没平地坑洼，旅途日益艰难，
不用多久，连心愿也难以越过道路。

在这首诗中，“越过”使用将来时。这是运用特殊的时态加强味。因为这首诗是描写丈夫出外的分离艳情味的情由。

正如这里词缀成为暗示者，有时词干也能成为暗示者，例如：

那幢墙壁倾斜的屋子，这座高耸入云的宫殿，
那头衰老的母牛，这群黝黑似云、鸣叫的大象，
那种低沉的木杵声，这种美女们甜蜜的歌声，
奇妙啊！就这几天，这婆罗门就达到如此地位。

在这首诗中，“几天”的词干是暗示者。而且，这首诗中的代词（“那”和“这”）也有暗示性。诗人意识到这些代词的暗示性，因而不再使用 kva 一词表达比较。知音们可以按照这个方向，自己发现其他的暗示者。虽然词、句和词语组合方式的暗示性前面都已讲到，但强调它们变化多样，旨在加深读者的理解。

有人会说：“前面说过味等等依靠词义的力量暗示，而现在又说词格语尾等成为各种暗示者，前后不一致。”在前面说到词的暗示性的时候，对此已有说明。而且，即使味等依靠特殊的词义暗示，这些词义也不能缺乏暗示的词。因此，以上对暗示者的性质的说明和分类是必要的。在其他著作中对特殊的词的魅力所作的分类，也应该理解为依据它们的暗示性。

即使一些词有时看来不是这样，但这些词在其他作品中具有暗示性，由于习惯的力量，它们脱离了其他作品，也仍然保持魅力。否则，表示义相同的一些词怎么会有不同的魅力？如果说这只是知音的感受，那么，什么是知音？是通晓无关乎味和情的诗的种种规

则，还是精通充满味和情的诗的本质？按照前者，这样的知音不可能确立有关特殊的词的魅力的规则，因为，别人也能确立不同的规则。按照后者，知音即知味者。知音感受到的词的特殊性正是这种自然的暗示味等等的力量。因此，词的魅力主要依靠它们的暗示性。而作为表示者，如果依靠词义，它们的特殊魅力在于清晰，如果不依靠词义，它们的特殊魅力在于谐音等。

已经讲述味等的暗示者的性质，现在讲述味等的障碍：

**无论在一部作品或一首诗中，为了实现味等，优秀的诗人应该努力避免各种障碍。**(17)

诗人一心关注一部作品或一首诗中的味和情，竭尽努力避免障碍。否则，他创作不出哪怕一首有味的诗。下面讲述哪些是诗人应该努力避免的障碍：

**纳入对立味的情由等等；详细描写离题的内容；不适当的停止和出现；已经饱满，依然不断刻画；行为不合适，这些造成味的障碍。**(18、19)

纳入与作品所要表现的味相对立的味的情由、情态和不定情，造成味的障碍。其中，纳入对立味的情由，例如，在描写平静味的情由后又描写艳情味的情由。纳入对立味的常情，例如，妻子们为了争宠怄气吵架，丈夫却用摒弃尘世欲望之类的话语安抚她们。纳入对立味的情态，例如，爱人之间怄气，女主人公不听劝慰，男主人公则大发脾气，态度粗暴。

另一种味的障碍是详细描写离题的内容，即使它与主题多少有点联系。例如，在刻画一个主人公时，脱离作品表现分离艳情味的主旨，热衷于施展叠声等修辞技巧，连篇累牍描写高山等。

另一种味的障碍是味的不适当的停止和出现。其中，味的不适当的停止，例如，男主人公渴望与某个女主人公幽会，思恋之情达到顶点，又得知他俩互相爱慕，然后，不继续描写他如何设法幽会，却随意描写其他无关的活动。味的不适当出现，例如，战斗进入白热化，众英雄处在生死存亡关头，犹如劫末世界毁灭之时，如同天神一般的主人公并无产生分离艳情味的适当条件，却描写他谈论艳情。对此，不能借口说由于命运作怪，故事主人公失去理智。因为诗人在创作中应该贯彻以味为主。情节是达到目的的手段，正如前面所说“人们想要观看，便努力保持灯焰，作为观看的工具”等。①

只注重描写情节，在刻画味和情时不分主次，这样的诗人容易在这方面失足。因此，我们在这里不仅仅是为了说明韵，而是努力强调诗人应该致力于味等暗示义。

另一种味的障碍是味已经饱满，依然不断刻画。味的所有因素得到充分描写，已经饱满，若继续描写，则如同花朵一再遭到触摸，便会枯萎。

同样，行为不合适也造成味的障碍。例如，女主人公不合适地向男主人公求欢。在这里用作“行为”的vṛtti一词，按照婆罗多的用法指艳美等风格；按照其他诗庄严的用法指文雅等等谐音方式。凡是用错地方而不合适，都会造成味的障碍。

优秀诗人应该注意避免这些以及按照这个方向自己发现的其他的味的障碍。有诗为证：

> 味等是优秀诗人的主要活动领域，
> 因此，他们应该始终精心描绘它们。
>
> 作品无味是诗人的最大耻辱，
> 由此失去诗人之名，被人遗忘。

---

① 第一章第9颂。

古代诗人因语言不受束缚而获得名声，
但智者不会效仿他们而抛弃这种原则。

我们阐述的这种原则并不违背
蚁垤和毗耶娑等诗王的宗旨。

**如果所要表达的味能站住脚跟，那么，这些障碍也可以不成为缺点，而成为陪衬或辅助。**(20)

如果所要表达的味的所有因素都得到充分描写，而这些障碍成为它的陪衬或辅助，那么，提及它们，不算缺点。但只有这些障碍被压倒，才能成为陪衬，否则就不能。也只有这样，提及它们，才能辅助所要表达的味。而成了辅助因素，也就不再是障碍。

这些障碍成为辅助因素，或自然，或人为。描写那些自然地成为辅助因素的障碍，不会成为障碍。例如，在分离艳情味中，生病等成为它的辅助因素。只要成为它的辅助因素，便不是缺点。如果不成为它的辅助因素，则是缺点。

然而，即使能成为分离艳情味的辅助因素，安排死亡也不合适。因为味的依托者破灭，味也随之破灭。有人会说："这样能增强悲悯味。"这种说法不对。因为这里所要表达的不是悲悯味，这样做就中断了所要表达的味。如果诗中所要表达的是悲悯味，那就不成为障碍。或者，在艳情味中，描写死亡后很快复活的情况，则不成为严重的障碍。如果时间相隔很久才复活，那么，这种味的流动会中断。因此，注重刻画味的诗人应该在作品中避免采用这样的情节。

所要表达的味站住脚跟，而这些障碍成为它的陪衬，那么，提及它们，不构成缺点。例如：

不轨行为在哪里？月亮族
　　在哪里？我仍要再望她一眼。
我的学识能制止错误，
　　但她的面容即使嗔怒也动人。
圣洁的智者会说什么？
　　而我即使在梦中也难得到她。
我的心儿啊，鼓起勇气！
　　哪个青年有幸吸吮她的嘴唇？①

又如，另一位青年苦行者对深深爱上太白的白莲的忠告。②

自然地成为辅助因素，不构成缺点。例如："云蛇的雨水充满威力……"③

人为地成为辅助因素，不构成障碍。例如：

你那苍白憔悴的脸，
多情的心，倦怠的身，
女友啊，分明透露出
你心中的不治之病。④

又如："她生着气，用柔软颤抖的双臂蔓藤套索扣紧他……"⑤

---

① 这首诗中含有复杂的感情：思索、自信、疑惑、坚定、忧虑和焦灼等，但主要是表达忧虑的心情，其他感情，包括与它矛盾的感情，都成为它的陪衬。

② 引自《迦丹波利》。

③ 第二章第21颂以下引诗。这首诗中提到的一些悲悯味的不定情，自然地成为分离艳情味的辅助因素。

④ 生病原本属于悲悯味的不定情，但在这首诗中的"病"含有双关，喻指"相思"。

⑤ 第二章第18、19颂以下引诗。这首诗中有"用套索扣紧"之类属于暴戾味的情态描写，但在这里是用作隐喻。

障碍成为辅助因素的另一种方式是两种互相对立的味或情附属同一个作为主题的主要句义，便不构成缺点。例如："愿湿婆的火焰烧尽我们的罪恶！……"① 若问为何这不构成缺点？因为这两者都附属第三者。若问即使附属第三者，两者之间原本的对立怎么会消失？回答是，这种对立出现在断语（vidhi）中成为缺点，而出现在引述（anuvāda）中并不成为缺点。例如：

"过来！走开！跪下！起来！说话！闭嘴！"
财主作弄这些满心渴望施舍的乞丐。

在这首诗中，命令和禁止出现在引述中，不构成缺点。"愿湿婆的火焰烧尽我们的罪恶！……"这首诗也是这样。其中有关妒忌分离艳情味和悲悯味的内容并不用作断语。湿婆的非凡威力是这首诗的句义，因此，这两种味都在辅助这个句义。

不能说断语和引述的格式不适用于味。因为味也被理解为句义。怎么能说适用于作为表示义的句义的断语和引述不适用于由表示义暗示的味？即使一些人不承认味等是诗的意义，至少也会承认它们源自诗的意义。因此，在这首诗中不存在障碍。

在这首诗中，引述部分产生的两种味的内容②起辅助作用，协助理解断语部分表达的特殊的情③，因此，不存在任何障碍。人们能见到一个原因由两个对立因素辅助，产生结果。一个原因同时产生两个对立的结果，则成为障碍，而一个原因由两个对立因素辅助，并不成为障碍。如果有人问：这种对立的因素怎样用于表演？回答是：可以按照引述部分的表示义表演。这样，依靠断语和引述

① 第二章第5颂以下引诗。
② 即妒忌分离艳情味和悲悯味的内容。
③ 即对湿婆大神的敬爱之情。

的格式，可以说明这首诗中没有障碍。

而且，描写受人欢迎的主人公的非凡威力，由此在他的敌人方面产生悲悯味，不会对知音造成困惑，相反会带来极大喜悦。由于这种悲悯味的力量被削弱，它不构成障碍，不成为缺点。因此，只有对成为句义的味和情构成障碍，才能称作味的障碍。对成为辅助因素的味或情，并非这样。

或者，某种悲悯味的内容成为句义，并以这种方式与具有特殊魅力的艳情味内容相结合，能强化悲悯味。因为一旦原本可爱的对象变得可怜，凭借原本优美的记忆，就会强化悲悯。例如：

> 正是这只手，扯开我的腰带，抚摸我的丰满乳房，
> 接触我的肚脐、大腿和下腹，解开我的衣服扣结。[①]

而在“愿湿婆的火焰烧尽我们的罪恶！……”这首诗中，湿婆的火焰行为对于魔城妇女如同犯有过错而惹人生气的情人。按照这种方式加以说明，也不成为障碍。因此，无论从哪个角度观察，都构不成缺点。下面这首诗也是如此：

> 泪流满面，柔嫩的脚趾踩在草地，
> 受伤流血，仿佛掉下点点红粉脂，
> 敌人的妻子惊恐地挽着丈夫手臂，
> 绕着野火走，犹如再度举行婚礼。[②]

诸如此类的诗中都不存在障碍。至此，已经说明味等可以或不

① 引自《摩诃婆罗多》11.24.17。这首诗是妻子哀悼战死的丈夫，其中的艳情味辅助悲悯味。

② 这首诗是歌颂国王的战绩。诗中的悲悯味和艳情味辅助对国王的敬爱之情。

可以与对立的味等结合的各种情况。现在讲述在一部作品中运用味等的正确方法：

**尽管作品中通常含有各种味，追求卓越的诗人应该确立一种主味。(21)**

在大诗和传说剧等作品中，通常都有许多味，或主要，或次要。如果盼望作品富有魅力，那就应该在其中确立一种想要传达的主味。这是一个比较适合采用的方法。

有人会问：在其他各种味都得到充分表现的情况下，怎么能保持一种主味不受阻碍？回答是：

**既定的味具有持久性，纳入其他的味，不会损害它的主导地位。(22)**

在作品中，既定的味会反复得到刻画，具有持久性，遍布整部作品，纳入在这过程中出现的其他的味，不会损害它的主导地位。现在说明这一点：

**正如一个目的贯穿作品，味也是这样，不会成为障碍。(23)**

正如由关节等组合的作品身体追随一个目的。这个目的遍布整个作品，也与其他目的混合。即使与其他目的混合，也不会降低它的主要地位。同样，一种味纳入其他的味，不会形成障碍。相反，具有分辨力和鉴赏力的知音会从这样的作品中获得极大的喜悦。

有人会问：那些互相不对立的味能形成主次关系，例如，英勇味和艳情味，艳情味和滑稽味，暴戾味和艳情味，英勇味和奇异味，英勇味和暴戾味，暴戾味和悲悯味，艳情味和奇异味。然而，那些互相对立的味怎么能形成主次关系呢？例如，艳情味和厌恶味，英勇味和恐怖味，平静味和暴戾味，平静味和艳情味。回答是：

**无论与主味对立或不对立的味，都不应该得到充分描写，这样就不会成为障碍。(24)**

如果艳情味等是作品中暗示的主味，那么，无论与它对立或不对立的味都不应该得到充分描写。避免充分描写的第一种方法是：即使与主味不对立的味也不能让它的丰富程度超过主味。这样，即使两者同样突出，也不成为障碍。例如：

一边是爱人哭喊，一边是战鼓擂响，
战士的心在爱恋和求战中间跳荡。①

又如：

这女神取下项链，挂在手上，用作念珠，
摆好瑜伽坐姿，腰带作为缠腰的蛇王，
假装默默念咒，颤动的嘴唇半露微笑，
妒忌晨曦而嘲弄湿婆。愿她保佑你们！②

第二种方法是：不要充分描写与主味对立的那些不定情。即使有所描写，也要及时转回到主味的不定情。第三种方法是：即使充分描写次要的味，也要始终注意保持它的次要地位。其他的方法可以按照这个原则推想。

对任何与主味对立的味的展现应该少于主味，例如，艳情味在以平静味为主味的作品中，或者，平静味在以艳情味为主味的作品中。有人会问：缺乏充分描写的味怎么成为味？回答是：上面已经

---

① 在这首诗中，尽管艳情味和英勇味的描写同样突出，但没有妨碍作为主味的英勇味。

② 这首诗描写波哩婆提看到丈夫湿婆祈祷晨曦女神，心生妒忌，便模仿湿婆的姿态，以示嘲弄。其中是不定情（妒忌）和滑稽味（戏仿）不妨碍作为主味的艳情味。

说明这是相对主味而言。在充分展现的程度上，它不应该与主味相同。这并不妨碍它自身的充分展现。因此，即使有人否认味有主次关系，他也承认在含有许多味的作品中，有一种味相对突出。

按照这个原则，无论对立或不对立的味出现在作品中，只要具有主次关系，就不会形成障碍。这一切也可以说依据一些人持有的这种观点，即一种味可以成为另一种味的不定情。而按照另外一些人的观点，常情可以转义称作味，辅助味，不形成障碍。

这样，已经说明无论与作品中的主味对立或不对立的味不成为障碍的一般规则。现在说明互相对立的味：

**与主味对立的味发生在同一对象身上，则成为障碍，而发生在不同对象身上，即使得到充分展现，也不成为缺点。**（25）

对立有两种：同一对象身上的对立和紧密相连的对立。其中，按照适合作品中的主味的原则，对立的味发生在同一对象上，则成为障碍。例如，英勇味和恐怖味应该发生在不同的对象身上。英勇味发生在故事主角身上，恐怖味则发生在他的对立面身上。这样，即使充分描写对立的味，也不成为缺点。因为描写对立面极其恐怖，能暗示主角富有谋略和勇气等。在我的《阿周那传》中，对阿周那进入地下世界的描写清楚地说明了这一点。

这样，已经说明怎样避免对立的味发生在同一对象身上，使它辅助作品中的主味，而不成为障碍。现在说明第二种对立：

**即使对立的味发生在同一对象身上不构成错误，但紧密相连，那么，睿智的作者暗示这种味，应该在中间安插另一种味。**（26）

即使对立的味发生在同一对象身上，不构成障碍，但如果两者紧密相连，那就应该在作品中插入另一种味。例如，《龙喜记》中对平静味和艳情味的处理方法。[①]

---

① 即在中间先后插入奇异味和英勇味。

平静味确实被理解为一种味。它的特征是充满展现灭寂欲望的快乐。例如，前人的这种说法：

人间的爱欲快乐和天国的至高幸福，
比不上灭寂欲望之乐的十六分之一。①

即使不是人人都能感受到这种快乐，也不能由此否认这是一些非凡人物特殊的思想活动方式。将它包括在英勇味中并不恰当。因为英勇味具有“我慢”②，而平息“我慢”是平静味的唯一形态。如果不顾这种差别，设想这两者同一，那就同样可以设想英勇味和暴戾味同一。如果我们作出这样的区分，就不会产生障碍：特殊的思想活动方式，如布施英勇味等，若全然没有“我慢”，便成为平静味中的一类，否则，就成为英勇味中的一类。这样，确实存在平静味。若在作品中描写与它对立的味，只要在中间插入与它不对立的味，就不会形成障碍。正如我们在前面说明的那样。现在再强调一下：

**甚至在同一句中的两种味，只要在中间插入另一种味，就能消除对立。**（27）

通过插入另一种味，一部作品中两种味的对立能消除，这种说法绝非虚妄之言。因为甚至在同一句中的两种味，按照上述方法，也能消除对立。例如：

尸体沾满尘土，而他们的胸脯沾满新鲜花粉，
尸体被豺狼紧紧抓住，而他们怀中拥着天女。

① 引自《摩诃婆罗多》12.168.36。
② “我慢”即自我意识。

食肉的兀鹰扑腾沾有鲜血的翅膀扇动尸体，
而洒了檀香水的、芳香的如意藤衣扇动他们。

那时，这些英雄坐在飞车的宝座上怀着好奇，
顺着天女手指，看到自己倒在大地上的尸体。①

这里，艳情味和厌恶味，或者它们的因素，由于插入英勇味，不形成对立。

**应该随时随地注意这种对立和不对立，尤其是在艳情味中，因为这种味最娇嫩。**（28）

知音应该依据上述原则注意作品中各种味的对立和不对立，尤其是在艳情味中。艳情味是对常情爱的充分展现，甚至细小的原因也会损害常情爱，因而在所有的味中最为娇嫩，不能承受哪怕是轻微的阻碍。

**优秀的诗人确实特别关注这种味，因为稍有疏忽，就会暴露。**（29）

这种味远比所有其他的味娇嫩，诗人应该特别注意。如果疏忽大意，立刻就会在知音圈中成为笑柄。因为在世人的感觉经验中，艳情味肯定是一切味中最可爱、最重要的味。

同时，

**为了吸引读者，或者为了增加诗的魅力，艳情味的一些因素可以接触与它对立的味，这不会成为缺点。**（30）

艳情味的一些因素接触与它对立的味，不会成为缺点。这不仅仅是应用上述不构成障碍的原则，而且也是为了吸引读者或增加诗的魅力。因为读者受到艳情味的种种因素的吸引，就会愉快地接受

① 这一组诗描写这些英雄战死后，在天女们陪伴下乘坐飞车升天时，俯视自己留在战场上的尸体。

其中的伦理教诲。正是为了可以教化的众生的利益，牟尼们推行戏剧集会，形象地教导善行。

还有，艳情味对所有的人具有吸引力，在诗中纳入它的一些因素，能增添魅力。因此，依据这种方法，在对立的味中，纳入艳情味的一些因素，不会构成障碍。例如：

美女确实迷人，财富确实可爱，
但生命像骄妇眼波，变化无常。①

在诸如此类的诗中，不存在味的障碍之病。

**这样把握味等之间对立和不对立，优秀的诗人在写诗时，绝不会糊涂犯错。（31）**

依据上述方法，这样把握味等，即味、情、类味和类情互相之间的对立和不对立，富有创作想象力的优秀诗人在写诗时，绝不会糊涂犯错。

已经说明味等等之间对立和不对立规则的适用性。现在说明作为暗示者的表示义和表示者的规则和领域的适用性：

**大诗人的主要任务是安排种种表示义和表示者，适合味等对象。（32）**

安排表示义（尤其是情节）和表示者，适合它们的对象，尤其是味等，这是大诗人的主要任务。换言之，安排词音和词义，利用它们的暗示性，使味等等成为诗的主要意义，这是大诗人的主要作用。

诗作旨在传达味等，婆罗多等人早已知道。下面加以说明：

**依据味等，合适地使用词义和词音的方式分成两类。（33）**

① 这首诗传达平静味，但其中含有艳情味的因素。

使用方式也称作方式（vṛtti）。依据味等，合适地运用表示义（词义），这样的方式是艳美等方式。① 同样地使用表示者（词音），则是文雅等方式。② 在使用中旨在传达味等，这样的方式能赋予戏剧和诗某种魅力。因为味等构成这两种方式的生命，而情节等只是身体。

有些人会说："味等与情节的关系是性质和有性质者的关系，而不是生命和身体的关系。因为展示的是充满味等的表示义，而不是与味等分离的表示义。"回答是：如果具有味等的表示义如同具有肤色的身体，那么，正像人们见到身体也就一定能见到肤色，无论是不是知音，都能同时感知表示义和味等。而事实不是这样。这在第一章已经作出说明。③

也许会有这种想法："感知表示义中的味等形态，正如行家辨认宝石的品质。"这也不对。因为宝石展示的品质与宝石本身的形态没有差别，那么，味等也同样应该与呈现为情由和情态等表示义没有差别。而事实不是这样，因为没有人会把情由、情态和不定情理解为味。所以，对味的理解与对情由等的理解有联系。对这两者的理解属于因果关系，因此，必定有先后次序。但间隔时间极短，因而不明显。所以，前面提到味等的暗示过程不明显。

有些人会说："词依靠语境等，同时产生对表示义和暗示义的理解，怎么能想象其中存在次序？暗示性并不以理解词的表示义为必要条件。因为甚至歌曲等声音也能暗示味，其中不存在理解表示义的间隔。"回答是：我们同意词依靠语境等，具有暗示性。但是，这种暗示性有时与词的特殊形态有关，有时与词的表示功能有关。如果依靠对词的特殊形态的理解，而无须依靠对表示义的理解，就

---

① 即艳美等戏剧风格。

② 即文雅等谐音方式。

③ 第一章第 7 颂。

能产生对暗示义的理解，那么，这种暗示性不以词的表示功能为必要条件。而如果确实需要以它为必要条件，那么，只能是理解表示义和表示者在先，理解暗示义在后。

如果两者间隔时间极短，先后次序不明显，这又有什么不同？如果仅仅依靠具有语境等的词，无须依靠对表示义的理解，就能理解味等，那么，那些知道语境而不明白表示义和表示者关系的人，只要听到诗，就能理解味等。再有，如果两者（表示义和暗示义）同时产生，那么，理解表示义就没有用处。如果理解表示义有用处，那么，两者就不会同时产生。即使在歌曲等声音中，能依靠对特殊形态的理解获得暗示性，而对这种特殊形态的理解和对暗示的味的理解也肯定有先后次序。但是，在对味等的理解中，感觉不到词的作用的先后次序，因为味等既不与表示义相矛盾，又不同于任何表示义。它们不依靠其他手段，而依靠词，迅速展现结果。

然而，在有些情况下，可以感觉到。例如，在对余音般的暗示义的理解中。如果有人问，这是怎么回事？回答是：在依靠词义的力量余音般暗示的韵中，有表示义和暗示义。暗示义依靠表示义暗示，而又不同于任何表示义。由于表示义和暗示义完全不同，在对这两者的理解中，无法掩盖两者的因果关系，其中的先后次序也就显而易见。第一章中那些俗语诗就是确认领会义的例举。在这些例举中，由于表示义和暗示义完全不同，不能说理解了这一种就等于理解另一种。而在依靠词音的力量余音般暗示的韵中，例如，在“太阳的光芒白天照耀四方……”① 这首诗中，依靠相同的词音理解两种意义（光芒和奶牛），并理解这两种意义具有喻体和本体的关系。由于没有使用表示比喻的词，这种关系依靠词义暗示。因此，很明显，在对表示义理解和对暗示的庄严（比喻）的理解之间

① 第二章第21颂以下引诗。

存在先后次序。

在依靠词音的力量余音般暗示的韵中，依靠词暗示一类的情况也是这样。[①] 一个形容词具有两种意义，而没有使用关系词。也就是说，这两种意义不是依靠关系词，而是依靠意义确立。它像前面对表示义的理解和对表示义暗示的庄严的理解一样，有先后次序。虽然这里的理解也是依靠意义，但它依靠的是具有两种意义的词音，因此，仍被认为是依靠词音的力量。

在非旨在表示义的韵中，首先理解惯用义不适合自己的语境，然后展现另一义，肯定有先后次序。正因为非旨在表示义，此前没有思考对暗示义和表示义的理解先后次序问题。正如对表示者和表示义理解，对表示义和暗示义的理解也属于因果关系，肯定有先后次序。如上所述，这种先后次序有时明显，有时不明显。

对于按照暗示者对韵进行分类，有人会问："这种暗示者是什么？暗示者的性质就是展现暗示义。如果暗示义依靠暗示者，暗示者又依靠暗示义。这样互相依靠，便不成规则。"但是，我们先已说明暗示义不同于表示义，然后依据暗示义确认暗示者，这有什么可以质疑的？[②]

"确实是这样，前面已经证实有一种不同于表示义的事物，那么，为何将这种意义称作暗示义？凡是作为主要意义者，应该称作表示义。原因是句子依靠它。而作为展现它的句子的功能就是表示性。何必为句子设想另一种功能？因此，凡是属于句义的意义就是主要的表示义。其中，理解另一义只是理解句义的手段，正如理解词义只是理解句义的手段。"

回答是：如果词表示自己的意义，又暗示另一种意义，那么，

---

① 这一类的例举见第三章第1颂以下的这首诗："如果上天不让我有财力满足求告者的愿望……"

② 这里是说明暗示者是具有暗示性质的表示义。

表示自己的意义和暗示另一种意义，这两者的性质有没有差别？不可能没有差别。这两种功能存在领域的差别和形态的差别。词的表示功能的领域是自己的意义，而暗示功能的领域是另一种意义。不可能否认表示义是自己的意义，暗示义是另一种意义。对前者（表示义）的理解与词本身相联系，对后者（暗示义）的理解与表示义（即与词本身相联系者）相联系。表示义直接与词本身联系，另一种意义（暗示义）与表示义（即与词本身相联系者）相联系，由表示义暗示。如果另一种意义直接与词本身相联系，那就不必称它为另一种意义。因此，这两种功能存在的领域差别相当明确。

形态差别也很明确。表示能力不同于暗示能力。因为在不表示意义的歌曲声音等中，也能发现对味等的暗示。甚至没有声音的姿势等也能展现特殊的含义。例如：在"长辈们在场，她羞涩地低下头……"① 这类诗中，优秀的诗人用特殊的姿态展现含义。

由于领域差别和形态差别，词表示自己的意义和暗示另一种意义，两者的功能迥然有别。如果存在差别，那就不能将由表示义暗示的另一种意义称作表示义。我们也乐意将这种意义纳入词的功能范围。但是，它依靠暗示，而不依靠表示。它依靠与已有的表示义的合适联系理解另一种意义，并依靠另外的词表达自己的意义。②因此，这应该是暗示。

词义和句义的关系也不适用于表示义和暗示义。有些学者认为对词义的理解虚妄不实。③ 即使一些学者不认为是虚妄不实，也认为句义和词义的关系如同陶罐和它的构成因素的关系。在陶罐制作完成后，就不能感知不同于陶罐的构成因素，同样，在理解了句子

---

① 第三章第3颂和第4颂以下引诗。

② 例如，在"恒河上的茅屋"中，依靠与已有的表示义"恒河"的合适联系，理解另一种意义，并另用"圣洁"表达这另一种意义。

③ 意思是只有句义能表达意义。

或句义后，就不再分别认知词和词义，否则，又失去了对句义的理解。但是这种关系不适用于表示义和暗示义的关系。在理解暗示义时，对表示义的理解并不失去，因为暗示义的展现依靠表示义的展现。因此，这两者是陶罐和灯的关系。正如以灯为手段认知陶罐后，灯光并不消失，在认知暗示义后，表示义照样展现，并不消失。在第一章中说到的“正像对句义的理解要通过词义，对这种意义的理解也先要通过表示义”① 旨在说明两者的相似只是在用作手段这一点上。②

“如果这样，句子同时具有两种意义，句子的性质就遭到破坏，因为按照规定，句子只具有一种意义。”这里没有错误，因为确定了两者的主次关系。有时暗示义为主，表示义为次；有时句义（表示义）为主，另一义（暗示义）为次。只有以暗示义为主，才称作“韵”。以表示义为主，是其他类别，下面会讲述。因此，可以肯定，在以暗示义为主的诗中，这种暗示义不能表示，只能暗示。

而且，即使不以暗示义为主，你们也不会认为它是表示义，因为这不是词的本义。这也说明暗示义是词的特定领域。一旦以暗示义为主，怎么还能否认它的这种性质呢？因此，暗示性确实不同于表示性。此外，表示性唯独依靠词音，而暗示性既依靠词音，也依靠词义，这也说明暗示性不同于表示性。前面已经说明词音和词义用作暗示者。

转示无论是隐喻转示或相关转示，也依靠词和词义两者。但是，暗示性和它也存在形态和领域两方面的差别。形态差别在于词在转示中不起主要作用，而在暗示中起主要作用。③ 在依据词义理解的三种暗示义中，没有任何迹象显示词不起主要作用。

---

① 第一章第 10 颂。

② 词义和表示义，前者用于句义，后者用于暗示义。

③ 意思是转示脱离原词，暗示依靠原词。

另一种形态差别在于转示可以称为附属的表示性。而暗示性完全不同于表示性。这已经作出说明。还有另一种形态差别：一种意义通过转示传达另一种意义，它改变自己，成为转示义。例如，“恒河上的茅屋”[①] 等。而一种意义通过暗示方式展现另一种意义，它作为展现者，既展现另一种意义，也展现自身，正像灯一样。例如，“神仙说着这些话，波哩婆提低下头……”[②] 如果展示另一种意义，又不放弃原来的意义，而被称为转示，那么，这种转示成了词起主要作用。因为句子通常都能展示不同于表示义的句义。[③]

“按照你的观点，词义展现三种暗示义，那么，词的功能是什么?”回答是：依靠具有语境等的词，词义才获得这种暗示性。因此，怎么能否认词在其中的作用?

转示和暗示的领域差别也很明确。暗示的领域有三种：味等、庄严和本事。没有人会说对味等的理解是转示。实际上也不能这样说。暗示的庄严也是这样。暗示的本事旨在传达不同于原词表示义的暗示义，以理解本事的魅力。这一切都不是转示的领域。因为我们看到转示只是按照惯用法使用转义的词。这在前面已经说明。[④] 如果转示领域也出现魅力，那也是由于暗示参与其中。因此，转示和暗示迥然有别。

暗示不同于表示和转示，但又依靠这两者。暗示有时依靠表示，如在旨在依靠表示义暗示另一义的韵中。有时依靠转示，如在非旨在表示义的韵中。为了说明依靠这两者，一开始便将韵分成这两类。既然依靠这两者，就不能将暗示等同于其中之一。有时依靠转示，就不能等同于表示。有时依靠表示，就不能等同于转示。由

① 这里的恒河转示恒河岸。

② 第二章第 22 颂以下引诗。

③ 这里的表示义指词的表示义。句义不同于词的表示义。

④ 第一章第 14 颂。

于依靠这两者的性质，就不能等同于其中之一。此外，也由于依靠缺乏表示和转示形态的声音的性质。因为歌曲的声音也能暗示味等。而这样的声音并不具有表示性和转示性。由于看到暗示也存在于词以外的领域，便不能认为它属于词的表示等性质。如果暗示不同于公认的词的表示性和转示性，而要认为它是一种性质，那么，为何不认为它也是词本身的性质？

这样，词有三种性质：表示性、转示性和暗示性。如果在暗示中，以暗示义为主，则成为韵。它分成非旨在表示义和旨在依靠表示义暗示另一义两类。这在一开始就已经作了详细描述。

还有人会说："在旨在依靠表示义暗示另一义的韵中，没有转示，说得很对。因为在这种韵中，理解另一种意义以理解表示义和表示者为前提，怎么能称为转示？有两种转示：一种是由于某种原因，一个词完全放弃自己的意义，而被另一种意义覆盖，例如，'这个人发火'① 等；另一种是既传达另一种意义，也保持自己的部分意义，例如，'恒河上的茅屋'② 等。在这两种转示中，具有非旨在表示义的性质。因此，在旨在依靠表示义暗示另一义的韵中，可以看到对表示义和表示者等等自身的理解和对另一种意义的领会，称之为暗示性有道理。既展现自身，又展现另一种意义，被认为是暗示者。在这个领域中，表示者成为暗示者，这对于转示肯定不适用。但是，非旨在表示义的韵与转示有什么不同？上述两种转示也构成两种类型③。"

这里也没有错误。即使非旨在表示义的韵也依靠转示铺路，但并不采取转示形态。此外，还可以发现缺乏暗示性的转示。没有暗

① 发火转示发怒。

② 恒河转示恒河岸。

③ 非旨在表示义的韵分为两类：表示义转义为另一义和表示义完全失去。转示也分成两类：隐喻转示和相关转示。

示义，便不成其为我们所说的作为魅力原因的暗示者。若转示依靠表示义的性质，又依靠暗示义，它呈现隐喻形态。例如，说“这个人发火”，是由于火的暴烈的性质，说“她的脸是月亮”是由于月亮令人喜悦的性质，等等。又如，“亲吻已有一百次……”① 而相关形态的转示可以只依靠转示义，而不涉及对具有魅力的暗示义的理解。例如，“床在叫喊”②，等等。

即使转示成为理解具有魅力的暗示义的原因，那也是由于暗示性参与其中，就像表示者的情况那样。在描写不可能存在的内容时，例如，“三种人能获得盛开黄金花的大地……”③ 会引起对具有魅力的暗示义的理解。因此，在这个领域中，即使存在转示，也有理由说是韵。也就是说，在非旨在表示义的两类韵中，转示染有这两类韵的暗示特征。但它不能等同于令知音内心喜悦的暗示性。此外，还可以发现转示在其他领域中成为理解的原因，而缺乏这种暗示性。尽管这一切已经在前面作出说明，这里再次说明，是为了加深理解。

词音和词义作为暗示者的性质符合惯用法，不容置辩。词音和词义的关系通常称为表示者和表示义的关系，而作为暗示者的功能是附加的，因为这与其他的情况相联系。所以，暗示性不同于表示性。表示性是每个词确定的自我。一个人从开始掌握它的时候起，它的惯用义始终保持不变。而暗示性是附加的，并非确定不变。对暗示性的理解以语境等为条件，否则，不存在这种理解。“如果它并非确定不变，为何还要考察它的性质？”这样做并没有错。因为暗示性的不确定属于词，并不属于自己的暗示义领域。暗示性的性质类似推理中的“相”。推理中的“相”的性质并非确定不变，而

① 第一章第14颂以下引诗。

② 床转示床上的人。

③ 第一章第13颂以下引诗。

是取决于推理者的愿望，但它在自己的领域中并不游移不定。[1] 这就像我们说明的暗示者的性质，由于这种不确定属于词，也就不能认为暗示性是表示性。如果它是表示性，那就应该像表示性那样与词有确定的联系。[2]

弥曼差派学者也肯定会许可词的这种附加性质。他们确认词音和词义的天生关系，通晓句子的本质，指出人的句子和非人（吠陀）的句子之间的区别。如果他们不认可这种附加性质，由于词音和词义之间的永恒联系，对于人的句子和非人（吠陀）的句子意义的解释，也就没有区别。如果他们认可这种附加性质，就可以说明人的句子中可能会出现谬误，原因在于即使句子不放弃与自己的表示义的联系，仍然可以按照人的意愿增添这种附加的功能。

可以看到有些事物由于处在不同的情况，产生另一种附加的功能。即使它们没有失去自己的本性，也会产生违反本性的效果。例如，月亮等带来清凉，为整个生命世界解除燥热，而被与爱人分离而内心忍受煎熬的人看到，却引起焦灼。因此，如果想要说明即使保持与意义固有联系，人的句子仍然会产生虚妄不实的意义，那就应当确认有某种明显不同于表示性的附加功能。那就是暗示性，而不是别的什么。暗示性展现暗示义。人的句子主要是展示人的意图。它是暗示义，而不是表示义，因为表示者和暗示义之间不存在表示者和表示义那样的关系。

照此说法，世上的所有句子都应该称为韵，因为他们都具有暗示性。确实是这样。但是，这种展示说话者意图的暗示性对于世上所有句子是共同的。这种暗示性与表示性没有明确区分，暗示义并

---

① 例如，烟是推理火的“相”。推理者并不事先知道火的存在，而是想要推理火的存在。然而，由烟推理火，却是必定的。

② 意思是一个词表示什么是确定的，而暗示什么要视情况而定，并不是确定的。

不是有意传达的独立存在。只有在有意传达暗示义的情况下，这样的暗示性才能称为韵。[①]

依靠词音和词义展示具有特殊意图的暗示义，在这种情况下，句义展示有意传达的暗示义。但是，这种暗示性不足以说明无限的韵。因此，无论是不是说话者的意图，只要句义展现三种暗示义（本事、庄严和味），那就可以称为韵。我们用以说明暗示性的韵的定义既不能过宽，也不能过窄。[②]

由此可见，词的暗示功能并不违背，而是符合通晓句子本质的学者们的理论。而韵的说法是依据确认“声梵”[③] 的学者们的观点，因此不会产生是否与他们发生矛盾的问题。而逻辑家认为词音和词义之间的关系是人为的。但是，词的暗示性像其他事物一样，不与经验发生矛盾，也就不在否定之列。

让逻辑家对表示性持有不同看法，去争论词的这种性质是天生固有的，还是约定俗成的。而暗示性出现在表示性之后，在其他情况中也同样存在，人所共知，对此不会有异议。逻辑家的一切争论属于超世俗经验，而非世俗经验。对于一切日常的感觉领域，在没有受到遮蔽的情况下，说“这是蓝的”或“这是甜的”，我们不会看到他们对此表示不同意见。因为在蓝色没有受到遮蔽的情况下，一个人说“这是蓝的”，另一个人不会提出质疑，说“这不是蓝的，而是黄的”。同样，暗示性存在于表义的词语中，非表义的歌曲音调中，无词语的姿态动作中，人人都能感受到，有谁会加以否认？或长或短的各种艺术活动暗示某种非词语的可爱的意义，在智

① 也就是说，句子传达说话者的意图并不都能称为韵。只有在说话者有意传达暗示义的情况下，才能称为韵。

② 如果将句义称为韵，失之过宽；如果将含有说话者意图的句义称为韵，失之过窄。

③ 在梵语语言学中，“声梵”指通过声音展示的原本存在的词。而展示这种原本存在的词的发音称作“韵”。这是诗学中“韵”的名称的来源。

者的集会上受到赞赏。有头脑的人不想使自己成为笑柄，有谁会藐视它？

而有人会说：“可以藐视。词语的暗示性是指示性，也就是推理中的‘相’。词语的暗示义和暗示者的关系就是推理中‘有相’和‘相’的关系，不是别的什么。因此，只能这样理解：你们提出的暗示性涉及说话者的意图，而说话者的意图恰恰是通过推理方式得知。”

对此的回答是：即使是这样，对我们有何损伤？我们强调的是词的暗示性功能，其特征不同于表示性和转示性。即使是像你说的那样，对我们有何损伤？管它称作暗示性、推理中的“相”，还是别的什么！无论称作什么，它都属于词语功能领域，而且，不同于其他已知的词语活动方式。对此，我们双方没有争议。然而，说暗示性就是推理中的“相”，理解暗示义就是理解推理中的“有相”，这是不对的。

你用我们说的话证明你的论点。因为我们认为说话者的意图是暗示义，你就说词语的暗示性是推理中的“相”。这样，我们要对我们所说的话作出说明，请听：词语领域分为两类：可推理的和可表达的。可推理的具有说话者的意图特征。说话者的意图又分为两类：发出词音的愿望和通过词音表达词义的愿望。前者不属于词语交流，只是说明说话者是有生命的活物。[①] 后者限定自己使用某些特殊的词语，即使其中存在间隔，也能成为词语交流的原因。[②] 这两类都是可推理的词语领域。

而可表达的是意义本身，属于说话者愿望表达意义的领域。它分为两类：表示义和暗示义。有时说话者使用词语本身表达意义，有时出于某种考虑，不采用词语的表示义表达意义。这两类可表达

① 意思是动物也有发出声音的愿望。

② 使用某些特殊的词语，说明有表达意义的愿望。

的词语领域本身并不表现为“有相”。它是另一种关系，或是人为的，或是自然的。那是说话者用词语表达意义的意图被理解为“有相”，而不是意义本身。如果词语的作用是推理中的“相”，那么。对于词语意义的真假就不存在异议，就像依据烟（“相”）推断火（“有相”）。①

依靠表示义的能力展示的暗示义与词语有联系，正如表示义与词语有联系。这种联系是直接的，还是间接的，无关紧要。暗示者依靠表示义和表示者，前面已经说明。因此，词语作为“相”，也只是用于暗示说话者的意图。一旦涉及说话者的意图对象（即意义），便依靠词语的表达能力。作为领会义，无论是不是说话者的意图，它是表示者的功能，还是别的功能？前面已经说过，不是表示者的功能，而是别的功能，即暗示者的功能。

暗示者不同于推理中的“相”，因为人们看到后者不存在灯光等情形。② 因此，正像表示义那样，可表达的词语领域与推理中的“有相”无关。正如我们已经指出，与“有相”有关的词语领域不被理解为表示义，而被理解为某种标识。如果可表达的领域是“有相”，那么，世人在这个领域中就不会产生歧解异议。这一点也已经说过。

有时会依靠其他认知手段以求对表示义的正确理解。但即使运用其他认知手段，也无损于词的功能领域。暗示义的情况也是这样。而且，在诗的领域，逻辑中的真理和谬误对于暗示义的认知不适用。用其他认知手段考察暗示功能会成为笑柄。因此，不能说所有一切对暗示义的认知就是对“有相”的认知。

---

① 表示义和暗示义的关系不是这样，例如可以正话反说。

② 前面已经说过，表示义和暗示义的关系如同灯和陶罐。灯光能作为表示义展现作为暗示义的陶罐，但不能作为“相”推断作为“有相”的陶罐。

那种适用于推理的暗示领域[1]的词的暗示性不适用于韵。我们这样说，是为了说明即使是确认词音和词义之间存在天然联系的论者也承认有暗示性特征的词的功能。我们作出的这种努力是说明所有的论者都不能否认这种暗示性，无论它们是不是表示的词语，无论它们采取推理中的“相”或其他形式。正是这样，作为词的功能，暗示性肯定不同于转示性和表示性。然而，有人固执地坚持将它归入后者之中。我们说明韵的特殊性，旨在排除歧见，培养知音，自然不应该受到责备。因为不能仅仅依据共同性而摒弃有用的特殊性。如果这样，只需要对整个存在作出定义，而对各别事物作出定义就成为多余。正是这样，

长期以来，智者们对称作“韵”的这一类诗，
不明真相，存在争议，这里已经作出说明。

**还有另一类以韵为辅的诗，其中与暗示义相陪伴的表示义更有魅力。（34）**

已经说过暗示义如同女人的美[2]，在诗中占据主要地位，称为韵[3]。如果暗示义成为辅助，表示义更有魅力，则称为以韵为辅的诗。其中，一些词抛弃表示义，暗示本事，但这种领会义有时附属呈现为表示义的句义，成为以韵为辅。例如：

这是谁？一座美的海洋，
蓝莲花和月亮一起漂浮，
大象的一对颞颥隆起，

① 即前面所说的“说话者的意图”。

② 第一章第4颂。

③ 第一章第13颂。

还有莲花茎和芭蕉树。①

有时，一些词不抛弃表示义，依靠它们领会到暗示义，但诗中的魅力以表示义为主，暗示义成为附属，即以韵为辅。例如："黄昏充满激情，白天走在她前面……"②

词语自己说出了暗示性，成为以韵为辅。例如："这位聪明的女子从情人挤眉弄眼的微笑中……"③

味等性质的暗示义成为辅助，则是前面已经说明的有味庄严。④在这里味等附属以表示义为主的句义，如同国王尾随举行婚礼的臣仆。暗示的庄严成为辅助，如明灯等。同样，

**如果诗中词语清晰和深刻，给人带来喜悦，智者也将它们归入这一类。(35)**

这种意义可爱而给具有鉴别能力的知音带来喜悦的诗无计其数，其中的这一类称作以韵为辅。例如：

吉祥天女是他的女儿，
诃利是女婿，恒河是妻子，
甘露和月亮是两个儿子，
哦，这便是大海的家族！⑤

① 在这首诗中，蓝莲、月亮、大象的一对颞颥、莲花秆和芭蕉树分别暗喻眼睛、面庞、双乳、手臂和大腿。但这些暗示义附属句义，即赞叹这位女子是"一座美的海洋"。

② 第一章第13颂以下引诗。

③ 第二章第22颂以下引诗。

④ 第二章第5颂。

⑤ 这首诗暗示大海汇集天上人间的幸福，但这种暗示义附属表示义——对大海的赞叹："哦，这便是大海的家族！"

**所有作为表示义的庄严，如果陪伴有暗示义的因素，通常会显示无上魅力。**(36)

诗论家已经部分地说明所有作为表示义的庄严，如果依据相应的情况，陪伴有暗示的庄严或本事，就会显示很大魅力。但经过认真考察，可以发现它们一般都属于这一类。正如在明灯和合说等庄严中，通常也能在其他庄严中发现涉及暗示的其他庄严或本事。这首先因为在所有庄严中都可能含有夸张。实际上，大诗人都运用夸张，增强诗的特殊魅力。因为在诗中运用适合于描写对象的夸张，怎么会不增强魅力？婆摩诃给夸张下定义时说："它是一切曲语，诗人应该努力运用它显示意义。没有它，哪有庄严？"[①] 对这段话的理解应该是：依靠诗人的想象力、由夸张主导的庄严具有很大魅力，而其他的庄严仅仅是庄严。而夸张能使所有其他庄严成为自己的身体，因此采用隐喻转示方式，称它是一切庄严。

夸张与其他庄严混合时，有时它呈现为表示义，有时呈现为暗示义。而呈现为暗示义时，有时为主，有时为辅。这样，第一类属于表示的庄严，第二类属于韵，第三类属于以韵为辅。

这种情况也存在于其他庄严。但其他庄严不可能涉足一切庄严。夸张涉足一切庄严是特例。

在依据相似性庄严如隐喻、明喻、等同和例证等中，通过暗示展现的相似性具有很大魅力。因此，这些富有魅力的庄严也属于以韵为辅的领域。而合说、略去和迂回等庄严，正是因为具有暗示因素才确立为庄严，无可争辩地属于以韵为辅。

在这类以韵为辅的诗中，有些庄严只能包含特定的庄严。例如，佯赞庄严包含有情庄严。有些庄严只能包含庄严。例如，疑问等庄严包含明喻庄严。有些庄严可以互相包含。例如，明灯和明

---

① 婆摩诃《诗庄严论》2.85。这里的译文依照欢增的理解译出。按原文也可译为："诗人应该努力通过这种、那种乃至一切曲语显示意义。没有曲语，哪有庄严？"

喻。其中，明灯经常包含明喻。而明喻有时也含有明灯的魅力。例如，花环明喻。例如：

父亲依靠她，得到净化和美化，
正像灯依靠大放光芒的火焰，
天国路依靠流经三界的恒河，
智者们依靠经过修饰的言语。①

这样，含有暗示因素而富有魅力的隐喻等庄严都属于以韵为辅。以韵为辅是这些提到的和一些未提到的这类庄严的共同性。因此，只要理解这种性质，就很容易理解一切。如果语法家只讲一个个词的特殊性，不讲共同性，那就无法真正认识词，因为词无计其数。语言的分别无限，庄严也是这样。

这是另一类陪伴有暗示义的以韵为辅的领域。知音们确认这第二类产生韵的诗也是大诗人的可爱园地。凡打动知音心灵的诗，无论哪一类，都不会不因含有暗示义而优美。智者们确信这是诗的最高奥秘。

**即使诗人的语言具有装饰，这种暗示的魅力也是主要的装饰，犹如女人的羞涩。(37)**

由于这种魅力，即使很常见的意义也变得特别可爱。例如：

目光温柔的女郎听从爱神命令，
亲昵妩媚的种种姿态不可言状，
我应该找一个偏僻无人的地方，
聚精会神，沉思默想，细细回味。

① 引自《鸠摩罗出世》1. 28。这首诗是明喻中有明灯：“得到净化和美化”为四句所共用。

在这首诗中，“不可言状”一词的表示义模糊不清，但它暗示的内容显然无比丰富，怎么会不产生魅力？

**也能看到语调暗示另一义。如果暗示义处在辅助地位，则属于这一类。**(38)

有时能看到语调暗示另一义。如果暗示义处在辅助地位，即以韵为辅，则属于这一类。例如：

> 持国之子们啊，只要我活着，他们会安然无恙？①

又如：

> 我不贞洁？算了吧，忠于丈夫的女人！你的品行
> 没有污点？但我不像有的妻子与理发匠偷情。②

在这首诗中，传达特殊的含义不是单单依靠语调，而是依靠词的力量本身，并得到由自己的表示能力暗示的语调协助。因为在其他的诗中，我们不可能随意依靠语调传达这样的意义。这是由词的力量依靠特殊的语调协助而强化的意义，因而也是依靠表示义的能力获得的意义，那么，展现这种意义的诗称为以韵为辅。以韵为辅的性质就是表达含有特殊暗示义的表示义。

**凡是能合理地理解为这一类的诗，知音们不将它们归入韵类。**(39)

也能看到韵和以韵为辅混合的一类诗。究竟称它们为哪一类，要依靠论证。但不能在任何情况下都偏爱韵诗。例如：

---

① 这句话中没有疑问词。但可以通过语调表达。

② 这首诗描写一个女人与另一个女人的丈夫有染，受到指责。而这个女人以攻为守，讽刺另一个女人与理发匠偷情。诗中没有疑问词。但可以通过语调表达。

女友染红她的脚，笑着祝福：
“用它接触你丈夫头上月牙!”
听了这话，她不声不响，
举起花环，将女友拍打。①

又如：

情人从高处摘花，递给她时，
叫唤的却是她的情敌名字，
她眼中涌满泪水，不言不语，
只是用脚在地上划来划去。

在这两首诗中，通过“不声不响”或“不言不语”这种否定性表述，表达了某种程度的暗示义②，因此，呈现为以韵为辅。如果不依靠间接的表述，而直接依靠句义理解暗示义，便是以暗示义为主。例如：“神仙说着这些话，波哩婆提低下头……”③ 而在这里，依靠间接的表述，因此是以表示义为主，不能称为余音般暗示的韵。

**而从味等含义的角度看，即使这类诗中暗示义为辅，仍可视同韵诗。(40)**

如果从味等含义的角度看，这类暗示义为辅的诗也能成为韵诗。例如，上面所引的两首诗。又如：

“罗陀难以侍候，有福之人啊！你用情人

① 引自《鸠摩罗出世》7.19。
② 前者主要暗示羞涩，后者主要暗示妒忌。
③ 第二章第22颂以下引诗。

遮羞的内衣擦拭，她的泪水流个不停，
够了！女人的脾气固执，你不必再安抚。”
但愿如此抚慰罗陀的诃利护佑你们！①

这就像在“我的敌人存在，这本身就是羞辱……”② 这首诗中，虽然其中的许多词表达含有特殊暗示义的表示义，但这种暗示性与作为句义的味有关。由于它们旨在依靠表示义，不能将它们误解为表示义转化为另一义的韵。在它们之中，理解到的是表示义含有特殊暗示义，而不是转化为暗示义。因此，整个句子是韵，而这些词是以韵为辅。还有，不仅那些以韵为辅的词能成为暗示过程不明显的韵的暗示者，而且体现表示义转化为另一义的韵的词也能成为暗示者。例如，这首诗中的“罗波那”一词就是这类暗示者。但是，在缺乏味等句义的句子中，即使有这些以韵为辅的词，也只能说它的总体性质是以韵为辅。例如：

他们甚至侍奉国王，甚至也使用毒药，
也和女人寻欢作乐，这些人确实聪明。③

应该竭尽全力辨别表示义和暗示义的主次关系。只有这样，才能认清韵、以韵为辅和庄严，互不混淆。否则，在众所周知的庄严领域中也会产生混淆。例如：

他不在乎美物消失，自己承受巨大痛苦，

① 这首诗描写诃利（即黑天）与别的情人幽会后回来，而且误穿了别的情人的内衣，罗陀伤心流泪，无法接受黑天的安抚。

② 第三章第16颂以下引诗。

③ 这首诗的暗示义是讽刺一些人做事不计后果。

并在自由快乐的人们中点燃忧愁之火，
这可怜女子甚至找不到匹配的爱人，
造物主创造这细腰身躯究竟意欲何为？

有些人认为这首诗是佯赞庄严。① 但是，并不合适。如果完全依靠这个庄严，不能充分说明它的表示义。这不可能是怀有爱情的恋人说的话，因为他不会说“这可怜女子甚至找不到匹配的爱人”这样的话。这也不可能是摒弃爱情的苦行者说的话，因为他的整个生活方式摒弃这种选择。我们不知道这首诗的出处，即据以判断意义的语境。因此，这首诗是间接庄严。② 它的表示义具有辅助性。间接表达的是一个人为自己的非凡品质感到骄傲，哀叹自己的卓越杰出得不到别人赏识，反而引起别人妒忌。一般认为这首诗的作者是法称。因为也有另一首诗表达这样的寓意：

对聪明睿智的人，也不知其深度，
对勤奋用功的人，也不知其真谛，
我的思想在世上找不到接受者，
如同海水，只能在自己体内老去。

间接庄严的魅力有三种：旨在表示义、非旨在表示义和兼有这两者。其中旨在表示义，例如：“为他人承受压榨，破碎仍甜蜜……”③ 又如，我的这首诗：

这些美丽的事物只有成为感觉对象，

---

① 佯赞是貌似称赞，实为责备，或貌似责备，实为称赞。
② 间接是称述文中没有提及的事。
③ 第一章第 14 颂 cd 引诗。

哪怕让眼睛瞧上一眼，才能实现目的，
而在黑暗的世界中会怎样？眼睛变得
与其他器官一样，甚至不如其他器官。

在这两首诗中，甘蔗和眼睛是旨在表达的表示义，但不是想要表达的内含义。这两首诗的内含义是一个人即使具有伟大品德，但处在不合适的环境中，也不能获得卓越成就。非旨在表示义，例如：

“嗨！你是谁?”“你要知道，我是一棵背运的树。”
“你说话听来像厌世。”“对。”“为什么?”“请听！
左边①那棵榕树，路过的旅人都愿意去它那里，
而我即使在路边，我的树荫也无法为人效劳。”

不可能与树进行问答，因此，这首诗是非旨在表示义。通过表示义传达的内含义是一个聪慧的穷人面对一个邪恶的富人发出的悲叹。

兼有旨在表示义和非旨在表示义这两者，例如：

这棵长在野外的枣树，
无叶无花无果又丑陋，
你却筑起围篱养护它，
傻瓜啊，你会受人嘲笑。②

这首诗的表示义既不十分可能，也不完全不可能。因此，应该

① “左边”一词含有邪恶的意思。
② 这首诗中的枣树隐喻出身低贱而丑陋的女子。

努力辨别表示义和暗示义的主次关系。

**以上是依据暗示义为主和为辅确定的两类诗。下面是另一类诗，称为画诗。画诗依据音和义分成两类：音画诗和义画诗。**（41、42）

暗示义为主的一类诗称为韵，暗示义为辅的一类诗称为以韵为辅。然后，另一类诗，缺乏味和情等含义，缺乏展示特殊的暗示义的能力，仅仅依靠表示义和表示者的奇妙，仿佛是画，称作画诗。严格地说，那不是诗，而是诗的模仿品。其中，一类是音画诗，诸如煞费苦心的叠声等。另一类是义画诗，不涉及暗示义，以句义为主，缺乏味等含义，诸如奇想等。

有人会问："这种画诗究竟是什么？它不涉及暗示义。前面已经说明暗示义分成三类。[①] 如果没有暗示的本事或另一种庄严，我们就让它们归入画诗领域。但是，不涉及味等，这样的一类诗根本不存在。因为诗不可能不涉及内容，而世界上的一切事物必然成为某种味或情的辅助因素，至少作为情由。因为味等是特殊的思想活动，而没有哪种事物不引起特殊的思想活动。如果不引起特殊的思想活动，也就不存在诗人的创作领域。而你却将诗人的某种创作领域说成是画诗。"

对此的回答是：确实不存在这样一类对味等毫无领会的诗。但是，如果诗人毫不在意味和情等，而精心结撰音庄严或义庄严，那么，我们可以依据诗人的主旨所在，认为他的作品缺乏味等。因为诗中词的意义有赖于诗人的意图。即使有时缺乏诗人的意图，而依靠表示义的能力，也能领会味等，但这种领会显得十分薄弱。据此，我们可以认为这类诗无味，而归入画诗。总而言之：

① 即味、本事和庄严。

主旨不在传达味和情等对象，
只是运用庄严，这是画诗领域。

如果主旨在味等而有含义，
这样的诗不可能不属于韵诗。

我们确立这类画诗是看到一些诗人使用语言毫无约束，写诗时无视味等含义。如今确立了正确的诗的原则，就不会有韵诗之外的那类诗。即使是成熟的诗人的创作，如果缺乏味等含义，也无魅力。而如果具有味等含义，任何内容都能辅助意图中的味，而显示魅力。甚至无生物也能辅助味，或者依据情况成为相关的味的情由，或者与生物的行为发生联系。因此，我们说：

在无边的诗的领域，诗人是唯一创造主，
这个世界如何转动，完全按照他的意愿。

诗人诗中含有艳情，世界变得津津有味，
如果诗人缺乏激情，世界也会索然寡味。

优秀的诗人在诗中，能按照自己的意愿，
让无生物如同生物，而生物如同无生物。

因此，只要诗人一心关注味的含义，没有哪种事物会不依照他的心愿辅助他的意图中的味。或者说，这样做了，不会不增添魅力。这一切都已展现在大诗人的作品中。甚至在我们自己的作品中，也能如实说明这一切。按照这种观点，所有的诗都不逾越韵的法则。前面说过，即使具有以暗示义为辅的特征，但诗人关注味等，这类诗也属于韵诗。[①] 而在一些赞美诗或颂神诗中，味等被确定为辅助因素；在一些“六智”诗人等的“藏心诗”[②] 中，以表示义为主，而含有特殊的暗示义。前面说过，这些以暗示义为辅的诗也源自韵。这样，为如今的诗人阐明了诗的原则后，画诗至多能用作初学者的练习，而成熟的诗人确认韵是诗。下面是总结：

展示作为含义的味和情，
展示暗含的本事或庄严。

知音们认为在诗的道路上，唯独
以暗示义为主的韵有它的领域。

**韵通过与以韵为辅、庄严和自己的分类，或结合，或混合，呈现许多类。**(43)

可以看到韵通过与自己的分类、以韵为辅和表示的庄严，或结合，或混合，呈现许多类。譬如，与自己的分类结合，与自己的分类混合，与以韵为辅结合，与以韵为辅混合，与另一种表示的庄严结合，与另一种表示的庄严混合，与混合的庄严结合，与混合的庄严混合，韵呈现许多类。

其中，与自己的分类结合，有时是依靠受恩者和施恩者的关系。例如，在“神仙说着这些话，波哩婆提低下头……”[③] 这首诗中，暗示过程不明显的韵[④]受恩于依靠词义力量余音般暗示的韵。[⑤]

---

① 第三章第40颂。
② 一种俗语诗。
③ 第二章第22颂以下引诗。
④ 暗示艳情味。
⑤ “数着玩耍的莲瓣”暗示不定情羞涩。

有时，两者结合，而互相的关系存疑。例如：

这个女子前来参加节日欢庆，
你的妻子不知对她说了什么，
现在她在楼顶的空屋中哭泣，
兄弟啊，去安慰这可怜女子吧！

在这首诗中，“安慰”一词可以是表示义转化为另一义①，也可以是旨在依靠表示义暗示另一义。② 没有可靠的理由确定是哪一种。

常常会有暗示过程不明显的韵与自己的分类一起进入同一个暗示者，例如：“云朵以浓密的阴影涂抹天空……”③ 这首诗中也含有与自己的分类混合，其中，表示义转化成另一义和表示义完全失去④，两者混合。

与以韵为辅结合。例如：“我的敌人存在，它本身就是羞辱……”⑤ 又如：

傲慢的难敌是赌博骗局设计者，紫胶宫纵火者，
以难降为首一百位弟弟的兄长，盎伽王的朋友，
对黑公主揪发髻，剥衣裳，般度族沦为他的奴隶，

---

① 指转化为“交欢”。

② 指暗示妒忌，意思是“你喜欢的是她，不是我”。说话者也是与男主人公有染的女子。

③ 第二章第1颂引诗。这首诗的景色描写中含有味韵和情韵。

④ 其中，“罗摩”一词属于表示义转化为另一义，“涂抹”一词属于表示义完全失去。

⑤ 第三章第16颂以下引诗。参阅第三章第40颂以下对这首诗的阐释。

请说出他在哪里？我们并不愤怒，只是前来看他。[①]

在这首诗中，暗示过程不明显的韵成为句义，与一些含有特殊暗示义的表示义的词结合。依靠词义的以韵为辅和依靠句义的韵结合，并不产生矛盾，如同韵与自己的分类结合。这正像依靠词义和句义，不同类的韵互相结合，并不产生矛盾。

还有，主次关系依靠同一种暗示义，会出现矛盾，而依靠不同的暗示义，不会出现矛盾。正如在表示义和表示者的关系中，同时出现多种意义的结合和混合，不会出现矛盾[②]，在暗示义和暗示者的关系中，也是如此。

如果其中一些词表示非旨在表示义，或者表示余音般暗示，那么，形成韵和以韵为辅的混合。例如，在“好友啊，阎牟那河岸那些蔓藤凉亭还安好吗？……”[③] 这首诗中，“游戏的伴侣”和“见证罗陀的秘密”这些词呈现为韵[④]，“它们”和“我想”这些词呈现为以韵为辅[⑤]。

表示的庄严和暗示过程不明显的味韵的结合在具有庄严的味诗中获得普遍确立。有时，也与其他类别的韵结合。例如我的这首诗：

诗人新鲜的眼光用于品尝各种味，
智者的眼光展示客观真实，大神啊！
我已倦于用这两种眼光描述世界，

① 引自《结髻记》5.26。这首诗的暗含义是“我们前来杀他”。
② 意思是同一个表示者可以有多种表示义。
③ 第二章第5颂以下引诗。
④ 这些词用以描写蔓藤凉亭，因此，是非旨在表示义。
⑤ 这些词也含有暗示义，但在诗中起辅助作用。

因为不能获得崇拜你那样的快乐。

在这首诗中，表示义转化为另一义的韵和矛盾庄严相结合。[①]

与表示的庄严混合，只涉及词。其中，一些词含有表示的庄严，一些词含有韵。例如：

黎明时分由湿波罗河上吹来的阵阵微风，
使湖鸟陶醉的响亮的爱恋鸣声格外悠长，
它结交荷花，因而芬芳，令人全身舒畅，
袪除女人行乐的疲倦，像宛转求告的情郎。[②]

在这首诗中，“结交”一词含有非旨在表示义的韵，其他一些词中含有庄严。

韵与混合的庄严结合。例如：

这狮子之妻渴饮鲜血，
在你汗毛直竖的身上，
留下牙齿印和指甲痕，
连众牟尼也热切注视。

在这首诗中，暗示过程不明显的韵与矛盾和合说混合的庄严结合。[③] 它的最终句义是布施英勇味。[④]

---

① 眼光与品尝味矛盾，由此转化为另一义，即隐喻诗人的创作想象力。

② 引自《云使》31（金克木译）。

③ 矛盾庄严指牟尼和热切矛盾。合说庄严指母狮的行为叠合女人在欢爱中的行为。

④ 这首诗描写菩萨舍身饲狮。

韵与混合的庄严混合。例如：

> 雨季的乌云来临，发出轰鸣，天色阴沉似旅人，
> 在这些日子，成群的孔雀伸长脖子，翩翩起舞。

在这首诗中，依靠词音力量余音般暗示的韵与明喻和隐喻混合的庄严混合。①

**这样，谁能数清韵的大小分类？我们指出的只是方向。(44)**

韵的分类无穷无尽，我们只是指出方向，以提高知音们的学养。

**有志于创作好诗或鉴赏好诗的人们应该努力研究上述韵论。(45)**

精通上述韵论的诗人和知音必定在诗的领域中享有崇高的地位。

**有些人不能清楚地阐明上述诗的真谛，而提倡各种风格。(46)**

我们用韵论阐明了诗的真谛。一些人不能清楚地阐明诗的真谛，而提倡维达巴、高德和般遮罗这些风格。显然，这些风格论者对诗的真谛所知甚少，说不清楚。而我们已经清楚地阐明诗的真谛。因此，不需要采用风格论。

**只要理解了诗的法则，也就清楚一些方式依靠词音，另一些方式依靠词义。(47)**

只要理解了诗的法则在于分辨暗示义和暗示者的关系，那么，通常所知的依靠词音的“文雅”等等谐音方式和依靠词义的艳美等等表演方式都与风格走在一条路上。否则，这些方式仿佛是看不见

---

① 这首诗含有双关，也可读作“在这些日子，成群的孔雀为观赏演出的旅人观众翩翩起舞，放声歌唱”。其中，天色阴沉似旅人的读法是明喻，“旅人观众”的读法是隐喻。

的事物，无法信赖，无法体验。因此，应该清楚地理解韵的性质。

有些人给韵下定义说：“凡诗中词音和词义展示不可言状的魅力，如同稀有珍贵的宝石品质，只有特殊的鉴赏者才能感知，这称作韵。”这种说法不对，不能成为定义。因为这里依靠的词音的性质是悦耳和不重复，表示者的特点是清晰和有暗示性，词义的特点是清晰、辅助暗示义和含有暗示因素。

词音和词义这两种特点都能得到说明，也已经以多种方式得到说明。说它们另有不可言状的特点，那只能说明缺乏分析能力。因为不可言状即超越一切语言范畴，不能指称任何东西。而这里毕竟还是使用“不可言状”一词来指称它。有时，不可言状被说成是不能用涉及一般概念的词来说明。即使如此，诗的特点也不同于宝石的特点。因为诗论家们已经说明诗的特点，而仅仅依据一般概念，不能确定宝石的价值。然而，这两者确实只有特殊的鉴赏家才能感知。宝石商通晓宝石品质，知音通晓诗味。在这方面没有异议。

至于佛教著名的一切相不可指称说，我将在另一部著作中加以考察和论述，不在这里赘述。因为在这里展示另一部著作的内容，会令知音厌烦。或者，就让我们的诗论像佛教的现量论等那样存在于世。

由于其他的定义都不可靠，也由于它说的不是字面义，韵的定义得以成立。下面是总结：

不可言状不是韵的定义，因为韵的
意义可以说明，上述定义得以成立。

以上是吉祥的欢增著《韵光》第三章。

# 第四章

为了澄清不同意见，已经对韵作了全面说明。现在对韵的运用作出进一步说明：

**前面阐明的韵和以韵为辅的方式，诗人的想象力可以无限发挥。(1)**

前面已经说明韵和以韵为辅的方式。诗人的想象力得以无限发挥，则是它的另一个效果。

如果有人问，何以见得？回答是：

**即使沿用旧内容，只要装饰一种韵，作品也能产生新鲜感。(2)**

即使涉及从前诗人表现过的内容，只要运用上述韵的分类中的任何一类，就能产生新鲜感。

这样，依靠两类非旨在表示义的韵，即使沿用旧内容，也会产生新鲜感。例如：

面露天真微笑，眼光甜蜜地颤动，
话语新鲜有味，似溪水欢快流淌，
移动的步子散发嫩芽绽开的清香，
青春期的鹿眼少女怎么会不迷人？

下面是另一首以前出现的诗：

娇媚的微笑，转动的眼光，颤抖的话语，
臀部丰满，步履懒散，这样的美女谁不爱？

在诸如此类的诗中，依靠“表示义完全失去”这类韵展示新鲜感。

同样，

第一不愧为第一，它是猛兽中的狮子，
以捕杀大象为食，有谁能够将它降伏？

另一首以前出现的诗：

狮子凭自身威力赢得伟大，谁能超越？
那些大象尽管身躯庞大，怎能胜过它？

在诸如此类的诗中，依靠“表示义转化为另一义”这一类韵展示新鲜感。还有，依靠“旨在依靠表示义暗示另一义”这类韵展示新鲜感。例如：

新娘的嘴放在佯装睡着的爱人脸上，
害怕惊醒他，犹犹豫豫，不敢亲吻；
他也保持不动，唯恐她害羞转过脸去，
在这样的期待中，心儿直达爱的巅峰。

尽管已有下面这首诗，上面这首诗仍然有新鲜感：

看到卧室空寂无人，新娘轻轻从床上起身，
久久凝视丈夫的脸，没有察觉他假装睡着，
于是放心地吻他，却发现他脸上汗毛直竖，

她羞涩地低下头，丈夫笑着将她久久亲吻。[1]

又如：尽管已有“双眉翻滚波浪……”[2] 这首诗，下面这首诗仍然有新鲜感：“波浪是弯曲的双眉……”[3]

**味等韵类多种多样，应该依据前面的说明加以运用。依靠这些韵类，诗的道路即使有限，也会变得无限。**(3)

正如前面所说，味、情、类味、类情和情的平息这些韵类，再加上相应的各种情由和情态，韵类多种多样。这一切应该依据前面的说明加以运用。虽然以往数以千计或无计其数的诗人行走在诗的道路上，它的路面似乎已经有限，但只要依靠味等，仍会变得无限。因为味和情等每个韵类依靠各种情由、情态和不定情，就无穷无尽。优秀的诗人将其中的任何一类韵，按照自己的意愿用于世界生活，就会呈现不同的景象。这已经在论述画诗时作出说明。[4] 有位大诗人写了这样一首诗：

向语言女神致敬！她为诗人提供广阔的领域：
即使事物不是这样，也让人觉得仿佛是这样。

以上已说明依靠味和情等，诗的内容无限。下面继续说明这一点：

**即使是诗中的内容古已有之，只要把握住味，就能焕然一新，犹如春季的树木。**(4)

运用旨在依靠表示义暗示另一义这一类中的依靠词音力量余音

① 引自《阿摩卢百咏》82。
② 这首诗没有全文。
③ 第二章第5颂以下引诗。
④ 第三章第41、42颂以下。

般暗示的韵，产生新鲜感。例如，尽管已有这首诗：

千头蛇、雪山和你，伟大、沉重和坚定，
不越出自己的界限，稳住动荡的大地。

下面这段描写仍然有新鲜感："在这场大灾难中……"①

运用依靠词义力量余音般暗示的韵，产生新鲜感。例如，尽管已有这首诗：

正在议论选婿事，少女羞愧低下头，
但见身上汗毛竖，透露内心在渴求。

下面这首诗仍然有新鲜感："神仙说着这些话……"②

运用依靠词义力量余音般暗示这一类中的身体完全出于诗人想象的表述，产生新鲜感。例如，尽管已有这首诗：

芳香的春季来临，情人们可爱的渴望
和那些芒果树的嫩芽一起突然萌发。

下面这首诗仍然有新鲜感："春季之月已经准备好爱神之箭……"③

运用依靠词义力量余音般暗示这一类中的身体完全出于诗人创

---

① 第三章第1颂以下引文。
② 第二章第22颂以下引诗。
③ 第二章第24颂以下引诗。

造的角色的想象表述[①]，产生新鲜感。例如，尽管已有这首诗：

> 我的儿子原先一箭就能叫母象送命，
> 有了这害人的媳妇，如今要用一束箭。

下面这首诗仍然有新鲜感："家里有了一个蓬头散发的儿媳……"[②]

正像依靠韵的各种暗示义，诗的内容产生新鲜感，依靠各种暗示者也是如此。但是，这里不再描述，以免著作冗长。知音们可以自己推断。

尽管已经反复说明，这里还要指出很重要的一点：

**虽然暗示义和暗示者的关系多种多样，诗人应该着重刻画蕴含味等的这一种。(5)**

各种各样的暗示义和暗示者的关系成为词语的意义无限的原因。即使如此，诗人想要获得前所未有的意义，应该尤为注重蕴含味等的这一种暗示义和暗示者的关系。一切创新的诗产生于诗人一心关注作为味、情、类味和类情的暗示义和前面指出的音素、词、句、词语组合方式和作品等暗示者。[③]

正是这样，在《罗摩衍那》和《摩诃婆罗多》等作品中即使反复描写战斗等等，依然保持新鲜感。而且，在一部作品中，刻画一种主味，不仅内容显出优异，而且充满魅力。如果要求举例，就可以以《罗摩衍那》或《摩诃婆罗多》为例。

最初的诗人（即蚁垤）在《罗摩衍那》中亲自宣称是悲悯味，

---

① 根据下面所举的例子，应该是依靠词义力量余音般暗示这一类中的自然产生的表述。

② 第三章第1颂以下引诗。

③ 第三章第2颂和第16颂。

说道："忧伤变成了输洛迦。"他在自己的作品中展现这种味，以永远失去悉多为结局。在既有经典形貌，又有诗歌风采的《摩诃婆罗多》中，大牟尼（即毗耶娑）安排苾湿尼族和般度族悲惨去世的结局，凄凉抑郁，表明自己作品的主要含义是离欲，其宗旨是以解脱为人生主要目的，以平静为主味。其他一些注家也对这一点有所揭示。为了拯救陷入无知深渊的世人，这位护世尊者放射无比纯洁的智慧光芒，亲自宣称：

> 一旦尘世生活变得没有意义，
> 那么，摒弃欲望也就肯定无疑。[①]

诸如此类话语，他一再宣称。这些清楚地表明《摩诃婆罗多》的含义，也就是旨在说明平静是主味，其他味都将附属它；解脱是人生主要目的，其他人生目的[②]都附属它。

以上对味的主次关系做了说明。

如果不考虑本质（即灵魂），身体也会显得极其可爱。同样，如果次要的味和次要的人生目的以自己为主，也能显示魅力。

有人会说，《摩诃婆罗多》中想要表达的内容全都在序目篇中作了说明，但没有发现上述这一点。相反，从其中作者自己的话可以得知《摩诃婆罗多》旨在阐明所有的人生目的，包含所有的味。

对此，应该说，在序目篇中确实没有直接表述《摩诃婆罗多》以平静为主味和以解脱为人生主要目的这样的话。然而，它是在"永恒的婆薮提婆之子（黑天）尊者也要受到称颂"[③] 这句话中通过暗示展现的。通过暗示想要传达的意义是，在《摩诃婆罗多》中

---

① 《摩诃婆罗多》12.168.4。

② 其他人生目的指正法、利益和爱欲。

③ 《摩诃婆罗多》1.1.193。

般度族等的事迹受到称颂，但他们的结局悲惨，呈现为无知和虚妄。而婆薮提婆之子（黑天）尊者受到称颂，体现最高意义的真实。因此，你们要一心思念这位至高的神，不要贪恋虚妄的荣华，也不要费尽心力追求诸如谋略、修养和勇敢之类的品质。这句话中的“也”这个词含有暗示能力，明显地展现这种特别重要的意义：“你们要看清尘世生活的虚妄。”紧接在后面的诗句“他就是真实”等也表明含有这种意义。

诗人黑仙岛生（即毗耶娑）在《摩诃婆罗多》结束时，描写诃利世系[①]，作为收尾，充分表明这个可爱的隐含意义。他用这种意义说明应该虔信另一种超越世俗生活的真实存在，充分表明他否定整个世俗生活方式。他充分描写诸神、圣地和苦行的威力，只是作为达到至高的梵的手段。各种特殊的天神也体现这位尊神的荣耀。甚至描写般度族等的事迹，也含有摒弃欲望的意义，而摒弃欲望是解脱的根基。在《薄伽梵歌》[②] 等中，已经明确显示这是达到这位尊神的手段。因此，这些都是达到至高的梵的手段。采用婆薮提婆之子（黑天）等一系列称谓表示至高的梵，即无限力量之所在。在《薄伽梵歌》等文本中，都是这样使用这些称谓。这说明至高存在完全模仿这位化身为摩突罗人[③]的尊神。他具有“永恒的”这个特殊的形容词，因而，他不只是作为自己的部分化身的摩突罗人。在《罗摩衍那》等作品中，我们发现通常也用这个称谓表示这位尊神的其他化身。这个事实也已经得到语法家们确认。

这样，序目篇中的这句话表明除了这位尊神外，其他一切变化无常。这说明《摩诃婆罗多》作为一部经典，以解脱为人生最高目

① 也就是作为《摩诃婆罗多》附篇的《诃利世系》。诃利即化身为黑天的毗湿奴大神。

② 《薄伽梵歌》是《摩诃婆罗多》中的一部宗教哲学诗。

③ 黑天出生在摩突罗城，是婆薮提婆之子。

的，而作为一部诗歌，以平静为主味。这种平静味有灭寂贪欲和增进幸福的特征。这是最本质的意义，因而它不是通过表示，而是通过暗示传达。本质的意义不通过自己的表示义传达，能呈现最强烈的美。在富有经验的智者集会上，这已是惯例：不用直白的词语，而通过暗示展现最可爱的事物。

因此，肯定无疑，在诗中安排一种主味，就会获得新意，也会产生很大的魅力。特殊的意义与味相伴随，即使缺乏修辞，也能显示非凡的魅力。例如：

胜利属于灵魂伟大的瑜伽行者之主牟尼罐生①，
他在自己的一只手掌中看到了神圣的鱼和龟。

这种内容创新不仅适用于奇异味，也适用于其他味。例如：

你在街上路过时，偶然碰了她，幸运的人啊！
她的肋部直到现在还冒汗，颤抖，汗毛竖起。

从这首诗中品尝到味，并不完全依靠理解这样的含义："你碰了她，她冒汗，颤抖，汗毛竖起。"②

这样，已经说明如何依靠各种韵类，诗的内容会产生新鲜感。还有依据三类韵③的各种以韵为辅，依靠它们，诗的内容也会产生新鲜感。为避免著作冗长，这里不再举例，知音们可以自己推想。

**只要依靠韵和以韵为辅的种种方式，只要诗人具有想象力，诗**

---

① 罐生是投山仙人的称号。

② 因为这样的情爱描写很常见。这首诗中的内容创新在于在街上路过时，偶然碰了她的肋部，也激发这样的爱恋之情。

③ 三类韵即味韵、本事韵和庄严韵。

**的内容就永远不会枯竭。(6)**

只要诗人具有想象力，即使相同的内容已经在前人的诗作中出现，也不成问题。而诗人如果缺乏想象力，也就不存在任何诗的内容。如果缺乏在内容上的想象力，也怎么可能产生适合两种意义[①]的词语组合的魅力？知音们不认为这种无视特殊意义的词语组合具有魅力。然而，无视意义，但聪明地安排甜蜜的词语，也被称为诗。有人会问：诗是音和义的结合，怎么这样的作品也被称为诗？回答是：正如依据别人作品的内容编排词语，被称为诗，这种依靠聪明的词语组合的诗也被称为诗。

现在说明意义变化的无限性不仅依靠暗示义，也依靠表示义：

**甚至纯粹的表示义也会依据情况、地点和时间的特殊性，自然地呈现无限性。(7)**

即使不依靠暗示义，纯粹的表示义也会自然地呈现无限性。表示义具有这种性质，也就是无论涉及生物和无生物，依据各种情况、地点和时间的特殊性，它会变化无穷。即使采用如实描写的手法表现这些众所周知的多样性，诗的意义也会无穷无尽。

其中依据不同情况，产生新鲜感。例如，在《鸠摩罗出世》中，最初这样描写波哩婆提女神的美：

造物主汇集了一切喻体，
逐一安排在合适的部位，
仿佛希望看到天下之美
集于一身，精心将她创造。[②]

后来，又以另一种方式描写她的美，即进入湿婆大神的视线，

① 表示义和暗示义。
② 引自《鸠摩罗出世》1.49。

成为爱神的助手：

她用春花装饰自己：
无忧花赛过红宝石，
迦哩尼花金光闪闪，
信度花宛如珍珠串。①

而在她和湿婆结婚时，又以另一种方式描写她的美，即从下面这首诗开始，描写她如何梳妆打扮：

这位腰肢瘦削的女郎进入圣坛，
面朝东方，侍女们坐在她前面，
准备为她装饰，而被她的天然
姿色所吸引，延宕片刻时间。②

诗人反复描写同一个人物，既不产生重复感，也不缺乏新鲜感。在我的《毗舍摩波那游戏》中已经指出这一点：

可爱女子的媚态，优秀诗人的语言，
变化无穷，从来不会让人感觉重复。

另一类情况的不同是，将雪山和恒河等一切无生物表现为具有自我意识的生物。无生物一旦被赋予生物的特征，就会迥然不同。例如，在《鸠摩罗出世》中，开始时按照山的性质描写雪山，后来，在与七仙人的可爱对话中，展现生物的性质，焕然一新。这是

---

① 引自《鸠摩罗出世》3.53。
② 引自《鸠摩罗出世》7.13。

公认的优秀诗人之路。为了提高诗人的修养，我已经在《毗舍摩波那游戏》中充分说明这个原则。

在生物中，优秀诗人利用童年等人生阶段的不同情况，造成新鲜感，也很常见。即使在同一人生阶段的两个生物之间，也有不同的情况。例如，同样是少女，有情窦已开和情窦未开的不同。而同样是情窦已开的少女，又有谨慎和轻佻的不同。

而在无生物中，也有生长阶段的不同情况。分别利用这些不同情况，诗的内容就会变化无穷。例如：

> 这些嫩芽已从池中莲花根茎上长出，
> 可以与年轻雌象柔软的象牙相媲美，
> 而那些天鹅鸣叫着吞食它们，咽下时，
> 喉咙收缩，发出另一种甜蜜的咕咕声。

其他的例举依此类推。

无生物因地点不同而不同。正如风来自不同方向，吹向不同地区，水和花等也因地区不同而不同。在生物中，人、兽和鸟等等因各自生活在村庄、森林和水中等而互相呈现截然不同的特征。只要在作品中如实运用这些区别，内容就会变化无穷。单是在人类中，由于地域的区别，就形成多姿多彩的习俗和行为特征，尤其是妇女们的特征，谁也无法说尽。优秀的诗人依靠各自的想象力，将这一切纳入自己的作品。

时间不同也形成多样性。例如，地区、天空和水等无生物因季节不同而不同。而在生物中，焦虑等心情也与特殊的时间有关。显然，应该依据各自的特征，描写有关世界的一切事物。只要遵循这个原则，诗的内容就会变化无穷。

有些人可能会说："事物得到表达的是它们的一般性，而不是特殊性。因为诗人将他们体验到的快乐等及其原因的性质叠加在其他人身上，依靠他们和其他人共同体验的一般性描写事物。他们不可能像瑜伽行者那样直接感知别人过去、现在和未来的思想等特征。而所有人共同体验的一般性是有限的，早已成为古代诗人的领域，因为这不可能不进入他们的视野。因此，如今的诗人能发现各种事物的新特征，只不过是自我吹嘘。他们所做的，也只是语言上的花样翻新而已。”

对此的回答是：你们说诗仅仅依靠一般性，而一般性是有限的，已被古代诗人用尽，因而，诗的内容不再可能创新。这种说法不对。如果诗仅仅依靠一般性，怎么能解释在大诗人们的作品中，诗的内容如此丰富？如果除了一般性之外，没有别的诗的内容，而且，最初的诗人蚁垤已经展现这种一般性，那么，怎么解释除了蚁垤之外，还有其他诗人？如果你们为自己的错误说法辩解，说那些“只是语言上的花样翻新”。那么要问：什么是语言上的花样翻新？因为语言用以传达特殊的表示义。如果语言有变化，表示义怎么会没有变化？因为表示义和表示者之间存在必然的联系。而诗中呈现的表示义形态在理解中与事物的特殊性同一。因此，即使语言变化论者不愿意，也必须承认这种表示义的变化。下面是总结：

> 只要承认除蚁垤外，哪怕还有一个诗人，
> 那就可以说创作领域的内容无穷无尽。

还有，认为诗的创新与语言变化相关，这符合我们的观点。因为前面已经说明造成诗的内容变化无穷的种种方法，再加上这里所说的语言变化，方法就会翻倍。明喻和双关等各种庄严本身就无计其数，再加上语言变化，还会翻上一百倍。

还有，在一种语言中含有另一种语言的读法，产生意义变化，

这也造成诗的内容变化无穷。例如我的这首诗：

一个人即使整天默祷“搅乳海者”，
大神黑天也不会出现在他的心中。①

这样，我们描述的无论哪种方式都说明诗的内容无穷无尽。但是，需要指出：

**表示义依据情况等的特殊性而不同，**（8ab）

这在前面已经说明。

**在作品中所在多见。**（8c）

无可否认。

**但是，它们都依靠味而焕发光彩。**（8d）

这里，总结如下，供优秀的诗人们参考：

**如果与味和情等等结合，注意保持合适性，并利用时间和地点的不同，**（9）

这里不把其他那些能力有限的诗人考虑在内。

**即使一百万个语主②一齐努力，诗的内容也不会耗尽。如同世界的原初物质。**（10）

正如不能说原初物质在以往的一劫又一劫中展现了无数奇妙的事物，而现在已经耗尽创造新的事物的能力，同样，不能说诗的领域已有无数诗人涉足，它的空间已经缩小，相反，由于知识的不断更新，它的空间还在扩展。尽管如此，

**在优秀的智者之间，会有许多相似之处。**（11ab）

---

① 这是一首俗语诗，其中的“搅乳海者”是大神黑天的称号，而按照另一种俗语的读法，则是“我的，我的”。也就是说，口中默祷“搅乳海者”，心中想着“我的，我的”。

② 语主（即语言之主）是天国祭司毗诃波提的称号。

这是肯定的，智者们的智慧有相似之处。但是，

**有头脑的人不会将这些相似说成是相同。**（11cd）

为什么？

**相似是与他者类似，如同映像，如同画像，或如同两人身体相像。**（12）

诗的内容相似是指与另一首诗中的内容类似。它分成三类：如同人的映像，如同人的画像，如同两个人身体相像。诗的内容有的如同另一首诗的映像，有的如同另一首诗的画像，有的如同两人身体相像。

**第一种缺乏自我，第二种自我模糊，第三种具有自我，诗人不抛弃这种相似性。**（13）

聪明的人应该抛弃诗的内容中映像式的相似，因为它缺乏自我，缺乏真实的身体。他也应该抛弃画像式的相似，因为它即使有身体，但自我模糊。诗人不应该抛弃第三种诗的内容相似，因为它有自己独立的可爱的身体。一个人的身体即使与另一个人相似，也不能说成是同一个人。说明如下：

**诗的内容只要具有独立的自我，即使借鉴前人的作品，也会有很大的魅力，犹如与月亮相似的女性脸庞。**（14）

只要具有富有生命力的真实的自我，即使诗的内容借鉴前人的作品，也会有很大魅力。正像身体一样，诗的内容吸收前人可爱的魅力，会达到美的极致。这不会显得重复，就像与月亮相似的女性脸庞。

以上对词语组合形态的句义相似性作了区分。而诗的内容中词义的相似性则无可非议。说明如下：

**即使运用前人的词义安排方式，如同运用前人的音素等安排方式，只要诗的内容确实富有新意，也无可非议。**（15）

即使语主也不可能使用全新的音素或词汇，即使使用这些相同

的音素或词汇，也不妨碍诗等作品富有新意。使用双关等词义的情况也是这样。因此，

**只要诗的内容可爱，吸引人们注意，认为它生动活泼，**(16ab)

诗的内容生动活泼，知音们感到惊喜。

**即使受到前人作品影响，这样的优秀诗人也不会受到指责。**(16cd)

即使诗的内容受到前人作品影响，只要优秀诗人的词语安排能传达愿望中的暗示义和表示义，他就不会受到指责。

**让词语与各种内容和甘露味一起展现吧！诗人不必担心自己的创作会不会受指责。**(17ab)

担心的是，既然有新的诗的内容，那么，利用前人的作品内容就不算是诗人的优点。

**优秀的诗人不愿意借用别人的东西，语言女神会按照他的意愿提供内容。**(17cd)

对于不愿意借用别人东西的优秀诗人，语言女神会按照他的意愿提供内容。优秀诗人的语言创作活动依靠前生积累的功德和不断的实践，老练成熟，不需要使用别人使用过的内容，也不需要自己特别费力。语言女神会亲自为他展现愿望中的内容。这正是大诗人成其为大诗人的奥妙所在。

这个以诗命名的神圣花园充满一切欢乐，具有与纯洁的味相适应的诗德和庄严之美，善人们能见到一切愿望中的内容。展现其中如意树般神奇伟大的韵，让灵魂高尚的人们享受吧！

好诗的真实本质和活动方式仿佛长期沉睡在智慧成熟的人们心中，为了让知音们获益，名声卓著的欢增已经对此作出说明。

以上是吉祥的欢增著《韵光》第四章。

全书终。

# 诗　　探

# 简　介

王顶（Rājaśekhara，九、十世纪）著有《诗探》（Kāvyamīmāṃsā）。他也是一位戏剧家，著有梵语戏剧《小罗摩衍那》、《小婆罗多》、《雕像》和俗语戏剧《迦布罗曼阇利》。他的《诗探》属于梵语诗学中的“诗人学”著作。这类著作的主旨不是探讨诗学理论，而是提供有关诗人和文学写作的实用知识。

王顶的《诗探》是梵语“诗人学”代表作。全书共分十八章，论题相当广泛，不像后来的“诗人学”著作那样主要局限于诗律、词音、词义、双关、技巧和惯例。它提供了许多不见于其他著作的梵语诗学资料。

第一章讲述诗学起源的神话传说。第二章讲述语言作品的分类。第三章讲述“诗原人”诞生的神话传说。第四章讲述诗人的必备条件。王顶认为“才能”是诗的唯一原因，由“才能”产生想象力和学问。第五章讲述诗人的类型和诗艺成熟的特征。王顶将诗人分为经论诗人、文学诗人和双重诗人三类，又将文学诗人分为编排诗人、词音诗人、词义诗人、庄严诗人、妙语诗人、情味诗人、风格诗人和经义诗人八类。他还讲述了诗人的十种形态。第六章讲述词句及其功能。王顶认为“诗是有德、有庄严的句子”。第七章讲述语言风格和语气。第八章讲述诗的主题来源。第九章讲述诗可以描写天上、人间或地下世界，也就是诗的描写对象无限，但无论描写什么对象，诗中必须有味。第十章讲述诗人的行为规范，要求诗人保持思想、语言和身体的纯洁，也要求国王赞助学术和诗艺。第十一章至第十三章讲述文学创作中的借鉴问题。王顶认为词语和诗意的借用是创作中的正常现象。关键在于不能直接照搬，而应该在词语和诗意上有所创新。第十四章至第十八章讲述诗人描写天上、人间和地下事物以及印度地理概况和六季景观的习惯用语。这些属于诗人应该熟悉的基本常识以及形成诗歌传统的描写用语。

这里的《诗探》译文依据达拉尔（C. D. Dalal）和夏斯特里（R. A. Sastry）编订本（巴罗达，1934），并参考波罗莎尔（S. Parashar）编订本（新德里，2000）。

# 第 一 章

## 经论要旨

现在，我们开始探讨诗。正像吉项（湿婆）教给以至上者（梵天）和威恭吒（毗湿奴）为首的六十四位学生，尊者自在天（梵天）也教给从自己意念中诞生的学生们。在这些学生中，娑罗私婆蒂（语言女神）之子诗原人最受器重。他具有天眼，通晓一切规则，预见未来事物。为了生活在地、空和天三界众生的利益，生主（梵天）委托他传播诗学。他向圣洁的诗学生们充分讲授了十八门知识。

其中，娑诃斯罗刹吟诵诗人的奥秘，乌格底迦尔跋吟诵语言论，苏婆尔纳那跋吟诵风格论，波罗积多吟诵谐音论，阎摩吟诵叠声论，吉多朗迦德吟诵画诗论，[①] 谢舍吟诵音双关论，补罗斯底耶吟诵本事论，奥波迦衍那吟诵比喻论，波罗舍罗吟诵夸张论，乌多提耶吟诵义双关论，俱比罗吟诵音庄严论和义庄严论，迦摩提婆吟诵娱乐论，婆罗多吟诵戏剧论，南迪盖希婆罗吟诵味论，提舍纳吟诵诗病论，乌波曼瑜吟诵诗德论，古朱摩罗吟诵奥义论。然后，他们分别编著各自的专论。

这样，诗学分成专论，难免互相割裂。本书则综合所有专论，

---

① 依据有的抄本，这三句的读法是波罗积多衍那吟诵谐音论，吉多朗迦德吟诵叠声论和画诗论。

囊括十八个门类。

以下是第一门类（“诗人的奥秘”）的论题：经论要旨、经论类别、诗原人的诞生、词句分别、诵读方法、意义教诫、句子规则、诗人特征、诗人行为、国王行为、语气运用、音义借用、诗人习惯用语、地点时间划分和地理知识。

本书经过精简、压缩和改编，
充满生动例举，便于学生阅读。

这部《诗探》探讨诗学原理，
这部《诗探》探讨语言因素。

不懂语言因素，便不懂《诗探》。
王顶综合牟尼[①]们的广博思想，
为诗人们编著了这部《诗探》。

以上是王顶著《诗探》第一门类《诗人的奥秘》
第一章《经论要旨》。

① 牟尼是对苦行者或学者的尊称。

# 第 二 章

## 经论类别

语言作品分成经论和诗两类。经论是诗的先导，诗人首先应该熟悉经论。这正如没有灯光照明，看不清事物真相。

经论分成两类：天启的和凡人的。天启的经论即圣典。它包括颂诗（吠陀）和梵书。颂诗（吠陀）用于祭祀仪式。梵书是对颂诗（吠陀）中的赞美和谴责作出说明。

梨俱、夜柔和娑摩构成三吠陀。阿达婆是第四吠陀。含有意义的诗节是梨俱，含有曲调的是娑摩，没有诗律和曲调的是夜柔。梨俱、夜柔、娑摩和阿达婆构成四吠陀。

史诗吠陀、弓箭吠陀、健达缚吠陀和寿命吠陀是副吠陀。德劳希尼说："适用于所有种姓的、以吠陀和副吠陀为灵魂的歌曲吠陀是第五吠陀。"

老师们说："语音学、礼仪学、语法学、词源学、诗律学和天文学是六吠陀支。"王顶说："辅助性的庄严论是第七吠陀支。"缺乏庄严论知识，就不能理解吠陀的意义。例如：

> 两只鸟结为朋友，停在同一棵树上，
> 其中一只吃果子，另一只光看不吃。①

---

① 两只鸟比喻个体灵魂和至高灵魂。树比喻身体。个体灵魂将自己等同于身体，享受业果。而至高灵魂摆脱一切执著。

这是经典名言。关于各个门类，我们都将引证梨俱吠陀、夜柔吠陀、娑摩吠陀、阿达婆吠陀和梵书。用哪个部位的发音器官，怎样发出各个字母的声音，这是阿毕舍利等人的语音学。怎样使用各种颂诗或经文，这是礼仪学。这也是夜柔学。语法学说明词语规则。词源学训释词义。诗律学探讨诗节韵律。天文学推算星相。然后是庄严论。

凡人的经论有四种：往世书、哲学、弥曼差和法论。其中，十八部往世书含有各种吠陀故事。人们说：

> 往世书讲述世界的创造和毁灭，
> 劫①，各个摩奴时期，各种谱系。

一些人说："史诗也是一类往世书。"史诗分成两类：波利讫利耶和普罗迦尔波。

> 史诗分成波利讫利耶和普罗迦尔波，
> 前者有一个主角，后者有多个主角。

其中两个例举是《罗摩衍那》和《摩诃婆罗多》。

关于哲学，我们在后面会谈到。

弥曼差是运用各种推理阐释圣典句义。它分成两类：一类阐释仪轨，一类阐释梵。

法论是记诵天启经的意义，有十八种。老师们说："十四种知识基础是四吠陀、六吠陀支和四经论②。"这十四种知识基础涉及地、空和天所有三界。人们说：

---

① "劫"（kalpa）指世界从创造到毁灭的一个周期的时间。

② 四经论指往世书、哲学、弥曼差和法论。

即使有人活上整整一千岁，
也不能穷尽这些知识基础，
因此，简明扼要，不再展开，
让惧怕鸿篇巨制的读者放心。

王顶说："诗是第十五种知识基础，所有知识的共同基础。"诗含有散文、韵文、诗人技法和有益的教训。各种经论都追随诗。

另一些人说："生计、欲经、工巧论和刑杖政事论，与前面的知识基础合成十八种知识基础。"

哲学、三吠陀、生计和刑杖政事论是四种知识。优沙那说："刑杖政事论是唯一的知识。"因为世上所有的人惧怕刑杖，恪守各自的职责。毗诃波提学派说："生计和刑杖政事论是两种知识。"因为生计和法规是人间生活的立足点。摩奴学派说："三吠陀、生计和刑杖政事论是三种知识。"因为三吠陀指导生计和刑杖政事论。憍底利耶说："哲学、三吠陀、生计和刑杖政事论是四种知识。"因为哲学为三吠陀、生计和刑杖政事论提供判断力。

王顶说："文学知识是第五种知识。"因为它是这四种知识的精华。它依靠前四种知识认知正法和利益，成为知识中的知识。

三吠陀已经说明。哲学分成前翼和后翼两类。阿罗汉哲学（耆那教）、世尊哲学（佛教）和顺世论是前翼。数论、正理和胜论是后翼。这些形成六种思辨。它们的说理方式有三种：论议、论诤和论诘。

把握事物真谛，向中立者作出说明，这是论议。以曲解、诡辩和抓住弱点等方式战胜对方，这是论诤。揭示对方谬误，维护自己一方，这是论诘。

农业、畜牧业和商业是生计。刑杖保障哲学、三吠陀和生计的实现。刑杖的法则形成刑杖政事论。各种经论认为人间生活依赖刑杖政事论。这是它们的共同特点：

正如河流开始狭窄，后来宽阔，
经论也是如此，受到世人崇敬。

它们由经文等构成。经文由经句组成。人们说：

经文作者懂得经文由少量词语组成，
内容全面，有精义，无浮词，无纰漏。

揭示经文中的所有精义，称作注释。解说经文注释，称作入门。阐释经文，称作疏解。阐释疏解，称作考辨。它揭示内在意义。尽可能逐一注释词义，称作详注。解释疑难词句，称作注疏。阐明经义的颂体疏解，称作本颂。阐明已说者、未说者和难解者，称作补疏。以上是经论类别。

经论诗人揭示隐含的意义，
或化简为繁，或化繁为简。

经论中各部分称作篇。篇中各部分称作章等等。章的名称由作者而定，无计其数。

有关音和义相结合的知识，称作文学知识。它包含六十四种副知识。它们形成妙语。妙语是诗的生命。我们将在奥义论中论述。

世上著作无穷无尽，智慧博大者能追随，

我们只能有所舍弃，以免本书卷帙浩繁。

以上是王顶著《诗探》第一门类《诗人的奥秘》
第二章《经论类别》。

# 第 三 章

## 诗原人的诞生

我们听老师们说过这些古老而圣洁的话语。学生们在谈话中询问毗诃波提："娑罗私婆蒂之子诗原人这位教师什么样？"毗诃波提回答他们说：

从前，娑罗私婆蒂渴望儿子，在雪山修炼苦行。梵天心中满意，对她说道："我为你创造儿子。"

于是，娑罗私婆蒂生下诗原人。诗原人起身向母亲行触足礼，出口成诗：

世界一切由语言构成，展现事物形象，
我是诗原人，妈妈啊！向你行触足礼。

听到这种在圣典中熟悉的、带有韵律的话语，女神满怀喜悦，将他抱在膝上，说道："孩子啊！虽然我是语言之母，你的诗体语言胜过我这位母亲。人们以此为荣，说道：'输给儿子等于又生一个儿子。'在你之前，智者们只知道散文，不知道韵文。你首先使用这种诗体语言。你确实值得称道。音和义是你的身体，梵语是你的嘴，俗语是你的双臂，阿波布朗舍语是你的双股，毕舍遮语是你的双脚，混合语是你的胸脯。你有同一、清晰、甜蜜、崇高和壮丽的品质（'诗德'）。你的语言富有表现力，以味为灵魂，以韵律为汗毛，以问答、隐语等为游戏，以谐音、比喻等为装饰（‘庄严’）。甚至展示未来事物的天启经也称赞你：

> 这头牛有四角，三脚，两头，七手，
> 以三种方式捆绑着，呼唤大神显身。①

尽管这样，你掩藏你的成人性，像儿童那样行事吧！”

说完，她把他放在树下石板上，自己前往空中恒河沐浴。

那时，大牟尼优沙那出来采集拘舍草和柴火，看到这个孩子在烈日下炎热难忍，思忖道：“这是谁的孩子？无人照顾。”于是，将他带回自己的净修林。

很快，娑罗私婆蒂之子（诗原人）恢复精神，启发优沙那使用诗体语言。优沙那突然感悟，说道：

> 即使那些诗人挤奶工每天挤奶也挤不完，
> 但愿妙语奶牛娑罗私婆蒂留在我们心中！

他在学者中首先获得优美的智性。从此，人们称优沙那为诗人。世上照此实行的人也都称为诗人。诗人一词的词根是 kavr，表示作诗者。由于娑罗私婆蒂之子潜心作诗，人们尊称他为诗原人。

然后，语言女神沐浴回来，看到儿子不在那里，心中哭泣。牟尼中的雄牛蚁垤路过这里，谦恭地讲述了事情经过，指给女神看婆利古之子（优沙那）的净修林。

她见到儿子，乳汁流淌，将他抱在膝上，亲吻他的头。她也在心中祝福大仙人蚁垤，暗中赐给他诗体语言。

---

① 《梨俱吠陀》3. 8. 10. 3，这首诗喻指说法不一。

蚁垤回去时，看到一只年轻麻鹬因伴侣遭到猎人射杀而发出悲鸣，不胜忧伤，说出一首输洛迦：

你永远不会，尼沙陀！
享盛名获得善果；
一双麻鹬耽乐交欢，
你竟杀死其中一个。[①]

女神具有天眼，赐予这种输洛迦诗体作为恩惠："即使没有受过教育的人，只要学会输洛迦，他就成为诗人。"

这样，大牟尼（蚁垤）用通俗语言创作了史诗《罗摩衍那》。岛生（毗耶娑）也学会输洛迦，用它创作了十万颂的《摩诃婆罗多》。

有一次，众梵仙和众大神为天启经发生争论，机敏的大神梵天请娑罗私婆蒂去仲裁。得知情况后，诗原人要跟随母亲前往。娑罗私婆蒂说道："孩子啊！没有梵天允许，任何人前往梵界不会有好结果。"她强行留住诗原人，独自前往。

而诗原人赌气，依然出发。看到亲爱的朋友出走，鸠摩罗[②]发出哭喊。而高利女神[③]对他说道："孩子啊！你别作声，我来阻止他。"她一边说着，一边思忖道："对于人来说，没有比爱更强的束缚力。为了控制他，我要创造一个女人。"这样，她创造出文论新娘，告诉她说："你的丈夫在前面，你去追上他，劝他回来。"女神也对学习诗学的牟尼们说道："你们要赞美他俩的事迹，因为这将成为诗的精华。"说罢，女神静静坐着。而他们照她说的去做。

---

① 《罗摩衍那》1.2.14（季羡林译）。

② 鸠摩罗是大神湿婆的儿子。

③ 高利女神是大神湿婆的妻子。

他们首先跟随诗原人前往西方。那里有盎伽人、梵伽人、苏诃摩人、婆罗诃摩人和朋德罗人等。在那里，她穿上自己喜欢的衣服，当地的妇女都效仿她。这种地方色彩是奥达罗－摩揭陀。那些牟尼赞美这种地方色彩：

胸脯涂抹有檀香膏，佩戴花环，
头巾亲吻头发分缝，肩膀袒露，
但愿手臂宛如祭草的高德妇女，
永远穿戴这种轻盈漂亮的衣服。

当地的男人也效仿娑罗私婆蒂之子（诗原人）喜爱的服装。它也是这种地方色彩。她表演的舞蹈和器乐属于雄辩风格，受到牟尼们赞美。即使这样，她也不能控制诗原人。于是，她又说话，话中含有复合词、谐音和瑜伽方式。这是高德风格，受到牟尼们赞美。

关于风格的特点，我们后面会谈到。

然后，诗原人前往般遮罗。那里有般遮罗人、修罗塞纳人、象城人、迦湿弥罗人、伐希迦人和波力迦人等。在那里，当地妇女效仿她的服装。这是般遮罗中部地方色彩，受到牟尼们赞美：

耳环晃动，面颊颤抖，
大项链垂挂到肚脐，
裙子围绕臀部和膝部，
曲女城女装值得赞赏。

这种服装对娑罗私婆蒂之子（诗原人）略有触动。她也表演舞蹈、歌曲、器乐和媚态等，那是崇高风格。由于步姿剧烈，也是刚烈风格。它受到牟尼们赞美。即使这样，她也不能控制诗原人。于是，她又说话，含有谐音而少用复合词，那是般遮罗风格。它受到牟尼们赞美。

然后，诗原人前往阿槃底。那里有阿槃底人、维底夏人、苏罗湿特罗人、摩罗婆人、阿菩陀人、婆利古人和古遮人等。在那里，当地妇女效仿她的服装。这是阿槃底地方色彩。它介于般遮罗中部和南方之间。那里有崇高和艳美两种风格，受到牟尼们赞美：

> 但愿般遮罗男子服饰和南方妇女服饰令人喜欢，
> 阿槃底地区有这两者的混合，包括语言和姿态。

然后，诗原人到达南方。那里有摩罗耶人、美伽罗人、贡多罗人、盖拉罗人、波罗人、孟阇罗人、摩诃剌陀人、恒河人和羯陵伽人等。在那里，当地妇女效仿她的服装。那是南方地方色彩，受到牟尼们赞美：

> 美丽的鬈发装饰额头，衣裳系在腋下，
> 盖拉罗地区美女的服饰永远出类拔萃。

这种服饰赢得娑罗私婆蒂之子（诗原人）喜爱。她也表演各种美妙的舞蹈、歌曲、器乐和媚态。那是艳美风格，受到牟尼们赞美。这样，她控制了诗原人。她说话，含有谐音和瑜伽方式，少用复合词。那是维达巴风格，受到牟尼们赞美。

这里，有依据服饰配置而成的地方色彩，按照姿态配置而成的风格，按照语言配置而成的风格。老师们说：“有四种风格和地方色彩[①]，怎么能囊括无数地区？”即使有无数地区，但风格和地方

① 指雄辩、崇高、刚烈和艳美四种风格，奥达罗－摩揭陀、般遮罗中部、阿槃底和南方四种地方色彩。

色彩分成四种。王顶说："所有地区统称转轮领域，每一类别包括无数地区。"

从南海到北方，一千由旬，统称转轮领域。这里有这里的服饰。由此往北，是天神等等居住的地方，那里有那里的服饰。在自己的地域自由活动。风格和地方色彩依据各洲的情况。

三种风格①放在后面论述。

在维达巴地区有爱神的游乐园，名叫筏蹉古尔摩城。娑罗私婆蒂之子（诗原人）和文论新娘采取健达缚方式结婚。然后，新婚夫妇返程，离开那些地方，回到雪山。高利女神和娑罗私婆蒂坐在一起。她俩接受致敬后，祝福他俩永远以这种充满威力的形体居住在诗人们的心中。

这样，为他俩创造了诗人的世界和天国。诗人们以诗的身体居住凡界，以神的身体永享幸福。

就这样，自在的梵天创造了诗原人，
知道这一切的人，今生和来世幸福。

以上是王顶著《诗探》第一门类《诗人的奥秘》
第三章《诗原人的诞生》。

① 指高德、般遮罗和维达巴三种风格。

# 第 四 章

## 词句分别[①]

学生有两类：有先天智力和有后天智力。天生热爱经论，是有先天智力。通过不断学习经论，智力得到改善，是有后天智力。

智力分成三类：记忆、思想和智慧。能回想过去之事，是记忆。能思考现在之事，是思想。能预见未来之事，是智慧。这些是诗人必备的三种智力。

两者之中，有先天智力的学生尊重老师，聆听教诲，领会，掌握，理解，思索，辨析，洞悉真谛。有后天智力的学生也具备这些品质，但需要依靠老师。每天尽心侍奉老师，这是两者共同具备的优秀品质。因为这是供应智力的如意神牛。人们说：

> 与知识渊博者相处，逐渐达到不朽。
> 首先，智慧之光增长，如实把握一切；
> 其次，思想变得敏锐，善于辨明是非；
> 最终，得以洞悉宇宙万物的唯一真谛。

与前两者不同的是智力低下者。有先天智力者善于理解。他一

---

① 本章的标题与下面第六章相同，而本章的内容主要是论述诗人和批评家的素质。

开始就能领会要义，侍奉老师，追求诗人之路。有后天智力者不善于理解，带有双重疑惑。他不能领会要义，需要依靠老师解除疑惑。而智力低下者思想充满谬误，犹如蓝色衣料上无法显示其他颜色。或许，娑罗私婆蒂会赐给他恩惠，我们将在奥义论中谈到。

夏摩提婆说："沉思冥想（'三昧'）在诗人的诗歌创作中起到最重要作用。"沉思冥想即集中思想。只有思想专注，才能看清事物（或认清意义）。人们说：

有关语言女神的伟大奥秘，
是聪明的智者涉足的领域，
让通晓一切的思想入定，
这是获取成功的最佳方法。

曼伽罗说："实践。"实践是不断地进行创作实践。它涉足一切方面，达到无与伦比的熟练。沉思是内在努力，实践是外在努力。两者共同照亮才能。王顶说："才能是诗的唯一原因。"

才能不同于想象力和学问。才能是行动者，想象力和学问是行动。有才能，则有想象力和学问。想象力照亮诗人心中积聚的词音、词义、修辞技巧和表达方式等等。缺乏想象力的人，对词音和词义视若无睹。而具有想象力的人，即使没有看到，也宛如亲眼目睹。因此，我们听说梅达维楼陀罗和鸠摩罗陀娑等天生目盲。大诗人们都能栩栩如生地描写其他地区和岛屿的故事和人物。例如，描写其他地区：

这些仙人在如意树林里餐风饮露，
在金莲花粉染黄的池水里沐浴净身，
在宝石洞穴里坐禅，在天女前守戒，

在这其他仙人的向往之地修炼苦行。①

描写其他岛屿：

你在海边与他玩耍吧！
那棕榈树林沙沙作响，
从别的岛屿吹来丁香花，
那风儿拂去你的汗珠。②

描写故事人物：

湿婆的坚定有点儿动摇，
犹如月亮升起时的大海，
他将目光转向乌玛的脸，
看见频婆果般的下嘴唇。③

看到女友这个模样，
侍女故意戏弄她说：
“小姐，我们再往前走。”
新娘报以恼怒的目光。④

想象力分为两种：创作想象力和批评想象力。创作想象力适合诗人。它分为三种：天生的、获得的和学会的。天生的想象力来自

① 引自《沙恭达罗》第七幕。
② 引自《罗怙世系》6.57。
③ 引自《鸠摩罗出世》3.67。
④ 引自《罗怙世系》6.82。

前生的潜在印象，获得的想象力来自今生的实践，学会的想象力来自经典和教本等等的指导。天生的想象力也多少表现为今生的实践。获得的想象力需要大量的实践。学会的想象力是今生接受教导。今生的也就是现世的训练。

这三种想象力也就形成三种诗人：天生的诗人、实践的诗人和学会的诗人。天生的诗人展现前生的潜在印象，具有智慧。实践的诗人通过今生的实践展现语言才能，具有获得的智慧。学会的诗人通过教导和例举学会语言才能，缺少智慧。因此，前两者不依据教本之类。老师们说："原本甜蜜的葡萄不需要掺糖。"而王顶不认为这样。如果能达到同一目的，采用两种方法，则能产生加倍的效果。夏摩提婆说："它们之中，前者比后者为好。"因为

天生的诗人运用自如，实践的诗人气度有限，
学会的诗人则是语言美妙，而意义琐碎肤浅。

而王顶说："出类拔萃者为好。"出类拔萃需要汇聚多种素质。因此，

具有智慧，具有各种诗歌技巧的实践经验，
通晓诗人奥秘，难得有人同时具备这三者。

聪明睿智，具有各种诗歌技巧的实践经验，
遵循圣典教导，这样的诗人有望成为诗王。

通常说到诗人的差别：

有的诗人的诗作局限在自己家中，

有的诗人的诗作走向朋友的家中，
有的诗人的诗作流传在大众口头，
仿佛对世界充满好奇，到处漫游。

这是创作想象力。批评想象力适合批评家。批评家鉴赏诗人的甘苦和意趣。依靠他，诗人之树结出果实，否则，不结果实。老师们说："诗人和批评家没有什么不同。"人们说：

想象力有差别，在大地上的地位也有差别，
而具有批评想象力的诗人的地位不会低下。

而迦梨陀娑不认为这样。批评家的特性不同于诗人的特性，诗人的特性不同于批评家的特性。各自的性质和对象不同。人们说：

有人擅长编排语言，有人擅长听取，
同时具备两种才能，则令我们惊异。
许多优秀品质很难集中在一人身上，
正如有的石头炼出金，有的检验金。

曼伽罗说："批评家分成两类：食欲不振型和食草型。"伐摩那一派说："诗人也是这样。"王顶说："分成四类。"另外两类是妒忌型和追求真理型。伐摩那一派说："其中存在有无鉴别力之分。"

食欲不振型分成天生的和认知能力的。前者即使有种种潜在印象，也如同铅，不能摆脱黑色。而后者遇到优秀的诗作，也能激发起兴趣。这是王顶的看法。

食草型是普通的批评家。他们对任何作品都怀有热情的好奇。他们缺少鉴别力，不辨良莠。他们抓取很多，也失去很多。智慧依靠鉴别力产生功效。结论应该实事求是。只有消除迷惑，才能达到至高境界。

妒忌型批评家掩人之德，对诗人的才能视若无睹。不怀妒忌的批评家不可多得。有诗为证：

“你是谁？”“我是诗人。”“请吟诵一首新作！”
“我如今不再谈论诗。”“为什么？”“请听！
优秀的诗人自己能正确鉴别诗艺的优劣，
但他不是批评家。否则，他难免怀有妒忌。”

追求真理型批评家在一千人中才有一个。有诗为证：

辨别词语组合方式，欣赏佳句妙语，
品尝甘露般的情味，揭示内在含义，
这是真正的批评家，深知创作艰辛，
缺乏这样的批评家，诗人内心痛苦。

批评家成为诗人的主人、朋友、
参谋、学生和老师，这毫不奇怪。

诗作没有通过批评家传遍四面八方，
只是保留在诗人心中，这有什么用？

每家每户都藏有一册又一册诗作，
但铭刻在批评家心中的只有两三册。

批评家鉴赏优秀诗作，心中呈现的

各种形态，连戏剧创造者也看不见。

有的批评家欣赏语言，有的批评家欣赏诗心，
有的批评家欣赏诗中的真情、姿态和情态。

有的批评家注重优点，有的注重缺点，
也有批评家既撷取优点，也摒弃缺点。

同样进行批评，方式多种多样，
由此我们知道，各人喜好不同。

既无天赋，又不好学，偏要写诗，
执迷不悟，这样的人终成笑柄。

缺少诗人天赋，但对诗歌充满好奇，
努力运用诗艺经典，也能取得成功。

批评家如果知道自己的诗句与别人的差异，
即使他不是优秀诗人，也是成功的批评家。

这是创作想象力和批评想象力的区别，
下面我们将讲述作为诗歌之母的学问。

以上是王顶著《诗探》第一门类《诗人的奥秘》
第四章《词句分别》。

# 第五章

## 学问和诗艺成熟

老师们说："学问是博学多闻。"因为诗人的语言涉及一切方面。

不经过学习，语言怎么能表达对象？
语言涉及一切方面，构成诗人特性。

王顶说："学问是辨别合适和不合适。"欢增说："想象力和学问，想象力更重要。"因为诗人的想象力能掩盖学问不足造成的种种缺陷。

诗人的才能掩盖缺乏学问造成的缺陷，
而缺乏才能造成的缺陷，则一目了然。

才能是想象力的运用：

我父亲头顶上那个是什么？是一弯月亮。
额上是什么？是眼睛。手上是什么？是蛇。
望着以天为衣的湿婆，麻鹬山之敌提问，

女神掩嘴微笑。愿这美妙的微笑保佑你们！①

曼伽罗说："学问更重要。"因为学问能掩盖诗人才能不足造成的缺点。所以说：

在诗歌创作中，学问能掩盖诗人的才能不足，
思想成熟的批评家并不在乎音义的结合方式。

学问的例举：

这妇女在邻近同房交欢的时刻，
不佩戴金项链，更何况珍珠项链，
她用柔软可爱的叶芽换下耳环，
用洁净的薄衣换下艳丽的绸衣。

王顶说："想象力和学问两者结合更重要。"

无魅力和无形体美，不能达到完美，
有魅力和有形体美，才能达到完美。

两者结合的例举：

胜利属于跋婆尼模仿丈夫的杖足舞姿，
具有从自身魅力之湖产生的莲花之美，
以修长的大腿为莲花秆，以指甲为花须，

① 麻鹬山之敌即室建陀。这首诗描写他向母亲波哩婆提询问父亲湿婆的种种标志。

以鲜艳的红染料为花瓣，以脚镯为蜜蜂。

应该说具有想象力和学问的诗人是真正的诗人。

诗人分为三类：经论诗人、文学诗人和双重诗人。

夏摩提婆说他们的重要性依次排列。[①]

王顶说，不是这样。因为这些诗人在各自的领域呈现重要性。天鹅绝不会饮用月光，而鹧鸪不会从水中取乳。经论诗人在诗中撷取优美的味。文学诗人用美妙的语言软化经论中坚硬的思辨。双重诗人擅长这两者，更为优秀。因此，经论诗人和文学诗人同样重要。我们认为经论诗人和文学诗人互相辅助，相得益彰。通晓经论者能写诗，而仅仅通晓经论者不能写诗。同样，通晓诗者能理解经论，而仅仅通晓诗者不能理解经论。

经论诗人分为三类：撰写经论，在经论中运用诗义，在诗中运用经论。

文学诗人分为八类：编排诗人、词音诗人、词义诗人、庄严诗人、妙语诗人、情味诗人、风格诗人和经义诗人。

编排诗人，例如：

国王越过大海，到达枣椰树高耸的丛山，
牛尾猴摇摆的尾巴如同蔓藤，缠绕树干，
古老的洞穴中，回响着它们的嘶叫声，
湖泊中的莲花竞相开放，送来阵阵芳香。[②]

词音诗人分成名词诗人、动词诗人和名词动词诗人三类。名词诗人，例如：

---

① 即后者依次比前者重要。

② 这首诗的梵文原文运用了谐音修辞，表明诗人善于编排词语。

正像知识对于人，伟大对于国王，
智慧对于医生，慈悲对于善人，
谦逊对于勇士，纯洁对于青年，
装饰对于这位国王，也是如此。

动词诗人，例如：

天师说从乳海搅出了甘露，
众天神听到后，兴高采烈，
纵情欢笑，发出大声吼叫，
满意地挥动手臂，互相拍打。

名词动词诗人，例如：

妇女们神情沮丧，无精打采，
肩膀松弛眼发黑，仿佛昏厥，
她们不哭，不喊，不说，不动，
仿佛顷刻之间，成了一幅画。

词义诗人，例如：

“女神生了儿子，诸位为何还站着？跳舞吧！”
跋林吉利提振臂欢呼，遮蒙妲在一旁应和，
他俩拥抱，胸前的枯骨项链互相碰出声响，
盖过众神紧密的鼓声。愿这声响保佑你们！

庄严诗人分为音庄严诗人和义庄严诗人两类。

音庄严诗人，例如：

由于恶业，我中毒身亡，不能浴血战场，
命运不济，我死在路上，没有死于恒河。[①]

义庄严诗人，例如：

婆苏吉以舞动的蛇舌为旗帜，以蛇冠为华盖，
而我的手臂能粉碎它的木柱般坚固的牙齿。[②]

妙语诗人，例如：

纤腰无可挑剔，遇到她的呼吸就会折断，
胸脯挺拔丰满，紧挨她的蔓藤般的双臂，
脸庞如同月亮，能够饮下那些目光之河，
青春在这位美女身上，进行着愉快的游戏。

又如：

下嘴唇可以替换无忧树嫩芽，
苍白的脸颊可以替换棕榈树，
那双眼睛如同闭上的莲花，
这女子肢体苗条，柔软甜蜜。

情味诗人，例如：

① 这首诗的梵语原文运用了叠声修辞。
② 婆苏吉是蛇王。这首诗运用了比喻修辞。

纤腰女啊，请看摩罗波尔尼河流入大海，
那些牡蛎冒出的水珠如同美女胸前项链。[①]

风格诗人，例如：

从前，爱神遭到湿婆焚烧，
揭利希摩为他清热去火，
用幼藤根、香树皮和旃檀汁，
无忧树芽、希利舍花和香蕉。[②]

经义诗人，例如：

喜爱自我，热衷于不可思议的入定，
知识优异，解开痴暗之结，立足善性，
方能看到那一位超越黑暗和光明的
古老大神，这人愚昧无知，怎会知道？

具有其中两三种特色，属于低等诗人；具有其中五种特色，属于中等诗人；具有所有这些特色，属于大诗人。

有十种诗人状态。具备先天智力和后天智力者，有七种；学会者，有三种。这些诗人状态是习作诗人、内心诗人、托名诗人、随从诗人、胶着诗人、大诗人、诗王、入魔诗人、无间诗人和移神诗人。

渴望成为诗人，拜师学习诗学和有关知识，这是习作诗人。

只在心中写诗，不敢公开发表，这是内心诗人。

---

① 这首诗暗示会合艳情味。

② 这首诗的语言特点属于维达巴风格。

害怕自己的诗作有瑕疵，借用别人的名字发表，这是托名诗人。

遵照以前诗人中的某种样式写诗，这是随从诗人。

写诗无可挑剔，但不能充分发挥，这是胶着诗人。

善于创作各种作品，这是大诗人。

挥洒自如，用各种语言创作各种情味的作品，这是诗王。这样的诗王在世上数目有限。

在祷词、咒语等等影响下，进入写作状态，获得成功，这是入魔诗人。

一旦出现创作欲望，词语接连不断，这是无间诗人。

具有咒力，将语言女神移入少男少女心中，这是移神诗人。

依靠长期的实践，优秀诗人的词句达到成熟。老师们会问："什么是成熟?"曼伽罗回答说："消化。"老师们又问："什么是消化?"曼伽罗回答说："善于使用名词和动词，悦耳动听。"这是优美的词音。老师们说："成熟是词语联系紧密。"

他们说道：

词语或增或删，思想犹豫不决，
一旦安排妥帖，语言女神成功。

伐摩那一派说："词语或增或删，最后安排妥帖，因此，成熟是用词贴切，不可替换。"他们说：

摒弃作品中词语的可替换性，
善于安排词音，称为词音成熟。

阿槃底孙德利说："这不算才能，不是成熟。"在大诗人的作品中，对于同一事物有多种诵读（或表达）方法，这是成熟。因此，合适地运用情味，巧妙地使用词音和词义，这是成熟。她说道：

诗德、庄严、风格、妙语、词音和词义结合，
智者们品尝到味，我认为这是语句的成熟。

还有：

成熟在于优美的说者、词义、词音和情味，
没有这种成熟，语言的蜜汁就不会流淌。

王顶说：“成熟通过词音体现，通过效果推知。它属于表达领域，也取决于知音的成功反应。”

从事创作的诗人们的成熟分为九类：

开始和结尾都无味，这是苦楝成熟。

开始无味，渐渐有点儿味，这是枣子成熟。

开始无味，渐渐有味，这是葡萄成熟。

开始有点儿味，结尾无味，这是茄子成熟。

开始和结尾都有点儿味，这是罗望子成熟。

开始有点儿味，结尾有味，这是芒果成熟。

开始有味，结尾无味，这是槟榔成熟。

开始有味，结尾有点儿味，这是黄瓜成熟。

开始和结尾都有味，这是椰子成熟。

其中，每三类为一组中的第一类[①]应该摒弃。成为一个劣等诗人，还不如不成为诗人。劣等诗人虽生犹死。中等的成熟[②]应该加

① 即苦楝成熟、茄子成熟和槟榔成熟。

② 即枣子成熟、罗望子成熟和黄瓜成熟。

工修饰。加工修饰能提高所有诗人的诗艺。即使金子中含有十二种杂质，经过火炼，也会变成黄金。应该掌握其他三类成熟。①

本性纯洁者不需要加工修饰。珍珠就不用加工修饰。

还有一类不确定的成熟，称为劫毕陀果成熟。发现其中的妙语，如同扬弃壳皮，得到谷粒。

从事创作的诗人的成熟分成九类，
智者应该加以区别，据此作出取舍，
这里为学生们指出了可取的三类，
而三界中成熟还可以有各种分类。

以上是王顶著《诗探》第一门类《诗人的奥秘》
第五章《学问和诗艺成熟》。

① 即葡萄成熟、芒果成熟和椰子成熟。

# 第六章

## 词句分别

词音由语法经典确定，《尼录多》和《尼犍豆》论者说明词音表示的词义。词音和词义合称为词。

词有五类：格尾词①、复合词、次派生词、原派生词和动词。牛、马、人和象是表示种类的词。诃罗、诃利、金胎、时间和空间是表示物质的词。白、黑、红和黄是表示性质的词。pra 和 ca 等是虚词（不变词）。"旅人走近（upaprasthita）城市"和"闪电照亮树后（vṛkṣam anu）"，其中的 upa 和 anu 是动词词缀。

智者们说："五种格尾词是话语之母。"复合词也是格尾词。两者的区别只是单独和复合。复合词有相违释等五种。这是一首关于五种复合词的妙语诗：

> 我家两人成双，有两头牛，家产永不减损，
> 要求家中仆人敬业，因此，我有许多钱财。②

次派生词有无数。这主要依据经典，波你尼语法家对此不了

---

① "格尾词"包括名词、代词和形容词。

② 这首诗中包含六种复合词的名称：dvandva（"成双"）是相违释，dvigu（"两头牛"）是带数释，avyaya（"不减损"）是不变释，karmadhāraya（"敬业"）是持业释，bahuvrīhi（"许多钱财"）是多财释。

解。māñjiṣṭha（“染红的”）、raucanika（“黄色的”）、saura（“太阳的”）、saindhava（“信度河的”）和vaiyāsīya（“毗耶娑的”）等是形成于派生词缀。次派生词依据词干。[①] 原派生词依据词根。kartā（“制作者”）、hartā（“掠夺者”）、kumbhakāra（“陶工”）和nagarakāra（“建造城市者”）等是原派生词。[②]

动词依据动词词缀有十种。依据词根有两种：pacati（“煮”）、apākṣīta（“已煮”）和pakṣyati（“将煮”）是依据词根。[③] pallavayati（“发芽”）、apallavayat（“已发芽”）和pallavayiṣyati（“将发芽”）是依据派生词根。[④]

这五类词以无数的方式互相结合。因此，智者们说天国祭司毗诃波提即使说上一千个天年，也无法向因陀罗说尽词库。

对于这五类词，维达巴地区喜爱格尾词，高德地区喜爱复合词，南部地区喜爱次派生词，北部地区喜爱原派生词。所有这些地区都喜爱动词。这五类词依照特殊规则使用，丰富句子。

> 通晓规则的智者使用它们，
> 句子的数量得以日益增长。

词有机结合而能传达意图，成为句子。优婆吒派认为句子有三种表示功能：明显的、内含的和两者兼有的。

句子中词与词关系的格尾以及词与动词关系的格尾明显，是明显的句子。即使词失去明显的格尾，而在复合词中依然能

---

① 以上五个次派生词分别源自词干mañjiṣṭha（“茜草”或“红染料”）、ruci（“黄染料”）、sūra（“太阳”）、sindhu（“信度河”）和vyāsa（“毗耶娑”）。

② 以上四个原派生词中，第二个源自词根hṛ（“夺取”），其余三个源自词根kṛ（“做”）。

③ 这里依据的词根是pac（“煮”）。

④ 这里是依据源自名词pallava（“芽”）的词根，即名动词。

表示它的意义，是内含的句子。同时具有明显的和内含的，是两者兼有的。

其中，明显的：

向野猪致敬！它轻而易举托出大地，
弥卢山在它的足蹄之间发出噼啪声。①

内含的：

没有哪位国王能像你这样，
关心民众，敌人闻风丧胆，
慷慨大度，周围邻国安宁，
本性崇高，持剑征服世界。②

又如：

这个青莲花环看似整个黑蛇家族
惧怕诃利而全部缠绕在他的脖颈。③

两者兼有的：

秋天来临，四方明亮，
莲花和阿沙那花绽放，
犹如梵天坐在莲花座上，

① 这首诗中，每个词都有格尾，没有使用复合词。
② 这首诗中，有六个复合词。
③ 这首诗中，有四个复合词。

他的四张面孔闪耀光芒。①

句子有十种：一个动词，多个动词，同一个动词有多个主语，同一个主语有多个动词，一个动词有多个主语，动词有主语和附属主语，动词有主语和从属主语，动词略去，原派生词用作动词，没有动词。

一个动词：

湿婆胜利！他在跳舞中，一只脚跨越
整个三界，另一只脚便无处伸展安放。②

多个动词有两种：有多个动词和多个名词，有多个动词而无名词。其中，第一种：

曼陀罗山停止搅动乳海后，
众天神和阿修罗齐声欢呼
梵天胜利，迅速地围绕他，
敬拜他，崇敬他，拥戴他。

第二种：

你保护，打击，扩展，思考，
维持，闪耀，创造，毁灭，
呼喊，安坐，抛弃，赐予，

① 这首诗中，使用双关修辞。其中，关于秋天的描写是明显的，关于梵天的描写是内含的。

② 这首诗的原文中，只有一个动词“胜利”。

接受，游戏，相聚，欢喜。

老师们认为句子依靠动词。这里有多个动词，而有多个句子。王顶认为所有动词有一个主语，形成一个句义，因此是一个句子。

同一个动词有多个主语：

河利大神胸前纯净的憍斯杜跋
珠宝胜利！洁白的茉莉花胜利！
鹿眼女郎闪动的斜睨眼光胜利！
令所有人销魂的优美音调胜利！

同一个主语有多个动词：

多情人在春季见到芒果树
而喜悦，遇到微风而高兴，
见到波古罗花绽放而满意，
听到杜鹃甜蜜鸣声而快乐。

一个动词有多个主语：

成为爱神生命力的优美音调以及
与豆蔻和浆果树嬉戏的风儿胜利！

动词有主语和附属主语：

你的大象在四海岸边的园林中游荡，

你的品质犹如茉莉花遍布四周群山。①

动词有主语和从属主语：

在家庭穷困重压下，内心发出呼叫声，
犹如牛车行进在险道上，发出叽嘎声。

又如：

但愿大神及其化身野猪的
洁白獠牙赐予你们快乐！
这野猪托起大地，呼出的
气息使大地晃动似皮球。

动词略去：

湿婆在舞蹈中舞动双臂，
驱散月宿星座，而撒下
一簇簇鲜花，但愿他的
月亮顶饰赐予你们吉祥！②

原派生词用作动词：

她在我面前目光收缩，

① 这首诗中只有一个动词 carati，既用于大象，读作“游荡”；也用于茉莉花，读作“遍布”。

② 这首诗中略去联系动词 as 或 bhū（“是”）的命令式。

以其他借口发出微笑，
爱情受到礼仪的约束，
既不表露，也不遮掩。①

没有动词：

“婆罗门，水有多深？”
“国王啊，达到膝盖。”

诗是有诗德、有庄严的句子。
一些人说：“由于表现不真实的事物，诗不足为训。”
例如：

你的名声传遍四方，受四方极限阻碍，
它又进入大海，在海水中身体不沾湿，
呼吸和眼睛也正常，而空间依然狭窄，
鹿眼女郎们惊异三界已经全部变白色。

又如：

国王的军队奋勇作战，折磨三界，
大地下沉，压得地下蛇王的顶冠
鼓胀，群山山顶破碎，掉入大海，
飞扬的尘土直达天国，困扰天女。②

① 引自迦梨陀娑《沙恭达罗》第二幕。这首诗中所有动作不是使用动词，而是使用源自动词的派生词，即过去分词。

② 以上两首诗采用极度的夸张描写手法。

他们还说：

诗中事物或者可见，或者不可见，
诗人夸夸其谈，流传的古老传说，
经典常谈，语言巧妙编排，诗歌
珠宝并非产生于大海和罗诃纳山①。

王顶认为不是这样。

诗中的描写并非不真实，而应该受到称赞，
诗作与吠陀、经典和世间的言说并无二致。

其中，依据吠陀：

迈开双腿游荡，自我的渴望会获得成果，
在漫长辛苦的旅行中，能消除一切罪孽。

依据经典：

大地的万物中，水最纯洁，
颂诗比水更纯洁，颂诗中，
娑摩、梨俱和夜柔更纯洁，
而大仙们认为语法最纯洁。

还有：

① 这句意谓诗歌珍宝并非真实的珍宝。

通晓语言，正确使用，
来世获得无限的胜利，
而不能正确使用语言，
就会遭遇痛苦和不幸。

“什么人通晓语言？为什么？”他知道正确的语言，也就知道不正确的语言。知道正确的语言，导致正法。不知道正确的语言，导致非法。不正确的词多于正确的词。每个词都有不正确的用法。例如，gau（“牛”）这个词有 gāvi、goṇī、gotā和 gopotalikā等不正确的用法。不通晓语言，以无知为庇护。但无知不可能成为庇护。无知者杀害婆罗门，酗酒，就会堕入地狱。因此，通晓语言，来世获得无限的胜利。而不能正确使用语言，就会遭遇痛苦和不幸。什么人通晓语言？通晓语言者以知识为庇护。

“这首偈颂出自何处？”“出自迦旃延那①。”“偈颂能作为准则吗？如果能作为准则，那么，这首偈颂也能作为准则”：

如果红似优昙花的瓶中饮料不能让人
升入天国，这祭祀的饮料又怎么可能？

波颠阇利②回答说：“这是疯子的胡说。而尊者的偈颂能作为准则。”

依据世间：

你享有与品德和爱情结合的
崇高名声，传遍大地四方，

① 迦旃延那是语法家。
② 波颠阇利是语法家。

犹如新娘的面纱蓦然间显露
额前半边番红花色吉祥志。

有些人说："由于教诲错误行为，诗不足为训。"例如：

少女时喜爱少男，年轻时喜爱青年，
年老时喜爱老人，这是我们固有的
婚恋方式，你怎么走上错误的道路？
女儿啊，妓女家族中没有贞女称谓。①

王顶说："这里有教诲。但具有禁戒性质，而非作为仪轨。"诗人的意图是人们应该了解妓女的生活准则。还有，大仙们说："世间生活依据诗人的言说，是至福的源泉。"人们说：

只要纯洁的诗歌语言在大地上流传，
诗人就会获得语言女神地位而快乐。

还有：

国王们的光辉业绩，
天神们的神奇事迹，
仙人们的苦行威力，
依靠诗人广为传颂。

依靠诗人，国王扬名，

① 这是一位鸨母教训女儿的话。

依靠国王，诗人出名，
恩宠诗人莫过于国王，
辅助国王莫过于诗人。

最初的诗人蚁垤和诗王毗耶娑开辟的
纯洁的语言女神之路，有谁会不崇敬？

有些人说："由于描述不文雅的行为，诗不足为训。"例如：

愿美女在欢爱中大胆主动，
耳饰击打描有彩色线条的
白净脸颊，臀部的宝石腰带
发出叮当声，永远令你喜欢。

王顶说："这样的描写依据内容需要。"这种话题也见于吠陀和经典。《夜柔吠陀》中说："女阴似臼，阳物似杵，两者交合，造成生殖。"《梨俱吠陀》：

来吧，拥抱我！不要嫌我全身汗毛多，
我是多毛女，犹如犍陀罗地区的绵羊。

经典：

她的眼睛清澈，睫毛修长，
爱欲的殿堂如同新鲜凝乳。

以上已经讲述词句分别，下面讲述句子其他类别。

以上是王顶著《诗探》第一门类《诗人的奥秘》第六章《词句分别》。

# 第七章

## 句子分别

句子也称为话语。它按照创造者的分别分为三类：梵天的、湿婆的和毗湿奴的。依据《风神往世书》[①]，梵天的话语有五类：自在者的、天神的、仙人的、仙人后裔的和仙人之子的。

自在者指梵天。梵天的儿子是婆利古等天神。天神的儿子是仙人。然后是仙人的后裔和仙人的儿子。

梵天的话语是吠陀及其相关经典。

梵天话语构成一切众生本质，
其中有些话语以解脱为目的。

天神的话语：

天神的话语依次充分阐释，
意义深邃，明显或不明显。

仙人的话语：

① 《风神往世书》是古代往世书之一。往世书是神话传说集。因此，以下所描述的话语分类属于神话传说中的分类。

仙人话语含有一些颂诗，
有名词格尾，意义清晰。

仙人后裔的话语：

仙人后裔的话语使用各种经典
词语，句子简短，充满复合词。

仙人之子的话语：

仙人之子的话语含混不清，
充满疑惑，令所有人难堪。

语言女神之子即古代诗人们指出，梵天、毗湿奴、楼陀罗、毗诃波提、跋尔伽婆等六十四个弟子都使用至高自在天的话语。此后，天神和天神后裔依照各自的智慧宣示这种维系生命的神圣语言。天神后裔如下：

持明、天女、药叉、罗刹、健达缚、
紧那罗、悉陀、密迹天、幽灵和鬼怪。

其中，鬼怪等湿婆的随从在自己的地域说梵语，在人间说鬼语。天女说俗语。神圣语言分为四种：天神语、持明语、健达缚语和女瑜伽行者语。其他的天神后裔依据相似的本性使用其中一种。

天神语：

天神语高尚，句中有复合词，

使用谐音，含有奇妙的艳情。

例如：

天河[①]在以月亮为顶饰的
湿婆棕红色发髻中流淌，
又在雪山洞穴发出回响，
愿这天河之水净化你们！

持明语：

持明语措辞优美，意义清晰，
使用长复合词以及少量谐音。

例如：

向湿婆致敬！他的脚趾闪耀红色光芒，
覆盖向他俯首致敬的众天神顶冠宝石
光芒，额头上的第三只眼睛犹如太阳
放射光芒，喷出的炽烈火焰焚毁爱神。

又如：

罗希尼的丈夫月亮洁白
似欢喜园中蜜蜂缠绕的

① “天河”（surāpagā）指天国恒河。它经由湿婆大神的发髻，流向大地，成为人间的恒河。

占婆迦花，在这天空中
漫游，仿佛受旋风牵引。

健达缚语：

健达缚语含有许多简短复合词，
词语注重藻饰，传达真实意义。

例如：

向湿婆致敬！他的头顶上
有月亮，身边有妻子乌玛、
儿子和随从，身上缠绕蛇，
手持三叉戟，胸前有骷髅。

女瑜伽行者语：

女瑜伽行者语含有复合词和隐喻，
采用习惯用语，传达深邃的意义。

例如：

焚毁痛苦的火，普降甘霖的云，
陷身轮回之中的众生庇护者，
瑜伽之主的明镜，照亮世界的
光芒，大英雄啊，向你致敬！

由于蛇具有大威力，蛇语也是神圣语言。

蛇语清晰、甜蜜和高尚，
使用复合词和柔和的词。

例如：

持明王弹奏镶嵌各种珠宝的美丽
琵琶，弦音悦耳动听，赞颂湿婆。

老师们说："为何要讲述不实用的梵天和至高自在天的话语？"王顶说："这对于诗人有用。"因为在戏剧中，天国人物的话语应该具有他们自己的特色。

化身下凡的黑天的话语也是毗湿奴的话语，即人间的话语，有三种风格。人们说：

维达巴、高德和般遮罗这三种
风格，语言女神凭借它们显身。

具有这三种风格的句子又具有多种语气。语气的定义：

楼陀罗吒说："语气是一种音庄严，称为曲语。"王顶说："语气是有意为之的说话特征，怎么会是庄严？"

语气有两类：有期待和无期待。有期待是期待另一个句子的语气，无期待是回答的句子。一个句子使用特殊的语气，成为有期待，而使用另一种语气，成为无期待。有期待的语气有三种：含有谴责、含有疑问和含有思索。无期待的语气也有三种：肯定型、回答型和确定型。含有谴责：

如果我的女使受宠，那么，我也受宠，
如果她的话语可爱，那么，我也可爱。

这首诗也体现肯定。[①] 含有疑问：

珍珠生长在蔓藤上的时代已逝去，
现在，珍珠只生长在牡蛎贝壳中。

这首诗也体现回答。[②] 含有思索：

这是新升的乌云，不是骄慢的罗刹？
这是伸展的彩虹，不是挽开的硬弓？
这是泼洒的雨点，不是密集的利箭？
这是闪电，不是我心爱的优哩婆湿？

这首诗也体现确定。[③] 以上限于三种语气，实际上不限于这三种，而有无数种。兼有认同和请求的语气：

我一直沉浸在你的命令池水中，即使
弟弟们受尽屈辱，而现在我怒不可遏，
要用鲜血染红的铁杵粉碎俱卢族，今天，
你暂时不是我的长兄，我不是你的仆从。

---

① 这是一位女主角所说的话，使用有期待语气，含有对向男主角传话的女使的谴责，而使用无期待语气，则是对女使的肯定。

② 这首诗使用有期待语气，表示疑问，而使用无期待语气，则表示回答。

③ 这首诗引自迦梨陀娑的《优哩婆湿》，使用有期待语气，表示思索，使用无期待语气，则表示确定。

兼有允诺和嘲讽的语气：

就让国王与他们签订和约吧！
我不会在战斗中杀死俱卢族百子，
我不会怒饮难降胸膛里的鲜血，
我不会用铁杵打断难敌的大腿。①

同样，兼有三四种语气。其中，兼有三种语气：

这是她在看我，不是胆怯的雌鹿，
这是她的手，不是风中摇曳的嫩叶，
这是她在哭泣，不是风吹竹子发声，
这是她在对我说话，不是杜鹃鸣叫。②

兼有四种语气：

女友啊，向他说出该说的话，
但贞洁女子不能对主人粗鲁，
努力安抚他，带他回到这里，
但又怎样才能平息他的恼怒？③

语气见于女友的话语，女主角的话语，或这两者的话语，尤其见于女友的话语。

---

① 以上两首诗是《摩诃婆罗多》故事中怖军对坚战说的话。

② 这首诗中，含有疑问、思索和确定三种语气。

③ 这首诗是女主角委托女友去安抚夫君。其中含有四种语气，第一句肯定，第二句提醒，第三句渴望，第四句忧虑。

语气不仅在世俗话语中，也在经典中广泛运用，而它是诗的生命。语气能精确地展示另一种意义，也能显示诗人表达各种感情的技巧。诗人应该这样运用语气，而读者在诵读中展现它的魅力。

关于诵读：

诗人写诗以修饰为生命，读者通晓语言艺术而善于诵读。

正如甜蜜的歌喉源自前生的练习，美妙的诵读由前生的实践造就。

应该甜美地诵读梵语诗和阿波布朗舍语诗，应该优美地诵读俗语诗和毕舍遮语诗。

清晰的诗应该低沉地诵读，壮丽的诗应该高昂地诵读，应该合理安排低音和高音。

音质甜美，含有语气，生动活泼，意义明白，吐字清晰，诗人们赞赏这样的诵读。

语速过快或延宕，声音太高或太低，无停顿，无回旋，太柔软，太生硬，诗人们贬斥这样的诵读。

深沉而不威严，高音和低音恰当，字音优美，这是相传的诵读优良品质。

诵读应该如母虎舔犊，使用牙齿，而留心不伤害虎犊。

诵读中应该格尾明显，复合词不含混，连声清晰。

智者善于诵读，不将分开的词合并，不将复合的词拆开，动词清晰。

诗人诵读诗歌，甚至吸引牧童和妇女，为语言女神所宠爱。

优秀诗人的诵读甚至能让不通晓词音和词义的人们听来感觉优美悦耳。

“梵天啊，我向你禀告：我想放弃自己的地位。或者让高德人放弃诵读俗语诗，或者你另找一位语言女神。”①

高德地区的诗人诵读不太清晰，但也不晦涩；不太柔软，但也不生硬；不低沉，但也不太高声。

迦尔纳吒地区的诗人骄傲地诵读，无论诗中含有什么样的情味、风格和诗德。

所有达罗毗荼地区的诗人通晓诗体、散文体和韵散杂糅体，在诵读中还含有歌唱。

罗德地区的诗人与梵语为敌，而优美地诵读俗语诗。在诵读中，舌头灵巧地转动。

苏罗湿陀罗和多罗婆那等地区的诗人优美地诵读阿波布朗舍诗和梵语诗。

迦湿弥罗地区的优秀诗人蒙受夏罗达女神恩宠，而他们的诵读听来仿佛嘴中含有药草。

还有，北部地区的诗人即使优雅地诵读，也经常带着鼻音。

五个发音部位各自发出的音素准确清晰，依据意义停顿，这是诵读的根本。

以上已经说明语气和诵读，下面讲述诗的意义。

以上是王顶著《诗探》第一门类《诗人的奥秘》第七章《句子分别》。

---

① 这是语言女神对梵天说的话，实际意思是说高德人不善于诵读俗语诗。

# 第八章

## 诗义来源

老师们说："吠陀、法论、历史传说、往世书、量论、教义、三种治国论、世间生活、创作和杂学，这些是诗义的十二种来源。"王顶说："再加上合适的结合、连锁的结合、引发的结合和变异的结合，共十六种。"

其中，吠陀来源：

"天女优哩婆湿渴慕伊罗之子补卢罗婆娑。"

这首诗：

月亮生下菩陀，菩陀和伊罗
生下第一位国王补卢罗婆娑，
天女优哩婆湿的微笑甚至迷住
天王因陀罗，却渴慕这位国王。

又如："那个炽热的圆盘是大颂诗，是梨俱和梨俱世界。那些燃烧的光焰是大誓言，是娑摩和娑摩世界。那个圆盘中的原人和火是夜柔和夜柔世界。这就是炽热的三吠陀[①]。"

这首诗：

---

① 三吠陀即《梨俱吠陀》、《娑摩吠陀》和《夜柔吠陀》。

天空中那炽热的太阳圆盘是梨俱，闪耀的
光焰是娑摩，圆盘中的原人和极微是夜柔，
所有通晓吠陀的人都知道这些是三吠陀，
天国和解脱的根基。愿太阳带给你们吉祥！

对于这种吠陀来源，人们说道：

向吠陀致敬！仙人、作者和诗人
随时按照心愿，从中挤取奶汁。

法论来源：

“窃贼否认自己偷了许多财物，而只要发现部分赃物，他就必须交回全部。”

这首诗：

你窃取了我爱人的步姿，
天鹅啊，那就交出她吧！
因为一旦发现部分赃物，
窃贼就必须交出全部。

历史传说来源：

“波林走上的那条道路并没有关闭，
须羯哩婆，你要守约，不要步他后尘。”

这首诗：

不要沉醉于新得的王权，
要记住兑现原先的诺言，
死神始终渴望毁灭世界，
不会只满足于一个波林。

往世书来源：

“魔王希罗尼耶格西布微笑着抬头观望，众天神诚惶诚恐，向他观望的各个方向敬拜。”

这首诗：

这位财主随意漫游三界，出现在哪个方向，
众天神便一日三次，向哪个方向脱冠敬拜。

人们说：

从各种吠陀、历史传说和往世书中撷取意义，
编排故事，这是诗人的技巧，如同治病良药。

优秀诗人使用历史传说和往世书，就像使用
点了眼药而清澈的眼睛，能看清微妙的事物。

撷取法论、历史传说和往世书的意义，
就像撷取吠陀的意义，同样受到称赞。

量论分成两种：弥曼差哲学和思辨哲学。弥曼差哲学来源：

“表达一般概念的词也有特殊的词义。”

这首诗：

即使说出通用语言中的一个单词，
在我听来，也会产生特殊的词义，
譬如一说有个妇女，在我的心中，
就会浮现眼睛可爱的婆摩纳耶那。

在思辨哲学中，数论来源：

“没有不存在的存在，也没有存在的不存在，
洞悉真谛的人们，早已觉察这两者的根底。”

这首诗：

世界上这些著名的祭司和国王，鹿眼美女，
开花结果的树木，全都是泥土所做的游戏。①

正理和胜论来源：

“创造主自在天由什么造成？自在天威力无限，本身就是创造者。”

这首诗：

“愿望是什么？形体是什么？方法是什么？
创造主创造三界，怎样维持？怎样取走？”
你的威力不可思议，而智慧欠缺的人
屡遭不幸，提出这些疑问，搅乱世界。

① 按照数论原理，万物源自原初物质，又返回原初物质，循环不已。

佛教哲学来源：

“词语含有意图，指示意图。”

这首诗：

> 要知道词语表示说话者意图，
> 倘若丈夫发情，强行亲吻妻子，
> “不，不，别碰我”表示拒绝，
> 而在怒气消失时，也表示接受。

顺世论来源：

“精神源自五大元素，如同酒的醉力。”

这首诗：

> 皓齿女郎啊，灵魂论者
> 都说精神和身体有别，
> 那么，他们为你而焦虑，
> 应该与焦虑一起毁灭。

耆那教哲学来源：

“灵魂的尺寸与身体比例相称，否则，身体无益或灵魂无益。”

这首诗：

> 灵魂与身体比例相称，这样的人是优秀者，
> 一接触他的身体，就会令我全身汗毛直竖。

诗学得益于一切经典。应该关心这些和其他知识，以提高学养。

人们说：

诗人将那些艰涩的意义溶化在妙语中，
犹如太阳光转化成为清凉可爱的月光。

在教义中，湿婆教来源：

超越恐怖，超越梵、知识和技艺，
遍及一切，愿这位大神保护你们！

五夜教来源：

阿尼娄陀、始光、商迦尔舍那和
婆薮提婆之子，这些古代诗人，
无始无终者，极微者，广大者，
统治者，愿他们解除我的烦恼！

佛教来源：

让世上一切苦难由我承担！让世界获得解脱！
让一切众生凭借我的善行，获得幸福和快乐！

其他教义来源，也是如此。
三种治国论中，利论来源：

国王重视外交，依靠和平和战争，
犹如树木开花结果，要注意浇水；

王国充满欺诈，无密探难以治理，
财富难以控制，稍有疏忽便失去。

舞论来源：

“女神啊，看着我！手臂要摆成这样，
身体这样，弯腰别过分，脚趾并拢。”
湿婆嗓音似鼓如雷，指导女神跳舞，
愿他的有节奏的击掌声保佑你们！

欲经来源：

毫不奇怪，吉祥女神离开毗湿奴，与你结合，
因为他靠搅棒获得她，而你靠战争获得她。[1]

世间生活分成两种：朴素的和文雅的。第一种来源：

以前分住两处，如同水罐裂为两半，
互相间的爱恋更加强烈，值得称道，
如今住在同一屋檐下，却平平淡淡，
女人缺少抚爱，活得长久有何用？

又如：

① 这首诗中，“靠搅棒”是指天神和阿修罗搅动乳海时，吉祥女神是搅出的珍宝之一。“靠搅棒”和“靠战争”语含双关，暗示两种性爱态度，前者缺乏激情，后者充满激情。吉祥女神也象征王权，故而国王获得王权，也就是获得吉祥女神。

甘蔗、凝乳、炒面粉和野猪肉，
享用这些食品的春季已逝去。

第二种来源又分成两种：普遍的和特殊的。其中的第一种来源涉及许多地区。

南方地区：

达罗毗荼的美女们酷爱咀嚼蒟酱叶，
吸吮情人嘴唇蜜汁，也要先舔胡椒。

又如：

春季已过，月亮乏力，花箭箭头变钝，
纷纷坠落，爱神啊，你就停止工作吧！
这些贡多罗美女不断受到你的打击，
心房已结出老茧，坚硬如同金刚石。

北方地区：

夏天，尼泊尔女人身上抹有麝香，
与情人在香料树下，度过夜晚。

第二种来源：

鹿眼女郎卷曲的眼睫毛假装合闭，
长河波浪般的斜睨眼光投向床铺，
议论各自丈夫的女友们互相暗示，

停止闲聊，借口有事，退出屋去。

创作是诗人运用智慧创造，或依靠故事，或依靠意义。第一种：

南方摩罗耶山腰有座宝石城，
国王妙顶武艺高强，精通剑术，
妻子妙美是大海和吉祥女神
胞妹的女儿，自己选婿嫁给他。

第二种：

此人称颂著名的勇珠王的品德，
犹如为皎洁的月光涂抹檀香膏，
为茉莉花环洒香水，为蜜汁加糖，
用磨石摩擦珍珠，想要增添亮度。

人们说：

善于创造故事和意义，想象力永不衰竭，
是诗歌之村中的村长，其他诗人是村民。

除了上述来源，其他的统称杂学。其中，象学来源：

爱罗婆多大象发情喷出的细雨，类似成熟
泛白的罗婆利曼草，如同珍珠串散落四方，
云彩发笑；它们碰撞空中众多女神的丰乳，

碎落在月亮上。愿这可爱的细雨保佑你们！

珠宝鉴定学来源：

行家指出国王们的钻石中，有两种不同寻常：
一种红似月季花和珊瑚片，另一种黄似姜汁。

弓术来源：

他看到爱神在右眼角
握紧手掌，肩膀倾斜，
左脚收缩，美丽的弓
挽成圆圈，准备射击。[①]

瑜伽经来源：

你是一切众生心莲中的天鹅，
或入眠，或觉醒，无人觉察你；
智者们虔诚崇拜你，摆脱束缚，
破除痛苦烦恼，变得纯洁光明。

其他杂学来源，也是如此。
合适的结合：

般度王双肩悬挂项链，

① 引自《鸠摩罗出世》3.70。

全身涂抹黄色檀香膏，
犹如朝阳染红雪山顶，
山坡上溪流向下流淌。①

连锁的结合：

进军扬起尘土，污染清澈的天河，
折磨尊神因陀罗的千眼，连蜜蜂
吸吮的大象颞颥液汁也不再甜美，
众天女心中不悦，谴责这场灾难。

引发的结合：

如果天国恒河分成两支从空中流下，
那就像珍珠项链戴在他的藏青胸前。

变异的结合：

你的红色品德和白色名声相结合，
形成方位夫人们额前粉红吉祥志。

又如：

月亮皎洁似樟脑，成为天空的顶珠，
引起大海涨潮，晚莲开放，日莲合闭，

① 引自《罗怙世系》6.60。

月亮宝石淌水，舍帕利迦花朵坠落，
鹧鸪鸟纷纷仰起脖子，吸吮月光水。

以上为诗人们讲述了意义的来源。掌握了这些，就不会为意义贫乏而烦恼。

以上是王顶著《诗探》第一门类《诗人的奥秘》第八章《诗义来源》。

# 第九章

## 题材概述

德劳希尼说："题材分为三种：天神，天神和凡人，凡人。"王顶说："分为七种。"其他四种是地下，人间和地下，天国和地下，天国、人间和地下。

其中，天神：

兰跋与那罗古勃罗分离，在自己屋中
怀念唱歌，歌声宛如冬布鲁的琵琶声，
爱罗婆那大象停止摆动耳朵，因陀罗
失去睡意，望着沙姬的笑脸，目光混乱。

天神和凡人又分为四种。天神下凡人间，凡人前往天国，这是第一种。天神变成凡人，凡人变成天神，这是第二种。想象天神的事迹，这是第三种。凡人展现天神般的威力，这是第四种。

其中，天神下凡人间：

吉祥女神之夫诃利为了平定世界，
下凡人间，住在吉祥的婆薮提婆家，
一天，他看到出生自金胎梵天的
牟尼那罗陀从空中降落，来到他家。

凡人前往天国：

般度之子啊，这是欢喜园，天神成双作对，
在如意树丛中欢宴，美酒转念就会出现；
这些桑多那迦树根周围都是月亮宝石，
不用费力，清澈的月光水流会自动浇灌。①

天神变成凡人：

婆薮提婆生在兴旺的雅度族，娶妻提婆吉；
他生下黑天，黑天拥有妻子一万六千个。

凡人变成天神：

女神啊，他们双手紧扶金柱，
一只脚踩在这飞车的边沿，
好奇地俯首望着自己尸体，
在你的河中，受到波浪冲洗。②

想象天神的事迹：

在萨罗优河边沙滩上，撒满皎洁月光，
两位悉陀青年已经争论了很长时间，
一个说你先杀死盖达跋，另一个说你
先杀死刚沙，神啊，请你给个正确答案。

---

① 这首诗描写般度之子阿周那为了寻求神奇武器，来到天国。

② 这首诗描写一些人死后接受恒河洗涤，乘坐飞车，升入天国。

展现天神般的威力：

“大地，别沉入地下！恶魔，你已裂开，还在移动？
钵利啊，三界不能一步跨越，你就填补空缺部分。”
耶索达听到躺在自己怀中的少年黑天说着梦话，
俯视他带有飞轮印记的脚，面露微笑，汗毛直竖。①

凡人：

儿媳成为婆婆，儿子成为父亲，
空出的位置总归会有人补上，
如同江河流水永远向前流淌，
不回头，不间断，满足整个世界。

地下：

迦尔戈吒蛇向你行礼，请看看多刹迦蛇！
迦比罗蛇和古利迦蛇向你合十，万字蛇
赞颂，波德摩蛇膜拜，甘勃罗蛇和勃罗蛇
在前面舞动，请让蛇王和螺护蛇回家吧！②

人间和地下：

① 这首诗描写少年黑天在梦中说出自己过去下凡拯救世界的事迹：他化身侏儒，向霸占三界的阿修罗钵利乞求三步之地。而他两步就跨越天国和大地，将地下世界留给钵利。耶索达是黑天的养母。

② 蛇类属于地下世界。

无耳蛇，你走吧！你不知我是迦尔纳，
湿婆信徒持斧罗摩的弟子，箭无虚发；
你满怀好奇心，现在就看我在战斗中，
用这些普通的箭，射下阿周那的顶冠。

可以按照前面天神和凡人的混合类理解这种混合类。

天国和地下：

愿湿婆大神保护你们！他的耳朵上挂着蛇莲花，
蛇身是莲秆，顶冠是莲叶，分叉的舌头是花蕊。

天国、人间和地下：

阿谛斯迦创造奇迹，从镇群王手中
救出以多刹迦为首的众蛇和帝释天，
时至今日，蛇女们在摩罗耶山的檀香
蔓藤上摆动时，仍然为他诵唱赞歌。

优婆吒一派说："依靠这样的描述方法，能表达无限的意义。确实是这样。但是，这种意义分成两类：合理而可靠和不合理而可爱。经典依靠前者，而诗依靠后者。"例如：

哈奴曼腾空跃过大海，光泽染褐天空，
天空也使他浑身闪耀蓝莲花的光辉。

又如：

大仙们腾入蓝似青剑的天空，
速度快似思想，到达药草城。①

又如：

所有河水都这样，所有发光的星体位置固定。②

王顶说："诗中描写的天空或河水等的色彩并非它们的真实性质，而是它们的外观。外观不同于事物真实性质。否则，太阳和月亮看上去只有十二指幅宽，不是往世书等经典中所说像地球这样大。星星、河水和其他也都是这样。经典和诗既涉及事物的外观，也涉及事物的真实性质。"例如，

经典中：

乌云安歇似淤泥，天空清澈似水，
星星似朵朵莲花，月亮成为天鹅。

在诗中也是这样。

阿波罗吉提说："确实能表达无限的意义。但是，作品应该含有味，不能缺乏味。"由此，他说道：

描写嬉水、采花、晨昏和月亮升起等，
即使有味，也不能过量，与主味不协调。

---

① 引自《鸠摩罗出世》6.36。

② 这三个例举说明诗中的有些描写不符合事物的真正性质，如天空是蓝色的，而实际上天空本身是无色的。

竭力描写河流、山岳、大海、城市、象和车等，
以炫耀诗人的写作才能，智者们对此并不认同。

王顶说："正是这样。"可以感到诗中描写的事物，有的与味协调，有的与味不协调。然而，是诗人的描写，而不是事物，造成诗中有味或乏味。这从正反两方面的例举可以看出。

这首诗描写河流而有味：

你看！多摩罗波尼河流入大海，
水流掀起许多张口的珍珠贝，
细腰女啊，宛如珍珠项链佩戴
在美眉女郎们丰满的胸脯上。

这首诗描写山岳而有味：

这些依傍摩罗耶山的河流岸边，
正是爱神喜欢挽弓射箭的地方，
鹿眼女郎啊，在那些黑暗的夜晚，
雌鹧鸪仰脖张嘴吸吮珍珠月光。

这首诗描写大海而有味：

美酒使所有鹿眼女郎在爱恋中忽喜忽泣，
月光柔和的天空使吵架怄气的夫妇和好，
月亮使众天神永葆青春，吉祥天女是至高

财富之神，这一切都是大海可爱的作为。[1]

描写城市、象和车等而有味的诗也是如此。

这首诗描写分离艳情而有充足的味：

失去了爱人，这颗心哪儿还有快乐？
看到与她不相似者，不会感到满意，
看到与她相似者，徒生烦恼而无味，
前者不符合心愿，后者心愿受伤害。

即使描写艳情，拙劣的诗人也会使有味变无味。确实，味不是在事物中，而是在诗人的描写中。

波利耶吉尔提说："无论事物的形态如何，有味与否取决于说话者的特殊本性。对同一事物，热爱者称颂，嫌恶者谴责，中立者冷眼旁观。"

与情人度过漫漫长夜宛如一瞬间，
月亮也格外清凉，而在分离者眼中，
如同炽热火球；我无情人，也无分离，
月亮在我看来像镜子，不冷也不热。

阿槃底孙德利说："以曲折美妙的语言描写事物，不受事物真实性质的限制。"由此，她说道：

诗中事物的优劣，取决于

① 这首诗意谓美酒、月亮和吉祥女神都产生于大海。

诗人描写，不在于它的本质，
赞美者将月亮称作甘露，
而怨愤者指责月亮有污点。

王顶说：“两人的说法都正确。”

题材又按照单节诗（短诗）和组合诗（长诗）分成两类。每一类的题材又分成五种：单纯的、多变的、传说的、编排的和编创的。单纯的是情节简单，多变的是情节丰富，传说的是情节依据传说，编排的是情节依靠可能性，编创的是情节依靠想象。

单节诗（短诗）中，单纯的：

少妇初次受到丈夫错待，没有女友指导，
她不知道运用撒娇的动作，委婉的责备，
她只会哭泣，莲花眼里充满晶莹的泪水，
流淌在洁净的双颊，滚落在摆动的发辫。①

多变的：

嗨，对犯错误的爱人，她的眼睛多么善变！
远离她，焦急；走近她，转开；谈话时，睁大；
拥抱时，变红；拉扯她的衣服时，眉头紧皱；
拜倒在这位太太的脚下时，立刻涌满泪水。②

传说的：

① 引自《阿摩卢百咏》29。
② 引自《阿摩卢百咏》49。

舍尔曼笈多王走投无路，遂将王后
献给佉沙王，失魂落魄，从雪山返回；
就在这雪山洞窟角落中传来乐音，
迦絺吉夜城妇女们歌唱你的名声。

编排的：

悄悄走近两个可爱女子的座位背后，
捂住一个女子的眼睛，佯装做游戏，
这滑头汗毛直竖，又扭过脖子，亲吻
另一个心儿扑腾、脸儿微笑的女子。①

又如：

曾经有只雌天鹅在红水中沐浴而变红，
我误认为雌轮鸟，造成她与丈夫分离，
这个过错今天产生了果报：即使我俩
住在同一城市，互相爱恋，却不能相见。

编创的：

用那些用于施舍的林中大象优质象牙，
乐于行善的千臂阿周那建造湿婆神庙。

组合诗（长诗）中，单纯的：

① 引自《阿摩卢百咏》19。

睁大而固定，弯弯的眉毛上扬，
温柔地半开半闭，从眼角斜视，
遇到了我的眼睛，又迟疑蜷缩，
我成为这些眼光的注视对象。①

多变的：

这位女郎睫毛卷曲，斜视的眼光
缓慢转动，天真温柔，欲行又止，
眼珠惊喜睁大，夺走、刺透、吞噬
和连根拔起我的这颗无助的心。②

传说的：

生主的感官出现骚动，
对自己的女儿产生欲念，
他克制骚动，发出诅咒，
爱神也就获得这个结果。③

编排的：

空中响起众天神的呼声：
“控制住愤怒，主人啊！”
而湿婆眼中喷出的烈火，

① 引自《茉莉和青春》1.27。
② 引自《茉莉和青春》1.28。
③ 引自《鸠摩罗出世》4.41。

已经将爱神化成了灰烬。[1]

编创的：

女友染红她的脚，笑着祝福：
"但愿它接触主人额前月牙！"
听了这话，她不声不响，
举起花环，将女友拍打。[2]

还有，像使用梵语那样，也应该依照各自的能力、喜好和兴趣使用其他语言。然而，应该通晓词音和词义的能指和所指功能。

优秀的诗人用梵语表达一种内容，用俗语表达另一种内容，用阿波布朗舍语或鬼语（毕舍遮语）表达又一种内容。有的诗人掌握两三种语言或四种语言，只要他富有智慧，这样写作，就能享誉世界。

如此这般，诗人心中充满丰富的意义，
即使道路艰难，语言女神也畅通无阻。

以上是王顶著《诗探》第一门类《诗人的奥秘》
第九章《题材概述》。

---

① 引自《鸠摩罗出世》3.72。
② 引自《鸠摩罗出世》7.19。

# 第 十 章

## 诗人行为和国王行为

应该掌握诗学知识和其他辅助知识，努力从事诗歌创作。诗学知识是语法、字典、诗律和修辞。辅助知识是六十四种技艺。接近受到善人恩宠的诗人，地理知识，与智者交流，人间行为规则，智者的集会，古代诗人的作品，这些是诗义成功之母。还有：

健康、才能、实践、虔诚、博学、广闻、
记忆力强和勤奋，诗人的八位成功之母。

此外，应该永远保持纯洁。纯洁分为三种：语言纯洁、思想纯洁和身体纯洁。语言和思想纯洁得自学习经典。身体纯洁是要修剪指甲，嘴中嚼蒟酱叶，身上擦油膏，衣服优质舒适，头上戴花。人们认为保持纯洁才能取悦语言女神。

诗作反映诗人的本性。常言道，什么气质的画家画什么样的画。说话面带微笑，言语机智巧妙，洞幽察微，不无端指责别人的作品，有人请教，则如实表达意见。

诗人的住处优美整洁，有适宜六季的各种地点，花园中有各种树根、凉亭和树木，有假山、水池、水塘、河流、旋涡和小溪，有孔雀、花鹿、斑鸠、仙鹤、鸳鸯、天鹅、鹧鸪、麻鹬、鹗、鹦鹉和鸲鸽，有灌水浴室、蔓藤凉亭和秋千。

写诗疲劳而需要放松精神时，周围的人照例不打扰他，保持安静。侍从们通晓阿波布朗舍语，女侍们通晓摩揭陀语，女眷们通晓俗语和梵语，朋友们通晓一切语言。

国王在自己的王国中确定语言规则。据说摩揭陀国王名叫希苏那伽，规定在自己的宫中限制使用不容易发音的八个字母：ṭ、ṭh、ḍ、ḍh、ś、ṣ、h 和 kṣa。

据说修罗塞纳国王名叫古温陀，他也禁止使用一些发音坚硬的字母。

据说恭多罗国王名叫萨多婆诃那，他在宫中提倡使用俗语。

据说优禅尼国王名叫萨诃桑迦，他在宫中提倡使用梵语。

诗人的身边经常有箱箧，有的装有木片和白垩，有的装有笔、墨水壶、棕榈树叶、桦树皮、铁针和多罗树叶，还有擦拭干净的墙壁。老师们说："这些是诗学的侍从。"王顶说："才能是侍从。"

老师们说："诗人首先应该估量自己：我的修养程度，我通晓的语言领域，民众和恩主的爱好，什么样的集会，兴趣所在。明白这些之后，采用某种语言。"王顶说："这是对属于某个地区的诗人的要求。对于独立的诗人，所有的语言如同一种语言。"通常是处在某个地区而使用某种语言。因此，

高德等地区喜欢使用梵语，罗德地区使用俗语，
摩尔瓦等地区的诗人全都使用阿波布朗舍语，
阿槃底、波利耶多罗和陀舍普罗地区使用俗语，
而居住在中部地区的诗人喜欢使用所有的语言。

诗人应该了解世人的和自己的想法，
回避不认同的想法，采取认同的想法。

不要一遇到有人指责，就灰心丧气，
应该了解自己，因为世人口无遮拦。

对佳句妙语的赞誉超越时间和国界，
而即使是大诗人，在世时也受到贬损。

如同家族中的美女和家庭医生的医术，
在世诗人的作品只能获得少数人赏识。

擅长窃取他人佳句妙语，
却摆出同等诗人的架势，
指责以往诗人的妙语宝库，
这种行为实在可笑之至。

出于好奇，哪怕尝到一点儿语言美味，
这样的作品也会在妇孺和底层中流传。

即兴诗人、游方僧和国王的作品，
有时会在一夜之间传遍四面八方。

儿子、学生和侍从，不分青红皂白，
赞扬和传诵父亲、老师和国王的作品。

“不应该吟诵尚未完成的作品。”这是诗人的秘密。

不要向一个人吟诵新作。因为一旦这个人说这是自己的作品，就找不到另外的见证人。

不要过高评价自己的作品，因为偏爱会混淆优点和缺点。

不要骄傲。即使稍许骄傲，也会破坏所有品行。

应该让别人鉴别作品。常言道：“当局者迷，旁观者清。”

有的人自封为诗人，而在他的面前吟诵好诗，犹如荒野中的呼喊，毫无回应。所以说：

> 这是智者的重要秘密：有好诗，
> 不要在自封的诗人面前吟诵；
> 这种诗人受自己作品的束缚，
> 非但不能鉴赏，反而败坏好诗。

不安排好时间，工作就会混乱。因此，白天和夜晚的时间分别依次分为四段。早晨起身后，进行晨祷，礼赞语言女神。然后，回到书房，舒适地坐下，潜心钻研诗学知识和辅助知识。唯有这样不断努力，方能提高才能。

第二段时间用于写作。中午前沐浴，然后享用合适的午餐。饭后参加诗歌聚会。聚会上有问有答，进行诗歌接句，练习图案诗和画诗。以上是三段时间。

第四段时间，独自一人，或有少数人相伴，分析早上写出的作品。在创作时，沉浸在味中，不能分析判断，因此，需要事后鉴别。删去多余之处，充实不足之处，调整不当之处，补上遗漏之处。

夜晚来临，进行晚祷，敬拜语言女神。然后，检查白天的写作，改正书写错误。与妻子共享情爱。第二和第三段时间保证睡眠。充足的睡眠对身体有益。第四段时间准时醒来。在这白天的开始时刻，静心思考各种事情。以上是白天和夜晚的时间安排。

诗人有四类：

进入山洞或地穴，一门心思写诗，这是不见天日的诗人，在所有的时间中都能写诗。

从事写诗，但不一门心思写诗，这是悠闲的诗人，也在所有的时间中都能写诗。

从事写诗，但不妨碍职责，这是抽空写诗的诗人，只能利用某些时间。夜晚第四段时间的前半段，这是语言女神的时段。用餐之后的时间，解除饥饿而精力充沛。欢合之后的时间，解除欲望而聚精会神。坐轿出行的时间，心无旁骛，犹如品尝了吉杜吉药草，精神集中。凡他认为适合自己的片刻时间，都可用于写诗。

针对某个事件写诗，这是意图诗人，时间依据他的意图而定。

以上规则适用于有先天智力和有后天智力两类诗人。而对于学会的诗人，没有这些时间和规则的限制，一切凭自己的意愿。

女性像男性那样，也能成为诗人。天赋潜藏在心中，不分男女。人们听说并目睹许多公主、大臣的女儿、妓女和已婚妇女通晓经典，富有智慧，成为诗人。

作品完成后，应该多誊抄一些写本。人们说：

> 托管，出售，馈赠，迁徙，短命，破损，
> 水和火，这些是作品湮灭的原因。

> 贫困，沾染恶习，轻视，不幸，信任
> 恶人和敌人，这些是诗的五种灾厄。

“我还要写完它”，“我还要修饰它”，“我还要与好友们一起分析它”，作家的种种考虑，国土的沦陷，这些都是作品湮灭的原因。

> 按照白天和夜晚的时间分段，这样写作，
> 他的诗犹如装饰善人脖子的珍珠项链。

诗人的勤奋和天赋，
与作品的优美一致。

无数诗人能写单节诗，
成百个诗人能写组诗，
然而，能写大诗的诗人，
不足三个，只有一两个。

纵然可以随意表达许多主题，
但内容充实的作品不可多得。

智者先要理解风格，把握诗德，
学会音和义的巧妙表达方式，
然后才能尽心竭力，从事写作，
试想没有船舶，谁能渡过大海？

与精通语法和博学多才的智者们交往频繁，
坚持实践，诗义成熟，展示语言的真正魅力。

心无旁骛，全力以赴从事写作，
语言女神会发愿永远陪伴他。

他在诗义上取得的非凡成就，
连语言大师也无法准确估量。

如果国王是诗人，应该组织诗人集会。国王是诗人，整个世界都会是诗人。为了鉴赏诗歌，应该建造一个会堂。有十六根柱子，八个侧厅。紧挨会堂，有国王的娱乐厅。在四根柱子中间有一肘尺高的平台，地面镶有宝石。国王坐在这里。梵语诗人们坐在国王的北侧。梵语诗人也能用多种语言写作，但主要成就在梵语写作，而被称为梵语诗人。通晓多种语言的诗人也依次坐在那里。还有吠陀学家、哲学家、神话学家、法学家、医学家和占星家等。

俗语诗人们坐在国王的东侧。还有演员、舞蹈家、歌唱家、演奏家、滑稽演员、说唱家和击拍舞蹈家等。

阿波布朗舍语诗人们坐在西侧。还有画家、珠宝匠、珠宝商、金匠和铁匠等。

鬼语（毕舍遮语）诗人们坐在南侧。还有妓女、走索演员、杂耍演员、魔术师、角斗士和士兵等。

国王愉快地坐在那里，举行诗会，鉴赏诗作。国王应该效仿婆薮提婆、萨多婆诃那、首陀罗迦和萨诃桑迦等会主赐予荣誉和赏金。与会的诗人应该高兴满意，获得酬金。出类拔萃的诗作或诗人应该受到推崇。在诗会中也应该插入经典讨论，因为即使品尝美味，也要添加调料。

在诗和经典讨论结束后，国王也应该组织学者集会。他应该让外地学者与本地学者聚会，安排住宿，给予礼遇。其中愿意谋职者，应该接纳。国王如同大海，是这些人中之宝的唯一接纳者。国王的侍臣们也应该效仿国王的行为。侍臣们的优良品行本身就是对国王的辅佐。

在一些大城市，国王也组织婆罗门集会，鉴赏诗和经典。受到好评者披戴头巾，乘坐梵车绕行。

据说在优禅尼城曾经举行诗人评议会：

迦梨陀娑、孟吒、阿摩卢、鲁波、修罗、婆罗维、
诃利旃陀罗和月护，都曾在优禅尼城接受评议。

据说在华氏城曾经举行经典评议会：

优波婆尔舍、婆尔舍、波你尼、宾伽罗、维耶迪、
波罗如吉和波颠阇利，都在这里接受评议而成名。

这样，担任会主，评议诗作，
国王扬名天下，享受快乐。

以上是王顶著《诗探》第一门类《诗人的奥秘》
第十章《诗人行为和国王行为》。

# 第十一章

## 词音的借用

使用别人作品中的词音和词义，称作借用。借用分为两种：不可取和可取。其中，词音的借用分为五种：词、诗步[①]、半颂、诗律和作品。

老师说："借用一个词，不算过错。"王顶说："双关词除外。"

这里，双关词借用：

你们没有看到远处这些野人释放许多箭？
你们没有看到附近这些或黄或红的罗刹？
你们没有看到前面这头住在林中的狮子？
愚蠢的行人们！保护生命，求神庇护吧！[②]

另一首：

行人啊，不要抛弃爱妻出游，你难道没有
看见野人在路上挡道，在远处挽弓射箭？[③]

---

① 梵语诗歌每节诗称为一颂，分为四个诗步，相当于四行。

② 这首诗中，"野人"、"箭"和"罗刹"是双关词，又读作"龙胆草丛"、"蜜蜂"和"树"。

③ 这首诗中，借用了前一首诗中的"野人"和"箭"两个双关词。

这里，双关词的部分借用：

他与低等人交往，也就不再喜欢我，
这不奇怪，肚子不饿，怎会想起吃肉？①

另一首：

“你漂亮的嘴唇剧烈颤动，是出于愤怒，
还是接吻造成？”“爱人啊，是遭到风吹。”
“那么，你就好好享受这鲜美的肉味吧，
美眉女郎啊！”这样说着，他俩紧紧拥抱。②

这里，双关的叠声借用：

反抗的阿修罗军队遍布战场，如同无边的大海，
持斧罗摩击溃他们，赢得洁白似月的无限名誉。③

另一首：

他用利箭粉碎疯狂反抗的阿修罗军队，
为自己赢得洁白的无限名誉，遍布四方。④

---

① 这首诗中，“吃肉”是双关词，又读作“享受我”。

② 这首诗中，“肉味”是双关词，又读作“我这个有情人”。

③ 这首诗中，“反抗”是双关词，又读作“无限”。

④ 这首诗的叠声中，最后一行借用前一首诗的最后一行，也借用了前一首诗中“反抗”这个双关词。

这里，双关的问答借用：

在那里，情人们刹那间变似迦尔纳，
妇女们脸庞上的眼睛延伸至耳边。①

另一首：

这位多情公子在妓院里做什么？
多长时间？看见了什么样的脸庞？
他看见了妇女们脸庞上的眼睛
延伸至耳边，刹那间变似迦尔纳。②

这里，叠声的借用：

向赐予恩惠的诃利大神致敬！
人们只要想到他，就不会愚痴；
提底之子们不断受到他打击，
提底满怀悲痛，经常流泪哭泣。

另一首：

你在战斗中用利剑歼灭敌军，
国王啊，敌人的妻子悲痛哭泣。③

① 这首诗中，“刹那间变似迦尔纳”是双关词，又读作“眼睛延伸至耳边”。
② 这首诗以问答方式借用前一首诗中的双关词。
③ 在原文中，这首诗的前半首借用前一首诗的后半首中的叠声。

这样，在互相结合中，还有其他各种借用。

不必教导这种借用。有些人这样说：

随着时间流逝，其他的偷窃会消失，
而语言的偷窃仍然会在子孙中留传。

阿槃底孙德利说："他不著名，我著名；他没站住脚，我站住脚；他的结构不完善，我的结构完善；他的词语如同苦药，我的词语如同葡萄酒；他的语言不受重视，我的语言受重视。那部作品无人知晓，或作者是外国人，或支离破碎，或语言粗俗。出于诸如此类的原因，词音和词义的借用正当。"

老师们说："可以借用三个非双关词。"例如：

愿他保佑你们！皎洁的月亮在他发髻上，
犹如在秋季，安睡在蓝莲丛中的天鹅。

另一首：

那些在战斗中残剩的提迭，
看到妻子们美丽的莲花脸上，
点抹的黑眼膏如同他的肤色，
也胆战心惊。愿他保佑你们！①

王顶表示不同意，说："即使是不著名的诗句，其中有精彩的描写词语，也不应该借用。即使与它相似，也不妥当。"例如：

① 这首诗中，借用前一首诗中的"愿他保佑你们！"在原文中是三个词。

思想高尚的国王说完这些美妙可爱的话，
岛生仙人思考取胜的方法，说出高尚的话。

另一首：

罗什曼那说完这些美妙可爱的话，便住口，
睿智的侍臣在主人面前说话及时又简练。[①]

借用精彩的词语。例如：

向商羯罗乳海致敬！他以七个世界
为波浪，将轮回毒药变成涅槃甘露。

另一首：

向商羯罗乳海致敬！水珠声悠长，
他以纯洁的甘露为灵魂，无限光明。[②]

老师们说："借用一个诗步，而表达的意义不同，则不是借用，而是改编。"例如：

甘于奉献的人升入天国，
不愿奉献的人堕入地狱，

---

① 这首诗借用前一首诗中的"说完这些美妙可爱的话"，超过三个词，但并非精彩的描写词语，故而可以借用。

② 这首诗借用前一首诗中的"向商羯罗乳海致敬！""商羯罗乳海"是隐喻，将商羯罗（湿婆）比作乳海，属于精彩的描写词语。

奉献的人遇事无不顺遂，
因为奉献消除一切痛苦。

另一首：

奉献消除一切痛苦，
事实证明此话虚妄，
我献给她温柔眼光，
却感受到无尽痛苦。

王顶说："这种不加说明的改编也是借用。同样，借用半颂也是借用。"例如：

大王啊，你的一只脚在南海，
另一只脚在雪山附近金顶峰；
你已经完全征服这整个大地，
国王们除了称臣，别无选择。

另一首借用前半颂：

大王啊，你的一只脚在南海，
另一只脚在雪山附近金顶峰；
你的两只脚的跨度如此巨大，
胯部怎么不裂开？令人惊诧。

不连接地借用半颂。例如：

灿烂的太阳尚未升起，
皎洁的月亮闪耀光辉，
一旦灿烂的太阳升起，
月亮和白云有何区别？

另一首：

少女们笑声完全平息，
皎洁的月亮闪耀光辉，
莲花脸上又绽露笑容，
月亮和白云有何区别？①

利用一个诗步，而表达的意义不同，不是改编，也不是借用。例如：

危难时刻，在林中、僻静处、夜晚和屋中，
能藏匿寄放的财物，这必定是天公相助。

另一首的下半颂：

能获得细腰美女，这必定是天公相助。

又如：

发髻中有雨云，肢体中有河流，

① 这首诗借用前一首诗中的第二和第四诗步，等于半颂。

腹中有四海，向这位水神致敬！

另一首的下半颂：

腹中有四海，能忍受爱情之火。

利用意义不同的三个诗步，与一个诗步结合，体现诗人的创造性。例如：

“你们见到或听说什么地方，
那里的太阳永远不会落下？”
可怜的轮鸟惧怕夜晚分离，
到处这样询问其他鸟禽。①

又一首：

湿婆以蜷曲的白蛇为圣线，
浓密的发髻中流淌恒河水，
佩戴没有鹿斑的月牙顶饰，
胜利属于这位青脖子大神！

又一首：

太阳已升起，月亮已落下，
白莲变暗淡，青莲生光辉，

① 按照印度传说，成双作对的轮鸟白天相聚，夜晚分离。

猫头鹰沮丧，轮鸟们喜悦，
不幸命运的果实变化多端。

另一首：

你们看到或听说什么地方，
浓密的发髻中流淌恒河水，
我要前往湿婆大神居住地，
不幸命运的果实变化多端。①

利用某些词语而不是一个诗步。例如：

诗人新鲜的眼光用于品尝各种味，
智者的眼光展示客观真实，大神啊！
我已倦于用这两种眼光描述世界，
因为不能获得崇拜你那样的快乐。

另一首的第四诗步：

已疲倦，不能获得莲花眼女郎的爱。

利用原有诗步，改变个别词。例如：

笑容半露，面颊洁净，妩媚可爱，
眼睛半睁，展现耳朵上的蓝莲花，

① 这首诗中依次借用前三首诗中的第一、第二和第四诗步。

贡多罗王把治国重担交给了你，
一心吸吮这些美女香甜的脸庞。

另一首的下半颂：

贡多罗王把治国重担交给了我，
让他吸吮这些美女香甜的脸庞吧！

利用语句而表达的意义不同，不是改编，也不是借用。例如：

美眉女啊，你一发怒，我便不思饮食，
不与其他妇女交谈，也不修饰打扮，
现在看我俯首讨饶，请息怒开恩吧！
离开了你，我顿时感到天昏地暗。

这首诗旨在抚慰爱人，如果改变读法，旨在抚慰愤怒的眼光①，不是改编，也不是借用。

如果将别人的作品以这种或那种理由说成自己的，则不单是借用，而是明显的过错。这种情况适用于单节诗和整篇作品。

即使是花钱买诗，也是借用。宁可没有名声，也不要败坏名声。

老师们说："借用妙语也是借用。"例如：

这双大腿如同多汁的芭蕉树干。

① 也就是将第三诗步中的"看"这个词读作"眼光"的呼格，即"眼光啊！"

另一首：

这鹿眼女郎面庞宛如月亮，
一双大腿宛如一对芭蕉树，
臀部丰满如同宽阔的石板，
胸前高耸的双乳美似水罐。

王顶说：“同样的词语表达另一种意义，不是借用，受到欣赏。而借用同样的意义，则是十足的借用。”

没有不偷的诗人，没有不偷的商人，
善于掩盖，不受指责，便是成功者。

有的诗人是创新者，有的诗人是转化者，
有的诗人是掩盖者，有的诗人是采集者。

只要音和义的表达富有创意，
推陈出新，便可称作大诗人。

以上是王顶著《诗探》第一门类《诗人的奥秘》
第十一章《词音的借用》。

# 第十二章

## 词义借用中的诗人分类和映像式

老师们说："在古代诗人之路上，几乎没有尚未触及的内容，因此，现在的诗人应该努力从事修饰改善的工作。"

语主并不同意这种看法，说道：

语言之海永不枯竭，
即使历代优秀诗人
天天汲取它的精华，
今日依然波浪翻滚。

一些人说，应该研读他人作品，获得启迪。经过深思熟虑，便能以不同的方式表达相同的内容。

另一些人说，接受有关内容的影响，转化成自己的果实。

还有一些人说，灵魂伟大的诗人智慧相似，会描写同样的内容。为避免雷同，首先应该熟悉它们。

王顶持有不同的看法，认为文学之眼依靠不可言状和不可思议的沉思，自己就能区分内容的新旧。

人们说："大诗人即使睡着，他的语言女神也展现词音和词义，而其他诗人即使醒着，也双目失明。大诗人对于前人已经看到的事物，天生盲目，而对于前人没有看到的事物，则目光如神。大诗人凭肉眼能看到连三眼神（湿婆）和千眼神（因陀罗）也看不到的事物。整个世界都呈现在大诗人的思想之镜中。词音和词义竞相来到大诗人面前，要求观看。它们能看到沉思入定的瑜伽行者看到的事物。”

王顶说：“正是这样。”我们将内容分为三种：有来历、掩盖来历和无来历。

其中，有来历分为两种：映像式和画像式。掩盖来历也分为两种：两人相像式和如入他城式。无来历只有一种。

内容基本相同，没有重大区别，但句子编排不同，这是映像式的诗。例如：

> 那些蛇绕在兽主颈部，色似黑蜂，似毒药受到
> 月亮甘露滋润而发芽，但愿这些黑蛇保佑你们！

另一首：

> 胜利属于青项颈部的那些大黑蛇，
> 如同受恒河水滴滋润萌发的毒芽。

在内容上有些修改增饰，看上去仿佛不同，通晓意义的人们称之为画像式的诗。例如：

> 胜利属于商波发髻上的那些白蛇，
> 如同受恒河水滴滋润萌发的根芽。

描写对象不同，而智慧相同，高度一致，智者称之为两人相像式的诗。例如：

从羊到马都是幸运的动物，
它们随处居住，愉快生活，
而这些大象不幸天生庞大，
只能住在森林或王宫中。

另一首：

每幢房屋都有这种石头，
用途很多，受人们崇敬，
而这些宝石光辉闪耀，
只能呆在王宫和矿山中。

本质一致，而表达方式迥然不同，这是如入他城式的诗。优秀诗人采用这种方式。例如：

雨季来临，敌人的妻子们看到天空
乌云密布，雷声轰鸣，盖过海涛声，
解除了丈夫参战的忧虑，热泪盈眶，
闻到一阵阵迦丹波花香，眼睛眯缝。

另一首：

新开的迦丹波花标志雨季来临，征战停止，
敌人的妻子们满怀喜悦，让丈夫们采摘；
她们亲吻这些花，放在眼睛上和心窝上，
放在头发中缝，然后挂在自己的耳朵上。

依据这四种，诗人们有三十二种借用方法。这些磁石般借用意义的诗人有四种，第五种是内容创新者。人们说，转化诗人、亲吻诗人、吸收诗人和融化诗人是普通诗人，第五种如意珠诗人是非凡诗人。

以新意义转化旧内容，具有创造性，这是转化诗人。

亲吻旧内容，但使用自己的优美词句，增添一些新的魅力，这是亲吻诗人。

吸收旧内容，纳入自己的作品结构，描写出色，这是吸收诗人。

着眼创新，将旧内容融化在自己的语句中，以至辨认不出，这是融化诗人。

形象奇妙，富有意义和情味，在以往优秀诗人的作品中未曾见过，这是如意珠诗人，首屈一指。

这是内容无来历的诗人，分为三种：普通的、非凡的和混合的。其中，普通的：

细甘蔗啊，别炫耀你的色泽，
也别炫耀你的那些漂亮的花，
这种朋德罗甘蔗比你更出色，
即使不用工具压榨，也会流汁。

非凡的：

“女神生了儿子，诸位为何还站着？跳舞吧！”
跋林吉利提振臂欢呼，遮蒙妲在一旁应和；
他俩拥抱，胸前的枯骨项链互相碰出声响，
盖过众神紧密的鼓声。愿这声响保佑你们！

混合的：

诛灭牟罗的黑天停留在母亲腹中时，
芬芳的气息从他的肚脐莲花中逸出，
大力罗摩[①]愉快地用鼓胀的蛇冠吸入。
但愿这些气息天天涤除你们的罪过！

词义的借用共四种。我已经讲述这四种词义的借用。而每一种又分成八种，这样，总共三十二种。

其中，映像式：

改变内容的前后次序，这是变位。例如：

看到对手，象王挣断绳索，
不听象师吆喝，冲向前去，
但被母象劝住，对于生物，
确实没有比爱更大的束缚。

另一首：

即使对于没有理智的动物，
爱的束缚也是无形的锁链；
象王想要进攻自己的对手，
也被母象留住了很长时间。

简化丰富的内容，这是简缩。例如：

① 据说大力罗摩（baladeva，即 balarāma）也是神蛇湿舍的化身。

林中的枣子最初淡黄色，
变为褐色，成熟后呈红色，
此后渐渐干缩，表皮起皱，
失去香气和甜蜜的液汁。

另一首：

林中枣子成熟后，表皮圆润呈红色，
渐渐干缩而起皱，失去甜蜜的液汁。

充实简略的内容，这是扩充。例如：

大地被军队压入地下，
再次想起野猪的獠牙。①

另一首：

在军队沉重压力下，湿舍蛇支撑不住②，
顶冠上的大宝石受到挤压，痛苦不堪，
大地再次想起獠牙，那牙尖以恶魔的
肋骨为磨石，磨得锃亮似月，锋利无比。

改写另一种语言的作品，这是化装。例如，这首俗语诗：

---

① 按照印度神话，大地曾被恶魔拖入海中，大神毗湿奴化身野猪，潜入海中，用獠牙托出大地。

② 湿舍蛇是支撑大地的神蛇。

守家的妻子扔给乌鸦饭团时，手镯滑落，
乌鸦怀疑是套索，怎么也不敢走近叼食。

另一首梵语诗：

她以泪洗面，在门边盼望丈夫回家，
扔给乌鸦一个饭团，而乌鸦在旁边
弯下脖子，探头探脑，眼珠转个不停，
怀疑滑落的手镯是套索，不敢上前。

内容相同，变换诗律，这是变律。例如：

爱人上了床，我的衣扣自动解开，
腰带松懈，内衣勉强拖挂在臀部，
女友啊，我只记得这些。一旦拥抱，
他是谁？我是谁？怎样交欢？全忘了！①

另一首：

与情人欢爱时交谈的种种甜言蜜语，
你都能够复述出来，你真正是幸运的；
一旦情人的手伸到我的腰带扣结上，
我发誓，女友啊，我就什么也记不清了。

内容相同，改变原因，这是变因。例如：

① 引自《阿摩卢百咏》101。

朝霞涌起，月亮的光辉消退，
苍白如同失恋少女的脸颊。

另一首：

月亮苍白如同孕妇的脸颊，
和爱神一起登上东山顶峰。①

内容相同，背景变动，这是换景。例如：

莲花眼女郎们在沐浴后，
湿漉漉的长发垂到腰部，
玩耍的天鹅们仰着脖子，
接饮从发梢坠落的水珠。

另一首：

那些小鹿口渴难忍，仰脸接饮
苦行者浴后发髻淌下的水珠；
那只沙恭多鸟合拢双翼，保护
情意绵绵而唇焦口燥的伴侣。

撷取两首诗的内容，这是撮合。例如：

这是文底耶山那摩达河，美眉女！

① 前一首诗中脸颊苍白的原因是失恋，这首诗中是怀孕。

人们知道她是西海的首位妻子，
我曾小心翼翼扶你渡过这条河，
跃起的鱼儿令你惊恐，引你发笑。

又一首：

这些罗德美女午后在雷瓦河沐浴，
不停搅动河水，水流流进她们的
肚脐洞穴中，发出美妙的汩汩声，
孔雀听到后，也发出咕咕的叫声。

另一首：

征战四方时，随同的美女们在各处河中嬉戏，
大鱼碰上她们的大腿，引起她们惊慌和发笑，
水流流进她们深邃的肚脐洞穴中，回旋激荡，
发出美妙的响声，孔雀感到惊诧，也发出叫声。

映像式的借用应该竭力避免缺乏诗性。因为，

在诗中出现相同内容，
不会被别人认为不同，
正如自己身体的映像，
不会被别人认为不同。

以上是王顶著《诗探》第一门类《诗人的奥秘》
第十二章《词义借用中的诗人分类和映像式》。

# 第十三章

# 词义借用中的画像式等分类

画像式分类：

转移相似性，这是移植。例如：

> 这轮圆月变红，犹如西方女神斜倚在
> 西山宫中，呈现抹有番红花油的脸颊。

另一首：

> 犹如永远闪亮的东方女神，她那番红花般
> 鲜红的脸颊，美女啊，请看这发红的月亮！

原本有修饰，改成无修饰，这是略去修饰。例如：

> 灯焰燃烧发光，呈现不同形态，
> 底部黑似青莲，中间宛如月牙，
> 上面淡黄色，如同成熟的芒果，
> 顶端闪亮似朝阳，色泽似紫烟。

另一首：

底部发黑，腹部呈现褐色，
上面淡黄，布满红色线条，
顶端似烟，灯焰色彩多变，
顷刻间驱散浓密的黑暗。①

内容相同，颠倒叙述次序，这是逆序。例如：

顶端紫色，下面是红色、淡黄和赤褐，
底部黑色，这灯焰驱散浓密的黑暗。

一般描写改成特殊描写，这是殊说。例如：

月亮升起，妇女们与情人的女使
愉快交谈，眉飞色舞，心情激动，
在修饰打扮时，装饰品戴错部位，
女友们在一旁发出嘻嘻的笑声。

另一首：

这女子急于会见情人，将项链戴在臀部，
而将腰带系在抹有白色檀香膏的胸脯。②

将次要内容改成主要内容，这是顶饰。例如：

---

① 这首诗略去了前一首诗中的一些比喻。

② 前一首诗一般描写装饰品戴错部位，这首诗具体描写。

宛如金罐，又如抹有番红花油膏的乳房，
月亮从东海缓缓升起，用光芒照亮天空。

另一首：

月亮美似抹有番红花油膏的黑夜
少女的乳房，驱除黑衣般的黑暗。①

内容相同，表达不同，这是妆饰。例如：

情人没有如约来到，媚眼女泪水流淌，
洗掉了脸颊上精心绘制的月亮兔影。

另一首：

情人没有来到，美女流下伤心
泪水，脸颊上的彩绘短命夭折。

描写相同，对象不同，这是移位。例如：

长鼻子伸入空中似莲秆，白色象牙似莲藕，
天上太阳似莲花，愿这位象头神保佑三界！

另一首：

① 这首诗中，喻体乳房比前一首诗中更突出。

伸直的象鼻似莲秆，根部象牙
似莲藕，向象头神的莲花致敬！①

变形的对象恢复原貌，这是复原。例如：

如今月亮不如太阳有魅力，月轮笼罩在雾中，
犹如因哈气而失明的镜子，它不再发出光芒。

另一首：

她摆脱对敌人的恐惧，顿时面露喜色，
犹如镜子擦去了气雾，变得清澈明亮。

这些是画像式分类。应该掌握这种借用方式。人们说：

变化表达方式，各种内容获得新意，
犹如演员使用油彩，改变角色造型。

下面，两人相像式分类：
内容相同，对象不同，这是移位。例如：

湿婆与雪山之女分离，心中痛苦万分，违背
屏气的苦行方式，右鼻孔呼出炽热的鼻气，
吹裂身上涂抹的骨灰，损害月亮的清凉，
而耳边的蛇张嘴吸吮。愿这鼻气保佑你们！

---

① 前一首诗的描写对象是象头神，这首诗的描写对象是象头神的莲花。

另一首：

河利思念罗陀，内心焦灼，叹出炽热的气息，
煎熬肚脐上的莲花花蜜，吹干胸前的花环，
底下的床蛇吸入这气息，又因炽热而吐出，
吉祥女神为此心生妒意。愿这气息保佑你们！①

原有两个内容，采用其中一个，这是拆取。例如：

年幼的室建陀惊奇地望着湿婆发髻，
以为在恒河水中浮动的月牙是鱼儿②，
而象头神以为是莲藕，迅速挥动鼻子，
准备叨取。愿这发髻涤除你们的罪孽！

另一首：

在湿婆发髻顶上的恒河水流中，
月牙的光辉在波浪中忽隐忽现，
大蛇以为是鱼儿，不断地伸缩顶冠，
想要叨取。愿这月牙指引你们幸福！

为原有的内容增添新内容，这是珠串。例如：

迷醉于光芒的月亮令这世界颠倒梦想，
馋嘴的猫儿舔食钵中月光，以为是牛奶，

① 前一首诗的描写对象是湿婆，这首诗的描写对象是诃利（毗湿奴）。
② 天国恒河下降大地时，先降落在湿婆的发髻上。月牙是湿婆的顶饰。

大象叼取透入林中的月光，以为是莲藕，
女子交欢后抓取床上月光，以为是衣裳。

另一首：

愚蠢的天鹅一次次从钵中啄取月光，
美女们忙于按摩肩膀，以为是樟脑粉，
交欢中，以为是胸衣，男子帮女子脱去，
蜜蜂们迅速吸吮，以为树上绽放鲜花。

内容相同，数量不同，这是变数。例如：

在向你致敬的那罗延的光照下，
你的月牙映在十个脚指甲上，
仿佛另外十个楼陀罗的月牙，
一齐向你的月牙致敬，楼陀罗！①

另一首：

湿婆犯有过失，拜倒在乌玛的
五个脚指甲闪亮的莲花脚前，
请求宽恕，他的一个月牙仿佛
变成了六个。愿湿婆宠爱你们！

增加新的表达方式，这是鸡冠，分成两种：内容一致和内容不

① 楼陀罗是以大神湿婆为首的十一位神的共称。月牙是他们的顶饰。

一致。第一种，例如：

院子里覆盖月光，睡着的公天鹅也似
一堆月光，母天鹅看不到他，哀哀哭泣。

另一首：

露台上充满月光笑声，
天鹅看不清妻子双翼，
也听不清她的脚铃声，
不知道她已来到面前。

第二种，例如：

露台沐浴在月光水中，
母天鹅依然知道丈夫
全身洁白似一堆珍珠，
声音美似摆动的脚铃。

将否定改成肯定，这是逆反。例如：

敌军的女眷们在撤离自己的城市时，这样道别：
“苋树啊，你们不再能尝到我们乳房碰击的滋味！
醉花树啊，你们只能回忆我们喷洒的葡萄酒了！
无忧树啊，你们不再受到脚踢，会陷入无限忧伤。”①

① 按照印度传说，醉花树因妇女喷洒酒而开花，无忧树受到妇女脚踢而开花。

另一首：

在海边的森林中，随军的女眷们
怀着胜利的喜悦，纷纷用嘴喷酒，
用脚踢，用欢乐的眼光注视，催促
醉花树、无忧树和底罗迦树开花。

将许多内容汇集在一起，这是宝石堆。例如：

大地夫人仿佛以高山为手臂，
为黑夜女友脸庞点上月亮志。

又如：

看到月亮狮子站在东山山顶，月光鬃毛美似
盛开的花丛，难以抗衡的黑暗象群突然散去。

又如：

月亮宛如银罐，盛满月光水，黑夜夫人
为它描上吉祥图案，用来为爱神灌顶。

又如：

细腰女啊，月亮升起，宛如东山的顶珠，
你看！月光如同树皮裂缝流出的液汁。

又如：

月亮升起，洁白似新鲜饭团，
明亮如同黑夜夫人的镜子，
又如东山坡上的朗朗笑声，
光芒之手触动白莲花丛。

又如：

爱神仿佛在天空池中，用黑暗之水
沐浴，没有月亮天鹅，只有星星白莲。

另一首：

如同黑夜夫人的吉祥志，驱散黑暗
象群的狮子，为爱神灌顶的银制水罐，
又如东山的顶珠，方位女神的明镜，
月亮升起，仿佛嘲笑天空池中的天鹅。

在原有内容上衍生新内容，如同球茎发芽，这是球茎。例如：

月亮水罐倾泻月光，流在路口，
积在屋顶，洒落在莲花池中。

另一首：

月光在天空中移动，在莲花丛中扩展，

映出妇女们苍白似干枯芦苇的脸颊，
撒开在所有水面上，照亮洁白的宅第，
随着旗子、衣服和叶梢在微风中飘动。

还有：

月亮宛如水晶玻璃罐，月面的斑影如同
带盖的罐口，月光宛如樟脑粉，不断撒落。

另一首：

这月亮是罐口覆盖着绿草的水晶玻璃罐，
黑夜侍女用它倒出月光水，浇洒天空庭院。

又一首：

月亮宛如银罐，盛满月光水，黑夜夫人
为它描上吉祥图案，用来为爱神灌顶。

这些是两人相像式分类。苏罗南陀说：“应该掌握这种精彩的借用方式。”所以说：

向语言女神娑罗私婆蒂致敬！
她是诗人们获得成功的源泉，
用自己曲折美妙的刻画方式，
将内容宝石雕琢成无价之宝。

下面，如入他人式分类：

巧妙地改变原有的内容，这是巧变。例如：

爱神怎么不会变得无形？他残酷无情，
不加分辨，进攻柔软似芭蕉叶的妇女。

另一首：

为何不向爱神致敬？他的花箭不加分辨，
进攻所有鹿眼女郎柔美似芭蕉的身体。

内容相同，方式不同，这是变异。例如：

倒入红似鹧鸪醉眼的月光葡萄酒，
月亮宝石罐宛如天鹅叼着莲花秆。

另一首：

她用镶嵌青玉和珊瑚的陶罐倒酒，
犹如手中的鹦鹉嘴上叼着莲花秆。

改变喻体，这是移动。例如：

像胸前戴上莲花花环，像沐浴在牛奶河中，
像被睁大的眼睛吞噬，像甘露雨淋在身上。

另一首：

宛如珍珠项链，又如月光花环，
宛如大海波浪，又如甘露激流，
这鹿眼女郎的目光充满爱意，
越过眼角长河，遽然洒落我身。①

音庄严改成义庄严，这是炼金术。例如：

胜利属于毁灭一切的三眼大神
脚上尘土！它们爱抚波那的顶冠，
亲吻十首魔王罗波那的顶珠，
停留在众恶魔和众天神的头顶。②

另一首：

胜利属于湿婆威力无比的脚上尘土！
它们为一切众生解除愚痴，指引正道。③

强化原有的内容，这是增饰。例如：

莲花眼女郎们在沐浴后，
湿漉漉的长发垂到腰部，
玩耍的天鹅们仰着脖子，
接饮从发梢坠落的水珠。

① 引自《茉莉和青春》2. 16。前一首诗和这首诗都描写女郎的目光，但喻体不同。
② 这首诗原文中使用属于音庄严的谐音修辞。
③ 这首诗使用属于义庄严中的夸张修辞。

另一首：

吉祥女神从乳海出现，发辫末梢坠落
珍珠般的水滴，毗湿奴以渴求的目光
久久凝视，母天鹅急忙仰起脖子接饮，
味美如同甘露。愿这些水滴保佑你们！

前面相似，后面不同，这是共命鸟。例如：

月亮映在眼睛、腹部、脸颊和珠宝首饰上，
这个女子全身仿佛装饰有成百个月亮。

另一首：

月亮映在脸颊、耳环、手镯和腰带宝石上，
悉心侍奉这位脸庞魅力胜过自己的美女。

利用原有的句义，这是印迹。例如：

遍地覆盖多摩罗树叶，
蒟酱蔓藤缠住槟榔树，
豆蔻蔓藤抱住檀香树，
请你常在摩罗耶山游玩。①

另一首：

① 引自《罗怙世系》6.64。

豆蔻蔓藤拥抱檀香树，
那伽蔓藤爬上槟榔树，
爱神成全好事，甚至
也撮合无意识的植物。

内容与原义相反，这是相违。例如：

胸前珍珠项链，耳朵上白莲花瓣，象牙耳饰，
头戴花冠，身披丝绸衣，胸脯抹有樟脑油膏，
脸上点有白色檀香志，手腕佩戴柔嫩莲根，
美女啊，你向秋天月亮学会装饰，一身洁白。

另一首：

准备去见情人，全身每处抹上麝香，
身披黑绸衣，双臂佩戴蓝宝石手镯，
胸前佩戴青玉项链，额前头发卷曲，
鹿眼女啊，你向黑暗学会这身打扮。

以上展示了三十二种借用方式。在我看来，诗人的技巧在于对它们的取舍。也有对这些借用方式的反用，即借用内容而反其意用之。还有，

通晓词汇和语法，未必会写诗，
而智者们的语言之眼闪闪发光，
妙语成串，富有新意，净化人心，

唯独他们堪称诗人中的佼佼者。

以上是王顶著《诗探》第一门类《诗人的奥秘》
第十三章《词义借用中的画像式等分类》。

# 第十四章

## 种类、物质和行为的习惯用语

诗人们因袭沿用的不符合经典和人世经验的描写是诗人的习惯用语。

老师们说："这确实是错误。那么，应该怎样描写？"王顶说："这些描写有益于诗人的创作，怎么能说是错误？"老师们说："那么，你说说理由。"王顶回答："应该这样说。"

在古代，智者们钻研吠陀及其数以千计的分支，也熟知各种经典，游历各地和岛屿，了解事物，这样描写。而后即使时空发生变化，依然这样描写，这便是诗人的习惯用语。人们不了解诗人习惯用语的根源，而只是沿袭使用。

其中一些事物描写是自古以来确定的诗人习惯用语。而另一些是心术不正的人们出于私心，互相竞争造成的。

这些诗人习惯用语分为三大类：天上的、地上的和地下的。其中地上的最重要，因为它的范围广大。它又分成四类：种类、物质、性质和行为。每类又分成三种：一、描写不存在的事物，二、即使存在，也不如实描写，三、限定的描写。

其中，在种类①中，描写不存在的事物。例如，莲花和青莲花等在所有的河中，天鹅等在所有的水池中，金子和宝石在所有的山中。

描写河中的莲花。例如：

---

① "种类"指同一种类，如各种颜色的莲花同为莲花。

黎明时分由湿波罗河上吹来的阵阵微风，
使湖鸟的陶醉的响亮的爱恋鸣声格外悠长，
它结交莲花，因而芬芳，令人全身舒畅，
祛除女人行乐后的疲倦，像婉转求告的情郎。①

描写河中的青莲花。例如：

他看到恒河仿佛倚在阎牟那河
怀抱中，河中有可爱青莲花林，
和煦的微风轻柔地吹拂，吹干
前往天空游戏的飞鸟们的汗珠。

同样，还有描写白莲花等。描写水池中的天鹅。例如：

河中的波涛声汇合激情荡漾的
天鹅和仙鹤鸣叫声，仿佛宣布
古冬伽主神②过去、现在和未来
永远富有和虔诚如同黑天大神。

描写山中的金子。例如：

山和海都是蛇和象的居处，
山中有幼兽，海中有船舶，
山中遍布金，海中遍布水，

① 引自迦梨陀娑《云使》31（金克木译）。
② 古冬伽（kuḍuṅgeśvara）是优禅尼城的主神。

由于相像，两者结成友谊。①

描写山中的宝石。例如：

山坡上，那些雌孔雀伸直
脖子，观看大象发出鸣叫，
喷洒水雾，蓝宝石闪耀光芒，
以为雨云降临，满怀喜悦。

诸如此类，还有其他的例举。即使存在，也不描写。例如，春季没有茉莉花，檀香树没有花果，无忧树没有果实。其中第一种：

百花齐放，而缺少茉莉花，
令人惊奇，缺少这茉莉花，
花季怎么可爱？缺少种姓，
婆罗门怎么获得天神宠爱？②

第二种：

即使命中注定檀香树没有花果，
它以自己的身躯解除他人灼热。

第三种：

---

① 这首诗中，幼兽和船舶是 pota 一词双关，金和水是 svaṃa 一词双关。

② 这首诗中，茉莉花和种姓是 jāti 一词双关，花和天神是 sumanas 一词双关。

果实仰仗天命，这有什么办法？
但无忧树叶芽有别于其他的树。

限定是将出现在多处的事物限定在一处。例如，鳄鱼在海中，珍珠在铜叶河。其中，第一种：

鳄鱼居住在以自己的名字
命名的环绕大地的大海①中，
向同胞骄傲地展现自己的
锋利牙齿，确实值得尊敬。

第二种：

尽管大地上有许多河流，
充满甜美的水和珍珠贝，
仍然排除这些河，唯独
铜叶河是珍珠如意神牛。

描写不存在的事物。例如，黑暗能握在手中和用针尖刺破，月光能灌入罐中。其中，第一种：

黑暗可以握在手中，
四方仿佛紧贴身体，
大地仿佛畅通无阻，
天空仿佛就在额头。

① 这里使用的“大海”一词原文是 makarālaya，意谓鳄鱼的居处。

又如：

即使在紧闭的牢房中，
黑暗可以用针尖刺破，
即使我的双眼紧闭着，
爱人的面容依然清晰。

第二种：

早先的月光美似碾碎盖多迦花瓣
流淌的液汁，闪耀珍珠项链的光辉，
今天的月亮圆满无缺，月光可以
灌入罐中，合掌捧住，用茎秆吸吮。

即使物质存在，也不描写。例如，月光存在于黑半月和白半月，黑暗也存在于白半月。[①] 其中，第一种：

人们好奇地看到大力罗摩和黑天，
他俩的出行犹如白半月和黑半月。

第二种：

即使每月中，无论白半月，
或者黑半月，都有月光，
然而，白半月只有半个月，

① 这里意谓诗中只描写月光存在于白半月，黑暗存在于黑半月。

似名誉靠积累功德获得。

限定描写物质。例如，檀香树生长在摩罗耶山，桦树皮出产于雪山。其中，第一种：

檀香树擅长消除灼热，
蛇的居处，天神喜爱，
然而，除了摩罗耶山，
在其他的地区见不到。

第二种：

那里的矿物流出液汁，
在桦树皮上涂成字母，
红似大象斑点，适宜
用作持明美女的情书。①

其他各种物质的诗人习惯用语。例如，将乳海和咸海等同，将一个海和七个海等同。其中，第一种：

我们知道毗湿奴住在海中，
吉祥女神也从这里诞生，
而海水不能解除渴者焦渴，
远远不如荒漠中的水井。②

① 引自迦梨陀娑《鸠摩罗出世》1.7。这首诗描写的背景是雪山。

② 毗湿奴大神住在乳海，而这首诗将乳海等同于咸海。

第二种：

他看到前面七大洋
宠爱的恒河，波浪
翻滚美似秀眉挑动，
令其他的河流羞愧。

描写不存在的行为。例如，成双的轮鸟在夜里分居河的两岸，鹧鸪饮用月光。其中，第一种：

夏季夜晚缩短，河水干枯，
这对于轮鸟何尝不是恩惠？

第二种：

鹿眼女郎啊，摩罗耶山脚的河畔，
这是可爱的爱神操练弓箭的地方，
在黑夜中，那些雌鹧鸪张开尖喙，
晃动脖子，饮用珍珠构成的月光。

即使行为存在，也不如实描写。例如，蓝莲花不在白天开花，舍帕利迦花不在夜晚凋谢。其中，第一种：

她的女友打扮她的莲花脸，
用黑沉香粉描绘优美线条，
这时在她的耳边悄悄说道：
“现在到了蓝莲花开花时间。”

第二种：

舍帕利迦花的花朵似眼泪，
仿佛向月亮诉说内心痛苦：
"与你分离的整个白天中，
我受太阳炽热的光线烧灼。"

限定明显的行为。例如，杜鹃只在春季而不在其他季节鸣叫，孔雀只在雨季而不在其他季节鸣叫和跳舞。其中，第一种：

林中的杜鹃惧怕春寒，发出鸣叫，
水下的莲花仿佛喜爱聆听而露头。

第二种：

这时乌云密集，孔雀张开圆形尾翎，
引吭高唱甜蜜的歌曲，翩翩起舞。

这些是种类、物质和行为的习惯用语，下面讲述性质以及天上和地下的习惯用语。

以上是王顶著《诗探》第一门类《诗人的奥秘》
第十四章《种类、物质和行为的习惯用语》。

# 第十五章

## 性质的习惯用语

描写不存在的性质。例如，白色的名声和笑等，黑色的恶名和罪恶等，红色的愤怒和爱情等。其中，白色的名声：

你的名声传遍四方，受四方极限阻碍，
它又进入大海，在海水中身体不沾湿，
呼吸和眼睛也正常，而空间依然狭窄，
鹿眼女郎们惊异三界已经全部变白色。

白色的笑：

他张嘴高声大笑
犹如世界毁灭时，
大地上乳海泛滥，
布满白色的泡沫。

黑色的恶名：

你的美名和敌人的恶名，犹如间杂的

茉莉花和蓝莲花[①]，天天在大地上传扬。

黑色的罪恶：

马项这个恶魔企图毁灭黑天家族，
他的身体失去光辉，变黑似剑刃。

红色的愤怒：

恶魔鲍摩藏身在地下世界，
浑身散发愤怒光芒而变红，
身影映在镶嵌宝石的地面，
出发准备战斗，大地摇晃。

红色的爱情：

你享有与品德和爱情结合的
崇高名声，传遍大地四方，
犹如新娘的面纱蓦然间显露
额前半边番红花色吉祥志。

即使存在的性质，也不如实描写。例如，茉莉花蕾和怀情的女子牙齿红色，莲花花蕾等绿色，波利扬古花黄色，而诗人不如实描写。其中，茉莉花蕾红色：

① 这里茉莉花代表白色，蓝莲花代表黑色。

你的牙齿洁白似茉莉花蕾，露出微笑，
照亮会堂，似沐浴后白净的辩才女神。

莲花花蕾绿色：

毗湿奴大神化身原始野猪，
身躯高达云端，獠牙看似
挺立白色莲花花蕾的茎秆，
将沉入海底的大地托出水。

波利扬古花黄色：

安达拉沿海盛产洁白的珍珠，装饰
那里少女黝黑似波利扬古花的胸脯。

限定性质。例如，珍珠红色，花白色，云黑色。其中，珍珠红色：

航海的商人们取回珍珠，
堆放在黑沉沉的海岸边，
大眼女郎啊，看似仿佛
乌云中出现的一轮红日。

花白色：

如果花朵挨近鲜嫩的叶芽，
珍珠放在明净的红珊瑚上，

这样才能模拟闪现在她的
艳红嘴唇上的纯洁的微笑。①

云黑色：

罗摩黝黑似云，坐在飞车中，
犹如宝石堆中的一颗蓝宝石。

按照诗人的描写习惯，常常混同黑色和蓝色、黑色和绿色、黑色和深蓝色、黄色和红色、白色和灰白色。其中，混同黑色和蓝色：

迦尔纳越过杜尔那河，沿岸住着的南方
妇女佩戴当地出产的竹子和藤条项圈，
萨希耶山高挂的蓝色瀑布垂落在河岸上，
犹如美发女郎的浓密黑发垂落爱人肩上。②

混同黑色和绿色：

阎牟那河犹如绿宝石，
恒河犹如纯净的水晶，
如同黑天和湿婆形体
融合，但愿净化你们！③

① 引自迦梨陀娑《鸠摩罗出世》1.44。这首诗中将花限定为白色。
② 这首诗中的黑和蓝合用一个 nīla（“蓝”）字。
③ 这首诗描写黑色的阎牟那河和白色的恒河汇合的情景。

混同黑色和深蓝色：

天国欢喜园的树根坑洼处有月亮宝石，
弥卢山脚有曼陀吉尼河水清洗的珍珠，
美女啊，在黑暗的夜晚，如意树依照
天女们的心愿，赐予轻柔的风和月光。①

混同黄色和红色：

月亮始终用皎洁的光芒驱除黑暗，
犹如原始野猪用黄色獠牙托起大地。②

混同白色和灰白色：

你要知道，我的名字是恭薄陀罗，
是尼恭吒的朋友，八形神的侍从，
若他想登上白似盖拉瑟山的公牛，
我的背有幸成为他的垫脚而净化。③

还有，其他关于颜色的描写。描写眼睛等有多种颜色。其中，眼睛白色：

黄昏时分，这女子站在院子的人群中，

---

① 这首诗中的“黑暗”的原词是 śyāma（“深蓝”）。

② 这首诗中的黄色也可读作红色。

③ 引自迦梨陀娑《罗怙世系》2.35。这首诗中的白色也可读作灰白色。“八形神”是湿婆大神的称号。“八形”指地、水、火、风、空、日、月和祭司。

美丽的眼睛温柔地转向愁苦慵倦的我，
她含羞低头，深深叹息，充满着爱意，
投来斜睨眼光，仿佛偷取洁白的月光。

眼睛深蓝色：

然后，这位如同湿婆的大地之主沿途
在搭建的可爱帐篷中度过一些夜晚后，
进入阿逾陀城，妇女们观看弥提罗公主，
她们的眼睛使那些窗口仿佛长满蓝莲花。①

眼睛黑色：

舞女们身上的系带由脚的跳动而叮当作响，
她们的手因戏舞柄映珠宝光的麈尾而疲倦，
受到你那能使身上指甲痕舒服的初雨雨点，
将对你投射出犹如一排蜜蜂的曼长媚眼。②

混合的颜色：

陀娑补罗城的女人善于舞弄纤眉，
挑起睫毛，眼角闪着黝黑而斑斓的光芒，
美丽胜过了追随白茉莉转动的蜜蜂，

① 引自迦梨陀娑《罗怙世系》11.93。
② 引自迦梨陀娑《云使》35（金克木译）。这首诗中的蜜蜂指黑蜂。

过了河，你就成为她们好奇目光的对象。①

以上是王顶著《诗探》第一门类《诗人的奥秘》

第十五章《性质的习惯用语》。

① 引自迦梨陀娑《云使》47（金克木译）。

# 第十六章

## 天上和地下的习惯用语

如同地上世界，也说明关于天上世界的诗人习惯用语。例如，月亮中有兔子和鹿。例如：

别害怕！我的酒杯中没有罗睺，
罗希尼在天空中，你何必胆怯？
月亮啊，男子遇见老练的女子，
通常都会犹疑，这有什么奇怪？①

月亮怀抱鹿儿，称为以鹿为标志者，
狮子凶猛捕杀各种野兽，称为兽王。

爱神的旗帜以鳄鱼和鱼为标志。例如：

拿起花弓，竖起鳄鱼旗，用你手中五支箭，
射击你心目中的目标，湿婆焚毁的不过是

① 这首诗中，罗睺（rāhu）是吞噬月亮的恶魔，即月食的原因。罗希尼（rohiṇī）是星宿名，即月亮的妻子。月亮的原词是 śaśāṅka（“怀抱兔子者”或“以兔子为标志者”）。

与你相像的某个人，你是爱神，何必躲藏？
显身吧！不必担心，我们都是毗湿奴教徒。

你没有鱼旗，没有花弓，
但妻妾们与你长久分离，
忧伤哀泣，因此我知道
你精通游戏，就是爱神。

我凭借风力掀动信度河之主大海，
以鱼为旗帜者害怕呼啸声而退回，
如同风神之子哈努曼越过雅度族
大海可怕的海岸，搬回德罗纳山。

同一个月亮，既诞生于阿特利的眼睛，也诞生于大海。例如：

应该敬拜创造一切的梵天及其后裔七仙人，
其中阿特利仙人目光凝视天空而成为月亮，
月亮的一分①成为湿婆大神的顶饰，其余的
十五分成为天神和祖先们维持生命的甘露。

湿婆头顶的月亮常常描写为新生的月牙。例如：

湿婆发髻上佩戴花朵，
天河的天鹅形成花环，
月牙成为波哩婆提的

① 印度古人将月亮分为十六分。

镜子，但愿净化你们！

描写爱神的形象。例如：

湿婆以自制享誉三界，此刻，
他想起身边爱人，害怕分离，
爱神伸手拍拍妻子罗蒂的手，
笑着说道："他确实胜过我们。"

爱神的花弓以嘤嘤嗡嗡的蜜蜂为弓弦，
以温柔少女为目标，以话语等五支箭
射穿心窝，居住在女子斜睨的目光中，
征服三界，但愿他满足你们一切愿望！

古代传说有十二个太阳，而习惯描写一个太阳。例如：

乘坐七匹马拉的飞车在无限的
天空上下漫游，如同火炬转圈，
强烈的光芒堪比金箭，驱散
浓密的黑暗，愿太阳保护你们！

那罗延和摩豆族后裔（即黑天）都是毗湿奴大神的称谓。例如：

但愿诛灭安陀迦的乌玛之夫永远亲自保护你！
他曾焚毁爱神，使诛灭钵利者的身体变成武器，
以身体蜷曲的大蛇为项链和臂钏，托住恒河，

以月亮为头顶装饰，众天神以诃罗之名称颂他。

但愿这位赐予一切的摩豆族后裔亲自保护你！
他无生，与声同一，让安陀迦族定居，毁车灭蛇，
托起山岳和大地，战胜钵利，让身体进入女性，
众天神以砍下吞月的罗睺头颅的事迹称颂他。①

同样，达摩陀罗、湿舍蛇、海龟、莲花和财富都与毗湿奴相关。例如：

毗湿奴亲自动手用曼陀罗山
作搅棒，自己化身海龟作为
支撑的底座，搅出财富女神，
秀眉弯曲，进入信徒们家中。

如同地上和天上世界，也说明关于地下世界的习惯用语。其中，那伽也指称蛇。例如：

那伽王②啊，你的身体紧紧缠绕曼陀罗山，
你的力量堪比湿婆结跏趺坐入定的力量。

提迭、檀那婆和阿修罗均为恶魔。例如，希罗尼亚刹、希罗尼耶格西布、波罗诃罗陀、毗罗遮那、钵利和波那等是提迭，毗波罗

① 以上两首诗是同一首诗运用双关而有两种读法，前一首诗是赞颂湿婆，后一首诗是赞颂毗湿奴。前一首诗中的“乌玛之夫”即湿婆。“诃罗”是湿婆的称号。“诛灭钵利者”指毗湿奴。

② 此处那伽王（nāgarāja）指蛇王婆苏吉（vāsuki）。

吉底、商波罗、那牟吉和布罗摩等是檀那婆，波罗、弗栗多和弗栗波婆等是阿修罗。

胜利的三眼神①脚上的尘土
飘落在天神和阿修罗头顶，
抚弄波那阿修罗的顶冠，
亲吻十首王罗波那的顶珠。

谁能战胜这位征服三界的爱神？
威力如同商波那阿修罗的利箭，
臂钏的宝石闪耀红光，肩膀上
留有妻子胸脯的彩绘线条印记。

提迭马项住在朋友家中，白色的伞盖
如同吉祥女神的笑容，增添他的臂力。

马项也被称为檀那婆：

檀那婆王啊，你为何不使用你的臂膀？
它能帮助你成功实现毁灭死神的愿望。

所有的大阿修罗中，没有一个能展露
自己胸脯没有留下因陀罗雷杵的印痕。

同样，还有其他类别。

---

① “三眼神”（tryambaka）即湿婆大神。

这些仿佛是沉睡在诗中的诗人习惯
用语，现在已被我们运用智力唤醒。

以上是王顶著《诗探》第一门类《诗人的奥秘》
第十六章《天上和地下的习惯用语》。

## 第十七章

# 地区划分

诗人懂得地区和时间划分，便善于表达意义。

地区指世界或世界中的地区。有些人认为天空和大地是一个世界。例如：

大力罗摩有犁无牛，湿婆有牛无犁，
毗湿奴跨步量出大地，而没有犁和牛，
如果这三者能合在一起，从事农耕，
整个世界就不会看到有贫困的家庭。

有些人认为天空和大地是两个世界。例如：

只要他的名声在天国和大地保持不朽，
这位有功之人必定会在神界占据一席。①

有些人认为有天国、人间和地下世界三个世界。例如：

神啊，你是地下世界，你连接四面八方，

① 引自婆摩诃《诗庄严论》1.7。

你是天国的风和地，为三界操劳的唯一者。

有些人将三界称为 bhūr（大地）、bhuvar（天空）和 svar（天国）。

向手持舍楞伽弓的毗湿奴致敬！他在蛇王
身上结跏趺坐，仿佛由于维持三界而劳累。

有些人加上 mahar（光世界）、janas（出生世界）、japas（苦行世界）和 satya（真谛世界），合为七个世界。例如：

喜增王的名声传遍七个世界，
他的宫殿排列成行，光辉灿烂，
挺立在广袤大地上，尖顶高耸，
飘扬的旗帜犹如雨云挥手舞动。

有些人认为七个世界加上风的七个世界，合为十四个世界。例如：

你的威力无边无际，无所依傍，犹如
原始海龟，成为十四个世界蔓藤的球根。

有些人认为十四个世界加上七个地下世界，合成二十一个世界。例如：

愿你的光辉名声照耀二十一个世界，

犹如湿婆的大笑、盖拉瑟山和项链。①

王顶认为以上这些说法都成立。涉及一般情况，描写一个世界。涉及特殊情况，描写多个世界。大地是地上世界，包括七大洲。

瞻部洲是七大洲的中心，四周围绕毕洛叉洲、木棉洲、拘舍洲、麻鹬洲、沙伽洲和莲花洲。

七大洋分别围绕这七大洲：咸味海、甘蔗味海、酒味海、酥油味海、奶酪味海、牛奶味海和清水味海。

有些人认为只有咸味海。例如：

这位大武士凭借战斗赢得十八洲，分为
九个地区的广袤大地，一个浩瀚的大海，
还有富饶的王国，可是，仍然对创造主
梵天不满意，认为他只创造了这么一些。

有些人认为有三大洋。例如：

他的威力如同劫末的飓风，恣意粉碎
聚集的敌军，撼动山岳，搅动三大洋。

敌人被驱赶到三大洋岸边，发现自己
失去大象，这里却有这些颞颥流汁的
方位象，失去珠宝、花园、水池和树木，
这里却有如意珠和如意树，而称心如意。

① 盖拉瑟山是湿婆的居处。项链指围绕在湿婆身上的蛇。

有些人认为有四大洋。例如：

他的名声远扬，犹如四大洋岸边水沫
串连成超长的项链，甚至越过弥卢山。

王顶认为各位诗人有各自的设想，所有的看法都成立。而七大洋的说法确实有经典依据。例如：

投山仙人喝下捧在手中的七大洋的水①，
此刻，毗湿奴的威力也显得微不足道。

瞻部洲中央有名为弥卢的山王金山，
那是药草的宝库，众天神的聚居处。

以弥卢山为基准点，梵天大神
在它的上下四周创造所有世界。

弥卢山是第一山。它的四周围是伊拉弗利多地区。它的北面有三座山：尼罗山、白山和舍楞伽凡山，依次位于罗密耶迦地区、希伦摩耶地区和北俱卢地区。它的南面有三座山：尼奢陀山、金顶山和雪山，依次位于诃利地区、紧布罗舍地区和婆罗多地区。

其中，婆罗多地区又分为九个地区：因陀罗地区、迦塞罗曼地区、铜叶地区、伽跋斯底曼地区、那伽地区、绍密耶地区、健达缚地区、伐楼那地区和古摩利地区。每个地区面积为一千由旬，五百部分是水，五部分是陆地，遍布在南边的大海和北边的雪山之间。

① 传说投山仙人曾经应众天神的请求，喝干大海的水，以便众天神歼灭躲藏在大海中的恶魔。

征服所有这些地区的国王称为大帝。

从古摩利城至宾陀沙罗一千由旬，称为转轮地区。征服这个地区的国王称为转轮王。转轮王有七个标志：

轮宝、车宝、珠宝、妻宝、财宝、
马宝和象宝，称为转轮王的七宝。

其中，古摩利地区有七座山：

它们是文底耶山、波利耶多山、修迦底曼山、
利刹山、摩亨陀罗山、沙希耶山和摩罗耶山。

其中，著名的摩罗耶山有四部分。第一部分：

人们喜爱的檀香树产地，从树根到树顶
缠绕蛇，也是浆果、豆蔻和胡椒等产地。

第二部分：

罐生仙人①净化这座摩罗耶山，山脚下
铜叶河是珍珠的宝库，犹如如意神牛，
这里生长珊瑚树，竹林中也出产珍珠，
伴随狮子的狂吼声，达那沙罗树开花。

第三部分：

① “罐生仙人”（kumbhodbhava）即投山仙人。

这里是众天神游乐地，
凡人圣地，牟尼雄牛①
住地，常年树木结果，
蔓藤开花，奇妙无比。

第四部分：

这里有镶嵌金子和宝石的
成排宫殿，宫顶上有鸽窝，
那是罗波那的首都楞伽城，
城门门闩上有天王的印记。

从摩罗耶山这些地区吹向
北方的南风是春神的朋友，
促使杜鹃发出音调优美的
鸣声，满山遍野鲜花绽放。

在东海和西海以及雪山和文底耶山之间是阿利雅地区。这里，四种姓和人生四阶段是社会生活的基础。诗人们通常依据这里的习惯用语。

在波罗奈城的东面，有安伽、羯陵伽、憍萨罗、多萨罗、乌特迦罗、摩揭陀、摩特迦罗、毗提诃、奈帕罗、彭陀罗、东光、达摩利多迦、摩罗陀、摩罗婆尔多迦、苏摩诃和波罗诃摩多罗等国。有波利诃特伽罗诃、罗希吉利、遮古罗、摩罗陀、摩罗婆尔多迦、达杜罗、奈帕罗和迦摩罗波等山。有索纳、罗希底耶、恒河、迦罗多

① “牟尼雄牛”指投山仙人。

亚和迦比舍等河。出产罗婆利蔓藤、格伦提波那迦树、沉水香、葡萄和麝香等。

在摩希湿摩提城的南面，有摩诃剌陀、摩希舍迦、阿希摩迦、维达巴、恭多罗、格罗特盖希迦、苏尔巴罗迦、甘志、盖杜罗、迦吠罗、摩拉罗、伐那伐沙迦、辛诃罗、朱罗、弹宅迦、般底耶、波罗婆、恒河、那希吉耶、贡迦纳、古罗吉利和婆罗拉等国。文底耶山南面有摩亨陀罗、摩罗耶、梅迦罗、波罗、曼殊拉、沙希耶和希利等山。有那摩尔达、达比、波约湿尼、高达婆利、迦吠利、毗摩罗提、维那、克利希那、凡朱拉、冬伽跋陀罗、铜叶、乌特波罗婆提和罗波那殑伽等河。这里的出产与上述摩罗耶山区相同。

提婆娑跋城的西面，有提婆娑跋、苏剌湿陀罗、陀舍罗迦、多罗婆那、婆利古迦遮、迦吉耶、阿那尔多、阿尔菩陀、波罗诃摩那婆那和耶波那等国。有牛增、吉利那伽罗、提婆娑跋、摩利耶希克罗和阿尔菩陀等山。有娑罗私婆蒂、希婆跋罗婆提、伐尔多克尼、摩希和希丁跋等河。出产竹笋、棕榈树、松香和枣椰树。

波利图陀迦城的北面，有沙迦、盖迦耶、婆迦那、胡那、波那瑜遮、甘波遮、伐诃利迦、波诃罗婆、林波迦、古卢多、吉罗、丹伽那、杜沙罗、杜罗湿迦、跋尔跋罗、诃尔胡罗婆、胡胡迦、萨胡吒、杭娑摩尔迦、罗摩特和迦罗甘特等国。有雪山、迦林陀、因陀罗吉罗和旃陀罗等山。有恒河、信度、娑罗私婆蒂、舍多德罗、旃陀罗跋伽、阎牟那、伊罗婆提、维多斯达、维跋夏、古胡和提维迦等河。出产松树、葡萄、无忧树、枣树、吠琉璃和马。

在这四个地区的中间的地区，诗人们习惯称为中央国①。而这也有经典依据。

---

① “中央国”（madhyadeśa），古代汉译佛经也译“中国”，指北印度中部地区。

在雪山和文底耶山之间的中部，从东面
维那舍那至西面波罗亚伽，称为中央国。

这个地区的山河和产物众所周知，不再指明。

其他洲中的地区和山河，因为
诗人们不太涉及，就不必深究。

在维那舍那还波罗亚伽以及恒河和阎牟那河之间的地区称为安多尔吠底。老师们说方向应该以此为基准。王顶说应该以其中的摩胡陀耶（即曲女城）为基准。

有些人说："因为方位不同，方向的区分也不确定。"这样，伐摩那斯瓦明的东面是波罗诃摩希罗的西面，曲女城的南面是迦罗波利耶的北面。王顶说："方向的确定依据某个基准。"

有些人说："东、南、西、北四个方向。"

国王在征战中巧妙对付四方敌人，
创造威猛无比、空前绝后的业绩。①

有些人说："有八个方向：东、东南、南、西南、西、西北、北、东北。"

三界之光和眼睛，为梵天的四张嘴所称颂，
太阳的光芒遍照八方，在六季中变化多样，

① 这首诗中，"空前"（apūrva）、"威猛"（adakṣiṇa）、"绝后"（apaścima）和"无比"（anuttara）是东（pūrva）、南（dakṣiṇa）、西（paścima）和北（uttara）四个词前分别加上否定前缀 a。

每日清晨面目崭新，为天国七仙人所赞美，
但愿太阳的千道光芒永远保佑你们平安！

有些人说：“加上梵界上方和蛇界下方，共十方。”

怀有宏大志愿的人难以固守在
这个局限于十方之内的梵卵中。

因此，四方、八方或十方，取决于诗人的意图。角宿和亢宿之间是东方，与之相应有西方。北极星是北方，与之相应有南方。四方之间有四维，还有梵界上方和蛇界下方。

诗人描写方向的习惯有两种：一是按照既有的说法，二是以某个地方为基准。第一种，例如，东方：

空中两三颗星星光辉暗淡似旧珍珠，
雌鹧鸪饱饮月光，肢体慵懒而入睡，
月亮惨淡似无蜜的蜂房，走向西山，
而东方的山顶犹如猫眼，闪闪发光。

南方：

仁慈的国王前往南方，增添光辉，
仿佛尊敬的太阳神准备离开南方。

西方：

看啊，言语谨慎的女郎！

太阳悬挂在西方的低空，
仿佛以自己长长的身影，
在湖面上架起一座金桥。①

北方：

在北方，有一位众山之王，
具有神性，名叫喜马拉雅，
横亘伸展直达东海和西海，
巍然屹立如同大地的标尺。②

北方以某个地方为基准。例如，南方和北方：

挽开美丽的弓至耳边的爱神和妻子罗蒂
愉快居住在甘志城的南面和大海的北面。

北方在描写中，或在北方，或在其他方向。第一种：

在那儿，俱毗罗仙宫的北面就是我的家，
像虹彩一般美丽的大门远远就可以认出，
近旁有我妻种的看作养子的小小曼陀罗树，
树上有累累下垂、伸手可得的鲜花簇簇。③

第二种：

---

① 引自迦梨陀娑《鸠摩罗出世》8.34。
② 引自迦梨陀娑《鸠摩罗出世》1.1。
③ 引自迦梨陀娑《云使》75（金克木译）。

沙希耶山的北面是戈达瓦利河，
这是整个大地上最可爱的地方。

其他方向也是如此。应该依次这样描写地区和山河的方向。一般按照世俗的习惯。

各地限定的肤色。其中，东部地区为黝黑①，南部地区为黑色，西部地区为浅白②，北部地区为白色③，中部地区为黑色、黝黑和白色。

东部地区的黝黑：

爱神挽开美丽的花弓，搭箭瞄准
佩戴花环的高德少女的黝黑肢体。

南部地区的黑色：

太阳的光环如同金球熔化流动，
渐渐地在空中减却光辉而消失，
东方充满黑暗，如同树的黑影
停留在摩拉罗妇女黑色的脸颊。

西部地区的浅白：

枝头绽开的波古罗花蕾
成为婆陵迦少女的耳饰，

① “黝黑”的原词是 śyāma，也表示深蓝、墨绿或棕色。
② “浅白”的原词是 pāṇḍu，也表示白色或黄色。
③ “白色”的原词是 gaura，也表示黄色或粉红。

耶波那少女浅白脸颊的
光泽宛如包槟榔的萎叶。

北部地区的白色：

现在，冈遮那罗树枝头拥满花朵，无忧树
红色的树叶胜过伐诃利迦妇女身上的牙齿
伤痕，占婆迦树花朵偷取北方少女肤色美，
跋吒罗树的红色花蕾犹如书写的某种文字。

又如：

迦湿弥罗少女的苗条肢体，流动着
美的波浪，仿佛流动着熔化的金液。

中部地区的黑色：

坚战是摧毁俱卢族的
唯一英雄，所有的人
看到般遮罗公主犹如
坚战怒火冒出的黑烟。

同样，中部地区的黝黑。我们要说，在诗人们的描写习惯中，黑色和黝黑，或者浅白和白色，并无太大区别。

中部地区的白色：

北萨憍罗王的公主啊，

月亮映照在你的白净
似新鲜乳酪的前额上，
仿佛是描上麝香标志。

东部地区的公主等也描写为浅白或白色，南部地区也是如此。其中，第一种：

罗怙族的首领满怀激情，一再望着
遮那迦公主的莲花脸，见她的脸颊
光泽似象牙，汗毛竖起，而他此刻
听到魔军的骚动声，立即束紧发髻。

第二种：

在黑天宫中所有明净似月的后妃中，
鲁格蜜尼犹如一切学问中的声明学。

其他也是如此，可以按照实际可能出现的情况描写。

智者们将违反上述规则称为违背地点，
诗人写作应该努力避免出现这类错误。

我在这里只是提供地区划分的纲要，
若要了解详情，请看我的地理词库。

以上是王顶著《诗探》第一门类《诗人的奥秘》
第十七章《地区划分》。

# 第十八章

## 时间划分

时间划分以瞬间开始。这样，

十五瞬间为一小分，十五小分为一分，
三十分为一时刻，三十时刻为一昼夜。①

从一月②开始，三个月中，白昼的时刻延长，夜晚的时刻缩短。然后，白昼的时刻缩短，夜晚的时刻延长。到了七月，白昼和夜晚的时刻相等。然后，三个月按照相反方向，夜晚的时刻延长，白昼的时刻缩短。

太阳运行的一段行程为一个月。从雨季开始的六个月是太阳南行期。从寒季开始的六个月是北行期。这两个行期构成一年。这是按照太阳运行计算的量度。

十五个昼夜构成半个月。月亮增盈的半个月是白半月。月亮亏缺的半个月是黑半月。吠陀的礼仪和祭祀依据这样的时间概念。

---

① 这是印度古代一昼夜的时间划分。其中，瞬间、小分、分、时刻和昼夜的原词分别是 nimeṣa、kāṣṭhā、kalā、muhūrtta 和 rātryahan。现代通行的时间划分是六十秒为一分，六十分为一小时，二十四小时为一昼夜。

② 这里所说一月至十二月指印历，有别于公历，约有一个半月的时间差。

白半月和黑半月构成一个月。圣者和诗人们都依据这样的月份。这样，两个月构成一季。六季构成一年。天文学家以一月为一年的开始。而世俗以五月为一年的开始。

其中，五月和六月是雨季。七月和八月是秋季。九月和十月是霜季。十一月和十二月是寒季。一月和二月是春季。三月和四月是夏季。①

诗人们认为在雨季，东风吹拂。而老师们认为西风带来雨，而东风阻碍雨。这样，人们说东风阻碍雨季，西风阻碍秋季。

雨季，天空布满雨云，
西风吹送迦昙波花香。

王顶说："诗人的习惯用语标准不依靠事物的自然状态。"

犹如东风标志雨季，烟雾标志火，
吠陀神圣的唵音标志大神和创造，
演唱湿婆赞歌标志舞蹈节日开始，
但愿太阳之车霞光赐予你们幸福！

秋季的风向不固定。例如：

---

① 一月至十二月的原词是吠陀用词，与常见的梵语用词有区别。这里标出原词，并在括号中标出对应的梵语：madhu（一月，caitra）、māghava（二月，vaiśākha）、śukra（三月，jyeṣṭha）、śuci（四月，āṣāḍha）、nabha（五月，śrāvaṇa）、nabhas（六月，bhādra）、iṣa（七月，āśvina）、ūrjas（八月，kārttika）、saha（九月，mārgaśīraṣa）、sahas（十月，pauṣa）、tapa（十一月，māgha）和 tapas（十二月，phālguna）。六季的原词是 vasanta（春季）、grīṣma（夏季）、varṣa（雨季）、śarad（秋季）、hemanta（霜季）和 śiśira（寒季）。

清晨，风儿吹拂，接触露珠，
舍帕利迦花蕾散发清新芳香。

一些人认为霜季吹拂西风，另一些人认为吹拂北风。王顶认为吹拂西风和北风。其中，吹拂西风：

强劲的西风从雪山升起，穿过桦树林，
掀起雷瓦河阵阵波涛，鹧鸪惊恐不安，
它也卷起融化的霜雪，洒下密集细雨，
散发被大象擦破树皮的松树液汁芳香。

吹拂北风：

北风吹拂，吹散兰跋迦妇女们的头发，
激起鹿儿们跳舞，亲吻旃陀罗伽河水，
猛烈摇晃桦树树枝，散发麝香鹿芳香，
受伐诃婆妇女宠爱，与古卢多妇女嬉戏。

寒季与霜季一样，吹拂北风和西风。春季吹拂南风。例如：

南风是爱神助手，春季的亲密朋友，
拂动楞伽岛树林和盖拉罗妇女鬈发，
吹散安达拉妇女的发髻，摇晃蔓藤，
传送檀香树芳香，剥夺妇女的骄傲。

一些人认为夏季风向不固定，另一些人认为吹拂西南风。王顶认为这两种看法都成立。其中，第一种：

天空和大地之间卷起旋风，
扬起尘柱，造成空中布满
乌云的幻觉，而向干枯的
河流预示未来几天有大雨。

第二种：

太阳仿佛用火光烧灼，
大地仿佛布满火炭，
西南风仿佛播撒谷糠，
爱神仿佛发射火箭。

还有[①]，

雨季，乌云让雌鹤
怀胎，发出雷鸣声，
催生竹笋，尘雾笼罩，
打消国王们出游意图。

这时节，娑罗吉树和沙罗树，
希利达罗树和茉莉萌发新芽，
椰子树开花，乌云降下雨水，
干枯的大地散发清新泥土香。

树林布满靛蓝叶瓣而发暗，

① 从这里开始，依次举例说明吟咏六季的诗中，诗人的习惯用语。

群山经过雨水洗刷而显眼，
河水汹涌沿着两岸奔腾，
草地里滋生许多胭脂虫。

这时节，天空布满乌云，
鹧鸪喜悦，苦行者不再
出游，商队已踏上归程，
离妇眺望丈夫回家的路。

这个雨季最为适合
登上母象出外游乐，
用麝香调制香料，
楼阁床上享受欢爱。

雨季，鹧鸪跳跃，鹿儿发情，
蛙声连成一片，蛇儿兴奋激动，
孔雀翩翩起舞，鸟禽满怀喜悦，
而向分离的情人心中播撒毒药。

雨季迷人，古吒遮树、尼波树和
达婆树开花，阿周那树花簇成串，
迦丹波树花朵茂盛，令天空窒息，
盖多吉树发芽，芦苇丛随风摇曳。

（以上是雨季）

秋季来临，鹦和蜜蜂兴奋

激动，红莲花、蓝莲花和
白莲花竞相绽放，而孔雀
热爱雨云，故而失却热情。

秋天明亮，般杜迦树、波那树、
阿萨那树、七叶树和无花果树
纷纷开花，番红花、舍利帕迦花、
迦舍花和茉莉花绽放，花香扑鼻。

有谁会不注意到河水清澈，有鹡鸰鸟，
还有天鹅、野鸭、轮鸟、仙鹤和麻鹬？

秋季展现各种美景，引来成群天鹅，
河水清澈，蚌壳中孕育洁白的珍珠。

秋季向世人展现奇观，
公牛用牛角挖掘大地，
大象用象牙撞击堤岸，
鹿儿蜕去衰老的犄角。

月光如水，洁白而明亮，天空蔚蓝，
云彩衰老苍白，天象路上群星璀璨。

国王准备出征，在七月的
白半月中第九日尼瓦利节，
举行战争仪式，祭拜战马、
象和士兵，进行种种表演。

夜空群星闪耀，道路适合车辆驰骋，
太阳光辉灿烂，唤醒黑天和众天神。

水田稻子谷穗低垂而可爱，
菴摩罗果成熟变蓝而迷人。

黄瓜裂开散发清香味，
罗望子果老熟而变酸。

农家院子里堆放着新稻谷，
散发清香，少妇喜气洋洋，
握住木杵舂米，手臂上的
手镯跟随着上下摇摆晃动。

太阳灼热，如同一夜暴富的穷人炫耀，
鹿儿蜕去犄角，如同抛弃朋友的小人，
池水清澈，如同入定沉思正法的牟尼，
泥土干枯，如同已被情妇榨干的穷汉。①

河流沙滩上有牡蛎爬行的
曲线印迹，有沉睡的乌龟，
苍鹭张开尖喙，正在追逐
在浅水中匆忙逃跑的鱼儿。

秋季，河流积聚的水量锐减，

---

① 这首诗也见于《妙语宝库》。

而河水洁净，鱼儿兴高采烈，
那些小鱼害怕鹗，慌忙游窜，
河滩上乌龟爬动，苍鹭鸣叫。

（以上是秋季）

摩遮贡陀树发芽两三片，
罗婆利蔓藤发芽三四片，
帕利尼蔓藤开花五六朵，
霜季来临，祝愿它胜利！

美眉女郎佩戴彭那迦花和
罗陀罗花，身穿紧身衣服，
用混合番红花的蜂蜡擦脸，
用芳香的油脂涂抹发髻。

风儿飘洒霜雪，渐渐增加冷度，
妇女的胸脯相应渐渐增加热度。

人们无视医生告诫，用新米混合野猪肉
煮饭，吃变质的凝乳和柔嫩的芥子芽。

愿霜季永远吉祥！这季节，用温水沐浴，
品尝饮食的滋味，却折磨受冷落的少女。

孔雀缺乏激情，蜕去羽毛，村边麦子
成熟，母虎分娩幼崽，水面升腾雾气。

田野里有成熟的舍弥果和各种谷物，
夜空中有三叉星，人们在熬制食盐。

花园里杜鹃保持沉默，
放荡的妇女脸部宁静，
鸟儿在空中缓缓飞行，
蛇已失却往日的傲气。

成熟的枣子和橘子甜蜜，
红皮甘蔗尤其甜蜜无比。

人们屋内的卧室床铺优美，
身边的妻子转动青春眼珠，
烟雾遮盖炉中跳跃的火苗，
感觉霜季仿佛是夏季残余。

（以上是霜季）

寒季的特征与霜季相似。

寒风凛冽，夜晚时辰延长，
适合享受各种爱情游戏，
床铺上棉被的厚度翻倍，
室内还弥漫沉水香香气。

在漫长的夜晚，为了驱除
欢爱的疲倦和空气的寒冷，

青年热烈拥抱少女，双腿
反复换位而棉被滑向脚跟。

喝水时，分辨不出可口不可口，
接触时，分辨不出雪凉和火热，
拥抱时，分辨不出可爱不可爱，
祭拜时，分辨不出月亮和太阳。

摩罗波迦花绽放，素馨花
引人注目，忘却水中嬉戏，
这季节，檀香膏折磨身体，
太阳比月亮更受人欢迎。

芥子成熟，茂密的尖刺纷纷脱落，
残存的两三朵花由黄色变成棕色。

人们不再注目可爱的水池，
池水遭受凛冽的北风折磨，
鱼儿纷纷潜藏在水面底下，
水面只有残留的莲花茎秆。

大象迷醉，羚羊满意，
野猪发育，水牛坚定，
这寒季不受穷人欢迎，
而富人照旧享受一切。

干牛粪火味如同新娘的怒气，

寒风刺骨如同与伪君子拥抱，
阳光柔弱如同破产者的命令，
月儿凄凉如同离妇愁苦脸色。

妇女们煮热番红花液汁，
涂抹臀部、胸脯和双腿，
整夜紧紧拥抱爱人入睡，
驱除这寒季难受的阴冷。

（以上是寒季）

春季来临，这是鹦鹉、
鸲鸽、鸽子、秧鸡鸟、
大黑蜂以及芒果树的
亲友杜鹃迷醉的季节。

美女们醉心游戏、唱歌、跳舞、
荡秋千，祭拜高利女神和爱神。

雄杜鹃发出甜美鸣声，
引发少女强烈的激情，
爱神采集春季的花朵，
安置在自己的弓弧上。

春季，妇女装束迷人，
头发分缝处点上朱砂，
身穿番红花色丝绸衣，

一心侍奉可爱的丈夫。

迦尼迦罗树和冈遮那罗树花朵簇拥，
戈维达罗树和信度婆罗树花朵怒放。

还有罗希多树、波古罗树、
阿摩罗多树、金吉罗多树、
娑盘遮那树，摩杜迦摩和
摩陀维蔓藤也都结满花朵。

春季成为妇女们的教师，
用蔓藤的花蕾装饰发髻，
说话模仿杜鹃甜美鸣声，
用达摩那迦花祭拜爱神。

妇女没有拥抱古罗波迦树，没有
注目提罗迦树，没有脚踢无忧树，
也没有用嘴向波古罗树喷洒蜜酒，
它们也都开花，这实在令人惊奇！①

爱神不必使用其他花朵，
只使用红色、蓝色和黄色
三种无忧花，作为武器，
就征服三界，更令人惊奇！

---

① 妇女拥抱、注目、脚踢和喷洒，分别促使这些树开花，是诗人的习惯描写。

槟榔、椰子和棕榈树，
波尔吒罗和金苏迦树，
克朱罗和多吒多底树，
春季为它们戴上花冠。

（以上是春季）

夏季来临，茉莉花和希利奢花绽放，
占婆迦、盖多吉和达多吉迦树开花。

克尔朱罗、瞻部和波那娑树，
芒果、芭蕉、毕耶罗和槟榔，
还有椰子，解除男男女女的
困倦和慵懒，纵情享受欢爱。

溪流和水池水源枯竭，
旅人们在炎热的中午，
围绕蓄水池吃炒麦粉，
选择清晨和黄昏赶路。

中午在茅屋里休憩，黄昏时分沐浴，
夜晚享受欢爱，是度过夏季的妙方。

月光如同清凉的檀香膏，
透入窗户的风如同水浪，
扇子扇风如同飘洒雨滴，
这是献给夏季的一捧水。

樟脑粉、芒果碎粒、
蒟酱叶和槟榔清火，
珍珠项链和薄丝衣，
是获得清凉的奥秘。

浸泡檀香液的珍珠串，
湿润的莲花茎秆项链，
占婆迦花制作的顶冠，
这是寒季在夏季下凡。

生物仿佛被煮熟，
尘埃仿佛被烤热，
池水仿佛被煮沸，
山岳仿佛被点燃。

旱地的羚羊受阳焰①迷惑，
河水变细如同妇女发辫，
湖水枯竭鱼儿备受折磨，
池边台阶水罐排列成行。

小骆驼、幼象和猴子，
癫狂不安，情绪异常，
纷纷登上干旱的高地，
寻找夹竹桃花和竹笋。

---

① “阳焰”（mṛgatṛṣṇikā，或译“鹿渴”）指阳光造成水的幻觉。

掺有芒果汁的凝乳，
伴有果汁的大米粥，
鹿肉汤汁和鲜牛奶，
是滋补爱欲的良药。

少女涂抹清凉的檀香膏，
佩戴浸过水的珍珠项链，
躺在铺垫芭蕉叶的床上，
仿佛召唤爱神来到身边。

丛林中蟋蟀鸣叫，水牛、
大象和野猪沾满泥土，
蛇和鹿的舌头伸出缩进，
鸟儿肩膀的羽毛松懈。

月光清洗楼阁的屋顶，
品尝掺有凉水的美酒，
佩戴粉红的茉莉花环，
夏季此刻变成为霜季。

（以上是夏季）

季节描写有四种情形：一、交替之际，二、初期，三、成熟期，四、依随。交替之际是两个季节交替之际。例如，寒季和春季交替之际：

素馨花凋谢，阿罗萨树开花，

杜鹃鸣声藏心中，还未释放，
太阳光线还柔弱，已经抑止
寒冷，但尚未成熟而灼热。

春季初期：

蔓藤的枝条萌发花蕾和叶芽，
杜鹃的鸣声酝酿着甜蜜鸣声，
爱神搁置已久的弓箭只需要
操练两三天，就能征服三界。

春季成熟期：

茉莉花开美似珍珠，冈遮那罗花
宛如鲜艳的红布，摩杜迦树花蕾
夺走胡那美女的俏丽，飘落的
盖瑟罗花宛如罗吒美女的肚脐。

依随前一个季节的花等等标志，这称为依随，能从诗的世界中获知。例如，在雨季，依随夏季描写莲花绽放：

乌云黑似麻雀脖颈，似毛毯覆盖天空，
青蛙狂热地鸣叫，犹如反复诵读经文，
雨水浇湿大地，散发的香味如同炒米，
太阳即使被遮蔽，莲花依然展露笑容。

其他的依随描写也是这样。按照世俗习惯，迦昙波花在夏季称为杜利迦昙波花，在雨季称为达拉迦昙波花。例如：

难道你不渴望夏季战斗的
乌云来临？孔雀啊！天空
四方深灰色，闪耀红光的
彩虹圆弓，发射霹雳利箭。①

人们说雨季的茉莉花带有泥土气，
而在秋季，芳香扑鼻，蜜蜂缠绕。②

有些诗人依随雨季的盖吉多花描写秋季。例如：

双脚粉红，沾有尘土，
表明客人从远道而来，
盖多吉花灰色，莲花
红色，表明雨季来临。

即使波那树和阿萨那树，
还有古伦吒迦树，也在
霜季初期开花，但没有
诗人依随秋季描写它们。

霜季和寒季依随的标志一致，因此，有这种说法："十二个月构成一年，有五季，霜季和寒季合为一季。"

依随寒季的摩罗波迦树花、达摩那迦花、彭那迦花以及优美的

---

① 这首诗是依随夏季描写雨季。

② 这首诗是依随雨季描写秋季。

素馨花描写春季。例如：

伐希迦少女佩戴达摩那迦花簇耳环，
风中摩罗波迦花香令波摩利少女迷醉。

旅人看到素馨花，表情淡漠，
看到多摩罗树发芽，惊恐不安，
听到杜鹃发出甜蜜鸣声，胆怯，
看到无忧树开花，久久忧伤，
看到占婆迦树开花，目光转移，
即使他心中愁苦，身体慵倦，
依然挥动衣服，驱赶身边成群
贪著波吒利树花朵蜜汁的蜜蜂。

风儿拂动迦吠利河岸檀香树，缓缓前行，
飘洒素馨花蜜，舞动罗吒少女额前鬈发。

其他季节的描写也是这样。

依随春季的盖瑟罗花、波吒罗花和占婆迦花描写夏季。有些诗人甚至依随寒季的摩罗波迦花描写夏季。例如：

耳朵上佩戴希利奢花，
头顶佩戴波吒利花冠，
脖颈佩戴莲花茎项链，
胸脯涂抹湿润檀香膏，
身体晃动浸水湿衣裳，
鹿眼女郎夏季的装扮。

耳朵佩戴堪比拘舍草的希利奢花，
脖颈佩戴摩罗波迦和波吒罗花环，
身穿浸过水的湿衣裳而水珠滴淌，
这是美女们夏季优美迷人的装扮。

季节的状况以及依随描写，我们能说出多少名称？这里只是指出方向，其余的例举，诗人可以自己观察。

地区不同，事物的状况也会不同。但不能作为依据，唯有诗人的习惯描写是标准。

美观、食用、香味、液汁、果实和祭供，这是花的六种功用，值得描写。除了这六种，再没有第七种。

如果描写花在某月开放，则结果在下一个月，成熟在第三个月，成熟和美味在第四个月。这是树木的规则，蔓藤的规则不是这样。蔓藤开花和结果的周期为两个月。

果实有六种：一、内核无用，二、表皮无用，三、内核和表皮无用，四、全部无用，五、大多无用，六、全部有用。

罗古遮果等内核无用，芭蕉等表皮无用，菴摩罗果等内核和表皮无用，迦古跋果等全部无用，波那娑果等大多无用，尼罗迦毕他果等全部有用。诗人应该知道这六种类别。

诗人可以描写一个、两个和三个等季节，也可以描写所有季节。可以依次描写，也可以逆向描写。逆向描写并不成为诗人的缺陷。正如逆向的装饰同样能产生魅力。

诗人缺乏研究，优点也成为缺点。而诗人精思熟虑，缺点也成为优点。

这样，已经说明时间划分的情况。这方面的知识，诗人时常忽略，唯有大诗人精通。

以上是第一门类《诗人的奥秘》

第十八章《时间划分》。

《诗探》中第一门类《诗人的奥秘》终。

# 十　色

# 简　　介

胜财（Dhanañjaya，十世纪）的《十色》（Daśarūpaka）是一部重要的梵语戏剧学著作。“十色”是指十种戏剧类型。它是根据婆罗多牟尼的《舞论》编写的，可以说是《舞论》的简写本。全书分为四章：第一章论述情节，第二章论述角色、风格和语言，第三章论述戏剧类型，第四章论述情和味。从内容上看，胜财侧重于剧作法，删除了《舞论》中有关音乐、舞蹈和表演程式的大量论述。《十色》中有关剧作法的大部分论述在观点上与《舞论》一致。但与《舞论》相比，这部著作简明扼要，条理清晰。因此，在十世纪后，作为梵语戏剧学手册，《十色》的通行程度远远超过《舞论》。

简明扼要是《十色》的特色，但其中也有不少地方因文字过于简略而造成理解上的困难。因此，通行的《十色》抄本大多附有达尼迦（Dhanika）的《十色注》（Daśarūpakāvaloka）。达尼迦注释对澄清《十色》中的某些难点很有帮助，注文中引证的许多例举也很有参考价值。

这里译出《十色》全文。译文依哈斯（G. C. O. Haas）编订本（德里，1962）。

阅读《十色》时，可以参阅《舞论》和《文镜》第六章《论可看的和可听的诗》。

# 第一章

向群主（象头神）致敬！他的喉咙剧烈鼓动，发音雄浑，在湿婆大神狂舞之时，充作鼓声。（1）

向全知的毗湿奴大神和婆罗多致敬！他们的感情陶醉于十色的模仿。（2）

娑罗私婆蒂①心地仁慈，在任何时候向任何智者提供任何题材，其他人由此变得聪明。（3）

梵天从所有吠陀中撷取精华，创造了戏剧吠陀；婆罗多作为牟尼，加以运用；湿婆创造了刚舞，波哩婆提创造了柔舞。谁能重新制订详细的定义？然而，我将精心编排，简要地提供戏剧的一些特征。（4）

杂乱无章会造成智力迟钝的人思想混乱，因此，我将按照原书词句，简洁而准确地提供原书内容。（5）

戏剧浸透着欢喜，智慧浅薄的善人却说从中获得的只是历史传说一类的知识。向忽视美味的善人致敬！（6）

戏剧是模仿各种情况。（7）

由于它的可见性，被称作“色”（rūpa）。（8）

由于它的展现性，被称作“有色的”（rūpaka）。（9）

它分为十种，以味为基础。（10）

传说剧、创造剧、独白剧、笑剧、争斗剧、纷争剧、神魔剧、街道剧、感伤剧和掠女剧。②（11）

---

① 娑罗私婆蒂是语言女神。

② 这是十种戏剧类型。

此外，模拟以情为基础。（12）

舞蹈以时间和节奏为基础。（13）

前者是表演句义的方式，后者是通俗方式。（14）

这两者又分别分为刚柔两种，通过刚舞和柔舞的形式辅助传说剧等。（15）

戏剧分类的依据是情节、角色和味。（16）

情节分成两类。（17）

为主的称作主要情节，为辅的称作次要情节。（18）

占有成果，成为成果的主人，叫做成果所有者。成果所有者的事件是主要情节。（19）

以他人为目的，有时附带促进自己的目的，则是次要情节。（20）

具有连续性的叫做插话，短时间的叫做小插话。（21）

提到别的事情，由于情况或特征相似，而暗示某种已经开始或将要发生的事情，这是插话暗示。（22）

情节又按照传说的、创造的和混合的三种区别分为三类。传说的是历史传说等，创造的是诗人的想象，混合的是这两者的混合，依据神、人等分类。（23）

结局是人生三大目的①，或者是单纯的，或者与一种或多种有关。（24）

结局的原因是种子，开始时略微可见，后来以多种方式扩展。（25）

原因被次要事件打断，又得以恢复，这是油滴。（26）

种子、油滴、插话、小插话和结局，这些是著名的五种情节元素。（27）

---

① 人生三大目的是正法、利益和爱欲。

追求成果者从事的行动有五个阶段：开始、努力、希望、肯定和成功。[①]（28）

开始阶段是渴望获得重大成果。（29）

努力阶段是尚未获得成果，急切地活动。（30）

希望阶段是成功在望，既施展手段，又担心失败。（31）

肯定阶段是确信能获得成果。（32）

成功阶段是获得圆满的结果。（33）

五种情节元素，伴随五个发展阶段，分别产生开头等五个关节。（34）

在一个序列中，一物与另一物相连接，叫做关节。（35）

五个关节是开头、展现、胎藏、停顿和结束。（36）

开头关节是种子产生，各种对象和味产生。由于与种子和开始阶段相关，有十二种分支。（37）

提示、扩大、确立、诱惑、决定、接近、确证、实行、思索、展露、破裂和行动，这些术语是清楚的，下面是定义。（38）

提示是播下种子。（39）

扩大是种子增长。（40）

确立是种子扎根。（41）

诱惑是讲述优点。（42）

决定是确定目标。（43）

接近是快乐降临。（44）

确证是种子来临。（45）

实行是造成快乐或痛苦。（46）

思索是感到惊奇。（47）

展露是展露隐藏之事。（48）

---

① 这是情节的五个发展阶段。

行动是开始行动。(49)

破裂是激励。(50)

展现关节是种子发芽，具有可感知性和不可感知性。由于与油滴和努力阶段相关，有十三种分支。(51)

爱恋、追求、拒绝、平息、逗乐、发笑、前进、受挫、抚慰、雷杵、花哨、点示和色聚。(52)

爱恋是渴求爱欲。(53)

追求是追寻时现时隐的对象。(54)

拒绝是不获得欢爱。(55)

平息是拒绝的情况得到平息。(56)

逗乐是幽默的话语。(57)

发笑是因逗乐而高兴满意。(58)

前进是答话。(59)

受挫是好事受阻。(60)

抚慰是顺从。(61)

花哨是优异的话语。(62)

点示是怀有心计。(63)

雷杵是当面刺痛人心。(64)

色聚是四色相聚。(65)

胎藏关节是不断追寻见到而又失去的种子，有十二种分支，可能有插话和希望阶段，也可能没有。(66)

作假、正道、设想、夸大、进展、安抚、推理、怒言、更强、恐慌、慌乱和引发，下面是定义。(67)

作假是假装。(68)

正道是据实而言。(69)

设想是推测之词。(70)

夸大是夸赞。(71)

进展是实现心愿。(72)

也有人说是得知真情。(73)

安抚是安慰的话语。(74)

推理是依据特征推断。(75)

更强是诡诈。(76)

怒言是激愤之言。(77)

恐慌是惧怕敌人。(78)

慌乱是因疑惧而颤抖。(79)

引发是胎藏的种子展露。(80)

停顿关节是以在胎藏中发芽的种子为内容，因愤怒、不幸或诱惑而停顿。它有一组分支。(81)

责备、怒斥、纷乱、亵渎、能力、威严、尊敬、掩藏、决心、对立、显示、自夸和取得，十三种分支。(82)

责备是指出错误。(83)

怒斥是愤怒的言辞。(84)

纷乱是杀害、捆绑等等。(85)

亵渎是冒犯长者。(86)

能力是克服障碍。(87)

威严是恐吓和畏惧。(88)

尊敬是称颂长辈。(89)

掩藏是羞辱。(90)

决心是宣扬自己的能力。(91)

对立是激动。(92)

显示是预示即将获得成功。(93)

自夸是自我吹嘘。(94)

取得是获得结局。(95)

结束关节是在开头等关节中依次分布的、含有种子的种种对象

聚合成一个目的。(96)

连接、觉醒、聚合、确认、谴责、谦和、欢喜、平息、落实、好话、意外、旧情、收尾和赞颂，十四种分支。(97)

连接是接近种子。(98)

觉醒是寻找结局。(99)

聚合是提示结局。(100)

确认是讲述经历。(101)

谴责是互相谈话。(102)

谦和是侍奉。(103)

欢喜是达到愿望。(104)

平息是摆脱痛苦。(105)

落实是因达到目的而宽慰。(106)

好话是获得尊敬等。(107)

旧情和意外是见到结局，令人惊奇。(108)

收尾是获得恩惠。(109)

赞颂是祝福。(110)

以上讲述了六十四种分支。它们的作用有六种：(111)

安排愿望的内容，掩藏应该掩藏者，揭示应该揭示者，表现感情，产生惊奇，追踪情节。(112)

一切戏剧情节分成两类：一类应该通过提示，另一类应该通过看和听。(113)

剧中无味的和不适宜表现的情节细节采用提示方式，而始终甜蜜和高尚的味和情采用观看方式。(114)

应该掌握这五种剧情提示方式：支柱插曲、鸡冠插曲、幕头插曲、转化插曲和引入插曲。(115)

支柱插曲由中等人物执行，以概括有关内容为目的，说明已经发生和正在发生的故事成分。(116)

单纯的由一个或几个中等人物执行，混合的由下等和中等人物执行。（117）

引入插曲与支柱插曲相似，但由下等人物执行，使用不高贵的言辞，提示两幕之间发生的其他事情。（118）

鸡冠插曲由幕后的人物提示有关事件。（119）

幕头插曲是剧中人物在一幕结束时，预告下一幕的事件。（120）

转化插曲是在一幕结束时，下一幕不间断地出现。应该通过这些插曲提示需要提示的剧情。观看方式则通过各幕显现。（121）

按照戏剧法，情节又分成三类。（122）

有的被所有人物听见，有的不被所有人物听见。（123）

被所有人物听见的是明话，不被所有人物听见的是独白。（124）

按照另一种所谓的戏剧法，有私语和密谈两类。（125）

私语是在他人在场的情况下，互相谈话，而竖起三个指头，以示挡开他人。（126）

密谈是围绕某人，告诉秘密。（127）

即使没有他人在场，却仿佛听到有人对他说话，独自说道："你是这样说的吗？"等。这是空谈。（128）

考察了所有的情节分类以及《罗摩衍那》[①] 等等和《伟大的故事》[②]，可以选用合适的人物和味，充分使用合适的和优美的语言，创作奇妙的故事。（129）

---

① 《罗摩衍那》是印度古代史诗。

② 《伟大的故事》是印度古代俗语故事集（已佚），现存梵语改写本《故事海》等。

# 第 二 章

主角应该有教养，甜蜜，慷慨，聪明，言语可爱，世人爱戴，正直，娴于辞令，出身高贵，坚定，年轻，具有智力、勇气、记忆力、智慧、技艺和骄傲，勇敢，坚强，威严，精通经典，恪守正法。（1）

主角分成四类：多情、平静、高尚和傲慢。（2）

坚定而多情的主角无忧无虑，喜爱艺术，快乐，温和。（3）

坚定而平静的主角是婆罗门等，具有主角的共同品质。（4）

坚定而高尚的主角秉性伟大，稳重深沉，能忍耐，不吹嘘，坚韧不拔，克服傲慢，信守誓言。（5）

坚定而傲慢的主角充满骄傲和妒忌，热衷幻术和欺骗，傲慢，浮躁，暴戾，吹嘘。（6）

主角被别的女子迷住时，他对原先的女子或谦恭，或欺骗，或无耻。（7）

谦恭是采取友好的态度。（8）

欺骗是隐瞒自己的变心。（9）

无耻是展示肢体的欢爱痕迹。（10）

忠贞是只爱一个女子。（11）

另有一位伙伴是插话主角。他聪明能干，辅助主角，忠于主角，品质稍逊于主角。（12）

还有掌握一门知识的清客和制造笑料的丑角。（13）

主角的对立面贪婪，坚定而傲慢，顽固，犯罪，作恶。（14）

光辉、活力、温顺、深沉、坚定、威严、轻快和崇高，是产生于本性的八种品质。（15）

光辉是厌恶（或同情）低下，竞争优胜，有勇气，有才能。(16)

活力是步姿和目光坚定，言语含笑。(17)

温顺是即使遇到重大事变，也很少变化。(18)

深沉是因坚强而不露声色。(19)

坚定是即使阻碍重重，也不动摇决心。(20)

威严是即使舍弃生命，也不忍受侮辱。(21)

轻快是艳情的形态和动作天然温柔。(22)

崇高是言语可爱，恩宠善人，连生命也可施舍。(23)

女主角有三类：自己的女子，他人的女子，公共的女子，各有各的品德。(24)

自己的女子（即妻子）具有守戒、正直等等品德，分成无经验、稍有经验和有经验三类。(25)

无经验的情窦初开，欢爱时羞涩，发怒时温和。(26)

稍有经验的春情荡漾，容许欢爱达到昏迷程度。(27)

发怒时，稳重的用含蓄的讽刺语言责备丈夫，稍为稳重的含着眼泪责备丈夫，不稳重的用粗重的言辞责备丈夫。(28)

有经验的因春情而盲目，因爱欲而疯狂，甚至在欢爱开始时，就抑制不住喜悦，仿佛溶化在丈夫肢体上，失去知觉。(29)

发怒时，稳重的假装尊敬，而在欢爱时冷淡，不稳重的打骂丈夫，稍为稳重的像稍有经验而不稳重的女子那样责备丈夫。(30)

稍有经验和有经验的又可分成年长和年轻两类，这样有十二类。(31)

他人的女子分成已婚妇女和未婚少女。他人的已婚妇女不能用于主味，而未婚少女的爱情可以随意安排，或用于主味，或用于次味。(32)

公共的女子是妓女，精通技艺，大胆，狡猾。(33)

无论是哪种客人，喜爱偷情的、追求享乐的、愚昧无知的、无拘无束的、傲慢的或无能的，她们仿佛都给予爱情和满足，而一旦客人无钱，就让鸨母赶走他们。(34)

除了笑剧，在表现神圣的国王的戏剧中，妓女不应该受到爱恋。(35)

这些女主角有八种状态：(36)

爱人坐在她身边，侍奉她，她感到高兴。(37)

爱人即将来到，她高兴地打扮自己。(38)

爱人因故远离，她感到烦恼。(39)

发现爱人与别的女人相好的痕迹，她满怀妒忌。(40)

一怒之下，赶走爱人，又因后悔而痛苦。(41)

爱人失约，她极度伤心。(42)

爱人因事滞留远方。(43)

为爱欲折磨，亲自或派人寻找爱人。(44)

以上后六种女主角应该表演忧虑，叹息，倦怠，流泪，变色，虚弱，停止妆饰。前两种女主角应该欢快，喜悦，神采奕奕。(45)

女使者是女仆、女友、女工、奶姐妹、女邻居、女苦行者、女艺人或者自己，她们具有主角朋友的品质。(46)

青年女性有二十种天赋之美。(47)

感情、激情和欲情，是三种肢体产生的美。光艳、魅力、热烈、柔顺、自信、高尚和坚定，是七种自发产生的美。(48)

游戏、娇态、淡妆、慌乱、兴奋、怀恋、佯怒、冷淡、妩媚和羞怯，是十种天性产生的美。(49)

感情是初次触动尚未触动过的真情。(50)

欲情是造成眼睛和眉毛变化的、强烈的艳情味。(51)

激情是明显地表露艳情味。(52)

光艳是具有美貌、享乐和青春，成为肢体的装饰。(53)

魅力是充满爱情的幻影。(54)

柔顺是柔和性。(55)

热烈是强烈的魅力。(56)‘

自信是不激动。(57)

高尚是始终谦恭有礼。(58)

坚定是思想不浮躁，不傲慢。(59)

游戏是以甜蜜的肢体动作模仿爱人。(60)

娇态是肢体和动作中直接显现的特征。(61)

淡妆是稍加妆饰，增添魅力。(62)

慌乱是有时匆忙之中戴错装饰品。(63)

兴奋是愤怒、流泪、喜悦和恐惧等等的混合。(64)

怀恋是一提到情人，就想念他。(65)

佯怒是情人接触她的头发或嘴唇，尽管她内心喜悦，仍然发怒。(66)

冷淡是出于自尊和傲慢，甚至对情人表示冷淡。(67)

妩媚是温柔迷人的姿势。(68)

羞怯是即使有机会，也出于羞涩，沉默不语。(69)

在处理政务时，大臣或自己是主角的两位朋友。(70)

多情的主角依靠大臣，其他的主角依靠大臣和自己。(71)

在宗教方面，依靠祭官、祭司、苦行者和吠陀学者。(72)

在执法方面，依靠朋友、王子、护林人、官吏和士兵。(73)

在后宫中，有太监、山民、哑巴、侏儒、蛮人、牧人和国舅等，各司其职。(74)

一切人物依据前面提到的各种品质的等级，分成上、中、下三等。(75)

戏剧中的主角及其随从应该这样安排。(76)

依据主角的行为，分成四种风格。其中，艳美风格是柔软的，

含有歌曲、舞蹈和媚态等，含有艳情动作。(77)

艳美风格又分成四类：欢情、欢情的迸发、展露和隐藏。(78)

欢情是聪明的逗乐，以抚慰情人。欢情分成滑稽欢情、艳情欢情和恐惧欢情三种。艳情欢情又分成自我暗示、渴望欢爱和表示妒忌三种。恐惧欢情又分成纯粹的和附属的两种。这六种欢情中的欢笑又都分成语言、服装和动作三种。这样，共有十八种。(79)

欢情的迸发是情人初步相会，以愉快开始，以恐惧告终。(80)

欢情的展露是以少量的感情展示少量的味。(81)

欢情的隐藏是为了达到某种目的，男主角乔装出现。这是艳美风格及其有滑稽和无滑稽的分类。(82)

崇高风格没有悲伤，具有真性、勇气、慷慨、仁慈和正直，其中有交谈、挑战、破裂和转变。(83)

交谈是互相之间严肃交谈，含有各种情和味。(84)

挑战是在开始之时，向别人发出挑战。(85)

破裂是由于忠告、利益、天意或能力，同盟破裂。(86)

转变是从已经着手进行之事，转向其他之事。(87)

崇高风格含有这四类。而刚烈风格含有幻术、咒术、战斗、愤怒和狂乱等动作。它分为紧凑、冲突、发生和失落。(88)

紧凑是运用技艺，情节紧凑。也有人认为紧凑是前一个主角下场，另一个主角上场。(89)

冲突是两人交战，充满愤怒和激动。(90)

发生是依靠幻术等，情节发生。(91)

失落是出去，进入，害怕，逃跑。(92)

刚烈风格含有这四类。(93)

此外，没有别的风格。第四种雄辩风格将在论述传说剧时讲述。优婆吒派在提到艳美、崇高和刚烈风格时，还确认第五种风格。(94)

艳美风格用于艳情味，崇高风格用于英勇味，刚烈风格用于暴戾味和厌恶味，雄辩风格用于所有的味。（95）

地方风格以地区、语言、行为和服装为特征，戏剧家应该从世间吸取，合适地运用。（96）

上等人和虔诚的人使用梵语，有时女苦行者、大王后、大臣的女儿和妓女也使用梵语。（97）

妇女和下等人使用俗语，一般是修罗塞纳语。（98）

毕舍遮人和低贱的人使用毕舍遮语和摩揭陀语。下等人出生在哪个地区就使用哪个地区的语言。出于特殊情况，上等人的语言可以变化使用。（99）

优秀的人们称呼智者、神、仙人和苦行者为“世尊”，称呼婆罗门、大臣和兄长为“贤士”。女演员和舞台监督也互相这样称呼（“女贤”和“贤士”）。（100）

车夫称呼坐车人为“长寿”。老师或长辈称呼学生、儿子或弟弟为“孩子”。后生称呼受尊敬的长辈为“大爷”。（101）

助手称呼舞台监督为“先生”，舞台监督称呼助手为“贤弟”。（102）

侍从称呼国王为“天王”或“主人”。下等人称呼国王为“王上”。上、中、下等人称呼妇女如同她们的丈夫。（103）

同等的妇女互称“哈啦”，侍女称作“丫头”，妓女称作“姐儿”，仆从称呼鸨母为“妈妈”，人们也称呼受尊敬的老妇人为“妈妈”，丑角称呼王后及其女侍为“夫人”。（104）

除了婆罗多或湿婆大神之外，谁能详尽无遗地说出与十种主角密切相关的姿态、品质、语言和性情？（105）

# 第三章

首先讲述传说剧，因为它是一切戏剧的原型，能表现一切味，具备所有的戏剧特征。(1)

在舞台监督上场安排演出前的准备工作时，另一位演员像他一样，上场介绍这部戏剧。(2)

他应该指出是神话剧、人间剧或人神混合剧，提示情节、种子、开头或剧中人物。(3)

以暗示戏剧主题的甜蜜诗句取悦观众后，他应该以雄辩风格描绘某个季节。(4)

雄辩风格是语言的运用，主要使用梵语，依靠男角。它有四个分支：赞誉、街道剧、笑剧和序幕。(5)

其中，赞誉是通过赞美，激起期望。(6)

街道剧和笑剧将在各自有关的部分讲述。而街道剧的分支形成序幕的分支，所以在这里讲述。(7)

序幕是舞台监督用生动的话语与女演员、助理监督或丑角谈论自己的事，提示演出开始。(8)

其中包括故事开始、伺机进入、特殊表演以及街道剧的十三分支。(9)

故事开始是扣住舞台监督所说的、与自己事情有关的话或话的含义，角色进入舞台。它分成两类。(10)

伺机进入是以季节的相似作为提示，然后角色进入舞台。(11)

特殊表演是舞台监督提示“这就是他”，然后角色进入舞台。(12)

妙解、联系、恭维、三重、哄骗、巧答、强化、紊乱、跳动、

谜语、叉题、谐谑和乱比，这些是十三分支。(13)

妙解分为两类：一类是一连串意义含蓄的词语，另一类是互相谈话，有问有答。(14)

联系分为两类：一类是彼事与此事同时出现；另一类是在此事进行过程中，出现彼事。(15)

恭维是互相进行虚假的赞美，成为笑料。(16)

三重分为两类：一类是词音相似，产生多种意义；另一类是在序幕中，三个演员谈话。(17)

哄骗是以貌似友好而实质不友好的言辞哄骗人。(18)

巧答是回答突然中止或回答两三次。(19)

强化是两人在对话中互相斗智，一个胜过一个。(20)

紊乱是突然提及与眼前之事有关的另一事。(21)

跳动是用另一种有味的说法加以解释。(22)

谜语是意义含蓄而幽默的谜语式谈话。(23)

叉题是谈话互不连贯。(24)

谐谑是迎合他人，激起欢笑和愿望。(25)

乱比是以缺点为美德，以美德为缺点。(26)

舞台监督运用上述任何一种方法，提示内容和角色，在序幕结束时下场，然后具体表演情节。(27)

剧中的主角是王仙或天神，具有迷人的品质，勇敢而高尚，威严，热爱名誉，精力充沛，恪守三吠陀，出身望族，是大地统治者。应该以他的著名事迹为主要情节。(28)

对于主角不合适或有碍于味的事，应该删去，或者另行改编。(29)

确定开头和结束后，分成五个部分，进而分出各种关节。(30)

关节分支有六十四种。另外，插话作为次要情节，可以有一个或一个以上的次关节。在插话中，分支如实使用，也可以插入没有

关节的小插话。(31)

在开头，应该根据剧情安排支柱插曲或一幕开始。(32)

情节需要展开，但因无味而加以省略，如果其余部分需要呈现，就采用支柱插曲。(33)

如果情节一开始就有味，那么，依靠序幕中的提示，一幕开始。(34)

一幕依据各种目的、方式和味，表现主角的事迹，提供充足的油滴。(35)

主味通过忽起忽落的情态、情由、常情和不定情而增进。(36)

不应该脱离情节滥用味，也不应该让情节或修辞压倒味。(37)

应该以一种味——英勇味或艳情味为主，所有其他的味为辅。结尾应该运用奇异味。(38)

不应该直接表演长途旅行、杀害、战斗、王国或地区的失陷、围攻、用餐、沐浴、交欢、抹身和穿衣等。(39)

无论如何也不应该表现主角的死亡。但不可避免之事，也不必回避。(40)

一幕中包含一个目的，有三四个角色，表现主角一天之内的活动。一幕结束时，他们都下场。(41)

其中有插话暗示，结束时有油滴，正像种子。各幕应该这样安排，以引入插曲等等为先导。(42)

传说剧至少五幕，至多十幕。(43)

在创造剧中，情节是创造的，发生在人间。主角是侍臣、婆罗门或商人，身处逆境，勇敢镇静，以法、利和欲为人生目标。其他有关情节关节、插曲和味等，与传说剧相同。(44)

女主角有两种：一种是良家妇女，另一种是妓女。良家妇女在宅内，妓女在宅外，两者从不相遇。剧中有时只有良家妇女，有时只有妓女，有时两者都有。创造剧据此分成三类，后者称作混合

类，其中充满浪人。（45）

这里也说明那底迦的特征，以确定这种混合型的戏剧。（46）

那底迦的情节依据创造剧，主角依据传说剧，是著名的国王，坚定而多情。它以艳情味为主。（47）

按规定是四幕剧，含有许多女性角色，但仍然有一幕、二幕、三幕和各种角色，形式多样。（48）

剧中的王后是最年长的妇女，出身王族，富有经验，庄重，傲慢。由于受她控制，主角难以相会。（49）

女主角也出身王族，但缺乏经验。她姿色非凡，十分迷人。（50）

由于她身处后宫，听到和见到主角，逐渐对主角萌发爱情。而主角害怕王后，疑虑重重。（51）

那底迦含有四类艳美风格，仿佛与四幕相对应。（52）

独白剧是独幕剧，由一个聪明狡黠的食客讲述自己或他人的无赖行为。他与想象中的人物对话，有问有答，提供情况。他通过赞叹勇气和美，提示英勇味和艳情味。它主要体现雄辩风格。情节是虚构的，有开头关节和结束关节及其分支，还有十种柔舞分支。（53）

清唱、站着吟诵、坐着吟诵、女扮男装、怨夫曲、男扮女装、失恋曲、吉祥曲、情味诗和对答，这些是十种柔舞分支的名目。（54）

笑剧分成三类：纯粹的、变异的和混合的。（55）

纯粹笑剧含有异教徒和婆罗门等角色以及男仆、女仆和食客，通过服装和语言表演，充满可笑的言辞。（56）

变异笑剧含有阉人、侍臣和苦行者，具有情人等的语言和服装。混合笑剧是与街道剧混合，充满无赖。（57）

笑剧主要表现六种滑稽味。（58）

在争斗剧中，情节著名，具有艳美风格之外的所有风格。角色为十六个，性格傲慢，包括天神、健达缚、药叉、罗刹、大蛇、精灵和鬼等。它含有滑稽味和艳情味之外的六种强烈的味。主味通常是暴戾味。剧中含有幻术、魔术、战斗、愤怒和激动等动作以及月食和日食。它有四幕，有停顿关节之外的四个情节关节。(59)

纷争剧的情节著名，主角著名，性格傲慢。没有胎藏和停顿关节。像争斗剧一样，具有强烈的味。战斗不以妇女为动因，正如持斧罗摩的胜利那样。它是独幕剧，表现一天的事情，有很多男角色。(60)

在神魔剧中，像传说剧等那样，有序幕。情节著名，与天神和阿修罗有关。有停顿关节之外的所有情节关节。有各种风格，但缺少艳美风格。以神和魔为角色，共有十二个。他们著名而高尚，各有各的结果。它含有所有的味，尤其是英勇味，就像在《搅乳海》中那样。它有三幕，表现三种欺骗、三种激动和三种艳情。第一幕有两个情节关节，时间为十二个那迪迦①，后两幕时间分别为四个和两个那迪迦。一个那迪迦是两个喀迪迦。三种欺骗产生于情节性质、天意和敌人。三种激动产生于围城、战斗、风和火等。三种艳情与法、利和欲有关。没有油滴和插曲。像在笑剧中那样，可以根据需要运用街道剧的分支。(61)

街道剧体现艳美风格，关节分支和幕像独白剧那样。它应该表现艳情味，同时也涉及其他的味。它含有序幕和妙解等分支，由一个或两个角色演出。(62)

在感伤剧中，应该运用智慧发展著名的情节。它以悲悯味为主，角色是普通人。情节关节、风格和分支像独白剧那样。它含有妇女的悲泣，通过语言表现战斗和胜败。(63)

---

① 一个那迪迦为二十四分钟。

在掠女剧中，情节是混合的，有四幕，三个情节关节。主角和反面角色可以是神，也可以是人，没有限制。两者都应该是著名的，坚定而傲慢。而反面角色犯有错误，行为不当。剧中应该表现哪怕是某种程度的类艳情，即违背天女意愿，采用劫掠之类手段夺取天女。剧中人物即使愤怒至极，也要设法避免战斗。尤其不能表现伟大人物遭到杀害。（64）

这样，确定了十色的种种规则，考虑了情节，研究了诗人的作品，就可以运用修辞，运用雄辩和柔美的语句以及清晰和舒展的诗律，不太费力地创作作品。（65）

# 第四章

通过情由、情态、真情和不定情，常情产生甜美性，这被称作味。(1)

情由是通过对它的认知而孕育情。它分成所缘情由和引发情由两类。(2)

情态是表示情的变化。(3)

情态和情两者是因果关系。成功来自这两者的运用。(4)

情具有快乐和痛苦等情态，是对这些情态的感知。(5)

真情虽然属于情态，但它们自成一类，因为它们产生于真性。真情是对这些情态的感知。(6)

瘫软、昏厥、汗毛竖起、出汗、变色、颤抖、流泪和变声，共八种。瘫软是肢体不动，昏厥是失去知觉，其余各种的特征十分明白。(7)

不定情依据特殊的情况出没在常情前，犹如大海中的波浪。(8)

忧郁、虚弱、疑虑、疲倦、满意、痴呆、喜悦、沮丧、凶猛、忧虑、惧怕、妒忌、愤慨、傲慢、回忆、死亡、醉意、做梦、入眠、觉醒、羞愧、癫狂、慌乱、自信、懒散、激动、思索、佯装、生病、疯狂、绝望、焦灼和暴躁，共三十三种。(9)

忧郁是自我轻贱，产生于对真谛的认识、不幸和妒忌等，表现为忧虑、流泪、叹息、变色、长叹和惆怅。(10)

虚弱是乏力，产生于交欢等等消耗精力的活动或饥渴，表现为变色、颤抖、倦怠、四肢疲软和说话无力。(11)

疑虑是预感不祥，产生于别人的残忍或自己的失误，表现为颤

抖、嘴干、观望、变色和变声。(12)

疲倦是乏力，产生于旅行、交欢等，表现为流汗、按摩等。(13)

满意是知足，产生于知识和能力等，表现为安心享受。(14)

痴呆是耳闻目睹喜欢或不喜欢之事，毫无反应，表现为两眼呆视和沉默不语等等。(15)

喜悦是高兴，产生于喜庆等，表现为流泪、出汗和说话结巴等。(16)

沮丧是失去活力，产生于不幸等，表现为邋遢和懒于梳洗等。(17)

凶猛是对恶人发怒，产生于冒犯、谩骂和暴戾，表现为出汗、摇头、斥责和鞭打等。(18)

忧虑是沉思，产生于不能如愿，表现为空虚、叹息和发热。(19)

惧怕是内心悸动，产生于雷鸣等等，表现为颤抖等等。(20)

妒忌是不能忍受别人幸运，产生于骄傲、出身微贱和怨恨，表现为挑错、蔑视、皱眉、怨恨和愤怒的姿态。(21)

愤慨是坚决，产生于羞辱和蔑视等，表现为出汗、摇头、斥责和鞭打等。(22)

傲慢是迷醉，产生于出身、美貌、力量和权势等，表现为羞辱和蔑视他人、肢体和目光轻浮。(23)

回忆是通过潜印象，感受到或想到相似性，运用知觉，回首往事，表现为皱眉等。(24)

死亡容易理解，而且没有用处，所以无须解释。(25)

醉意是过分喜悦，产生于饮酒，表现为肢体、言语和步姿不稳，上等人入睡，中等人大笑，下等人哭闹。(26)

做梦产生于睡眠，主要表现为呼吸。(27)

入眠是停止思想，产生于忧虑、懒散和疲乏等，表现为呵欠、伸展肢体、闭眼和梦呓等。(28)

觉醒是睡眠结束，表现为呵欠和揉眼。(29)

羞愧是畏怯，产生于做错事情，表现为转身、掩饰、变色和低头等。(30)

癫狂是发疯，产生于鬼怪附身和痛苦等，表现为倒地、颤抖、出汗、说胡话和吐白沫等。(31)

慌乱是失去主意，产生于恐惧、痛苦、激动和记忆，表现为不知所措、混乱、遭受打击和目光乱转等。(32)

自信是理解真谛，产生于经典等，表现为消除疑惑和提供忠告。(33)

懒散是迟钝，产生于疲劳、怀孕等，表现为呵欠、坐下等。(34)

激动是忙乱，遇到攻击，准备武器和象；遇到狂风，顶着飞沙，加快步伐；遇到暴雨，紧缩身体；遇到灾难，肢体瘫软；遇到不利或有利情况，悲伤或喜悦；遇到大火，满嘴呛烟；遇到大象，恐惧，瘫软，发抖，逃跑。(35)

思索是考虑，产生于疑惑等，表现为皱眉、摇头和弹指。(36)

佯装是变换肢体动作，产生于羞愧等，表现为变换动作和掩饰。(37)

生病是生理失调，详情在别处有说明。(38)

疯狂是盲目行动，产生于生理失调和鬼怪附身等，表现为哭闹、唱歌、大笑和坐下等。(39)

绝望是失去信心，产生于完不成着手进行的事情等，表现为长吁短叹、心焦和求助等。(40)

焦灼是不能忍受时间，产生于渴望心爱之物、欢爱或混乱，表现为长叹、催促、叹息、心焦、出汗和忙乱。(41)

暴躁是失常，产生于妒忌、仇恨和激情等，表现为威胁、粗鲁和任性等。(42)

常情是大海（即盐或美味的源泉）。它不受与它一致或不一致的情的侵扰，而是使其他的情与自己协调统一。(43)

爱、勇、厌、怒、笑、惊、惧和悲。有些人增加静。但它在戏剧中没有获得发展。(44)

单靠忧郁等不定情的表现，情怎么能产生美味？情的发展往往缺乏味，因此要考虑八种常情。(45)

一个动词，只要依据一定的上下文，与名词结合，就形成句义，常情和其他情的结合也是如此。(46)

味是出于有鉴赏力的观众的品尝和态度，不是出于被模仿的角色的行为性，也不是出于作品的意图性。观众对于羞愧、妒忌或爱憎的感知，犹如看到日常生活中的一对情人。(47)

罗摩①等角色提供坚定、高贵等情况，展现爱等常情，供观众品尝。(48)

女主角作为味的原因，与她们的特性无关。(49)

观众依靠自己努力，通过阿周那②等角色品尝，犹如游戏的儿童通过泥象等玩具品尝。(50)

也不排除演员通过感知作品内容而品尝。(51)

品尝是通过接触作品内容而产生的自我喜悦。在艳情味、英勇味、厌恶味和暴戾味的品尝中，依次分成心的萌发、展开、激动和震动四类。对于滑稽味、奇异味、恐怖味和悲悯味的品尝也是如此。味的品尝这样产生，因此作出这样的规定。(52)

平静味产生于满意等，因而以满意等为核心。(53)

作品中的句义表现月光、忧郁、汗毛竖起等，展示情由、不定

① 罗摩是史诗《罗摩衍那》的主人公。

② 阿周那是史诗《摩诃婆罗多》中的人物。

情和情态，常情由此而供观众品尝，被称作味。(54)

这个定义同时适用味和情，因为它们的情由一致，没有分别。(55)

爱以欢愉为本质。一对青年相互爱悦，有可爱的地点、技艺、时间、服装和享乐等，有甜蜜的形体动作。这种令人愉快的爱构成艳情味。(56)

八种真情、八种常情和三十三种不定情，这四十九种情只要运用巧妙，都能促进艳情味的发展。但为了保持艳情味的统一性，应该禁止使用懒散、凶猛、死亡和厌恶。(57)

艳情味分成失恋、分离和会合三种。(58)

失恋艳情味是一对青年心心相印，互相爱慕，但由于隶属他人或命运作梗，不能结合。(59)

它有十个阶段。最初是渴望，然后是忧虑、回忆、赞美、烦恼、悲叹、疯癫、发烧、痴呆和死亡。这些是依次发展的不幸阶段。(60)

渴望是看到或听到一个体态美丽而可爱的人，产生爱慕，其中包含惊讶、欢喜和激动。看到可以是看到本人，也可以是在画中、梦中或幻觉中看到。也可以是看到身影。听到可以通过计谋，也可以通过女友、歌曲和歌手等的赞美。(61)

忧虑等等阶段及其情态和情由前面已经作过说明。(62)

许多大师都根据实际情形表现这十个阶段。有关的例子在大诗人们的作品中不胜枚举。(63)

看到和听到后，怎么会不从渴望中产生焦灼？不能如愿时，怎么会不忧郁？怎么会不从极度忧虑中产生虚弱？(64)

分离艳情味是一对深深相爱的人分离。它分成傲慢的分离和远行的分离两种。傲慢又分成亲昵和妒忌两种。(65)

亲昵的傲慢属于双方，男女都可以愤怒。(66)

妒忌的傲慢属于女方，她们听到、推测或看到爱人与别的女人相好，从而嗔怒。其中听到，如从女友之口；推测，如从梦话、欢爱的痕迹和无意中提到的名字；看到是亲眼目睹。（67）

情人可以用以下六种方法平息她的嗔怒：安慰、分裂、馈赠、赔礼、冷淡和转移。（68）

安慰是好言抚慰，分裂是争取她的女友，馈赠是借口送给她装饰品等，赔礼是拜倒在她的脚下。安慰等不起作用，则采用冷淡，不理睬她。转移是通过发火、恐吓和喜悦等打消她的嗔怒。妇女嗔怒的姿态前面已经作过说明。（69）

远行的分离是两人异地分离，由于职业、失散或诅咒，伴随有流泪、叹息、憔悴和披头散发等。（70）

第一种是事先安排的，分成将来、现在和过去三类。（71）

第二种是突然发生的，由于天灾人祸。（72）

第三种是由于诅咒，自己的形体变成另一种，甚至在情人面前。（73）

某个人死去，另一个人悲悼，这是悲伤。由于死亡不可挽救，也就没有艳情味。如果死而复生，则不是其他的味。（74）

在亲昵的分离和失恋中，女主角是“与情人分离而烦恼的女子”；在远行的分离中，是“情人远游的女子”；在妒忌的分离中，是“与情人闹翻的女子”、“受骗的女子”或“生气的女子”。（75）

会合艳情味是一对情投意合的人愉快地互相观看、抚摸等。（76）

其中，女方依据她对情人的仁慈、温柔和恩爱，表现游戏等十种姿态。（77）

男方甜言蜜语，用技艺、嬉戏等取悦女方，但不能有粗俗的举止，也不做任何败兴之事。（78）

英勇味以勇为基础，具有威武、素养、坚韧、勇气、迷狂、乐

观、谋略、惊奇和勇武等，分成慈悲、战斗和布施三类，含有自信、傲慢、满意和喜悦等。(79)

厌恶味以厌为唯一基础，主要由蛆虫、腐臭和呕吐引起反感，由鲜血、内脏、骨、脂肪和肉等引起激动，由弃世而对臀和胸脯等产生纯洁的厌弃。它伴随有掩鼻和闭嘴等情态，含有激动、难受和疑虑等。(80)

怒由妒忌或憎恨造成。它孕育而成暴戾味。它的激动状态表现为咬自己的嘴唇、发抖、皱眉、出汗、脸红、亮出刀剑、傲慢地抱肩、顿足、发誓和捕捉。它具有愤慨、疯狂、回忆、暴躁、妒忌、凶猛和冲动等。(81)

笑是由于自己或别人的奇怪行为、言语或服装。它孕育滑稽味。传统认为有三种性质。(82)

微笑是眼睛绽开。喜笑是牙齿微露。欢笑是笑声甜蜜。嘲笑是摇头。大笑是眼中含泪。狂笑是全身摇晃。依次每两种分属上、中、下三等人。(83)

它的不定情是入眠、懒散、疲倦、虚弱和愚痴。(84)

奇异味以惊为核心，具有非凡的句义，表现为称善、流泪、颤抖、出汗和口吃等等，不定情主要是喜悦、激动和满意。(85)

恐怖味以惧为常情，产生于怪异的声音和事物等，表现为全身颤抖、干燥和昏厥等，伴随有沮丧、混乱、迷惘和惧怕等。(86)

悲悯味以悲为核心，产生于希望破灭、得非所愿，表现为长吁短叹、哭泣、瘫软和悲伤等。不定情是入眠、癫狂、沮丧、生病、死亡、懒散、混乱、绝望、痴呆、疯狂和忧虑等。(87)

这里没有提及友爱、虔诚等等情和狩猎、赌博等味，因为它们明显包含在喜悦和勇敢等之中。(88)

以装饰为首的三十六种诗相和以抚慰为首的二十一种关节因素[①]，也都包含在这些情及其修辞之中。(89)

可爱或可厌，高尚或低下，残酷或仁慈，艰深或变易，或者凭诗人的想象创造，没有哪种情节不能达到人间之味。(90)

这部《十色》是博取行家欢心的作品的根源，由毗湿奴的儿子胜财公布于世，他的才智得自与蒙阇大王的交谈。(91)

① 《舞论》第十七章《论语言表演》中论及三十六种诗相，第二十一章《论情节》中论及二十一种关节因素。